历史小说

千古一帝

刘乐土◎著

秦始皇

（上册）

中国铁道出版社有限公司
CHINA RAILWAY PUBLISHING HOUSE CO., LTD.

图书在版编目（CIP）数据

千古一帝：秦始皇：上下册 / 刘乐土著 . —北京：中国
铁道出版社有限公司，2024.8
ISBN 978-7-113-31214-5

Ⅰ . ①千… Ⅱ . ①刘… Ⅲ . ①秦始皇（前 259- 前 210）—
传记 Ⅳ . ① K827=33

中国国家版本馆 CIP 数据核字（2024）第 088438 号

书　　名：**千古一帝：秦始皇**
　　　　　QIANGU YI DI : QIN SHIHUANG
作　　者：刘乐土

责任编辑：陈晓钟　　　　电　　话：(010) 51873036
封面设计：尚明龙
责任校对：苗　丹
责任印制：赵星辰

出版发行：中国铁道出版社有限公司（100054，北京市西城区右安门西街 8 号）
网　　址：http://www.tdpress.com
印　　刷：三河市国英印务有限公司
版　　次：2024 年 8 月第 1 版　2024 年 8 月第 1 次印刷
开　　本：710 mm×1 000 mm　1/16　印张：32　字数：610 千
书　　号：ISBN 978-7-113-31214-5
定　　价：158.00 元（上下册）

目录

【第一回】

蔺相如忠心堪叹，吕不韦奇货可居

"嘎"的一声，一只觅食的寒鸦发出骇人的哀鸣，扑棱着翅膀，箭一般地消失在苍茫的暮霭中。

正是这只寒鸦刚才在赵高脸上猛地啄了一下，才把他从死神那里啄醒。赵高努力睁开眼睛，看看周围的景物，断车、死马、山沟，心中又是一怔：我还活着？他把手指放在嘴中咬一咬，还疼，自己的确还活着！

赵高眼睛模糊了，惨不忍睹的一幕又浮现在眼前。

长平之战，主帅赵括死于乱军之中，他保护公子赵嘉突围不成，混在四十万赵军之中成为秦军的俘虏，做梦也没有想到，半夜时分，秦军向他们手无寸铁的阶下囚动手。生存的本能使他们开始了垂死的挣扎，用无数人的生命从秦军手中夺回一辆战车，他和冯亭等人保护公子嘉仓皇奔逃。由于慌不择路，狂奔的战车驶上一个山崖，前是绝壁，后是追兵，回头已经来不及了，公子嘉猛地从冯亭手中夺过马鞭，向马背上连抽两鞭，战车向悬崖猛冲过去……

想起了公子嘉，赵高忍着疼痛，挣扎着爬了几步，边爬边沙哑地喊着："公子，公子……"

赵高找到一具尸体，仔细辨认了一下，呀，这是冯亭。他又向前爬行几步，终于在一具马尸旁找到了公子嘉，试探一下，尚有一丝气息，他一边晃动着公子嘉，一边轻声呼唤着。许久，公子嘉才睁开双眼，他看了一眼赵高，有气无力地说："赵高，我们还活着？"

赵高点点头："对，我们还活着！"

"只要我赵嘉还有一口气，我就要向秦国复仇，四十万人的性命……"

公子嘉呜呜地哭了起来。

赵高也哭了："公子，保住身体，留得青山在，不怕没柴烧，君子报仇十年不晚，咱们快逃离这是非之地吧。"

赵高搀扶着公子嘉一瘸一拐地向山外走去……

公子嘉回到邯郸，经过数日疗养，身体渐渐康复，内心深处却留下一块永远无法治愈的创伤。每当有人提及长平之战时，公子嘉的眼前总是闪现那个刀光剑影的夜晚，想到战车腾空而起冲向山谷的恐怖场景。此时，他的血似乎在沸腾，双眼仿佛要射出火来，无名的仇恨在他心中翻腾，让他痛苦，让他心痛。

一天，公子嘉独自漫步在庭院里，思索着向秦国复仇之事，赵高走上前报告说："奴才报告公子一件喜事，公子的仇和我赵国的屈辱马上就可以报了！"

公子嘉一怔："哦，究竟是怎么个报法，快快讲来！"

"大王已经派人把逃跑到国境边上的秦王孙异人捉了回来，准备选定吉日剖腹挖心，祭奠长平之战中被坑杀的四十万将士的英灵呢！"

公子嘉听后并没有露出一丝欣喜之色，淡淡地说道："杀了一个秦王孙固然令人痛快，可他的命再值钱也抵不上我赵国四十万人的性命，何况异人只是一个普普通通的王孙，秦王把他作为人质抵押在我赵国只是一场骗局，如果秦王真正看重异人的话，怎会置他性命于不顾？怎会大肆杀戮我赵国的将士呢？对于这样一个毫无价值的王孙，杀与不杀有什么值得高兴的？"

赵高见自己带来的消息并没有让公子嘉高兴，便讪讪地说道："不论怎样，异人毕竟是秦王的孙子，杀了他多少能解一解我赵国的心头之恨，至于公子所说的复仇之事，可以慢慢计议，以后会有机会的，公子也不必太放在心上，保重身体要紧。"

公子嘉叹息一声，"唉，长平一战我赵国男丁损失十之三四，能征善战的将士老的老，走的走，只怕如此下去秦国越来越强大，赵国越来越弱小，雪长平之耻的希望越来越渺茫。"

公子嘉话音未落，又有人来报告说，太傅蔺相如病危，想见公子一面。

公子嘉早就知道太傅生病了，因忙于长平之战，一直没有抽出时间去探望，这许多天来又因养伤忘了这事，如今一听太傅病危，急忙带着赵高赶到蔺相如府第。

蔺相如躺在病榻上，犹如风中的残烛，苍老得不能再苍老了。瘦瘦的脸又黑又黄，眼睛凹陷，嘴巴干瘪，连胡须也花白了。当年出使西秦、舌战秦庭、完璧归赵的风采没有了，渑池之会智斗秦王，为赵国雪洗耻辱的英雄之气也消失殆尽。

公子嘉急忙上前施礼，鼻子一酸，几乎流下泪来。太傅为赵国立下汗马功劳，他赵嘉的成长也无不浸透着太傅的心血，太傅苍老的容颜就是他成长的足迹。蔺相如听到公子嘉来了，睁开浑浊的眼睛，稍稍抬手，示意他坐在床前，这才缓缓说道："老臣犹如朽木，已经不中用了，临终前想见公子一面，是有几句话交代。公子是我看着长大的，为公子前途着想，有些话我本不该说，却不能不说。”

“太傅心意在下明白，但讲无妨。”

蔺相如稍稍咳嗽一声，说道：“公子能从长平关捡回一条命来，这是我赵国的大幸，公子如今虽然受宠，却只是王孙，将来能否承袭王位实在难以预料。无论如何，老臣还是要提醒公子几句，请公子谨记。遍观国中诸人，平原君、廉颇都是忠勇可信之人，可以多与之交往，但二人年岁已长，只怕不能辅佐公子。年轻一辈的，李牧、司马尚都是有勇有谋、可以信赖的人，将来能够帮助公子成就大业。”

蔺相如稍稍歇息片刻，又说道：“老臣还要提醒公子，你父亲身边有一个叫郭开的人，此人奸诈多变、诡计多端，而你父亲却被他的假象所迷惑，对他信赖有加，他将来可能飞黄腾达、把持朝政。公子一定要加倍小心，能除去此人更好，不能除去也不可得罪，否则，对公子可能不利。”

公子嘉点点头，他与郭开虽然时常见面，但由于不喜欢他那种处世方式，所以对郭开一直十分冷淡，为此，父亲还训斥过他呢。公子嘉把蔺相如的话牢记在心。他想了想，问道：“弟子有一件事想请教太傅！”

蔺相如微微颔道：“公子请说吧，老臣一定尽力解答。”

“请问太傅，我赵国与秦国相处时应该采用什么策略为最好？”

“秦自穆公以来就犹如猛虎，有吞并东方之野心，经过几代君王励精图治，实力日渐雄厚，如今更是如狼似虎，想与之和睦共处是不可能的。因此，我赵国要想对抗西秦，就必须联合其他诸侯国，特别是韩魏两国，韩赵魏本是一家，唇齿相依，必须相互依照，不可自相攻击而给西秦可乘之机。”

蔺相如叹息一声，又说：“老臣多年来也一直思索这个问题，却一直没有更好的对策，唯一可行的办法就是这个苏秦当年提出的‘合纵’策略。”

公子嘉沉默片刻，幽幽地说道：“合纵固然可行，但诸国各自为政，组合在一起后彼此之间难免猜疑，又各自从自身利益出发，怎能步调一致、同心协力地抗秦呢？即使推举出一位‘纵约长’，像苏秦当年一样，也不会维持多久，秦国只要从中挑唆，合纵各国之间自然如散沙一般，强秦再各个击破，我赵国仍然无法抵御强秦的攻势。难道真的就没有更好的办法对付秦国吗？”

蔺相如见公子嘉面露一丝失望之色，干咳两声又说道：“对策不是没有，只是说出来让君子不耻罢了，都是一些下三烂的计谋。”

公子嘉立即来了精神，他知道太傅的为人，于是鼓动说：“如今时代是礼崩乐坏，人心不古，旧有的一切被打碎，而新的东西尚没有来得及建立起来，根本没有一个标准去衡量什么是好什么是坏、什么是对什么是错。正如诸侯各国的称霸，凭借的是强硬的武力，信义几乎丧尽，君子和小人鱼龙混杂，强者就是君子，弱者就是小人，正是：窃钩者诛，窃国者为诸侯。周王室固然存在，也只是形同虚设，西秦之所以没有立即灭亡它，不过是把王室当作一块遮羞布而已，他们早晚会撕下这块遮羞布为所欲为的。如此看来，对付这种虎狼之国还讲什么君子之礼？使出任何卑鄙的手段都不为过，也都会被世人理解。"

蔺相如虽然不赞同公子嘉这一番过激的言论，但也不得不承认他的话有一定的道理。

"既然公子这样认为，老臣也就直说了。城堡最容易从内部攻破，要想对抗强秦，可以有两个策略：一是快速强大自我，一是削弱敌国，这两种策略可以同时使用。就快速强大自我而言，必须内修法度，革除弊政，任用贤才，富国强兵。老臣曾多次劝谏大王，可惜……"

蔺相如没有说下去。

"那削弱敌国呢？"公子嘉问道。

"削弱敌国的方法也很多，如果武力攻打不能取胜，那么可以采用其他办法，由明而暗，在秦国内部制造祸端，以此疲秦弱秦。最常用的办法就是美人计、反间计、离间计，商纣王宠妲己亡了商，周幽王宠褒姒导致镐京之乱，平王被迫东迁，这都是从内部毁坏一个国家的方法，不过施展起来也未必能够立即奏效，这要看谋划之人的心计。此法确实卑劣一些，也笨拙一些，但只要用心谋划，一定会奏效的。"

公子嘉"扑通"一声跪倒在地，顿首说："请太傅为弟子谋划此事，我赵国不灭秦国恐怕将来要被秦国所灭，赵早实施大计可能还来得及，否则后悔就晚了。"蔺相如让公子嘉坐起来，这才慢慢说道："直接派女色打入秦宫可能不容易，但可以间接行事，眼下就有一个可乘之机。秦王孙异人在我赵国，他看似毫无价值，秦王也不把他这位王孙放在眼里，但奇货可居，只要谋划得好，异人就是一条打向秦宫的便捷通道。"公子嘉听后精神为之一振，急忙说道："请太傅说得再明白一些。"

蔺相如沉思片刻，说道："异人是秦王太子安国君之子，在安国君登上王位后他能否被立为太子实在难料，但谋事在人成事在天，公子不妨赌一赌运气。据老臣所知，安国君虽妻妾很多，但其唯一宠幸的是华阳夫人，可惜她却从未生子。俗话说女人年轻时靠色，年老时仗子，母以子贵，这些道理华阳夫人自然明白，她当然希望有一个儿子。可以派人游说华阳夫人，说异人愿认她为母，只要这事说成，异人将来就可能成为秦太子。而目前，异人在我赵国已成为落难子孙，尚无婚配，公子可以趁机物色一个绝色女子给异人，让这女子肩负起越女西施投身吴王夫差的使命。只要谋划得隐秘，事情进展得顺利，不用说削弱强秦，就是灭亡秦国也不能说没有可能。"

蔺相如说到得意之处有些忘形，又咳嗽起来，公子嘉急忙上前为他捶背，一边轻轻捶背，一边略带疑惑地问道："不用说像西施一样貌美而又愿为国家献身的女人难找，就是能够入秦游说华阳夫人的人也难找。"

"这样的女子老臣不曾遇见，至于能够入秦游说华阳夫人的人，老臣倒有一个人选。"

"请太傅指点，弟子一定亲自登门造访，请他出来协助谋划这事。"

"老臣曾偶然结识一位朋友，他叫吕不韦，本是韩国人，如今在邯郸做生意。此人虽是个商人，却极有政治头脑，也多次向老臣流露出弃商从政的心思，我也曾想推荐给公子，却一直没有找到合适的机会，如今正好让他为公子完成削弱西秦的大事。因为他以一介商人的身份接近秦王孙异人，然后再入秦游说，甚至为异人娶妻，都不会引起异人的猜疑，只要公子谋划得机密，我想此事只有你知我知和吕不韦知，而老臣不久将离开人世，更不会有丝毫泄露。如果公子对吕不韦不放心，或认为他个人无法完成大事，也可再派一名最信得过的心腹之人协助完成，成功与否，老臣……"

蔺相如刚说到这里，只觉得胸口一闷，脸憋得通红，却喘不过气来。公子嘉急忙起身为蔺相如抚胸捶背，却也无济于事。等到侍者从外屋赶来时，蔺相如面色由黄而红，由红而青，还没来得及救护，就圆睁着一双凹陷的大眼一命呜呼了。公子嘉扑在蔺相如尸体上失声哭喊道："太傅……"

整个蔺相如府第一片哭声。

空旷的邯郸大街上只有异人一个人踽踽独行着，听着脚下咯吱咯吱的踏雪声，他心中很不是滋味。刚才还被关在死牢里，不知为何，稀里糊涂又被放了出来。赵王不是要杀自己为长平关死难的赵国将士祭奠吗？怎么又改变了主意？异人实在想不通。

不管他，只要能活下去就好，人们不是常说好死不如赖活吗？异人正走着，猛然闻到一股酒菜的香味，抬头一看，哦，身旁正是邯郸最有名的"君子好逑"酒馆。

异人驻足深吸一口气，想多吸一些酒菜的香味。他好久没有嗅到这样的香味了，可是，吸进肚里的只是逼人的寒气。

异人微微叹口气，正要举步离开，忽然，随着一声响亮的吆喝，一辆华丽的马车停在他身旁，帘子一挑，从里面走下一位身着狐皮大衣、头带裘皮帽的中年人。

"这不是异人公子吗？既然来到店前，何不上楼小饮几杯？"异人正不知如何回答，那人又爽朗一笑，说道："异人公子不认识在下，在下却认识公子，公子乃是秦王孙，整个邯郸谁人不知公子的大名？我叫吕不韦，是韩国人，来邯郸做生意，今日有幸在此遇到公子，吕某三生有幸，也是你我二人的缘分，如公子不嫌弃吕某出身卑贱和一身铜臭气，请公子楼上小饮。"

"这——吕兄客气了，异人如此落魄，能承蒙吕兄如此不嫌弃，已有一见如故之感，谈什么门第贵贱？"

"公子，那就请吧！"

吕不韦是这里的常客，二人刚上楼，店小二就迎上前，把他们带到一间豪华的雅座里。小二安置二人坐下，边沏茶边问道："吕老板要什么菜、喝什么酒尽管吩咐，小的一定照顾周到。"

"今日有幸结识异人公子，当然要最好的菜最好的酒。"

酒菜摆上来了，吕不韦只是象征性地吃几口，异人却顾不了什么体面，狼吞虎咽地吃起来。自从十年前他离开秦国就再也没吃上这么好的酒菜。从他被祖父秦昭王质押赵国以来，秦赵关系一直不睦，他的处境便可想而知。以前，赵孝成王偶尔还宴请他几次。可自长平开战以来，赵几乎断了异人的一切日常贡奉，他只能靠变卖住所的器具度日，与流落街头的乞丐没有什么两样了。吕不韦见异人已经吃得差不多了，淡淡一笑，举杯说道："为了给异人公子助酒，在下还让店主请来一位歌女，不知公子是否有这个雅兴？"

吕不韦说着，轻轻拍了三下，走进一位丽人来。伴着婉转的琴音，丽人轻声唱起歌谣来。

在这舒缓醉人的乐曲里，异人仿佛置身于故都咸阳的大街上，乘着华丽的马车驰向他向往的宫殿，钟鸣鼓响，锦衣美食纷纷向他飞来。曲子本就动人，更何况这曲子是用他们秦国的小调唱出的，怎能不勾起异人的故国之思和对美好宫廷生活的向往？那一切本来就应该是他的呀！

异人手端酒杯，呜呜地哭了起来。

待异人情绪稍稳，吕不韦示意歌女退下，然后煞有介事地说："公子的故国日益强大，大有吞并六国、统一玉宇之势，不知公子对自己的前程可有什么打算？"

异人凄然一笑，道："前程？那是秦国的前程，安国君的前程，说不定哪天我就成为赵国祭旗的猪羊了，还谈什么前程？可笑，可笑！"

"公子说得对，从当前的处境看，说不定哪天公子就成为一件祭品了，可公子为何要安于现状呢？为什么不奋起力争，夺回自己应该得到的一切呢？你是秦国公子，也许将来能成为强大的秦国的国君，难道公子就没想过要当国君？"

异人摇摇头："这是异想天开的事，我为何要生活在不可能成为现实的幻想中呢？我的父亲安国君有二十多个儿子，我又不是嫡长子，我的生母夏姬也不受宠，不然，我怎会被那老儿扔出来做人质？他们谁的心中有我？谁管我的死活？他们心中装满了土地与权力！不用说当上秦国的国君，能否逃回咸阳都是个疑问。"

吕不韦淡淡一笑："我虽是一介商人，但如果公子信得过我，我可以帮助你光大门庭，助你回到咸阳，甚至当上秦国国君。"

异人"噗"的一声把喝到嘴中的酒喷了出来，哈哈一笑："先生还是先去光大自己的门庭吧，等先生自己当上了国君，再来助我当国君也不迟！"

吕不韦有点恼，但他也不得不承认异人说的是事实，在他们这个时代里，商人尽管很有钱，但地位十分低下，甚至连平民百姓也不如，只比那些犯罪的贱民与歌妓好一些。自己穿得如此华贵，仍脱不了一个暴发商人的装束，与贵族衣衫无缘。

恼怒在吕不韦脸上只是一闪，他知道自己身兼的使命——忍辱负重、帮助公子嘉完成大业。将来承受的屈辱可能会更多，也许只有受辱才会为自己换取威名与显赫。只要成功了，公子嘉的许诺不用说，同样也会从秦国得到他应得的一切，说不定会加倍偿还呢。吕不韦平静下来，正色说道："公子说得有理，吕某只是一介布衣，但公子有所不知，吕某的门庭只有靠公子的门庭光大才能光大。如果公子有一天真的登上王位，还会再让吕某做一介布衣吗？"

异人一愣，知道吕不韦不是开玩笑，便盯着他问道："先生有什么高见不妨直说，如果真能帮助在下脱困，将来一定重谢先生。"

"公子一定听说过和氏璧的故事吧？"

异人点点头，随即不解地问："先生询问在下是否知道和氏璧的来历，是何用意？"

吕不韦仍是淡淡一笑："公子就像包在璞玉中的和氏璧，在庸人眼中一文不值，而在不韦看来却价值连城，与和氏璧相比，公子远胜百倍。当然，这需要能工巧匠去雕琢，而不韦正是这样一位能工巧匠。公子只要听从在下安排，按我说的去做，将来一定能够重返咸阳，登上王位。"

异人将信将疑地问："异人愚钝，请先生说得明白一些。"

吕不韦见时机成熟，便把事先制订好的计划和盘托出。他说道："在不韦看来，让公子返回咸阳是一件轻而易举的事，困难的是如何让公子登上王位。公子要想登上王位，首先必须被立为太子。秦王已经年迈，你父安国君承袭王位是早晚之事。安国君已经五十有余，身体一向不好，只要安国君继承王位，会马上册立太子之位的。遍观公子兄弟二十多人，唯有公子的大哥子傒最受安国君器重，被立为太子的可能性极大。但吕某最近得到一个可靠的消息，子傒与安国君最宠幸的华阳夫人产生了一个不大不小的过节，至于什么过节，我以后再告诉公子。只要公子利用这个过节攀附到华阳夫人这棵大树上，公子被立为太子这盘棋就胜了一半，至于另一半，有我吕不韦从中给你精心谋划、细致周旋，也会稳操胜券。"吕不韦说到这里，盯着听得傻愣愣的异人追问道："公子难道不信吗？"

异人猛地醒过神来，瞪着吕不韦，他想不到眼前这位其貌不扬的商人对咸阳宫里的事如此了解，有许多连他这位嬴氏子孙都不知道，吕不韦从何处得到的消息？他为什么要帮助自己登上王位？其目的何在？如此看来，他们今日的相遇绝不是偶然。

吕不韦从异人的神情变化中猜中他的心思，独自饮了一杯酒，又笑着说道："实不相瞒，我很早就注意到公子了，我是商人，追逐的是利润，最好是暴利。耕田种地最多只能获利十倍，经营珠宝也只能获百倍之利，如果辅佐一个人当上国君，这其中的获利……哈哈，将来由公子给吕某计算吧！"

异人冷冷地说："如果我不接受先生的建议呢？或者我独自去做呢？"

吕不韦抖动一下胡子，道："公子如果不按照我说的去做，无异坐以待毙，只要秦赵再开战，公子一定是战前祭品。倘若公子独自去做，却没有足够的金银做后盾，没有数以百计的黄金，如何买动赵国的守门放公子一条生路？没有充裕的银两，如何在赵国、在各诸侯国之间打响公子的名声？没有无数珍宝，又如何买得华阳夫人的欢心？能提供这些钱财的人，不用说在邯郸，就是在整个诸侯国之间，除了我吕不韦，还能有几人？"

异人有点泄气了，道："请问吕先生究竟有多少钱，富裕到何种程度？"

"在下的家产富可敌国，足以把公子捧上国王之位！"

"万一先生耗尽了家产，最终落得竹篮打水一场空呢？"

吕不韦仍是微笑："公子别忘了，我是商人，商人都有一个共性，那就是冒险，而吕某敢冒其他商人所不敢冒的险。凭我的智慧、才干，我一定会成功的，即使人算不如天算，最终真的失败了，也败得荣耀，败得轰轰烈烈，败得能够载入史册！"

异人站起来，在吕不韦和自己的杯子里斟满酒，亲自端起来，双手递给吕不韦："从今日起，异人一切听先生指教，先生真能让异人回到咸阳登上王位，异人愿与先生共同执掌秦国！"异人说完，后退两步，深深一揖。

吕不韦不仅用财力对异人进行饰装，还动用人力对异人进行声誉鼓噪。吕不韦让异人效法当时著名的四君子赵国平原君、楚国春申君、齐国孟尝君和魏国信陵君，也在馆内养士，同时，吕不韦暗中派人到各诸侯国散布口信，称颂异人贤才而有仁义。特别是在秦国，吕不韦更是借助商贾的言论传播异人的名声，扩大异人在秦国的影响。

吕不韦在做这些事的同时，也在催促公子嘉寻找一位貌若天仙的美人。不过，一直没有令他满意的人选。这天晚上，吕不韦应约来到公子嘉所住的翡翠宫，二人边饮酒边谈。忽然，庭院里传出轻柔的琴声，如春日解冻的小溪发出的水流声，时缓时急，带给人无限的遐思。渐渐地，琴声由小而大，又如乳莺出谷、雏燕衔泥，流畅欢快，干净利落，给人耳目一新的感觉。

吕不韦虽然经常出入一些交际场所，听过不少浓词艳曲，但如此清新明亮、浸润田园乡野情趣的琴音他却极少听过。吕不韦放下手中的杯子，凝神谛听。

公子嘉见状笑问道："想必吕先生也是音乐行家？"

吕不韦自嘲道："吕某只是一介商人，只识得金钱，浑身沾满铜臭气，对于市井打打闹闹的曲子略知一二，像阳春白雪那样高雅的曲子只是像公子这样的人欣赏的，而我等庸人岂能领略其中的妙趣？不过，吕某凭感觉，觉得这琴音清新明亮，犹如一股清泉洗面，使吕某仿佛回到童年在田野里嬉戏玩耍，捉蜻蜓、摘野花的烂漫生活里了。"

公子嘉听了，笑道："吕先生真是太过谦虚，就凭先生的感受，便知你是一位音乐行家。如果吕先生有雅兴，就让贱内到客厅里弹奏一曲，为吕先生饮酒助兴。"

"哦，原来是夫人，无怪乎有此琴艺，不敢当，不敢当！"

公子嘉见他如此，急忙解释说："只是在下新纳的一个小妾，山野之人。她时常想家，每当想家时便独自以琴解忧，也许贱内又在思乡怀旧了吧。"

公子嘉说着，便让一女侍去后庭请如意来客厅弹琴。

随着环佩的叮当声，如意迈着碎步走进客厅，上前深施一礼后，开始坐在琴前轻抚琴弦。

悠悠琴音和醉人的清香缓缓飘过来，吕不韦端着酒杯的手停在半空中，他呆了。这是一首叫不出名字的曲子，但吕不韦再熟悉不过了，琴声勾起他心中如烟的往事——那山坡、那树林、那野花野草，还有那位叫玉儿的小姑娘。那时候，虽然没有琴，也没有笛，却有他亲手制成的柳笛，仅此就够了。他用柳笛把祖母教会他的这首小调吹给玉儿听，一遍，两遍……

那声音仿佛从遥远的地方传来，又似乎从他的心底响起，吕不韦忘情地说了句："来，我教你……"

吕不韦手不住地打战，酒樽掉在几案上，他发觉自己失态了。这时，如意的曲子刚好停止，吕不韦急忙掩饰说："弹得太好了，其妙无穷，在下仿佛置身瑶池仙境一般，妙，实在妙！"

"多谢谬奖！"

如意站起来再次施礼，并向吕不韦投来疑惑的一瞥。

吕不韦也多看了如意几眼，他觉得奇怪，她怎么会弹这首自己也叫不出名字的曲子呢？据祖母说这是她采茶时自编的小调，除了他，再也没有教过第二个人，莫非她是玉儿？不可能，玉儿怎么会来到这儿呢？在她身上也看不出玉儿的一点影子。

吕不韦刚想开口询问，公子嘉已挥手让如意退下。如意离去的刹那间，吕不韦心头一动，一个大胆的想法跃上心头——踏破铁鞋无觅处，得来全不费工夫。可是，她毕竟是公子嘉的爱妾，他舍得吗？吕不韦不知如何开口提出自己的想法。

这时，公子嘉开口说："吕先生，你让本公子寻找的美女我已布置给属下，正在国内逐地逐级上报，不久就会送到，由吕先生逐一挑选。"

吕不韦叹口气道："我让公子所寻找的人，美只是其中一个方面，重要的是有魅力，有内涵，要有西施一样的献身精神，能够为公子完成大事。正如公子前不久让在下挑选的十名美女，尽管相貌都合格，但缺乏内涵，成不了大事。"

公子嘉也点头说道："吕先生言之有理，那样的女子确实不易寻到，能不能加以培训，然后再从中挑选呢？"

吕不韦摇摇头说："江山易改，本性难移。人的禀赋气质是先天生成的，后天的训练只能增加一个人的能力与学识，无法改变一个人的心性。"

吕不韦说到这里，顿了顿，瞟一眼公子嘉，又试探说："在下发现一个人具备条件，只怕有人不会答应。"

"只要有这样的人选，无论花多少金银，本公子都不吝啬，请问这人在哪里？"

"远在天边，近在眼前，就在公子府内。"

公子嘉一怔："你是说贱内如意？"

吕不韦不置可否地说："公子舍得如此才貌双全的美人吗？"

公子嘉沉默不语，吕不韦开导说："西施被送往吴国之前不也是越王勾践倾心的美人吗？勾践为报亡国之恨，忍痛割爱，为了不使自己对西施的容颜动心，每次接见她都令人用纱给西施遮面，最终坚定了意志，亲自送西施给吴王夫差。自古女人是祸水，商纣宠妲己终于亡国，周幽王宠褒姒才演出烽火戏诸侯的笑剧，从而造成今天的诸侯割据、战国林立。西施对于越国而言，帮助勾践完成灭吴兴国大业，而对于吴国而言，岂不也是祸水？因此，灭吴之后，范蠡唯恐越王不忍，私下将西施杀死。后人流传范大夫归隐之时携西施私奔都是讹传，范蠡能看破红尘、舍弃妻儿老小和高官厚禄，怎么会带走一个亡国之物呢？"

吕不韦见公子嘉似有所动，又进一步开导说："秦称雄天下、吞并东方各国之心自孝公以来就屡露端倪，看今天之势，更是如箭在弦，倾六国之兵力能否抗秦实在难测。如果公子不以宗庙社稷为念也就算了，您大可以无忧无虑地拥有锦衣美食，过着华美的生活，出则前呼后拥，入则娇妻美妾。只是公子能否终身享有这些东西是个问题。当然，倾赵国之兵能够与秦抗衡更好，也不必出此下策而令后人讥笑。只是长平一战，赵国的精壮战士损伤过半，国内元气大伤，急需休养生息、发展生产、富国强兵，然后再寻找机会报长平之仇。可是，秦国会老老实实等待赵国再次走向强大吗？没有人在秦国做内应，没有人在未来的秦王面前吹枕边风，这一切如何办到？"

公子嘉的心被说动了，他想到那个可怕的夜晚，眼前晃动着秦兵挥舞的长剑和赵国士兵滚落的人头，又仿佛置身于逃命时狂奔的马车上，他两眼充血，狠狠地把酒樽顿在几案上，刚想说"我同意"，可话到嘴边又变成了"让我再仔细考虑一下"。

吕不韦知道公子嘉不会立即答应把自己心爱的人拱手送给仇敌，但从他的表情中约略知道，公子嘉最终会同意自己的要求。于是，吕不韦胸有成竹地辞别公子嘉，回到馆舍。

月儿爬上树梢。如意斜倚窗前，透过窗格出神地望着一弯新月。自从被送到这里，她茶不思饭不想，更没有睡过一次好觉。起初她觉得委屈，她哭她闹，她恨赵嘉无情无义，为了个人的一己私愤，为了赵国的江山社稷把她奉送给别人。但她也知道公子嘉是无奈的，她明白自己在公子嘉心中的位置，公子嘉视她为掌中明珠，捧在手中怕掉了，含在口中又怕化了，失去她等于剜去公子嘉的一块心头肉。当然，如意更了解公子嘉是怎样的人，为情他可以舍弃生命，为义他甘愿牺牲爱情，为了赵国的宗庙社稷他又会献出一切。除了祖母和母亲以外，公子嘉没有向其他女性下跪过，更不用说一般女人了，但公子嘉向她双膝跪地，哀求她，向她讲述一个女人为国家甘愿奉献一切的故事。从此，她记住了一个女人的名字——西施。

如意以前没有见公子嘉流过一滴泪，但在送她的时候他哭了，执着她的手忘情地哭了。公子嘉的泪让她感动，也让她心碎，她知道那泪是真诚的，是挚爱她的人的一颗水晶心。但那泪又是欺骗的，能够骗她为了西施的故事再上演一次西施的悲剧，不过，她愿意去做西施，她不想名留千古，也不想让一个国家记住她，她只是为了"倾盆"的男人眼泪，为了不屈膝的男人下跪时的心碎。如意仅知道她再次归属的男人是曾经落魄、而现在声名显赫的秦国公子异人，至于如何被送走她却一无所知，由吕不韦安排。提及吕不韦，如意有一种莫名其妙的感觉，总有一些抹不去的似曾相识之感，究竟在何处见过他？她一点也想不起来，自己迁徙的地方太多了。如意想找个机会同吕不韦谈谈，可是，自从来到这里，一次也没有见过他的面。

如意走到琴前，抚摸着琴弦，又弹起那首她自己也叫不出名字的曲子。

一曲终了，如意仍沉浸在曲子的意境中，进一步说，是流连在那天真无邪的烂漫生活中。恍惚之间，如意觉得有人进来，猛抬头，见一个男人正站在面前。如意吓了一跳，仔细一看，正是那日在公子嘉府上见过的吕不韦。不待如意开口，吕不韦先说道："我是被这美妙的琴音吸引。姑娘来到这里是第一次弹琴，对吗？"

如意微微一愣，没好气地说："吕先生，我已不是姑娘，应该叫夫人，对吗？"

"不，从现在起你必须明白你是姑娘，这里没有夫人，请你记住：那位如意夫人已经死了！"吕不韦不容置疑地说。

如意恼怒地瞪了一眼吕不韦，并没有说什么。吕不韦稍停片刻，略一思忖，说："无论你原来是什么地方人，你现在就是赵国人，你的名字如意也必须忘掉。为了将来入秦不忘记赵国，不忘记所肩负的使命，你就叫赵姬吧，只要想到或听到有人叫你这个名字，就记起公子嘉让你去做的事。记住，赵姬，就是赵国女人的意思，很好叫，也很好听，这虽然是个带有屈辱味的名字，但也许这个名字能够载入史册、名留千古！"

见赵姬以沉默对他，吕不韦舒缓一下语气，问道："请问赵姬姑娘，你刚才弹奏的是什么曲子？从哪里学会的？"赵姬见吕不韦的表情是真诚的，摇摇头道："我也不知道这曲子的名字，是幼年时在郑国阳翟向一位年长的大哥哥学的。"吕不韦眼睛一亮，仔细打量一下赵姬，结结巴巴地问道："那人是不是叫宝儿？左掌心有块黑痣？"

赵姬吃惊地盯着吕不韦，不由自主地站了起来，认真地在吕不韦脸上搜寻着。吕不韦举起左掌亮了起来，一块铜钱大小的黑痣映入眼帘，赵姬惊喜地问道："宝儿，你真是宝儿？！"

赵姬上前走了两步，点点头又摇摇头。吕不韦紧走几步，上前握住赵姬的手。

"你是玉儿，一定是玉儿，这个世上除了玉儿再也不会有人会弹这首曲子，那天在公子嘉府上我就应该想到是你，玉儿……"吕不韦把赵姬的手握得更紧。

二人重新坐下，倾诉别后之情。

"玉儿，你后来的生活是怎样度过的？什么时候来到公子嘉的府中？"吕不韦的问话触到玉儿的痛处。离开阳翟的生活使她不堪回首，母亲的再嫁，养父的好赌，无忧无虑的少女生活结束了，她沦落到社会的底层。母亲不堪忍受养父的打骂含恨死去，她在绝望中被卖为青楼歌女，几经辗转来到邯郸，凭着美妙的琴技被公子嘉欣赏，公子嘉将她从青楼赎出并供养在府上。后来，她虽然被公子嘉收纳为妾，但由于出身低贱，一直遭到众人的讥讽和歧视，也许还包含着妒忌，这又给她心里蒙上一层阴影。做梦也没有想到，如今，公子又为了个人的私愤和赵国未来的命运，让她去做西施第二，说白了，是让她用女色迷惑男人，毁坏一个国家。最后等待她的是"亡国之物，留之何用"的判语，唉，女人……

赵姬想到自己的身世和将来的命运，无声的泪水簌簌落下。吕不韦见状，急忙致歉说："玉儿，我，我不是故意的，如果你觉得伤心就别说了，咱们谈点高兴的事吧。"

赵姬"哇"的一声哭了出来，吕不韦不知如何安慰她。过了好久，见赵姬情绪稍稍稳定，吕不韦叹口气说："人要是永远长不大该多好，就像我们在阳翟的时候，天真烂漫，无忧无虑，随心所欲，想干什么就干什么。唉，可人总要长大，长大就有烦恼、有痛苦，为名、为利、为生存去奔波，去争斗，去与同类厮杀，不是你死就是他亡。"

赵姬停止了哭泣，瞪大眼睛问："你们男人既然明白这个道理，为什么不停止自己的所作所为呢？什么事都要在刀枪上见高低、在战场上见分晓有什么意思呢？国家太平、百姓安居乐业是圣人倡导的，也是百姓向往的呀！"

吕不韦并不能回答赵姬所提的问题，他只是轻轻摇摇头，说："也许与人心的欲望有关吧，对金钱、权势、地位、土地的追求、占有永远是无止境的，这种疯狂攫取中必然引发各种大小战争，当然，许多人是被迫卷进去的，被迫做许多自己不情愿却又不得不做的事，就像公子嘉忍痛舍弃你一样。"

赵姬幽幽地看一眼吕不韦，感伤而又带着几分哀怨的口气说："男人连自己的女人都不能保护，还算什么男人？自己没有本事争斗，凭女人去获得想要的东西，即使得到了，传扬出去也是一种屈辱。"

吕不韦有些内疚，公子嘉不能保护自己的女人，不配称作男人，而他自己呢？与公子嘉相比也好不了多少，玉儿虽然不是自己的女人，但在他心中却比公子嘉更珍惜她、爱护她。可是主动提出把玉儿送给异人的正是这样一个爱护她、发誓保护她的人，如果玉儿知道这个主意是他出的，不知玉儿会如何埋怨他呢？也许他会以原先并不知道她就是玉儿为借口，可现在知道了，他应该怎样做呢？

那是晚春的一个午后，天气十分闷热，让人感到似乎不是春天，倒有些夏天的味道。赵姬独自在室内静坐，一会儿她就觉得十分憋闷，除了天气的原因外，她内心更有一种莫名其妙的渴望。

赵姬正在胡思乱想，忽然听到一声猫儿的尖叫，赵姬吓了一跳，猛抬头，见吕不韦正缓步从花园的小径旁走过。赵姬犹豫片刻，急忙绕到吕不韦必经之路的前头，装作随意地在赏花戏蝶。吕不韦边走路边盘算着心事，猛然看见赵姬穿一件白色轻纱在前面追赶蝴蝶，他怦然心动，暗自庆幸自己有眼光，这女人都能打动他这样的情场老手，更何况秦公子异人？

吕不韦驻足观看赵姬，看她在红花绿叶丛中捉蝴蝶，这让他回想起当年孩提时代与她一同嬉戏时的情景。赵姬也只当作没有看见吕不韦，只顾追赶自己的蝴蝶，冷不防，在扑打一个蝴蝶时她扑到了吕不韦身上，赵姬装作刚刚发现吕不韦的样子，施礼致歉说："哦，吕先生，不，吕大哥，小妹一心追赶蝴蝶撞到了大哥身边，请大哥原谅！"

"玉儿太客气了，你我兄妹之间何必如此客气呢！我刚好路过这里，见你在捉蝴蝶便没有打扰你，难得你有这样的兴致，何不多找几个侍女陪你玩，岂不更开心！"

"我一个人独处惯了，才不喜欢众人在一起打打闹闹呢。"赵姬说着，侧目瞟一眼吕不韦，试探着问："如果吕大哥没有什么重要的事，请到室内一叙，我有好多事要请教大哥呢。"这正是吕不韦所希望的，于是他满口答应，二人来到室内……

多日的卿卿我我，吕不韦不再想把赵姬嫁给异人，赵姬也从吕不韦那里尝到甜头，更不想离开吕不韦。

可是，公子嘉已多次派人催问，吕不韦考虑再三，决定忍痛割爱。这天，吕不韦约异人来府上饮酒，席间，吕不韦问道："公子来赵国这么多年，可曾有红颜知己，或看上哪家小姐？如果有，尽管说来，为兄一定帮你了却心愿。"

异人凄然一笑，道："自从被质赵国，一直潦倒落魄，许多时候都是衣不遮体、食不果腹，对于女人更是想也不敢想。幸而遇到吕兄才有今天的风光，偶尔在茶楼酒店遇上一两个中意的女人，也多是逢场作戏，从来没有当真过。"

吕不韦曾对异人说过要帮他物色一位才貌俱佳的夫人，一晃几个月过去了，吕不韦不主动提起，异人也不好意思开口询问，今日吕不韦主动提及此事，估计已经有了眉目。果然，吕不韦饶有兴致地说："我曾答应为公子寻觅一位才貌俱佳的夫人，经过多方寻找，物色一人，但不知是否合公子心意，就没敢贸然送去。今日请公子来此，正是为了这事，先请公子过目。"

吕不韦话音未落，一阵曼妙的琴声从帐后传来，起初极为细小，犹如深谷虫鸣，渐渐地，琴声由小而大，由细而粗，如山泉出石，叮叮当当，清脆悦耳，继而是春风抚林，各种混响俱全。忽然，宏大混响变小变细，如幽竹流水，潺潺不绝。接着，传出一女子的婉转歌声。

异人对这首曲子熟悉得不能再熟悉了，它叫《蒹葭》，是他们秦国的民歌，其中描写寻找伊人而不得的句子十分凄婉动人。

异人完全沉浸在这凄美绝伦的乐曲中。

吕不韦哈哈一笑："公子，琴美，曲美，人更美！"

吕不韦抬手轻轻拍了三下，帷幕徐徐打开，赵姬着一身粉红纱衣正在埋头抚琴。嗬，真如妲己再世，西施再生，异人看呆了，他想不到世上还有这么美的女人。异人不由自主地站了起来，擦擦眼睛想看个仔细。这时，忽听吕不韦说道："赵小姐，还不快来见过秦国公子？"

赵姬缓步起身上前，向异人施礼。异人看清了她身上的每一个部位，那鼻子那眼睛，那眉毛那嘴没有一点可挑剔，就是那身段那装束也是宛如天仙，异人不知道造物主怎会有这样的杰作。他轻轻咽了一下口水，如果能得到这样的女人，就是不回秦国也毫无遗憾。异人忘了还礼，结结巴巴地问道："吕，吕兄，这，这就是你，你为我物色的夫人？"

吕不韦淡然一笑："公子不满意吗？如果公子看不中，容吕某再进一步寻找。"

"不，不，不必了，我异人能娶这样的女子为妻，终生无憾！只是我有一点不明白，吕兄为何对这么貌美的女人不动心，舍得把她送给我呢？"

吕不韦内心一阵酸涩，凄然笑道："吕某所做的这一切是为了讨好公子，希望将来能够随公子而飞黄腾达、出将入相，改变如今遭人歧视的地位。如果我沉迷于女色，把赵姬据为己有，公子表面上不会说什么，心中必然恼恨于我，将来会同我一起共享天下吗？这就是我忍痛把赵姬送给公子的原因，不是我不想拥有，而是不能拥有。但我也提醒公子，只要公子同意，吕某马上为你张罗婚事，公子一旦完婚就算成家了，俗话说成家立业，公子下一步就要想方设法立业了，万万不可忘记回秦的事，否则就辜负了为兄的一片苦心。"

异人连连点头："吕兄见教的是，异人绝不会忘记你的指教，待我完婚后就派人去咸阳，按照既定方案行事。"在吕不韦的精心安排下，异人与赵姬的婚礼十分隆重。完婚这天，赵姬机械地让侍女们为她梳妆打扮。这个大喜的日子，赵姬却没有丝毫喜色，她的心如坠冰窟。

想到今后的命运，赵姬脑海中闪现出异人初见她的神情，说实在的，异人相貌平平，能力一般，难怪他不讨秦昭王的欢心被送到赵国做质子。在赵姬看来，异人长相有些猥琐，如果不是那一身华贵的衣饰，与街头的无赖没有什么两样。尽管异人如今十分风光，也颇受众人称颂与爱戴，但赵姬知道这一切都是公子嘉与吕不韦合伙谋划的，他们要在异人身上下赌注，赌一赌秦赵两国交锋的命运，这可算是个大赌博，而她赵姬就是掷向异人的骰子。这场巨赌的胜算有几成？赵姬实在觉得迷茫，一想到迷茫的未来，赵姬的心不禁一凉，大滴的泪水涌了出来，她那施满粉黛的脸上留下了两道深深的泪痕。

吕不韦进来了，他看见赵姬脸上的泪痕，想说几句宽慰的话，但话到了嘴边又咽了回去。那些话已说了上百遍，再说就多余了，何况，说出后不能宽慰赵姬的心，反而增添她的心伤。

吕不韦只是默默地站在旁边，专注地看着侍女将一件件饰物戴在赵姬头上。他的心里也不好受，这毕竟是他心中的恋人，是他曾经温存过的女人。而今，赵姬就要拱手送给别人了，他吕不韦的心能好受吗？

整理完了，赵姬抬起头，用幽怨的目光看着吕不韦，她突然觉得一阵反胃，早晨吃的食物直向上翻，一阵眩晕后便猛烈地咳嗽起来，想呕吐，却什么也没吐出来，只觉得满嘴都是酸水。赵姬强忍着恶心，将酸水咽回肚中。

吕不韦见状，皱了皱眉头，他屏退侍女，关切地问道："玉儿，你身体不适，莫非昨晚着凉，要不要请郎中来探视一下？"

赵姬轻轻摇摇头，略显惊慌地说："我可能已有了身孕。"

吕不韦瞪大了眼睛，吃惊地问道："这是真的？"

赵姬认真地点点头。

"有多长时间了？"

"接近两个月了。"

吕不韦涨红了脸，略带不满地说："有两个月了？那你为何不早说呢？"

赵姬听吕不韦口气中带有一丝责备的意思，便冷冷地回应道："上个月没有来红，我只是猜测，却也不能判定，直到刚才……"赵姬没有说下去。

吕不韦叹息一声："可是，现在吉时就到了。"他本想说"就是打胎也来不及了"，话到嘴边却没有说出口。

吕不韦在室内来回踱着，忽然停住脚步，不容辩驳地说："想尽一切办法瞒住异人，事后我再考虑打胎的事！"

"万一隐瞒不住呢？"

吕不韦狡黠地笑道："凭你的能耐，瞒不住异人那种蠢猪？我才不相信呢！"

"你也别太自作聪明了。"赵姬冷笑着说。

吕不韦笑道："哼，就是异人知道你肚子里的孩子是我的，又能怎样？别说你是我承让给他的，他目前所拥有的一切都是我吕不韦给的，没有我的相助，别看他现在威风八面，一夜之间仍会成为阶下囚。"

赵姬没有争辩，她相信吕不韦说的都是实话，但她承受不了吕不韦这种盛气凌人的气势，便反唇相讥道："亏你说得出口，连自己的女人都保护不住，还要什么威风？"

这话让吕不韦气得嘴唇发抖，却说不出一句话。默默站立了足足一盏茶工夫，最后他冷冷说道："这事你知我知，天知地知，绝不许向任何人泄露半个字，至于以后的事我会妥善安排。"

说完，他迈着沉重的步子走了。

"吕大哥……"赵姬深情地呼唤一声。

吕不韦停住脚步，但他只是稍稍迟疑片刻，还是毅然迈着步子，头也不回地走了。赵姬望着吕不韦高大的背影，泪水夺眶而出。

赵姬如同一个木偶人一般，被人簇拥着走上彩车。从此，她开始了一种新的生活，这是一种怎样的生活？等待她的又是什么样的命运？

"驾——驾——"

车夫挥动着鞭子猛抽着马背，马车在驶向咸阳的大道上奔跑着。近了，更近了。

渐渐地，咸阳高大的城门依稀可见。

吕不韦来过咸阳不止一次，以前都是为了经商，但这次不同了，吕不韦感到一种沉重的压力，他明白此行的重要，这是下棋时的第一步棋，也是至关重要的一着。人们常说：一着不慎全盘皆输。吕不韦虽对这第一步棋做了充分准备，但能否旗开得胜，实在难料。

吕不韦一行人来到咸阳城门，验过身份后才得以进城。吕不韦透过车窗的帘子向外望去，只见街道两旁店铺林立，往来行人络绎不绝，各种叫卖声不绝于耳。吕不韦感慨万千。与几年前相比，咸阳城又繁华了许多，而相比之下，赵国的邯郸却有萧条之势，可见，秦国在军备力量扩大的同时，经济实力也日渐增长。

吕不韦来到了咸阳最有名气的逍遥客栈。这是他以往来咸阳下榻的地方。吕不韦一边静静住在客栈，一边派人打探秦宫的情况，考虑下一步行动的方案。经过几天明察暗访，吕不韦心中有了底，便亲自来到咸阳城有名的大商人樊统府中。

樊统名义上是大商人，真实身份却是吕不韦安插在咸阳的眼线。他以经商为名给吕不韦打探秦国的消息，然后再通过商贸途径送给吕不韦。这就是吕不韦身在邯郸却对秦国之事了如指掌的原因。樊统见吕不韦事先没有送来任何消息便突然来到咸阳，知道必有要事，急忙把他请入客厅，一边命人备酒设宴，一边谢罪说："不知吕先生到此，有失远迎，请吕先生多多谅解。"

吕不韦一边入座，一边还礼说："樊先生不必多礼，我来咸阳前没有派人通知你，是唯恐消息走漏，不利于我此行的目的。"

樊统已猜中了八九，点头说道："吕先生所虑极是，最近从宫中传出消息，子偊对异人的名声已扩大到秦国感到十分不安，准备派人到赵国探听虚实呢。"

吕不韦十分满意："这都是你等的功劳，等到事成之后一定报请异人公子给予重赏。"

樊统急忙谦逊地答道："全靠吕先生的鼎力支持和周密部署，如今吕先生亲自来了，一定会把事情做得更加圆满，达到预期效果。"

"我初来乍到，人事不熟，一切还要靠樊先生指点，何况我到此也停留不了多久，今后的事仍需要樊先生费心。"吕不韦说至此，话锋一转，又问道，"子偊与华阳夫人的关系是否有变化？"

樊统摇摇头："仍然是不好不坏，既没有听说和解，也没有听说恶化。"

吕不韦沉吟片刻，问道："有什么办法让二人的关系进一步恶化呢？只有这样我才有机可乘。"

樊统想了想："华阳夫人的弟弟阳泉君是个见利忘义之人，倒可以利用，何况华阳夫人与子偊的矛盾就是因为他而引起的。"这一句话提醒了吕不韦。阳泉君曾建议华阳夫人在安国君诸多儿子中认一个继子。这个消息一传出，引起安国君诸子的震动，他们都明白华阳夫人的位置，一旦拜倒在她膝下，地位将随之大变，安国君承袭王位后立为世子也未尝不能，众人纷纷向华阳夫人献殷勤。可华阳夫人仅相中一人，就是子偊。因为华阳夫人也很精明，她所选择的继子将来能否承袭王位并不是她一个人能够做主的，主要取决于安国君的态度，这众多儿子之中，安国君十分偏爱子偊，这就是华阳夫人选中子偊的原因。可是，令华阳夫人十分恼火的是子偊并不领她的情，他私下向人放出口风，说根本不愿到她膝下做继子。华阳夫人并没有把传到耳中的话当一回事，她继续做着一厢情愿的事。她亲自做媒，要把阳泉君的女儿嫁给子偊，并以此拉拢子偊，这样，将来不仅巩固了自己的位置，也巩固了他们华阳氏在秦国的地位。谁知子偊一口拒绝了华阳夫人提及的婚事，私下还把华阳氏羞辱一顿。这彻底惹恼了华阳夫人和阳泉君，他们自认为丢尽了面子。从此，华阳夫人和子偊之间便有了隔阂。

吕不韦想起此事，便打定主意，决定从阳泉君那里寻找进入秦宫的突破口，于是问道："樊先生有办法让我亲近一下阳泉君吗？"

樊统沉思片刻说："阳泉君有一嗜好就是赛马，再过几日就到了一年一度的赛马节，他一定亲自前往赛场，我等到时再想办法接近他。"

"阳泉君每年的赛事如何？"吕不韦问道。

"当然是赢多输少。最近听他身边的亲信传出话来，阳泉君新近从西北狄人那里购得一匹良马，据说那马的肋骨是一个整的，奔跑起来赛过一般的千里马，而且善于驮重，所以阳泉君准备在今年的赛马中夺得头彩呢。"

吕不韦曾到西北狄人那里做过马的买卖，也听说过有这么一种长着完整肋骨的良马，传说是母马与麒麟杂交生成，只在昆仑山麓才有。此马彪悍善跑，野性难驯，不与普通家养马合群，并且这马有一个毛病就是特别害怕见红，只要看见红色的东西，就会激起它的野性，狂奔乱跳，难以驾驭。

吕不韦也只是听相马的人谈论过这种马的性情、特征，他并没有亲眼见过，但他隐约觉得自己要和阳泉君打上交道必须从他的这匹马上下功夫。

赛马场设在咸阳城西南方的一个广阔草坪上。

参赛这天，赛场看台上围满了人，众人七嘴八舌地议论着今年的赛事，猜测着最后的优胜者。一番讨论后，大家几乎是众口一词地推崇阳泉君。阳泉君早早来到预赛点，抚弄着他心爱的宝马良驹，有些沾沾自喜，他对今年赢得头彩充满自信。如果今年再一次获胜，他就接连三年成为冠军了。

离阳泉君不远的地方也有一帮人正簇拥着一位年轻的参赛者，他就是最受秦王太子安国君宠爱的子傒。

子傒今年是第三次参加赛马，前两次参赛他都抱着志在必得之心，结果全都败在阳泉君马下。子傒生性好强，很不服气。如果败在其他人手中他也许会咽下这口气，唯独败在阳泉君马下令他窝火。子傒打骨子里瞧不起阳泉君，他认为阳泉君不过是从楚国逃难到秦国的外来破落户，本人也没有什么本领，不过是凭着姐姐华阳夫人被自己父亲安国君宠爱才有今天的大富大贵，说到底，他不过是一个攀附在女人身上的寄生物。

当然，令子傒讨厌阳泉君的根本原因并不是这些。

有爱屋及乌，也就有厌乌及屋。子傒因为母亲吴夫人和华阳夫人争宠落败憎恨华阳夫人，因而也就迁怒阳泉君。如果不是华阳夫人，他的母亲吴夫人理当被立为第一夫人，一旦安国君承袭王位，他就理所当然被立为世子。可如今，他的世子之位只能凭他的才能去争取，靠挖空心思地讨好祖父与父亲来换取。

子傒两次在赛马中败给阳泉君，便四处购买宝马名驹，准备在今年赛场上挽回面子，后来听说阳泉君从狄人那里得到一匹罕见的麒麟马，他十分沮丧，知道今年的赛场上又要落败，便决定放弃参赛。就在昨天，有人送来消息，告诉他阳泉君那匹麒麟马的短处，教给他制服阳泉君的办法，子傒听后大喜，才决定参加今天的赛事。

再看子傒的装束打扮，一身红衣红帽，连脚上的鞋也是红的，再配上他的那匹赤兔马，简直就是一团火。

赛马就要开始了，阳泉君充满了自信。

吕不韦知道是时候了，他向樊统会心地点点头，紧走几步来到阳泉君跟前，拦住他的马，深施一礼，故作焦急地说："君侯，请你赶快下马，今天的比赛君侯万万不可参加，除非君侯立刻换下胯下的宝马，否则，后果不堪设想！"

阳泉君见自己并不认识这人，听口音也不像咸阳人，估计是子傒故意派来阻止他的，冷笑道："莫非你是接受他人钱财，来阻止本君侯中头彩的？本君侯为了图个吉利，不怪罪你，请你赶快退到一边，不然，本君侯的宝马会把你撞个粉碎！"

吕不韦仍然毫不畏惧地坚持说："君侯有所不知，我在狄人那里曾见过此马，此马名叫玉麒麟，由千里母马与麒麟杂交而成，奔跑如飞，是世上稀有马种，但此马有一个最大的缺陷就是怕红，只要看见红色便会癫狂起来，发起野性时君侯会控制不住的，小人怕伤了君侯的贵体才冒死前来相告。"

阳泉君将信将疑，看看吕不韦，又看看远远骑马站在最边上的子傒，仍拿不定主意，他不知道眼前这人的来历，主要是担心这是子傒使诈，故意让他放弃赛马的机会。阳泉君尚在犹豫。

吕不韦从怀中掏出一块黑纱递给阳泉君说："如果君侯怀疑小人的话，坚决要骑这匹马参赛，就拿着这块黑纱，倘若君侯的坐骑与那匹红衣赤兔马相遇，立即用黑纱蒙上这匹玉麒麟的双眼，也许能帮助君侯脱离险境。"

吕不韦说着，便把黑纱抛给阳泉君，转身离去。

阳泉君接住黑纱，不知如何是好。这时，赛马的号角已经吹响，他把黑纱揣在怀中，猛抽马背一鞭，麒麟马猛地蹿了出去。在看客的喝彩声中，所有参赛者都拼命挥动马鞭。

渐渐地，遥遥领先的只有两位参赛者，就是阳泉君和子傒，二人相距很远。

突然，子傒猛地催马斜冲过来，要与阳泉君并驾齐驱。阳泉君胯下的麒麟马正在狂奔，猛然看见一团火一样的东西向它跑来，立即惊恐地狂叫起来，四蹄腾空，乱跳乱蹦。

见自己的马突然惊了起来，阳泉君也发现了子傒正斜冲过来，这才想起刚才那人的提醒，急忙掏出黑纱去蒙马的眼睛。尽管阳泉君用黑纱蒙住马的眼睛，但狂癫的马仍然疯狂地蹦跳着，要把阳泉君从马背上掀下来，情况十分危急。正在这时，吕不韦与樊统双双催马赶到跟前，用马杆将那匹发疯的马套住，阳泉君这才得以脱离危险。这时，阳泉君的随从也已经赶到，把他扶下马来。阳泉君见救护自己的人正是刚才劝阻自己参加比赛的人，急忙致谢说："多谢先生的指点与救护，敢问先生尊姓大名，也好亲自登府致谢！"

"为君侯效劳怎敢承谢，这也是在下分内之事，在下钦佩君侯的为人，早有结识君侯之心，只是无缘而已，此次来咸阳能为君侯尽些微薄之力，乃是我吕不韦祖上的阴德。"

阳泉君一听是吕不韦，肃然起敬。吕不韦的大名可以说响遍诸侯各国，此人不但富有，而且乐善好施，许多养士的公子大臣都以能结交上吕不韦为荣。特别是这半年多来，吕不韦的大名更是在秦国广为传播，他现在已在辅佐异人，也正因如此，异人的名声才会引起秦宫诸人的注意。

阳泉君虽然失去中头彩的机会，但侥幸捡了一条命，这让他对吕不韦和樊统感激不尽，特邀二人去府中赴宴，这正是吕不韦所渴求的。在阳泉君的邀请下，吕不韦正式登门拜访。一落座，他便命随从献上所带礼物，阳泉君打开一看，顿时大惊，结结巴巴地说道："这，这是价值连城的和氏璧，吕，吕先生从何处得来的？"

吕不韦笑道："君侯应该知道，世上之物从来是无独有偶，像和氏璧这样的奇珍异宝更是如此。据采玉行家说，和氏璧也有公母一对。楚人卞和发现的为公，至今仍保存在赵国皇宫内。"

"那么另一块母的呢？是不是这块？"阳泉君急忙指着手中的璧玉问。

吕不韦点点头道："正是！不瞒君侯，我得到这块玉璧也费了许多人力财力，并请几位行家鉴定，确系与赵王手中的那块和氏璧为一对，赵王曾允诺给我一座城的封地交换我这块玉，我都没有答应，如今特来献给君侯，请君侯笑纳！"

阳泉君受宠若惊，一边把玩着手中的璧玉，一边问道："这块母玉与那块公玉相比，其价值与用途有何区别？"

"和氏璧有'夜光之璧'的美名，将它放置在暗处能够发出光亮，倘若带在身边，冬天可以取暖，夏天则可以纳凉。此外，和氏璧还可以却退尘埃，有避邪驱鬼的功效，据说和氏璧放置的地方，百步之内蝇虫无法入内，还有滋阴补阳的奇效呢！"

"和氏璧真不愧为天下稀有的珍宝！"阳泉君赞叹说，"那么这块母玉呢？"

吕不韦解释说："母玉和公玉相比，正如男女有别，各有各的奇异功效，母玉也能发光，只是光线稍弱，母玉也能取暖纳凉，只是效果稍次于公玉，母玉同样也有避邪之能，但不能驱蝇逐虫。可是，母玉有一功效却是公玉所没有的。"

"什么功效？"阳泉君急忙问道。

"据说这块母玉感受过日月的精华，吸收了无数阳性之物的精气，可治男女不育的病症。"

阳泉君将信将疑："假如有此功效，其价值应远在那块公玉之上才对，可是为什么人们只听说过和氏璧而没有听说过先生的这块玉呢？"

吕不韦坦然一笑，略显惆怅地说："世上默默无名之才多矣，又何止这一块碧玉呢？"

阳泉君点点头，又说："吕先生此次来咸阳一定有所作为，如果有需要我帮忙的尽管开口，我一定尽力而为。"

  吕不韦急忙拜谢说："谢君侯如此慷慨，真人面前不说假话，不韦来秦确实有要事而做，非君侯出面相助不能成，希望君侯不要推辞！"

  阳泉君哈哈一笑，道："如果我没有猜错，吕先生一定是为异人公子做说客的吧？"

  吕不韦装作十分钦佩的神情，竖起大拇指称赞说："君侯不愧为秦王左右的心腹重臣，真是料事如神，不韦确实是为异人公子的事而来，望君侯鼎力相助，事成之后异人公子还有更珍贵的礼品向君侯致谢！"

  阳泉君为难地说："不是我不想帮吕先生，这等事是王室宗族内部之事，岂是外人能插上手的，何况……"阳泉君没有说下去。

  吕不韦猜中他想说什么，于是先说道："君侯一定是认为子傒公子备受安国君宠爱，将来会被立为世子。但君侯应当知道，只要立嫡书没有公布，安国君的任何一位子嗣都有希望参与立嫡之争，我们都要为异人公子尽力争取，何况众多公子之中，异人表现难道不优秀吗？他自幼被质于赵国，有功于秦，独自在赵国多年受尽苦难不说，凭个人才能在诸侯之间树立了名声，令人称贤，这些是包括子傒在内的任何一个公子都无法相比的。"

  吕不韦见阳泉君不为所动，又进一步说道："依不韦看来，从君侯的角度讲，立谁为世子都不能立子傒为世子。"

  阳泉君吃惊地盯着吕不韦问道："先生何出此言？"

  吕不韦平静地说："君侯难道真的不知道子傒对你的态度吗？不韦来秦虽然只有几天，仅从赛马那天的表现就知道子傒对君侯怨恨日深，有置君侯于死地之心，否则，赛马输赢之间为何出此下策对付君侯呢？今日想折断君侯的四肢，他日就可能要拿去君侯的头颅。不韦只懂就事分析事态趋向，绝无危言耸听之意，请君侯三思！"

  阳泉君垂下头，一边玩弄着手中的玉璧，一边思索着吕不韦所讲的话，事实确如吕不韦所分析的，子傒对他们华阳氏早有成见，他拒绝华阳夫人的好意，不娶自己的女儿不说，赛马场上确是挖空心思击败自己，将来子傒承袭王位，他们华阳氏必定不会有好收场。阳泉君抬起头问道："如何才能阻止安国君立子傒为世子呢？"

  "接受我的建议，向安国君推荐异人，如果君侯出面把异人推到世子的位置，他将来怎会不感激君侯呢？因为他本来没有机会被立为世子，是君侯的鼎力相助……这份情足以让异人感激终生，也足以保全君侯下半生的荣华富贵。"

  阳泉君也认为吕不韦说得有道理，却又为难地说："吕先生也十分清楚，异人之母夏夫人不受宠爱，从而导致异人在安国君的众多儿子中备受冷落。而且异人长期在赵，加上秦赵之间长年争战不断，秦王对异人也不太了解，更谈不上好感，从秦赵这几年的紧张局势看，异人能否安全回国都难说，何况是被立为世子呢？"

为了打消阳泉君的畏难情绪，吕不韦保证道："请君侯放心，有不韦在，保证异人公子安全返回秦国。来时异人公子私下交代我，请君侯相帮，并不是要君侯让他立即被立为世子，此事可以从长计议，但要君侯想方设法阻止安国君立子傒为嗣。"

阳泉君点点头："我尽力而为吧。"

吕不韦见阳泉君答应了这事，暗暗舒口气，又说道："还有一件事要麻烦君侯殿下，这事对君侯来说不难做又十分有利，我想君侯一定不会推辞。"

"吕先生先说说看？"

"君侯可能早就听说过异人在赵国多年来一直都十分思念华阳夫人，每到大小节日，异人都焚香叩首，向西遥祝华阳夫人福如东海寿比南山。在异人心目中，华阳夫人比他生母夏夫人还要亲，异人早有委身华阳夫人做继子之心，却一直没有机会前来表白，我此番前来时异人向我恳求多次，一定让我把这些话说给华阳夫人听。"吕不韦说着，叹息一声，"不韦一介草民，怎么有机会入宫拜见华阳夫人呢？望君侯从中周旋，或向华阳夫人传个话，表达一下公子的心迹与思念之情。当然，如果能让在下亲自拜访一下华阳夫人就再好不过了，这样也省去君侯的许多口舌，因为君侯操劳国事实在太忙。"

阳泉君听了，侧目问道："异人为何如此思念华阳夫人，对她敬重胜过生母？难道就为了讨好华阳夫人、让她帮助得到世子之位？"

吕不韦连连摇头："异人公子才不是那样的人呢，他如此思念华阳夫人，主要是他从小不受生母疼爱，而华阳夫人却十分关心他、爱护他，特别是他被决定质于赵国、行将离开咸阳时，华阳夫人曾送他一件夹衣。异人时常提及这事，每当说到华阳夫人时，异人公子都泪流满面，面露思念之情。"

阳泉君十分感动，点头说道："我一定尽力帮忙，不过这等女人的事孤也是外行，特别是女人的心更不好把握，我想请夫人先给姐姐说一说，探探姐姐的口风，看她是否有过继子嗣的想法，因为去年为了子傒之事伤透了心，她发誓不再认领继子。倘若我去提及这事，而她一口拒绝，这就无退路可言了。吕先生以为呢？"

吕不韦也觉得由阳泉君的夫人先出面探探虚实效果更好，于是叩首称谢。

华阳夫人轻捻琴弦，弹奏起她心爱的曲子《绿柳》。这是一首楚国的古老民歌，还是幼年时姑祖母宣太后教会她的。

华阳夫人本姓恐，祖上来自楚国宗室，其祖父恐戎因姐姐宣太后为秦昭王之母而被封为华阳君，其后子孙便以华阳为姓。由于父亲早逝，华阳夫人和弟弟阳泉君都是在姑祖母宣太后膝下长大的。华阳夫人自幼聪明伶俐，又长得楚楚动人，特别讨宣太后喜爱，长大之后经宣太后为媒嫁给安国君，可谓亲上加亲。华阳夫人深受安国君宠爱，除了自身貌美之外，千丝万缕的关系更是不可少。安国君宠爱华阳夫人也是为了讨好祖母宣太后，希望借助祖母之力被立为太子。

华阳夫人心慧耳聪，有一双灵巧的手，擅长抚琴弄曲。她有一副悲天悯人的菩萨心肠，却出入宫禁之地。她不擅长争风吃醋却又被推到令人嫉妒的位置。真是有心栽花花不开，无心插柳柳成荫，也许正是华阳夫人对这一切都不感兴趣，才更讨安国君欢心。

华阳夫人有两大爱好，就是读书与弹琴。安国君不在的时候，她就靠书与琴打发寂寞的深宫时光。

本来华阳夫人无所渴求。可是，造物主总是那么公平，绝不会让一个人在每一方面都占有绝对优势的位置，一些方面富足，必然在另一些方面缺憾。华阳夫人也不例外，她在拥有众人羡慕的显赫一面时，也有自己难以启齿的苦衷。她被安国君专宠多年却从来没有生育过一男半女，这不能不是她人生中最大的遗憾。

这天阳泉夫人来到华阳夫人的面前，礼毕，呈上一个精美的礼盒说："姐姐，异人公子又给你捎来了礼物。"

华阳夫人打开盒子，里面是把琴，她"噫"了一声，面露惊奇之色，道："怎么，难道姐姐认识这琴？"阳泉夫人不解地问。

"当然，"华阳夫人一边轻轻拿起琴一边说，"这把琴叫凤尾琴，你瞧这琴尾多像开屏的凤尾，不知异人从何处得到这把琴，并舍得送给我，真难得他有如此孝心。"

其实，异人从来没有向华阳夫人送过任何礼物，这都是吕不韦一手安排的，这一年来，他指令樊统在每一个节日到来前都派人给华阳夫人送上一份精美的礼物，并假说是异人公子从赵国捎来的。因此，华阳夫人对阳泉夫人送来的礼物并不感到奇怪，但她没有想到异人这次送来的礼物竟如此贵重。

阳泉夫人见华阳夫人对异人所送的琴十分感兴趣，便问道："姐姐，这凤尾琴比一般的琴特别吗？"

华阳夫人不无得意地说："那当然喽，凤尾琴可称得上琴中之王，就其价值而言，不逊色于和氏璧，单从名声上讲，凤尾琴远远胜过和氏璧。"

阳泉夫人立即附和道："姐姐，如此说来真难为异人这孩子有这样的孝心，他一定是记住姐姐爱弹琴的这点嗜好，四处托人寻求才购得这把琴，抛弃琴的价值不说，仅异人公子的这份孝心就令人感动。"

华阳夫人点点头："过去，听人传言异人每到佳节来临和我的寿诞他都遥相叩拜，我不十分相信，现在看来传言倒也不假。这孩子真够有情有义的，当初，他被送往赵国时，我只是见他年龄小可怜他，说了几句安慰他的话，送给他几件夹衣，想不到他全都记在心上。唉，如果他是我的儿子，说什么我也要将他赎回来，孤身一人流落在外多年，也真够可怜的！"

阳泉夫人见状，也忙掏出巾帕在眼角上擦了擦，试探着问："姐姐如此可怜这孩子，疼爱他，关心他，何不把他收为养子呢？"华阳夫人幽幽说道："我也不是没有这种想法，只是自从去年和子傒惹了一肚子气，再也不想收养什么儿子，一切听天由命吧，万一异人不同意呢？我岂不是一厢情愿，自讨没趣，传扬出去又会惹出许多嘲笑来，别人还以为我是想儿子想疯了呢！"

"姐姐是多心了。只有子傒那不知天高地厚的东西才不理解姐姐的美意，将来有他倒霉的时候！得罪咱们华阳氏的人绝不会有好下场。"

华阳夫人立即阻止了她："妹妹千万不要这么说，人各有志嘛，姐姐这样不也很好吗？没有儿子就不靠儿子，看谁将来敢动我一根汗毛！"

阳泉夫人怕华阳夫人把话题扯远，急忙说道："如果姐姐没有再认养子之心，只可惜了异人的一片赤诚之心。不瞒姐姐说，异人这次是专门派人给姐姐送琴来的，据送琴人说，异人公子早有认姐姐为母之心，只怕姐姐瞧不起他，所以一直没敢提及，这次又托人探探姐姐的口风，来人有心想见见姐姐，回去后也给异人公子一个确切的交代，不知姐姐可有此心？"

华阳夫人沉默良久，缓缓说道："异人生母夏姬仍健在，我这样做岂不是夺她人之爱吗？"

"姐姐难道不知，生身不如养身重。夏姬虽是异人生母，可由于她不受宠，给异人带来许多不幸不说，也从来没有给异人一丝母爱，在异人心中，夏姬根本不是他的母亲，姐姐才是他的母亲呢！如果姐姐不接受异人的请求，岂不辜负了异人的诚孝之心？"

华阳夫人低头不语，许久才说道："先让我见见异人派来的使者再说吧。"

华阳夫人虽然是一个两耳不闻窗外事的人，但对吕不韦之名也有所闻，想不到被异人派来送琴的人竟是他，她心中暗想道：吕不韦这样的人都甘愿为异人服务，可见他的本领，如此发展下去，名声绝不次于享誉各国的四公子，自己能有这样的儿子也值得自豪。

华阳夫人在长乐宫正式接待了吕不韦，她见吕不韦年纪约莫四十来岁，白净脸膛，下巴上稍有些胡须，个头虽然不高，但人却长得十分精明干练，特别是那双幽邃的眼睛，给人深不可测之感。

　　华阳夫人冲吕不韦稍稍点点头，算是打个招呼。吕不韦躬身说道："异人公子十分思念夫人，并知道夫人酷爱弹琴，于是多方派人寻找，不惜耗费重金购得稀世珍琴一把，本想亲自送至咸阳以表寸心，无奈赵国防范甚严，无法脱身，不得已才让属下送来，并让在下给夫人请安。"

　　"有劳吕先生了。"华阳夫人轻声说道，"不知异人近况可好，可否让我为他做些什么？有话只管说来，我一定勉力而为。"

　　"谢夫人厚爱异人公子，公子因秦赵两国关系紧张，处境十分窘迫，但公子非常人能及，由于公子的威名享誉诸侯之间，赵国虽有心为难公子却不敢妄动。请夫人放心，公子吉人自有天相，一定会逢凶化吉、安全回到秦国的，至于何时能够回来孝敬安国君与夫人，还请夫人从中说情，帮异人公子早日结束质押生涯回归故里。"

　　华阳夫人点点头，道："我一定向安国君请求，让异人早日回来。请你回去转告公子，万万不可心急，这么多年都忍耐过来了，再多待几年也没什么，一旦秦赵关系松动，立即将他召回国。"

　　"在下代公子先谢过夫人，我一定转告。"吕不韦见华阳夫人迟迟不提认异人为继子的事，不免有些担心，便试探说："夫人如此关心异人公子，胜过生母。公子时常向我提及夫人对他无微不至的关怀，每次提及当年离开咸阳的事时，便拿出夫人当年送给他的夹衣来看视。忆起夫人的大恩大德，登时泪如雨下，公子说他终生最大的愿望就是能服侍在夫人膝下。"吕不韦见华阳夫人仍然沉默不语，继续说道："在公子心目中，夫人不是生母胜似生母，每当佳节来临及夫人寿诞之日，公子都焚香祷告，面向西方遥拜，祈祝夫人万寿。异人公子如此做从来都是默默进行的，更不许属下传扬出去，我也是偶然去拜访时恰好遇到公子正在为夫人祈祷才知道事情原委。本来我也不想把这事告诉夫人，因为异人公子曾再三叮嘱我不让我说出。可是，我发现夫人并没有把公子当作自己儿子的心，这岂不辜负了异人公子一片诚孝之心吗？"

　　华阳夫人嘴角抽动一下，悠然说道："异人这孩子对我的孝心我怎能不知？这多日来我一直在琢磨这事，异人对我的孝心可嘉，但这孝心里也不能不包含着功利。凭异人的名声可以约略知道他的才华，他绝不是一个甘愿屈居人后、随遇而安之人，这样，他甘愿做我的继子就有借助我的威望和我受宠的地位帮他立为世子之心。倘若我是宣太后那样性情的人，凡事必尽力争取，不达到目的决不罢休，我也就答应异人的请求，帮他实现自己的心愿。可是，我虽有此高位，却是淡泊名利之人，从不介入权势之争，只怕会让异人失望。"

　　吕不韦暗暗吃惊。华阳夫人看似不谙政治，却一眼看穿他吕不韦的心计，实在令他吃惊。吕不韦只好顺着华阳夫人的话进一步分析道："夫人言之有理，如果说异人公子对夫人的诚孝背后不夹杂丝毫功利也是撒谎。不过即使异人公子有借助夫人的力量承袭王位之心也可以理解。从夫人的角度分析，夫人也应该承认异人为继子，帮助他成为世子。"

"请吕先生说得明白一些。"华阳夫人淡淡说道。

"道理十分简单，就我所知，安国君的众多公子之中唯有子傒备受宠爱，极有可能被立为世子。子傒对夫人的态度夫人自然十分清楚，倘若子傒将来承袭王位，太后之位只能是吴夫人所有，而夫人你将会怎样？不但夫人地位受损，只怕华阳氏在秦的地位也将岌岌可危。"

这时，阳泉君也插话道："吕先生言之有理，姐姐，你就答应异人的请求，把他认为继子吧。依我看来，异人的贤仁远远胜过子傒十倍，只不过异人是因为母亲的原因不受安国君喜欢才被质于赵国，只要你把异人收为子嗣，情况将会大变，安国君定会改变对异人的看法。凭姐姐在安国君心目中的位置，再加上我们华阳氏在朝中的势力和异人公子的才华，又有吕先生这样足智多谋之人鼎力相助，一定会使异人如愿以偿的。"

阳泉君还进一步怂恿说："子傒不是自以为是，瞧不起姐姐和我们华阳氏吗？我等就让他明白一下我们华阳氏的厉害。"

华阳夫人这才说道："让我再慎重考虑一下。"

阳泉君急了："姐姐，道理十分明白，你还考虑什么？答应异人公子的请求吧，这是一举两得的事，对你对他都有好处。"

华阳夫人点点头："那好吧，请吕先生转告异人，他的情我领了，也请他在赵国好自为之，一旦有可能就把他召回国。"

吕不韦听后大喜，这次来秦的目的终于达到了，他急忙俯首致谢说："多谢夫人洞悉异人公子的苦心，异人公子绝不会令夫人失望的，他会比以前更加孝顺夫人！"

邯郸城内喧天的锣鼓把沉沉的暗夜敲得粉碎。

尽管天气十分寒冷，等待熬年夜的人仍冒着严寒走出家门，举着火把、敲着锣鼓走在街头，庆贺新的一年的到来。

就在这喧天的锣鼓声与爆竹声中，一座豪华的大院里传出婴儿哇哇的啼哭声，哭声是那样低沉孱弱，轻易地就被祝福新年的人声淹没了。

奶妈颠着小步跑到客厅，向正在焦急等待的异人报告说："公子大喜，夫人生了个男孩。"

"夫人怎样？"

"母子平安。"

异人紧张的心一下子放松了，喜形于色地望着夜空大叫一声："我有儿子啦！"

异人一口气跑到内室，从赵姬怀中接过孩子。看后，他十分失望，淡淡地说道："这么小一点，像只猫似的，能长成什么样？"语气中略带一丝不满。

"公子根本没见过女人生孩子，孩子刚出生都这么小，小公子是不足月生的，能有这么大算是福气了。"奶妈顺口说道。

"不足月？"异人迷惑不解，"几个月才算足月呢？"

奶妈白了他一眼，说："你们男人就是粗心，这类的事也问得出口！一般孩子都是十月怀胎，小公子才八个月就生了，当然算是不足月。"

异人转过身盯着赵姬，傻乎乎地问道："夫人，咱儿子是八个月吗？"赵姬听了这话内心一阵恐慌，苍白的脸变得更加惨白，讷讷说道："可能是吧。"

赵姬把话题岔开："公子给孩子起个名吧，明日有人问起也好有个答复。"

异人点点头，略一思忖说："这孩子赶在正月正日子时出生，就叫赵正吧。夫人以为如何？"

"孩子毕竟是大秦嬴氏子孙，希望他长大后能够有所作为，做出一番轰轰烈烈的政绩来，我觉得把'正'字改为'政'，似乎更合适，公子以为呢？"赵姬接口说道。

异人很高兴："夫人说得有理，就给我们的儿子起名叫赵政吧。"异人走出内室，内心一阵激动，回到书房仍无丝毫倦意。

异人站起来，推开窗户，哦，一缕新的曙光已洒满窗台。又是一个晴朗的天。

"来人，快把喜帖送吕先生那里！"异人向门外喊道。

【第二回】

舌灿莲花说白起，脱颖而出辩楚王

新年刚过，整个咸阳都沉浸在祥和的气氛之中。

王孙贵族们取乐的项目可多了，听琴、赛马、打猎，什么有趣做什么。

子傒最感兴趣的是赛马，他在去年的赛马场上击败对手阳泉君，一举夺了头彩，这是他没想到的。这让他不仅一雪往年频频惨败之耻，而且赢了一笔数目可观的金银玉器。子傒知道阳泉君是绝不会轻易认输的，今年赛马场上一定又是一场类似战场的殊死争夺。

为了早早准备今年的马赛，子傒一面派人去西北狄人那里选购名马良驹，一面加强骑技训练。趁着刚过年这阵子的空闲，子傒找了许多对手陪他练习骑技。子傒练累了，刚坐下来休息片刻，他手下昌文就凑上前说道："公子爷，小的刚刚得到一个消息，对爷十分不利。"

"说！"

"是！"昌文急忙躬身说道，"小的刚才接到弟弟昌武的报告，说异人在赵国娶了一位十分美貌的夫人，如今又生了一个白胖可爱的儿子。"

子傒微微一怔："哦，真有这事？"

"奴才怎敢欺骗公子。"

子傒低头不语，他知道这消息对他意味着什么，却又故作不知地说："异人在赵国娶什么样的女人生什么样的孩子与我有什么干系？"

昌文跟随子傒多年，摸清了他的脾气，见子傒又装糊涂，便主动分析说："异人已成为华阳夫人的继子，取得了华阳夫人好感，地位较以前大为改观，安国君对他也改变了看法。特别是异人的名声在诸侯间传播，引起了秦国的重视，许多大臣都认为异人才华横溢，是治国安邦的栋梁，当立为世子。安国君虽然没有立即答应，但也已经动了心，再加上华阳夫人的枕边风，难免安国君在公子与异人之间偏向异人。异人如今又有了子嗣，无异增加了竞争世子的筹码，公子不可不早早防备啊！"

子偃看一眼昌文，故作平静地说："依你之见我现在应该做什么？难道还要我杀了他吗？"

"公子爷如果真有除去异人之心，何不借刀杀人呢？"

"借刀杀人？"子偃一愣，"快快讲来。"

"公子何不借赵王的手把异人除去呢？"

子偃听昌文这么说，沉思片刻摇摇头："过去秦赵关系紧张时，赵王都没有杀掉异人，如今秦赵议和，异人名声远近闻名，又有阳翟大贾吕不韦相助，赵王怎会听从我的劝告将异人杀死呢？"

昌文见子偃并没有吃透他的心意，又进一步说道："公子爷若真想除去异人，奴才有一个计策，保证让公子爷如愿以偿。"

昌文俯下身在子偃身边嘀咕几句，子偃听后眉飞色舞地说："你小子鬼主意不少，事成之后爷给你重赏！"

秦丞相范雎正在和好友王稽、郑安平等人饮酒叙谈时，接到侍从报告，说子偃登门求见，范雎立即命人将他请进来。

子偃入内，向范雎拜见说："应侯安好，子偃特来向您拜个晚年，顺便报告一事。"

范雎一边让子偃入宴就座，一边说道："我等刚开宴，公子还是坐下边饮边说吧。"

子偃知道王稽、郑安平都是范雎莫逆之交，也不客气，就坐了下来。酒过三巡，范雎问道："不知公子带来了什么消息？尽管说来，这里没有外人。"

子偃放下酒杯道："丞相不是四处打听仇人魏齐的下落吗？我的属下最近从赵国送来消息，说魏齐逃到赵国，藏在平原君赵胜府中。"

范雎急忙问道："消息可靠吗？"

子偃郑重地点点头："千真万确！"

"我立即派人送信给平原君，让他派人把魏齐押解来咸阳，先羞辱他一顿，然后将他五马分尸！"

子偃阻拦道："您认为写一封信就能让平原君把魏齐交出来吗？丞相太小瞧平原君了，平原君同齐国孟尝君、魏国信陵君、楚国春申君并称当今诸侯'四君子'，这个称号绝非浪得虚名。据我所知，平原君为人行侠仗义，以礼贤下士闻名天下。他绝不会为了一封书信就把魏齐交出来的。"

范雎觉得子偃言之有理，便问道："依公子之见应该怎样做才能让平原君交出魏齐呢？"

子傒说："如今天下纷争，凭借的是实力，胜者为王，败者为寇，一切公义都由刀剑评定。自长平之战赵国战败后再也没有能力与我大秦抗衡，只要丞相说服大王派大兵压境，再送书给赵王，借赵王之手逼迫平原君，还怕他不乖乖送来魏齐吗？"

范雎略一思索，有所顾虑地说："秦赵刚刚议和，忽而又撕破协议派大兵压境，出尔反尔，天下人不服，大王恐怕不会答应的。"

子傒早就料到范雎会这么说，于是又说道："办大事者不拘小节，我们今日不出兵，只是在养虎遗患。难道要等待赵国强大起来再出兵吗？机不可失，时不再来，只要丞相向大王陈述利弊，大王一定会同意出兵的，这可是既能报君侯私人之仇，又可为秦国夺得土地，还能显示出丞相的功劳的好事呀。"

范雎也认为子傒分析得有理，但他也有难言之隐。范雎知道只要秦国派兵攻赵，一定让武安君白起领兵，因为长平之战后，赵国士兵一听到白起两个字便闻风丧胆，可是，范雎忌讳让白起领兵。范雎与白起表面一团和气，其实内心互存芥蒂。

范雎担心白起领兵伐赵，再一举攻下邯郸灭了赵国，那么，他的功劳就会远在自己之上，权位必然超过自己。一旦白起得势，他范雎的地位就岌岌可危，说不定会死于非命。他如今虽贵为丞相，封为应侯，但毕竟是从魏国逃来的，根基浅，亲信也少，无法与白起抗争。

子傒猜中了范雎的心思，又建议说："丞相派兵攻打赵国，一定觉得领兵之人不好选派，我可以给君侯推荐一人，保证令君侯满意。"

"谁？公子请说！"

子傒瞧一眼坐在旁边的郑安平，笑道："远在天边，近在眼前，丞相以为呢？"

范雎拍一下脑袋："我真是老糊涂了，我早就应该想到郑将军了。如果让郑将军领兵，就让王大夫任参军，没有二位老兄怎会有我范雎的今天？有恩不报非君子，我一定尽力举荐二位，力争让二位领兵伐赵、建功立业。"

范雎担心秦昭王会首先想到白起，子傒保证说："我有办法让白起拒绝领兵。"

"公子到底有何妙计，不妨说出来让我等先闻为快！"

子傒笑而不答。

白起听说子傒奉安国君之命前来向他拜年，十分欣慰，亲自接见了子傒。子傒上前施礼说道："君侯别来无恙？瞧君侯气色较往年更健朗，重上战场一定会再现长平关上雄风。"

"怎么？又要打仗不成？"

子傒爽朗一笑："大王有心再次出兵伐赵，并想派老将军统率大军，而我父亲听说将军大病刚愈，不知能否再统兵，特让我来看个究竟。"不等白起开口，子傒又急忙说道，"君侯不是外人，我也就说实话吧。父亲让我来此的真正用意是征求一下君侯的意见，因为我父亲不赞成大王出兵。秦国南伐北讨，连年征战，虽然胜多败少，但人力国力也消耗殆尽，急需休养生息，可大王听不进劝告，一意孤行，出兵之心十分坚决，谁的劝告也听不进去。"

白起点点头道："安国君的主张是对的，我大秦虽然较东方六国国力稍强，但想一鼓作气打败六国现在还没有可能，必须养精蓄锐、等待时机，先让东方六国相互争斗、彼此削弱，然后再相机各个击破。"

子傒微微叹息一声："大王早有称霸诸侯之心，特别是称帝失败后，每当提及此事总是耿耿于怀。大王年事渐高，在有生之年吞并中原是他多年夙愿，这次出兵可能就是这个原因吧。"

"大王的心情可以理解，但吞并六国之事须从长计议，不能一蹴而就。欲速则不达。"白起忽而又问道，"请问公子，大王准备向何方派兵？"

"再次伐赵，准备一举攻破邯郸、灭了赵国。"

"万万不可！"白起连忙摆手，"若攻打韩魏这样的弱小国家还可以勉强出兵，即使不能取胜也不至于落败，而出兵伐赵就不同了。"

子傒不解地问："长平一战将军坑杀赵国将士四十余万人，将赵国打得一败涂地，不得已向我大秦割地求和，赵国人提及君侯威名闻风丧胆，将军怎么忽而畏惧赵国，莫不是一场病生得胆怯了？"

白起连连摇头："公子不在军中当然不知军中之事。长平一战秦赵相持四年之久，双方各投入兵力不少于百万，尽管赵国惨败，我军损伤兵马也已过半。赵国不得已主动求和，这也是我军所渴求的。如果我国率先撕破协议，必然引起东方各国众愤、群起而攻，那我国必败无疑。从赵国单方面看，如今赵人对我秦国可谓恨之入骨。所谓哀兵必胜，假如我国再次讨伐赵国，赵国必定认为我国想一举灭掉他们，亡国亡家之恨逼迫他们与我军做垂死搏斗，置之死地而后生，一人拼命十人难挡，我大秦不是没吃过这样的亏，当年崤山惨败就是最好的例证！"

子傒见白起主动反对出兵，心中十分高兴，又进一步说道："从君侯刚才的分析，老将军和父亲的观点一致，我回宫后立即告知父亲，让他再次劝谏大王取消伐赵之心。倘若大王一意孤行，坚决要求出兵伐赵，并让君侯亲自统兵，君侯将作何打算呢？"

白起一时弄不清子傒的意图，于是反问道："公子以为我应当怎样做？安国君可有什么指示？"

"父亲当然希望君侯坚持己见，拒绝统兵，如果拗不过大王的要求最好称病，让大王派其他人统兵伐赵，一旦战场受挫，大王定会醒悟过来，听从众人劝谏撤兵的。"子傒为了使白起完全接受他的主张，并使其坚决不答应统兵，又装作无心地说道："我从父亲那里听到消息，大王本来也无出兵伐赵之心，完全是听了应侯范雎的劝说才坚定伐赵之心，向大王推荐君侯统率大军之人也是范雎。"

白起十分不解，他和范雎一向面和心不和，为什么会极力推荐他领兵出征呢？

子傒说道："白将军知道此时伐赵获胜的可能性很小，范雎又怎能不知呢？我私下认为他向大王推荐将军出征，并不是让将军建功立业、封妻荫子，而是别有用心，想毁坏将军的英明。"

白起惊问道："公子这话从何说起？"

"道理很简单，将军出生入死，为大秦立下赫赫战功，威名享誉诸侯列国，可谓功成名就。倘若将军在暮年之际偶然战场失利出现败绩，岂不辱没君侯常胜将军的英名，也给范雎等人留下攻击的话柄？君侯不但提升的机会丧失了，只怕原有的封地也会失去，君侯以为呢？"

白起沉思良久，他不得不承认子傒分析得有道理，对范雎又多了一份憎恶之心。

子傒见这次来访的目的几乎达到，又稍稍透露一点消息说："我私下听说范雎极力劝大王出兵伐赵有着个人目的，但消息不十分确切，不知当说不当说？"

"公子但说无妨，即使是讹传，我也不会向外人泄露的。公子视我为知心人，我岂能不为公子着想？我与安国君的关系你也是知道的。"

子傒慌忙装出十分诚恐的样子说："有人传说范雎劝说大王派兵伐赵是强迫赵王交出他的仇人魏齐，因为魏齐藏在平原君府上，范雎向平原君讨不来仇人，只好用武力向赵王施加压力，令赵王逼迫平原君交出魏齐。此事不十分可靠，尚需进一步证明。"

白起说道："范雎确实有一个仇人名叫魏齐，他曾是魏国宰相，后来范雎出兵伐魏，令魏王交出魏齐，魏齐无奈逃出魏国，从此下落不明，也许真在平原君府上呢。"

子傒听完后故作感慨地说："如此说来范雎举荐君侯统兵出征是别有用心，出兵得胜是帮助他捉拿仇人，失败呢，则把责任推给老将军，实在太高明了，君侯万万不可上当。"

自秦国大军压境以来，邯郸便如开锅一般，街头巷尾议论纷纷，平原君府成为众目焦点，每天车来车往，人进人出，似乎比王宫还热闹三分。府上三千门客施展浑身解数献策献计，帮助丞相平原君排忧解难。众人都把矛头指向一个人——几年前从魏国逃到此处避难的魏齐。

魏齐知道自己难逃厄运，主动找到平原君说："几年来君侯待我如再生父兄，齐感激不尽。如今赵国因为齐一人之故而让成千上万人遭受兵刀之灾，齐心中不安。君侯违逆赵王意旨拼力护住齐的蝼蚁之命，让我无法报答，只有来世做牛做马报答君侯的大恩大德了。多日来齐一直寝食不安，绝不能为了一己之私而让赵国万人受累，如此苟活下去只会落得千古骂名。我思虑再三，请君侯将我捆起来献给范雎，即使遭受车裂，若能换得赵国安宁，齐在九泉之下也安心了，请君侯快快动手吧！"平原君见魏齐背剪双手跪在自己面前，实在不忍将他送给秦军。魏齐在无路可走的情况下前来投奔自己，这是仰慕自己的贤德之名，倘若在他人有难的时候不能尽力帮助反而将朋友出卖，这是多么不仁不义，传扬出去岂不让天下人讥笑？可是，不献出魏齐如何令秦国退兵？就赵王那里也不会同意，赵王已经三次派人催问捆拿魏齐的事了。

平原君左右为难，不知道是否应该先把魏齐移交给赵王，当然，他也明白把魏齐交出来对于魏齐又意味着什么。

这时，上卿虞卿刚好进来，看见跪在地上的魏齐，心中明白了七八分，于是上前说道："君侯真以为秦国是因为魏齐的缘故兵临赵国吗？倘若这样，君侯看问题就和大王一样浅短。秦一向为虎狼之国，早在穆公时就有窥视中原之心，武王问鼎中原绝膑暴死，这是上天对他的惩罚。昭王早有称帝之心，虽然因东方六国一致反对而废弃，但称帝的野心不死，如今再次出兵伐赵，是认为长平之战后我赵国再无能力与秦抗衡，也是欺我赵国羸弱，想一举攻下邯郸灭掉赵国，至少也要达到让赵国臣服的目的。魏齐只是他们出兵的借口，是这场战争的导火线，君侯交出魏齐不仅救不了赵国反而白白毁弃一个生命不谈，更让天下人瞧不起赵国，让后人讥笑君侯，只怕君侯尚没有把魏齐送走，威名已经扫地了。"

平原君翕动一下嘴唇，轻声问道："以上卿之见应该如何为赵国扫除这场灾难呢？"

虞卿一字一顿地说："联合东方六国抗秦！"

虞卿话音未落，就听门外有人大声说道："说得好，说得好，上卿果然是有谋略有远见之人，真是英雄所见略同，在下正是为此事而来，不想被上卿抢先了。"

众人抬头观看，来人是几天前从魏国赶来的辩士鲁仲连。鲁仲连原是齐国人，以善辩闻名天下，年方十二就驳倒齐国著名辩士田巴，从而闻名遐迩。长大后不好仕途，专门云游天下，为人排忧解难。

平原君一听来人是鲁仲连，立即命人看座。

鲁仲连一边拉起跪在地上的魏齐，一边盯着平原君问："君侯真的准备献上魏齐的人头，对秦国俯首称臣、唯命是从吗？"

平原君微红着脸说："胜纵然不才，也博得四公子之名，怎会如此无情无义、奴颜婢膝地出卖朋友并向强秦献媚呢？那只是魏国的使者在此饶舌时给我出的馊主意，可我并没有答应。"

"是不是叫新垣衍？"鲁仲连急忙问道。

"正是此人！"

鲁仲连"哼"了一声，道："我正要找此人呢！实不相瞒，我从魏国赶来就是欲找此人辩论一番的，他在魏国时就怂恿魏王事秦，等我听说此事时，他已经奔赵国而来了，因此随后赶来。此人现在何处？我立即找他论辩去！"

"不用找了，我在此等候许久了。"从门客的席位上站起一人说道。

鲁仲连整理一下衣帽，向新垣衍轻蔑一笑，只是目不转睛地盯着他，却不开口说话。

新垣衍被鲁仲连咄咄逼人的目光盯得心里发慌，为了掩饰自己的窘态，他率先说道："我见先生的尊容，不像是有求于平原君，为什么还不趁早离开邯郸，难道在此等着与赵国人一道做阶下囚吗？"

鲁仲连这才开口说道："我不有求于平原君，却有求于阁下。"

新垣衍本来畏惧鲁仲连的大名，见他一开口却说出这番话，心里放松多了。于是自负地说："先生是闻名天下的辩士，所到之处人人敬仰，被奉为上宾。您做起事来雷厉风行，怎会有求于我这样一位普普通通的使者呢，不怕传扬出去辱没了先生英名？"

鲁仲连猛然站了起来，连珠炮似的问道："我求先生不要在此扰乱赵国抗秦的决心！我求先生不要让平原君做出有损他美名的蠢事！我求先生立即返回魏国规劝大王放弃事秦之心！我求先生劝说魏王尽快联赵抗秦！"

新垣衍狡黠地一笑："倘若我不答应先生的请求呢？"

"那你必将自食其果，死无葬身之地，最终成为千古罪人，遭后世子孙唾骂！"

新垣衍哈哈一笑："如果赵国不接受我的建议，不立即交出魏齐并向秦称臣，只怕不久以后死无葬身之地的不是我，而是先生及各位。"

鲁仲连立即反驳道："先生真是目光短浅，就如一个盲人已经走到悬崖边却不知停步，再向前迈出一步就将跌入万丈深渊。秦是一个抛弃礼义而恣肆对外争战的国家，又惯用欺骗的手段谋取他国利益，昭王以十五城交换和氏璧的事就是最好的明证。他恃强挟诈，残害生灵，做个诸侯国都如此残忍，一旦称帝自然更加暴虐。那时，想做一个安分守己的臣民都不能够。我宁可跳海而死，也不愿做暴秦的臣民！真想不到先生和魏王都是如此毫无骨气之人，你们实在愧对魏国臣民的一片爱戴之心。"鲁仲连话锋一转，指着新垣衍说："特别是你，不仁不义，不忠不孝，不好好在家中反省自己的过失，却不顾廉耻四处招摇撞骗，真羞煞人了。"

　　新垣衍见鲁仲连当众侮辱他的人格，十分恼火："请先生把话说得明白些，不然，就是血口喷人，造谣中伤！"

　　鲁仲连不慌不忙地说："魏齐与你同乡，你曾经在他手下任职，在他危难之际不出手相助反而落井下石，是为不仁不义；身为魏国大臣，在魏国需要你为国尽责为主分忧时，你不给魏王出良谋设妙计打败秦国入侵，反而听信秦国使臣一派胡言乱语，劝魏王西行事秦称臣，这叫不忠不孝。"

　　新垣衍立即争辩说："秦强而魏弱，魏国不向秦称臣犹以卵击石，其结果是魏亡。与其亡国，孰若称臣呢？亡国，宗庙社稷都失却了；称臣，至少可保住祖先留下的祭祀和封地，何况魏王能够保全一个完整的国家呢？当然，魏王也非出自本心臣服秦国，是别无选择呀。就好比当仆人，十个仆人侍奉一个主子，难道十个人的智慧力量抵不上一个人吗？只不过畏惧主人罢了。"

　　鲁仲连立即驳斥道："世上的仆人只存在三种，一是生而为仆人的人；二是由主人沦落为仆人的人；三是连仆人也做不得的人。请问先生应该是哪种人？"不等新垣衍回答，鲁仲连又说道，"以我之见，魏王是由主人沦落为仆人的人，而先生则是连仆人也做不得的人。"

　　新垣衍气得脸色发青，十分恼火地说："先生说得太过分，我怎么会有这样的结局呢？只怕先生才是连仆人也做不得的人。"

　　鲁仲连并不恼，仍面含微笑地说："我这话绝非信口开河，都是有事实根据的。从前纣王有三公，就是鬼侯、鄂侯和文王。鬼侯把自己最漂亮的女儿献给了纣王，却仍不能讨纣王的欢心，结果鬼侯被纣王制成肉酱吃了。鄂侯仅仅为了这事讲了几句公正的话，又被做成肉干吃了。文王呢？为老朋友的惨死暗暗抹几滴眼泪，纣王又把他囚禁起来。他们都落得悲惨的下场。秦王凶残胜纣王十倍，而魏王和先生讨秦王欢心的本领却不如三公，魏王和先生的下场能比三公更好吗？"新垣衍默然不语。鲁仲连舒缓一下语气说："先生细想，秦王一旦称帝，各诸侯都将成为他的臣民，生性多疑的秦王难道不怕某一诸侯强大起来将他取代吗？因此，秦王会派遣他的亲信到各国监视诸侯的行动，被当作熊豸看管起来的味道，一定不好受吧？难道魏王和先生有被人管制的习性？更甚之，秦王会把所有的侯王除去，换上他自己的亲族。"

　　新垣衍已经被鲁仲连说动，只是碍于情面仍然不肯认输，故寻找一个台阶说："即使魏王不事秦，凭赵、魏的兵力也难以打败秦国，先生如此善辩，能凭三寸不烂之舌说服楚、燕、韩、齐四国合力抗秦吗？"

　　鲁仲连还没有来得及开口，宾客席位的角落里站出一人大声说道："只要新垣衍先生回到魏国劝说魏王联赵抗秦，说服其余各国出兵的事就不劳鲁仲连先生这样的高士了，我毛遂就可完成。"平原君见站在角落里这个自告奋勇的人面孔很陌生，他府中的门客实在太多，有些人不认识是常有的事，大凡他不认识的人多是才学一般的人，可这个自称毛遂的人却当着众人的面大言不惭地说出这番过头的话，想必是太想出人头地了。

平原君见其门客都在窃窃私语，正要发话制止毛遂，新垣衍却转向他拱手说道："君侯府是藏龙卧虎之地，能人辈出，我新垣衍不枉此行了，听君一席话，胜读十年书。我立即赶回魏国说服魏王发兵救赵，君侯也立即派人去楚、燕、齐、韩四国劝说他们也出兵救赵。"

新垣衍说完，深施一躬，转身离去。

魏齐考虑再三，认为自己难逃厄运。他不想因为一个人的性命给赵国带来血腥之灾，更不愿连累平原君，让平原君为难，于是刎颈自杀了。平原君听说魏齐自杀，心中有愧，但人死不能复生，能用魏齐的尸首换取秦军的退却也值得。赵王命人将魏齐的人头送给秦军统兵将军郑安平，让他转交范雎。

可是，魏齐的死并没有让秦军后退半步，对赵国的围攻反而加紧了，邯郸陷入秦军的包围之中。

赵王终于认清了秦国的狼子野心，决心倾赵国之兵与秦军决战到底。平原君一面积极布置邯郸的防御事宜，一面派门客到韩、魏、齐、燕、楚五国请求救兵。这五国之中以齐、楚较强，只要这两国有一个国家能够派来援军，邯郸之围都有希望化解。

平原君挑选二十名颇负盛名的辩士，以鲁仲连为首前去临淄游说齐王，然后再选二十人随自己去楚国，他要亲自拜见楚王，恳求楚国发兵救赵。

平原君精选了十九人，这些都是他平日交往较多的人，智勇双全，文武兼备。但在选定第二十人时作难了，连续选了多人都觉得不合适。

这时，从门外进来一人，说道："听说君侯要亲自赴楚求援，正在挑选随从之人？"

平原君见是毛遂，那日他当着新垣衍、鲁仲连等众多人的面曾大言不惭地说自己能说服列国前来救赵，当时众人都在偷偷嘲笑他，平原君认为他是故意那么说以压倒新垣衍的，并没有责备他。毛遂当时虽然说了句大话，却也把新垣衍唬住了，结果新垣衍接受了鲁仲连的建议，回大梁劝说魏王去了。平原君弄不清毛遂的用意，便点头说："已经挑选了十九人，还差最后一个，先生准备推荐一人吗？"

"臣正是为此事而来。"

"那么先生准备推荐何人，怎么不让他一起来呢？"

毛遂坦然说道："那人已经来了，就是我毛遂自己，君侯以为如何？"

平原君十分意外，一时不知说什么好，毛遂却略显愧疚地说："臣来到君侯门下做食客已三年有余，却没有为君侯作出任何贡献，很是惭愧，如今君侯有难，正是用人之际，就让我为君侯尽微薄之力吧！"

平原君不了解毛遂的才识，担心他不能胜任这次赴楚之行，却又不便当面点破，于是委婉地说："我听说有贤才的人就像放在布囊中的锥子，很快就锋芒外露。而先生来到我门下已经三年，却默默无闻，是先生文武一无所长根本就不是千里马，还是这里没有伯乐呢？"

毛遂立即答道："君侯说得很好，锥在囊中锋芒毕露，可如果锥子没有被放在囊中怎么会脱颖而出呢？人们常说千里马常有而伯乐不常有，臣却不这样认为。如果千里马不能驰骋疆场，而让他套上驭马的车辕，也许还不如驽马，就是伯乐经过它身旁也未必能发现它就是千里马。有才能的人必须给他一个充分展示才能的机会，他才能如锥处囊中，脱颖而出。君侯以为臣的话有理吗？"

平原君沉默片刻，说道："那好吧，我给先生一个脱颖而出的机会，希望先生不负众望。"

毛遂自信地答道："请君侯放心，臣不会令你失望的！"

毛遂随平原君来到楚国的国都寿春，通过几日的洽谈毫无进展，毛遂对平原君说道："尽管君侯反复陈述联赵抗秦的好处，无奈楚考烈王怯于强秦的威势，只从道义上对赵国表示同情，却不愿派出一兵一卒，依臣之见，单凭言辞恐怕达不到我们此行的目的。"

"先生认为应该用什么办法？"

毛遂并不说出所需的办法，只淡淡地说道："明日让臣再去试试吧。"

第二天，毛遂暗中携带佩剑随平原君面见楚考烈王。平原君再次提出"合纵"抗秦的主张，楚考烈王反驳说："当年苏秦倡导的合纵一事最早就是由你们赵国为盟主的，后来听了张仪的游说，合纵之事便松动了。我先祖怀王也被推举为'纵约长'，曾多次联合列国伐秦，但并没有打败秦国，最后落个身死异地。齐王再次出任'纵约长'又怎样呢？还不是诸侯纷纷背叛了他？如今列国一盘散沙，合纵之事已经不可能了，请君回邯郸另想别的办法吧，如果别无良策就向秦国称臣，也许能免除赵国的灭顶之灾。"

楚考烈王话音刚落，毛遂就从平原君背后走出，面带怒色地斥道："大王之言差矣！赵国是先王用生命与鲜血一寸寸累积而来的，经过几代人的艰辛治理才有今天，赵之先王与秦之始祖相比起来贵于秦，如今赵王与昭王平起平坐，赵王怎能向秦王称臣呢？莫非大王你心甘情愿向秦王称臣不成？"

楚王气得脸色发青，拍案斥道："你是何人，敢在此胡言乱语？本王同你的主人谈话，你有什么资格上前插嘴？还不下去！"

平原君怕因毛遂激怒了楚考烈王而把事情弄僵，慌忙解释道："这是我的门客毛遂，请大王海涵。”

平原君边说边向毛遂使眼色，示意他退下。毛遂只装作没有看见，继续说道：“合纵抗秦这是天下人的事，人人都可以谈论它、参与它，我为什么不能说说呢？”

楚考烈王冷哼一声：“我就听你说几句，看你能说出什么名堂来！”

毛遂侃侃而谈：“自从苏秦倡导‘合纵’以来，六国相约犹如兄弟一般，曾在洹水岸边誓盟，那以后有五十年之久秦兵不敢轻举妄动，一兵一卒也不敢走出函谷关。后来，齐魏两国受犀首的欺骗，背约伐赵，怀王受张仪那小子的蒙蔽，想讨伐齐国，从而使得六国心存异端，合纵之约也就烟消云散。齐王为‘纵约长’时，他哪里是想合纵抗秦，分明心存兼并他国之意，盟约自然不能存在下去。”

楚考烈王反问道：“形势发展到今天更是江河日下，秦愈来愈强，而六国则一天天削弱，能够保全自己、平安无事都是万幸，谁还敢提出合纵抗秦呢？”

“秦强六国弱已成事实，六国虽各自弱于秦，但合六国之力则强于秦，六国合力抗秦绰绰有余。如果六国都想各图自保，恐怕谁也保不住。”毛遂义正词严地说。

楚考烈王虽认为毛遂的话有道理，但仍十分忧虑地说：“秦兵一出就夺下上党十七城，坑杀赵国四十多万人，合韩赵两国的力量都敌不过一个武安君，如今秦兵压境，赵国更无人可挡。即使他国派上一支人马也是杯水车薪、无济于事，最后只能落个陪葬邯郸城下的下场。”

毛遂立即驳斥说：“长平之败并不能说赵国不能抗秦，那是赵王误中秦人的反间计、错换主帅所造成的。赵括虽是赵奢之子，出自名门，但他是纸上谈兵的庸才，他的父亲母亲都认为他不懂领兵打仗，赵王却让他代替能征惯战的廉颇将军与白起对抗，就像一个小孩子和大人摔跤一样，不败才不合情理呢。正是长平惨败才激怒了赵国将士，国人团结一致对敌，军民一心御外，上下同仇敌忾，秦军慑于赵国众志成城的气势，因此虽派大军压境却不敢轻举妄动。何况白起卧病在家，新换主帅郑安平、王稽等人都是庸才，有什么可以惧怕的呢？据我所知，秦廷内部也是矛盾重重，范雎与白起一直不和，子傒与华阳夫人也心存芥蒂，安国君对其父秦昭王的诸多做法也颇为不满。正是这诸多条件的存在，赵国能有一国相助，打败秦国的可能性就极大，望大王不要错过这个机会，早早联赵抗秦。”

楚王仍推辞说：“秦国刚刚主动向我楚国结盟，如果楚人先同秦毁约去联赵抗秦，必然激怒秦王，也许秦兵会弃赵攻楚呢？”

毛遂见天已近午，楚王仍在推三阻四，知道口舌的作用无济于事了，便猛地上前跨出两步，“噌”的一声拔出藏在腰间的佩剑，指着楚王愤怒地说道：“合纵的利害关系三言两语就讲述得明明白白，大王也明晰其中的重要关系，却以种种借口推辞，大王这种做法不说有负于平原君千里来此的诚挚之心，更有负于大王的列祖列宗。我们主人请求大王联赵抗秦，不仅仅是为赵国的利益着想，也是为楚国的宗庙社稷着想。"

平原君害怕毛遂做出莽撞事来引起更多的麻烦，急忙呵斥道："毛先生不得无礼，有话好好商量！"

毛遂只当作没听见，继续向吓得变了脸色的楚考烈王斥道："楚地沃野千里，物产丰富，百姓安居，自文武称王以来，雄视天下，有中原盟主之称。自西秦崛起后，楚国渐渐落败，以致怀王被囚秦而死，白起率兵攻楚，鄢、郢等汉中之地全部失去，被逼迁都到寿春，这是不共戴天的仇恨，三尺小童都感到羞愧，大王身为一国之主却把先人之仇恨忘在脑后，九泉之下的列祖列宗有灵也会唾骂你不忠不孝，将来大王有何颜面跪见先君？"

楚考烈王听了毛遂的话面红耳赤。毛遂又晃动一下手中的剑，威逼道："倘若大王记起了先王之恨同意联赵抗秦，我毛遂立即拜倒在地，尊大王为明君。如果大王仍然不为所动，我毛遂就替楚国列祖列宗惩处你这不肖子孙，十步之内我和大王同归于尽！"

楚考烈王真的吓破了胆，连忙摆手示意毛遂快放下手中的剑，结结巴巴地说道："先生不必着急，寡人答应先生的要求，同意联赵抗秦。"

"大王该不会是戏言吧？"毛遂又逼问一句。

"寡人主意已定，绝不失言，请先生快快坐下商谈。"

毛遂这才把佩剑插在腰间说："那就请大王歃血为盟吧。"

毛遂喊人端上一盆酒，割破手指将血滴在酒中，平原君等人也一一做了，毛遂双手托着酒盆上前跪献给楚考烈王。楚考烈王无奈，也割破手指将血滴在酒中。

毛遂又跪下说道："大王为盟主，理当先饮。"

楚考烈王知道事已至此，只好照办了。之后楚考烈王便和平原君商量，两人决定命春申君调兵遣将、北上邯郸联赵抗秦。

平原君回到邯郸，秦兵的攻势更急了。平原君接受门客李同的建议，散尽家产犒赏守城的士兵，把妻妾宫女和门客也都编入队伍参加守城，同时重金招募义士组成敢死队，随时准备同秦军血战到底。平原君一方面指挥邯郸人马加强城池的防御工作，一方面打探各国救兵进程。

忽然接到奏报，说魏国十万兵马由晋鄙率领，已驻扎在邺城多日，迟迟不向赵国进发，似乎在观望等待。解围如救火，多耽搁一个时辰就多一些危险，平原君心急如焚，立刻写一份紧急求援信派人送往魏国，乞求魏国宰相信陵君星夜督促兵马救赵。

信陵君收到求援信，不敢怠慢，忙上书安王请求发兵。谁知安王不敢触恼秦国，竟是按兵不动。眼见军情十万火急，信陵君无法再等下去，于是听从了门客侯嬴的主意，与大力士朱亥一起打死了大将晋鄙，窃得兵符，兵发邯郸，率军救赵而去。后有诗仙李白在诗中赞侯嬴、朱亥两位义士道："……纵死侠骨香，不惭世上英。谁能书阁下，白首太玄经。"

七月的天气就像孩子的脸，说变就变。刚才还是响晴的天，这时却乌云翻滚，狂风大作。眼见一场大雨就要来临。

吕不韦刚要熄灯休息，就接到内线报告，公子嘉让他火速赶到府中，有要事相商。

自从秦军兵围邯郸后，吕不韦的日子一直不好过，因为他是秦公子异人的鼎力支持者，许多不明内情的人都骂吕不韦是秦国派往赵国的奸细，甚至有人说吕不韦年前出使秦国，就是受异人之托勾引秦国前来攻赵。

吕不韦当然有苦难言。他承受着众人的诽谤，静观事态发展。他希望秦兵早早撤军，更希望赵国打败秦兵。他不是担心秦兵攻破邯郸毁了他在赵国的财产，而是担心赵国在被秦兵激怒之后杀死异人，那样他的全部努力都白费了，自己还有可能不明不白地被害死。

吕不韦赶到公子嘉府时，公子嘉早已等待多时，一见面，公子嘉就急急忙忙地说道："吕先生，深夜将你请来是有要事相商，请先生见谅。"

"公子有话尽管说，你我之间何必客气呢？"

"先生有所不知，我属下人刚刚得到消息，大王已经下令捉拿吕先生和秦王孙，对吕先生也许不会太过为难，而异人只怕难逃一死，请问吕先生应该如何处理此事？"

吕不韦担心的事终于发生了，他沉思片刻，问道："公子是如何打算的？"

公子嘉摇摇头："眼下形势的发展已经不同于蔺相国生前所预料的那样，我赵国如今遇有灭顶灾难，是否能够存在下去都无法知道，你我图谋的亡秦谋略还有什么用？远水解不了近渴呀！更何况异人与王位之间尚有千里远，将来能否像我等谋划的那样实在难料。如今大王和平原君都一致同意囚禁异人，用异人要挟秦军退兵。如果秦军不顾异人的生死不退兵，就将异人宰了祭旗，然后同秦兵决一死战！我也认为再留下异人已没有多大作用，倘若安国君有心立异人为世子，一定要同秦昭王商量，他们怎会不顾世子的死活而攻打邯郸呢？"

吕不韦见公子嘉都已经动摇了信念，暗暗寻思道：异人奇货可居，我还想通过他改变卑贱的地位，挤入秦宫出将入相呢。要是异人被杀了，我的前程、地位也就消失了，必须劝谏赵嘉想尽一切办法解救异人出城，我也趁此机会随异人进入秦宫。

吕不韦不置可否地分析说："蔺相国当初授此妙计就是看到秦强赵弱，不得已才采取这种遭人讥笑的策略削弱秦国。假如赵国能够打败秦国，何须要公子绞尽脑汁寻找机会呢？蔺相国的策略是亡秦大计，也许对眼前形势没有多大作用，从长远看却非常必要。说句丧气话，假如秦兵真的攻破邯郸灭了赵国，公子更要把蔺相国的妙计实施下去，否则，永远都不可能报亡国之仇。"

吕不韦见公子嘉低头不语，又分析说："公子为了大计已经忍痛割爱、献出心爱的人，迈出关键一步，我相信如意夫人一定能够完成公子重托、成就大事。公子现在突然放弃了，对不起如意夫人不说，也对不起公子自己呀。就是现在把异人杀了，能够改变赵国在战场上的失败命运吗？当然不能，那么杀死异人还有什么意义呢？与其拥有一具毫无价值的尸首，还不如拥有一个活生生的人，也许最关键的时候会起到一种意想不到的作用呢。"

公子嘉为难地说："要杀异人是大王和平原君的主张，只怕我去游说作用不大。"

"只要公子对亡秦大计有坚定的信心，我有办法让异人免除这次灾难，当然，需要公子鼎力相助。"吕不韦说着，俯在公子嘉耳边嘀咕几句，公子嘉连连称是。

大雨哗哗下个不停。吕不韦冒雨回到府中简单布置一下，便赶到异人府邸。

异人早已入睡，听说吕不韦深夜冒雨到此，知道有急事，急忙披衣下床来见吕不韦。

吕不韦道："公子赶快准备一下，然后随我出城，赵王和平原君决定处死公子，天亮就要动手，事不宜迟！"

这样的事对异人来说已经不是头一次了，可每次都化险为夷，因此，异人并不十分害怕，他相信这次也会逢凶化吉的。于是不慌不忙地问道："这深更半夜，又下着大雨，怎么走？你我倒没有什么，赵政刚刚一岁多点，万一着了凉……"

不待异人说下去，吕不韦打断了他的话："异人公子有所不知，赵王这次对待公子的态度不同于以往，赵王已经下决心要处死公子，你我必须立即出城，一旦天亮，只怕公子的府邸就会被包围起来，那时，想走也来不及了。"

异人从吕不韦今日的神态和话语，感到事情的严重。自从结识以来，异人从来没见到吕不韦像今天这样慌张的，便说："那好吧，我现在就派人通知夫人打点行囊。"

"不必了，"吕不韦催道，"人多行动不便，也容易暴露目标，就公子一人出城吧。"

"那夫人和赵政怎么办？"

吕不韦一阵心痛，从内心深处他比异人还关心这两人的命运呢，可现在顾不了许多。不过，他相信公子嘉会好好照顾赵姬的，也不会为难赵政，但他不能告诉异人，只得咬咬牙说道："眼下最要紧的是逃出城，至于夫人和小公子，我会派人照顾的，请公子尽管放心，快走吧。"

"让我回书房简单收拾一下？"

"别耽搁了，那边我已经和人约定好了，耽搁太久错过出城时机再找机会就难了。"

吕不韦拉着异人就向外跑去。

这时，一个耀眼的闪电划过夜空，紧接着是一声震天响雷，雨更大更猛了。

异人吓得哆嗦一下，有一种末日到来的恐怖感。

也许刚才的雷声太响，惊醒了熟睡的赵政，他发出"哇哇"的啼哭声。异人听到哭声，猛地停下了脚步，他拉了一下吕不韦的衣襟，恳求说："进去看看吧，这也许是生离死别。"

吕不韦什么也没说，默默地随异人走进内室。

赵姬已经醒来，正在哄着啼哭的赵政。她见吕不韦和异人一起走进来，内心一阵紧张，不知说些什么。

异人看看赵姬，又看看赵政，想说几句告别的话，却什么也说不出口。吕不韦恭敬地向赵姬点点头，说道："赵王要追杀异人公子，我马上送他出城，夫人和小公子多保重吧。"

秦军围攻邯郸已有半年之久，赵姬也从侍从人员的口中得知赵国对异人的态度很不友善，异人也偶尔提及必要时出逃的事，但赵姬没想到事情来得如此突然，她迟疑半响才问道："你们这一走还回不回邯郸？"

吕不韦知道一时解释不清，干脆说道："我们只是出城躲避一些日子，一旦秦赵战局有所缓和，立即回来。请夫人放心，我已经安排好了，有人照料夫人，赵王不会对夫人为难的，必要时夫人可以去找公子嘉，我已经买通了他。"吕不韦故意向赵姬暗示一句，让她安心留在这里，也让她明白，这一切都是公子嘉安排好的。

赵姬不再说什么，只用幽怨的目光扫一眼吕不韦，最后把目光落在异人脸上，轻轻叹口气说："只怕公子一去不复返，到了秦国另有新欢，把我们母子给忘了。"

"怎么会呢？一旦在秦国有了着落就会想办法把你们母子接回去。"

吕不韦不想让异人逗留时间太久，便催促道："我与接应的人约定的时辰已到，公子快动身吧。"

　　吕不韦说完先走出内室。异人弯下身轻吻一下熟睡中的赵政，心中有一种说不出的感觉。

　　异人又抚摸着赵姬的手，想亲吻一下，忽然想起了什么，从脖子上取下一块玉，放在赵姬手中："我嬴氏子孙出生后每人都会得到一枚刻有家族标识的玉珮，这是先祖留下的传统，我本来准备等到回咸阳后再向宫中讨要，可是现在来不及了，也不知何时能见到你们母子，就把我这枚玉珮留给政儿吧，不论发生什么事，都可凭这枚玉珮认祖归宗。"

　　异人眼睛湿润了，喉咙里仿佛被什么东西阻塞了，再也说不下去，急忙站起身重重地握一下赵姬的手便走出门去。夜更深了，雨更猛了。

　　吕不韦和异人来到约定地点，早有人等候在那里。可是，事情有变，今晚无法出城。吕不韦和异人都吃了一惊，急忙询问原因，来人只说情况不明，他家主人要求二位暂时躲避在主人家中等待时机，要再想办法送他们出城。

　　吕不韦心中嘀咕：难道公子嘉又反悔了，也想处死异人？事到如今别无他法，只好听天由命。他们随着接应的人来到一处深宅大院，公子嘉正等候在那里。

　　异人一见公子嘉，吓得两腿发软，几乎站立不住，心里道：这次完了，不是吕不韦出卖了他就是接应的人出卖了他。公子嘉打量一下浑身湿透的异人，冷冷地说："秦公子的滋味不好受吧！你落到今天的地步并不能责怪我赵国为人不讲信义，公子的灾难都是你秦国造成的，出尔反尔欲置我赵国于死地，如此卑劣的行为令天下人不齿！大王盛怒之下要处死公子也不为过，这是以其人之道还治其人之身，你还有什么话说？"

　　异人估计自己难逃一死，索性说道："我异人弄到今天被俘受刑的地步，只能说我天生命短，毫无怨言，请公子动手吧！"

　　公子嘉一拍桌子，怒喝道："异人，你好大的口气，不要不知天高地厚、自命不凡，你是龙是虎，我们都是虾是犬？你太自负太狂妄了吧？！据我所知你们嬴氏的祖先不过是个养马驯牛的奴隶，凭着拍马奉迎才从周天子那里得到一片封地，后来又靠着欺骗和掠夺才有今天的虎狼之势。多次驱师东侵，虽然也曾夺得一城一地，但也是胜少败多，不要因为一时得势而忘形得意，多行不义必自毙，你们秦人不会有好下场的！"

　　公子嘉见异人垂首不语，舒缓一下口气说："昭王上背天时下违民意，无信无德，逞一时之勇不能取信于天下，将来必遭报应，天下也绝不会成为你们嬴氏的天下，公子以为呢？"

　　异人故作轻松地冷笑一下，说："那天下更不会成为你们赵氏的天下，自古都是胜者为王败者为寇，报应不过是失败者在妒忌他人胜过自己时说的一句痛恨别人而又安慰自己的话。谁是谁非，千秋功罪自有后人评说，公子还是多费些心思考虑一下赵国当前的安危吧。邯郸在我大秦重兵包围之下已危如累卵，秦军攻破邯郸是早晚的事。如果赵公子明晰事理就把我放了，让我回到秦军之中劝说统兵将军郑安平，命他暂时停止攻城。倘若我能回到咸阳，我一定会尽力向秦王进谏，劝大王退兵，给赵国留一块祭祀土地，不然……"

"异人公子还是先为自己的生命安危考虑吧。"公子嘉打断异人的话，冷冷地说，"秦军围攻邯郸未必能够攻下，而我取公子的性命却易如反掌。"

吕不韦在旁边急了，他以为公子嘉真的要处死异人，慌忙劝阻道："公子息怒，异人公子绝不是依仗秦军兵临城下之势，在此逞一时口舌之快而得罪公子。"

吕不韦说着，转向异人，异人当然明白吕不韦向他暗示什么。他装作态度十分坚定地说："我异人生为热血男儿，有恩不报非君子，只要能回到秦国，纵然身首异地也要劝谏祖父罢兵，与赵国修为友好关系。"

吕不韦又转向公子嘉，说："赵公子三思，万万不可只图眼前利益而彻底毁坏秦赵之间的友好关系，请公子高抬贵手放过异人公子。"

公子嘉当然知道吕不韦话中包含的双重含义，其实他也没有处死异人之意，因为杀死一个异人丝毫不能缓解邯郸之围，反而会激起秦军更猛烈的攻势，何况他已经在异人身上投了一个赌注，他决心赌下去。

公子嘉装作非常器重吕不韦的样子，说："我本想将异人公子酷刑致死，以解赵国心头之恨，但吕先生开口向我讨饶，我怎敢不给吕先生面子呢？吕先生是诸侯之间人人皆知的贤能之人，经商有道，治世有方，多少国家恳求先生做事，先生都回绝了，如今却愿为异人公子卖命，实在令人费解！"

公子嘉稍稍瞟一眼异人，又说道："话又说回来，也许异人公子真是大仁大义之人，心胸宽广，以天下黎民百姓疾苦为己任，否则，怎会令吕先生甘愿为之施财舍命呢？既然吕先生如此称颂异人公子，我就看在先生的名望与情分上放过公子，你们请走吧！"公子嘉做出一个送客的姿势。

吕不韦稍稍迟疑一下，约略猜中公子嘉的心意，上前深施一礼说："公子大仁大德，能不计较秦赵之间的矛盾释放我等，实在感激不尽！可如今邯郸城四门紧闭，城墙上昼夜有重兵把守，我二人纵然插翅也走不出城池半步，请公子救人救到底，给我们指点出城道路！"

异人见公子嘉有心放过他，也一改刚才的态度，恳求说："请赵公子相信我异人的诚心，只要到达秦军营垒，我就有办法让秦军退兵三十里，待我回到咸阳，保证一月之内解除邯郸之围。"

异人见公子嘉犹豫不决，进一步恳求说："公子不相信我，应该相信吕先生吧，即使我异人离开邯郸，尚有妻儿留在这里，假如我没有实现今日诺言，妻儿性命随便赵公子处置。"

公子嘉这才装作极不情愿地说："我放走二位已经有愧于赵氏祖宗，如今再送你们出城就更不该了，将来如何面见九泉之下的列祖列宗呢？如果我把二位送出城，请你们不要食言，一定劝谏秦王罢兵，只要邯郸之围能解，即使让大王及平原君知道了，我也有话答复，否则，我赵嘉就如异人公子今天一样，等待我的是死路一条。"

异人一听公子嘉要送他们出城，真是喜出望外，感激地说："多谢公子大恩大德，不知公子何时送我们二人出城？"

异人向室外看了看，示意公子嘉现在正值后半夜，大雨刚停，守城人放松，正是出城的好时机，公子嘉却说："邯郸城的城防全部由平原君一人负责，没有他的金牌，任何人不得打开城门，对此我也无能为力，只好等到明日天亮我再另想办法送你们出城。"

最后，公子嘉又告诫说："在我没有送你们出城前，千万不要离开这里半步，大王正在派人搜捕公子与吕先生，倘若平原君手下的人听到些什么风声前来搜查，二位的性命就不保了。"

第二天传来消息，天刚亮时异人的府邸就被平原君派兵包围了，搜遍全府没有找到异人的踪影，最后查封了府邸，至于如何将赵姬母子治罪却不得而知。

异人与吕不韦心急如焚，却也无计可施。在此停留长久又怕夜长梦多，想逃却又逃不出去。他们只好听天由命，把出逃的唯一希望寄托在公子嘉身上。

这天夜里，异人刚刚入睡，吕不韦悄悄叫醒了他："公子快跟我走，公子嘉已经想出解救我们的办法，现在就去，不然，明天就没有机会了。"

异人揉一揉熬红的眼睛，问："什么办法？听说进出城的人都搜查甚紧。"

"公子嘉传来话，说秦军不知什么原因已经多日没有攻城了，守城较往日也稍稍松弛一些，可以趁机混出城去。"

异人疑惑地问："混出去？只怕没有那么容易吧，万一让守城的士兵认出我们怎么办？"

"公子嘉说邯郸城内有一大户人家的父亲去世了，明日就是出殡之日，他已经私下同那户人家商量好，让公子装成死人睡在棺材里运出城，我就扮成死者的亲属混在送葬的队伍中。"

异人听吕不韦说让他扮成死人躺在棺材里，有些不放心地问："让我与尸体躺在一起，这合适吗？万一开棺验尸岂不全完了！"

"请公子放心，怎会让你与尸体躺在一起呢？用两口棺材，对外只说公子是陪葬的，只要将公子化装成死人的模样就可以了。倘若出城时守城人开棺验尸，公子屏住气不露出任何声息就行。"

异人想想也只好如此了，他随吕不韦来到预约地点，早有人等在那里。一会儿，不韦一身孝服，异人则穿上死人的衣服，并在脸上、身上涂上一层蜡状的东西，让人看起来与死人无异。

旁边停放一口普通棺材，显然是为异人准备的。

第二天，天刚蒙蒙亮，送葬的队伍就在城门口等候了。

辰时城门准时打开，这是一天之中唯一一次开门。想出城进城的人很多，为防止秦国奸细混入城中，进出城的人检查都很严，任何人不得例外。出殡送葬也必须接受检查，结果双方发生了争执。守城士兵检查完送葬的人没有发现可疑的人，坚持要求开棺验尸，送葬的人坚决拒绝开棺。

双方正在争吵，公子嘉骑马赶来了，他分开众人来到城门前。守城士兵一见公子嘉到来，急忙上前施礼，公子嘉说道："死者是我夫人的一门远亲，人已死去多日，尸首可能已经变形发臭，不宜再打开棺椁，何况开棺是对死者不敬，也不吉利。让家属多出些钱，就免检了吧。有我担待，请你们放心，出了事我来负责。"

公子嘉这么一说，守城士兵谁还敢执意要求开棺呢？送葬队伍这才顺利通过城门。

过了城门关口，赵国都城渐行渐远，秦国的国土越来越近。

为了谨慎起见，一刻未离开赵国国境，就一刻不能放松警惕。异人对于这来之不易、顷刻即可实现的自由，既渴望、兴奋，又担忧、不安。

异人躺在棺中，想着他从小到大的经历。他离开秦国很长时间了，不知道秦国还有没有人记得他？

恐怕不会有人记得他。

他异人是个没有背景、不起眼的秦室子孙。在父亲的众多儿子当中，他从来都是最不得势的。也正因此，他才被派到赵国当人质。或许他回到秦国会让很多人吃惊——他们想不到他异人还能回来。

吕不韦真的能够帮他当上秦王吗？秦王，那是一个多么遥远的目标啊！可是吕不韦说他能帮自己实现目标。他应该相信吕不韦，不是吗？吕不韦说带他离开赵国，现在他不正离开赵国吗？

异人正胡思乱想着，忽然棺椁盖子打开了，耀眼的阳光照进来，一时让异人有些不适应，他用手遮挡住眼睛，说："怎么了？"

"公子，到秦国了。"吕不韦笑眯眯地说。

路上走了多久了？异人躺在棺中不辨天日，完全过糊涂了。这么快就到秦国了？比他想的要快啊！

"公子，请出来吧！"吕不韦伸出手，拉住异人的手。异人爬出棺来，脚踏在地上，道："秦国，我回来了！"

【第三回】

吕不韦廷前献礼，公子嘉宅中失仪

秦昭王面对一摞摞从前线战场送来的军情竹简，感到非常恼火。屯兵邯郸半年有余，却仍然没有攻克邯郸，损伤无数兵马不说，最近接到奏报，说又被赵兵击退十里有余。

秦昭王本想在自己晚年一举扫平东方各国，谁想到出兵攻打第一个国家就遇到挫折，他怎能不感到失望呢？

丞相范雎入宫，见秦昭王满脸怒气。他看见秦王几案上的一堆军情文书，心中猜到八九分，同时寻思如何讲几句让秦昭王欢心的话。秦昭王抬头见他进来，劈头问道："范丞相，你保荐的两人可给秦国丢尽了脸面，数十万大军兵临城下，半年之久都不能攻克一个小小的邯郸，真是饭桶！"

范雎见秦王责备，只好安慰说："大王不必着急，赵国现下内无粮草，外无救兵，坚持不了多久，请大王放心，臣担保，郑安平和王稽一定能在两个月之内攻下邯郸。"

"再等两个月？传本王命令，限郑安平十日之内攻下邯郸，否则，提头来见。"

范雎见秦昭王正在盛怒之下，也不敢出言反驳。按照秦国的法律，一人犯了死罪，保举他的人同样也是死罪。范雎为了不因为郑安平和王稽连累自身，急忙说道："大王，臣保举二人代替郑安平和王稽，一定能很快攻克邯郸、灭亡赵国。"

"请范丞相快讲！"

"五大夫玉陵和郎中令王龄。"

范雎话音未落，安国君恰好走了进来。安国君略带不满地说："依我看，这两人也不比郑安平和王稽强多少，如果大王真的准备换将，仍换武安君白起，他在长平一战歼敌四十余万，赵人闻之丧胆，由他领兵围攻邯郸，将会出现第二个长平大捷，父王以为呢？"

秦昭王不置可否地说："孤也不是没有想到武安君，只是他一直在生病，主帅以病身出征，于争战不利，传扬出去东方各国会笑话我大秦无领兵之将的。更何况武安君疾病在身，也不会答应出征的。"

"据儿臣所知，武安君根本没有病，他一直称病在家不愿出征，是害怕打了败仗毁坏他的一世英名。"

秦昭王一听说武安君假装生病欺骗他，气得破口大骂："白起老儿竟敢欺骗本王、贻误战机，真是岂有此理！传孤的话，速派人命他披挂出征取代郑安平，限白起十日之内攻克邯郸、灭掉赵国，不然，一定将他全家治罪。"

范雎心中暗喜，又故意怂恿说："大王，武安君尽管骁勇善战，可他一心不想为大王出力，强行命令他出征，非出自本心，是强人所难，只怕武安君到赵国境内也不会尽力统兵作战的。让心怀二心的人统率几十万大军在外作战，这正是兵家所忌讳的，请大王三思。"

秦昭王一听范雎说得也在理，面露犹豫之色，安国君知道范雎与白起之间有矛盾，隐约猜中范雎的用意，上前说道："儿臣愿以性命担保武安君不是应侯所说的那种人，请父王立即任命白起为帅，更换郑安平，劝说白起出征的事由儿臣亲自去做。武安君一定会听从儿臣的忠告，答应出兵的。"

安国君要去武安君府劝说白起赴前线接替郑安平的事被子傒听到了，他立即来见父亲，执意要求代替父亲去劝说白起。安国君也想锻炼一下子傒，便爽快地答应了。

子傒来到武安君府上，刚一见面就径直说道："君侯一向安好，大王派我来探视武安君病情是否好转，想让君侯赴赵接替郑安平，并限君侯十日之内攻克邯郸、灭亡赵国，君侯觉得自己能够办到吗？"

武安君摇摇头，说："我的本领并不比郑安平卓越，郑安平屯兵邯郸城下半年之久攻不下邯郸，并不是郑安平、王稽等人无能，而是这次出征伐赵选择的时机不对，我秦国是不义之师，远征他国作战。而赵国是抗击来犯之敌，上下军民团结一致、同仇敌忾，所以郑安平损兵折将相持半年有余仍无进展。据孤探听到的消息，楚国派遣春申君带十万兵马前去救赵，魏国也由信陵君率二十万大军来解救邯郸。听说一向好战的燕国兵马也蠢蠢欲动，似乎也有联赵抗秦之意，秦国纵然有足够的实力与东方任何一国抗衡，但以多方援军来战我秦军，不败才是千古奇迹呢。"

子傒趁机问道："既然君侯已经看出秦赵邯郸之战的结果，何不亲自面见大王陈说你的主张呢？"

武安君随子傒来见秦昭王，秦昭王以为白起答应了他的要求，是来辞行的，于是把满腹的怨气压在心中，尽量用温和的口气问道："武安君一病数月，如今应该康复了吧？众人一致推举你去替代郑安平才可能扭转邯郸之战的战局，不知武安君何时动身？"

白起施礼说道："臣的病早已康复，只是大王的心病一天天加重了，令臣十分担忧。"

秦昭王见白起话中有话，颇为不悦地说："此话怎讲？"

白起这才进谏说："大王的心病病在称帝之心迫不及待。"

见秦昭王不语，白起继续说道："大王如今攻打邯郸，志在亡赵，但上天没有亡赵的迹象，大王强行而为，是违天意而行，不合事理，不符民心，将惹起诸侯众怒，秦军不但不能攻下邯郸，只怕数十万大军要在邯郸城下身首异地。"

不容白起再说下去，秦昭王一拍几案怒喝道："白起，你好大的胆子，本王没有追究你假装疾病违抗军命之罪，你倒倚老卖老教训起孤来！"

白起见秦昭王生气，立即解释道："臣纵有天胆也不敢教训大王，臣只是劝谏大王迷途知返，早日下令撤军，等时机合适再出兵伐赵也不迟。"

"住嘴！"秦昭王猛地呵斥一声，打断了白起的话，"本王再问你一句，你到底出不出兵？"

白起见秦昭王如此胡搅蛮缠，也十分恼火，硬着头皮说道："臣宁死也不愿出兵，请大王治罪吧。"

秦昭王见白起出言不逊，竟当着众人的面顶撞自己，怒不可遏地吼道："白起，你今日不出征，本王夺了你的封号，将你降为平民！"

秦昭王本来是为了威吓白起，想不到白起以假当真，冷冷地说道："臣的封号是宣太后赐给的，是臣在战场上用鲜血与生命换取的，孝公当年任用商鞅变法新政时提出的奖励军功为历代先王所尊奉，以军功取得爵位已经成为秦国一条百年不变的法令。也正是如此，才激起无数将士在沙场上拼命杀敌，以图用鲜血换取军功。即使拼死沙场，也可以封妻荫子，为子孙后代留一片家业。大王如今仅仅凭一句话就要剥夺臣的功爵，传扬出去岂不令国中文臣武将寒心，将来谁还愿意为大王出生入死呢？"

白起本来是为了为自己开脱责任，免除秦昭王对他的惩处。秦昭王却认为白起是在用先祖的法令和宣太后的威名要挟他，于是他嘿嘿冷笑道："白起，你依仗自己为我大秦攻下几座城池，夺取几片土地，就不知天高地厚、骄横跋扈，不把本王放在眼中。你不要以为本王离开你就没有能人了，孤今日就将你赶出城，让你看着孤是怎样攻破邯郸、灭掉赵国的。"秦昭王说完，满脸怒容地站了起来，猛地转过身，甩袖走进后宫。范雎、安国君、白起、子傒等人你看看我，我看看你，都一声不响地退了出去。

几天后，白起接到秦昭王送去的御旨，将他贬出咸阳，到封地阳密静养。消息传出后，引起咸阳城的轰动，人们议论纷纷，白起的许多亲朋好友闻讯都登门安慰。告别这天，前来送行的人更是络绎不绝。白起临行前说道："邯郸短期内不可能攻下，赵国更是无法消灭，各国救援的兵马很快就会汇集邯郸周围。各国内外夹攻，秦军将腹背受敌，再这样逗留下去只怕想撤兵都不能够。到那时，大王再记起我的忠告也晚了。"

白起走后，范雎派去监视白起的人立即将这话报告给范雎，范雎略一思忖便想出一条铲除白起的妙计。

范雎来见秦昭王，秦昭王正为楚、魏援兵赶到赵国恼火。一听说白起告别时向众人说了许多使秦国泄气的话，他更是生气，范雎又趁机说道："白起对大王不满不是一日了，早在宣太后执掌大权时，白起就多次建议宣太后不要放权给大王，他说大王没有独立执掌一国之事的才能。如今大王将他赶去偏远的封地，他必然不满。在没有离开咸阳时，他就敢当着众人说出许多不满的话，一旦到了阳密就更加无所顾忌。倘若其他诸侯国听说白起被贬，派人前去游说，后果不堪设想。"范雎说到这里，故意停顿一下，偷眼瞧瞧秦昭王表情的变化。

秦昭王似乎被范雎说动了，惊问道："以丞相所见应该如何做呢？"

"依臣愚见，要么再封他一个君侯的头衔，多给封地收买他的心，要么干脆将他杀掉，永绝后患。"

范雎当然知道秦昭王不会再封白起一个君侯的头衔，更不可能再给封地，这在秦开国以来尚无先例，那么只能选择后者。秦昭王沉思片刻，狠下心说："传孤的旨意，立即派人追赶白起，就地赐死！"

范雎心中暗自高兴，立即派人去做这件事。白起最终被杀死在一个叫作杜邮的小镇上。

异人在吕不韦的陪同下乘车来到长乐宫。

今天，是华阳夫人第一次接见他。异人为了今天的会见忙了一天一夜，从衣着举止到言谈的内容都精心考虑一遍，连最细小的叩拜姿势都反复演练了多次。因为这是初次相见，一定要给华阳夫人和安国君一个极好的印象，并从感情上抓住他们。他要通过这次相见为未来的太子之位铺平道路。

在两名侍从的引领下，异人和吕不韦走进巍峨的殿堂内，异人举目四望，金碧辉煌的大殿中央端坐着一位身着华贵的中年妇人，不用问这就是自己的再生之母华阳夫人了。

异人头脑里对华阳夫人的印象仍是童年的记忆，那是模糊的、遥远的，与眼前的形象无法画上等号。

异人正在胡思乱想，吕不韦悄悄拽拽他的衣襟，异人急忙紧走几步上前跪拜，并用煽情的声调说："儿臣叩见母亲大人！"

华阳夫人从异人略带颤抖的声音中感到一种欣慰，急忙从座椅上站立起来，上前拉起异人，把他从头到脚打量个遍。在此以前，华阳夫人也不止一次猜测异人的容貌，那种猜测只能是异人童年形象的延伸，瘦弱、矮小，可能还带着点胆小与拘谨。华阳夫人无法把心中异人的形象和眼前这高大的形象联系在一起，她有点喜出望外。

华阳夫人拉着异人的手，高兴地说："为娘一看到你，就让我想起我的故乡和童年的往事，让我欢欣又让我酸楚。"

异人马上装作惶恐不安的样子说："儿臣有罪，想不到让母亲想起辛酸的往事，儿臣该打……"

不等异人说下去，华阳夫人便阻止道："我儿无罪，你看起来就真的像为娘的儿子，为娘索性把你的名字也给改了吧。"

异人再次拜谢："请母亲大人赐名。"

"你既是娘的儿，为娘是楚国人，你也算是楚人的后裔，就叫子楚吧。"华阳夫人说罢，这才转向刚刚落座的吕不韦，"吕先生一路辛苦了，听他们报告，子楚能够安全逃出赵国，全靠吕先生的谋划和舍命相助，我要让安国君好好感谢吕先生，吕先生有什么要求尽管说来。"

吕不韦躬身说道："多谢夫人厚爱，不韦愿为公子驱使，不是希图金钱与权势，我是仰慕子楚公子的德行与高义。"

吕不韦边说边从身边的从人手中接过一个匣子，递给华阳夫人："公子在赵国时为夫人购得许多珍贵的礼物，由于匆匆逃难无法携带，只在临行时随身带了一件易带的微薄礼品，请夫人接纳，礼物虽小，却代表公子的一片心意。"

华阳夫人接过小匣子，打开一看，是两棵千年人参，这是宫中也极难得到的上等补品。此时，她心里对子楚又多了一份好感。

一向冷清的长乐宫变得异常热闹，子楚在这里举行婚礼，新娘就是阳泉君的掌上明珠紫玉。

贺客络绎不绝，众人一边向新郎新娘祝酒，一边自己也在觥筹交错，分享新人的欢乐。大厅的角落，子傒自斟自饮。他有一种说不出的痛感，于是想用酒来麻醉自己。几杯酒下肚，丝毫没有平静下去，浑身反而燥热起来，气血上涌，他有几次想冲上去把子楚打翻在地，把今天喜庆的场面闹个天翻地覆，可理智告诉他不能这样做，其后果只能适得其反。

子傒恨子楚，如果不是子楚的出现，这一切都是他的，对于女人他并不放在心上，但那未来的王位继承权他却特别看重。可是，从现在的发展形势看，世子之位将与他无缘。子傒也恨自己，恨自己没有学会子楚的乖巧与钻营，当初，只要自己稍稍变通一下，投到华阳夫人脚下，子楚所拥有的他都会拥有，子楚所没有的他也会有。

子傒正在胡思乱想，忽然发现不知何时太傅士仓已经坐在他旁边了。子傒非常难过地说："师傅，我……"

子傒没有说下去。士仓拍拍他的手，轻声安慰道："亡羊补牢，为时不晚。只要公子用心去争，鹿死谁手尚难预料。"

"可是，有华阳夫人袒护子楚，父亲会倾向子楚的，师傅难道没瞧见大王都亲自参加今天的婚礼了吗？这可是从来没有的，连大王都明显表现出偏爱子楚，我还有什么希望？"

士仓摇摇头："也许是大王一时兴起，只不过来凑凑热闹，如果说大王也偏向子楚，只是你的猜测罢了，公子也可以多寻找一些支持者，比如……"

士仓说着，向另一个几案努努嘴，子傒会意，走上前恭敬地说："子傒在此借花献佛，祝应侯康乐长寿！"

范雎接过子傒递来的酒一饮而尽，一边放下酒杯，一边若有所悟地说："公子是明晰事理之人，该争取的要争取，激流勇进，当仁不让，否则会遗憾终生。"

子傒凑近范雎轻声说道："请应侯多多指点，只要子傒将来能够荣登大位，一定与应侯共享天下，尊应侯为仲父。"

范雎侧目瞟瞟红光满面的子楚，对子傒说道："今日人多嘴杂，不是说话之地，改日再谈吧。"说完，起身离去。

几日后，子傒备了一份厚礼到范雎府中登门拜访。

范雎见子傒到来，说道："子楚虽然投到华阳夫人怀中，被认为嫡子，但并不值得忧虑。公子是安国君长子，其地位还稍胜过子楚，值得忧虑的是子楚长久质押赵国，为秦国争取了许多战机，可谓有功于国，而公子呢？至今并没有做出什么有利于国家的大事来，如何与子楚相争世子之位呢？"

子傒忙问道："以应侯之见，我应该怎么办呢？"

"有功于国，以功劳压倒子楚！"范雎一字一句地说道。

子傒一揖到地："子傒愚钝，请应侯指点，如何才能有功于国？"

范雎这才装作关心子傒的样子说："如今天下分割已有几百年之久，相互兼并，弱肉强食，胜者为王，败者为寇，尽管有几个诸侯王强行称霸，但霸主之位都不长久，我大秦也先后有几次称帝之举，可都失败了。仔细思考称帝失败的根源，是因为那个名存实亡的周天子尚在，只有先灭掉周天子，才会得到天下人服从。公子何不向大王请命，率军讨伐轻而易举就可以灭掉的周王朝呢？"

子傒惊问道："王室虽然衰微，但毕竟象征着王室的存在。众诸侯一直让它留存至今而没有人灭亡它，足以说明王室的影响尚在，我怎么敢向大王提出灭掉东周国呢？大王一定会骂我个狗血淋头的。"

范雎连连摇头："公子错了，公子太不了解你的王祖父了，只要公子向大王提出这事，大王会故意说几句冠冕堂皇的话，甚至当着众人的面斥责你几句，但私下会答应你带兵扫灭周王室的。这样，大王不仅灭掉了王室，向天下人宣告秦国将取而代之，而且大王本人又不担当灭亡周王室的罪名，大王何乐而不为呢？"

子傒略带不悦地说："应侯是让我为王祖父担当罪名？可这样做的后果只会让我的名声臭于诸侯之间，人人痛骂之，对于承袭王位永远也没有机会了。"

范雎笑着问道："能让公子推登世子之位的是大王，还是各诸侯国的国君，抑或是天下的民众？"

"当然是大王！"子傒不假思索地说。

"这就对啦，公子不投大王所好、为大王做事，难道要为毫无用处的天下人做事不成？公子所担心的天下人谴责，只是一种口头议论而已，不足为患。"

子傒沉默了，决定接受范雎的意见，向祖父请求带兵消灭周王室。这天，子傒与范雎一起入宫拜见秦昭王，子傒上前说明来意，秦昭王连连摇头："周天子早已名存实亡，仅留小小封地依附在诸侯之间，消灭这片封地是举手之劳。本王之所以没有铲除它，是顾及在诸侯之间的影响，这地虽小，却是周王室的象征，如果对它用兵就是以下犯上、谋逆王室，众人会以此为借口群起而攻。"昭王说到这里，话锋一转，自顾说道，"当然，各诸侯国没有人把它放在眼里，却又把它当作维护正统、排除敌方的招牌，待本王歼灭东方各国后会把它吞掉的，只是现在还不是时候。"

子傒见祖父不答应，十分失望，想了想又委婉地劝谏道："如今天下分割，群雄纷争，祖父励精图治，有一统天下、救民于水火的决心，令人佩服。多年来派兵外出征南战北，攻城略地光大我秦国疆域，如今王祖父出兵讨伐赵国围攻邯郸，其目的在于灭亡赵国。可是，出兵半年有余，损兵折将也没有达到预期目的，反而招致东方各国共愤，纷纷派兵援赵，出现合纵抗秦之势。我秦军如果不立即撤兵，后果不堪设想。撤兵无故而返，又遭国人非议，何不撤邯郸之兵，转而攻打东周，顺便将它灭掉？既可向国人交代，又可向东方各国发出警告，周王室我大秦都敢消灭，更何况一般诸侯国呢？同时，也消除歼灭东方各国时的一个小小障碍，正如王祖父所言，东周国虽小，却是王室象征，如果它联合东方各国抗秦，其号召力可能胜于任何一个诸侯国，毕竟周王室余威尚在呀！"

秦昭王听完子傒的分析，也觉得有道理，便问范雎："丞相如何看待这事？"

子傒刚才说的这些话其实就是范雎告诉他的，范雎已从郑安平送回的报告里知道秦军必败，再这样坚持下去毫无益处，但秦昭王的性格他是知道的，宁可战败也不会中途而返，所以范雎才想出这样一个以进为退的策略，让子傒请战为秦军撤兵找借口。范雎见秦昭王让他拿主张，正中下怀，于是说道："子傒公子言之有理，形势的突变，一时难于灭亡赵国，掠得一城一地于秦得益不大，于赵也伤不了元气，何必相持下去呢？何况我军是孤军深入，如今又面临以一敌多的险情，胜的可能性不大。能够扫除东周国是再好不过，至于诸侯非议也只能发一发牢骚罢了。大王灭了东周国，东周君就是大王的臣民，大王可以再威压他攻击其他诸侯国，从而把舆论扭转过来。"

秦昭王终于答应了子傒的请求，令他带兵符去邯郸城接替郑安平，然后见机消灭东周国。

就在子傒一切安排就绪、正准备出发时，突然从前线传来消息，郑安平和王稽二人战败，率部分人马投降赵国。

消息一经传出，整个秦国为之惊叹，范雎更是坐卧不安，一种不祥的阴云袭上心头。秦昭王把范雎叫到宫中劈头盖脸地臭骂一顿，万幸的是没有提出将范雎治罪，但秦昭王盛怒之下绝不愿认输。可面对多国联合军队却又无计可施，只好把一肚子气都发在丝毫也不相干的东周国上——派子傒率军去消灭东周国。

多日来，范雎一直提心吊胆。秦昭王虽然没有追究他的举荐之罪，并不能说明这事就这样轻而易举地过去了。根据秦昭王一贯的做事风格，愈是装作不闻不问的事，愈说明他把这事放在心上，他会在你放松警惕时，出其不意地抓住一件事，然后数罪并罚置你于死地。因此，范雎处处小心，事事谨慎，尽量不出任何差错，用自己的行动向秦王表明心迹，以获得秦王谅解。

这天，范雎刚刚从朝堂上回到府中，就有家人报告说，有一个自称蔡泽的人要见他，已经在府上等待半天了。

范雎一听说蔡泽来见他，马上警觉起来。他早年周游列国，游说诸侯谋求官职时曾和蔡泽有一面之交，知道蔡泽也是能言善辩之人，才能不在自己之下。蔡泽本是燕国人，但由于人长得丑陋，朝天鼻，短肩膀，凸额头，塌鼻梁，还有点罗圈儿腿，没有得到燕王的重用。蔡泽一怒之下离开燕国到其他国家寻求发展。他曾经到过韩国、魏国、赵国，都因相貌丑陋没有谋到理想的职位。

范雎早已从属下人那里得知，蔡泽在赵国落魄时曾得到吕不韦和公子异人的帮助。他突然来到秦国，不找吕不韦和异人，直接来找自己，一定有什么要事，于是范雎便派人把蔡泽请到客厅。

范雎见蔡泽进来，既不让座，也不让茶，只冷冷地问道："蔡先生不远千里来此找范某有何贵干，是向我求食还是求衣？"范雎故意这样做，希望惹恼蔡泽，让他早早离开秦国。

蔡泽既不气也不恼，自顾坐下来，端起桌上的茶就喝。放下茶碗，抹一下嘴巴，他心平气和地说："我是来代替应侯接任秦国丞相一职的。"范雎大吃一惊，结结巴巴地问道："先生刚从秦王宫中来吗？"

蔡泽摇摇头："应侯认识问题已经迟钝到这种地步，再待在相位上不知进退，实在太危险了。"

范雎一改刚才的傲慢："范某愚钝，请先生说得更明白些？"

蔡泽明白范雎身处高位，如果不是迫于压力，让他让位是困难的。不彻底驳倒他，不从心理上与言辞上打垮他，恐怕难以如愿，于是他纵声笑道："应侯在整治国家、平定叛乱、富国强兵、排除祸患、消除灾难、拓宽疆域、安民定国、提高人主霸权方面，和商鞅、吴起、文种比起来怎样？"

范雎想了想说："自愧不如！"

蔡泽又问道："把秦昭王和秦孝公、楚悼王、越王勾践相比，慈爱仁义、贤明爱臣、胸怀宽广，谁又更加优胜呢？"

范雎摇摇头："我从来没有做过这样的比较，怎敢轻易下结论呢？"

蔡泽知道范雎不敢轻易议论秦昭王的过错，便淡淡地说道："让我来替应侯说吧。秦昭王在爱臣宽厚、仁慈方面是不能超过以上三人的，应侯是慑于王威不敢评论罢了。如果君主以威治天下，令臣子不敢言及君王的过错，这样的君主是不配称作明君英主的。由此看来，应侯的处境就更加危险了，倘若应侯再执迷不悟，则如行在薄冰之上，祸在旦夕之间！"

"先生何出此言呢？"

蔡泽解释说："你的主人对待臣子的宽厚之心抵不上孝公、悼王和越王，而应侯的功绩和受到的信任又比不上商鞅、吴起与文种，可应侯的官职和封赏却远远胜过三位。即使如此，应侯仍不知进退，只怕不久以后应侯的结局会比这三人更惨。因为白起惨死、郑安平和王稽兵败降赵，无不与应侯有关，秦昭王已经对应侯产生疑心。不仅如此，应侯已经不自觉地卷入另一场宫闱之争……"

不等蔡泽说下去，范雎立即问道："先生讲我已经卷入一场宫闱之争，我怎么不知道呢？先生是道听途说还是危言耸听？"

蔡泽反问道："应侯是明知故问，还是真的不知道呢？整个秦国都在私下议论子傒与子楚竞争世子一位的事，应侯不是常给子傒出谋划策吗？没有应侯鼎力相助，子傒怎会向秦昭王主动提出带兵灭掉东周国呢？如今子傒已经灭掉了东周国，周赧王也死在乱军之中，八百年周王室嗣祭已经断绝，天下人痛骂子傒的时候，秦昭王正为子傒摆宴庆功呢。只怕应侯也私下暗自庆幸为子傒出了一条妙计吧？"

"莫非蔡先生不这样认为？子傒有了灭亡东周国的功绩，可以和子楚同等有功于秦，在将来太子之位的争夺中不是又多了一个筹码吗？"

蔡泽冷冷一笑："应侯真的以为子傒能胜过子楚吗？倘若应侯看问题这样浅短，我真不知应侯是如何谋得相位，又怎样在相位上停留这么多年的。"

范雎这才记起属下人报告蔡泽和吕不韦、子楚交往甚密的事，便问道："蔡先生在赵国时就曾认识子楚公子，先生以为子楚的人品与才能怎样？"

蔡泽明白范雎的用意，故意避开他的话题，旁敲侧击地说："应侯身居丞相之位，就能表明应侯的才学与人品在秦国的人臣中没有人能超过吗？当然不能，人的能力与人得到的社会地位和价值，并不是一一对应的。如果应侯想当然地在两位公子身上择其一而下赌注，这是最愚蠢的做法。秦昭王与两位公子之间相距三代，中间还有位安国君存在。应侯不担心眼前的危险，不考虑能否终了秦昭王一朝，却虑及三代以后的事，这不是深谋远虑，而是聪明反被聪明误！"

蔡泽见范雎被自己的话镇住了，又继续说道："现在应侯的怨仇已报，恩德也已经报答，有丞相之高位，又有君侯之封地，府舍更有娇美妻妾，入则群小俯之脚下，出则前呼后拥、威风八面，众人连嫉妒之心都不敢生有。如此显赫的地位怎能不引人注目、遭人非议呢？"

范雎点点头："请问蔡先生，有什么更好的办法让显赫的地位更长久呢？"

蔡泽叹息说："秦昭王人老心不老，想在有生之年一统天下，而应侯之才却不能满足他的欲望，当务之急仍不知引退，应侯的结局必然和商鞅、白起、吴起、文种等人的结局一样，个人惨死不说，也会累及子孙家人。应侯为何不趁秦昭王对你生有猜疑之心时送回相印，及时荐贤让贤呢？此时身退江湖、闲居山林，观虎斗龙吟、猿鸣禽啼，不也是人生另一种乐趣吗？应侯做到了这一点，一定有伯夷正直廉洁的美名，享受应侯的爵位与封地，子子孙孙称侯袭爵，也会有许由务观一样谦让的声誉和王乔、赤松子一样的高寿。能上而不能下，能伸而不能屈，能往而不能返，这种尴尬的局面怎能不令人警醒警惕呀，请应侯仔细思考一下自身的处境吧！"

范雎沉思良久，终于抬头说道："今天听君一席话，胜读十年圣贤书，请先生相信我，我会做出正确选择的。"范雎在府中静静思索八日，终于认清了自己所处的位置。考虑再三，他便上朝拜见秦昭王，举荐蔡泽。秦昭王听奏后十分高兴，立即召见了蔡泽。一番对答之后他很是满意，授给蔡泽客卿的职位。

过不多久，范雎又称病请求辞去相位回到封地将养，秦昭王答应了他的请求，收回相印，任命蔡泽担任相国。

这日，长扬宫内欢声笑语，子楚正在宴请宾客，为他刚满周岁的儿子成蟜过生日礼。在子楚的心中，成蟜才是他真正的儿子，与赵政相比，子楚希望成蟜将来能够承袭大秦的江山社稷，所以给他起名叫成蟜，就是成为真正的蛟龙。

自从和阳泉君的女儿结婚后，子楚早把赵姬忘在脑后。成蟜出生后，吕不韦心中时时挂念着赵政母子，虽然他知道赵政母子在赵国一切平安，但不在自己跟前总让他放心不下，那毕竟是他的女人和儿子，女人可以到处都有，儿子却是身上的一块肉，先天的血脉关系令吕不韦时刻挂念着赵政的成长。更何况子楚娶了紫玉后，所有的心思都扑在紫玉身上，这对于吕不韦所肩负的使命是很不利的。

吕不韦不止一次在子楚面前提及向赵国提出接回赵政母子的事，子楚总以两国关系紧张为借口一拖再拖。时间不同了，地位不同了，子楚对吕不韦已不同于在邯郸时那样言听计从，所以，他对吕不韦的许多建议总是听听，事后做与不做那是另一回事，而对吕不韦提出接回赵政母子的事更是阳奉阴违。

今天，吕不韦故意多饮了几杯，借着几分酒兴走到子楚跟前，举杯说道：“恭喜公子！”

“同喜，同喜！”子楚红光满面地说。

“公子，为兄有句话不知当讲不当讲？”

“兄长今日怎么客气了，有话尽管讲来，小弟洗耳恭听！”

“为兄想提醒公子一句，公子在邯郸还有一位患难之妻和时刻都有性命之忧的儿子呢。一日夫妻百日恩，赵姬为公子生有一子，也算得上患难夫妻了，公子应尽早把他们母子迎接回国，以免夜长梦多。即使公子不顾及赵姬的生死，对于赵政……”

不待吕不韦说下去，子楚冷冷地打断了他的话：“吕兄对他们母子都如此关心，更何况我这个做丈夫做父亲的呢？我时时刻刻都挂念着赵政母子的安危，只是秦赵关系一直僵持不下，我怎好向大王提出去赵国迎接他们母子呢？何况这样做的后果只怕救不了他们母子，反而伤害了他们。我故意装作将他们母子抛弃不问的样子，以此给赵人造成一种错觉，认为我真的抛弃了他们，从而放松对他们的监视，然后再寻找个机会将他们接回。”

吕不韦知道子楚说这话是为了敷衍自己，便说道：“只要公子真心将他们母子迎回，我愿再次回到邯郸迎接他们，请公子相信我在邯郸的实力。只要能迎回赵政母子，我耗尽在邯郸的一切家产也在所不惜！”

子楚打断吕不韦的话：“吕兄的心意我十分理解，解救赵政母子的焦急心情我更胜吕兄十倍，但现在不是时候。请吕兄放心，在不久的将来，我一定会让他们母子平安回到秦国的。"

吕不韦一提及迎接赵政母子的事，在场的许多人都认为吕不韦言之有理，纷纷向子楚献计献策，提出营救赵政母子的几种方案。子楚只装作认真听取的样子，最后向众人说道："诸位提供的几点建议我会认真考虑的，至于如何营救赵政母子回国，我会做出妥善安排的，感谢诸位一片好心！"

子楚话音未落，有宫监匆匆进来向子楚附耳低语几句，子楚面色大变，急忙走到吕不韦跟前，悄悄说道："有劳吕兄代我照料一下客人，我要马上到内宫一趟，大王他……"子楚看一下众人没有说下去，吕不韦会意，忙道："公子请去吧，这里有我照料。"

望着子楚离去的背影，琢磨着子楚刚才说的半句话，吕不韦心头一喜，一个大胆的想法升上心头。

秦昭王五十六年（公元前251年）秋天，秦昭王病逝，太子安国君承袭王位，史称孝文王，追封他的父亲秦昭王为昭襄王。

整个秦宫都忙着为昭王办丧事，子楚更是表现得特别卖力，父亲继承王位后所要做的第一件大事就是册立太子，他是两位候选人之一。

吕不韦趁子楚整日忙于昭王的丧事，暗中写一封密信派人送往邯郸，请求公子嘉想尽一切办法把赵政母子送回咸阳。

公子嘉接到密信后，经过慎重思考，认为吕不韦的见解是对的——子楚马上被册立为太子，不久的将来就是秦国的主宰，只要能够控制住子楚，就等于控制了秦国的大权。如今，吕不韦已在秦国站稳脚，并取得子楚信赖，当务之急要多派几个邯郸党去，让子楚处于邯郸党的包围之中。这样何愁不能从思想上和身体上控制他呢？极为不利的是子楚又娶一位夫人，并且生了儿子，可是正是这样，让赵姬母子尽快回到子楚身边就更为必要。要让赵姬与那位紫玉夫人争宠，让赵政与成娇比试高低。

公子嘉决定谨慎行事，想出一个万全之策后再送走赵姬母子。恰在此时，发生了一件事，成就了他的心愿。刚刚安定两年的赵国又遭到燕国的入侵，燕王喜派大将栗腹率领六十万大军前来攻打赵国，看气势似乎要歼灭赵国。

消息传到邯郸，朝堂上下一片恐慌，众人议论纷纷。赵成王召集文武大臣商讨对敌之事，许多大臣被燕军的气势镇住，一致主张割让代郡十五座城池贿赂燕国，乞求燕国撤军。

信平君廉颇却有不同想法。他驳斥说："燕王喜旅居我赵国十年之久，受我赵国恩泽不思回报，反而发倾国之兵攻打我国，是忘恩负义的小人，他的这一行为必遭天下人唾弃，是为失道寡助。而我赵国则是抗击来犯之敌，如邯郸之战一样，必定是得道多助。燕国虽有六十万大军，实际上没什么值得畏惧的，这六十万大军是临时凑在一起的，缺乏统一训练，主帅也不统一，各存异心，实际上是一群乌合之众。据我所知，主帅栗腹好大喜功，胸无谋略，副将卿秦也是无能之辈。只有乐闲、乐乘二人是名将乐毅之后，精通兵法，但这二人一直反对出兵伐赵，只是迫于燕王威逼出征，绝不会尽心尽力卖命的，何况有刚愎自用的栗腹掣肘他们，这二人就是有心尽力也发挥不出个人才能。"

廉颇话音未落，主张割地求和的大夫郭开淡淡地问道："请问信平君，倾我赵国全部兵力不过五十万人，除了守卫各路要塞之外，还要留下部分重兵驻扎西河边界，以防秦人趁机偷袭，这样一算，前去抗击燕军的最多只有三十万人，如何能够敌过燕军的六十万兵马呢？更何况这三十万人中，因连年战争，老弱伤残的过半，能够真正作战的也就是十六七万人，以十六七万人对抗六十万人，如同以羊投狼群，败局已定。与其让燕人打到都城之时割地求和，哪如现在就求和呢？不伤一兵一卒，保存实力，待我赵国强大之时再报今日之耻也不晚。"

廉颇讥讽道："郭大夫如此深谋远虑，只怕不是为赵国谋划，而是为个人谋划吧？"

郭开恼羞成怒，反问道："如此说来，廉相国早有破敌妙计了？敢问廉相国，需要多少人马？何人担任主将？"

"兵不在多而在精，将不在勇而在谋，有十万精兵足够破敌，至于主帅，我廉颇当年雄风尚在，可以统兵抗敌，我再向大王推荐一位骁勇善战、足智多谋的副将配合我作战，就能够拒敌于国门之外。"

赵成王早有让廉颇出兵的意思，只是迟迟没有提出，一是考虑他是相国，事务繁忙；二是担心他年纪已大，精力不济，现在见廉颇主动提出统兵出征，当然求之不得，立即问道："请问廉相国，你所举荐的副将是何人，本王怎么没有听说我赵国还有这么一位智勇双全、能征善战的将才呢？"

廉颇躬身答道："驻守在代郡雁门的李牧可为副将，他长期驻守北方，不但熟悉匈奴的情况，对燕国的形势也十分了解，由他为副将迎敌定会马到成功，击退来犯之敌。"

赵成王一听廉颇要求李牧为副将，并把李牧赞扬一番，不以为然地说："李牧为将胆怯，他驻守边防抗击匈奴已多年，可是多年以来，只守不攻，匈奴入侵时只是一味退避，不与匈奴正面交锋，如此怯懦之将怎可任副将抗击凶悍善骑的燕兵呢？他守边都不合格，本王正准备将他撤换下来呢！只是一时尚没有找到合适的人选接替他。"

廉颇说道："请大王相信廉颇对人才的识别，我愿以全家老小的性命作担保，李牧确实是我赵国难得的将才，他坚守边防不主动出击，不是为将怯懦，而是以逸待劳，故意诱敌深入，等到合适的时机才将匈奴兵一网打尽。"

廉颇话还没有说完，郭开就冷笑道："信平君真会讲话。等待时机？不知这个时机何时到来，难道要等到匈奴兵打到邯郸城下才算时机到来吗？相国年纪大了，官也大了，吹捧人也高人一筹呀！"

廉颇气得脸色发青，正要呵斥郭开，赵成王挥手说道："两位爱卿不必争执了，就以廉相国所言，任命李牧为副将，调兵遣将之事由相国全权负责。"

这时，将军庞煖上前提醒说："秦国一向不讲信义，见利忘义，出尔反尔，秦赵休战不久，关系一直不睦。如今燕国发倾国之兵入侵我国，我国抗燕的同时也必须提防秦国趁机偷袭我西部边陲，以防腹背受敌。"

廉颇说："我以为秦国出兵伐赵的可能性不大。因为秦昭王新逝，王宫上下正忙着举丧，新王的登基大典、王后、王太子册封仪式等一系列事务都有待新王处理，他一向身体欠佳，哪里还有精力顾及赵国的战事呢？当然，可以多派细作混入秦国，时刻了解秦国动向，及时报于大王，以便作出合理对策。"

公子嘉知道现在是时候了，便主动站出来说道："嘉有一计可以免除秦国对赵用兵的祸患，让信平君全心全意赴东北战场抗击燕兵。"

赵成王冲赵嘉点点头："孙儿讲来。"

"如今昭王去世不久，新王尚没有正式登基，秦国必然是以安内为主，攻外为辅。种种迹象表明，新王亲政后曾经质押在我赵国的异人公子将被封为太子。当年异人潜逃时曾留下妻儿在我赵国，现在为了与秦通好，不如按照国礼将他们母子送回秦国，一是表明我赵国主动结为友好的态度；二可以取得异人的感激，对将来秦赵关系大有裨益；第三还能够借此机会打探秦国动机，了解用兵虚实。"

赵成王点点头，又问廉颇道："丞相以为赵嘉的建议是否可行？"

"回大王，此计可行。公子嘉的建议比老臣刚才提出的单独派细作打探秦国动向的主张更加合理，我们主动言好，以进为退，使秦国没有理由向我赵国派兵。"

"哼，丞相别自以为聪明，西秦自穆公以来，历代君王有几个是讲信之人？还是小心点好！"郭开说道。

"至少可以迫使秦国不会马上出兵，我们只要能争取到当下之际不同时作战就可以了。想让秦国永远不对我国用兵是不可能的，秦国出兵东方并不是为了掠得一城一地，其狼子野心在于整个天下，认清这一点，我国在打败燕国后要做好长远与秦对垒的准备。"公子嘉暗暗钦佩廉颇的深谋远虑，更为自己暗中施展的制秦大计得意。

这时，猛听赵成王问道："嘉，莫非你知道异人留在赵国的妻小藏身何处？"

公子嘉一愣，急忙俯身说道："回王祖父，孙儿已经派人查出留在我国的异人妻小下落，并派人将他们母子严加看管起来，只要王祖父决定派人出使秦国，可以立即将他们母子带来。"

赵成王沉吟片刻，说道："既然如此，此事就由你去办理吧，礼节要周全，考虑问题要周到，遇事要灵活。"公子嘉暗暗松了一口气，立即领命而去。

赵姬坐在窗前对着青铜镜发呆。尽管自己风韵犹在，但和十年前相比，毕竟苍老了许多。

赵姬"啪"的一声把铜镜推倒在桌面上，她有难以诉说的委屈与酸涩，伤心的泪水缓缓落下。

"娘，娘，你又哭了！"不知何时，赵政从外面跑了进来。

"娘没有哭，娘的眼泪早就哭干了。"赵姬把赵政拉到身边，搂在怀里，脸紧紧贴在赵政的额头上。

"娘又骗政儿了，瞧，娘的脸上还有泪痕呢。"赵政边说边把赵姬刚才放在桌上的铜镜拿起来给娘看。赵姬从镜中看见腮边未及擦去的泪痕，轻轻举手去擦拭。

"娘，让我来给你擦吧。"赵政边说边伸出白嫩的小手在娘脸上认真地擦着。

"娘，你一定又想爹了？我长这么大还没见过爹是什么样子呢！你常说爹到很远的地方干大事去了，那儿离这里有多远，爹为什么还不回来呢？"

赵姬心头又是一阵酸楚，她无法回答儿子的问话，只好撒谎说："你爹到西方很远的地方经商去了，往返一次需要十多年，最近捎来书信，快回来了，等做完一笔生意就回来，会给你带回好多东西呢！有吃的，有玩的，还有穿的。"

"娘就会骗人，刚才我从书房出来，听人正说起爹呢！她们说爹不要娘和我了，说爹又有了女人和儿子。"

赵姬吓了一跳，立即沉下脸来追问道："你听谁说的，走，带娘去找她们。"

赵政见娘生气了，怯怯地说道："是整日伺候娘的两个女佣，她们还说……"

赵政胆怯地看一眼母亲，没有说下去。赵姬稍稍平静一下心情，缓和一下语气问道："她们还说什么？快告诉娘，娘不会生气的。"

"她们说娘是舅舅私养的女人，舅舅才是真正的爹呢！"

赵姬脸色一阵苍白，赵政后边又说了句什么她一点也没有听见。赵姬足足等了好久才克制住情绪的变化，对傻愣愣的赵政说："政儿今后不许听她们胡说，更不能把这些不三不四的话说给别人听，娘回头一定好好训斥那些烂嚼舌头的下等下人。"

赵政瞪大眼睛望着母亲，不解地问："那为什么舅舅每次来都与娘睡在一起呢？"

赵姬的脸又是一阵苍白，她猛地举起手朝赵政的脸上就是一巴掌。"啪"的一声，赵政白皙的脸庞上留下五个红肿的手印。赵政"哇"的一声号啕大哭起来。

这是赵姬第一次打赵政，她望着儿子红肿的脸，后悔自己刚才太冲动了，又不是儿子的错，为什么对他发这么大的火呢？同时，赵姬也隐隐感觉到儿子的确长大了，懂事了。

赵政还在哭，赵姬把他搂在怀里，抽泣着安慰说："乖儿子，都是娘的错，娘不该打你，娘今后再也不打你了，你快快长大，娘就不受人欺了。"

赵姬边说边给儿子抹去满脸的泪水。

这时，一名侍女匆匆来报，说赵公子来到府中。赵姬听说公子嘉来了，急忙理一下凌乱的头发，起身迎接。赵嘉已经来到室内，他见赵政正在抽泣，又见赵姬腮边也挂着泪痕，十分诧异地问："莫非府上有人欺辱你们母子？"

赵姬摇摇头："有公子关照，何人敢欺辱我们母子？"

"那你们母子刚才哭什么？是不是觉得生活得不如意，或府中缺少些什么？"

赵姬惨笑一下："都不是，公子对我们母子照料得十分周到，没有什么不如意的。"赵姬边说边把赵政轻推一下，"政儿，还不快去拜见舅舅，看看舅舅又给你带来什么好吃的东西？"赵政没有去拜见公子嘉，转身跑了出去。

公子嘉道："我明白了，你们母子一定是在思念异人。一个想念丈夫，一个想念爹爹，不伤心落泪才怪呢。既然这样，我成全你们母子，送你们母子回秦国，让你们全家团圆。"

赵姬一怔，不知是忧是喜，忙问道："莫非秦国有使臣到赵国迎接我们母子？"

公子嘉支吾道："我也不清楚，我是刚听到的消息，也许是大王想讨好秦国，与秦国建交，才主动提出送还你们母子的。"赵姬沉默不语，无声的泪水从脸上慢慢滚下。

公子嘉安慰赵姬说："你只管放心，异人虽然又娶了夫人，也有了儿子，但按照秦宫礼制，你为正室，赵政为嫡长子，这一点不仅秦宫人人皆知，诸侯各国也都知晓。当初政儿出生时，异人不是专门派人去秦宫报喜吗？这就等于给政儿在秦宫争下名分，何况有吕不韦在异人身边，一切都会如愿以偿的。实不相瞒，这次让赵国送回你们母子，就是吕不韦从秦国送来的信，秦昭王已死，安国君即位为王，异人马上就会被立为太子。让你们母子回秦国，就是让你回去做太子夫人的。"

赵姬多少明白了一些，她对未来的命运又多了一份幻想。既然命运如此安排，也只好听天由命了。

公子嘉说："阿妹，临别在即，我真不舍啊！"说着将赵姬揽入怀中……

门外，门缝里透出一双仇恨的眼睛……

从此，赵政幼小的心灵里种下了一颗仇恨的种子。

公子嘉从南苑回到府邸时，已经累得筋疲力尽。送赵姬母子回秦国的事总算办好了，明天就正式出发。

公子嘉向来自信，他对自己所做的每一件事都十分满意，当然包括送走赵姬母子。一想到这件事，他就憧憬着美好的未来，仿佛看到自己精心设计的伟大而庄严的计划已经变为现实。那时，他已经登上赵国的王位，秦国的威胁早已不存在，中原大地唯一强大的国家就是赵国，各诸侯国向他俯首称臣，尊他为盟主，赵氏祖先传下的基业被他发扬光大。

想着想着，公子嘉脸上露出淡淡的笑意，浑身的疲劳也似乎猛地消失了。他飘飘然了，仿佛自己现在正登上霸主的盟坛，接受各诸侯国的国君朝拜呢。

赵高进来了，他见公子嘉正眯缝着眼睛坐在宽大的躺椅上想着心事，脸上挂满了笑容，眉宇间透出神采飞扬之气。

赵高上前躬身说道："看公子爷的神气，莫非今天有什么喜事，快说来让属下听听，也分享一下主子的快乐！"

公子嘉抬起头："你多日来跑前走后也忙坏了，等赵姬母子走后，我再重赏你！"

"为公子爷效劳是属下的本分，奴才怎敢领爷的赏？只要公子爷开心，比奴才领什么赏都高兴，公子爷快说说你遇到什么喜事吧！"

"你真会讲话，哪里有什么喜事。赵姬母子回国了，了却了我多年的一桩心病。"

赵高"扑哧"一笑："爷真逗，别人分别都是执手相看泪眼。爷倒好，不但不伤怀，反而乐呵呵的，莫非爷对赵夫人的感情只是逢场作戏，说说而已？"

公子嘉不承认也不否定，坦然一笑，站起来说道："和女人相处，就是真真假假，假假真真，动真格的就会沦为女人膝下囚，不动真格的又不能博得女人欢心。因此，言行之中要有真有假，真的假做，假的真做，让她摸不出真假，或者说是以假乱真，以假充真。"

公子嘉与赵姬之间的事，唯一的知情人就是赵高。赵高看看正踌躇满志的公子嘉，一本正经地问道："公子爷真的相信赵夫人，把赌注都押在她身上吗？"

"怎么？你怀疑她不忠，到秦国后忘记对我的承诺，一心一意做她的太子妃吗？”

赵高郑重地点点头：“我怀疑她的忠心，更怀疑她的能力！以我之见，公子不如放弃这个念头，把赵夫人留在府中。真的把她送到秦国，将是有去无回！”

“那么赵政呢？”

赵高讷讷半晌，说道：“我觉得赵政人小心不小，心计胜过他老子异人十倍，公子养他如同养虎，不如把他给废了，省得他将来与赵国为敌！”

公子嘉沉思片刻，问道：“以你之见应该怎么办？”

赵高想了想说：“可否趁送赵姬母子回国之际，再派一人随同而去呢？对外只说负责照料他母子生活。到秦国后，让这人设法留在赵姬身边，一方面监视、督促赵姬；另一方面也可把秦宫中的一些信息送往赵国，与公子取得联络。”

公子嘉点点头，寻思道：主意不错，只是派谁随同入秦合适呢？

公子嘉将他所了解的人仔细排了一遍，也没有想到合适人选。猛抬头，看见赵高正恭恭敬敬地站在旁边，心中蓦地一动——赵高去太合适了，他追随自己多年，一直忠心耿耿，也颇有心计，办事干净利索，有勇有谋，有胆有识。但公子嘉又实在舍不得让赵高离开自己，多年的朝夕相处，赵高成了他的心腹，更是得力助手，他与赵高无话不谈，他的事赵高没有不知道的，让赵高走了，实在是他的一大损失。

终于，他说：“赵高，我想让你去秦国，你答应吗？”

赵高一愣：“我？”

“对，我考虑再三，突然觉得你是最合适的人选，你愿意去吗？”

赵高没有立即回答公子嘉的话，过了许久，他才点头说道：“既然公子认为我最合适，我去就是。”

公子嘉知道赵高的性格。他一般不好讲话，但他的每一句话都是经过深思熟虑的。其实，公子嘉自己也知道，只要他开口向赵高提出，赵高一定会答应的，就是他让赵高去死，赵高也不会皱一下眉头。

公子嘉上前握住赵高的手：“我把一切都交给你了，希望你不要辜负我对你的期望！”

赵高吓得脸色有点变，急忙跪了下来，说：“公子爷，你放心吧，只要我赵高有一口气在，我就不会忘记秦赵的冤仇，更不会忘记长平之战那一幕，誓死为公子完成使命！”说完，赵高一揖到地。

公子嘉搀扶起赵高，眼睛湿润了，哽咽道：“你放心地去吧，无论成功与否，我都会好好对待你的妻儿老小，我对待他们会像我自己的父母妻儿一样的，只要我赵嘉登上王位，一定给你的子孙封侯，我们两家共享赵国！”

赵高的眼中也泛起了泪花：“公子，你放心！”

【第四回】

拜祖母更名嬴政，宴儿孙鸩毒文王

邯郸城西门吱吱扭扭地打开，四辆马车鱼贯驶出城去。赵政转身问道："娘，这是去哪里？"

"你不是常常向娘问起爹爹吗？娘这就带你去找爹爹。"

"找到爹爹还回邯郸吗？"

赵姬并没有立即回答儿子的问题，而是抚摸着赵政的头问道："政儿可想再回来？"

赵政摇摇头："我恨透了这个地方，永远也不想回来。"

赵姬轻轻叹口气，略带责怪地说："邯郸是你出生的地方，也是娘的家乡，你爹当初给你取名赵政，就是让你记住这里，你怎么说恨透这个地方呢？小小年纪哪里有那么多恨？这里虽说没有太多亲人，但你舅舅却一直关心你、疼爱你，没有舅舅也许咱母子也不能活到今天，你长大后难道连舅舅也不愿回来看看吗？"

赵政想说我恨的就是舅舅，但他不敢把这话说出口，他十分清楚，只要他说出这样的话，一定又会招致娘的大骂，骂他没良心，骂他像爹爹一样忘恩负义！赵政虽然并不十分清楚什么叫"没良心"，什么又叫"忘恩负义"，但他知道这是骂人的话，那样做的人当然就是不好的人。可是，爹爹为什么忘恩负义呢？既然爹爹是忘恩负义的坏人，娘又为什么带他去寻找爹爹呢？

赵政想不明白，他估计像娘一样的大人也想不明白。

赵政转回身，掀开车厢后面的帘子，注视着渐渐远去的邯郸城，心里也在不停地问自己：今后真的不再回来了吗？他忽然瞥见后面车队旁骑马带刀的卫士，一个念头闪现脑海：长大后我一定要来，我要带着大批军队来，把我痛恨的人全部杀掉，特别是舅舅，更不能放过，首先杀的人就是他。我还要把这邯郸城踏平，把这里不顺眼的人全部杀掉！

赵政望着邯郸城模糊的影子，暗暗咬紧牙关，攥紧了拳头！行了数日，终于到了秦赵边境。秦国守边将领早已得到文告，已经等待多日了。赵姬母子刚一进入秦境，就得到礼遇，除了从赵国随同而来的礼仪车、护卫队外，又增加了保卫车马，由一直担任保卫的赵高和新派来的一名将领共同照料他们母子的衣食起居。

一路的旅途劳顿让不常出门的赵政患了风寒，几经延医也不见好转。眼看就要病入膏肓，却被魏国的名医公孙丑在临终前医好。为作报答，赵姬收留了公孙丑的女儿公孙婉儿。

这一天，终于来到了咸阳东门外。老远，就能看见彩旗招展，迎接他们归来的车马早已等候许久。赵姬一边认真搜寻前来迎接的人，一边想见到异人时第一句话应该说什么，可是，让她很失望，前来迎接的都是陌生的面孔。

赵姬和赵政、婉儿都下了车，接受迎接之礼，赵姬机械地一一还礼。忽然，赵姬看到一个熟悉的面孔，这是一张令她心动的面孔。其他人是否到来赵姬并不在乎，有这张面孔出现她就满足了。

吕不韦紧走几步，上前向赵姬施礼，二人四目一对，千言万语尽在不言中。时间流逝，岁月流转，沧桑的容颜恍若隔世，但两颗思念的心却跨越时空紧紧相连。

赵姬张了张嘴，想说什么，却一时没有找到合适的字眼，还是吕不韦思维敏捷，彬彬有礼地说道："子楚公子本来要亲自前来迎接夫人和少公子归来，恰逢今日是大王登基三天的吉日，大王正在咸阳宫举行册封大典，正式册封华阳夫人为王后，立子楚公子为太子。夫人和少公子今日到来的可真是时候啊！"

吕不韦说话之间，面带得意，仿佛这一切都是他的杰作，看情景似乎比他自己被封为太子还兴奋呢。

赵姬知道子楚是异人回到秦国后为讨好华阳夫人所改的名。子楚被立为太子好像是她意料之中的事，她并不感到惊喜。等到吕不韦说完，赵姬拉过赵政，把他推到吕不韦跟前："政儿，这就是娘常跟你提起的吕叔叔，他是你父亲的挚友，今天奉你爹爹之命特来迎接我们的，快向吕叔叔问好！"

赵姬把"叔叔"两个字说得很轻，吕不韦从赵姬略显不自然的声音中听出赵姬的心声：不韦，这是你的儿子，不，应该说是我们的儿子！瞧，我们的儿子长多高了！

"吕叔叔好！"赵政有礼貌地上前施礼说道。

吕不韦点点头，上下打量着赵政，嗯，瞧这身材、脸蛋长得多像我，也只有我吕不韦才有这样的儿子！他异人白白占了我的便宜捡了个儿子还心中不快，真是好了疮疤忘记疼，没有我吕不韦哪有你子楚的今天？什么太子之位、美女、儿子？你现在不是流浪邯郸街头，就是在赵国做了冤死鬼。

简短的迎接礼仪结束，吕不韦指挥众人簇拥着赵姬母子入城。长乐宫，华阳王后刚从册封大典上回到宫中，就接到奏报，儿媳和孙子从赵国远道回国拜见。华阳王后身着盛装召见了他们。

赵姬对秦宫礼仪早已熟烂于心。她带着儿子走进大殿，向王后行叩拜之礼。华阳王后见赵姬虽然已过韶华之年，却依然楚楚动人，像她当年一样貌美，十分高兴。又见小孙子赵政也长得身材修长、仪表堂堂，不像子楚那样略带几分小家子的猥琐，更是乐得合不拢嘴，一面赐座，一面夸赞说："儿媳出众，孙儿自然长得标致，不愧为王室子孙，没有辱没嬴氏祖宗。"

赵姬再次称谢坐下，她一边让赵政向华阳王后敬献礼物，一边说道："我们母子自从公子爷回秦后相依为命，生活窘迫，没有什么名贵礼品奉赠王后，仅有薄礼一份，请母后笑纳！"

华阳王后接过赵政双手捧上的礼盒打开一看，惊呆了。盒内装着一件湘绣裁制而成的披风，上面绣着一幅惟妙惟肖的百鸟朝凤图。华阳王后为这位很会做事的儿媳能别出心裁地讨好自己而高兴。

华阳王后把赵政拉在怀里，抚摸着赵政的头，眉开眼笑地问道："好孙儿，告诉祖母叫什么名字，今年几岁了，读过什么书？"这些内容赵姬早就教会了他，赵政立即有礼貌地答道："回祖母大人，我叫赵政，今年十岁了，读过《诗》。"华阳王后点点头，又笑着问道："能背几首给祖母听吗？"

赵政把双手向背后一剪，俨然大人的样子，带着几分童音娓娓诵来。

赵政刚背诵完，众人从王后喜形于色的面容上知道王后十分满意，于是齐声说好。王后先夸奖几句，然后对身边一名侍女说："难得我孙子如此聪明伶俐，长大之后定有出息，一定能建立起像他曾祖父昭襄王那样显赫的霸业。你去把我的那对珠子拿来送给我这好孙子，作为初次见面的礼物，更主要是给政儿的奖励。"

华阳王后说到这里，忽然想起了什么，又对赵姬说："政儿是我大秦嬴氏子孙，理当以嬴为姓，从此以后就改叫嬴政吧。"

赵姬立即躬身说道："多谢母后为政儿改名，即使母后不率先提出，儿媳也会主动恳求母后为政儿正名的。"

这时一名侍女捧着一个雕刻精致的檀木匣子走了上来。

华阳王后打开匣子，从中取出一对龙凤珠后，对嬴政说道："这对龙凤珠是祖母赠你的见面之礼，暂由你娘替你保存，待你长大成人到了婚配的年龄时，可以赠给你所喜爱的人作为完婚礼物。"

嬴政双手捧过匣子递给母亲，赵姬接过匣子，对嬴政说："还不快去拜谢祖母？"嬴政再次上前向华阳王后行跪拜礼。

这时，刚刚被册封为太子的子楚也来到长乐宫。

子楚红光满面地走上殿堂，先向华阳王后行大礼。子楚拜见完毕，华阳王后一边让他坐下，一边说道："我儿还愣着干什么，快过去与你那分别十年的媳妇和儿子亲热亲热吧！"

子楚与赵姬四目相对，各自心中都有一丝难以名状的酸楚，彼此眼神中也有一丝幽怨。子楚张了张嘴，本来想说几句安慰和歉意的话，却一句也没有说出口。

赵姬似乎早有心理准备，她轻轻拉一下偎依在身边的儿子："政儿，这就是你朝思暮想的爹爹，快叫爹爹！"

嬴政抬起头，瞪大眼睛望着陌生的父亲，父亲的形象和他心目中的形象一点儿也不一样。

赵姬又催促道："政儿，你不是常向娘念叨爹爹吗？爹爹就站在眼前，怎么不喊爹爹？"

嬴政想起一路上母亲反复叮咛的话，便鼓足勇气喊道："爹——爹——"

子楚瞥一眼儿子，不快地说："如今到了咸阳，不同于邯郸，这里是王宫，也不同于你在邯郸时的一般房舍，要忘掉邯郸的粗俗举止，一切从头学起，不要让人讥笑你是山野之地来的孩子，不懂礼节，给我丢脸！"子楚说着，又瞟瞟赵姬。

赵姬当然听出子楚语意双关，明着训导儿子，实际上是在训斥自己。人在矮檐下不得不低头，赵姬只好把委屈咽在肚里，装作什么也不懂的样子对儿子说："政儿，记住爹爹的话，今后多向爹爹请教，不懂的地方尽管问爹，你爹也曾在邯郸待过多年，如今都能把邯郸的一切忘掉，学会这里的习俗，你也会忘记过去，重新学会这里的规矩的。"

子楚当然也听出赵姬也是借儿子讽刺他，骂他忘记昔日的穷酸，却又不能发火，只好敷衍道："你娘说得对，你会学会这里的一切礼节，但不能太心急，要慢慢学……"

子楚话还没有说完，就听华阳王后乐呵呵地说道："大王已在咸阳宫摆下盛宴，等待咱们呢！待宴席之后，你们夫妻回长扬宫再尽情畅谈吧。"

王后的几句话说得子楚与赵姬都略显不自然，只好向王后施礼退出，前去咸阳宫赴宴。

夜已经很深了，长林宫一间密室里还亮着灯光。

摇曳的烛影里，子傒伏在案上呜呜痛哭，不停地抽搐着，他要把多日来憋在心中的委屈都哭出来。

吴夫人见儿子哭得那样伤心，也陪着抹眼泪，她无法劝慰儿子，只好自责说："都怪娘没有用，子以母贵，谁让娘不是正室呢？孩子，你要觉得委屈，就骂娘几句，打娘几巴掌，千万别哭坏身子，娘就你一个儿，娘的后半生还靠你呢。既然当不上太子，就做一个普通王子吧，做一个平常人也有平常人的好处，可以不为争权夺利伤脑费神，过着一种悠闲的生活何尝不是人生一大乐趣呢？你不当太子，将来就不必操劳国事，可以多抽些时间陪陪娘，免得娘一个人待在深宫里寂寞冷落，别说太子，就是国王又有什么令人羡慕的，不也和常人一样要衰老，要死亡吗？"

"不，娘，你不明白孩儿的心志，孩儿是一个不甘于人下的人，孩儿饱读诗书，有承袭祖业一统天下的宏图大志，大秦王国嬴氏祖业，只有交给孩儿才能发扬光大，才能图霸称帝！"子傒说着，抑制不住的泪水又纷纷落下。

一直坐在旁边沉默不语的太傅士仓也长叹一声说道："公子说得对，子楚是什么东西，一个被赶出宫流浪街头的废物，也配立为太子？他有何德何能配承袭大秦千里江山？如此下去，只怕嬴氏祖业要毁在这些邯郸党手里！"

吴夫人擦去眼角的泪水，问道："以太傅之见，应该怎么办？如今册封大典诏告天下，诸侯各国都知子楚为太子，即使大王有心更换太子之位只怕也不可能了。"

士仓稍稍沉思片刻，压低声音说："秦国更换太子之事也不是没有先例，昭王和当今大王初始之时也并不是太子，后来不都被立为太子并承袭了王位？公子为何不能效法呢？"

吴夫人吓了一跳，略带惊慌地说："太傅的意思是发动宫廷政变，以武力夺取王位？这太冒险了，万一事情不成，后果不堪设想，我母子死无葬身之地呀！"

子傒也止住了哭泣，睁大眼睛望着太傅。过了许久，他才顾虑重重地说："政变需要兵马，我等不带兵，如何能调派兵马呢？万一事情还没做就被大王察觉出来，如何是好呢？"

士仓摇摇头："公子为什么要把自己逼进绝路呢？公子目前所处形势只是与子楚争夺太子之位，倘若除去子楚，太子之位自然非你莫属，只要公子认真谋划一番，神不知鬼不觉地除去子楚还是轻而易举的。"

子傒擦干泪水，"扑通"跪在士仓面前："师傅，弟子把一生荣辱成败都交给你了，请师傅帮我谋划，事成之后，一定和师傅共享天下。"

士仓扶起子傒，道："公子行如此大礼就是把师傅看作外人了。自从我被委派为公子的太傅，就把全部生命交给了公子，只要公子能够事遂心愿，师傅万死也不会皱一下眉头。因为公子想做的事关系重大，仅有师傅的谋划是不够的，还要有夫人的配合。"

士仓转向吴夫人，吴夫人平静地说道："正是我这做母亲的无能，才使我儿受辱，没有得到太子之位。只要能让我儿获得太子之位，老身万死不辞，请太傅直说吧。"

士仓这才压低声音说道："既然夫人愿为公子的千秋大业不惜代价，我就直说吧。子楚和夫人及公子因为争夺太子一事互有隔阂，防范较严，特别是子楚如今新立太子，可能更加注重保护自己，想一举将他置于死命绝不是件容易的事。但现在恰好有个机会，也许是苍天故意把它送来帮助公子的。"

"什么机会？"子傒有点迫不及待地问。

"子楚流失赵国的妻儿已被送回，夫人可以借此机会宴请子楚全家，只说为赵姬母子洗尘，并邀请子楚作陪，夫人想方设法在酒中下毒，便可除去子楚。"

"倘若子楚不来赴宴呢？"吴夫人问道。

"夫人再派人送去精美食品，仍可以在酒中下毒。"

吴夫人觉得没有其他更好的计策，便决定按照士仓所说的办法去做，子傒阻拦说："娘，万万不可，如此做法，无论成败都将连累您，孩儿绝不会为了贪图太子之位眼看着娘送死，倘若这样，孩儿宁可做一名普通百姓，也不能让娘去死，否则，让儿如何有脸活在人世上，这千古骂名孩儿将如何承担？"

吴夫人轻轻抚弄一下两鬓斑白的发丝："儿，你不用多说了，我心意已决，娘也不是甘于人下之人，多年来一直想凌驾于华阳夫人之上。无奈出身低微，处处受制于她，娘心里难受哇！我儿今后凡事要三思而后行。从此之后，娘也许不能多照顾你了，你好自为之吧！用娘的一条并不尊贵的性命能给我儿换来执掌大秦江山的机会，实在太便宜了我们，为娘就是死上千次百次也值得啊！"

吴夫人说完，便告辞离去。子傒望着母亲略显苍老的身影，有说不出的辛酸，但他无法阻拦母亲的行动，也不愿阻拦，正如母亲所说，用她的并不尊贵的性命换来儿子的一片江山社稷，实在太便宜了。

夜更深了，子傒毫无睡意，他心神不安地等待着，等待着自己命运的转机。

这天，子楚正和吕不韦议事，忽然接到侍女报告说，吴夫人为太子全家离散多年后重圆而高兴，特备盛宴为他们母子洗尘，并请太子作陪。

子楚微微笑道："吴夫人既然主动向我示好，哪有拒之门外的道理？我要亲自携夫人和政儿去赴宴。"

子楚话音未落，吕不韦就阻拦说："太子如今身价不同往昔，怎能随便答应赴宴呢？害人之心不可有，但防人之心不可无。太子与吴夫人和子傒一向有隙，为争太子之位表面上一团和气，而暗中却剑拔弩张，几乎反目成仇。如今子傒没有获得此位，子傒与吴王妃对太子应该恨之入骨，可她不仅不恨，反而主动宴请太子全家，这似乎不合情理，如此宴请还是不去为好。"

子楚犹豫片刻说："吴王妃亲自邀请，如果一口回绝，传到父王那里，怪罪下来也不好呀！来而不往非礼也，谅子傒母子也不敢对我怎样！"

吕不韦建议说："太子还是小心为好，太子不去赴宴，但可以邀请吴王妃来到长扬宫，变客为主，变被动为主动。如果吴王妃真心为夫人和少公子洗尘，并有心和太子搞好关系，她一定会答应公子的要求来到长扬宫。如果吴王妃不来，则说明她心虚，有和子傒密谋图谋太子之举，今后更要严加提防。"

子楚觉得吕不韦分析得有理，便以公务繁忙为由拒绝赴宴，并邀请吴王妃到长扬宫与赵姬母子相见。

吴王妃听到奏报十分恼火："哼，子楚未免太托大了，刚刚被立为太子就如此狂妄，让我去见他，我毕竟是他的长辈。"

尽管吴王妃内心极不情愿，但为了儿子的前途，为了计策能够实现，她一口答应了来人的请求，准备去长扬宫走一趟。

吴王妃带着四名侍从来到长扬宫，子楚、赵姬等人早已等候多时了。在子楚的介绍下，赵姬和嬴政上前拜见了吴王妃，吴王妃命人捧上带来的礼品送给赵姬母子，作为初次相见的见面礼。众人随便闲聊一会儿，那边有人来报说酒宴已经准备好，请各位入席。吴王妃见机会来了，主动说道："本来我是要请你们全家到我宫中赴宴，如今却成为长扬宫的客人，心中实在有些过意不去，便把宫中珍藏十年之久的一坛老酒带来，让大家品尝一下。"吴王妃话音一落，两名侍从就捧上一坛陈年老酒。

子楚对酒并不嗜好，决定把吴王妃带来的酒留给父王来宫中时饮用，于是谢绝说："王妃娘娘的心意我领了，既然来到长扬宫，就饮用我长扬宫中的酒吧，娘娘带来的好酒留我今后慢慢品尝。"

吴王妃担心子楚看出破绽，也不再强求，只好十分失望地看着自己精心设计的计策破产。

刚开宴不久，忽然传来侍从人员的报告，大王来长扬宫了。众人正要起身相迎，秦文王已步入大堂，众人急忙下跪参拜，秦文王挥手让众人起来。子楚一边把父王请到主位坐定，一边致歉说："儿臣不知父王贵驾光临寒舍，有失远迎，请父王降罪！"秦文王一边坐下，一边说道："孤是路过这里，顺便看看我那平安归来的孙儿。"

子楚让嬴政上前拜见祖父。嬴政上前施礼，脆生生地说："政儿叩见大王祖父，愿大王祖父与天地一样长寿，像青松一样健康，并祝愿祖父早日打败东方各国，一统天下。"

秦文王俯下身拍拍嬴政的头："真是我的好孙儿，祖父这一把老骨头，只怕不能统一天下了，只好把称帝的希望寄托给你爹爹和你了。"

"祖父不老，祖父一定能行！"

"好，好，祖父行，等到祖父统一天下后，一定带你到东方各国走一走，遍游天下，看看天下究竟有多大。"

吴王妃见秦文王对嬴政如此喜爱，心中更是酸溜溜的。她微笑着打断秦文王的话说："大王只顾说话，把吃饭的事都给忘了，我的肚子都在咕咕叫了，向大王提意见呢。"

"你这老太婆平时不是不爱吃吗？怎么今天嘴巴这么长，从长林宫吃到长扬宫，也是来看我的孙儿吧？你做祖母的来看望孙儿，可要给礼物哟。"

不知为何，吴王妃突然生出一个狠毒的想法，于是她眼中藏着一丝狡黠的凶光说道："我不仅给政儿带来了礼物，还猜中大王要来，也给大王带来了礼物呢。"

"给我带来了礼物？什么礼物，让本王瞧瞧。"

吴王妃用手一指，说："一坛十年陈酿的老酒！"

秦文王一看，这正是他平日里最喜欢喝的吴家酿老酒，又听说是十年陈酿，马上来了兴致，哈哈笑道："你平日里常跟本王提及你家的十年陈酿，就是舍不得给本王喝，却送一坛给太子，是不是想贿赂太子，将来寻个靠山？"

吴王妃立即装出很不高兴的样子说："大王如此说话可就没良心了，我那长林宫的好酒都是为大王准备的，大王每次去不都是上等好酒？送一坛给太子你就心痛了？"

"不心痛，不心痛，今天与大家共饮，让我等品尝一下吴家的十年陈酿是否能赛过杜康。"

秦文王边说边命人把酒捧上来，打开坛盖嗅了嗅，说："好香，本王先饮一樽，然后再同诸位共饮。"

吴王妃急忙说道："让大王一人独饮多没情趣，臣妾提议让太子陪大王先饮一杯，然后众人再陪大王共饮。"

秦文王手把酒樽，一边命人给吴王妃斟上一樽，一边说道："倘若要陪本王共饮，在座之人只有爱妃你有这个资格，其余人都是小辈，理当排在后面，爱妃，请吧！"

吴王妃见秦文王捧起酒樽就喝，突然害怕起来，急忙失声叫道："大王，那酒不能喝！"

可是，已经晚了，秦文王已经把满满一樽酒灌下肚中。子楚见吴王妃面色有异，立即追问道："酒中有什么？莫非有人在酒中下了毒？"

子楚话音未落，秦文王就感到腹内猛地剧烈疼痛，嘴张了张，连一句话都没来得及说出就一头栽倒在地。

整个殿堂一片混乱。子楚从惊慌中醒过神，一面派人去请太医，一面把秦文王抬到榻上救治。等到太医匆忙赶来，秦文王已经气绝身亡。这时，才有人想起那酒是吴王妃带来的，寻找吴王妃时，她不知何时也已经饮酒中毒，身亡在桌下。

事情来得太突然了，子楚一时不知如何是好。恰好吕不韦闻讯赶到，他虽然也感到意外，但比子楚冷静得多，他分析说：“事情明摆着，酒来自长林宫，酒中的毒是吴王妃所下，她也是知情者，而下毒的真正目的是要毒死太子而不是大王。如今大王误饮毒酒而亡，知情之人吴王妃也畏罪自杀，另一个可疑对象就是子傒，此事可能与争太子之位有关。”

“那我马上派人查封长林宫，捉拿子傒！”

吕不韦急忙阻拦说：“万万不可！”

“怎么？”子楚不解地问，“父王死在我宫中，不捉拿凶手如何向朝中诸大臣和百姓交代？这个罪名何人担当？不查出施毒之人我有口难辩啊！”

吕不韦略一思忖，建议说：“大王既然已经归天，太子当务之急是承袭王位、执掌国家大权，以免有人节外生枝，那将不利于太子登基。因为这事本来就与争夺王位继承权相关联，倘若王位空虚，必然引起窥伺之人轻举妄动，一旦引起争端，动起刀兵，不仅危及太子生命安全，也会引发国家大乱，让其他诸侯国有机可乘。”

子楚觉得吕不韦分析得在理，便立即命人通知嬴氏宗亲及文武大臣，商讨父王葬礼及承袭王位的事，还暗中指使吕不韦调派虎贲军守卫王城，以防意外事故发生。

子傒和士仓正在焦急地等候长扬宫传出的消息。忽然，派出去的暗探跑进来，惊慌失措地说：“大……大事不妙，王妃和大王都死啦！”

“什么，你再说一遍？”子傒唯恐自己听错了，紧逼一声问道。

“大王饮酒身亡，王妃也饮毒酒死了。”

“子楚怎样？”

“听说子楚没有来得及饮酒就有人发现酒中有毒，如今长扬宫乱作一团。”

“那四名侍从人员呢？”

“全部被抓了起来。”

事情的发展超出子傒的意料，他一时不知如何是好。士仓十分果断地说：“既然大王已经归天，索性一不做二不休，发动兵变与子楚争夺王位！”

"这合适吗？万一不成……"

子偊还没有说完，士仓就打断他的话："大丈夫做事应当敢作敢为，行者在人，成者在天，不去做如何知道成败呢？倘若公子有此心，我士仓愿追随公子赴死！"

子偊终于被士仓说动："师傅说得对，与其坐以待毙，不如奋力拼搏。大秦的王位并非注定由子楚继承。论出身，我为长子，子楚算什么东西？一个被抛弃的浪儿，凭投机取巧立为太子，这种继承本身就不是光明正大的，既然他都有资格被立为太子，其他王子也同样有资格，我当然更有这个资格！"

士仓见子偊已经下定反叛的决心，又进一步鼓动说："从当前形势分析，子楚必然打着太子之名为大王料理丧葬事宜，趁机拉拢人心，为承袭王位做准备。他还有可能以捕拿凶手的名义四处搜捕与他作对的人，因此，公子应当早定大计，这长林宫万万不可久留，必须赶在拘捕公子的人马到来之前离开这里。"

子偊点点头："依师傅之见我应先到哪里暂躲一下，然后再举事呢？"

士仓轻轻哼了一声："躲？只怕现在咸阳城的四门早已关闭，公子躲又能躲到哪里？公子应马上行动起来，积极游说其他王子和曾经支持把公子立为太子的领兵将官。因为公子和子楚相比较已有许多不利因素，子楚可以借太子之名临国理政、调动虎贲军，而公子却没有调兵的权力，如果公子不能联合众人，特别是手握重权的人，恐怕成功的希望极小。"

子偊一听士仓这么说，又顿生几分失望之心。他沮丧地说："师傅是知道的，我还是在十多年前随武安君白起出征韩国时任过监军，也不算领兵打仗，所结识的将领多是白起军中的，后来因为白起伏罪被杀，他的军队被分割了，也不知分流到哪位将领手下，由于不常接触，早已断了音信。现在，当务之急，如何寻找到执掌军权的人为我效力呢？"

士仓在室内来回踱着，忽然停下脚步问道："公子听说过蒙骜这人吗？"

"听说过，他曾是白起军中的一名出色将领，此人英勇善战，也颇有智谋，当年白起十分器重他，时常把他召到军中商讨战事，因此，我认识他，与他还颇有几分交情。由于他与白起关系密切，当白起被处死时也牵连到了他，他曾托我为他疏通关系，才免受连坐之祸，但被革去职务。后来，他又到何处任职就不清楚了。"

"蒙骜如今正和我女婿东郭放在一起驻守成皋。因为白起之死，蒙骜一直耿耿于怀，再加上公子与他昔日相识又有恩于他这层关系，公子只要向他申明事理，蒙骜一定会助公子一臂之力的。对于东郭放，公子大可放心，老夫一到，他会完全听从我的指派，没有我给他从中打通关系，他怎能有资格到成皋带兵？有了东郭放和蒙骜两人带兵抵达咸阳，足以遏制住守卫咸阳城的虎贲军。到时候出其不意地杀进咸阳，便可控制都城局势，公子的宏图大志便可实现！"

子傒马上来了精神："依师傅之见如何才能与蒙骜和东郭放二位将军取得联系呢？"

"整个咸阳谁人不认识公子？公子想在守卫紧密的时期混出城去可能希望不大。公子只要写一份血书由老夫带出去面见二人，一定能够说服他们起兵响应公子。"

子傒说干就干，立即咬破中指，在一块白色绸缎上写一份血书交给士仓。士仓一边收起血书，一边说道："我立即动身混出城去，公子也要马上离开这里，找另外几位王子，劝说他们共同起来反对子楚，最好能联络几位王族成员和朝中权臣支持公子。这样，你我里应外合，必定能够打败子楚，帮助公子夺取王位！"

子傒把全部希望都寄托在士仓身上。他向师傅深深一揖："师傅，弟子把身家性命和全部希望都交给你，请师傅为弟子尽力而为，倘若弟子能够登上王位，将与师傅共同执掌秦国大权，并尊师傅为仲父。也请师父转告给蒙骜和东郭放两位将军，事成之后一定加封为君侯，世代享受君侯封号和封地。"二人各自叮嘱几句，便离开长林宫分头行动起来。

秦文王共有二十三个儿子，如今已经成年的有十四个，子傒为长子，子楚是第七个儿子。其余诸王子虽然相对平庸一些，但毕竟出身于王侯世家，对于王位的攫取之心还是相当强烈的。子傒从平时的言谈举止中知道二王子子倬与五王子子伊都对太子子楚不满，也都曾对太子之位跃跃欲试。

子傒决定借秦文王之死嫁祸子楚，将子倬与子伊联合起来共同商讨叛乱之事。

咸阳宫内外披黑纱挂缟素，秦文王嬴柱的灵柩停放在这里。子楚面对父王高大的棺椁，说不出是悲哀还是高兴。父亲安葬完祖父的丧事正式登基为王才三天就死去了，这是子楚做梦也没有想到的事，他这位刚刚被册立的太子理所当然要担当起大任，数百年的嬴氏祖业也顺理成章由他继承。也许王位到来得太快太容易了，子楚一时无所适从，对于监国理政、处理内外国家大事他还不适应。每当有人奏报国事时，他总是说："一切按照大秦的老规矩办理，我正处于悲伤之中，一时理不出头绪，凡事由丞相代理。"

众人见子楚一脸漠然的样子，真的以为太子十分伤心，都告一声节哀便悄悄退了下去。待众人离去，子楚也在扪心自问：真的很悲伤吗？连他自己也不知道。但有一点是可以肯定的，子楚很苦恼。父王死在他的宫中，虽然毒不是他下的，但唯一知道内情的吴王妃也饮毒酒而死了，这更让他浑身是嘴也说不清。倘若说吴王妃是畏罪自杀，可谁会相信呢？唯一能够证明自己清白的办法就是缉拿真正的凶手，谁是真正的凶手？子偊是第一可怀疑对象。如今，子偊不仅没有抓到，还传来奏报，子偊已经联合其他王子与部分嬴氏宗族的人在同他作对，向他讨个说法，诬陷他是害死父亲的凶手。子楚也隐隐估计到子偊绝不会向他认输，一定会借父亲之死兴风作浪。但子楚并不担心，因为子偊没有军队，只要他公开与自己作对，他会让吕不韦命虎贲军铲除他的。

又一批大臣前来吊丧，子楚急忙掩面哭道："父王啊，您走得这么早，这么快，儿臣还没来得及孝敬您老人家几天，您就……"

子楚正有声无泪地干号着，吕不韦匆匆走了进来，俯在子楚耳边嘀咕几句，子楚立即停止干哭，用长长的黑袖拂一下脸，猛地站了起来，随吕不韦来到内室，吕不韦这才说道："驻守成皋的两位将领蒙骜和东郭放因受士仓挑唆，带兵抵达咸阳西门。"

"他们的意图何在？"

"他们打着追查元凶为先王复仇的旗号，其目的当然指向太子。再加上子偊、子倬、子伊等人在城内的煽动，整个咸阳人心耸动，许多大臣都在观望事态发展，这样发展下去对太子十分不利，应当尽快定夺！"

子楚没想到事态会发展到这种地步，后悔没有及时将子偊拘捕。他冷静思索片刻，问道："城外来了多少兵马？"

"据报有十万人。"

子楚大吃一惊，城内的虎贲兵总共不过万人，十倍悬殊，如何抵挡叛军作乱？再加上子偊等人在城内策应，一旦被叛军攻破城门杀入城内，后果不堪设想。

吕不韦见子楚面露忧虑之色，提醒说："太子也不必担忧，尽管城外叛军人多势众，但众人多是听信了士仓的蛊惑，未必是真心作乱。俗话说擒贼先擒王，太子只要调集虎贲军把子偊等人捕获，委派刚成君登上城楼，向城外军队说明这些人就是谋害先王的罪魁祸首，一者安抚他们，二者使他们明白真相。"

子楚顾虑重重地问："万一众人受士仓唆使，见子偊等人被抓更大肆攻城，该如何是好呢？"

"据我所知，前来围攻咸阳的成皋兵马有两位将领，一个叫东郭放，此人是士仓的女婿，受士仓影响，一定死心塌地为子偊卖命。而另一人叫蒙骜，曾是武安君白起的部将，为人忠勇，可能是听了士仓谗言，不明真相，才领兵到此。只要暗中派一人出城与他会晤，告诉事情真相，我想他一定会明晰事理，做出正确选择的，即使不在阵前倒戈，也会保持观望态度。"

子楚点点头："事到如今，只好这样了，可是，派谁出城游说蒙骜呢？朝中众臣都在观望，万一所派之人存有二心，事情将更糟，人心难测啊！"

吕不韦灵机一动："随夫人和少公子来秦的赵高，他刚从赵国来到咸阳，是专门投奔太子爷的。我发现此人十分精明能干，也擅长辞令，应该能够担当重任。"

子楚也见过赵高，从几次简短的问话中，子楚对赵高的印象还不错，便派人把赵高叫来。赵高来后，吕不韦把事情简单地向赵高陈述一下，征求他的意见，赵高立即答道："我此次从赵国来秦，就是仰慕太子之名，追随夫人与少公子而来，希望能留在秦国为太子所驱使。太子既然收留了我，我赵高理应为太子效犬马之劳。何况太子把这等大事交给我去做，更是对我的信赖和考验，我一定不辜负太子的厚望，把事做好！"

子楚一面派赵高乔装打扮出城游说蒙骜，一面派人去外地调集兵马，又命吕不韦调派虎贲军搜捕子傒等人。一场大规模的拉网搜捕在咸阳城内进行。

吕不韦指挥虎贲军先包围了所有参与叛乱的诸王子府邸，然后按照开列的名单挨家挨户搜捕，搜捕连续进行三天，终于使参与叛乱的众头目落网。吕不韦在一一核实名单时，发现带头闹事的王子子傒、子伊等人全部被获，唯有子倬不知去向。

城外大军兵临城下，城内人心左右不定，赵高出城游说吉凶未卜，如此关键之际，像子倬这样一个关键人物漏网是十分危险的。倘若他逃出城去，可能引发整个局势的突然逆转，后果无法预料。吕不韦和子楚正在疑惑之际，听见外面一声高呼："王后娘娘到——"

华阳王后走进殿堂，众人急忙俯地叩拜。子楚把王后扶到上座上，这才谨慎地问道："母后匆匆从长乐宫来此，一定有什么要事吧？倘若母后吩咐儿臣做些什么，派一名侍从传个话就可以了，何必劳动母后大驾呢？"

华阳王后略带不悦地说："娘不给你提个醒，只怕你还没有坐上王位就已经众叛亲离了，万事要有个度！"

子楚长跪在地，小心翼翼地说："儿臣无知，请母后指教！"

"我且问你，听说你已经把所有参与叛乱的王子及官员全部捕获了？你准备如何处置他们？"

"回母后，还有一人漏网，儿臣正在派人搜捕呢，一旦缉拿归案，儿臣准备一并处斩。"

"是不是还有子倬没有抓到？"

子楚抬起头，疑惑地注视着王后，问："母后怎么知道的？漏网之人正是他。"

"子倬现在正在我的宫中。"

这话一出，令子楚和吕不韦都很吃惊，子楚急忙说道："请母后派人把子倬拿来一并处斩，这样，就可以让城外的叛军死了心，一旦调派的大军到来，士仓等人便束手就擒。"

华阳王后微微叹息一声说："为娘生在宫廷之中，不知经历过多少杀杀打打，但为娘一直主张以宽厚仁慈待人处世，用礼仪治天下，你父王也赞成我的建议，只可惜他还没有来得及施展治国才能就遭到毒手。也许这是天命所定，非人力可违，因此，我也并不痛恨他人，也希望我儿有一颗博大的爱心，用爱管理国家，用仁治理天下。"

子楚沉思片刻，看看王后，又瞟瞟吕不韦。吕不韦翕动一下嘴唇想说什么，却终于没有开口，他悄悄用手指指指王后，子楚会意，这才恭敬地问道："依母后之意应如何处置这事呢？"

"对城内参与叛乱的人，只把主谋之人处死，其余胁从人从轻发落，即使主谋之人，像子傒等人，也不必使用连坐而屠杀其家属，他们毕竟是嬴氏的血肉哇！对城外叛军可以先安抚，勒令他们放下武器归顺王室。假如叛军仍不听劝阻，一意与太子作对，再调兵诛杀也不迟，我儿以为呢？"

"母后见教的是，儿臣一定照母后说的去做，那么，子傒呢？儿臣担心……"

"就让他暂且待在长乐宫，由我看管着他，谅他不敢再与你作对。我刚才也训斥了他，他十分后悔中了子傒的蛊惑才做出这些傻事来。既然他是受人挑唆走上邪路，就给他一个改过自新的机会。"

赵高潜出城了。

他知道此行的任务重大，也明白此行的危险性。倘若能够说服蒙骜在阵前倒戈，子楚将会顺利登上王位，他的这份功劳可想而知。子楚收留他，把他留在秦国不用说，这也将给他今后的人生奠定根基。吕不韦举荐他，就是让他展示才华引起子楚的注意，将来才能得到重用。

如何才能接近蒙骜呢？赵高颇费一番心思。他来到蒙骜驻扎的军营前放声大哭，守营士兵立即围了上来，询问他哭什么，赵高哭声更大了，只哭不说。一名校尉走过来喝住了他，要撵他走，赵高这才边哭边说，他是蒙将军家里派来找蒙骜的，家中出了事。校尉立即把赵高带到蒙骜帐外，这才进去通报。蒙骜一听说是家中派来的人，一怔，以为家中出了什么事，急忙派人把赵高带进帐内。蒙骜见这人并不熟悉，厉声喝问道："你是什么人？敢蒙骗本将军，冒充本将军的家人来此有何居心？"

赵高并不惊慌，镇静地答道："将军虽然不认识我，并不能说明我就不是将军的家人，我是奉府上老太爷之命来见将军的，家中出了大事。"

"出了什么事？"蒙骜急忙问道。

"只怕老太爷和诸公子活不了多久。"

蒙骜更是着急，催促道："快说，到底出了什么事？"

赵高示意蒙骜屏退众人，蒙骜将信将疑，挥手让众人退出帐外，这才又催促道："这里没有外人，请你快说吧！"

赵高这才躬身施礼说道："将军如此不明事理，看不清形势，一意孤行，大祸就在眼前，不用说，只怕将军也死无葬身之地。"

蒙骜不以为然，说："赵先生是收了他人的贿赂，来我军中做说客的吧？"

赵高坦然一笑，道："将军所言不差，我赵高并不是将军的家人，的确是来此做说客的，就是我不说，将军也明白我是替谁来游说将军的。实言相告，我是奉行将登上王位的太子子楚之令前来游说将军的，太子之所以这样做，并不是为太子的私利着想，而是为大秦国的根本着想，为将军的身家性命和前途着想。请将军三思，就凭将军和东郭放所率的十余万人能奈咸阳如何？只要太子一声令下，各地援军将立马赶到，内外夹击，将军还有命吗？"

蒙骜耸耸肩，笑道："既然如此，太子为何不号令天下兵马前来救援，而派先生来做说客？先生想凭三寸不烂之舌动我之心，只怕先生走错了路，先生请回吧，你回去转告子楚，我蒙骜起兵的目的不是为了反秦，也不是介入诸王子的王位之争，我只是讨问先王死于谁手，是何人毒害先王谋夺王位，如果子楚能给秦国百姓一个可信的答复，并交出元凶，我蒙骜立即退兵。"赵高从简短的谈话中知道蒙骜是直性之人，一定是中了士仓的蛊惑，不明真相才领兵到此，于是故作惊讶地问道："将军难道真的不知道先王死去的真相？"

蒙骜点点头，赵高郑重其事地说："将军一定是受了他人的蒙骗，整个秦国谁人不知先王去世的真相，如今元凶早已捉住，只等先王殡葬之日用他的人头祭奠呢！"

"请先生讲明白些，谋害先王的凶手究竟是谁？"

"谋害先王的凶手正是子傒。将军也许觉得意外吧？但这是事实，子傒已经被缉拿，他直言不讳地供出谋害先王的经过。"蒙骜仍有些不相信地问："据说先王死于长扬宫，当时子楚等人正陪先王饮酒，于酒宴上中毒而死，怎会是子傒所害呢？分明有人在诬陷子傒公子。再说，子傒并非太子，他将先王毒死，不是更快地把子楚推上秦王之位吗？这于理不合。"

赵高叹息一声，道："将军只知其一而不知其二，受士仓等人蒙蔽太深了。先王虽死在长扬宫，但这都是子傒一手策划的，他为了达到害死先王嫁祸于子楚的目的，不惜令其生身母亲吴夫人携毒酒到长扬宫与先王同饮，用自己母亲的死来换取先王之死，这种坑母害父的不孝行为，千古少有，可算得上为取王位不择手段。"

赵高说到这里，停顿一下，又说道："蒙将军请想，子楚何必冒天下之大不韪去害先王呢？即使他真有害先王之心，也绝不会在自己宫中进行。给他人留下非议之口，于情于理都不合，子楚还没有愚蠢到这种地步吧！"

蒙骜想想赵高的话也有道理，说道："如此说来我被士仓等人利用了？"

赵高点点头，说："蒙将军终于想通了，太子正是觉察到这一点，才派我专程来见将军，希望将军迷途知返，不致陷得太深。太子一方面是不想在先王尸骨未寒之时杀戮太多，也是怕秦国内乱一旦暴发给邻国可乘之机；另一方面，太子也是怜惜蒙将军之才，不希望蒙将军因受人愚弄而全家被诛，让秦国失去一位能征善战的猛将呀！"

蒙骜被赵高的一席话打动了，十分恭敬地说道："多谢太子对我蒙骜的信赖与关怀，也感谢赵先生的点拨，我蒙骜是烈性之人，知错就改，请先生指点，我现在应该做什么才能报答太子的宽恕之恩，以此将功补过，为太子效犬马之劳？"赵高这才附在蒙骜耳边低语几句，蒙骜连连点头。

恰在这时，一名亲兵来报，东郭放和士仓有事来见将军，正等候在门外。蒙骜看看赵高说："请先生暂时躲避一下，以免引起二人猜疑，将不利于我等大事。"

"不，将军不要把问题看得太简单了，我怀疑二人就是为我而来，他们可能听到了什么风声前来打探虚实，倘若这样，我躲起来反而更加引起他们的猜疑。"

"以先生之见应该如何？"蒙骜问道。

"让我与二人相见，将军只说我是你们家中的佣人即可，我会好好应付他们的。"

士仓和东郭放进到帐中，二人见赵高端坐旁边，佯装没有看见，直接问道："听说将军家中出了事，不知是何事，我二人十分着急，特来问候将军，希望能为蒙将军分忧解难。"

蒙骜心道：你们的耳朵倒是挺灵敏的，赵高进来不过半个时辰，你们就赶到了。蒙骜心中这么想，嘴上却说道："也没有什么急事，不过是家父年高体衰，偶有小疾罢了。老人家年纪大了，犬子又年轻不顶事，遇点小事就着慌，于是派人来通知我，让我拿主意。"

士仓忙说道："既然是令尊身体不爽，也不能算是小事，年过花甲之人，有点小病也可能引起意想不到的麻烦，蒙将军万万不可大意，还是早早回府中探视一下，如果真的无事再回来也不迟。现在看来咸阳城内几位公子相互猜疑，缉拿害死先王元凶一事短日内不可能有眉目，我等发兵勤王捉凶，在没有确切实情前还不能轻举妄动。将军尽管放心回去吧，至于兵马的事，你交代一下，由东郭放暂且帮你管理几日，等将军回来后再移交给你。"蒙骜暗想：嘿，打起我手中兵权的主意，心真够狠的，不是赵高到此，我稀里糊涂中了你们的奸计，到头来全家性命都搭上还不知怎么死的呢，哼，看我怎么收拾你们！

蒙骜连连摇头，说："大丈夫行事，应该先公后私，以国家社稷为先，如今正是国家有难、君主受辱之际，养兵千日用兵一时，我等理当报效国家，效忠国王，哪能为私人之利而置江山社稷之事而不顾呢？自古忠孝不能两全。再者说，家父只是偶尔遇到了伤寒，也不是什么大病，调养几日会好的，我已经交代了来人，令他按我的吩咐去做就行！"

士仓见蒙骜身上无懈可击，便转向坐在旁边沉闷不语的赵高："这位是——"

"正是家中来传信之人。"蒙骜答道。

士仓上下扫一眼赵高，问道："不知蒙老先生患了啥病，让你匆匆来找蒙将军？"

赵高施礼答道："至于我家蒙太爷患的什么病，小的也不清楚，小的只是奉几位小爷之命前来传话，让老爷寻求名医。"

"蒙将军国事在身，哪有时间去寻医问药呢？要么我派人随你回府给老太爷寻医？"东郭放插话说。

赵高欠欠身，道："那倒不必了，老爷已经吩咐了小人到何处请郎中，这是我家老爷的私事，怎好劳顿将军呢？"

东郭放哈哈一笑，说："我与蒙将军一同带兵多年，情同手足，他的父亲就如我的父亲，他的事也就如我的事，你不必推辞，回头我派人随你一同去求医。"

东郭放话音未落，蒙骜就阻止说："东郭兄，这等小事我已经安排妥当，你就不必费心思了。如今十几万大军在此，城中情况不明，一旦有变，后果不堪设想，东郭兄今天的言行举止怎么净是鸡毛蒜皮的事，这可不同于你以往的做事风格呀。"

"蒙兄，蒙伯父的病情怎么是小事呢？万一蒙伯父他……"

不待东郭放说下去，士仓打断了他的话："放，你的心意蒙将军领了，这事蒙将军已经有了安排，你也不必费心了，我们还是共同商讨一下讨伐谋害先王的元凶之事吧。"

赵高一听士仓这么说，正中下怀，急忙向蒙骜施礼说道："老爷，既然你们要商讨军机大事，小的在此也不方便，我先告辞了。"

蒙骜理会赵高之意，点点头，说："你先回府吧，尽快按我的吩咐去办，先为老太爷求医，告诉几位少爷不必着急，这里的事一旦有了眉目我就回去。"赵高告辞而去。

第二天，蒙骜和东郭放兵临咸阳西门，命令士兵向城上守军喊话："喂，守城校尉，快去奏报太子殿下，让他前来解释清楚先王去世原因，并交出谋害先王的元凶，否则，我大军立即攻破咸阳，缉拿元凶，为先王报仇！"

士仓凑到蒙骜马前，说："蒙将军，别让将士浪费口舌了，事情明摆着，太子就是元凶，他是为了尽快登上王位才图谋加害先王的，这是咸阳城内人人尽知的事，子楚一定心虚不敢来见我等。请将军下令攻城吧！"

东郭放也催马上前说道："蒙兄，别犹豫了，攻城吧，再磨蹭下去，子楚从外地调来兵马，内外夹攻，我等必败无疑，勤王缉凶的策略将要落空不说，子楚等谋害先王的凶手就逍遥法外了，先王地下有灵，也会遗憾的。"

蒙骜看看二人："再等片刻，如果太子不敢登城与我等对答，就说明他心虚，我等便可名正言顺地攻城讨逆了。"

蒙骜话音未落，城上一阵粗犷的军号长鸣，太子子楚在众人簇拥下登上城门楼。子楚扫视一下城外的人马，示意两边的军乐手停下。他深吸一口气，向蒙骜等人朗声说道："城外的众将士，尔等孝忠先王，报效国家的精诚之心可嘉，但尔等不明事理，受奸人挑唆，恣意兴兵来此，并扬言攻城略地，实不应该！"

蒙骜催马上前答道："太子殿下，我等绝无反叛之意，只为先王不明不白而死却不见凶手归案。只请太子捉拿出凶手公布于众，我等立即撤兵。"

子楚高声喊道："来人，把谋害先王的凶手带上来！"

一声令下，四名虎贲军校尉押着五花大绑的子傒走上城楼，子楚向子傒一指，对城下的人马说道："这就是谋害先王的罪魁祸首子傒，以臣谋君，这是不忠；以子害父，这是不孝；挖空心机嫁祸他人，这是不仁；勾结众人图谋不轨，这是不义。对这不忠不孝不仁不义的乱臣逆子，按照我大秦律例本当凌迟，但我考虑到他毕竟是先王之子、嬴氏子孙，孤且将他关押起来闭门思过，对于他所犯的一切罪行就不向外张扬了，以免羞辱嬴氏祖先英名。既然众将士一定要我交出凶犯才肯罢兵，我只好愧对嬴氏列祖列宗，把家丑外扬了。"

不等子楚继续说下去，东郭放就从城下叫道："子楚，你不要花言巧语，在此妖言惑众，先王死在你居住的长扬宫，并且死在与你同饮的宴席上，不是你加害的，还能是谁？明明你承袭王位心切才加害先王，却嫁祸他人，你才是不忠不孝不仁不义之徒。子楚，快快出城受死，不然，我大军一定破城而入，将你碎尸万段，奠祭先王！"

士仓也趁机喊道："各位将士，真正谋害先王的元凶就是站在城上的子楚，他欺世盗名，嫁祸于子傒。快攻城，捉拿子楚为先王报仇呀！"

武装整齐的将士立即耸动起来，纷纷向城门前涌去。这时，子楚急忙向下大声喝道："士仓乃是乱臣贼子，子傒同党，是拘捕子傒时的漏网之鱼，众将士休听他一派胡言乱语，对这样的大逆不道之人，人人可以诛之！"子楚话音刚落，蒙骜就在城下应声答道："太子殿下，臣替殿下把他拿下！"

蒙骜飞马上前，挥剑把东郭放砍于马下，然后用剑抵住士仓喝道："士仓，快快下马受死，否则，我一剑将你穿个透心凉！"

士仓无奈，只好滚下马来，早有士兵跑过来把士仓捆住。蒙骜向混乱的士兵喊道："各位将士听令，我奉太子殿下之令在此捉拿乱臣贼子，如今东郭放被诛，士仓被捉，其余众人都是受蒙蔽之人，概不追究任何责任，如果有谁胆敢趁乱起哄滋事，格杀勿论！"

已经乱了阵脚的人马很快平静下来，并按原先的队列站好。蒙骜安顿好人马，这才率亲兵押解东郭放的尸首和士仓入城叩见太子。一场持续已久的王位争夺战终于以子傒集团的彻底失败而告终，以子楚为首的邯郸党理所当然地成为大秦国新政权的核心。秦文王的丧事办完之后，太子子楚正式举行登基大典，定王号为庄，史称秦庄王，追封先王秦文王为秦孝文王，封华阳王后为华阳太后，封生母夏夫人为夏太后。

在王后人选上，子楚十分为难，从他个人的角度，他并不想立赵姬为后，而有心把紫玉推上王后之位，但按照秦国王室定例，赵姬为长，理当被册封为后。在吕不韦等人的多方面活动下，嬴氏宗室一致推举赵姬，子楚无奈，只好勉强立赵姬为王后。当众人提出册立太子时，庄王以王子尚幼，立嗣太早不利于王子成长为由一口拒绝了。

正是庄王拒绝立太子一事，使赵姬、吕不韦与庄王产生了芥蒂。三人尽管谁也没有说出，但彼此之间都心照不宣。

庄王继位不久，刚成君蔡泽就提出辞去丞相职位的请求。庄王子楚对他早有成见，即使蔡泽不主动提出辞职，庄王也一定会找借口免去他的相位。如今蔡泽有自知之明自动辞职，庄王也顺水推舟收回了相印。

由谁来接替蔡泽出任相国呢？尽管庄王对吕不韦心存芥蒂，但他深知吕不韦的才干，也为了履行当初向吕不韦许下的诺言：承袭王位后与君共享天下。庄王便拜吕不韦为相，封他为文信侯，把陕西蓝田一带封给他作食邑。吕不韦真正成为庄王以下最有权势之人了，可谓一人之下万人之上！

当然，在这次王位交接的大变动中，还有两人得了好处，就是蒙骜与赵高，但两人的命运却不一样，蒙骜荣升国尉，执掌秦国兵马大权，而赵高却因吕不韦推荐而留在宫中服侍庄王。因身在宫中，他被送去阉割了。

【第五回】

嬴政拳打成蟜弟，太子计陷信陵君

这一日，庄王处理完朝政，习惯性地伸伸懒腰，想想还有哪些事没做，忽然记起已经有两个月没有看看两个王子的学业了。庄王带了名随身太监信步来到章台宫，老远就听见屋里传出哭声。庄王觉得奇怪，这是两位王子读书的地方，怎会有人啼哭呢？庄王走近一看，偌大的书房里狼藉不堪，地上撒满竹简片，桌子也推倒了，墨泼在地上，二王子成蟜坐在地上抽泣。成蟜一见父亲来了，"哇"的一声大哭起来。

庄王十分恼火，大声呵斥道："不要哭，告诉爹爹这是怎么回事，是谁欺辱你，爹爹替你出气！"

成蟜这才止住哭泣，委屈地说："嬴政从宫外带人打我。"成蟜说着，掀开裤裙，只见腿上青一块紫一块的，好像皮鞭抽打过似的。

庄王忍住心中的怒火问道："太傅去哪里了？"

"太傅生病，已经告假多日了。"

庄王一面派人把章台宫总太监叫来重责四十廷杖，一面质问掌管书房的大臣嬴业："你身为大臣，专职王子的学业，太傅生病告假为何不及时报给孤临时指派太傅？你代替孤在此督导王子攻读，嬴政不求进取，逃学宫外，勾结宫外蛮童入宫滋事，打伤成蟜，你却一无所知，按我大秦例律，该如何惩处？"嬴业因为近日儿子新婚，府上忙得不可开交，把这事给忘了。再加上庄王忙于朝政，许久没有来，嬴业也就放松了，他自以为两个王子年纪尚小，正是贪玩的年龄，多玩一下也没什么，反正以后学习的日子长着呢，临时放松几天，过后再紧一紧也不晚。万万没想到，他才两天没到就闹出这等事，恰巧又让庄王遇上了。

嬴业自知理亏，又在庄王盛怒之下，哪敢有半句辩解的话，只好垂首说道："罪当革职……"

庄王立即向门外喊道："来人，革去嬴业职务，重责四十大板，令其在家里思过！"

　　嬴业是宗室大臣，论辈分还是庄王的叔叔呢，一句话就被革职不算，还要承受皮肉之苦。可谁也不敢上前求情。

　　庄王仍然余怒未消，又径直来到长扬宫，迎面看见嬴政正和几个年龄相仿的伙伴在玩狗。嬴政一手牵着条黄狗，一手执着鞭子，抽打那黄狗与另一条黑狗交配。

　　庄王见此情景，气不打一处来，也顾不得君王的尊严，大步走上前，伸手把嬴政揪过来，劈脸就是一个响亮的耳光。

　　这一掌下去，嬴政白净的小脸上登时留下五个红红的手指印，鼻子嘴都被打出了血。嬴政"哇"的一声号啕大哭。

　　哭声惊动了王后赵姬，她出来一看，见庄王正在训斥儿子，再看看满脸血污的嬴政，心中明白了几分，庄王那一巴掌仿佛打在自己心上，又疼又急，却又不得不平心静气地上前施礼："不知大王至此，贱妾迎接来迟，请大王降罪。"

　　庄王扫一眼赵姬，也不让她起身，粗鲁地吼道："瞧瞧，这是你养的好儿子，声色犬马，不务正业，到处惹是生非，没有一点教养，真是有其母必有其子！"

　　赵姬跪在地上，不知道儿子到底惹了什么祸，听着这没头没脑的训斥，也不敢出言顶撞，眼泪在眼眶里打转，也只好咬牙忍着往肚里流。

　　庄王见赵姬一声不吭，又冷冷地说道："嬴政野性不改，缺乏管教，都是在邯郸娇惯的，要知道这里是王宫，他的身份是大秦国的王子，不是街头的野孩子，秦王子要守秦宫的礼仪，守王室的规矩，不能把你们在赵国时的刁蛮恶劣习性带入宫中，你以后要多管教你的儿子，不要给我丢人现眼、毁坏王室声誉！"

　　赵姬仍是低头跪着，庄王又说道："你身为王后，主持后宫，母仪天下，不懂得如何教育子女，与你出身卑微、见识浅短有关，孤并不责怪你。人非圣人，孰能无过，你不懂可以去学，闲暇时请教一下紫玉，问问她是如何教育孩子的。成娇虽小，但比嬴政懂事得多，学习比他用功，学业比他进步快……"

　　赵姬再也忍耐不住，低头呜呜地哭起来，边哭边说："大王若觉得贱妾没有做王后的资格，干脆诏告宗庙，把我给废了。当初大王立我为后时就十分勉强，迫于众多宗室大臣的压力违心去做的，现在废了也不迟。"

　　嬴政已经十二岁了，见母亲哭得很伤心，自己止住哭泣，走到母亲跟前，晃动着赵姬的肩膀说："娘，你别哭了，再哭会哭坏身子的，我今后再不惹你生气了，再也不给你丢脸了。娘，这王宫不好，我不喜欢这里，我知道娘也不喜欢这里，咱们回邯郸吧，我喜欢邯郸，那里无拘无束。"

　　赵姬给嬴政擦去嘴角和鼻子上的血迹，抚摸着他红肿的脸问道："儿啊，你到底惹了什么祸让你父王如此生气，把你打成这个样子？"

嬴政瞟瞟父亲，对母亲说："我打了成蟜。"

赵姬明白庄王发火的原因了，她整理一下嬴政的衣衫，指责说："你身为哥哥，不好好和弟弟读书，怎么能动手打人呢？无怪你父王管教你，你做了错事，违反了宫规。"

嬴政把头一挺，不服气地说："成蟜骂我，成蟜说听他娘说的，我是野种，还说娘原来是卖唱养汉子的，谁敢骂我，谁要是侮辱娘，我都要揍他！"

庄王听了，脸一沉，一声不响地转身走了。

赵姬把嬴政搂在怀里，望着庄王离去的背影很不是滋味。她决定私下召见吕不韦，商讨一下对策。

庄王见自己派兵东下，举手之劳就攻占了韩国三川领地，面对黄河以东诸国地图，他更是踌躇满志。他手抚颚下几缕稀疏的胡须，对宗室大臣说："遥想先祖穆公当年就有图霸中原的凌云壮志。因崤山一败图霸的梦想灰飞烟灭，只留下给后世子孙一篇《秦誓》。正是这篇《秦誓》激励历代君王奋起向上，力图早日实现先祖梦想。厉公扫平西戎，巩固后方；献公迁都栋阳，迈出东进第一步；孝公任用商鞅，变法新政，富国强兵；惠文王重用张仪离散苏秦合纵之策；武王问鼎中原，不幸英年而逝；王祖父昭襄王两次称帝，终于未能如愿。无论吞并东方诸国的困难多么巨大，历代先王从来没有知难而退，如今孤君临天下，理当效法先王，东进中原，举兵东下，一举吞灭韩、赵、魏三国！"庄王说到这里，扫视一下众宗室大臣问道，"孤的主意诸公同意吗？"

"大王英明，臣等一定尽力辅佐大王实现宏愿，告慰列祖列宗！"

庄王十分满意地点点头，又转向丞相吕不韦问道："丞相的意思呢？"

吕不韦正在盘算心事，一听庄王征求自己意见，略一迟疑说道："大王的愿望是好的，只是欲速则不达，大王想派三路大军同时分击韩、魏、赵三国，战线未免拉得太长，兵力和后方供应恐怕不济，倘若三国合力抗击，我军将三面受阻，情形十分不利。"

"那么依丞相的见解当如何呢？"

"依臣之见，由三支大军合并为两支强军，先攻韩、魏两个弱小国，这样，兵力与供给也将充足，倘若能够一举攻破韩、魏，待休兵整顿之后，再合力围赵，还愁赵国不亡吗？"

庄王摇摇头："丞相如此安排不是顾虑兵源不足供给不上，只怕对赵国还存有一份私人感情吧？"

吕不韦一惊，以为庄王已经察觉出他和公子嘉的私下往来，急忙辩解说："臣早年虽然游历于赵国，也曾在赵国留下万贯家产，但自从结识大王后，就全身心追随大王左右，舍弃赵国的万贯家资，随大王来秦，臣自以为对大王忠心不二，哪里有为赵国所想的半丝心意？倘若大王认为臣有二心，请大王降罪于臣，臣死而无怨！"

庄王见吕不韦说得如此认真，马上笑道："丞相误会孤的意思了，孤说丞相对赵国有私人感情，绝不是说丞相对本王有二心，而是说丞相在韩、赵、魏三国之中多少同情赵国，那里毕竟是丞相早年发家之地，何况还有无数家产在那里。不过，请丞相放心，一旦攻破赵国后，孤将十倍的家产送给丞相，并从赵国版图上划一块封地给丞相作食邑。"

吕不韦一听庄王这么说，知道他并没有察觉自己与公子嘉的关系，这才放心地说："谢大王对臣的厚爱，臣能有今天已经感恩不尽、无从报答，哪还敢有半点奢想呢？请大王收回成命，臣一定以死效忠大王，助大王扫平东方各国，统一天下，早日登上帝位！"

庄王终于没有听从吕不韦的劝解，派三路大军东进。桓齮、昌文领兵攻韩，王陵、昌平率军攻赵，蒙骜、王龁二人进军魏国。三路大军如三把锋利的刀剑，所到之地无不披靡，魏国高都和汲，韩国成皋、巩、太原，赵国榆次、新城、狼孟等三十七座城池接连被秦国拿下。

捷报频频传来，庄王喜不自胜，看来，在他有生之年一统天下的宏图大志可望成为现实。

就在庄王喜不自禁之时，各国间的军事力量对比也发生了微妙的变化。信陵君在门客的死谏之下，终于抛开了与安釐王之间的私人恩怨，带着门客回到魏国。赵王念信陵君的高义，发兵五万助魏抗秦。同时燕、韩、楚三国，也各遣大军同会于魏国，一时间天下五国会猎，共同抗秦。

秦军经长途跋涉，又处于寡不敌众的劣势，被五国人马大败而回。秦军一路败至函谷关，才摆脱了五国的追赶。

丞相吕不韦面对刚刚送来的蒙骜、王龁兵败的告急文牍，木然良久，他生平第一次遭到了失败。失败是痛苦的，他苦苦思索这次东征失败的原因，最后总结出一句话：信陵君是秦国扫平六国的障碍，不打败信陵君，秦国东进永远不能取胜！谁能够打败信陵君呢？吕不韦冥思苦想也找不到这样一位合适人选。

这时，侍从人员进来报告说，有一名自称李斯的年轻书生求见。吕不韦正在烦恼中，不耐烦地挥挥手："不见！"

侍从人员正要转身离去，吕不韦喊住了他："且慢，带他去书房等候。"

吕不韦来到书房，见里面正襟危坐一人，年纪不过三十岁，虽是布衣打扮，但浑身透着一股睿智之气。

李斯见吕不韦步入房内，急忙迎上前施礼说："晚生李斯拜见侯爷！"

　　吕不韦一边坐下，一边问道："年轻人，你怎么知道我就是侯爷呢？我现在是便衣打扮，又没有人引荐，如此冒昧，不怕拜错人吗？"

　　李斯听吕不韦的口气并不像是责备，似乎是在拷问，便讨好说："晚生虽然没有见过相爷，但相爷的名声在诸侯之间无人不晓，如日月当空，在世人心目中，侯爷的威名胜过许多诸侯国国君，就是与当今天下名声远扬的四大公子相比，也有过之而无不及。相爷今天虽然是便衣之身，但举止优雅，步履投足间透着华贵之气，二目放光，眉宇间有藏龙卧虎之威，这一切岂是一般人能够拥有的？不用说侯爷在府中身着便衣小人能够一眼看出，就是侯爷布衣微行在市井中，我也能认出相爷不是等闲之人。"

　　这李斯本是退隐林下的兰陵令荀况的门徒，与同窗韩非一同学习。此人天生极善钻营，又生就如簧巧舌，是以今日特投到吕不韦门下，想图一个飞黄腾达的前程。

　　吕不韦被李斯吹捧得哈哈大笑："何以见得？孤身上又没长三头六臂，脸上也没有写字，你如何能在市井中认出孤非等闲之辈呢？"

　　"侯爷走在市井中，犹如珠玉埋在粪土，仍然不失为珠玉一样，绝不会变成粪土的，处处显露出自身不同一般的特性，和氏璧不是裹在陨石中吗？却是价值连城的宝玉。相爷就是人中的和氏璧呀，明眼人自然能看出相爷与常人的不同之处。那些卑贱龌龊之人，纵然穿上华贵的衣衫也掩盖不了浑身的奴颜之相。"

　　吕不韦上下打量一下李斯："如此说来，你精通相面之术？"

　　李斯连忙拱手答道："精通二字学生实在不敢当，随家师攻读多年，闲谈之余偶尔听先生讲解一二，我也就记在心中了。"

　　"不知李学士曾拜在哪位高人门下求学？"

　　"家师荀况。我就是听从家师的指教，才从楚国兰陵来此拜见丞相的。家师同我议论天下之事，品评天下德才兼备之人时，认为丞相的威名正如日中升，齐国孟尝君、楚国春申君、赵国平原君、魏国信陵君，这四公子虽然名声远扬，但和丞相比起来实在不足以挂齿。"

　　李斯一时还摸不清吕不韦的脾气，又怕拍马屁拍痛了反遭马踢，随即又委婉地说道："不过，先生说丞相的威望如此之高，功劳如此之大，而名声却没有四公子之响，并不是丞相的名气不大，而是丞相求真务实，不图虚名罢了，倘若要想在诸侯间传名扬声实在是举手投足之劳。"吕不韦一听李斯是荀况的学生，马上刮目相看。

　　"哦，无怪乎李学士如此侃侃而谈，对诸侯之事了解甚多，原来尊师是当今儒学大师荀卿。不韦虽然才学疏浅，但对儒家之学特别倾慕，尤其是对荀先生的学问更是佩服，早年也有投到他门下求学攻读的想法，无奈忙于生计而错失求学拜读的大好时光，现在想来十分后悔，如今再想多读点书却没有机会了，精力也大不如前，特别是政务繁多，哪里有心思读书呀！不过，尊师的许多文章我还是读过的。比如他所写的《劝学》《王制》《富国》《王霸》《君道》《臣道》，还有《致士》《议兵》，等等，见解独到，议论精当，实在是安邦治国的灵丹妙药啊！我每读一遍都有新的收益，受惠无穷。"

李斯一听吕不韦对他老师这样推崇，心中有了底，看来自己推出先生的大名这步棋走对了，于是又说道："家师近日又写出一篇关于如何建立强大国家无敌于天下的文章，东方几个国家的国君读后都奉为治国宝典，不知丞相是否读过？"李斯说着，捧上一卷竹简，吕不韦接在手中翻了翻，心不在焉地说："荀先生的文章字字珠玑，句句良言，让孤慢慢品读罢。"

吕不韦随手把竹简丢在旁边，又问道："刚才听李学士讲荀先生曾和足下谈论过孤，似乎对孤的名声不够远扬十分遗憾，不知荀先生是否提出什么好的建议？"

李斯见时机成熟，笑说道："先生只是提出这个问题，并没有给出答案，这是家师教书的方法，提出问题让学生们思考并给出解答。先生提出问题后，晚生对先生所提的这个问题十分感兴趣，曾认真思考多日，并专门作了一篇文章呢。先生看后颇为满意，是否可行就不得而知了。"

吕不韦来了兴趣："李学士，不妨把你的见解说说，让孤听一听是否有可取之处？倘若李学士的见解良好，能使孤的名声在诸侯间进一步传播，孤一定重赏李学士，授你高官厚禄，让你荣宗耀祖！"

这正是李斯求之不得的，于是，他把早已想好的几点建议说了出来。"四公子之所以有如此声望，也仅仅做到四点：一是出身高贵，全部是国家宗室近亲，正是有了这层关系才占有国家显赫位置，执掌重权；二是利用雄厚的资财和权势，广纳门客，收买人心；三是在国家危难之际担当重任，协助君主共渡难关，解国家之急，救百姓于灾；四是个人修身立德，又豢养一批为他们传播名声的人才，有人甚至愿意为主人的名声气节去死。这四点对于丞相而言有的已经做到，有的还没有到位。对于没有做到的，丞相要想去做，如广纳门客这一点，实在是举手之劳。而晚生所给丞相的建议，除了这四公子已经做的之外，还有几点是他们没有做过的，只有丞相才能做到，如果丞相能够做到，四公子与丞相比起来，实在是小巫见大巫。"

从刚才对四公子的分析中，吕不韦已经看出李斯不同于一般平庸无能、只会死读书读死书的书生，现在听他还有更精妙的建议，自然满心欢喜。他迫不及待地问道："请李学士毫无保留地说给孤听听，协助孤成就流传千古的伟名。"

李斯点点头，拱手说道："相爷要想使声誉赶上或超过四公子，必须在策略上胜过四公子。首先，丞相在广纳门客之后，应组织大批贤士假托丞相之名著书立说，阐述丞相对天下大事——诸如治国安邦、强兵富民的高深见解，给世人以治理国家的范本，也给后人留下一份可贵的著述。其次，丞相应广招人才，为秦国一统天下奠定根基，这些人才有文臣也有武将，有刺客义士，也有鸡鸣狗盗之徒，有说客也有谋士。倘若丞相辅佐庄王完成统一大业，丞相就是开国功臣，功垂青史，千秋传颂。第三，如今列国分疆而制，各地文字混乱，度、量、衡不统一，道路宽窄不等，车轨、车辖制作随意，倘若丞相能够派人细心钻研这些混乱的体制，制定出合理的法则，使百姓能够接受，然后在各国间推行，从而促进商贸发展，有利于人们交流和沟通，丞相必然会受万民拥戴，仅此三点，纵观天下人，谁能和丞相相提并论呢？"

吕不韦听后，由衷地连连点头，赞许道："真不愧为名师出高徒，李学士不仅精通儒学，在经世致用方面也有自己独到的见地，本府正缺一位掌管文书的郎中，李学士暂且委屈一下，留在府中任职，一旦有机会，孤一定把你举荐给秦王，那时再量才而用。"

李斯一听吕不韦答应收留自己，心中思忖道：只要我能留在这丞相府，就有机会施展才学，也有可能接触大秦国的各种头面人物，凭我的口才与攻心术，还怕将来没有出头之日吗？李斯起身离座，再次向吕不韦行参拜大礼。

吕不韦一边让李斯请起，一边对他说道："李学士，你今天就把刚才所谈论的几项策略整理出来呈给我，孤再逐一审定，然后制订出个具体实施的办法。"

"遵命！"李斯退了出去。

"嘟……"粗犷的号角声冲出咸阳宫祈年殿上面的青砖绿瓦，在空中盘旋着，威严、沉闷、肃穆。

秦庄王身穿黑色的祭服，头缠白巾，他身后的宗室大臣及重要文武官员也都是黑色的袍子、白色的头巾。庄王一步一叩首，跪行到殿内列祖列宗的灵位前连叩三个响头。诸位大臣也都随着连连叩首。

礼毕，庄王从地上站起来，躬身退出大殿，来到殿前的两个巨大的铜鼎跟前，亲手点燃了鼎内的香蒿。袅袅香烟直冲上空。

铜鼎两旁跪着五花大绑的蒙骜与王龁，他们二人前面各捆着一头黑色牡牛。

庄王含泪把手一挥，早已准备好的两个武士挥手把两头牛砍死，牛身上迸出的鲜血溅在蒙骜和王龁身上。

庄王解下头巾，蘸着从牛身上流出的汩汩鲜血，然后把沾满鲜血的头巾抛进鼎内。

一股火焰蹿出老高，烧焦的血腥味随风飘入每一个人的鼻孔。庄王这才回转身对众大臣说道："按照大秦律例，疆场战败者罪当斩首，但此次东征失败的责任不在两位将军身上，寡人今日祭天告祖，赦免蒙骜与王龁两位将军之罪，官封原职，特杀两牲以作替代，望两位将军牢记失败的教训，苦练雄兵，早报今日之耻！"蒙骜与王龁急忙叩首谢罪说："谢大王不杀之恩，臣一定不负圣望，以雪失败的耻辱！"

"大王英明！"众大臣也一同俯地山呼万岁。

众人散去，庄王只留下吕不韦和蒙骜、王龁三人总结伐魏失败的教训，寻求再次出兵东征的策略。

蒙骜认为失败的根本原因是秦国固然强大，但以一敌众当然不行。他说："自苏秦以来'合纵'之事时常发生，而每次'合纵'，我大秦都以失败而告终，就是张仪连横成功，离散东方各国的'合纵'势力，秦国也只打了平手，要想彻底打败东方各国，必须让'合纵'策略无法进行。"

王龁却认为失败的原因是因为魏国有信陵君在，他说："我与蒙将军挥兵东下，攻城略地势如破竹，如果不是信陵君从赵国回到魏国，不出三个月，我二人一定攻破大梁灭掉魏国。谁知信陵君一到魏国，马上改变了战场上的局势，从十年前邯郸惨败到今天的华州之败，信陵君之名不是虚传，我秦国目前还没有能敌过信陵君的将帅，此人有勇有谋，智勇双全，居四公子之首，威信极高，是苏秦之后'合纵'的领袖，只要此人活在世上一天，我秦军东进寸步都比登天还难，必须除去此人！"

王龁说着，联想到少华山下激战的情形，仍心有余悸。当时要不是副将王翦断后，抵住信陵君的追兵，他能否活着退回潼关都实在难说。蒙骜听王龁把信陵君吹捧得这样高，心中很不服气："王将军是'一朝被蛇咬，十年怕井绳'吧！虽然我等伐魏失败，也只是兵力悬殊造成的，怎能长他人志气，灭自己威风呢？信陵君并没有什么可畏惧的，再次伐魏时，我一定和他拼个高低，倘若不能打败信陵君，就战死沙场！"

庄王看看吕不韦："丞相，谈谈你的看法。"

吕不韦多日来一直在思考伐魏失败的问题，并从派往东方各国的暗探那里了解到信陵君的情况，他已经从魏国的君臣关系中看到了打败魏国的可能性。他道："刚才两位将军分析得都有道理，这次伐魏失败的根本原因确实是敌众我寡，而派往赵国与韩国的两支兵马又没有及时补充上去，致使两位将军以一敌五，造成孤军深入敌境，给信陵君可乘之机。另一方面，就人的因素而论，正如王将军所说，信陵君不除就不能取得东征的胜利。信陵君两次'合纵'打败我大秦，名声在东方各国已是家喻户晓，他也因此成为'合纵'之策的领袖。最近传来消息，信陵君获胜回到大梁，魏王亲率文武大臣出城三十里相迎，拜信陵君为丞相，加封五座城池的食邑给他，如今魏国的大事全部由信陵君主持，他现在是一人之下万人之上的权臣，就连当年击杀晋鄙的朱亥也赦免罪责，封为大将。信陵君重权在握之后，门客大增，东方各国较有声誉的士人大都投到他门下，而信陵君也正利用来自各国的门客所带去的用兵之术编纂一部兵法呢。"

庄王大惊，忙问道："丞相的消息可靠吗？若真有此事，寡人再次派兵伐魏岂不是又要失败吗？"

吕不韦点点头："消息绝对可靠，信陵君为了显示自己用兵的策略盖过孙武子，把兵书编为二十一篇，比孙武子的《孙子兵法》还多出八篇，书中还绘制行军布阵示意图七卷，取名《魏公子兵法》，据说此兵法还未编纂完毕，各国使者就纷纷携重金到魏国订购。"

不等吕不韦说完，蒙骜就冷笑道："这不过是无忌老儿沽名钓誉、表现自我罢了，他何德何能，敢与孙武子相提并论？就是齐国的孙膑，魏公子无忌也无法与之相比。以我之见，他的所谓《魏公子兵法》，不过是把前人行军布阵的经验拿过来抄抄改改据为己有，也不会有什么奇计妙策，那些不懂用兵的人觉得了不起，奉为经典，内行人士看后一定嗤之以鼻！"王龁反对说："蒙将军不甘向信陵君服输，这种精神可嘉，但也不可低估信陵君的才华，他能两次'合纵'挫败我大秦国的威武之师，足以证明信陵君的军事才华，倘若再有轻敌之心，势必仍会遇挫。"

蒙骜越听王龁把信陵君看得天下无敌，越是不服气，他向庄王请求说："大王，如果再次伐魏，臣愿领四十万兵马与信陵君一决雌雄，倘若不能生擒魏无忌，臣愿立下军令状，用全家老小的性命抵押！"

庄王沉思片刻说："蒙将军忠勇之心难得，只是如今我大军刚败，士气低落，而敌国士气正盛，再次仓促应战于我军不利，暂且休整一段时间，再做伐魏的打算，到那时再派蒙将军率军出征。当务之急是派重兵守好函谷关，给东方五国无可乘之机。"

吕不韦也说道："要想再次伐魏时稳操胜券，必须想方设法铲除信陵君，信陵君不除，终究是一大隐患。"

庄王连连点头："寡人也有此心，只是如何才能铲除他呢？信陵君身居高位，手握重权，府中又有大批文武异士，守卫森严，派刺客前往未必能够得手。倘若行刺不成，刺客反被其所擒，传扬出去岂不令天下人笑我大秦无能？"

"大王万万不可出此下策！"蒙骜连连摇头，"两国交兵要求双方兵将对垒，战场上见分晓，怎能使用行刺这种阴暗手段呢？即使行刺成功也胜之不武。天下没有不透风的墙，终究是会被世人知道的，有损我大秦国的声誉啊！"

庄王本打算派刺客入魏伺机刺杀信陵君，蒙骜却不识趣插上这么几句话，庄王很不高兴，却又不便发作。吕不韦对庄王表情的变化看得很仔细，急忙说道："臣有一个借刀杀人的计策，既可除去信陵君，又不会背上行刺的骂名。"

庄王一听，高兴了："哦，丞相有这样的妙计？快说给孤听听！"吕不韦分析说："信陵君得胜回朝获得原有的封地，魏安釐王又给他五座城池的食邑，并授予丞相职位，执掌魏国的军政大权，魏国的大小事务全都由信陵君一人裁决，这并不能表明安釐王就十分相信信陵君。自古有功高震主一说，信陵君愈是权倾于国，魏王愈是对他心存芥蒂，更何况两人本来就有隔阂。如果不是我大军攻魏，信陵君顾及宗庙或会被毁，他绝不会再回到魏国的。而魏王重用他也是迫于内外压力，并不是完全信任信陵君。正是他们君臣之间有这些微妙的关系，才给我们可乘之机。"

庄王心有灵犀，频频颔首："嗯，有道理，有道理！丞相能够考虑到这些，也一定有了相应的对策吧？"他示意吕不韦继续说下去。

"为了除去信陵君，大王必须先稳住魏王，离间他们君臣关系，让安釐王与信陵君互相猜疑，最后借安釐王之手除去信陵君。大王只要派使者入魏与安釐王修书言好，让他感到外患消除，对信陵君的重用之心也就减退了。同时，大王再暗中派人到魏国散布流言，说信陵君有取代魏王之心，各国也一致拥戴信陵君取而代之。"吕不韦得意地嘿嘿一笑，"不出半年，安釐王一定会罢免信陵君的大权，甚至将他杀掉。即使不能立即除去信陵君，兄弟再次反目成仇，君臣不和，也会给我国留下可乘之机。"

庄王有所怀疑地问："信陵君胸怀坦荡，心胸开阔，手下又有那么多谋士，安釐王也不是无能之辈，他们会相信我等的反间计吗？如果计策不成，不仅不能离散他们兄弟关系，反而进一步促进他们手足之情和君臣之义就不好了。"

吕不韦立即告罪说："大王一定听说过三人成虎的故事，只要我们计策用得巧妙，还怕安釐王不中计吗？"吕不韦正要说下去，有太监来报说华阳太后有事请大王到长乐宫相商。庄王不知是什么事，只好让吕不韦、蒙骜、王龁三人告退，自己匆匆去了长乐宫。

庄王来到长乐宫时，长乐宫的气氛并不和谐。

庄王一看在座的三人，微微一愣，他没想到夏太后和赵姬也在这里，看三人神色好像刚刚发生一场不大不小的争吵。庄王还没有开口询问，华阳太后就率先问道："楚儿，娘听说你今天在祈年殿举行了告天祭祖仪式？"

"正是，莫非这个季节不能举办祭祀活动，或者儿臣哪方面所做的事有违祖训？请母后大人指教！"

"楚儿所做的极是，前线打仗，无论胜负都要告知天地与祖宗，胜了则告慰祖宗地下有知，后世子孙牢记祖训时刻都在开疆拓土，扩大疆域；败了则祈求天地与祖宗保佑，求得再次决战胜利。娘让你来此不是询问这些事，而是有关立嗣的事。"

庄王瞧瞧赵姬的脸色，明白了七八分，又是赵姬在怂恿太后威逼他立嗣，便推辞说："儿臣刚过而立之年，年轻体盛，精力过人，立嗣一事尚早，等到两位王子再长大几岁再定也不迟。"

华阳太后显出不悦的样子，嘟囔道："立嗣宜早不宜迟，你继承王位已经三年有余，按照我赢秦祖制，君王登上王位就应该确立太子之位。当初，你初登王位时，宗室大臣就一致进谏要求你定立太子，你推说两个王子年幼，可如今，赢政与成蟜都满十岁，与你先祖惠文王比起来，立嗣的年龄已经晚了两年，怎么还口口声声说早呢？你再三推辞立嗣，到底为什么呢？"

不等庄王开口，夏太后就替儿子说道："姐姐的心情可以理解，可立嗣一事也非同小可，必须慎之又慎，这关系到江山社稷的根本，攸关国家兴亡图存，楚儿想多花些时间观察两个王孙，然后择优立之。常言道：路遥知马力，日久见人心。不进行长时间比较，如何能分辨出资质的好坏呢？"

庄王也趁机说道："正是，正是，儿臣因为东征兵败，心绪不佳，哪里有心思考虑立嗣的事，等他们再大一点确立也不迟。"

"难道楚儿想违背祖制吗？"华阳太后不等子楚再说下去，就冷冷地打断了他的话。

子楚被抢白得满脸微红，他偷偷瞟一眼华阳太后的神色，揣摩一下她的心思，赔着笑脸问道："以太后之见谁更适合立为太子？"

庄王认为华阳太后如此三番五次催问他立储的事，可能有心立成蟜为太子，因为成蟜是紫玉所生，紫玉是她的娘家侄女，假如这样，他也就顺水推舟卖个人情，既讨好了华阳太后又遂了自己的心愿。但庄王又不能肯定华阳太后是否真有此想法，他也曾试探过华阳太后，华阳太后都没有表态。不过，若从平日里华阳太后对成蟜和赢政的态度看，华阳太后似乎更偏向赢政，她时常在宫中夸赞赢政乖巧聪明能做大事。紫玉虽是华阳太后亲侄女，但由于她为人拘谨，不擅交往，笨嘴笨舌的，反而不讨华阳太后欢心。成蟜生性和他母亲一样，也是个呆鸟，见了华阳太后总是畏畏缩缩，甚至喊一声"祖母"也要费九牛二虎之力。而赢政就不同了，手快嘴甜，只要和华阳太后在一起，一口一个"祖母"叫个不停，手脚更勤快，给华阳太后拿拐杖，端茶水，哄得太后乐得合不拢嘴。再加上赵姬心灵手巧，经常亲手制作一些赏心悦目的衣饰送给华阳太后，也舍得在太后身上下功夫、花大钱，更讨华阳太后欢心，相比之下，她的亲侄女紫玉就逊色多了。正是这样，庄王又担心华阳太后受赵姬迷惑倾向赢政。庄王正在寻思之中，只听华阳太后说道："立嗣的事岂能根据哪个人的倾向与爱好呢？祖制上早已写明：立长不立幼，立嫡不立庶，立贤不立庸。你按照这三个标准选定就是，何须问及他人呢？倘若我从华阳氏家族利益出发，我会主张立成蟜的，我身为太后能这样做吗？你们嬴氏宗室大臣答应吗？违背祖训的事我不能做，否则，百年后我如何面见九泉之下的先王？"

庄王蓦地心中一凉，他什么也没说，抬眼看看赵姬，只见她脸上挂满得意之色。庄王索性把心一横，哼！嬴氏的祖业绝不能传给出身不明的人，嬴政这个孽种没有资格承袭王位。

庄王的脸微微有些发白，他想说"嬴政不是我的骨血，而是赵姬与吕不韦私通所生"。可是，话到嘴边又被他硬生生地咽了下去，这些他如何说得出口呢？自己无凭无据，稍有不慎就会惹出大乱子的。即使没有什么内乱，也会全天下哗然，秦国的王后与丞相私通，连王子也是假的，他这个王位也就值得怀疑了，说不定把三年前先王中毒而死的责任推在自己头上呢。

庄王什么也没有说，把求教的目光投向生母夏太后。

夏太后起初也认为华阳太后催逼立嗣的事，目的是想立成蟜为太子，可从她刚才的语气看又是为嬴政讲话。按理说儿子应该高兴，可是，从庄王的表情看又很茫然。

夏太后猜测一下儿子的心思，说道："楚儿迟迟没有册立太子正是怕违逆姐姐的心愿，如今才知道姐姐处处站在大秦国兴旺发达的立场上选贤任能，依照祖制办事，姐姐真是古今最贤德的人。楚儿，就按照华阳太后的心意去做吧，立嫡立长立贤，先立嬴政为太子，等几年成蟜再长大一些封个侯，将来让成蟜效法楚国的春申君、齐国的孟尝君、赵国平原君和魏国的信陵君，辅佐嬴政。"

庄王脸色陡然一阵惨白，支支吾吾道："这事等一等再说，儿臣当务之急是想整顿兵马，以歼灭六国、一统天下，实现先祖称帝的梦想。"

赵姬冷冷一笑，尖酸地说道："大王对两宫太后的话都置若罔闻，以种种借口推辞立储，既不满意政儿，也不中意成蟜，只怕另有原因吧。我在赵国时就曾听说秦国的质子整日留恋于青楼歌院之间，令许多红尘女子倾倒。莫非大王在歌妃中播下的情种如今已经长大成人？大王有意把祖宗留下的千秋基业委付所中意的人？既然如此，大王何不早早着人把他迎入宫中，以免流落街头，坏了嬴氏的根基。"

赵姬本来害怕庄王在两宫太后面前说出对嬴政身份的猜疑，可庄王并没有说出类似的话，她胆子陡然大了起来，心生一计——故意瞎编乱造令两宫太后恼怒，逼他立嬴政为太子。

果然不出所料，两宫太后一听都十分惊讶。华阳太后更是信以为真，拍案问道："楚儿，你与那些风尘女子媾和所生的儿子现在在哪里？你把他接入宫中与否为娘不过问，但绝不能立为太子，这是祖训！"华阳太后说完，拂袖而去。

夏太后也十分不满地训斥道："你太胆大妄为、一意孤行了，那些勾栏瓦肆中的女子所生的人怎能被立为太子呢？简直胡闹！传扬出去岂不让列国人笑我大秦宫室污秽？你尽快册立嬴政为太子，对那青楼上长大的孩子就死了心吧，为娘不许你把他接入宫中！"夏太后见华阳太后走了，她也回宫了。

庄王想争辩几句却没有机会，只好把满肚子火发在赵姬身上："赵姬，你在两宫太后面前一派胡言，乱语中伤本王，目的何在？寡人不想令你难堪。你不但不领情，反而倒打一耙，简直……既然你已经恬不知耻到这种地步，也不要恨本王撕破脸皮把你干的丑事全部抖出来，让你身败名裂、遗臭万年！然后，寡人再废了你的王后之位，让你生不如死！"

赵姬脸色苍白，后悔自己低估了庄王，她想向庄王求饶，却因为慌张没有来得及说出口。庄王走了出去。赵姬无奈，也匆忙离开长乐宫，命人把吕不韦叫到长扬宫商讨对策。

吕不韦了解了事情的原委后，也很着急，训斥说："人们常说头发长见识短，果然如此，就这一次没有同我商量，就惹了这么大的麻烦，现在补救只怕也无济于事了，你等着被打入冷宫吧。"

赵姬吓出了一身冷汗，但她仍装作没事人的样子说："嘿，我才不怕呢。你也别幸灾乐祸，我倒霉了，你的日子也不会好过。大王若废了我的王后之职，也必然辞了你的丞相之职，说不定对你斩尽杀绝呢！与我私通的人只有你一个，他还怕你坏了他的名声呢！"

吕不韦见赵姬心里害怕嘴却很硬，故意威吓说："大王早有废黜你王后的心思，迫于我和宗室的压力没有轻举妄动，他想寻找你的过错都寻不到，你却主动送上门，这正合他心意，说不定会处死你呢。"

吕不韦说完，瞟瞟赵姬，又故作轻松地说："大王抓不住我一丝一毫过错，能奈我何？没有我吕不韦就没有他的今天，倘若他对我也下手，天下人的舆论就足以令他身败名裂，那些有识之士谁还愿意投靠秦国呢？人心的背向决定霸业的成功与否……"

"好啦，好啦，现在不是摆大道理的时候。"赵姬不耐烦了，"他是什么秉性的人你也清楚，还是考虑考虑退路吧，趁他还没有采取行动，赶快逃亡赵国，也许还能免除这场灾难，不然，你我都是死路一条。"

"什么？回赵国？"吕不韦摇摇头，他凝视着窗外，快速思索着飞来的横祸，他不相信庄王真的能够下狠心废去赵姬的王后之位，更不相信庄王现在会罢免他的相位，他了解庄王的性格弱点，何况现在庄王仍然需要他。当然多一心总比少一心好，自己苦心经营到现在的身家地位来之不易，绝不能半途而废，何况自己还有更远大更宏伟的目标呢。

赵姬见吕不韦半晌不说话，又催促道："你想好对策没有？实在没有好办法，咱带政儿远走高飞，效法西施与范蠡泛舟江湖、浪迹天涯，凭我的聪明智慧和你的经商技巧，成为富甲天下的陶朱公还是极有可能的……"

吕不韦抬手止住赵姬，面色阴沉地说："当务之急是先稳住大王，然后见机行动，必要时……"

"怎样才能稳住大王？"

"这就要看你的手段了。"

"我？"

吕不韦点点头："你可以亲自去咸阳宫向大王认错，求得他的谅解。他是一个优柔寡断的人，为人心慈手软，做事下不了狠心，只要你会运用眼泪，保证他会软下心来的。"

"万一不行呢？你也是知道的，他有时特别固执，认准了的事两头牛也拉不回来。"

吕不韦狠了狠心，道："索性一不做二不休，让他早一天归西，省得他整日看着政儿不顺眼，也妨碍咱俩的事儿。"

赵姬毕竟是女人，一听这话马上紧张起来，问："这，这能行吗？万一事情败露……"

吕不韦不容赵姬说下去，眼一瞪，斥道："真是妇人之见，手不毒心不黑如何成就大事？！刚才害怕他废了你，置你于死地，如今让你抢先一步动手，你又畏畏缩缩。话我已经给你挑明，做不做由你自己决定。"吕不韦说完，一甩手走了出去。

"不韦……"

赵姬想留住吕不韦，追到门口又站住了。

吕不韦听到赵姬的呼喊，但他只作没有听见，头也不回地走了。他十分清楚，对赵姬这样的女人只有心狠手辣才能镇住她，也只有用激将法才能使她按照自己的意志办事。为了更大的目标和个人的野心，吕不韦只好忍痛让赵姬去冒险。

今年的夏天似乎比往年更热。

庄王从长乐宫回到咸阳宫就满身大汗，他令侍从太监赵高给他脱去外衫换上短袖马褂。仍觉得闷热，索性连短褂也脱去，只穿一身裤衩背心。

"大王，这样会着凉的，快穿上外衣吧。"赵高提醒说。

"再穿外衣，寡人就闷死了！"庄王冷冷地说。

"大王，常言说心静自然凉，大王感到闷热，莫非有什么心事不成？胜负乃兵家常事，大王何必为一次进军失利而郁郁寡欢？再派大军东征，踏平大梁以解心头之恨就是。"

"怎么，你也来教训寡人，谁给你的权力？"

赵高见庄王面带愠色，急忙告罪说："奴才该死，奴才吃了熊心豹子胆也不敢教训大王，奴才确实怕大王着了凉。"

庄王挥挥手："你下去吧，让寡人静静歇息一会儿。"

尽管衣服已经脱得不能再脱，庄王仍觉得憋闷，也有些困乏，可能是东征兵败事务太多，操劳过度所致吧。再加上刚才听了赵姬一番无中生有的话，庄王有口难辩，生了一肚子气。

庄王在室内来回走动着，思考着两宫太后训斥的话。立储的事势在必行，立嬴政为王太子？这是庄王绝不会答应的。为了说服两宫太后，他决定把真相告诉太后，同时，他也在考虑如何废黜赵姬王后的封号，只要有两宫太后支持，宗室大臣那里的问题就迎刃而解了。唯一有阻碍的就是吕不韦，他绝不会坐视赵姬被废而不闻不问的，事情的根源就在他身上。

庄王恨吕不韦，但又不得不感激吕不韦，同时，也承认吕不韦是天下难得的人才，尽管他王位稳固，但仍需要他的辅佐，他要用吕不韦之才为他扫平东方六国、统一天下。可是，对于赵姬的事稍微处理不善就可能与吕不韦形成死敌。作为对手，庄王不止一次衡量过自己，他自愧弗如，倘若吕不韦到了其他任何一国，对于秦国都将后患无穷。

庄王正思索着这些比兵败还头痛的问题，太监来报，说王后求见。庄王一听赵姬来了，气呼呼地说道："不见，就说本王身体不适，不接见任何人！"

庄王说这话的时候，真觉得头有点懵。莫非是一身汗进来，衣服脱得太光，着了凉？

庄王话音刚落，赵姬就闯了进来，一见面就泪流满面地说："大王，奴婢向您赔罪来了。奴婢在两宫太后面前故意说几句过分的话也是迫不得已，完全是为大王着想。"

庄王气得霍地站了起来，指着赵姬骂道："你无中生有诋毁本王，却说是为我着想？简直一派胡言！寡人又不是三岁孩童，会受你的蒙骗？"

赵姬索性哭出声，一把鼻涕一把泪说："贱妾那样做只有一个目的，就是让两宫太后向大王施加压力立政儿为太子，从而打消大王废长立幼、废正立偏、废嫡立庶的想法，不至于招致宗室大臣的攻讦。"

庄王嘿嘿冷笑道："寡人真是小瞧了你，你与他人私通生下嬴政这个孽种，却假托是我赢氏骨血，你瞒得了他人岂能瞒住本王？寡人是哑巴吃黄连——有苦说不出。寡人把你们母子丢在赵国不闻不问，本想让你们母子自生自灭，想不到你们母子居然活了下来，还找到了咸阳。而且你居然想借用嬴政这野种的名义盗骗我嬴氏的数百年基业，真是白日做梦！江山社稷岂能传给外姓之人？祖宗地下有灵也会骂我是不肖子孙的！寡人明日就把你与他人私通的事告知太后，废了你的王后之位，昭告天下，立紫玉为后成嬌为王太子，也让你死了那条心。"

赵姬听了这话仿佛五雷击顶，昏倒在地。许久，她才睁开眼哭诉道："奴婢死不足惜，又怎会留恋一个有其名而无其实的王后之位呢？奴婢死前只想把憋在心中多年的委屈说出来，要杀要砍随大王的便。大王只知奴婢曾经与人有奸情，却不知奴婢有难言之隐。多年来，奴婢一直想推心置腹地把满心苦水倾诉给大王，只可惜奴婢害怕大王不相信，始终没有把心中的秘密说出来，事到如今，不说也不行了，索性把全部真相告诉大王，奴婢也就死而无憾了。"赵姬擦干眼泪，理一下散乱的发丝，沙哑地说："贱妾嫁给大王时的确不是女儿身，但也不能算是残花败柳。当我流落邯郸街头时，仅凭一琴一曲就倾倒无数富豪子弟。那时，我虽然算不上倾国倾城，却也称得上光彩照人。吕不韦收留我时他还没有遇到大王呢。他收留我的目的本来是想要为妻室，人在屋檐下不能不低头，我这么一个贱女子能够得到吕不韦那样的富商青睐也算幸运了，委身于他必不可免。可是，自从吕不韦遇到大王后，他认为大王奇货可居，不惜重金散尽，为大王谋到太子之位。为了拢住大王的心，把他心爱的女人都送给大王了。"

赵姬说到这里，又放声哭道："大王一直怀疑政儿的身份，认为政儿是贱妾与吕不韦苟且所生，甚至吕不韦也认为政儿是他的骨血，只有贱妾最清楚政儿是大王的骨肉。大王是否记得咱俩新婚后第三天的那个晚上，你我二人共进三杯酒后，大王临幸了臣妾。政儿正是那次所为的结果。"

庄王困惑地望着赵姬，挥手说道："你先回宫休息吧，也不要太伤心，更不要胡思乱想，寡人自有主张。"庄王摸摸额头，又说道，"寡人可能着凉了，现在头昏脑涨，心里也闷得慌，只想一个人静静待一会儿，你下去吧。"

赵姬一听庄王病了，立即惊慌起来，催促说："大王快让人传太医前来诊断。"赵姬说着，主动站起来摸摸庄王的额头，她立即惊叫起来，"好烫，快传太医！"

太医来了，诊断后得知，庄王确实着凉了，热伤风。

赵姬令赵高按照太医所开列的药方取了药，她亲自煎熬给庄王送上，并服侍庄王服下药后才离去。

　　吕不韦听说庄王病了，心生一计。他以探望庄王病情为名来到咸阳宫。庄王虽然内心对吕不韦十分反感，表面上还是敬重他的，他也想再从吕不韦口中揣测赵姬所说的话是否属实。因此，吕不韦一到咸阳宫，庄王立即接见，还一边赐座一边说道："寡人只是偶感伤寒，并无大碍，静养几日就会痊愈的，多谢丞相探视！"

　　吕不韦见庄王也不像有什么大病的样子，十分失望，拱手应道："大王是为兵败一事劳神伤心、操劳过度所引起的，再加上近日天气暴热，内火攻心，患病是常有的，请大王务必当心。伤寒虽是小病，但夏天患这种病却不易治愈，大王近日不必操劳国事，安心养病吧。"

　　吕不韦又叹息一声，自责说："做臣子的没有能够为大王分忧解难，以致引起东征兵败，臣自惭心愧，请大王准许臣降职三级罚俸一年，以惩臣的过错。"

　　庄王连连摇头："丞相何必自咎呢？兵败一事是本王没有听从你的忠告所致，追究起责任来应是寡人的错，丞相不必在意。"

　　吕不韦坚持道："大王也许认为臣这样做是沽名钓誉、收买人心，而臣觉得我大秦以军功为晋升的条件，如今新败，大王惩治臣能够起到惩一儆百的作用，从而激励文武官员奋起向上、积极进取。只要朝廷上下团结向上、尽心尽力，军中将士同仇敌忾、众志成城，打败东方列国、图霸中原之日就不会远了。"

　　庄王连连说好，又道："只是这样做太委屈丞相了，寡人于心不忍呀！"

　　"大王不必客气，大王对臣情同手足，信爱有加，臣怎敢对大王有一丝一毫的懈怠呢？当初在邯郸街头与大王邂逅之时，臣就看出大王虽是落魄之身，但具有明君英主的风范，才使臣甘愿倾家荡产追随大王左右，如今虽然达到当初的预想，但与大王的宏图大业相差甚远，凭大王的英明与睿智，有生之年统一天下并不是幻想，臣一定不负厚望，尽薄才成就大王心愿。大王成为开国之帝，臣也就实现成就一番功业的目的了。"

　　庄王一听吕不韦提及往日之事，立即试探说："寡人在穷困潦倒时承蒙丞相鼎力相助才有今日，至于丞相所说的寡人能否成为开国之帝还有仗丞相辅佐，万一寡人帝业不成，这统一大业只好留给宗祧之君了。"

　　说完，庄王装作无心的样子，回头问道："以丞相之见，继承宗祧之人选哪位王子更合适？"

　　吕不韦当然明白这是庄王在试探他，故意装作不知："当然是长子嬴政，让他承袭王位既合王制也合宗制，他为嫡为长，至于贤么，依臣所见他也一定会同大王一样明智贤能。"

　　庄王不动声色地说："可有人私下议论说嬴政不是寡人的骨血。"

　　"嬴政是不是大王的骨血大王自己难道不知？如果大王实在记不起来，何不亲自问问王后？大王不必轻信谣言，这话大王万万不可乱说，传扬出去有损王室声誉。臣对王后十分了解，她虽然曾一度沦为歌女，但卖唱不卖身，为人正直，作风正派，种种传言均不可信。"

庄王哈哈一笑："寡人是随便问问，寡人也不相信，如果寡人不相信赵姬，又怎么会立她为后呢？不过，人言可畏呀，寡人虽贵为秦王，也是平常之心，忧谗畏讥是自然的。"

吕不韦害怕这样谈下去庄王会提出令他尴尬的问题，便找个借口告辞了。吕不韦来到门口向赵高使个眼色，赵高会意，随他来到偏房，吕不韦随手掏出一块丝巾塞给他，小声说道："按丝巾上所写去做，我会及时接应你的。"

赵高来不及翻看便揣进怀里，吕不韦见四下无人，这才匆匆离去。庄王本来只是热感冒，可自从吕不韦探视那天起，他的病不仅不见好转，反而一天天加重了，不到一个月，庄王已经瘦得不成人样，连下床的力气也没有了。

庄王虽然奄奄一息，但头脑还是清醒的，他知道自己病入膏肓，不久就要离开人世。望着高大的宫殿，他很不甘心。祖父昭襄王活了七十五岁，在位五十六年，父亲孝文王虽然在位短暂，毕竟活到了五十四岁，而他呢，今年才三十五岁，费了九牛二虎之力登上王位，满打满算至今不足三年。

庄王决定把王位让给子傒的后人，也许只有这样才能免除子孙的灾难。

"来——人，来——人——"庄王有气无力地向空荡荡的大厅喊了几遍，才跑上一个小太监，庄王生气地问道："怎么才来？赵高呢？"

"回大王，赵高到前面观看太子册封仪式去了。"

庄王大吃一惊，忙问道："谁在册封太子？立谁为太子？"

"难道大王还不知道？当然是丞相和两宫太后在册封太子，立嬴政为王太子。"

庄王只觉得一阵眩晕，差点昏厥过去，继而猛烈地咳嗽起来。小太监急忙扶住庄王，边捶背边连声喊道："大王，你怎么了？大王，你怎么了？"

庄王止住咳嗽，摆手说道："我不要紧，你，你快去把丞相喊来，就说我有要事找他。"

小太监走后不久，吕不韦进来了，不等庄王开口，吕不韦主动问道："大王有事找我？什么事，快说吧，臣还有要事处理呢。如今大王重病在身不能料理朝政，内外大事全由臣一人处理，实在忙得抽不出身来陪大王，请大王见谅。"

庄王喘口粗气问道："寡人问你，册立太子的事为何不上奏寡人你就自己做主？寡人什么时候说过立嬴政为王太子？"

"大王息怒，臣见大王病得厉害，册立太子这等小事怎敢轻易打扰大王？臣已经奏请两宫太后，太后同意立嬴政为太子。"吕不韦逼视一眼庄王，又似笑非笑地说："大王没有说过立嬴政为太子，可也没有说过不立他为太子，我这样做也不算违逆大王之意吧？"

"哼，寡人现在已经决定立成蟜为太子，你速传寡人的旨意，重新册立太子。"

"嘿嘿，大王这一决定不合祖制，废长立幼，废嫡立庶，恕臣不能遵行。"

庄王见吕不韦语气冷淡、公然抗命，早已怒不可遏，向门外喊道："来人——来人——"

"大王，别喊破了嗓子，那样会流血的，流血的滋味不好受哇，如果连送口水的人都没有，痛苦的劲儿不亚于大王当年流浪邯郸街头。"吕不韦故意慢条斯理地说。

庄王知道自己周围都换上了吕不韦的亲信，他再喊也不会有人来了，只好强硬地命令道："寡人再说一遍，命你立即废去嬴政的太子之位，立成蟜为储君！"

"大王，这是何苦呢？嬴政和成蟜都是你的儿子，何况嬴政是长子，是嫡出！"

"嬴政不是我的儿子。"庄王怒言道。

"那他是谁的儿子，莫非是我吕不韦的儿子？"吕不韦故意用刺激性的话气庄王。

"跟我睡过觉的女人太多了，我都记不清了，既然大王说嬴政不是你的儿子，那他一定是我的儿子喽。是我的儿子，我当然要让他成为太子，做大秦国的国王，将来还要让他把国号也改了，从此嬴秦就变成了吕秦，哈哈哈！"

庄王猛烈地咳嗽起来，眼前一黑，昏倒床上。

吕不韦看看倒在床上的庄王，走到门口，对守在外面的赵高说："看紧一些，没有我的命令任何人不准入内探视，包括两宫太后。一旦归天，立即禀报我！"

吕不韦说完，头也不回地走了。庄王再次苏醒时已是深夜，他借着昏暗的灯光摸出一块白丝巾，咬破中指在上面写下三行字："立成蟜为王太子，嬴政非本王子嗣。秦庄王子楚遗命。"

庄王把丝巾折叠后揣在怀里，然后向门外喊道："来——人——，口渴——"

庄王反复喊了多遍才走进一人，庄王一看又是那个小太监，迟疑片刻问道："你叫什么名字？什么时候来这里的？我先前怎么没有见过你？"

小太监立即恭敬地答道："奴才叫丁宝，刚进宫不久，是赵高让我在此代他侍候大王的，大王有什么事尽管吩咐。"

庄王试探着问："这么说你也是吕不韦派来监视寡人的？"

小太监"扑通"跪倒在地："大王明鉴，奴才只奉命侍候大王饮食起居，绝没有监视大王之意。"

"本王早已被人监视，你知道吗？"小太监点点头。

庄王叹口气："本王将不久于人世，本王死不足惜，只可惜我大秦社稷从此落入奸人手里，嬴氏祖先几百年的基业葬送我手上，我死不瞑目呀！"

庄王说着，早已泪流满面。

丁宝跪在床前，一边陪着庄王流泪，一边无可奈何地说："奴才无能，不能为大王除去奸人，望大王恕罪，如果大王想把什么话带出宫外，奴才一定拼死做到！"

庄王这才从怀里掏出丝巾，边递给丁宝边叮嘱道："这是寡人写的遗诏，请你想方设法带出宫，交给章台宫大臣子傒，如果你见到子傒后本王没死，让他立即入宫见我，倘若我已死去，就让他按诏书所写去做，铲除吕不韦党羽，立成蟜为王。"

丁宝双手捧过遗诏，连叩三个响头才小心翼翼地揣进怀里。丁宝转身要走，忽然看见背后站着一个人，吓得两腿发软，跌坐在地上。

"拿来——"赵高命令道。

"拿，拿什么？"丁宝结结巴巴地说。

赵高朝丁宝脸就是一个响亮的耳光："你小猴崽子还敢嘴硬，你干的什么老子都看得一清二楚。"

赵高不由丁宝争辩，从他怀里把那块丝巾拽了出来，扫了一眼，在庄王面前抖了抖，讽刺说："大王太不聪明了，这块破丝巾也能保住你们嬴氏的江山社稷？如果真有那么大的作用，由我来代你保存。"

"赵高，你——"庄王气得说不出话来。

"大王，请放心，我绝不会把它交给吕不韦的，我自己收藏着，说不定将来还能派上用场呢。"

"来人，把丁宝押下去！"赵高向门外吆喝道。庄王看着丁宝被押出去，绝望地大喊一声："吕不韦，你不得好……""死"字还没说出口，就吐血而死。

赵高一边藏起丝巾，一边派人把庄王的死讯报告吕不韦。吕不韦得知庄王已死，长长舒了一口气。他又一次谋划成功，一切都朝着他设想的方向发展。

在吕不韦的操纵下，年仅十三岁的王太子嬴政承袭王位，给庄王上谥号秦庄襄王，尊母亲赵姬为王太后，吕不韦官封原职，仍为丞相，除了已封为文信侯外，沿袭齐桓公对管仲的尊称，尊吕不韦为仲父，这是君王对最亲近的重臣最崇敬的称呼，近似于第二父亲的意思。

这一年是公元前247年，即秦庄襄王三年。

巍峨壮观的信陵君府第，今天比往日更加热闹，车来车往，人欢马喧，进出宾客除了魏国的公卿上将外，还有来自东方各国的使臣、谋士。

编纂已久的《魏公子兵法》正式完工，信陵君择定吉日犒劳编写兵法的门客，宴请前来求取兵书的使者。

大厅前的几案上摆满用丝绸捆扎的竹简，信陵君红光满面，频频举杯向众人劝酒，各国使者更是争先恐后地上前祝酒。正当众人喝到兴头上时，守门人来报说秦国使臣李斯求见。众人都是一愣，刚才喝酒的兴致荡然无存，酒樽放了下来，把目光投向信陵君。

"这位秦使李斯是什么人？"信陵君问左右门客。

众人你看看我，我看看你，谁也不知道李斯的来历，只有大将朱亥粗声说道："君侯，管他李斯是什么来路，让在下出去一锤送他去见阎王老爷就是。"

"万万不可！"一个叫颜恩的急忙劝阻说，"自古都是两国交兵不斩来使，如今秦国庄王刚逝，新君初立，华州一战被我国打败，元气尚未恢复，此时秦国使臣到来只能是好事，绝不会是坏事，以臣之见可能是向君侯求和的。既然如此，为什么不见呢？"

被带上宴会大厅后，李斯上前向信陵君施礼说道："我奉丞相之命前来与贵国息兵修好，听说君侯所编纂的兵书大功告成，特来祝贺。我家丞相一向看重君侯的品质和为人风范，特让在下向君侯献上薄礼一份、书信一封，以表示敬慕之情，请君侯务必笑纳。"

李斯说完，恭敬地献上礼单和书信。信陵君看也不看，径直说道："我与吕不韦素昧平生，更无私交，所送书帛与厚礼恕不能接收，请你带回秦国吧。至于两国讲和一事，可以考虑。只要秦国有诚意，孤会奏请大王同意。"

李斯再拜说道："多谢君侯英明，臣还有一事恳求。我家丞相仰慕君侯之名，早有结识之意，无奈一直没有机会，内心实感遗憾。如今两国即将结为友好邦邻，从此和睦相处，如同一家，丞相想请君侯携国书出使秦国，共商睦邻友好一事，也可趁此结交君侯，畅叙思慕之情，请君侯一定答应，丞相定会亲自驱车迎至函谷关外。"

信陵君尚未开口，他手下的朱亥就高声阻拦道："侯爷不可答应，秦人多诈，从来没有讲信用之人！"

其他门客也纷纷劝阻。信陵君也不愿前行，就对李斯说："与秦结盟，出使秦国的事不是我一人能够做主的，须奏请大王许可。此事等到孤与大王相商之后再定，你可以先回去了。"

李斯仍然站着不动，执意说道："这等小事君侯一人就可以做主了，何必多此一举奏请魏王呢？我在秦国时就听说东方各诸侯国的将领都唯信陵君马首是瞻，众人慑于信陵君的权势与威望，正打算共同出面劝谏安釐王退位，拥立君侯为魏王呢。来到大梁后，也在街头听老百姓传言魏国最有资格称王的不是安釐王，而是信陵君，据传言，安釐王也很有自知之明，正准备让贤呢。不知是否有这回事？"

李斯说完，十分认真地盯着信陵君，然后又转向众宾客，似乎在等待众人给予肯定的答复。

众人正不知如何回答，猛听堂下一声响亮的吆喝："何人在此胡言乱语，还不快把这厮拿下！"

众人回头一看都吓了一跳，吆喝之人是魏王的贴身侍卫，再仔细一看更是吃惊，魏王正身着便衣站在旁边。众人急忙离席施礼，信陵君也急忙起身让座，致歉说："不知大王到此，迎接来迟，请恕罪！"

安釐王径自走上台阶，一边坐下一边冷冷地应道："不知者不罪！寡人今天闲得无聊出宫走一走，路过你府第时见里面如此热闹，顺便进来看看。"

安釐王嘴上这么说，心里却不是这样想：哼，幸而有人报告，否则我还不知道你背后都干了些什么呢？沽名钓誉！

李斯和安釐王的到来看似巧合，实际这是吕不韦为了铲除信陵君精心设计的圈套。吕不韦在派李斯出使魏国之前，就令门客携重金潜到魏国，找到晋鄙的亲属与部将，重金贿赂他们，让这些人四处散布谣言，说信陵君有取代魏王的野心，他聚集门客编写兵书的真正用意是博得诸侯的支持，由诸侯出面拥戴他为王。为了让安釐王信服，李斯到达前故意派人把他私下准备会见信陵君的消息泄露给安釐王，说信陵君为了征得秦国支持，早与秦丞相吕不韦有私通。恰好李斯赶到的时候安釐王也来到府门前，他就随着李斯的车马进入府内，守门人还以为是李斯的随从呢。

信陵君见安釐王面带不悦之色，估计他对自己有所猜疑，为了表白忠心，急忙把几案上的礼单与国书递了上去："大王，这是秦使所献礼物及国书，臣尚未启封，请大王过目！"

安釐王拆开密封的锦帛，只见上面写道："公子威名，播于天下，天下侯王莫不倾心于公子。秦君新丧，举国节哀，承蒙公子结好之心，国人共谢！公子诚心致秦，秦岂有不奉公之心？公子位北面南之日，秦礼当拥戴。但不知魏王何日让位，是主动引退，还是诸侯择日遣责迫使引退？需我秦国再做何举尽说与使者！引领望之，不腆之赋，预布贺忱，惟公子勿罪！"

安釐王看毕，面色由红变青，气冲冲地掷到信陵君面前："还是留着你自己看吧！"

信陵君拾起一看，忙辩解说："秦人奸诈，此书意在离间我君臣关系，大王不必信以为真，待臣杀了这秦使以表白我的忠心。"

"那倒不必了，忠与不忠全在你的心，杀了一名使臣并不能说明什么，反而会给我国惹来不必要的麻烦，降低魏在诸侯间的信誉，你尽可做出答复。"

信陵君知道多说无益，立即命令左右侍从取来笔墨与锦帛，当着安釐王的面写道："无忌与魏王君臣之宜，实为手足之情，受寡君不世之恩，糜首莫酬，南面之语实属诽谤之辞。秦有邦交之心可喜可贺，必勉力而为，结友好之心。若意在离间我君臣、搬弄是非，定兵戎相惩，讨还公道！魏公子无忌顿首。"

信陵君把书信封好，交给李斯，呵斥道："快把你所带的金币原封不动运回，告诉你家丞相，诚心结盟我国拍手相迎，若有非分之心，一定率大军踏破函谷关荡平秦廷，讨回公道！"

安釐王也呵斥说："还不快滚，再胡言乱语、扰乱我君臣之心，杀无赦！"

李斯见好就收，深施一礼，退了出去。

众人上前为安釐王祝酒，安釐王哪有心思饮酒，扫视一下各国使臣及朝中大臣，冷冷地说："寡人身体不适，先告辞了，尔等痛饮吧！"说完，头也不回地走出大厅。

信陵君见魏王走了，也没有心思饮酒，便让门客代陪，自己也下去了。

一场热闹的庆功宴不欢而散。

安釐王回到王宫，太子增见父亲闷闷不乐，上前请安询问缘故，安釐王不无忧虑地说："孩儿近来听到什么传说？"

"儿臣听到两个传说，不知与父王所说的是否相同？一是秦国君王去世，主动派使臣与我国通好，二是信陵君组织门客编写的兵书大功告成。这两件事都是可喜可贺的事，父王为何闷闷不乐呢？"安釐王叹息一声："你只知其一而不知其二，秦国主动修好固然是好事，可为什么使臣不把国书送到朝廷而直接送交信陵君府？信陵君借编纂兵书之名与各国诸侯频繁来往，还借为列国谋利之名沽名钓誉、收买人心。近日我接到多方奏报，说街头纷纷传言列国君臣还一致怂恿信陵君承袭王位取代寡人，甚至有人直接规劝寡人退位让贤。"

安釐王说着，"啪"的一声把一摞竹简摔在儿子面前："你瞧瞧上面都写了些什么，你可派人查一查这是哪些人所为。"

太子增匆匆浏览一遍，若有所思地说道："依儿臣所见，多半出自信陵君门客之手，说不定这些竹简就是信陵君指使门客写的呢。父王准备如何处理呢？"

"为父并不担心信陵君将取我而代之，我担心的是，为父已经年老，还能够执掌王位几天？一旦我死之后，由你来继承王位，到那时，你有何德何能去威服信陵君呢？众人呼声一起，即使信陵君没有取代之心意，你也无法收拾局面，我苦心经营的家业必然落到信陵君之手。"

太子增一听父王分析得有道理，便说道："干脆现在就干掉信陵君，免得夜长梦多。只要信陵君一死，那些门客自是树倒猢狲散，就不足虑了。"

安釐王连连摇头："你把事情看得太简单了。如果能够轻而易举除去信陵君，我早就做了。信陵君在国内及诸侯中的威望超过你我，杀了他只怕会引起众怒，那才是引火烧身呢。也许还没有除去信陵君，你我父子就惹来亡国之祸。"

太子增一听，大惊："那如何是好呢？"

"如果能让他主动提出辞请，然后顺水推舟免去信陵君在朝中的一切大权，让他在府中颐养天年就好了。这样做既不会激起众愤，也不会引发内乱，一旦外敌入侵，还可以重新任用。"

安釐王说到这里，又叹息一声说："信陵君之才国内没有能出其右者，就是在诸侯之间能与他匹敌的也是寥寥无几，人们把他列为四君子之首是有一定道理的。我魏国能有他来主持朝政实际上是魏国的福分，寡人也不想除去他，可他又是威胁王权的隐患，防患于未然是每一个当权者昼夜所思虑的事。"安釐王看看太子增，道："儿啊，你应当培养自己驾驭权谋的心术，凡事三思而后行。能不动声色地铲除敌手、达到目的，将来才有可能在诸侯国之间立得住、保住祖宗的祭祀代代传下去。"

太子增对父亲的这几句话并不赞成，心里道：你只会教训我，而你自己不也把魏国治理得一塌糊涂吗？秦兵几次入侵，失地又损兵，如不是信陵君"合纵"救援，只怕现在的梁已成为秦国的郡了。太子增为了不让父亲小瞧，也搜肠刮肚想主意，突然他失声笑道："父王，儿臣想出一个让信陵君主动辞请的妙计，不过，这还需要您的协助。"

太子增把自己的想法说出后，安釐王陡然变脸说："这，这能行吗？万一不慎为父的命可就搭了进去。"

太子增笑道："父王放心好了，让儿臣亲自策划，保证不伤父王一根汗毛，还能达到父王的目的。"

安釐王想不出更好的办法，只好让儿子试一试。

夜已经很深了，只有报时的更鼓懒洋洋地响着，偶尔夹杂几声犬吠。大梁宫的值班内侍常规性地巡视一遍便走回值班房。他们刚刚离去，一个黑影从殿堂上面跳下来，蹑手蹑脚来到安釐王寝宫，轻轻用刀撬开门，侧身挤了进去，然后抽刀狠命朝玉罗帐内砍去。只听"嚓"的一声，刀砍在硬硬的床板上。

安釐王迷迷糊糊刚要入睡，猛听身边有响动，睁眼见一个黑影正举刀要砍，立刻翻身滚入床后的青铜防卫板，然后一边拔剑一边喊道："抓刺客！抓刺客！"

黑衣人见魏王躲了起来，知道刺杀不成，便转身退去。这时，闻讯赶到的内廷侍衛把他圍了起來。為了活命，黑衣人拼命揮劍衝殺，妄圖殺出重圍，終因寡不敵眾束手被擒，他身上也受了幾處傷。太子增聞訊趕來，一見父王安然無恙，長長松一口氣，對內侍衛呵斥道："深宮要地豈可當兒戲？一定要加強防衛，不可有半點疏忽大意，倘若再有類似事件發生，我宰了你們全家！"

"是！"

太子增掃一眼黑衣人，又對兩邊押解侍衛說："連夜突擊審訊，查出其同黨及主謀人，一定將凶手一網打盡！"審訊進行得十分順利，僅用一遍大刑，刺客就招供了。

審訊人員把口供呈給太子增，太子增看後拍案罵道："真是知人知面不知心，父王如此善待信陵君，授予上將之職、丞相之位，掌管魏國軍政大權，而他仍然不知足，竟派刺客行刺父王，想乘亂取而代之！"

"來人！"太子增提高了嗓門，"去把信陵君請來，我要當面質問他。"

天剛微明，信陵君剛剛起床，正在進行晨練。這是他每天的必修課，已經堅持了十幾年，天天練一個時辰的武功，既可強身健體，又不致使武功荒廢。

晨練剛結束，還沒來得及吃早飯，就接到宮中的探馬來報，說昨晚有人行刺魏王，有重要的事同他相商。

信陵君飯也沒吃，就匆匆趕到宮中。一見面，信陵君還沒來得及問安，安王就冷冷地嘲諷道："寡人命大福大，僥幸脫險，你感到意外吧？"

信陵君被問得一愣，虔誠地說道："大王安然無恙是我魏國的福分，臣只能感到幸運，怎麼會覺得意外呢？王兄說笑了。"

"這不是你的真心話吧，你現在最關心的是凶手是否被擒，陰謀是否敗露吧？"

信陵君見魏王態度冷淡，而且話中有話，估計行刺的事可能牽連自己，索性直接問道："大王有什麼話直截了當說吧，臣弟愚笨，聽不懂王兄言外之意。"

安釐王把臉一沉，對太子增說道："增兒，把刺客的口供給他看看！"

信陵君接過口供一看，氣得差點昏倒在地——竟然說是他指使門客重金收買刺客到宮中行刺的！這是信陵君萬萬沒有想到的。他強壓住心中的怒火說道："請大王允許臣弟親自審訊刺客，我要問問他到底是哪個門客重金收買他來行刺大王的，一旦查出，也好向大王交代。"

太子增陪同信陵君來到審訊室，信陵君將滿身傷痕的刺客仔細打量一番。他發現從來沒見過這人，便厲聲喝問道："何人指使你行刺大王，快從實招來！"

"侯爺，不是你讓小人入宮行刺的嗎？怎麼又問起小人來？"信陵君一拍桌子，"大膽，本侯爺根本不認識你，你膽敢口出狂言，誣陷侯爺，罪加一等，不怕诛灭满门吗？"

"小人怎敢打诳语欺骗侯爷，虽然不是侯爷亲自让小人入宫行刺，但是那位指使的人是侯爷的门客，他对小人说是奉侯爷之命请小人去做的，先付一半定金，说事成之后侯爷就可登上王位。到时不仅付还另一半定金，还给小人一个官做呢！"

"你，你，你快说那门客长得什么样，叫什么名字？"

太子增见信陵君气得发抖，暗暗冷笑着从旁催道："快说，究竟是哪位门客，君侯门客不下千人，你可不能诬陷好人。"

刺客挠挠头，做出仔细回想的样子："那人高高的，略有点瘦，满脸络腮胡子，说话声音有点沙哑，叫什么名字小人实在记不起来了。"

信陵君又一拍桌子："能够记住一个人的长相却记不清他的名字，分明是胡搅蛮缠，来人！动大刑，不动大刑他是不会说实话的。"

"侯爷饶命，小人不是记不清那人的名字，实际上那人根本就没有说出自己的名字，他只说是侯爷的门客，小人也曾询问他的名字，他把小人训斥了一顿，说该告诉的都告诉了，不该告诉的不能问。让小人只管做事，不能乱打听，否则就不付另一半钱，小人也就不敢问了。"

"用大刑！看你再不老实交代就让你求生不能求死不得。"

信陵君话音未落，太子增就阻止道："他昨天招供的内容和今天招供的内容完全相同，已经动用过大刑，再用大刑只怕会逼出假供词的，那才是屈打成招呢。莫非叔叔希望他说出假的供词不成？我看今天就审到这里吧，再审也审不出那幕后操纵之人，那人不会傻到收买刺客时还告诉对方自己的真实姓名吧？"

信陵君听出太子增话中的嘲讽意思，又气又恼，却也无处发泄，只好站起来冷冷说道："我回府审问所有的门客，一定给大王一个满意的交代。"

太子增哈哈一笑："叔叔不必气恼，父王绝不是怀疑叔叔会派人行刺他，假如叔叔真有谋害父王之心，何必采用这种卑劣的手段呢？凭叔叔在诸侯中间的声望，只要向父王提出，父王敢不让位？父王十分相信叔叔的忠诚，但叔叔府上门客不少于千人，鱼龙混杂，什么样心思的人没有？也许有人诚心挑拨叔叔与父王的关系，故意假借叔叔之名收买人入宫行刺也未可知。谨望叔叔细心盘问，争取查个水落石出，否则此事传扬出去，即使父王不治叔叔的罪，其他王公大臣也会谴责叔叔手握重权、怂恿门客图谋不轨。到那时，父王也无法向朝臣交代啊！"

信陵君回到府第，立即召集所有的门客，质问何人借用他的名义重金收买刺客入宫行刺。

门客听后都十分吃惊，却没有人承认收买刺客行刺魏王的事。信陵君又按照那刺客描述的人的相貌查问门客，也没有什么结果。

信陵君十分恼火地说："你们追随我多年，我是什么人你们难道不明白吗？不是为了抗击强秦保住魏民的祭祀，我怎么会回到魏国？不是为了振兴魏国联合东方诸侯一致对秦，我又怎么会接受魏王的封赏、执掌军政大权呢？我这样做绝不是从一己之私出发，而是迫于强秦的虎视眈眈，想为国家做点事，免于强秦的入侵！可你们这样做是毁了我的声誉，毁了我一生的英名，离散我君臣关系，破坏我兄弟之情，最终也毁了魏国。"

大厅内鸦雀无声，门客们都在低头想着心事。

信陵君等了许久，见无人回答，又挥挥手说道："不说也罢，即使说了我也不会把你们送交魏王接受惩罚的，一切责任都由我一人承担吧。"

信陵君让众人散去，准备一人入宫请求治罪，这时一位门客前来说道："君侯何必前去受辱呢？"信陵君一边请他上座，一边恭敬地问道："无忌愚钝，请先生指教。"

这位门客分析说："盗用公子之名行刺魏王的人只有三种可能，其一是秦国派来的奸细，这样做可以起到一箭双雕的作用，不论行刺成功与否都能离间你们君臣关系，让你们君臣互相猜疑，其目的在于用借刀杀人之法除去公子，那样秦国攻打魏国就没有能够抵御之人了；其二是公子的门客或亲友所为，目的在于刺死魏王由公子取而代之，想法虽好，却适得其反，害了公子也害了魏国。"

"那么其三呢？"

门客略一迟疑，说道："其三只是我的臆测，可能性不大，也许是我'以小人之心度君子之腹'，还是不说罢，公子听了可能伤了你们兄弟之谊。"

信陵君见门客说话吞吞吐吐，便更想知道，坚持道："先生但说无妨，我只是听听，未必相信，绝不会放在心上的。"

门客无奈，这才说道："也许是魏王故意用的苦肉计。"

信陵君大惊："这又何必呢？"

"当然是想让公子交出兵权。公子树大招风，功高震主，如今外界纷纷传言诸侯一致推拥公子为王，将取代安釐王，魏王宁可信其有不可信其无，防备之心油然而生，盗用公子之名入宫行刺，这是一个不大也不小的罪名。虽然查无证据，但有口供在，进一步可治罪，退一步也可不治罪，这就要看魏王的态度与公子的所作所为了。"

"请先生再说明白些。"信陵君局促不安地恳求道。

门客点点头："那好吧，假如行刺一事是魏王的苦肉计，其目的当然是诬陷公子，让公子知罪而退，让出大权。倘若公子按照魏王的要求做了，让出兵权，魏王不会治罪的。倘若公子不能参透魏王之心，那么公子就危险了。"

信陵君考虑再三，终于接受这位门客的建议，到安釐王那里请辞。安釐王听说信陵君前来请辞，大喜，但仍假惺惺地劝阻说："王弟，你不必过于悲伤，为兄当然知道那刺客不可能是你指使的，至于是否是你的门客，那就难说了。寡人无心将你治罪，可对于朝廷百官实在无法交代呀，你引咎请辞也好，暂时可以堵一堵百官的嘴，人言可畏，人言可畏！等过一段时间这事平息后，寡人再把收回的权力交给你，仍由你执掌军政大权。"信陵君什么也没说，默默地告辞了。

安釐王望着信陵君渐渐远去的矮小背影，和太子增相视一笑，发出胜利者得意忘形的笑声。

太子增为了进一步在父王面前显露自己的政治智慧，又向父亲提醒说："父王不可高兴太早，信陵君虽然被解除了大权，但他手下的亲信朱亥仍然掌握着兵权，这人可是什么事都能干得出来的，也是信陵君的死党，当年，他为了信陵君击杀大将军晋鄙，将来……"

安釐王听出一身冷汗，不待儿子说下去，就急忙问道："我儿可有什么除去他的妙计？"

太子增诡秘一笑："请父王放心，这事包在孩儿身上了！"

【第六回】

遭戏辱朱亥触柱，登荣宠甘罗使国

空旷的殿宇中间端坐着祖孙二人，雍容华贵的祖母刚才不知讲到什么伤心之处，眼角还有泪痕。她微微叹息一声说："好孙儿，咱嬴氏的江山就交给你了，真难为你了，你才是一个十多岁的孩子。一个孩子应该享受的天真、烂漫、童趣与撒娇只能与你无缘了，你不是大人却要做大人也难能做到的事。祖母也不想让你一个孩子过早地承担太重的人生负担，可是，这是没有办法的事呀，奶奶可以帮你承受痛苦，却不能代你做君王呀！"

嬴政揉揉红肿的眼睛说："祖母，仲父说孙儿有失君王的尊严……"

华阳太王太后一本正经地说："仲父训斥你是对的，做君王的应有为君之道，本着明君英主的风范行事。"

嬴政困惑地望着华阳太王太后，问："祖母，什么才是明君英主的风范呢？"

华阳太王太后一时语塞，想了想说："就是像三皇五帝那样，能够任人唯贤，以德服人，凡事为百姓着想，讲究礼仪法度，用仁爱之心统御百姓，使老有所养，幼有所育，鳏寡孤独者有所依，青壮劳力者有所用。"

正在此时，传事太监前来报告，说有外国使节到，请嬴政回咸阳宫接受朝拜。

嬴政不愿离去，嘟囔道："仲父不在那里吗？由仲父代理就是，何必要我亲自去呢？"

华阳太王太后见嬴政对朝政并不热心，十分着急，皱皱眉头，耐心劝说道："政儿，你虽然是个孩子，但要明白自己的身份，你是咱大秦国的君王，对外是秦国的象征，外国使节到此，当然要朝拜你，他们向你行国礼，就是向咱大秦国行礼，你是国家的代表，不去怎么行？这事任何人都不能代劳，包括仲父和祖母在内。"

嬴政仍然快快的，不愿离去，索性说道："祖母，我不当这君王了，让给成娇弟弟吧。"

　　华阳太王太后一听嬴政说出这些没头没脑的话，气得嘴唇发抖，把脸一沉，气恼地呵斥道："放肆！再说这类似的话按家法惩处！愣着干什么，还不快去，误了时辰仲父又要骂你。"

　　嬴政见祖母真的生气了，这才极不情愿地离去。

　　华阳太王太后望着嬴政的背影，心里道：玉不雕不成器，要把这孩子领上为君的正道不下一番苦功夫是不行的，而这个担子只有自己去挑。她暗暗下定了决心。

　　嬴政来到咸阳宫祈年殿时，众人已经等候多时了。吕不韦当着满朝文武的面，毫不留情地训斥道："大王应当遵守法度，这样隆重的朝拜仪式先王都不敢轻视，必须准时到场，冷落了外国使节造成的后果何人担得起？大王傲慢无礼，不懂礼仪，传到诸侯中去，岂不有损大秦的威望？类似的事绝不允许再次出现！"

　　嬴政来时窝了一肚子火，现在又被吕不韦训斥一顿，便恼怒地顶撞说："太王太后有事让我去一趟，我岂能不去？"

　　吕不韦见嬴政拿太王太后压他，气不打一处来，心里道：小小年纪就如此蛮横，一旦长大之后还得了，还把我这个当父亲的放在眼里吗？于是他提高嗓门呵斥道："这是国宾大礼，太王太后也无权干涉，后宫不干预朝政，这是祖上传下来的规矩！"

　　嬴政更不服气，也大声说道："不就是一个魏国使节吗，有什么值得兴师动众的？就是魏王来了我高兴就接见，不高兴就不见，他能奈我何？只要我派大兵东征，大梁早晚也是我大秦的一个郡县。"

　　吕不韦气得直跺脚，恨不得给嬴政一巴掌，不过，他抬起手又放了下来，骂道："狂妄无知的小子，信口开河，一点不懂为君之道，简直是一块无法雕琢的藤木！"

　　嬴政被骂个狗血淋头，"哇"的一声哭了，他还边哭边说："这个大王我不当了，你另找他人吧！"

　　吕不韦眼看魏国使臣就要走上来了，见嬴政还在哭，又气又急："不许哭，再大的委屈回到寝宫后再哭！当不当君王不是你自己可以做主的，准备接受朝拜！"

　　吕不韦给嬴政抹一把脸上的泪水，急忙退坐在旁边，这时，魏国使臣恰好走上台阶，恭敬地上前施礼说道："魏国使臣朱亥奉魏王之命递送国书，愿与大王结为友好邻邦，从此两国永不言兵！"

　　吕不韦替嬴政说道："把国书呈上来！"

　　朱亥献上国书，嬴政接过来胡乱扫上几眼，然后递给吕不韦。吕不韦匆匆读一遍，说道："魏王识时务，不失为俊杰，能够接受我大秦的建议主动议和，这是秦、魏两国百姓的福分，至于议和结盟一事，有待进一步磋商，朱将军暂在广成传舍休息几日，以解旅途之乏。"

吕不韦又小声对嬴政说道："这人就是信陵君帐下最勇猛的大将，十多年前，信陵君盗窃兵符夺取兵权援救赵国时，就是他一锤打死魏国大将晋鄙。此人虽是杀猪宰牛的出身，但有勇有谋，可称为魏国第一猛将，秦、魏两国交战，我国有许多战将都死在他手下。常言说千兵易征一将难寻，大王可赐给他高官厚禄，劝他留在我国。"

嬴政上下打量一下朱亥，见他虽然是文官装束，却掩饰不住武将的风度，肩宽臂长，虎背熊腰，有万夫不当之勇。于是，他装着大人的腔调问道："朱将军，本王很欣赏你，你愿意留下来在我秦国供职吗？只要你答应，本王封你为大将军。"

吕不韦也劝说道："秦国之强是任何一个诸侯国都无法相比的，朱将军留在这里一定有用武之地。凭你的军功，封侯是不在话下的。封妻荫子、荣宗耀祖，这是任何人都梦想的，望你不要错失这个机会。"

朱亥急忙辞谢说："多谢大王及丞相美意，我朱亥不是见利忘义、见异思迁之人，怎能为了个人的得失做出背叛国家与祖宗的事呢？魏国虽弱，但有信陵君在，魏国一定能强大起来。任何有窥视我王土之心的人，首先要问一问我朱亥的铁锤是否同意。"

吕不韦一听朱亥提到信陵君，马上说道："据我所知，将军出使我国之前信陵君已经被罢免了职权。"

"不，是信陵君主动请辞！"朱亥纠正道。

吕不韦哈哈一笑："请辞也好，罢免也好，总之，信陵君已经失去了职权，像信陵君如此声名远扬且有功于魏国的人，魏王都不顾手足之情将他罢免？魏王一向心胸狭窄，嫉贤妒能，连信陵君都容纳不下，又怎能重用将军呢？将军不要忘了，你是信陵君的亲信，曾经锤击魏王心腹大将晋鄙，魏王碍于信陵君的情面才没有将你治罪，如今信陵君失去大权，将军可就危险了。"吕不韦见朱亥面露忧郁之色，又进一步说道，"女为悦己者容，士为知己者死。你们魏人在魏国不受重用而为我秦国所用的人也屡见不鲜，张仪、范睢不都是布衣之士嘛，来秦后升迁为相、封爵封侯、光耀史册，朱将军何不效法他们呢？"

尽管朱亥内心十分痛苦，但他仍仰起头毅然坚定地答道："恕在下不能应允。人各有志，朱亥纵然被人处死，也甘愿死在魏王之手，绝不落个叛主背国的骂名。"

吕不韦连连摇头："将军真是愚忠，当今时代，人人积极进取，择明主而仕，建功立业，做一番惊天动地的大事。国家的界线已被打破，各国人才交互流动，选择最适合自己发展的地方而居，不足为怪，他人也无可厚非。何况天下形势分久必合，合久必分，如今列国争雄已是强弩之末，需要一位雄主站出收拾残局，一统天下。遍览七国，唯有我西秦具有荡平天下的实力，雄主也定然出自秦国。"

吕不韦说到这里，站了起来，大手一挥，指着嬴政说："当今秦王虽然年轻，但才思敏捷，做事果断，有明君英主的气魄，在不久的将来必是天下霸主，朱将军能辅佐这样的君主，可谓如鱼得水，何愁英雄无用武之地呢？"

嬴政一听吕不韦这样当着文武大臣及外国使节的面夸赞自己，一扫刚才挨骂时的气恼心情，再次向朱亥说道："朱将军对仲父之言可以三思而行，本王也不急于让你答应留下来，等你认真思考之后再答应本王也不迟。"

"那倒不必了，在下心意已决，不会留在秦国的，请大王和丞相交换国书，签署议和的事吧，事情一旦结束，臣即刻返国。"

嬴政尴尬地看看吕不韦，吕不韦见朱亥不吃这一套，心里道：你不吃软的我来硬的，看你答应不答应。

"朱将军，你当年锤击晋鄙名扬天下。传言你有举鼎之力，说你为屠夫时曾夜遇猛虎，三拳打死一只千斤大虎，不知传说是否如实？现在宫中正好圈养着一只白额恶虎，何不当场表演一下，也让众人开开眼界。"

朱亥十分生气："丞相不得戏耍本官，大丈夫顶天立地，言必信，行必果，可杀不可悔！"

"来人！"吕不韦向堂下高喊一声，"带朱将军到后宫驯兽圈中。"

朱亥知道自己难以走脱，心里想，与其死于猛虎之口受辱，不如一死了之。朱亥挥手推倒几个靠近自己的武士，大骂一声："秦人禽兽不如！"然后纵身一跃，一头撞在大殿前面的石柱上，顿时脑浆迸裂，气绝身亡。围观的众人见状，叹息不已。

吕不韦上前拍拍吓得目瞪口呆的嬴政说："大王，那边还有事同大王商量呢。"

嬴政随吕不韦来到一个偏殿，正有一人等候在那里，吕不韦介绍说："这人是韩国的水利专家郑国，他有一个大胆的设想，想为我国修建一条水渠，就是引泾入洛，把关中地区的渭北平原变成我秦国的第二个天府之国。"

嬴政似懂非懂地问："修建水渠对于扩大军备、兼并六国、统一天下有帮助吗？"

郑国一听，吓得哆嗦一下，手中的图纸掉在地上。吕不韦转身看了一眼，郑国慌忙俯身拾起，掩饰说："天好热！"

郑国轻轻擦擦额头上的汗，心中暗想：秦国尽出雄主，如此小小年纪就有兼并天下的野心，真是上天偏佑西秦，只可惜我韩王竟然想出这么一个馊主意。

郑国正在胡思乱想，只听吕不韦说道："你曾祖父昭襄王就十分重视水利设施，曾派遣驻守在蜀郡的李冰父子修建一个十分浩大的水利工程都江堰，不仅治理了岷江的泛滥，还借岷江水浇灌了蜀郡所辖的万亩良田，使蜀郡年年获得好的收成，为国家的粮米供给提供保障。都江堰工程虽然耗费十多年的心血，动用了大量人力、物力，但所起到的作用却是无法估量的。如今郑国建议开凿一个引泾入洛的水渠，其耗费之大不在都江堰之下，但其作用将胜过都江堰，因为这一工程近在咸阳西北，能够改善咸阳周围地区的农业生产，为咸阳提供丰富的粮棉，保障大军征伐供给。"

"既然仲父都认为修建这么一个水渠有如此好处，那就修建吧，所需人力、物力由仲父负责调派。"

吕不韦知道这一工程浩大，不是一年两年能够完成的，如今嬴政尚不成熟，而一旦年长懂得理政，见工程耗费太大追究起责任来，他也要有个退路。于是，他对郑国说："你展开图纸，把整个水渠的工程情况向大王简要介绍一下，让大王对调派人马钱粮也了解个大概。"

郑国急忙展开自己亲手绘制的图纸，指点着说："小民经过实地勘察，设计出一个引泾水入洛水的开渠方案，整个工程可分为三个组成部分。首先是开渠口，小民发现泾水冲出群山进入平原地带时有一个巨大的峡口，这就是泾阳县的瓠口地区，峡谷东西两面都是高山环抱，泾水从这里由北向东南奔腾而下，形成巨大的落差，约莫有数百尺。只要在这里修筑一个拦河大坝，就可抬高水位，把泾水引入渭北平原灌溉区，这里主要是利用渭北平原在地势上西北高东南低的特点形成自流灌溉，大坝一旦建成，灌溉起来省人、省力，水源丰富，水流快，浇灌面积广。其次是修筑引水渠，这是从渠口到浇灌区之间的引水总干渠，长约二十里。第三部分是灌溉支渠，即把引水总干渠里面的水通过各个支渠，把水引向浇灌区，最后再使剩余的渠水流入洛水。为了最大限度地扩展灌溉面积，也为了确保干渠的水源充足，能够在干旱季节满足浇灌农田的需求，小民一反往常沿水顺流修渠的惯例，采用横截的方式筑渠，水渠拦腰截断治峪、清峪、浊峪、漆水、沮水、石泉、温泉等水系，使这些河流的水量汇集到干渠中来，从而加大干渠供水。"

郑国讲到这里，望着面色茫然的嬴政，故意略带笑意地说："大王，只要这条水渠建成，一定可以和蜀郡的都江堰相媲美，渭北平原沃野一片，秦国百姓丰衣足食，大王凭借富足的蜀郡和丰饶的汉中就可……"

"你说了这么多，还没告诉本王建成后的水渠总长是多少呢？"嬴政突然插话问道。

郑国一愣，略微顿了顿，满脸堆笑地答道："大约三百里。"

"什么？！三百里？需要几年才能完成？"赢政惊问道。

郑国皱皱眉："至于完成的时间，要看大王愿意投入多少人力了，少则三年，多则嘛，也许要五年，甚至十年。"

赢政看看吕不韦："仲父，这么大的工程好是好，但收效太慢，会不会影响大军东征呢？"

郑国大吃一惊，真小瞧这么一个少年君王了，倘若他不同意修渠，自己多年的心血将付诸东流不说，韩王交给他的任务也将成为泡影，他的全家性命呢……郑国又是一身冷汗，后悔刚才把工程说得太详细太浩大。

吕不韦说道："大王尽管放心，这一工程还是先王未驾崩时定下的呢，那时我就和先王合计好了，修渠所需人马可从当地百姓中征派一部分，另一部分从征战掠夺的俘虏中选送，至于所需钱财除了国库拨给外，也由当地百姓负担，倘若还缺乏，就从其他国家取得，绝不会因为修渠动摇国家的储备而影响征战的。"

赢政这才点点头："既然是仲父和先王早有计划，那就按仲父所说的去做，修渠的事由仲父总管，具体事宜交给郑国去办就是，仲父酌情封郑国一个合适的官职。"

郑国一颗悬着的心落了下来，好歹自己多年的心血没有白费，终于可以付诸实施了。可是，韩王的计谋呢？郑国有一种说不出的哀伤。

就在秦国大兴水利的同时，其他诸侯国也发生着天翻地覆的变化。

原来，信陵君由于被安釐王罢免兵权，自此无心朝政，每日里只与门客和一名叫作香娇的佳人纵情声色犬马之间。不久之后，因沉迷酒色，心情郁闷，信陵君渐渐身体不支，竟然一命呜呼了。

赵国赵成王见有机可乘，便以替信陵君鸣冤报仇为名，发大军直逼魏国。实际上，他不过是想通过这一举措，邀买人心，希望借此得以将昔日信陵君门下能人高士全部招到自己的麾下，为他所用。

此次发兵，由老将廉颇亲自督战。赵成王之子太子偃也随军而行。只是，赵成王万料不到，他这个无心沙场的儿子，这次之所以愿意出征，竟是为了信陵君生前相伴的女子——香娇。

天有不测风云，出兵没有几日，赵国内竟传来了赵成王驾崩的消息。太子偃只得又赶回赵国，在大臣郭开等人的拥立下承袭了王位，号赵襄王。

赵襄王登基后仍不忘魏国的香娇，于是在郭开的推举下，派乐乘奔赴前线取代了廉颇的位置。乐乘到军中不久，便将廉颇为质，交付魏国，希望能换来美女香娇。

此时的魏国也正值多事之秋。太子增为早登王位，竟然毒杀了自己的父亲安釐王，篡夺了魏国的君位，即景愍王。

可是景愍王登上王位不久，秦国便派大将蒙骜前来攻打魏国。面对着秦、赵两国的夹攻，景愍王一时间手足无措。正在这时，他接到了赵国使臣议和的提议。只要他交出美女香娇，赵国不但与魏国结盟，归还占领的城池领地，还将大将廉颇押来作人质。景愍王别无选择，尽管他也很喜爱香娇，但是在朝臣们的死谏下，他也只得放弃了香娇，来谋求一时的安宁了。

最让景愍王头痛的是，他不知道该如何处置廉颇。最后只好将廉颇拜为客将，给他一个徒有虚名的空头衔。从此，廉颇便闲居在大梁城。

这一日，嬴政来到自己祖母的面前，一副欲言又止的模样。华阳太王太后看见嬴政的表情，关切地问道："政儿想说什么，尽管说吧，有什么难处祖母帮你解决。"

嬴政鼓足勇气说道："奶奶，政儿不想让丞相做仲父，也不想让他当我的太傅，请祖母给我另换一位太傅好吗？"

华阳太王太后十分诧异："丞相吕不韦可算当今天下最有才华之人，论德、才、智可与四公子相提并论，在我们秦国更是无人能够相比，自早年追随你父王来到秦国，十几年如一日，勤勤恳恳，任劳任怨，为你父王为咱们秦国都立过大功。他为人谦逊又忠心耿耿，你不用这样的人做太傅还想找什么样的人呢？"

嬴政执拗道："祖母，我不是说丞相不好，他对我太严厉，也太不尊敬我，尽管我尊他为仲父，可他毕竟是臣子，我是大王，他时常在我面前有失君臣礼节，直呼我的乳名，仿佛我是他的儿子一样。祖母，我是大秦国的君王，哪能时常让一个臣子训斥呢？"

华阳太王太后看看站在面前的孙子已经比自己还高，脸上的棱角分明，有一丝成人的样子了，这才注意到嬴政长大了。

华阳太后点点头："你先回去吧，这事我会同丞相说的，让他今后多注意一下君臣之礼，至于更换太傅一事绝不允许。"

嬴政见祖母的语气不容商量，快快不快地告辞了。嬴政正要进宫门，迎面看见吕不韦匆匆从宫里走出。嬴政只当作没看见，想从旁边绕过去，却听吕不韦喊道："大王，臣有急事正在找你。"

嬴政装作没听见，吕不韦匆匆赶上前说道："大王，臣有急事奏请！"

嬴政冷漠地说道："那就到殿内再说吧！"

嬴政进入殿内还没坐定，吕不韦就说道："臣有两件事相告，一喜一忧，大王先听喜先听忧？"

"随你吧，你先说什么我就听什么。"

"那我就先报喜吧，我派王龁与蒙骜二人东征，都有战绩，王龁攻下韩国七座城池，蒙骜攻下魏国两座城池。"

"那忧呢？"嬴政这才抬头问道。

"大将王龁。不幸在韩国战死。"

嬴政为了表示对吕不韦的不满，故意装作毫不在乎的样子说："有争战就有死亡，将军能战死沙场这是一种无上的荣耀，我秦国这么多年来战死疆场的大将也不在少数，死了这么一个将士有什么可忧的，寡人还以为是什么大事呢。"

不等嬴政再说下去，吕不韦就怒喝道："够了，这话出自你这一国之君的口中，我真为你感到害羞，传扬出去岂不有失你为君之德？小小年纪说话就这样少情寡恩，长大之后还不成为一个暴君！"

吕不韦见嬴政低头不语，又拿出一副长者的样子斥道："嬴政，要知道你是大秦国的君王，不是街头玩耍的孩子。你说的每一句话都必须经过深思熟虑，不能随便说错一句话。所谓君无戏言，你说出不合体的话大臣会私下讥笑你的，久而久之你将失去为君的威信！"

嬴政早已满脸泪水，强迫自己不要哭出声来，但他终究还是个孩子，仍忍不住抽泣。

吕不韦见状，也不再多说。待嬴政情绪稍稍稳定，他才略带自责地说道："大王不必生气，我刚才也是一时气急才说出那番话，也是为大王好，除了我给大王讲这些为君之道，别人谁又愿意讲这些不入耳的话让大王反感呢？你毕竟是我的……"

在吕不韦的心目中，嬴政就是自己的儿子，他下意识地说出这半句话，突然觉得不妥，忙改口说道："毕竟你是我看着长大的，尊我为仲父，我要尽仲父之责啊。"

嬴政抹干眼泪，装作接受教诲的样子说道："仲父见教的是，我今后一定按丞相所教诲的去做，凡事三思而行。"

吕不韦脸上露出淡淡的喜悦之情，温和地说："王龁是我秦国身经百战的老将，虽然偶有败绩，但胜多败少，攻城略地，开疆拓土，屡立战功。秦国自孝公任用商鞅变法新政至今，一直重视奖励军功，人不分贵贱，凭战功取得爵位。也正是这一改革才赢得将士的心，使他们甘愿拼死沙场、取得战功，封妻荫子、光宗耀祖。王龁虽死，其子嗣尚在，理当封赏。"

"王龁的子孙都在何处任职？"

"他有一个儿子叫王翦，如今正在蒙骜军中听令，据蒙骜奏报，此人作战勇猛、深谋远虑，颇有军事才华，如今已经升为裨将了，大王可让王翦接替其父亲爵位，拜为大将。"

"此事就由丞相办理，如果王翦回朝，丞相可带他来见寡人，寡人再当面赏赐。王龁已死，何人赴韩国领兵，丞相有没有及时调派人补缺呢？"

"虽然没有另派大将，但我已令副将杨端和暂时代理指挥。"

嬴政似乎觉得找到一个吕不韦的过错，便立即十分不满地说道："这杨端和是什么人，寡人怎么没听说过他的名字？用这样一个无名之辈代替王将军作战，岂不把攻下的城池给葬送了？"

吕不韦一听嬴政的口气，便知是对自己刚才的训斥不服，故意借杨端和指责他的，他很恼火。吕不韦收起刚才的笑脸，冷冷地说道："大王刚才还说要三思而行，怎么这话的声音还没落就忘记了呢？你没听说过杨端和就以为他是无名之辈了？做事说话无凭无据，信口开河，成何体统！"吕不韦稍稍停一下，又接着说道，"大王今后要常到军中走一走，多和将士们见见面，免得他人提起一些赫赫有名的将领，你都没听说过，给众臣留下笑柄。"

片刻之间嬴政被吕不韦抢白了两次，嬴政有点无地自容，但这是他自己的过错，又找不出吕不韦的失误，只好把恨放在心中。恰好刚成君蔡泽进来奏报政务，嬴政才没有流出泪来。

蔡泽进来说道，旱情进一步扩大，上郡几乎颗粒无收，如今陇西郡、北地郡送来奏报，蝗虫遍野，没有旱死的庄稼全部被蝗虫吃光了，大面积的蝗虫铺天盖地、由北向南，快到汉中郡了。蝗虫所到之处，田野里一片光秃，连草与树枝都啃光了，人畜也受到侵害。最近送来的灾情报告说，陇西郡与北地郡因为断粮，已经出现人吃人的现象，灾民四处逃逸，部分刁民聚众滋事，据报两郡都发生了灾民抢粮的事。

嬴政一肚子火正没处发，一听蔡泽说有灾民抢粮的事，怒道："刁民如此放肆，竟敢哄抢国库？这是以下犯上、聚众作乱，理当派官兵镇压，剿灭暴民。"

吕不韦只当作没有听见，向蔡泽说道："几天前上报的灾情尚没有如此严重，为何灾情突然加重呢？"

"我也是刚刚得到文告，报说北地还发生了瘟疫，部分村庄的灾民因感染瘟疫几乎死光，其情骇人听闻，请大王和丞相打开国库，赈济灾民，抑止灾情进一步蔓延。"

嬴政一听蔡泽要求开库赈灾，立即反对说："国库本来存贮不多，多年来南征北讨，军费开支巨大，如今东征的粮饷都是从巴蜀征调过来的，哪里还有多余的钱粮赈灾呢？总不能为了几个灾民停止一统天下的征讨大事吧？"

蔡泽看看吕不韦，又说："赈灾如救火，丞相以为呢？"

吕不韦略一思忖，说道："刚成君言之有理，当务之急应当赈济灾民。"

　　嬴政以为吕不韦故意与他唱反调，从而压制王权抬高他自己，十分恼火，强硬地说道："铲平东方六国是先祖昭王在位时定下的策略，任何时候任何人不得更改，仲父难道不知道这条祖训吗？"

　　吕不韦知道嬴政一天天长大了，再也不同以前那样对自己言听计从，他已经有自己的思想，许多事都必须同他磋商，于是耐心地说道："吞并六国统一天下这是秦国历代君王的梦想，自穆公留下《秦誓》激励后世子孙，问鼎中原图霸天下便作为此后秦王的宏图大志，孝公任用商君变法新政，惠文王利用张仪连横，终于实现称王的一个理想。武王因为东去中原取鼎不幸身亡，这是天意不助大秦，昭王称帝失败，这是时机尚未成熟。大王虽然年幼，能够不忘祖训，有雄主之心志，这是大秦的福佑，但大王应该明白长远之计与眼前之利的关系，不能因小失大，但也不能为了大计而不顾眼前的祸患。正如这次西北两郡闹饥荒，大王不赈灾抚民，反而派兵剿杀，有可能把一个小的祸患激化成一场灾难，于国于民于君于庶都不利。俗话说攘外必先安内，内部祸患四起，国家如何集中精力攻打东方各国呢？"

　　嬴政不以为然地说："仲父有些夸大其词了吧，几伙刁民闹事如何撼动国家的根本？倘若向他们妥协，必将助长刁民的气焰，将来更难以制服。民只可御之，而不可宠之。"

　　吕不韦有些不悦地道："我昨日给你讲授孟轲所作的《梁惠王》时，反复强调孟子的仁政、仁爱思想，并让你铭记。那几条治世名言，你还记得吗？"

　　"当然记得：其一，老吾老，以及人之老；幼吾幼，以及人之幼，天下可运于掌也；其二，与民同乐则王矣；其三，仁者无敌；其四，凶年饥岁，君之民，老弱转乎沟壑，壮者散而之四方者，几千人矣；是君之仓廪实，府库充，有司莫以告，是上慢而残下也。"

　　吕不韦打断了嬴政的话，说："你身为一国之君，不同于那些死读书的士人，我教你这些言论的目的不在于熟记于心，更重要的是用于治理国家，付诸你的行为之中。"

　　"回仲父，寡人并不赞成孟轲的这些仁政的主张，他所说的'保民而王'只能停留在口头上，绝不能用于治理国家的实践之中。纵观天下，诸侯纷争，有哪一位侯王遵循过孟轲的学说？也许寡人年幼无知，知之甚少，那些霸主、枭雄们有几人是听信了孟轲的劝告才登上霸主之位的？不说东方各国，就我秦国而论，就没有哪位先君信奉孟轲的主张，这些著书讲学的士人无力在诸侯间争雄，又不愿委曲求全谋得一官半职，只能把内心的不平发泄在手中的笔上，故意用一些邪说蛊惑人心，干一些欺世盗名的事，其用意更是可恶，他不是帮助君王治理国家，而是削弱君王的统治，把国家葬送掉。自周平王东迁，诸侯割据，距今五百余年，有国家称号的侯国近百个，为何至今所剩寥寥无几，究其原因是弱肉强食被邻国兼并了。进一步询问，为什么会被他人兼并呢？正是这些国君听信孔、孟之流的歪理邪说。"

不必说刚成君蔡泽惊疑，就是文信侯吕不韦也目瞪口呆，他身为太傅直接肩负着训教嬴政的责任，二人几乎朝夕相处，却不明白嬴政竟然能说出这番话来，实在太出乎意料。

吕不韦诧异地问道："大王从哪里学得这些有违为君之道的言论？孔子、孟子被人推为贤人，大王怎能随意诋毁呢？既然你不赞成仁政的思想，那么你认同何人的主张呢？"

"近日我读了一本书，叫《商君书》，就是孝公时卫国人商鞅来大秦时所写的一本书，内容虽然不多，文字也通俗易懂，但我觉得字字如珠玑，句句值千金，无怪乎孝公会任用他为相推行改革，尽管商鞅遭到车裂而死，但他的学说却应该受到推崇，孔孟之流与他相比实在可笑得多，商鞅务实，孔孟论虚，孔孟的观点高不可及，而商鞅的思想却唾手可得。只可惜，当世没有商鞅这样的人才，若有，寡人一定愿意用五十座城池交换此人。"

吕不韦刚想站起训斥嬴政几句，忽然意识到蔡泽在旁边，便又颓然坐了下来。

蔡泽担心二人再争论下去难免发生口角，便说："现在不是争论的时候，当务之急是筹粮筹款赈济灾民，阻止饥荒进一步扩大。"

"赈灾寡人并不反对，但绝不能挪动国库一粒粮，必须保证前线军需供给，请仲父与刚成君另想办法。"嬴政说道。

吕不韦皱皱眉，沉思片刻说道："办法只有一个，卖官救灾。"

"什么，卖官救灾？"嬴政叫道，"也许只有仲父才能想出这个主意，仲父当年是经商出身，当然明白钱权之间的交易。"

吕不韦一听嬴政话中有讽刺他的意思，气不打一处来，尖酸地说："大王瞧不起我吕不韦，认为我是商人出身、地位卑贱是吗？别说是你，就是先王也不敢瞧不起我，没有我吕不韦倾家产为先王奔走，他如何能够承袭王位？又怎么会有你的今天？哼，你不准许动国库粮款，又不让卖官筹粮，那请问大王从何处筹集赈灾的粮款？"

嬴政也不示弱："仲父有功于秦，但仲父也从先君那里得到回报，如果不是仲父早年追随先君，如何会从布衣之家一跃成为秦国一人之下万人之上的丞相，从而位居卿相之列呢？仲父所花费的金银与得到的回报何止千倍万倍，难道仲父还不满足吗？至于仲父所提出的卖官赈灾也不是不可取，只是先祖孝公自任用商鞅实行奖励军功以来，已有百年之久。很多人都是凭战绩拜爵升迁的，这已经形成祖制，倘若废除这一律例实行纳捐升迁，当然是商人得益，谁还愿意在沙场上舍命拼杀？大家宁可让子弟去集市经商也不愿送子女入伍上战场。国家现在急需四方征战的将才，更需要大批冒死冲锋陷阵的勇士，用纳捐取代军功实在不可取！"

蔡泽从中调和说："丞相所说的纳粟拜爵，卖官晋级虽无先例，也并不违反祖制，这只是迫于形势所采取的权宜之计，并不是永久之策，绝不是用纳捐取代军功，一旦度过今年的饥荒便停止纳粟拜爵。如果纳粟拜爵于国有利，将来也可与奖励军功并行使用。凡事总要有被打破的先例，不能死抱祖制不放，要因时因地灵活调整治国方略，才能立于不败之地。正如周王室为何由强而弱，最后自生自灭，就是因为后世子孙躺在祖宗制定的律例上不知修正，抱残守缺，最终被淘汰。大王虽然年幼，但才思敏捷，当然明白这些浅显的道理。丞相话语虽然有些过分，但句句是金玉良言，虽不中听却都是肺腑之言，实在令微臣钦佩，请大王三思。"

蔡泽的话让嬴政听后舒服多了，他也认为吕不韦提出的纳粟拜爵的方法确实是解决燃眉之急的权宜策略，但他反感吕不韦说话时的语气态度。他吃软不吃硬，你越是咄咄逼人，他越是不服。嬴政很顺从地道："你们二人都认为可行，那就先拿出一个标准来，让我禀告太王太后再作定夺。"

吕不韦明白，嬴政的让步是因蔡泽从中调和。他也不再强行要求他立即答应，想了想说："纳粟拜爵只是为解决燃眉之急，并非长久之计，所定标准不能太高，太高了，无人捐纳，达不到救灾的目的；但也不能太低，以免引起军中将士反对，以千石为标准，纳粟千石拜爵一级如何？"

嬴政点点头说："就以这个标准上报太王太后吧，未尽事宜请仲父与刚成君向太王太后奏明。"

吕不韦见嬴政神情沮丧，也不是滋味，自己的苦衷谁又明白？为把嬴政培养成一位叱咤风云的雄主，他只好忍辱负重，把满腹苦水往肚里咽，只要能让政儿成才，别说得罪他，就是将来被他杀了也心甘情愿！

吕不韦见嬴政情绪稍稍稳定，便用慈父般柔和的口气安慰说："大王应有山谷一样宽广的胸怀，更要有海洋般的胸襟，倘若为针尖小事就耿耿于怀，如何容纳天下诸多烦人心神的事？如果因为一个小小困难就一筹莫展，那么将来遇到的难事更多，扫平纷争割据的诸侯统一天下，这不是一朝一夕能够完成的，也许要用十年二十年甚至更长的时间。就是在有生之年没有完成统一大业也在所难免，因为形势风云变幻，有时出人意料，天时、地利、人和缺一不可。但大王不能因为其中条件不具备就心灰意冷、放弃宏图大志吧？世上无难事，只怕有心人。"

嬴政点点头。

吕不韦微笑道："你虽然贵为一国之君，但人生如此漫长，又怎么可能一帆风顺呢？常言说：天有不测风云，人有旦夕祸福，何况大王追求的目标是一统天下，成为万乘之尊，其中的艰难曲折就更难以预料。几年前蒙骜与王龁伐魏遭到信陵君所率的五国之师阻挡，惨败退回。如今蒙骜再次伐魏，虽然夺得两城，但前景又不佳。"

嬴政一听，忙惊问道："怎么，莫非魏国又出了能人？"

吕不韦微微叹息说："我派往东方各国的暗探送来消息，魏国已经与赵国结盟，赵国派智勇双全的猛将廉颇到魏国任客卿，其目的就是为了联合韩、赵、魏、楚、燕等国'合纵'抗秦，一旦'合纵'成功，蒙骜必败。"

"难道我秦国战将千员，就没有能敌过廉颇的猛将吗？蒙骜不敌，另派其他将领就是！"

吕不韦摇摇头："蒙骜可称得上秦国第一战将，有勇有谋，能征善战，与廉颇相比应在伯仲之间，问题不是在于蒙骜不敌廉颇，而是秦国一国之兵不敌五国之师，众寡悬殊，纵有孙武子在世也难以取胜。"

嬴政着急地问道："仲父有什么好的策略吗？"

"多日来我也一直在考虑这个问题，策略只有一个，能否奏效还无法预料。"

不等吕不韦说下去，蔡泽便笑道："丞相的策略一定是想法拆散'合纵'之约，让五国相互猜疑，不能团结为一体。"

吕不韦向蔡泽点点头："是啊，只是谋划起来不是一件容易的事，请刚成君出个主意？"

蔡泽说道："离散'合纵'之约并不难，五国虽然联合在一起对抗秦国，但五国之间也是矛盾重重，他们的'合纵'策略也是迫于我国强大的军事压力才形成的，只要暂时停止进攻，派几位能言善辩之士去各国游说，威逼利诱并用，再利用五国之间的矛盾从中挑拨，一定能达到离间的目的。"

嬴政马上来了精神，催促道："请刚成君说详细一些，寡人仔细听听，看是否可取。"

"往日'合纵'，因为信陵君在，魏国是'合纵'的中心，如今信陵君已死，'合纵'的中心由魏转移到赵，而燕、赵两国多年积怨，已成势不两立之势，只要能挑起燕、赵两国的争端，'合纵'之约必然自动解散。因为韩国已经被我大军打得疲惫不堪，自己都不能保护，哪有能力援救其他国呢？楚国尽管强大，但楚国一向爱坐收渔人之利，对于没有利益的结盟是绝不会参与的。当务之急是派遣说客去燕、赵游说，挑起燕、赵争战。"

嬴政一扫刚才沮丧的神情，兴奋地对蔡泽说："刚成君，你是燕国人，熟悉燕王喜的性情，那里也一定有许多好友，寡人给你足够的金银，有劳你辛苦一趟，也顺便回乡探望一下亲人，会一会往日的朋友。"

蔡泽知道推辞不掉，站起来说道："恭敬不如从命，请大王放心，我绝不会令大王失望的！"

嬴政转向吕不韦，问："仲父，派何人去赵国游说呢？"

吕不韦也正在考虑这个问题。去赵国的人一定是自己的亲信，因为他和公子嘉的特殊关系绝不能让外人知道，特别是他现在不想为公子嘉卖命了，更不能公开当年的秘密协定。自己已经在秦国站稳根基，并取得如此显贵地位，再为公子嘉做事实在是不明智，就是公子嘉当上赵王，给予他的好处又能如何？也不会胜过现在拥有的一切。再说，当今秦王是自己的骨肉，这大秦国明着姓嬴，而暗里却姓吕。让秦国明暗都姓吕，这才是吕不韦新的奋斗目标。因此，他向嬴政推荐自己的心腹门客司空马入赵游说。

蔡泽带领一百多随从，奔走月余，终于来到燕国都城蓟，住进蓟最大的客栈——龙门客栈。

蔡泽先派人打听自己需要的情报，以便做到心中有数。他没有直接入朝拜见燕王，而是先去拜见自己当年的好友鞠武。鞠武现在是燕太子丹的太傅，每天出入宫禁，深得燕王信任，要想说服燕王必须先说服鞠武。

鞠武正和田光在客厅饮酒，忽然听属下报说秦国使臣蔡泽求见，二人相视一笑，真是说谁谁就到，其实鞠武早就知道蔡泽来到燕国，只是故意装作不知，没有去见他，想不到他终于主动找上门了。鞠武询问田光："见是不见？"

"既然来了，岂有不见之理，毕竟当年朋友一场，先摸清他的来意再说。"

"好，请他进来！"

蔡泽来到客厅，一看田光也在此，暗吃一惊，急忙上前向二人致礼，田光一边还礼一边说道："蔡先生曾经夸下海口，不富贵绝不回故里，如今突然归来，一定是发达了吧？"

蔡泽见田光仍然是布衣装束，心稍稍宽慰许多，不慌不忙地说道："发达谈不上，承蒙秦王不以相貌论才，给在下一个君侯的位子，每天服侍在秦王左右，为他出谋划策，做一些力所能及的事。不知田兄如今在何处供职？"

田光依然微笑道："听蔡先生的口气，你在外效忠秦王，可算一位赤胆忠心之人，在家也一定是位孝子，是位称职的丈夫，是位子女仰慕的好父亲，此番回国，一定是为了整修父母的坟墓，修建祖宗庙堂，光大门庭，然后携带妻儿子女一同去秦国共享荣华富贵的吧？"

田光一席话问得蔡泽额头汗涔涔的，面露惭愧之色。当初，他为了到赵国谋求发展，置八十岁的老母于不顾，抛妻离子而去。那时，恰逢燕赵两国交战，蔡泽到了赵国，向赵孝成王夸下海口，自诩能说服燕国大将乐闲、乐乘二人弃燕降赵。赵孝成王并不十分相信，但是仍然给蔡泽黄金百镒、珠宝两箱，令他回燕国做说客，并许下诺言，只要二将降赵，就任用蔡泽为大夫。蔡泽回到燕国，暗中派人散布谣言，说乐闲、乐乘率军同赵国作战是假，其目的是为赵国做内应，选准时机投降赵国。与此同时，蔡泽又重金收买乐闲、乐乘身边的人，向二人灌输赵王对他们的爱慕之心，暗示二人降赵一定比在燕国受到重用。

赵国为了配合蔡泽的行动，也故意避开乐闲、乐乘二人，不与他们交锋。久而久之，引起燕王猜疑，派栗腹与庆春二人把乐闲、乐乘替换下来，准备治罪。

蔡泽与鞠武、田光三人本来是同窗学友，都在黄石老人门下求学，蔡泽无意之中把游说乐闲、乐乘的秘密泄露给二人。田光听后，大骂蔡泽背信弃义，是叛国忘祖的小人。鞠武也十分生气，把蔡泽训斥一顿，然后向燕王担保，并说明是赵国人用的反间计，燕王才把乐闲、乐乘释放。但从此之后，燕王仍对二人存有疑心。

蔡泽行踪败露，无法在燕国立足，又没有游说成功，也不敢回赵国，只好抛弃家人偷偷奔走秦国。

蔡泽到秦国不久，燕、赵再次发生冲突，燕王派相国栗腹为大将，庆春为副将，乐闲、乐乘作裨将攻打赵国。赵国派廉颇、李牧接战，采用诱敌深入的计谋把栗腹与庆春率领的大军诱至房子城一带围歼。廉颇派李牧把乐闲、乐乘二人围困在清凉山，只围不打。这再次引起燕王猜疑，当乐闲与乐乘听说栗腹与庆春被杀，所率军队全部覆没时，知道回到燕国必死无疑，只好率军投降。赵王封乐闲为昌国君，封乐乘为武襄君。

乐闲、乐乘降赵本来与蔡泽并无直接关系，但燕王却不这样认为，一气之下拘捕了蔡泽全家，使他的老母惊吓而死。恰在这时，燕王听说蔡泽在秦国代范雎为相国，考虑到与秦国的关系，才释放了蔡泽的妻儿老小。

蔡泽内心愧疚，任凭田光训斥，只是低头不语。鞠武劝阻说："田兄不必责备蔡先生了，人各有志，吴起都能杀妻求将，蔡先生与他相比仁慈多了。倘若蔡先生也同你我一样留在燕国，哪有强秦国相的风光？也不会有今番衣锦荣归的排场啊！"

田光依然冷冷地说："只怕蔡先生这次荣归是另有他图，莫非也是游说太傅归降西秦的？"

蔡泽立即辩解说："田兄说笑了，我是为秦燕结好而来，当然，也顺便把家小接回秦国，这多年来承蒙二位兄长关照，蔡某家小才得以保全。"

田光态度仍然冷淡。

"我等照顾你的家小并不是看在你是秦王宠臣的情分，而是为了一个'义'字，你也不必称谢，我田光做事从来不希望他人报答！"

"当然，当然，田兄的为人风范蔡某当然知道，在下自愧弗如。"

"你也不必惭愧，只要不做违背天理之事，不背叛燕国，不负妻忘祖就可以了。"

蔡泽再次施礼说："请两位兄长明鉴，我这次来蓟确实是为了勾通秦燕友好。我虽在秦为官，但毕竟是燕人，燕国北受匈奴骚扰，南遭赵国攻侵，日渐削弱，一旦燕国衰亡，我脸上也无光呀！为此，我多次上谏秦王，请与燕国结盟，秦王起初不肯，无奈禁不住我再三请求，终于答应了，这才特派我来协商结盟事宜。只要燕国能与秦国结盟，赵国就再也不敢与燕为敌，匈奴也会却步的，燕国便可借此机会发展生产、富国强兵，有十年时间就能够重新强大起来。到那时，北退匈奴、南抗赵齐，凭借优越的地理位置和丰饶的物产，争霸天下也未尝可知。"

田光哈哈一笑："蔡先生深谋远虑，难怪能深得秦王信任。燕国强大了，蔡先生还是有功之人呢。到那时，蔡先生再回来任相国也不迟啊，哈哈！"

鞠武问道："你既为结盟而来，为何已到多日却迟迟不去拜见燕王呢？"

蔡泽知道自己的行踪瞒不住二人，便把事先想好的话说了出来："我早就想去拜见燕王，无奈燕王对我有成见，考虑再三，还是请鞠武师兄从中引荐，把我的一片诚心转告燕王，请燕王释前嫌，共结秦燕友好之盟。"

鞠武想了想说："只要你是诚心来与燕国结盟的，我就给你在大王面前说情，若你想要什么花招，我一旦查出，绝不留情！"

"请师兄放心，蔡某怎敢哄骗二位？一片丹心，上天可鉴！"

鞠武点点头："这几天你先休息休息，抽时间去城东田氏胡同看望一下住在那里的妻儿，一旦大王应允，我即刻派人通知你。"

蔡泽见目的达到，再次拜谢后便告辞了。

蔡泽来到东城田氏胡同，几经打听才找到一个破旧的庭院，好远就听见里面传来悠扬的击筑声，筑声中还夹杂着粗犷的歌声。

蔡泽敲门，筑声与歌声都停了。

一个十几岁的少年前来开门，他开门一看不是自己的娘，而是一个穿着华贵的中年男子，不好意思地问道："先生，你，你找人？"

蔡泽点点头："这户人家姓蔡吗？"少年摇摇头。

蔡泽疑惑地看着少年问道："你姓什么？"

这时，从院内又跑来一个年龄相仿的少年，看见门口站着一个陌生人，憨笑道："你是来买家奴的吗？我们卖艺不卖身，若只让我们去唱歌击筑，还可以商量。"

蔡泽看着两个活泼的孩子，摇摇头："我不是买家奴的，我是来找人的。"

"那你找错门了，我叫荆轲，他叫高渐离，我们一定不是你找的人吧？"

蔡泽打量着有些腼腆的高渐离，恍然悟道："你母亲一定姓高，你是随母亲的姓吧？"

高渐离诧异道："你，你怎么知道？"

"我还知道你小名叫渐儿，你有个妹妹叫贵华对吗？"

高渐离更惊奇了："你是我家的什么亲戚？要么怎么知道我们家的事？只可惜我妹妹几年前病死了。"

蔡泽一阵心酸，上前拉着高渐离的手，激动地说："渐儿，渐儿，想死爹了。"

高渐离惊呆了，急忙缩回手向后退："你，你认错人了，我没有爹，我娘说我爹十多年前就死了。"

"不，那是你娘骗你的，爹没有死，我就是你爹，你瞧，爹富贵了，现在有钱了，爹是专门来接你和你娘的。"

高渐离不知所措，荆轲不满地说："你这人好没道理，无凭无据硬说你是人家的爹，找上门占便宜。我也曾听大婶说渐离兄的爹十多年前就病死了，你赶快走吧，不然，我可要鸣不平了。"

荆轲说着，操起一根扁担就赶蔡泽出去。蔡泽急了，结结巴巴地问道："你，你是何人？"

"我是渐离兄的好朋友，我们二人合作卖唱，他击筑，我唱歌……"

荆轲正要说下去，高渐离看见母亲推门进来，喊一声娘，便扑过去，泪流满面地说："娘，这人说是我爹……"

蔡泽上下打量来人，粗布衣褂，手里拎着一只卖花线的篮子，一副苍老的容颜，眼睛也有些昏暗，一看便知是一个历经磨难的中年妇人。

蔡泽眼睛湿润了，失声喊道："夫人，你受苦了。"

高夫人瞪着蔡泽一声不响，许久才从牙缝里蹦出几个字："你认错人了。"

"夫人，你，你不认识我了，我是你的丈夫蔡泽。"

"我没有丈夫，我的丈夫十年前就死了，你一定认错人了，你快走吧，不然我让我的孩子把你哄出去！"

荆轲把手中的扁担晃了晃："你快走，再不走我手中的扁担就不客气了。你这人好不要脸，光天化日之下找上门占便宜，快滚！"

蔡泽急了，哀求道："夫人，我对不起你们母子，十年前我抛弃你们母子离家出走，也是迫不得已啊！十年苦读，学成归来，却无用武之地。我也想在燕国做点事，为国出力是我多年的心愿，无奈燕王不用我，我怎能空有满腹经纶而老死此地呢？你瞧，我现在不是衣锦荣归了吗？我明白你们母子的苦衷，这十多年来你们母子吃尽了苦头，我现在来就是接你们母子到咸阳享福的。"

蔡泽说着，走近高渐离："渐儿，爹对不起你，让你流浪街头卖唱。从今以后再也不必卖唱了，爹爹有的是钱，你只管跟着爹爹享荣华富贵吧。"

"住嘴！"高夫人一把拉过儿子，含着眼泪怒斥道，"你一口一个荣华，一口一个富贵，你那荣华富贵来得光明磊落吗？你那钱沾满多少人的鲜血？你不知害羞，卖国求荣，还有脸面把那众人不齿的事大言不惭地说出来，真丢尽了蔡家的人！"

蔡泽争辩说："当今世道就是这样，群雄争霸，弱者亡，强者生，兵戎相见，大军压境，根本不需要任何理由，更无须寻找借口，如果真要说借口，'我强你弱'这就是最后的借口！不仅国与国这样，人与人之间也是如此，人不为己天诛地灭，为了一己私利，人可以不择手段，也允许不择手段，什么叫卖国，那是谁的国？什么叫卖友，那又是谁的友？我并没有做出什么有违天理的事，有什么可以羞愧的！"

高夫人气得脸色惨白，嘴唇发抖，指着蔡泽，半晌才悲愤地说道："你，你真是无耻！高堂老母为你而死，我母子三人锒铛入狱，不是鞠武、田光相救早已命丧黄泉，你，你还觉得不够吗？那，那你也学吴起，把我们孤儿寡母给杀了！这十多年来，你的本性不仅没有改，而且变本加厉了，你可以为了官位不惜一切，你，你早已丧尽了天良，你滚，滚，我永远也不愿见到你这没心没肺的东西！"

高夫人抱住了儿子，"哇"的一声号啕大哭。

"娘，别哭，娘，别哭，孩儿今后一定好好孝敬您老人家，绝不让您再受人欺负。"高渐离流着泪安慰母亲。

蔡泽见妻子不买他的账，又对儿子说："渐儿，别听你娘一派胡言，爹四处奔波都是为了能让你过上好日子，让你做人上人，只要能让渐儿出人头地，爹爹我给人做牛做马也心甘情愿。儿啊，爹现在发达了，再也不让你卖唱，不让你令人瞧不起了，劝你娘随我到秦国享福吧！"

"渐儿，别听他的，咱娘俩宁可在这里讨饭，也不跟他到秦国去遭人唾骂。孩子，记住娘的话，人活的是一口气，宁可站着死，绝不跪着生！千万不要学你爹爹，为了贪图荣华富贵，丧尽人伦天良……"

蔡泽恼羞成怒，哪容妻子再说下去，怒骂道："真是女人见识！你穷酸到讨饭卖唱的地步，几乎与娼女没有两样，还在我面前装大，说什么仁、义、礼、智、信，简直可气又可笑！"

高夫人"霍"地站起来，向蔡泽吼道："滚，滚出这个家门，别玷污了我家清白的庭院，我穷，穷得有志气！"

高夫人又向高渐离与荆轲喊道："渐儿，轲儿，把他赶出去！"

荆轲早就憋不住了，挥舞着扁担说："快滚，再不滚，我就一扁担把你砸个狗吃屎！"

"好，我走，我走！"蔡泽一边向门外退，一边向妻子吼道，"你不去可以，实话告诉你，我有的是女人，还不想让你去呢。但渐儿我必须带走，明天我派人来抢也要把我儿子抢走，不会让你这不识时务的女人留下他来过这猪狗不如的生活。"

蔡泽匆匆上车走了，身后传来一声撕心裂肺的哭喊："天呐，我上辈子造的什么孽呀！"

经过太傅鞠武引荐，燕王喜同意召见蔡泽。

这天，蔡泽精心打扮一番，携带觐见之礼随鞠武入宫拜见燕王。燕王虽然对蔡泽耿耿于怀，但他是秦国的使臣，便仍然按照上等国礼召见他。礼毕，蔡泽命随从奉上礼品，燕王一看礼单非常厚重，自然高兴。自他继位以来，前来拜会的国外使臣都没有送上这样厚重的礼物。

蔡泽见燕王高兴，心中有了底，便呈上国书，说明来意。燕王喜早已从鞠武那里了解蔡泽此行的目的，匆匆看完国书，便说道："我燕国地处偏远的塞北，国弱将寡，物产也不丰富，与秦国虽然少有刀兵相见，但也少有交往，秦国为何突然派使臣到此？一定有什么图谋吧！"

蔡泽拱手说道："大王怎能妄自菲薄呢？我虽然在秦国做事，但毕竟是燕国人，无论何时何地从来没有一句有损燕国声威的话，也向来没有因为我是燕人而觉得比他人逊色。实不相瞒，秦王之所以重用我，就因为我是燕国人，他说燕国土地广袤，物产丰饶，人才辈出，并夸赞我们燕国人厚实诚信，可以信赖。这次秦国主动要求结盟，主要有三方面原因：一是秦王年幼，仰慕大王有仁君风采，认为大王值得信赖，可以结为友好之邦；二是秦国近年来连续多年闹荒灾，国库空虚，百姓怨声载道，将士无心征战，对外战争也接连受挫，决心静养生息，致力生产，不再对外争战，和一切愿意结盟的国家结为友好盟国；第三么……"蔡泽说到这里，故意停顿一下，淡淡一笑，十分自谦地说："也算是在下报答大王宽恕微臣，不杀臣全家这份大恩大德吧。无论走到哪里，臣都是燕国人，思念家邦，为国出力是臣多年的夙愿。当年因为一个小小误会，众人怀疑乐氏兄弟投赵是我蔡泽从中撺掇，实在是诬陷在下，我蔡泽怎会做那种不仁不义的事呢？后来，事实证明了我的清白。但我仍觉得有愧，因为我曾经发现了乐氏兄弟的阴谋，因为没有及时报告大王，才酿成大错。后来在咸阳听说这二人降了赵国，十分后悔自己的优柔寡断。从那以后，也一直考虑如何补偿自己的失误，便时常在秦王面前讲燕王的为君风范，讲与燕国结盟的好处，庄襄王在位时就准备同我燕国结盟，由于他不久去世而未能如愿，臣又在秦王政面前多次进言，秦王政终于答应了臣的请求，派臣来协商结盟事宜，请大王千万不要错过这次机会。"

"唔，为什么？"燕王喜淡淡地问道。

蔡泽分析说："秦燕结盟，尽管是秦国主动，而实际是燕国得益。秦强燕弱，这是众人皆知的事，多年来，燕赵结怨甚深，两国兵戎不断，往往是燕国败多胜少。如今秦燕结盟，赵国便会因为畏惧秦国而不敢对燕用兵。燕国便可假借秦国的威势寻求保护，集中精力发展生产，在他国相互拼杀中寻找图强的良好机会，只要燕国十年不遭兵害，也不对外用兵，一个强大的燕国就会在北方崛起。到那时，大王若有争霸中原之心，也可以全力拼杀一场。"

燕王见蔡泽分析得颇有道理，想要表示赞同，但他知道秦人一向狡诈，尽管蔡泽口若悬河，再三表白对燕国的忠心，但燕王仍然不十分相信他的话。他又疑惑地问道："既然你说秦燕结盟，秦国并没有多大益处，为何还主动来结盟呢？为什么秦国不与赵、魏等国结盟，那样，似乎对秦国的利大于同燕国结盟获得的利吧？"

蔡泽嘻嘻一笑："大王有所不知，秦国已经同齐楚结盟了，对赵魏两国是永远不会结盟的，这两国多次'合纵'抗秦，积怨之深已无法用和谈的方式解决。秦王正是了解大王也痛恨赵国，有着共同的敌人，才主动与大王结盟的。"

不等燕王喜问话，相国将渠问道："你刚才说秦国连年灾荒，国库空虚，已经停止对外征战，准备休养生息，可我得到的消息，却不是这样，秦国派王龁攻下韩国十多座城池，派蒙骜也占领魏几座城，如今又实行纳粟拜爵，纳粟千石可升官一级，此项政策目的当然是扩大军需，秦国有了足够的军需，怎会停止征战呢？"

蔡泽心里"咯噔"一下，这小老儿一定在各国都有暗探，这纳粟看来拜爵的事我来时尚没有颁布，估计也是近日才颁布全国的，而这小老儿就知道得一清二楚，必须仔细考虑考虑才能哄住他。蔡泽哈哈一笑，不动声色地说："丞相的消息不是太准确吧？秦国向来重视军功，以军功拜爵早成定例，之所以实行纳粟拜爵是为了救灾，也恰好说明国库空虚，纳粟拜爵是不得已而为之，可谓下下策。至于王龁攻占韩城，那是数月前的事，秦国付出的代价也够惨重的，主帅阵亡，将士死伤更是不计其数。如果丞相再派信使打探一下，只怕秦国早已向韩魏罢兵了。"

将渠还想再说什么，太傅鞠武却先说道："秦国对外的政策向来是'远交近攻'，以此推断，秦国主动与我国结盟也是出于真心，其目的当然是破坏东方六国的'合纵'之约，然后集中优势兵力进攻韩、赵、魏。"

"那么，是否同秦国缔结盟约呢？"燕王喜问道。

"当然答应。秦主动求和，我不和，理屈在燕，秦国便可以此为借口派兵攻打，何人能挡？即使秦国一时无暇派兵攻燕，秦国必然转而和赵国结盟，秦赵联合，就是秦国不出兵，仅一个赵国就够燕国头痛了。假如答应秦国结盟要求，益处自然不用多说，即使秦国先撕毁盟约，也会争得其他国支持的，何况秦国真心求和，短时间内绝不会背弃盟约的。"

燕王喜答应与秦结盟，但是当蔡泽提出按照惯例应当互相派遣人质，要求燕王喜把太子丹质押在秦国时，又引起了一场争论。将渠说，秦人多诈，惠文王时张仪使楚骗走楚怀王，从而要挟楚国，逼死怀王；孟尝君与平原君也都曾质押秦国，幸亏二人足智多谋，才得以逃脱；因此万万不可让太子丹质押秦国。

蔡泽见将渠一而再再而三地从中阻挠，十分恼火，却又不能发作，只能据理力争。

"丞相不能因为一个人曾经有过一次过错就一棍子打死，一概否定，这是不足取的。张仪诱骗怀王已是一百多年前的事，已经换了多少代君王？人与人不同，就是同一人不同时期的心性也绝不相同，丞相用一种孤立静止的观点看问题，太不聪明了，无怪乎燕国一直受赵人欺辱而不能报仇雪恨，原来全是丞相不明智造成的。"

将渠一听蔡泽变相在燕王面前诋毁他，拆他的台，当然恼火，更加反对太子丹到秦国做人质。

"秦自穆公以来就没有一个君王讲究信用。至于当今秦王政如何，现在还是个毛头娃娃，不好下结论，但估计嬴政与他的先祖相比只会有过之而无不及，绝不会逊色的。与奸诈小人行事，害人之心不可有，但防人之心却不可无，大王还是不能答应让太子入秦！"

蔡泽也看着将渠，驳斥说："丞相知道楚怀王没有逃出秦国，忽而又说孟尝、平原二君入秦却能得以逃脱，这不是前后矛盾吗？倘若秦国果真想拘禁二人，孟尝君与平原君就是生得三头六臂也逃不出咸阳，更不用说辽阔的秦国领土了。他们之所以能够回国，是秦王有意送走他们，这正是秦王诚意的表现。魏国太子增、赵国太子偃不都质押过秦国吗？他们回国不是逃出来的吧？秦王以礼相待，亲自派兵送他们回国，这又说明了什么？"

蔡泽说到这里，向燕王深鞠一躬："请大王坚定立场，自己拿主意，万万不可听信谗言，坏了两国结盟的大事。如果这次结盟失败，后果如何，大王当然更清楚！"

蔡泽的威逼利诱让燕王喜一时拿不定主意，他请教太傅鞠武的意见，鞠武说道："大王正值盛年，太子丹也不同于怀王，秦人没有什么可要挟的，何况秦国也派人质入燕，双方互换人质，也算公平。从另一方面考虑，太子整日停留在宫中，犹如种在室里的麦苗，很难结出累累果实。不如趁此让太子到秦国长点见识，了解到秦国强大的缘由，将来回国后也能做出一番轰轰烈烈的事业。再者说，秦王政与太子丹年龄相仿，二人也许会成为莫逆之交呢？真如此，就是上天在保佑燕国了。因此，臣认为太子入秦利大于弊。"

最后，燕王喜同蔡泽签订国书，两国正式结为友好盟国，燕国派太子丹入秦为人质，秦国因为没有太子，决定派一名宠臣入燕协助燕王喜治理国政。

蔡泽手捧国书长长出了一口气，总算没有辱没使命。为免夜长梦多，蔡泽决定尽快返回咸阳，临行前，他带领一班随从驱车来到东城田氏胡同，准备再次劝说夫人同他一起返回秦国。

高夫人一见蔡泽带领一帮人来了，"砰"的一声把门关上。蔡泽火了，令侍卫把门踹开。

蔡泽进入院内，指着夫人骂道："你生就的贱骨头，扶也扶不起来，你就留在这里过这猪狗不如的生活吧，但我必须把渐儿带走！"

"不行，我绝不能让渐儿跟你走！近朱者赤，近墨者黑，我不能让渐儿跟你一样失去为人的美德，做一名帮凶！"

"啪——"蔡泽给夫人一个响亮的耳光，说道："你敢骂我是帮凶，这叫大丈夫择雄主而仕，建功立业，光宗耀祖！"

高渐离从屋里跑了出来，一看见娘嘴角流血，便扑上去，一边给母亲擦去嘴角的血丝，一边央求说："娘，咱就跟爹一块去秦国吧，总比在这里受苦好，爹是真心来接娘的。"

蔡泽高兴了："渐儿说得对，不愧为我的儿子，人往高处走，水向低处流，跟爹去秦国求发展，将来也一定像爹爹一样有出息，留在这里击筑卖艺只能同你娘一样受人歧视。"

高渐离抬头见母亲气得脸色惨白，正要开口，高夫人朝儿子脸上就是一巴掌，斥道："我苦了十八年，没想到竟养出你这么一个没有志气的贱骨头！"

高渐离捂着脸，跪在母亲面前哀求道："娘，孩儿错了，孩儿再也不说那混账的话了，孩儿甘愿跟娘在这里卖艺讨饭。"

蔡泽高声说道："渐儿，你没有错，是你娘不识时务，她不走，你随爹爹走。"

高夫人哭："你当年造下的孽还不够吗？气死了婆母，我母子差点丧了命。

你如今又来哄骗太子到秦国做人质，真的不给我们母子留下一点后路吗？"

蔡泽低声说道："我带你们走就是给你们留下后路，你如果想死，就留下来，我必须带渐儿走！"

"你，你真是来诱骗太子的？"高夫人气得再也说不下去。

蔡泽怕言多有失，喝令手下人把高渐离拉上车。高夫人见儿子被拉上车，大呼一声："渐儿，你千万不能去，娘只有以死来劝阻你了，你要明白娘的苦心啊！"

高夫人说完，一头撞向大门旁边的一块大石，登时气绝身亡。高渐离见母亲碰死，不顾一切地跳下车，哭喊着扑向母亲的尸体。荆轲不知从哪里跑了出来，手持一把刀砍向那些随从人员，几名邻居抱住了他。

蔡泽怕事情闹大不好收场，带着从人灰溜溜地逃走了。

秋风瑟瑟，残阳如血。

栈桥边，一行人马消失在苍茫的暮色中，一位身着孝服的少年郎望着远处滚滚烟尘，欲哭无泪……

嬴政走出屋子，耳畔仍响着仲父吕不韦的那几句话："大王的课业有些荒疏了，一位优秀的君王应当文武兼修，文能治国，武能安邦，胸藏万卷，才能有一统天下的雄才大略，才会令百官臣服万民敬仰……"

一串清脆的笑声打断了嬴政的思绪，抬眼望去，一对身影吸引了他——公孙婉儿正站在成蟜的肩膀上去摘一个红彤彤的石榴。

嬴政心头不觉荡起一丝醋意，身不由己地走到二人跟前，装成一副大人的样子，干咳一声。

公孙婉儿回头一看是嬴政，急忙从成蟜肩上下来，嘻嘻一笑："吓死人了，我还以为是谁呢。见者有份，也给你一个。"

嬴政想接又怕被其他人看见，怕显得与自己的身份不相称。

成蟜拘谨地说："大王哥哥，拿着吧，婉儿刚才还提到你呢。"嬴政从婉儿手中接过石榴，仍然拿出大人的姿态说："宫中什么新鲜水果没有，偏想吃这个，真想吃，让太监宫女去摘不行？万一掉下来摔着咋办？"

"大王是金肢玉体当然怕摔着，我这么一个小宫女可没有大王那么娇贵，摔死了拉出去扔掉就是。"

"刚一见面就被你这刀子嘴挖苦一顿，我受的气还不够多吗？白天受丞相训斥，晚上受太后数落，有时……"

不等嬴政讲下去，婉儿又接上了："有时还要受你们这些小宫女小太监的气，对吗？"

"婉儿，你能别说这些话吗？在宫中有太后护着你，谁敢拿你当宫女看待？太后没有公主，视你为掌上明珠，你不是公主胜似公主，有这么优越的位子还不满足，我都嫉妒你呢。"

不等嬴政说完，成嫣就插嘴说："大王哥哥，太后已经答应正式收婉儿为义女，准备让你封她为公主呢。"

嬴政高兴了，笑道："我说怎么如此撒野呢，连我这个堂堂大王都不放在眼里！今后宫中就有一位铁嘴公主了，我也有一位铁嘴妹妹了。"

婉儿立即撒娇说："大王再取笑我，永远都不理睬你，更不喊你哥哥。"

成嫣打圆场说："婉儿妹妹是刀子嘴豆腐心，对大王最好了，时常在太后面前夸赞大王。"

嬴政似乎想起什么，故意一本正经地说："成嫣刚才说婉儿提到我，是不是背后说我的坏话？"

婉儿立即不高兴地说："在我们面前你不是大王，只是哥哥，不要像在群臣面前一样摆出一副人模狗样训人，我讨厌你那副模样。"

成嫣怕嬴政不高兴，急忙解释说："婉儿说好久没有见到大王了，大王一定又被朝政所困，抽不出时间同我们一起玩耍。她还说大王太辛苦了，如此年幼就担起这么重的担子，真了不起。"

嬴政面露喜色，问道："婉儿，是这样吗，如此说来我错怪你了。"

婉儿把小嘴一噘："哼，你疑心太重，对谁都起疑心，一定是得了君王常患的病。"

嬴政吓了一跳，他知道婉儿的父亲公孙丑是一位名医，曾经给他治过病，因此他以为婉儿也懂点医术，看出他患了什么病，便忙问道："婉儿，我这病能治好吗？"

婉儿一看嬴政严肃的表情，笑了："我说大王患的这种病不是在身上，而是在心上，没有性命之忧，也不影响健康。"

嬴政有些糊涂了："在心上不比在身上更厉害吗？人们常说病入膏肓，不就是疾病进入心里吗？"

婉儿哈哈大笑，踮着脚用手点着嬴政的鼻子说："说你笨你就笨，不笨也笨，像你这么笨的人还能当大王处理国事？只怕会把秦国治理得一塌糊涂。告诉你吧，你患的这种病是多疑症，我曾听爹爹说过，几乎所有君王都患这种病，整日疑神疑鬼，对谁都不相信，害怕别人抢了他的王位，长此以往，就真的成了孤家寡人。他愈是不相信别人，反对他的人就愈多，反对他的人愈多，他也就越不相信他人，久而久之，众叛亲离，王位也就真的被人抢去了。大王，你可千万不能患这种多疑症啊！"

嬴政被婉儿说得心里七上八下的，挠挠头问："婉儿，我真的患上你说的这种君王常有的多疑症吗？"

婉儿故意吓他："可不是吗？你刚才还怀疑我和成嬌说你的坏话呢。"

婉儿说完，向成嬌偷偷一笑，嬴政见婉儿偷笑，知道她在耍弄自己，说道："好呀，你敢戏耍本王，刚才还想让我封你一个什么公主来着，不跪下向我磕头求饶绝不加封。"

婉儿嬉笑道："大王，我可没有戏耍你，这是给你提个醒，惩前毖后，这不是过错吧？你应当感激我才对呢！"

"好，那就封你为大秦国的铁嘴公主，活人能说死，死人能说活，公鸡也能说下蛋……"

嬴政忽然看见传事太监匆匆走来，匆忙止住成嬌。传事太监上前说道："大王，丞相请你去广安殿，有事相商。"

嬴政还没有开口，婉儿就催促说："大王快点去吧，不然，丞相又要到太后那里坏大王的事，说大王不是好君王了，太后怪罪下来，我们担当不起啊。"

嬴政无奈，只好离去，走出老远，还回头张望。

嬴政刚走进大殿，吕不韦就近上前说，蔡泽出使成功，燕太子已经到了咸阳，安排在广成传舍，问嬴政要不要让燕太子前来朝拜。嬴政答应了，他听说这位燕太子和自己年龄相仿，有了兴趣，很想见识一下，也可以多了解一些其他国家的情况。

蔡泽带着太子丹走进广安殿，先奏报一下出使情况，尽量表现自己的才干与功劳，然后把太子丹引荐给秦王政。

嬴政打量一下太子丹，年龄似乎比自己还稍长几岁，身材也比自己高大，浓眉大眼，棱角分明，透露出几分塞北人的强悍与倔强。太子丹只是向前跨出一步，抱拳施礼，并没有下跪。吕不韦在旁边呵斥道："大胆的狂蛮，叩见我们大王还不下跪，活得不耐烦了！"

蔡泽也催促太子丹行大礼，太子丹不卑不亢地说："我是以燕国太子身份来秦国做人质，皆在沟通两国友好，你们应当以平等的客礼对待我，为什么要逼迫我下跪呢？这不是轻视我燕国吗？恕本太子不能从命！"

吕不韦又要发火，嬴政止住了他，对太子丹说道："既然如此，那就免礼吧，你把国书呈上来，先回馆舍歇息，改天择定吉日再设宴相请，为你接风洗尘。"

"谢大王！"太子丹呈上国书，一拱手告辞了。

望着太子丹下去的背影，吕不韦埋怨说："大王怎能随意废弃这叩见时的大礼呢？传扬出去岂不令其他国家小瞧我大秦国？小小燕国偏远蛮荒，屡屡败于赵国，更不堪我秦国一击，他一个太子竟敢托大，想同大王用平等礼节，真是不自量力，就是燕王喜到此也要下跪。大王下次召见他一定让他下跪，不跪，令侍卫摁也要把他摁跪下，不杀杀他的威风，他不知天有多高地有多厚，还自以为天下第一呢。"

秦王政连连摇头："他虽然质于我国，但也算我国请来的客人，为两国友好而来，怎好强人所难呢？区区礼节何须当真，等到我将来踏平燕国，他不向我下跪也不行啦，现在就以平等礼节相待也无妨，只要能结好燕国、离散'合纵'盟约就行，大礼不辞小让，大事不求细谨，这也能体现我大秦国君的宽广胸怀。"

吕不韦当着群臣的面不好再说什么，暗骂一句："这小子心地宽厚善良，不足成大事！"

蔡泽又把出使达成的几点协议简要向嬴政和吕不韦汇报一下，最后说道："来而不往非礼也，燕太子已经来秦，我国也应当遵守信约派出一名大王的宠臣去燕国为质，以此稳住燕王，不然，缔结的盟约则形同一纸空文。"

"刚成君以为派何人去为佳呢？"嬴政问道。

蔡泽早已想好此人："派张唐去如何呢？张唐文武全才，到燕国后，既可协助燕王处理政务，也可掌管军事，一旦秦燕中止协约，张唐回到秦国，凭借对燕国军政情况的熟知，出兵伐燕，易如反掌。"

嬴政也觉得有道理，征求吕不韦的意见，吕不韦也认为张唐合适，并请太史卜上一卦，卦象大吉，吕不韦立即派人去请张唐，协商赴燕事宜。

张唐听说吕不韦派他去燕国任燕相，心里道：我才不去呢，什么燕相，说白了就是人质。他知道吕不韦、秦王政都是出尔反尔之人，为了自己利益，不惜牺牲一切，今天缔结的盟约明日就有可能撕毁，一旦秦国为了要挟燕国扣押燕太子，在燕国的他命就很难保住。另一方面，去燕国必须从赵国境内经过，他曾经随白起在长平之战中坑杀赵人，赵国人痛恨他不亚于白起，倘若赵国人听说他张唐路过赵国，一定不会放过他。

张唐考虑再三，别无良策，只好装病躲在府中不外出。

吕不韦听说张唐病了，十分意外，早不病晚不病，恰在让他赴燕的时候生病，便亲自登门造访。张唐说出了自己的苦衷，吕不韦不以为然，认为张唐太多心了，坚持让他赴燕，并保证他的安全，可张唐仍然固执己见，拒不从命。吕不韦十分恼火，悻悻回府。

吕不韦愈想愈气，他堂堂的相国，亲自登门请求一个小小的将军去做一件并不困难的事，他居然敢拒不从命，他觉得这是对他权威的蔑视，从侧面也说明了他吕不韦在秦国的地位还没有达到他想象的那样。吕不韦的自尊心受到了伤害。

吕不韦想：嘿，当今秦王事事都让我三分，处处尊重我的意见，你一个小小将军，虽然有功于秦，却并不是有功于吕，你可以不从王命，但绝不能不听从我吕不韦的命令。吕不韦为了敲山震虎，进一步树立个人在朝中的权威，决定拿张唐开刀。

吕不韦正要传唤人马去拿张唐问罪，见一个十来岁的少年双手背后，学着成人的样子阔步走上堂来。吕不韦知道这少年是自己府中年龄最小的门客，今年才十二岁，叫甘罗，因为他是昭襄王时著名相国甘茂的孙子，由于家道败落无处养身，吕不韦听说后便着人把他接入府中供给吃住。

吕不韦以为有人欺辱甘罗，他是来找自己告状的，便耐着性子问道："甘罗，府中有人对你不好吗？"

甘罗摇摇头。

"那你来找本相国有什么事？我正忙，你没事就先回吧。"

"丞相正准备派人去抓张唐吧？"

吕不韦一愣，这事自己只是刚考虑好，还没有去做呢，他怎么会知道？也许是碰巧说对了。吕不韦点点头，问道："你从何处听说的？"

"我从丞相的表情上推断出来的。丞相请张唐赴燕为相，张唐称病不去，丞相又亲自上门去请，可张唐依然不从丞相之命。丞相一定认为自己的权威受到了蔑视，为了威服众人，树立丞相的威信，丞相有心用武力制服张唐，威逼他去燕国，对吗？"

吕不韦没有想到自己的心思全被这么一个小孩子猜中了，有点惊奇地说："是又怎么样，难道他张唐敢与本丞相作对到底吗？"

"张唐当然不敢，但丞相以权势威逼、武力相加，这一做法也欠妥呀。"

"何以见得？"

"兵法云：不战而屈人之兵，善之善者也。不仅用兵如此，诸如治国、耕种、经商、人际间的交往都是这样。比如丞相对张唐，武力相加、权势相逼可能有两种结果，一是张唐屈从，二是仍然不屈服，以死抗命，这两种结果对丞相均是弊大于利。假如张唐屈从，并非出自本心，必然对丞相不满，甚至怀恨在心，无形之中丞相给自己树立一个敌人。若张唐以死抗命。即使丞相杀了张唐，终于没有使张唐从命，丞相的权威更加受到蔑视，只会进一步降低丞相的信誉，反而给他人留下攻击丞相的把柄。对于张唐的亲属朋友来说，丞相不也成了敌人吗？"

吕不韦听完甘罗的分析，愁眉紧锁，思考另外更换合适的人选。

甘罗又说道："丞相又在想另找合适的人选吧？"

吕不韦吓了一跳，莫非这少年是神仙下凡，或者从哪里学会了占心术，否则怎么能猜中我心里所想的事？

"丞相千万不能再找他人，那样，不仅蔡泽、张唐蔑视丞相，其他人也会小瞧丞相的，得不偿失的事丞相不能做。"

吕不韦真正犯难了，问："以你之见应该怎么办？"

甘罗笑道："让我替丞相走一趟，也许能说动张唐去燕国。"

吕不韦想说，我堂堂丞相亲自去请都吃了闭门羹，你一个孩子能说动他，那才是太阳从西边出来呢。可他一想到甘罗刚才对自己心里的猜测有点神乎其神，又不能不信几分，也许这个少年真是神童呢。甘罗似乎看出吕不韦的心事，又说道："丞相不要以为我是一个毛头孩子，嘴边没毛办事不牢。当年项橐七岁就能给孔子当老师，而我已经十二岁了，丞相用人不能以年龄作为判断的标准。丞相何不让我前去一试呢？成功则为丞相去了一桩心病，不成功也不伤丞相的威严，到那时，丞相再另想他法也不迟！"

刚才吕不韦还将信将疑，现在完全被甘罗的话说服了，便点头同意了。

甘罗拜别吕不韦走了出去。望着甘罗的背影，吕不韦陡然生出一丝淡淡的妒意。

甘罗来到张唐府中，府上的人以为是哪位家臣的孩子，也没过问就让他进去了。甘罗找到张唐，放声就哭，张唐以为谁家的孩子跑迷路了找不到家，忙过来安慰说："孩子别哭，你是谁家的孩子，迷路了是吗？我派人把你送回家。"

甘罗这才止住哭泣说道："我是甘茂的孙子甘罗，现在是丞相吕不韦的门客，我已从丞相那里知道将军必死的消息，曾听爷爷说我们两家原先交情笃厚，特来告知一声，也顺便凭吊将军。"

张唐被甘罗说得将信将疑，信吧，他只是一个孩子，不信吧，听口气不像有假，疑惑地说："我曾随武安君征战南北，为秦国立下汗马功劳，丞相不会因为这样一点小事就将我治罪吧？"

甘罗看出张唐的心思，便问道："将军的功劳与武安君白起比起来，谁的功劳大呢？"

"当然是武安君的功劳大，他南败楚国，北震燕赵，东攻韩魏，攻无不克，战无不胜，为秦国夺取无数城邑，扩大秦的疆域，打出秦的威名，我只是他手下一名战将，论功劳怎敢与武安君相比呢？"

甘罗又紧逼一句问道："若把当年丞相范雎和现在丞相吕不韦相比，他们二人谁的权力大呢？"

张唐笑道："这还用问吗，当然是文信侯的权力大，他不仅是丞相，而且是当今大王仲父，国家大事皆由文信侯裁定，就是大王也对丞相礼让三分，应侯范雎哪有这份威信？"

"将军认为文信侯专权吗？"

甘罗这么突然一问，张唐愣住了，他瞪着甘罗却不敢说。

甘罗笑道："假如丞相不专权张将军早就说了，还可能赞美丞相一番呢，正是张将军的沉默恰恰证明了文信侯的专权，说明文信侯已经专权到大臣只敢在心里诅咒却不敢流于言表的程度，对吗？"

张唐一时摸不清甘罗的来意，惊恐地说："这话是你说的，我可没有这么说。"

甘罗继续说道："应侯范雎为报私仇，想让武安君带兵攻打赵国，可白起推托有病不去，应侯再次派人去请，白起依然以生病为借口不愿出征，应侯只好改派郑安平带兵攻赵，可白起呢？终于被逼杀在咸阳城西七里的杜邮。"

甘罗说到这里，突然反问道："应侯没有文信侯专权，都能逼死比你功劳大十倍的武安君，我不知道张将军会死在什么地方。"

甘罗这样一比较，张唐真的害怕了，结结巴巴地问："是丞相派你来催命的吧？"

甘罗摇头说道："假如丞相真的来催命，就不会让我来了。我是听到风声专程来报知将军的，丞相现在只是生气，还没有对张将军动杀机，还有补救的机会，你必须现在就随我到丞相府向丞相认错，并表示乐意到燕国为相。"

张唐又为难地说："不答应是死，答应也是死，不如死在本国了，逢年遇节妻子儿女也能到坟上拜祭一下。倘若死在国外只怕连尸首也找不到，就成为孤魂野鬼了。我宁愿死在这里！"

"张将军太不明智了。文信侯随便加给一个罪名都能轻而易举地将你处死，只怕受牵连的还不止你一个人，你的子孙后代也会因为你背上罪名、成为奴隶。如果张将军死在国外就大不相同了，你是为国而死，有功于秦，也有功于丞相，你的妻子儿女将会承袭你的封爵而世代显赫的。你不为自己着想也应该为儿孙着想吧，人死如灯灭，哪里有什么孤魂野鬼？何况你真的去了，也未必就被处死，你把问题看得太悲观了。丞相不会不为你的安危着想的，因为你是他派出去的，代表秦国，假如你被别国杀了，等于秦国的尊严受到践踏，丞相与大王也会觉得脸面无光的。再进一步讲，比较秦赵的威势，秦强赵弱，赵国怎敢轻易截杀秦国的使臣呢？难道不怕招来亡国之祸吗？燕国就更加弱小了，更不足惧。"

张唐听了甘罗的分析，心情稍稍平静一些，仍然略有顾虑地说："我秦国很少讲究信誉，丞相令蔡泽把燕太子骗来并非真心结盟，而是另有所图，也许想扣押燕太子要挟燕王，假如真是这样，我还能活命吗？"

"即使真像张将军所说的这样，秦国要的是城邑，而不是燕太子的尸首。燕王要的是活着的燕太子丹，而不要你张唐的尸首，他怎么会用你一个臣子的尸首换他亲生儿子的性命呢？燕王宁可割地也不会置儿子的性命于不顾的。最坏的打算是你被处死，我认为你也应该死在国外才值得！张将军，你以为呢？"

张唐无可奈何地点点头："就按照你说的做，请带我去见文信侯。"

吕不韦仍在生张唐的闷气。忽然听说甘罗带着张唐前来认罪，暗暗吃惊，对甘罗更多了一份复杂的感情。张唐走上堂，向吕不韦下跪行大礼，赔罪说："末将固执己见，仅考虑个人得失，置国家大计于不顾，险些酿成大错，幸亏听到甘罗劝说才迷途知返，特来请丞相恕罪，末将愿奉命去燕国为相，请问丞相何时动身？"

吕不韦一听张唐愿意去燕国，并主动来认错，一肚子火气烟消云散，亲自扶起张唐说："人恒过，知错能改则不失为君子。既然张将军置个人安危于度外甘愿赴燕，我一定竭力谋划，确保张将军安全通过赵境，也一定会让张将军平安从燕国返回，到那时，我将亲自斟酒为你庆功！"

吕不韦一面让张唐就座，一面继续说道："燕太子已经入秦多日，我们不尽快派人赴燕，可能引起燕王猜疑，宜早不宜迟，请张将军回府准备一下，择定吉日便可动身。"

张唐退出后，甘罗上前说道："丞相谋划的秦燕结盟仅仅为了破坏'合纵'之策，有利于秦国攻伐韩魏，这种做法只是用兵上的下策，上策是不费一兵一卒占领大片城邑，丞相为何上策不用而取下策呢？"

尽管吕不韦对甘罗能说服张唐去燕十分诧异，但仔细一想，不过是陈述其中的利害关系，动之以情，晓之以理罢了。现在听他出口狂言能不费一兵一卒为秦国取得许多土地，且说自己的策略为下策，显然有小瞧自己的心意，大为恼火，拍案斥道："你乳臭未干，胎毛未退，信口雌黄，简直狂妄至极，不要以为做成一件小事就沾沾自喜，把什么人都不放在眼里。孤念你是个孩子，不与你斤斤计较，快退下去吧，以后说话要分清场合，懂得轻重，否则，严惩不赦！"

甘罗毫不在意，嘻嘻一笑："丞相不问青红皂白就把我臭骂一顿，为何不听我把话说完，让我去试一试呢？"

吕不韦余怒未消，说："你且说与我听听。"

"秦燕结盟必然引起赵国恐慌，我劝说赵王向秦国割地，答应他秦国只要得到赵国五座城池就与燕国断交，并鼓动赵王出兵攻燕。这样，秦国不必用兵就能得到大片土地，而且达到破坏'合纵'的目的，丞相何不让我去试试呢？"

吕不韦疑惑地问："赵王会听从你一个小孩子的劝说吗？"

"察其喜惧，相机而言，言若波兴，随风而转，谋事在人，成事在天，若成功再好不过，不成功，丞相再派张唐入燕也不迟，我只借相国的五辆车用即可，也算是为张唐安全通过赵境做说客吧。"

吕不韦认真考虑再三，觉得可行，甘罗只是个孩子，失败了不损秦国一丝一毫利益，而成功呢，对秦国对他吕不韦都大有好处，甘罗毕竟是他的门客。

吕不韦现在正式派甘罗使赵，给他车驾十乘，仆从百人，完全是大国信使的仪仗。

秦国使臣赴赵的消息早有信使报到邯郸，当甘罗来到距邯郸城外二十里的郊外时，赵襄王早就亲自率领文武大臣恭候多日了。赵襄王一见秦国使臣竟是一位十来岁的少年，有几分失望更有几分屈辱，十分不悦地上前接见甘罗，用颇带讽刺的语气说："秦国的年长者都战死疆场了吗？否则，怎么派一个街头玩耍的孩子来我赵国？"

甘罗施礼答道："大王，一定听说过齐国大夫晏婴晏平仲使楚的故事吧？当楚灵王见到晏子时，故意嘲笑他，说齐国无人了吗，怎么派你这么一个相貌丑陋，身不过五尺的小人来我堂堂楚国？晏子却不卑不亢地答道：我们齐国有的是人，每人呵一口气就可形成云彩，每人挥一把汗就像天上下大雨一般。但我齐国对外出使却有个定例，就是贤才的人出使贤能的国家，不贤的人出使不贤的国家，大人出使大国，小人出使小国。晏子最后说他最不贤，又是小人，才因此出使楚国。楚灵王本想羞辱晏婴反被足智多谋而又巧于应答的晏子所戏。我这里套用晏子的话说，也是秦王用人各用其长，年长的人任用大事，年幼的人任用小事，我甘罗今年才十二岁，当然只能做一些出使赵国的小事了。"

赵襄王见甘罗口齿伶俐，通今博古，不敢再出言相戏，讪讪问道："曾经为秦国开辟三川之地的丞相甘茂是先生的什么人？"

"那是臣的祖父。"

赵襄王连连点头："将门之后无弱兵，名臣之家多奇才，难怪先生如此能言善辩，原来是甘丞相的后人，本王一向钦佩甘丞相的才华，今日能与甘丞相的后人相会也是本王的荣幸，不知先生到此有何见教？"

"大王一定听说燕国太子丹到秦国做人质的事吧？"

赵王点点头。

"大王也一定听说秦国大将张唐要到燕国任相国的事吧？"

赵王又点点头。

甘罗这才拱手说道："燕太子丹到秦国做人质，说明燕国对秦国的忠诚，秦国派张唐到燕国为相，说明秦对燕的信任，如今秦燕两国结为友好，赵国就大祸临头了。"

"请先生把话讲得明白一些。"

甘罗学着成人的样子，比画着说："燕赵积怨已深，成为世仇，如今秦燕结盟，燕国是想借秦国的势力伐赵，以雪昔日惨败的耻辱。秦国也有意借此夺取赵国在河间一带的广大土地。"

赵王十分不悦地说："秦人休要欺我赵国国势衰微，一个赵国不足以抗秦，本王可以'合纵'抗秦，一旦'合纵'成功，秦国将会再遭邯郸之败与华州惨败的结局！"

甘罗笑道："'合纵'之计只怕是大王一厢情愿，如今燕国与秦结盟，齐国与秦早有盟约，保持中立，绝不参与任何一方结盟，韩国自顾不暇，魏国刚刚停战，虽然和谈也是各怀鬼胎，并无诚意。至于楚国么，我家丞相在我来赵前已遣使入楚，不知大王还能和谁进行'合纵'之盟？"

赵襄王并不懂兵法，也不想打仗，刚才提出的"合纵"抗秦不过是威吓一下甘罗，哪知不仅没有震住甘罗，反而给驳得哑口无言。赵襄王沉默一会儿，问道："先生来赵绝不仅仅是告知本王秦燕结盟伐赵的事吧？"

甘罗正中下怀，朗声说道："当然不是，秦王与文信侯都不想伐赵，无奈与燕国结盟，禁不住燕王再三请求。倘若赵国能主动向秦国结盟，秦王愿退回燕太子，停止张唐入燕，并断绝与燕国的交往。"

赵襄王知道甘罗提出的让赵国主动向秦国结为友好绝不是没有条件的，便直接问道："秦国有什么要求呢？"

"大王不如把河间一带的五座城邑割给秦国，以满足秦国扩大河间土地的目的，这样，秦国一定不会再与燕国结盟，秦赵一旦联合，赵国专心对燕用兵，凭赵国的实力，从燕国夺取三十座城邑是绝对可信的。大王损失河间五城而换取的却是三十城，何乐而不为呢？"

甘罗见赵王面带犹豫之色，进一步说道："大王若怀疑秦国缺乏诚意，也可按照往昔秦赵结盟的先例，彼此以人质作抵押，大王以为如何？"

赵襄王当着这么多大臣的面不好表态，淡淡说道："结盟大事岂是三言两语能够敲定的，请先生入城歇息，待本王同群臣仔细商讨之后再答复先生。"

赵襄王把甘罗安顿在上等旅馆内，亲自为他设宴接风洗尘，一时间，小甘罗的大名传遍邯郸城。

赵襄王在宫中召集近臣商讨甘罗提出的割地赂秦、与秦结盟之事，庞煖反对说："秦国向来出尔反尔，言而无信，且不说过去对赵国的欺诈，就是这次与燕国结盟，先是派蔡泽赴燕协商结盟，并把太子丹骗到秦国。如今秦国又主动要求同我国结盟，背信燕国，秦对燕如此，对赵何尝不会实施欺骗之术呢？倘若把河间五城割与秦，秦仍不与燕绝交怎么办？"

郭开反对说："不是秦国言而无信。当今天下纷争，各国判断是非曲直的标准不是周天子时代的礼与义，而是自己本国的利益。燕国甘愿先把太子质押秦国，目的是获得强大秦国的信赖，以便在伐赵时得到秦的支持。秦国之所以愿意背燕与赵结盟，其目的也十分明显，旨在不费一兵一卒获得河间一带的土地，并在赵燕之间坐收渔人之利。可是，从赵国的利益出发呢？当然以不失一寸一厘土地为上策，但这是万万做不到的，我们必须舍小利而得大利。送出河间五城离间了秦燕之盟，得到的城邑可能远远不止这五城。"

庞煖据理力争道："郭大夫应该明白，我们送出的五城是白白送出去的，秦人唾手而得，但赵国再从燕国夺回城邑就不那么容易了，要靠将士的鲜血与汗水在战场拼杀才能得到，每一寸土地都是拿性命换来的，得之不易啊！"

郭开不高兴了："庞将军，这些大道理我比你还懂呢。可是，赵国如何能敌住秦燕联手攻击，你有取胜把握吗？现在不舍去五城，只怕秦燕携手攻秦时损失的土地就不止五城了。等到秦国大军压境时再提出割地求和，秦国又会加大筹码，只怕五城不足以退秦兵吧？"

庞煖冷冷地讽刺道："郭大夫从来没有上过战场，一提及秦兵就畏之如虎，似乎谈虎色变，假如真的到了战场，也一定是逃兵。"

郭开气得脸色发白，正要反唇相讥，乐乘先开口说道："庞将军不要再耍弄嘴皮子图一时快活了，当务之急是商讨与秦人结盟的事，我赞成郭大夫的主张，舍小求大，只要能与秦国长久结盟，赵国就会长久平安，齐国不就是例子吗？"

庞煖连连摇头："秦国与齐达成互不攻守的盟约，这是秦国耍的诡计，秦齐之间隔着韩魏，秦不能越过这两国攻打齐国吧，孤军深入必败无疑，即使夺得齐的土地，也无法并入秦的版图，秦仍是遵守范雎的策略，远交近攻，由近而远，各个击破，只可惜……"

赵襄王不容庞煖说下去就打断他的话："现在不是庞将军纵论天下时事的时候，本王赞成郭大夫的建议，舍去五城能换得与秦国的结盟也是值得的。"

"大王，秦人一向狡诈，不可轻信……"

"庞将军不必多说，本王也不是那么容易上当受骗的，必须秦国先与燕国断交本王才会献出五城，一旦秦燕断交，本王即刻发兵攻燕，再把失去的城邑从燕国那里补偿过来。"

"可是，秦国——"庞煖欲言又止。

赵襄王十分自信地说道："从本王派往秦国的暗探奏报的情况看，秦国主动找上门同我赵国结盟既是真诚的，也是出于无奈。多年来秦国频繁对外用兵，如今国库空虚，兵源也不足，战将死的死，走的走，王龁战死，蒙骜、张唐已走，那些年轻将领虽然年轻气盛，但经验不足，秦王与吕不韦正是看到这一点，才纷纷撤兵，缩小战线规模，四处结盟以求得国内百姓安居乐业。尔等可能早已听说，秦国近年来水灾、旱灾、蝗灾不断，饿死人无数，饥民暴动不断，秦国连赈灾的钱粮都拿不出来，只好卖官鬻爵换取钱粮救济灾民。"

赵襄王刚说到这里，正要口若悬河地说下去，庞煖不识时务地插了一句："按照大王所言，秦国已经不堪一击，既然如此，我国何须向他割地求得结盟呢，不如趁此联合韩、魏、齐、楚等国全力一击，也许能使秦国一蹶不振，各国将会相对安稳多年。"

庞煖本来没有别的意图，赵襄王却认为庞是借此讽刺他，脸当时就拉了下来。郭开见状，心中暗喜，火上浇油地说："庞将军还没有廉颇的功劳呢，就敢对大王出言不逊、随意顶撞，若再打几次胜仗立些战功，只怕比廉颇还骄横呢。"

"你——"庞煖怒视着郭开却没有再说下去。赵襄王已经决定把河间五城割给秦国，接下来就是讨论与秦国长久结盟的事，为了不使秦国中途反悔，必须要求秦国派出人质，因为当今秦王政尚未婚配，更无太子可言，要求何人入赵为人质呢？几人也是意见分歧。

乐乘说，既然秦燕绝交，张唐也没有必要入燕为相，干脆让张唐质押赵国吧。

乐闲认为张唐只是一般武将，分量太轻，不如要求质押蒙骜。郭开曾听说秦王政有一个异母弟弟叫成娇，是华阳太王太后之弟阳泉君的女儿所生，因此认为他是秦国王族中地位最高的人，建议赵王向秦国提出令成娇入赵为人质。

赵襄王听后大喜，认为郭开提议很好，可是，赵国要派谁去秦国呢？郭开不假思索地说，当然是太子嘉，否则秦国也不会送来成娇的，双方的人质必须分量相当。

郭开话音未落，太子嘉恰好走了进来，一听郭开提议让他去秦国做人质，便乜视一下郭开说："郭大夫想置我于死地就主动派人到我府中行刺好了，何必用借刀杀人的手段呢？"

郭开微微涨红了脸，瞟一眼赵王，争辩说："太子殿下这话让微臣吃罪不起，臣对赵国对大王对太子忠心不二，一片赤诚之心苍天可鉴。臣让太子去秦国做人质也完全是从赵国的大局出发，为赵国的安全着想。臣绝无二心！"

太子嘉嘿嘿冷笑一声，道："如此说来，是我错怪郭大夫了，郭大夫对赵国的一片忠心可喜可嘉呀！赶走一位能征惯战的老将廉颇，又迎来一位倾国倾城的美人……"

"放肆！"赵襄王一听儿子提及从魏国得到的美人香娇，马上变脸呵斥一声，不准他再说下去。

庞煖为太子嘉解围说："大王还是慎重对待这事，秦人多诈，派太子殿下入秦，一旦两国关系有变，秦人会利用太子要挟赵国的。"

"怕什么，秦国也有人质在我赵国，双方相互钳制，谅他秦人再狡猾也不敢轻举妄动。"

太子嘉从父王的口气中听出一定会让他入秦，他也不惊慌：哼，我也早有去秦国一观的心愿，看看秦国的国力到底有多强，学习一些秦国的治国经验，将来承袭王位后效法秦国改革新政，励精图治，再和西秦一较高低。即使两国关系有变，还有执掌重权的吕不韦在，也不会有性命之忧。太子嘉也想乘此机会入秦会见吕不韦，询问他下一步的计划，当年花费重金让吕不韦结交秦质子异人，一晃十年，如今终于大功初成，达到预计设想，只要吕不韦与赵姬联手，秦国的朝政就会大厦将倾。可是，为何迟迟不见二人有丝毫行动呢？太子嘉也多次暗中派人入秦质问，吕不韦的回话总是时机尚未成熟，不可轻举妄动。太子嘉隐隐有一种不祥的预感，认真一想，觉得吕不韦与赵姬都是他最信任之人，无论取得什么高位都不会背叛赵国，更不会背叛他赵嘉，何况还有赵高在他们身边，不论何时何地，赵高都不会背叛赵国的。太子嘉这么一想，便觉得自己太多心了，也许真的像吕不韦所说的那样时机不成熟。

蓦然间，太子嘉心中一动，仿佛心有灵犀一般：莫非吕不韦派甘罗来赵要求人质的真正用意是想请他入秦协商大事？可是，为什么不事先暗中派人通知一声呢？太子嘉又有几分困惑，他恨不得早日见到吕不韦问个究竟。

太子嘉拿定主意，站起身向赵襄王说道："儿臣愿听从父王的安排，去秦国做人质，顺便察探一下秦国的实力，将来回国寻求抗秦之策。"

赵襄王点点头："我儿能以国家大计为重，不计较个人安危，实在令父王欣慰，你尽管放心去吧，父王不把你迎回赵国绝不会同秦国断交的，宁可割地赔款也要顾及你的安危。"

"请父王放心，秦国不会难为儿臣的。当初，吕不韦在邯郸经商时，儿臣和他交情笃厚，想他不会忘却旧情的。"

"难为我儿有些深谋远虑，这样，父王就放心了。"

太子嘉先告辞而去，赵襄王望着儿子的背影多少有些不忍。人心不定，世事难料，此一时彼一时，如今的吕不韦不同于当年邯郸的大贾，何况，秦国的事吕不韦也不一定能够一人做主。想到此，赵襄王心里涩涩的。

郭开从赵襄王的表情中隐约猜中他的心事，唯恐赵襄王突然变卦取消让太子嘉入秦为人质的决定，等到众人一一离去，凑上前说道："大王不必为太子入质秦国一事心中不快，太子聪明过人，又深谋远虑，秦人如何能困住他呢？退一步讲，万一将来秦赵失和，秦人想以太子要挟大王，大王可对外宣布废黜太子嘉的世子之位，另立他人。"

"除了嘉儿，本王还能另立何人？"

郭开揣摩一下赵王的心意，试探着说："香王妃最近不是生下一位活泼可爱的小王子吗？人们常说从小可以观老，以臣看来，小王子赵迁的资质绝不在太子嘉之下，也可以立为世子。"

赵襄王面带不悦地说："休要胡言乱语！续统大事是你过问的吗？"

郭开立即告罪说："臣哪敢谈论王储废立的事，臣只是提醒大王万一秦人奸诈扣押太子，大王可用更换太子的事断绝秦人的奢望。其实，这样做也是为太子着想呀，一旦废去太子之位，秦人便认为太子嘉没有多大用处，自然会放他回国的。当然，这只是万不得已才这样做，也许是臣想多了。"

郭开再表白自己，赵襄王只作没有听见。郭开见赵襄王并不理睬，便悻悻地告辞了。

郭开刚走出大殿不远，就被一名宫女叫住了，说香王妃有事相请。郭开一听说是香王妃找他，不敢怠慢，立即随宫女来到香王妃居住的宫中。

这香王妃不是别人，正是乐乘用停战退城外加一个廉颇从魏王那里换来的美人香娇，赵襄王把她纳入宫中，封为香妃，为此，乐乘受到嘉奖，郭开也立了大功，更加受到赵襄王的信任。也是因为香妃的事，太子嘉之母齐王后失宠，太子嘉为了给母亲鸣不平，曾入宫把香妃臭骂一顿，还亲自到郭开府中训斥郭开，扬言有朝一日一定让郭开不得好死。

郭开当然害怕太子嘉的报复。现在他手握大权当然不怕太子嘉的威吓，可是，一旦赵襄王去世太子嘉继位，郭开定然不会有好下场，所以郭开极力怂恿赵襄王让太子嘉到秦国做人质，希望借秦人之手除去心头大患。

郭开来到香妃宫中，香妃早已迎了出来，她一边赐座，一边命宫女献茶，等到郭开坐定，才笑容可掬地问道："郭大夫，我托你办的事怎样了，是否有些眉目？"

郭开叹口气，为难地说："王妃所交代的事微臣岂敢不放在心上？刚才我还向大王提及呢。为此还惹得大王不高兴，差点被轰了出来。"

"那大王怎么说呢？"

"还能怎么说，当然是不赞成。"郭开嘟哝了一句。

香妃马上变了颜色，蛮横地说："我不管你采取什么手段，这事你必须办成！而且要快点儿办成！"

郭开一看香妃生气，马上讨好说："王妃不要心急，这不是小事，必须从长计议，让臣慢慢想办法。"

"想什么办法？快点儿说！"

"如今太子嘉已经答应去秦国做人质，等他到秦国后我再派人携重金入秦贿赂吕不韦等人，让他们把太子嘉扣留秦国，并以此要挟大王割让土地。到那时，我就可以劝说大王废去赵嘉的太子之位，正式立小王子为太子了。"

香妃一听，马上咬牙切齿地说："不，应该让秦人把赵嘉杀掉！"

"对，让秦人把赵嘉杀掉。"郭开又附和道，"请王妃放心，臣一定尽力做到。"

"什么？尽力做到？"

"不，不，一定做到！"郭开忙纠正说。

【第七回】

甘上卿施计会猎，秦嬴政祛病娶妻

经过几番磋商，赵国同意把河间一带五座城邑割让给秦国，并加封太子嘉为秦平君，派往秦国为人质。秦国也因此断绝了与燕国的盟约，停派张唐到燕国任相国，把成蟜封为长安君送到赵国做人质，秦赵结为友好联盟。

秦国不费一兵一卒得到河间一带的广大土地，这不能不说是甘罗的功劳。甘罗出使后回到咸阳，其大名早已响彻秦国，秦王政听说甘罗小小年纪有这么大的才能，十分高兴，在咸阳宫中召见了他。二人也许因为年龄相差不大，心性相似，谈得十分投机，嬴政仿佛找到知音，无话不谈，把陪同甘罗一起来的吕不韦冷落一旁。最后，嬴政要封甘罗为上卿，吕不韦再也忍耐不住，急忙阻止说："大王不可，甘罗固然有才，也为国家立下大功，理应封赏，但毕竟年幼，加封上卿一职官爵太高，恐怕群臣不服，特别是那些征战沙场的武将更认为大王不公，私下将会议论大王不懂政务，妄加封赏。"

嬴政疑惑地望着吕不韦：今天仲父怎么了，甘罗是他的门客，我这样加封甘罗也是看在他的情面上，他应当高兴才对，为何阻止我呢？莫非不想让甘罗为国家做事，只服务于他一人不成？倘若这样，我偏要加封甘罗为上卿。

吕不韦似乎看出嬴政的心思，温和地笑笑，然后说道："从私人感情上，大王破例加封甘罗我当然求之不得，甘罗是我的门客，这也算大王为我脸上贴金，为我光大门庭、传播名声，会使更多的有才干的人投靠到我的门下。可是，若从大秦江山社稷的公利来看待这事，我只好忍痛割爱，阻止大王对甘罗的封赏。"吕不韦说着，瞟一眼甘罗，又继续说道："大王不能因为一人之故而破坏祖制，更不能凭借自己的喜好做出令朝臣不满、不服的事。大王得到一人之心就可能失去众人之心，若大王因为甘罗之故弄到众叛亲离的地步，实在得不偿失。当然，这只能委屈甘罗了，但大王可以从另一方面进行补偿。"

"如何补偿？"嬴政冷冷地问道。

"把秦国原来封赏甘茂的田宅赐给甘罗，等到甘罗年长之后再袭承祖上的爵位，到那时，大王再封甘罗为上卿也不迟。"

嬴政心想：哼，你一定是怕甘罗为我所用，我又多了一个臂膀。有甘罗为我出谋划策会摆脱你的掣肘，你才故意推三阻四找借口阻止我封甘罗为上卿，你愈是反对我愈是要做，也趁此显示一下我的权力。

嬴政不等吕不韦说下去，立即驳斥说："任用人才不必考虑他的出身贫贱还是富贵，只要有才都可破格任用，唯才是举就是这个道理。仲父不也是先王从商人中用为丞相的吗？寡人以为，破格使用人才，除了门第出身外，更不必考虑年龄大小，姜尚八十三岁时垂钓渭水被文王重用，甘罗十二岁为什么不能破例用为上卿呢？"嬴政说到这里，不容吕不韦插嘴，立即向侍立在旁边的太监，说："立即将寡人封甘罗为上卿的决定颁告全国，退朝！"

嬴政看也不看吕不韦一眼，转身走出广安殿。

吕不韦望着嬴政离去的背影，喉咙里仿佛塞了一块棉絮，堵得他差点背过气去，想张口骂一句"混账，我的话你也不听"，一看甘罗正站在旁边，到嘴边的话又咽了下去。他狠狠瞪了甘罗一眼："甘上卿，我们回府吧！"

甘罗故意左右看看，然后凑到吕不韦跟前，小声说道："文信侯，你先回府吧，我还有件极重要的事要面奏大王，这是我在赵国偶然得到的一个秘密，关系十分重大。"

吕不韦微微一惊，忙问道："请问甘上卿，是何秘密？"

甘罗又故作神秘地说："请丞相恕罪，实在不能奉告，因为这事尚未查清，须请大王派人详查，等到查明真相后再请丞相处理。"

吕不韦很恼火，大声呵斥道："秦王尚未举行加冕典礼，也没有到独立亲政的年龄，我是大王仲父，秦国大小事务都必须经过我的允许方可付诸实施。不必说一般文武大臣，就大王及太后办事也都先同我商量，征得我的同意才派人去做。告诉你，你现在仍然是我的门客，说白了，还是一个家奴，你所做的事必须先汇报给我，然后才能奏报大王。"

吕不韦突然意识到自己刚才这句话说得有点过头，但话已出口又不能收回，便瞟一眼甘罗，余怒未消地说："甘罗，先随我回府，有什么话明日再向大王奏报！"

甘罗听出吕不韦的口气不容更改，只好一声不响地随吕不韦登上车。他也清楚现在还没有资格同吕不韦斗气，不必说他，就是张唐、蔡泽等大臣也不敢与吕不韦过不去，甚至秦王嬴政也犟不过吕不韦的。

甘罗今天本来无心同吕不韦怄气，二人是一路说说笑笑地从文信侯府来到咸阳宫的。甘罗巴望着靠这次出使赵国立下的功劳获得封赏，从而恢复祖父甘茂所获得的爵位，然后一步步光大门庭，重新确立甘氏宗族在秦国的地位。他原先指望吕不韦能为他讨封呢，谁知吕不韦不仅没这样做，反而阻止秦王对他的封爵，甘罗怎能不气恼？他住在吕不韦府中多年，大家都以为他是个孩子，府中任何地方都由他随便玩耍，久而久之，对吕不韦与国外的交往有所耳闻，但他仅知道这都是吕不韦派往各国的暗探，专门为吕不韦刺探各国情报的，他并不了解吕不韦与赵国公子嘉的另一层交往。甘罗今天所说的本来是故弄玄虚唬吕不韦的，想不到吕不韦心中有鬼却信以为真。甘罗不知道自己聪明过度，一句玩笑竟给自己酿成杀身之祸。

二人各怀心事地回到丞相府，甘罗刚要走开，吕不韦叫住了他，把他带到书房，这才用协商的口气说："甘罗，你去赵国到底发现了什么秘密，快告诉我，我慎重考虑后再奏报大王，你是知道的，大王如此年龄，处理大事经验不足，你即使先奏报给他，他仍然要同我协商，你不如先告诉我，让我有个心理准备，想好处理的办法，当大王问起时就可以对答如流。"

甘罗知道再不说实话必然引起吕不韦的猜疑，对他今后在朝中做事不利，嘻嘻一笑，告罪说："请文信侯恕罪，我是看丞相阻止大王给我的封爵，心中生气，故意说话戏耍丞相的，望丞相海涵。"

吕不韦看看甘罗，将信将疑，若是一般孩童，吕不韦必会深信不疑，但对于甘罗，吕不韦不能不多个心眼。他又威逼利诱地说："甘罗，孤的脾气你是知道的，我最痛恨口是心非、言不由衷的人，如果我发现你在说假话愚弄我，嘿嘿，下场是剥皮抽筋。当然，你是聪明绝顶的孩子，小小年纪就获得上卿之位，在朝中做了几十年官的人有的到死都不能得到如此高位，可见你的前途无量啊。我跟随先王操劳多年，身子一年不如一年，等你长大成人后，我就该告退，回封地颐养天年了。退前我一定要为大王物色一位德才兼备的丞相，细想朝中诸大臣，最合适的人选就是你，你年轻有为，万万不能辜负我对你的一片厚望啊！人不仅要有才，更要有德，要诚实可信，我将来才能把相位让给你呀！"

吕不韦边说边在室内来回踱着。他突然停了下来，盯着甘罗问道："现在就是一个考验你是否诚实可信的时机，万万不能因为这一件小事影响你的前途。快告诉我你在赵国发现了什么秘密。即使你不说，我也会知道的，但这是对你的考验，考验！"

甘罗张了张嘴欲言又止，尽管他巧于辞令，能言善辩，但现在却不知如何回答吕不韦的话，他知道吕不韦对他撒谎的话信以为真，后悔自己聪明反被聪明误。甘罗抬起头，用哀求的语气说："侯爷，我，我确实是一时糊涂，随便诌几句骗骗丞相的，请丞相明鉴，我甘罗长几个脑袋敢骗丞相？从个人私情讲，丞相对我恩重如山，如再生父母，我报答都来不及，哪有与丞相作对之心？在咸阳宫的那几句话是我童心大发，给丞相开的玩笑，本来想借此杀杀丞相的威风，想不到弄巧成拙，引起了误会，我，我知罪！"甘罗说着，"扑通"跪在地上，早已泪流满面。吕不韦看着甘罗，沉默了一会儿，挥手说道："你退下吧，如果发现你知情不报戏耍我，哼！"

吕不韦没有说下去。他心中仍然存有一个谜团，甘罗究竟是随便说还是已经发现了什么？他决定派人查个一清二楚。

太子丹在广成传舍内寝食不安，他每天都派人打探燕赵之间的战局进展，也伺机寻求潜逃回国的机会，可得到的消息是边防守卫严密，极难混出关。他也知道秦人狠毒，万一逃脱不掉被捉回来，只能是死路一条，因此不敢轻易潜逃。

一晃数月过去了，太子丹仍然没有找到脱身之计，而传来的消息越来越坏。赵国派庞为大将，乐乘、乐闲为偏将，会同代州郡守李牧率大军二十万伐燕，燕国迎战主帅为剧辛，栗腹之子栗元为副将。龙家河一战燕军受挫；胡卢河一战燕军大败，主帅剧辛战死，栗元受伤。如今赵军已经攻下燕国的武遂、方城等近十座城邑。

太子丹心急如焚，如何才能逃出秦国呢？太子丹在无计可施的情况下又找到刚成君蔡泽府上，请他帮忙。

蔡泽感到很羞愧，太子丹是他骗到秦国的，人刚到咸阳秦国就变了卦，背离燕国与赵国结盟，怂恿赵国攻打燕国不说，还把太子丹扣押在秦国不允回国，简直如同强盗一般。

蔡泽也没有想到是这样的结果，又气又恼却也无可奈何，他是敢怒不敢言。他想让太子丹早一天平安回到燕国，减轻一些内心的愧疚，但他又不敢向吕不韦与嬴政提出放回太子丹的事，他知道说了也无济于事，为了自己的官爵与名利，干脆不闻不问，佯装不知。

太子丹派人找他多次，请他从中说情，蔡泽都推说身体不适回绝了。今天，太子丹亲自找上门，蔡泽实在躲不过去了，便略带惭愧地说："殿下不必心急，着急也没有用，要从长计议，等秦赵关系破裂时……"

太子丹一听这话，不容蔡泽再说下去，气愤地说："不必心急？！我能不急吗？许多将士在前线浴血奋战，拼死疆场！无数百姓倒在赵人的屠刀下！大片土地被赵人侵占，我的臣民流离失所，父王寝卧不安！等，等，难道要等到乌头白、马生角不成？倘若赵国攻破蓟城，列祖列宗的祭祀遭辱，我还有何面目独活于世？"

蔡泽见太子丹情绪激昂，耐心安慰道："殿下的心情我可以理解，你还年轻，不懂人心叵测……"

太子丹立即接过来讽刺道："对，我不知人心难测，更不知秦人如何奸诈，也不知道你是那么卑鄙，明知里面有诈，却花言巧语将我诱来！"

蔡泽也不生气，装作没事的样子说："殿下错怪我了，我确实没有想到会有这种结果，我也是燕人，身在秦国心仍在故里，怎会做出背叛国家遭后人唾骂的事呢？身在朝廷由不得我啊。"

"呸！亏你说得出口，你还知道自己是燕国人，倘若你有一点燕国人的良知就应该想尽一切办法送我回国，以死劝秦王准许我走！"

蔡泽装作为难的样子说："殿下来秦的日子太短，根本不了解丞相与大王的脾气，如果舍弃我这不值得珍惜的小命能换取殿下回国，我早就舍生赴死了，只可惜我搭十条小命也无济于事。我时刻都在为太子寻求逃走的时机呢。你瞧，长期思虑过度，人都苍老了许多，唉，难呐！"

太子丹估计这次又是白来，近乎绝望地说："苍天不公，奸诈小人当道，忠厚笃实之人受辱，黑白颠倒，正邪错位，孬好不分。"太子丹说着，早已泪如雨下。

蔡泽本想再劝慰几句，见太子丹正在伤心之时，欲言又止。

太子丹忽然擦干泪水，强求道："蔡大人，请你带我去见秦王，我要当面指责他言而无信，是卑鄙小人，要求他送我回国，如果他不答应，我就伏尸二尺，流血五步，让天下人披缟戴素！"

蔡泽一听太子丹要找秦王论理，并有和秦王拼命的意思，更不敢带他去见秦王，若真闹出个不测来，太子丹必死无疑，只怕要让他的身家性命也搭上。

蔡泽当然不干，他想了想：哼，本来没有这些事发生的，我也可利用赵燕两国把张唐除去，都是甘罗那小子逞能才节外生枝，使秦王与吕不韦断绝与燕国的交往而与赵结盟，为此，甘罗还得到上卿之位！嘿，好事不能让你全占了，你破坏我的好事，我今天就借太子丹来坑害你一次。

蔡泽想至此，心中嘿嘿一笑，不动声色地对太子丹说："殿下，常言说'解铃还须系铃人'，有一人一定能帮你劝说吕不韦和秦王放你回国，你可以去找他，但绝不能透露是我引荐你去的，否则，他一定不答应陪你见秦王。"

"谁？"

"甘罗！"蔡泽小声说道。

太子丹想了想，略带疑虑地问："他只是一个十来岁的孩子，行吗？"

"你放心去吧，整个秦国，也许只有他能帮你啦。"太子丹告别蔡泽，立即去找甘罗。

甘罗一见来人是燕太子，便明白了几分，故意装作不知地说："太子殿下是来找我狩猎的吧？"

太子丹讪讪地施礼，说道："原来甘上卿与我有同样的爱好。我自幼喜爱骑射，未入秦时，经常带着随从与好友到燕山脚下行猎，即兴捕猎，把捉到的猎狗带回营地下酒，三朋四友聚在一起，边嚼着蒸烧的猎物边饮酒赋诗，兴致来了，或歌或舞，有操琴有舞剑有击筑有打板，忘情之际，再跨上战马在旷野里狂奔一会儿，有说不出的快意。此情此景没有名利的烦恼，也没有案牍的劳形，那才是一个自由的人，充实的人，快乐的人。"

太子丹说到这里，眼角流下两行泪，呜咽道："只可惜那样的日子永远不会再来了，我现在已经形同囚徒，生死未卜，无法请甘上卿到燕北领略塞外狩猎的情趣。"

甘罗仿佛被太子丹的情绪所感染，也动情地说："想不到殿下出身钟鸣鼎食之家，竟是一位性情中人，不为世俗所羁绊，甘愿追求一种旷达自由的生活，令在下钦佩。"

太子丹长叹一声："甘上卿谬奖了，我身陷囹圄，故国蒙难，纵有一腔热血却不能救民水火，为父王分忧解难，又如何旷达起来？我是生不如死，度日如年啊！"

太子丹说到这里，揣摩一下甘罗的反应，又试探着说："众人都交口称赞甘小弟才思敏捷，聪明过人，又慷慨仗义，急他人之所急，今日相见果然如此。鄙人如今有难，恳请甘小弟指点迷津，一旦脱离险境，他日一定重报！"太子丹双膝着地，重重一揖。

甘罗慌忙下跪，并搀扶起太子丹说："殿下如此大礼，折煞甘某了，殿下的处境我十分同情，只是我人微言轻，爱莫能助啊。"

"甘小弟是丞相府中红人，又深得大王信赖，如果甘小弟也无力帮我回国，丹只好被困死在此地了，与其痛苦而死或被人杀掉，不如自行了断呢！"

太子丹说着，拔出佩剑就向颈上刺去，甘罗急忙上前抱住他的剑，劝慰道："殿下不可轻生，让甘某考虑一下。"

甘罗也觉得过意不去，如果不是他向吕不韦献计并出使赵国，也不至于使秦国背叛燕国与赵国结盟，自己因为立下大功得到封赏却害苦了燕国，如今赵国几十万大军进逼燕国，已攻克十几座城邑，还害得太子丹被拘押在秦国不得脱身。甘罗忽然隐隐感觉到秦国的兼并战争是一种罪恶，也是一种掠夺，自己就是制造这种罪恶的帮凶，什么功名利禄，不过是罪恶的见证。

甘罗认真考虑后，十分愧疚地对太子丹说："我答应帮助你说服丞相与大王，放你回国，但不能贸然去说，必须选准时机，你也必须一同前往，能否成功就看天意了。"

太子丹见甘罗答应了，心中稍稍宽慰了一点儿。

这一日，华阳太王太后与嬴政正在闲谈，忽然公孙婉儿风风火火地闯了进来，一看嬴政在这里，便大声嚷道："大王哥哥，甘上卿有急事求见你呢。"

嬴政将信将疑："什么事？"

"嘀，反正是朝廷要事，你们男人间的什么事怎么会说给我听呢？他已经等候多时了，请你快去。"

华阳太王太后见婉儿走进她的寝宫也不通报一声，很不高兴地斥道："我这里是任何人随便进出的地方么，下次入内先通报一声，否则，把你哄出宫去！"

婉儿并不生气，嘻嘻一笑，做个鬼脸说："太王太后，都是一家人何必那么客气呢？我散漫惯了，没有通报的习惯，如果太王太后不乐意让我来，那我以后不来这里就是啦，干吗那样凶呢？"婉儿说完，转脸走出门外。

嬴政怕祖母生气，急忙打圆场说："婉儿是刀子嘴豆腐心，别看嘴不饶人，心可好了，背后经常念叨祖母宽厚仁慈。她从小是在宫外长大的，又没有母亲管束，撒野惯了，来宫中后大家都宠让着她，便养成她这种快人快语的性格，我明天让母亲多管教她就是了，请祖母不要生气，她还是个孩子。"

华阳太王太后叹息一声："我这把年纪了，怎会生一个孩子的气呢？只是怕把她惯坏了，给王室惹出什么麻烦来。"

"祖母放心，婉儿虽然顽皮一点，但并不胡闹，做事还是有分寸的，绝不会做出什么有损王室的事来。"

"我也只是随便说说，提个醒，既然你都那么偏向她，祖母也不说什么了，你快去吧，那边还有事等着呢。"

嬴政拜别华阳太王太后刚出长乐宫，婉儿就从旁边跑上来小声说道："大王哥哥，甘罗请你去南苑打猎。"

"原来是这事，你骗我是什么朝廷大事，该打，该打！"嬴政说着，攥着拳头在婉儿头上连敲几下。

婉儿边跑边喊着："大王哥哥饶命，大王哥哥饶命。"

"饶命可以，但以后再也不许撒谎欺骗我。"嬴政笑道。

"我也不想撒谎欺骗大王哥哥，可太王太后在场，我要说甘罗找你狩猎，她会让你去吗？"

嬴政一听婉儿又在诡辩，哈哈一笑："你是铁嘴公主，反说正说都有理，我辩不过你，听从你的命令就是，到南苑去处理朝廷大事。"

两人赶到南苑时，甘罗和太子丹早已恭候在那里。嬴政一见太子丹也来了，便向甘罗说道："甘上卿请寡人来狩猎是另有所图吧？不过，行猎前我要约法三章，今天是打猎，只准谈打猎的事，谈友谊、谈快乐的事，不谈国事，不谈战争，也不谈外交。"

太子丹很尴尬地看看秦王，又瞟瞟甘罗，欲言又止，脸上露出失望之色。甘罗装作什么也不懂，上前施礼说道："臣等遵从大王的建议，不过，臣也向大王约法三章，今天是朋友相聚，不分君臣贵贱，人人平等，比赛后我们将猎物烹烤，饮酒赋诗，大王以为如何？"

嬴政没有开口，婉儿就拍手说道："这样再好不过，只有人人平等，才能赛出水平。不然，众人都惧怕大王哥哥，谁敢和大王哥哥争抢猎物呢？结果一定是大王哥哥的猎物最多，以前每次打猎不都是这样吗，那太不公平了！"

嬴政知道婉儿说的是实话，他也不想那样做，众人都让着他，那样打猎也没劲。

嬴政答应了甘罗的要求，众人立即披挂整齐投入猎场。各人都使出自己捕猎的绝活，一晃一个时辰结束了，每人都把捕获的猎物抬了回来。嬴政的猎物最多，一只豹子，三只鹿，此外还有獾、貉、貂等小动物。甘罗只捕到一只鹿、两只羚羊，婉儿射获两只小鹿和一只野兔，只有太子丹两手空空地回来了。

嬴政颇感奇怪地问："传言你们燕人好骑射善行猎，怎么燕太子竟然一无所获？是战马不善奔跑，还是弓箭不够强硬？"

甘罗也问道："那日闲聊，太子不是说酷爱行猎吗，今天为何空手而归？"

不等太子丹开口，他的两名随从上前答道："回大王和甘上卿，太子爷本来活捉了一对麋鹿，来时命我等放了。"

婉儿也惊奇地问："我们不是有言在先，要比赛捕获的猎物吗，为何捉住又给放了呢？你拿什么来比赛呢？难道太子觉得我等骑术低劣，不值得一比吗？抑或害怕猎取的猎物太多把大王给比了下去让大王难堪？"

太子丹急忙施礼说道："在下行猎本领原来就不精，怎敢和大王相比呢？再加上离开故国半年有余，期间从来没有行过猎，本来有限的水平就更低劣了，刚才碰巧捉住两只幼小的麋鹿，原打算带回来给各位下酒，但见两只小麋鹿不住哀鸣，估计他们一定在想妈妈。转念一想，也许它们的妈妈也在为不知去向的儿女哭泣。动物不也和我们有情有义的人一样吗？同样都是平等的生命，我们为什么要为了自己的一己欢欣而剥夺它们的父母之爱，又为什么要逞一时英雄而离断它们的骨肉之情？怎能把个人的欢乐建立在它们的痛苦上，用它们的幼小生命作我们的下酒菜？"

嬴政越听越气，"啪"的一声把堆放在桌子上的猎物全部掀翻在地，气呼呼地吼道："不要说了！我就是要杀，杀，杀！我不仅要杀尽天下的猎物，还要杀尽天下与我作对的人。如今世道就是这样：强者上弱者退，弱者只配做强者的肉食和阶梯，弱者也就理所当然要俯伏在强者脚下任强者践踏，不仅人与人是这样，国与国之间也是这样，你没有听说过胜为王侯败为贼的道理吗？哼，你们的用意我明白，想以此感动我让我放你走，如果寡人不乐意，你奈我何？我不怕道义的攻击，也不怕天下人咒骂我，现在无理可讲，拳头是理，刀剑战马是理，国家的实力是理！即使有人骂，也只能跪在寡人脚下在心里骂，表面上仍要向我叩头求饶俯首称臣，寡人要的就是这个，哈哈！"

太子丹垂下头，强忍着屈辱的泪水不让它流下来，他知道同这样一个大国的君王是无理可讲的，哀求只能遭到鄙夷，流泪只能让他嗤笑。愈是自卑的人愈应当把头抬得更高！太子丹故作潇洒地仰头狂笑一声，说道："人并无强弱贵贱之分，只不过所处的位置不同罢了，对于同一个人来说，也因为时移事易，位置改变，命运身份也随着改变。比如我燕丹，数月前在燕国就是一人之下万人之上的太子，可如今呢，形同于阶下囚，再过一些日子，也许就变成白骨一堆。再说大王，当年在邯郸时是人人敢打敢骂的流浪儿，如今呢，却是挥手之间流血千里、伏尸百万的大秦国雄主。但是，斗转星移，江河奔流，人的位置绝不是一成不变的，得志时莫狂，失志时莫馁，得让人时且让人，能饶人处且饶人……"

"住口！"嬴政喝住了太子丹，不容许他讲下去。

"燕丹，你以为你还能再得志吗？你得志之时又能怎样？我失志之时谁又奈我何！胜者永远是胜者，败者永远是败者。我得志之时让天下人向我顶礼膜拜，我失志之时我要赶尽杀绝所有得意之人！"嬴政说着盯着太子丹，眼中射出一股凶光。

甘罗担心太子丹不识时务再出言相撞，急忙向婉儿使眼色，婉儿会意，立即不高兴地说："行猎前不是约法三章不谈国事，不谈打仗，只谈友谊吗？怎么都忘了，谁犯了条规都要受罚。"

婉儿转向甘罗："甘上卿，你裁定一下是谁先犯规？"

"当然是大王，婉儿公主，你敢罚吗？"

"你说怎么惩罚？"

"当然是脱掉鞋，把鞋顶在头上在地上爬一圈学三声狗叫，汪，汪汪，汪。"

"甘罗，你好大的胆子，敢戏要本王，活得不耐烦了！"

甘罗冲嬴政嘻嘻一笑："大王，我们事前约法三章，不谈国事，你却第一个触犯了规矩，我们也曾讲好兄弟相称不分贵贱，大王也同意了，怎么现在又反悔了？大王可是金口玉言，言必信，行必果，不能自食其言呀！"

嬴政憋了半晌才说出一句话，"你们是事先有预谋的，故意骗我来上当，打猎是幌子，求我放了太子丹才是真的。"

甘罗忙笑道："大王英明，既然你看出来了，就卖个人情让太子丹回国吧。如今秦燕早已背约，赵国攻燕正紧，扣留燕太子并无多大作用，我国已经得到原先想得到的东西。再说，赵国一旦攻破燕国，或者燕国不堪赵国的强攻，臣服赵、魏、齐任何一国都对秦国不利，大王不希望东方各国之中突然出现一个国力可与秦相匹敌或胜过秦的大国吧？如果大王希望这样就继续扣留太子丹，倘若大王并不希望这样做，就立即放太子丹回国抗击赵国。"

嬴政一时不知道是否应该立即放回太子丹，沉默不语。

婉儿也劝说道："大王哥哥，放他回去吧。本来是秦国主动同燕国结盟，又是秦国不顾信义撕毁盟约，大王再扣押太子丹，此事传扬天下，将来谁还敢同秦国建立盟约关系呢？再说秦国还没有足够的实力吞并天下，现在大王要学会权宜之策，事事不可凭意气用事，须三思而后行。"

这话若是其他人说出，嬴政一定不会接受，对于婉儿就不同了，他不仅没有发怒，反而感到惊奇。婉儿平时快人快语，说话风风火火欠考虑，想不到今天这些话却入情入理，对婉儿他又多了一分认识。

嬴政可以不听甘罗的劝说，但对婉儿的话却不能拒绝，究竟是什么原因，他自己也不清楚，从内心而言，婉儿向他提出任何请求他都不会拒绝，他愿为婉儿付出一切，包括至高无上的君王之位和七尺之躯。这也许就是人们常说的剪不断理还乱的"情"字吧。嬴政沉思良久才说道："这事让我回去认真考虑一下，再同仲父商量商量。"

嬴政说完，催马而去。婉儿在后面喊道："大王哥哥，等等我！"说着，也催马追去。

甘罗向一脸愁容的太子丹说道："事情只能如此了，你静候消息吧。不过，据我猜测，大王一定会答应的，至于丞相那里，我再探探他的口风，看看能不能说动他。"

太子丹知道甘罗确实为他尽了力，感激地说："常言说人生得一知己足矣，大恩不言谢，倘若丹能够回到故国，甘上卿的恩情世代不忘！"

甘罗一笑置之，拜别太子丹回文信侯府。

甘罗躺在床上，越想越感到蹊跷，赵国太子嘉来到秦国一晃半年，几次提出拜访吕不韦都被他借故拒绝了。甘罗觉得吕不韦是在有意躲避赵太子，吕不韦为什么要躲避他呢？按理说，吕不韦堂堂一个大国丞相，一人之下万人之上，不，也可以说他比秦王都拥有实权。而太子嘉不过是一个弱国的质押太子，说白了是一个人质，吕不韦没有必要躲避他，更没有必要惧怯他。甘罗隐隐感觉到吕不韦有点怕赵太子嘉。

甘罗把这诸种细节联系在一起，估计吕不韦可能有什么把柄在太子嘉手中，因为吕不韦当年在邯郸经商多年，凭吕不韦的为人作风不能不结交太子嘉这样的王室显赫人物，至于是什么把柄，甘罗想查个一清二楚。

甘罗听说太子嘉并没有回馆舍，仍在书房与吕不韦闲谈，便悄悄向书房摸去。老远就看见书房外戒备森严，从正面无法靠近。如果只是闲谈，何必守卫如此严密呢？这激起甘罗探个究竟的欲望，于是绕到花园，翻墙来到书房的后窗下偷听里面的谈话。甘罗刚刚把耳贴在墙上，就听见吕不韦说道："公子当年所托之事我是不能照办了，此一时彼一时，公子有恩于我，我永世不忘，公子所花费的一切我都全部偿还。"

沉默了好久，甘罗才听赵太子嘉说道："那倒不必了，不用说赵国有的是钱，就是我也不在乎那些钱，只是你太令我失望了，我苦心经营十几年，指望你能助我完成大事，想不到……不韦，我求求你了，我代表赵氏王室求求你了，只要你能助我完成大事，我也让你做赵国丞相，封你君侯之位，不，我愿把赵国的国土分一半与你共享。"

甘罗糊涂了，堂堂赵国太子这样向吕不韦苦苦哀求，并愿意拿出一半国力相与，究竟是什么事呢？甘罗正在疑惑之间，听到里面"扑通"一声响，像人倒地的声音，又像跪倒的声音，接着听到吕不韦颇带不安地说："公子请起，不韦经受不住如此大礼。"

"吕先生如果不坚守诺言答应我的请求，我就跪死此地。"

吕不韦有点恼了，不满地说："你跪死在这里我也不会答应的，你还是死了这条心吧，我宁可负你也不能有负嬴政，宁可背叛赵国也不能背叛秦国。你老老实实在此待上三年五载，无论秦赵关系如何我都确保你的安全，倘若有非分之想，或胡乱对外散布什么谣言，我让你死无葬身之地。实不相瞒，自从你踏上秦国境内我就在你身边安下耳目，你的一举一动随时都有人报告我，什么该说什么不该说你比我更明白，只要我听到你说出一句不该说的话……"

屋内又一阵沉默，甘罗当然能猜出吕不韦没有说出口的话，他蓦地想起几个月前自己随便开个玩笑吕不韦追问他的话，原来吕不韦是心中有鬼碰巧被自己歪打正着说中了。甘罗正在胡思乱想，又听太子嘉祈求道："你能安排我见一见赵姬吗？"

"不行，她现在是深居内宫的太后，岂能随便接见外人？你不必再费心机了，见了也没有用，凭她现在的位置会答应你再去做那些傻事吗？"

"我，我并不是要求她做什么，只想见一见她，多年不见十分想念。"

"哈哈，公子别一厢情愿了，她现在不是邯郸街头的歌女，今非昔比，她的一言一行都与一个国家命运相关，都关系着秦王室的声誉，为了太后的名誉我不会答应你同她相见的。"

屋内又是长时间的沉默，甘罗正要离去，又听太子嘉问道："有人说秦王嬴政是你和赵姬所生……"

甘罗惊得浑身发麻，这可是天大的秘密，太子嘉又说了些什么他一句也没听见，一不小心双脚蹬偏，"扑通"一声滑倒在地。吕不韦正要回答太子嘉的问话，忽然听到房后有一声轻微的响动，估计有人偷听，立即向门外喊道："司空马，快去查看一下房后是何人，活要见人死要见尸，立即带来见我！"

许久，司空马才回来报告说，只看见一个黑影，没有追上。吕不韦气得正要张口大骂，司空马低声耳语几句，吕不韦一怔，狠狠地说道："严密监视，绝不能让他活到明天，兔崽子，跟我耍花招，嘿！"

司空马走后，吕不韦立即对太子嘉说："你现在回去吧，我再警告你一句，放聪明点，你可以平安回到赵国当你的太子，将来做你的赵王，我也看在你我朋友一场的情分上，向你保证秦国不会轻易攻打赵国，至少现在不会，当然，这要看你如何做了。"

太子嘉正要离开，吕不韦又补充一句："公子明天将会听到一件轰动咸阳的大事。"

"什么事？"太子嘉轻声问道。

"明天你会听到的，也顺便警告你，如果再向任何人提及你我还有赵姬之间的事，明天的那件事就是你的例子！"

望着太子嘉离去的背影，吕不韦心潮起伏，从理智而言，他应当处死太子嘉，从道义而言，他又不能这样做，没有太子嘉让他忍辱负重去做一件匪夷所思的事，怎会有他的今天？没有太子嘉的暗中相助，他和异人还有赵姬、嬴政如何逃离赵国？可是，他的心已经完全归属秦国，在他看来，秦国表面上姓嬴，而骨子里已经姓吕，为让秦国彻底姓吕而不姓嬴，他决定再大胆地迈出第二步，如何迈出第二步呢？吕不韦又陷入沉思……

太子丹刚刚起床，就有一名侍从人员匆匆跑来报告，说甘罗上卿突然死亡。太子丹惊愕不已，昨天还在一起狩猎呢，怎么一夜的工夫就突然死去了？他根本没有生病的迹象，莫非遭人暗杀？太子丹首先想到的就是秦王嬴政。难道因为甘罗为他向秦王劝谏惹恼了嬴政，派人把甘罗杀害了？倘若是这样，他只好死在秦国了。太子丹的心全凉了。

太子丹也无心吃饭，匆忙赶到文信侯府甘罗的住处，老远就看到那里披黑挂素，灵幡高挂。

太子丹来到灵前一揖到地，放声痛哭，众人劝抚，他仍然大哭不止。太子丹是把自己一腔委屈和绝望都化作泪水哭出来了——他为甘罗英年而逝哭泣，为自己失去一位有共同语言的朋友哭泣，他更为自己哭泣。

不知过了多久，一声高呼："大王到——"

嬴政在众人簇拥下走进灵堂，太子丹这才止住哭泣。嬴政询问甘罗的死因，吕不韦答道："甘上卿是无疾而终。"

"人无疾怎么会死呢？昨天甘上卿还陪寡人去南苑行猎，仅一夜之间突然而逝，莫非遭到他人暗害不成？"

赢政心中藏着恼怒，他怀疑是吕不韦派人谋害的，至于谋害的原因赢政认为吕不韦见甘罗与他关系密切，正是甘罗的存在监视了吕不韦的一举一动，无疑，吕不韦觉得甘罗是赢政派来监视他的，因为甘罗被封为上卿后仍住在他的文信侯府中。

另一方面，甘罗本是吕不韦的门客，现在却倾向秦王，吕不韦认为甘罗背叛了自己，他杀死甘罗是杀鸡给猴看，起到威慑作用，既警告赢政，又令所有门客害怕——甘罗如此高位又深得秦王信赖，这样的人我都敢处死，更何况是你们。

吕不韦似乎猜中赢政的心思，认真说道："自古聪明绝顶之人不长寿，这叫天妒其才神夺其寿，倘若大王不加封甘罗上卿爵位，也许甘罗不会死得这么早。"

"嗨，这么说甘罗之死是寡人的责任了？"

"臣并没有这么说，但臣刚才占了一卦，卦象上说甘罗之死是天意，少年取高位违逆人间常理，上天不容。"

赢政看看吕不韦，然后把目光移开，冷冷地说："好人不长寿。也许真是如此。"吕不韦正要发作，赢政又说道，"无论如何，甘罗死在文信侯府，丞相多少也是有责任的，罚俸半年，所罚钱财补贴在甘罗的丧葬上，丞相以为如何？"

吕不韦虽然不情愿，却又不好在群臣面前向赢政发火。他一向把金钱看得很轻，更不愿为了几个钱与赢政闹翻，何况他心中确实有愧，花钱消灾的道理吕不韦比谁都懂，于是忍气吞声地答应了。

赢政虽然怀疑甘罗猝然而逝与吕不韦有关，却找不出任何证据，也只好作罢。他见太子丹站在旁边，心想：放太子丹回燕国也算甘罗的遗愿，看在死去的甘罗的情分上，就放他走吧。

赢政问吕不韦："丞相，甘罗生前多次劝寡人放回太子丹，寡人一直没有答应，如今甘罗归天，寡人想满足他的遗愿，以告慰甘罗在天之灵。"

吕不韦冷冷地答道："大王如今长大了，事事可以自己做主了，仲父早已不中用了，何必再同我商量？就是我反对大王也不会听的，还是大王自己决定吧。"

"那好，寡人现在就答应放太子丹回国！"赢政也赌气地说，稍停片刻，赢政又向站在旁边的太子丹说道："燕太子，寡人现在就放你回国，请你回国之后好自为之，如果心怀仇恨，伺机复仇，寡人随时整兵伺候。"

太子丹急忙上前施礼："大王对丹如此大仁大义，丹岂有恩将仇报之理？丹一旦回到国都，即刻劝说父王派使臣来秦，重新修好两国关系。"太子丹怕赢政不答应，又说道："远交近攻是秦国一向的外交策略，大王能够与燕结盟共同攻伐赵、魏，所得利益全部归秦所有，燕只求一雪长期受赵欺凌之仇，大王以为如何？”

“这事以后再说吧，倘若你真有诚意，回燕之后可以派使臣相商，到时寡人再答应你。”

太子丹千恩万谢地拜别秦王政、吕不韦等人，又到甘罗灵前行三个大礼才离去。

太子丹唯恐节外生枝、嬴政变卦，草草收拾一下，便带领随从人员回国了。

公孙婉儿来到咸阳宫，见嬴政一人傻愣愣地坐在那里，像是在生闷气，上前调笑道：“大王哥哥，多日不见你瘦多了，为谁搞得人这么憔悴啊？快把心事告诉我，也许我有办法呢。”

过去，每当嬴政不高兴时，只要婉儿过来同他说一会儿话，心里便好受多了。今天，婉儿无论怎么逗笑，嬴政也高兴不起来，他冲婉儿苦笑一下：“我失去了一位知心朋友，他还是我最亲信的大臣，我能不伤心吗？从此以后许多大事我还同谁商讨？”

婉儿一听嬴政为甘罗的死伤心，也不再开玩笑，认真地说：“甘罗的确是一位可以信赖的人，年龄虽小但机智过人，他能辅佐大王再好不过。只是人死不能复生，伤心又有什么用呢？你再物色一位可以亲信的大臣就是，朝中这么多大臣，难道一个值得信赖的人也没有吗？丞相虽然霸道一些，但做事果断，为人也不贪，对大王也没有恶意……”

嬴政不容婉儿说下去，就十分反感地打断她的话：“你说的这些话怎么和祖母还有娘说的话都一样，你们看到的只是表面，有许多事你们是不会明白的。他伪装得太高明了，公开场合一口一个大王，而私下里总直呼我的乳名，摆出一副尊长的面孔，仿佛我就是他的儿子似的。还有……”

嬴政欲言又止，憋红了脸，还是说了出来：“他，他和太后……你整日在长扬宫应该比我清楚，这些怎么能让我忍下去呢？世上没有不透风的墙，一旦传扬出去，王室的威信何在？我这个大王还怎么当？”说完，两人都默不作声。

婉儿当然知道吕不韦同太后所干的那些苟且之事，嬴政都过问不了，更何况她呢？她只装作不知罢了，如今嬴政突然提起，她也不知道如何回答。

“婉儿，你帮哥哥办件事，你平日里多长个心眼，一旦发现吕不韦同太后有不轨之举马上报告我，我带几个虎贲军把吕不韦的狗头给砸个稀巴烂。”

婉儿连忙阻止说：“不行，吕不韦大权在握，稍有不慎，丢了王位还会搭上性命的，你还是忍耐一下吧，此事可从长计议，等到你举行加冕仪式后能够独立执掌大权了，再收拾吕不韦也不迟。”

"又是忍，忍，只怕忍不到那个时候我就活活憋死了。"

嬴政说着，把几案上的书全部掀翻在地，似乎仍不解恨，又接连摔碎几只玉瓶，才余怒未消地跌坐在长椅上生闷气。

婉儿柔声说道："你的脾气变多了，越来越暴躁，长此下去会影响你的身体。秦国的千秋大业全指望你一个人呢，今后的担子不知有多重，为了一点小事就大动肝火，气坏了身子怎么办？"婉儿边说边把掀翻的几案重新摆正，又把撒落在地上的东西一一拾起，放回原处。

婉儿打扫完玉瓶的碎片，为逗嬴政开心，便主动说道："大王哥哥，我弹一首曲子给你听吧？"

嬴政笑了："你要是也会弹琴，只怕鸭子也会上架了。"

婉儿恼了："哼，就会小瞧人，把琴拿来，我弹给你听。"

嬴政命宫女取琴。

"不行，必须你亲自给我取琴！"

嬴政无奈，只好亲自把琴取来，支好，并做一个请的姿势："公主，现在可以弹了，请吧！"

婉儿也不客气，真的坐到琴前，边弹边放喉歌唱。

婉儿弹唱本来是想安慰嬴政的，谁知嬴政听了却又多了一份对婉儿的理解，原来婉儿并不像众人所看到的那样整日嘻嘻哈哈，一副天真烂漫不识愁滋味的模样，她也孤独，她也痛苦。弹着弹着，婉儿的双手似乎迟钝了，琴音那么苍白无力，嗓眼里也仿佛被什么东西堵住了，歌声幽咽干涩，两行清泪慢慢淌下来。

婉儿的琴艺并不好，但她是那么专注，那么投入，她用全部的情与爱去弹，嬴政被深深打动了，他轻轻走上前，用手抚去婉儿脸上的泪滴，然后握住她的手说："尽管我们心中有忧愁，有苦闷，很少有人理解，但我们绝不要求他人理解，你的心意我领了，相信我会克制自己，坚强起来的。我已经慢慢学会了忍，只是偶尔仍然控制不住情绪想发火，以后我会慢慢改正的。"

嬴政把婉儿拉起来，仍紧紧握住她的手道："婉儿妹妹，这么多年来我还是第一次见你流泪呢，你流泪的样子比平时好看多了，像雨中芙蓉。"

"你再取笑我，我可要拿出平时的野性子来对你不客气了。"

嬴政微微一笑："好，好，我不开玩笑，快告诉我什么时候学的琴，我怎么从来也没有见你弹过？"

嬴政的话触动了婉儿的思绪，她微微叹息一声，感慨地说："这琴，还是幼年的时候爹爹教我的呢，爹爹不仅医术高明，琴技也是一流，只可惜爹爹死得太早，如果爹爹活到现在，我一定劝说他为你出谋划策，有他在你身边你就不必整日这么忧愁了，保证能帮你把国家治理得井井有条，指挥打仗也一定能做到攻无不克，战无不胜。"

赢政见婉儿说得十分认真，有些不相信地问："你爹爹也会行军布阵？"

"哼，你不相信？告诉你吧，我很小的时候，家中时常有来自各国的使节慕名求我爹辅佐他们的国君，都带上金银等贵重礼品，并许下高官厚禄，都被我爹爹回绝了。"

赢政不解地问："满腹韬略不寻明君而仕，不纵横疆场去建功立业，岂不空有一腔学问，谁人知晓呢？"

"唉，我叔叔也这样劝说过他，但爹爹生性耿直，一概不听。他曾说掌握天下都是为一己之私而不顾百姓死活的独夫民贼，都是暴君，没有明君而仕，他不愿助纣为虐，与其让无辜的百姓成为君王争夺天下的牺牲品，他宁可终老山野。"

赢政十分惋惜地说："那太可惜了，即使不愿入仕为官，也应效法鬼谷子、孔孟之流开馆授徒，让学问流传于后人。"

"爹爹原来也有授徒之心，曾有几位朋友托付几人，爹爹一看他们资质太差，悟性太低，就一一回绝了。后来，大梁一位叫侯嬴的隐士向爹爹推荐一人，爹爹见他天资较好，便收他为徒，这是爹爹唯一的弟子。"

赢政忙问道："既然是你爹爹的学生，也一定有过人之处，他现在在哪里？告诉我，我派人把他接来委以重任。"

婉儿摇摇头，说道："自从那次战乱我和爹爹与他走散后就再无音信，也不知他是否还活在世上。"

赢政很失望。见婉儿提及往事十分伤心，于是改变话题说："谈点高兴的事吧。"

"什么高兴的事？"

"比如弹琴，这又是我对你的一个新发现，相处多年我都不知道你还有此技艺，原来以为你就会傻乎乎地说笑呢，谁知你内心深处那么丰富，快告诉我你还会什么，还有哪些本领我不知道。"

"嘿，我除了弹琴还会针砭、刺绣、下棋、舞剑，你不知道的多着呢。"

婉儿忽然见赢政不说话了，两眼直勾勾地盯着自己，恰在这时，吕不韦走了进来，说道："多日不见大王入朝过问政事，听说大王身体不适，特来探视。"

赢政不冷不热地说："多谢仲父关心，有丞相临朝处理政务，寡人还有什么不放心的？也省得我在旁边指手画脚妨碍丞相行使大权。"

吕不韦也知道赢政不理朝政是因为甘罗之死，目的是同他怄气。吕不韦十分伤心，满朝文武他都能相处得很好，并把人际关系处理得相得益彰，唯独和赢政搞不好关系。他千方百计地委屈自己去讨赢政欢心，得到的却是两人关系越来紧张。

吕不韦为把嬴政培养成一位叱咤风云的君王，使尽了浑身本领，嬴政也确实没有令他失望，渐渐领悟到帝王之道。随着年龄的增长，嬴政对权术的兴趣使二人之间的矛盾越来越大，这是吕不韦始料不及的。

吕不韦今天是真心诚意地来看望嬴政的，没想到又被嬴政不软不硬的话抢白一顿，有些心灰意冷，也许因为来得不是时候吧。他也不便久留，随便说上几句无关痛痒的话就告辞了。

吕不韦想起刚才的事，知道嬴政已到了成婚的年龄，这几年只顾征战把这事给忘了。期间赵姬也向他提及过给嬴政选后的事，他思来想去没有合适的人选，再加上嬴政年纪尚小，他还不想让嬴政成婚太早，以免沉湎女色，荒疏学业，也有伤身体，看来这事不能再拖了，再等下去可能要出事。尽管公孙婉儿只是赵姬收养的女儿，二人没有兄妹之实，但他们有兄妹之名，无论嬴政对婉儿是什么心思都不能让嬴政立她为后，连妃子的名分也不行。

吕不韦坚决反对二人结合的原因当然不是这些，他和赵姬的事婉儿知道，他多次劝说赵姬把婉儿赶出宫去，都被赵姬拒绝了。吕不韦知道华阳太王太后对婉儿有成见，便径直驱车到长乐宫。华阳太王太后一见吕不韦突然到此，立即赐座，乐呵呵地说道：“丞相日理万机，今天也不是来闲坐的吧？有什么事尽管说来，是政儿又不听话了，还是其他什么事？”

“回太王太后，臣是有事请你拿主意的。”

“哈哈，丞相太谦虚了，我一个快要入土的人，能拿什么主意？朝廷大事我也不懂，还是你和群臣商量着办吧，如果政儿反对，老妇倒可以训教他。”

吕不韦当然知道这是华阳太王太后自谦的话。整个王室中，华阳太王太后德高望重，资格也最老，虽然极少插手朝廷大事，但秦国的大事都有人主动汇报给她，如果她反对的事谁也做不成。

吕不韦正是借助华阳太王太后这根台柱子才在秦国站稳脚，现在更会讨好华阳太王太后，大大小小的事总定期派人奏报她，因此，华阳太王太后也很欣赏吕不韦，当吕不韦说出来意时，华阳太王太后高兴得合不拢嘴：“丞相考虑得周详，男大当婚女大当嫁，是该为政儿立后了，一旦完婚就有人管他了，也给丞相减轻负担啊！”

“臣倒不是怕麻烦，大王到了婚配的年龄，立后就是朝中头等大事，也是为国早早确立根本啊，大婚之后，大王就可以举行加冕典礼，正式独立执政了，臣也该回乡颐养天年喽。”

“不可，不可，你还不到五十岁就要回乡享清福，那哪儿行，就是政儿加冕后也还需要你扶持呢，他一个孩子能吃得消吗？你想偷懒可不行，等到秦国扫平六国统一天下了，让政儿再给你选一块地方供你玩乐吧。现在可不能有这种想法，快说说为政儿立后的事，你相中了哪家姑娘？"

吕不韦想把一腔苦水说给华阳太王太后听听，可思来想去还是不说为好，便只淡淡一笑："太王太后放心吧，不把这身骨头架累散我是不会半途而废的。选后和统一天下同等重要，王后必须是德才兼备之人才能母仪天下，无论是容貌还是出身都必须是高贵门第之女才有资格做王后。臣派人遍查全国大户人家之女，登籍造册统计后没有一位符合要求的女子。"

"其他国家王侯世家中有没有合适的人选呢？各国王侯之间相互通婚也是常有的事，何况联姻也是一种外交手段。"

吕不韦马上附和道："太王太后说得极是，臣已派人去东方各国打探，送回的报告说，齐王建有一小女才貌双全，品行高洁，和大王十分般配。此外，燕王喜也有一女长得俊俏，多才多艺，贤淑雅惠，也很适合大王，不知太王太后中意哪位？"

华阳太王太后想了想说："既然丞相认为这两个女孩都那么好，就同时派人分别去齐燕两国迎娶，回来之后再让政儿挑选，一个为后一个为妃岂不更好？"

吕不韦连连点头："太王太后见识实在高明，臣马上派人去办，但臣有一个小小的顾虑。"

"什么顾虑，快说与老妇听听，我给你做主！"

"太王太后最近可听到什么传闻？"吕不韦故意问道。

"我整日待在宫中能听到什么传闻？什么事你快说吧，别吊我的胃口了。"

吕不韦这才说道："臣之所以急急忙忙四处派人为大王婆后，是因为臣听到宫女们私下议论，说大王和公孙婉儿整日情切切意绵绵，形影不离……"

吕不韦话还没说完，华阳太王太后就面带愠色地说道："我早就看出婉儿不是什么好东西，长着一对狐媚子眼，让她留在宫中只怕比妲己、褒姒还会媚骗。哼，政儿这孩子也太不像话，怎么就喜欢上她这么一个疯疯傻傻的野丫头，我要好好教训教训他。"

吕不韦又怕嬴政挨训后恼恨他，便说道："太王太后不必责备大王，据宫中传说都是公孙婉儿主动到咸阳宫勾引大王的，世上哪有不吃腥的猫？大王如此年轻怎能经得住勾引呢，以臣之见，太王太后派人去长扬宫责令赵太后把婉儿管束紧一点也许就没事了，一旦大王完婚可能就会把婉儿忘个一干二净。"

华阳太王太后仍一脸怒容地说："当初赵太后把她带入宫中我就看着不顺眼，认一个无名无分的野丫头做公主岂不是辱没了王室的声誉？哼，我要么让赵太后把婉儿给赶出宫去，要么让她立即嫁出王宫，免得在宫中狐媚政儿。"

吕不韦见目的达到，便以派人去齐燕两国迎娶王后为借口，起身告辞。吕不韦走后，华阳太王太后再也坐不住了，越想越气，命人备车去咸阳宫，到咸阳宫一问嬴政不在，去了长扬宫。华阳太王太后又赶往长扬宫。

公孙婉儿正从屏风上取下一把长剑，还没有抽出剑鞘，嬴政就赶到了，大吃一惊，紧跑几步冲上前把婉儿抱住了，一边夺下她手中的剑，一边哀求说："婉儿，你不能这样，千错万错都是我的错，原谅我吧，从今以后我一定像对待亲妹妹一样对你，绝不掺杂男女私情。"

不等嬴政说下去，婉儿哈哈答道："你快放开我，我是想把剑擦一擦，真笨！"婉儿挣开嬴政的手，点着他的鼻子说："你还希望我去死吗？"

嬴政憨笑一下，不好意思地说："刚才我一时冲动就冒犯了你，我看见你又羞又恼地跑开了，怕你寻短见就追来了，刚进门见你正在取剑，以为你……"

嬴政又笑笑："只要你不恼我就放心了。"

婉儿故意装作生气的样子说："你是大王又是哥哥，我恼又有什么用，还不照样受你的气，就是死了也是白送一条小命，我自幼没有娘，爹又死得早，没人疼没人爱。"

婉儿故意把"爱"说得重一些，嬴政急忙说道："怎么说没人疼没人爱呢，娘疼你，把你看成亲生女儿，我也疼你爱你，还有成嬌。"

婉儿偷眼看看嬴政，轻声说道："你还能再疼爱我几天？你很快就有王后了，你有了心上人，早把我这妹妹忘得一干二净。"

婉儿又把"爱"字说得特别轻，嬴政似乎明白了什么，微微涨红了脸，向婉儿表白说："我不要王后，有你在宫中陪伴着我就行了。"

"我？"婉儿内心一阵惊喜，继而又摇摇头，"那怎么行呢，哪有君王不立王后的，何况立后的事也不是你说了算，娘已经同吕不韦提及多次了，听说吕不韦已派人到东方为你打探有没有合适的人选。"

"哼，我的什么事他都过问，娶老婆的事我自己做主，无论他给我娶来什么天仙美人还是王侯的公主我都不会接受。"

"那你娶什么样的人做王后？"婉儿木然地问。

嬴政望着婉儿渴盼的双眼，上前握住她的手认真地说："婉儿妹妹做我的王后好吗？"

婉儿百感交集，望着嬴政郑重其事的样子，一时无语，两行热泪夺眶而出。婉儿把头埋在嬴政的怀里，尽情享受这一刻的幸福和温暖。

不知何时，华阳太王太后和赵姬带着几名宫女走了进来，华阳太王太后气得脸色铁青，也顾不及自己的身份，斥骂道："不知羞耻的野东西，光天化日之下竟敢勾引政儿，做起王后的美梦来，休想！"

华阳太王太后一声怒喝惊醒了两人的美梦，婉儿急忙退到旁边，满脸绯红，不知所措。嬴政并不惊慌，稍稍定一下神上前施礼说道："不知祖母及母亲驾到，有失远迎，政儿有礼了。"说着，深深一揖。

"政儿，你不在咸阳宫处理朝政，到这里干什么？小小年纪就沉湎女色，难道要学周幽王不成？秦国的统一重任何人担当？祖母平日里训教你的话都忘了吗？"

"回祖母，政儿时刻牢记祖训，从来不敢忘记统一天下的大事。"

"嗯！可是你这样下去只怕不能统一六国反被六国打垮了。"华阳太王太后说着，狠狠地瞪了一眼低头不语的公孙婉儿。

嬴政争辩道："政儿并没有做出什么不对的事，更没有做出有损王室威名的事。我今年已经十八岁了，应该选取一位母仪天下的王后，我来此正是为了选后之事，也算处理朝廷大事吧。"

"满口狡辩之辞，选后的事你不必操心，我已经让吕不韦派人去齐燕两国迎娶，一定会给你选出一位才貌俱佳，而且有名有分的王后。当务之急是尽快学会灵活处理朝廷大事，养成为君之道，一旦大婚之后就举行加冕典礼，那时你就要独立执政了，千钧重的担子都交给你一人，你能承担得了吗？"

嬴政垂首不语。

"公孙姑娘，"华阳太王太后一改平日对婉儿的叫法，令众人一怔，"老妇正式警告你，你不要对王后之位有非分之想，你既然被收养为公主，就与嬴政有兄妹之名分，这是不能立为后妃的，秦王室的规矩任何人也不能破。退一步讲，你的出身门第、自身教养也不够立为王后的标准，你好自为之吧。"

婉儿"哇"的一声哭着跑了出去。

嬴政挪动一下脚步，想追出去，看看华阳太王太后满脸冷峻之色，于是忍住没有动。但他在心里已经暗下决心，除了婉儿绝不立第二人为后。

华阳太王太后又转过身，很不满意地对赵姬说："你也太娇宠她了，哪还有点公主的样子，疯疯癫癫，到处惹是生非，整个秦宫被她搅得鸡犬不宁，再这样下去就把她赶出宫去！"华阳太王太后看看嬴政，冷哼一声："我真不明白，这样没有一点女孩子味的人也能令你动心，真是不可思议，若是我，让她去当宫女也不够格！"

嬴政忍受不了祖母对婉儿的羞辱，争辩说："祖母对婉儿有成见才觉得她处处不顺眼，了解她的人都知道她是一位好姑娘，没有王侯将相家女孩子的虚伪娇气，也没有山野村氓之家的粗俗刁蛮，她率真正直、热情大方，外刚内柔，外狂内秀，似痴似愚的表面下有一颗金子般的心肠，还有，她……"

"住口，我看你是被她那狐媚眼给迷住了，从今天起不允许你和她再相见，否则以王室规矩论处！"

华阳太王太后又对赵姬说道："你也看紧一些，不要让她离开这宫内一步，她再敢胡来我拿你问罪！再不整治一下还不知会闹出什么乱子呢。"

赵姬一直都在沉默，静听华阳太王太后训斥嬴政和婉儿，偶尔也捎带着说两句。赵姬起初并没在意，现在一听华阳太王太后话中有话，估计是关于她和吕不韦的事。赵姬现在已经不把华阳太王太后放在眼里，便毫不示弱地说："我把婉儿收留宫中，是因为她父女二人有恩于王室，如果没有公孙先生，只怕政儿早已不在人世了，别人能为我们去死，我们难道连收养一个孤儿的恻隐之心都没有吗？他们二人虽有兄妹之名却无兄妹之实，结为夫妻也未尝不可，自古亲兄妹结为夫妻的例子也不胜枚举。什么门第高低、出身贫贱，各诸侯王室的始祖不都是贫贱之家崛起的吗？贫贱之家多奇才，纨绔子弟少伟男，以我看还是贫贱之女为王后更可靠。"

嬴政一听母亲这么说，转忧为喜，急切地问："娘，你果真同意我立婉儿妹妹为王后？"

华阳太王太后气得差点昏倒在地，颤巍巍地说："休想，只要我还有一口气，秦王宫内就不允许你们胡作非为，起驾回宫！"

华阳太王太后向侍从宫女呵斥一声，怒气冲冲地转身走了。

十月初八，这是秦国一年一度的谷神节。

秋天将尽，冬天未到，在田地里滚爬一年的农民们收完谷粱，正好借此节日好好乐一乐，也是对明年有一个美好收成的展望与祈祷。

谷神节的庆典活动五花八门，不一而足，除了跳神、祝酒、祭神、送神、拜神等大型集会外，还有各种各样的娱乐活动，如赛马、比剑、斗鸡、斗牛等。在这个节日里，民间艺人、巫婆神汉最忙，小商小贩也是不亦乐乎，借着庆典出售一些好吃的好玩的东西，发一笔小财。

因为收成的好坏是关系着国计民生的大事，直接影响国家的稳定和国库的补给，因此，朝廷官吏也极为重视这一节日。

为了配合民间的各种祭祝活动，朝廷除了派执掌宗庙、礼仪的官员奉常、太祝、太宰负责国家的庆典外，还给各级官员放假三天，自由参与节日的活动。吕不韦这几天也没有太重要的事要做，为了体现"与民同乐"的胸怀，他便带着司空马和四名卫士便衣而出，随便到街上溜达溜达。

刚到南市，就看见南市广场的看台四周挤满了人，喝彩声不绝于耳。吕不韦好久没有这么清闲了，也想上前凑个热闹。他看见看台四周的人几乎都是清一色的男人，偶尔有几名妇女挤进去，又很快用手掩着嘴退了出来。这更激起吕不韦的好奇心。围观的人太多，吕不韦又不愿暴露身份，几个人费了好大劲才挤入看台内。

嗬，好家伙，吕不韦也兴奋了，原来这里正在进行一个特殊的庆典——与神共舞。所有上台表演的人都赤裸上身，然后头扎白巾，在肚脐眼上系一条长长的白带子，手里各拿一个箩筐，边舞边唱，舞姿雄健，唱腔高昂。

本来这一活动是有女人参与的，但由于女人羞于上台表演，久而久之这一节目便成为男人们的专利，由原来的边舞边唱变为只舞不唱。舞蹈的内容也变了，由原先的庄重、肃穆、虔诚，变得油滑、下流、逗笑，近乎只为展示男性的身材。尽管有伤风雅，但因为是民间自发活动，且每年只举行一次，所以朝廷并不过问。

吕不韦虽然来秦多年，也听说过有这种舞蹈，但由于平日里深居简出，从来也没有亲自观赏过，今天真是大开眼界。

台上的舞者可能舞到了兴头上，几人都平躺在台上，各自支撑着箩筐，让箩筐不停转动，比赛谁转动的圈数最多。吕不韦看见一人十分显眼，他舞弄起来动作特别娴熟，转动速度也最快，博得众人阵阵喝彩。忽然，不知谁带头喊一声："嫪毐，加油！"

接着，四周便响起了有节奏的呼声："嫪毐，加油！嫪毐，加油！"

吕不韦转身问旁边一个喊叫正带劲的人谁叫嫪毐，那人看一眼吕不韦，不屑一顾地说："你一定是外地来的商人吧，否则怎么会不知道嫪毐是谁呢？他是咸阳南市有名的小混混，整日和一帮兄弟们偷鸡摸狗吃喝嫖赌，什么坏事都干，就是不干好事。"

吕不韦看着、听着，忽然触动了心中的一件事情。他不由得苦笑了一下。

吕不韦向司空马耳语几句，便留下司空马，带着其余四名侍卫走了。吕不韦驱车来到长扬宫，赵姬刚好也才同几名宫女回到宫中。原来赵姬在宫内闷得慌，也到集市上去了一趟，看看几个庆典的场面。

吕不韦一听赵姬没有去南市，便问道："太后听说过一种特殊的庆典吗？"

"什么特殊的庆典？是不是那个关于男人的表演？"

吕不韦诧异道："你怎么知道的？"

赵姬笑道："我早就听说了，只是从来也没看过，听说今年是在南市举行的，我虽有心去看，无奈身份不允许。"赵姬说着，面露失望之色。

吕不韦趁机说道："太后既然想看，我派人把他们叫到宫中表演给你看就是。"

赵姬连忙摇头："万万不可，若让两宫太后及政儿知道，我这老脸往哪儿放？华阳太王太后也会治我扰乱宫室之罪，不看就不看吧。"

吕不韦装作慎重思考一番的样子，然后低声说道："我有办法让你看到，而且不让任何人知道。"

赵姬见吕不韦不像开玩笑，便问道："什么办法，先说给我听听，看是否可行？"

吕不韦低声说道："你今晚到我府中，我保证让你大开眼界。"赵姬见吕不韦神秘一笑，点头答应了。

赵姬在文信侯府中见识了嫪毐的本领后，一直对其念念不忘。几天后，吕不韦把扮作宦官的嫪毐送进了长扬宫。

这一日，赵姬正和嫪毐打情骂俏，忽然，宫女进来报告说，大王和公主有事要见太后。赵姬和嫪毐刚好说到兴头上，内心都有一种难耐的冲动，于是赵姬不耐烦地说道："告诉他们我今天身体不适，没有什么重要的事就改日再谈。"

赵姬话音未落，嬴政和婉儿双双闯了进来，赵姬正要训斥几句，嬴政先开口说道："娘，儿臣有重要的事同你协商。"

赵姬把脸一沉，索然无味地说："什么事快说吧，娘要休息了。"

"娘，还是那件事，儿臣不想让那位齐国公主为王后！"

"那你想立谁为王后？"

赵姬说着，狠狠瞪了婉儿一眼。

"娘，我想让婉儿妹妹为后，那位齐国公主就和燕国公主一样都做王妃吧。"嬴政央求道。

"不行，这事已经定了，娘做不了主！"

"娘，你不是一直都支持我和婉儿妹妹吗，怎么现在也变了？"

"过去是过去，现在是现在，娘帮不了你们，你们可以去找祖母，求她老人家同意才行。"

嬴政一听娘让他去找祖母，马上垂头丧气地说："娘明知道祖母反对我和婉儿妹妹结合，却让我们去求她老人家，分明是推脱。娘，孩儿的婚姻大事关系到秦国的兴盛荣衰，如果立一位儿不喜欢的人为后，宫中诸事内外不合，儿哪有心思处理朝廷大事？统一大业只好泡空了。"

赵姬早已不耐烦了，把脸一沉，说道："政儿，你愈来愈不听话了，眼看就要独立执政了，还这样小孩子脾气。立后一事会因为你一时喜好而随意更改？丞相已经派信使去齐国报喜，倘若再出尔反尔，势必引起秦齐两国关系破裂，这个责任你担当得了吗？像齐国这样大国的公主不被立为王后，而立一位无名无分的人，传扬出去岂不让东方各国嗤笑秦国为蛮夷之邦，不懂礼仪常理？"

嬴政气得脸通红，大声顶撞道："娘，我想不到这话出自你口，哼，你也有这种尊卑贵贱的偏见！你的出身不也并不高贵吗，现在不照样成为王太后？"

"放肆！"

赵姬没想到儿子会这样反问她，气得脸色惨白，稍稍喘口气又对婉儿斥道："政儿跟你学得越来越坏，连我也敢顶撞了，竟然说出这种大逆不道的话，从今天起，你不许走出长扬宫半步！如果敢违抗我的旨意，我砸断你的腿！"

赵姬似乎仍不满意，转身对侍立一旁的嫪毐说："你替我好好监视着她，只要她抗旨不遵，随时报告于我，不，随时给我揪到这里。"

嫪毐马上得意扬扬地冲着婉儿嘿嘿一笑，阴阴地说："小公主，你可听清楚了，这是太后的吩咐，今后若有冒犯，别怪我手下不留情啊。"

嬴政一看嫪毐就一身媚骨，就有一种厌恶之情，耐着性子问道："这位是……寡人怎么没有见过呢？"

"奴才是刚刚引荐进宫的，叫嫪毐，所以大王不识得奴才。"

嫪毐边低声下气地说着，边偷眼看看嬴政的脸色，他见嬴政不高兴，又补充说："奴才虽然刚来，但太后见奴才手脚勤快，就把奴才调到这里服侍太后。"

嬴政一听嫪毐想拿太后压他，气不打一处来，冷笑道："嗬，原来你就叫嫪毐，挺会讨好人，也很讨人喜欢，但我警告你，不要拿着鸡毛当令箭，你胆敢动公主一根汗毛，我就要了你的狗命！"

嫪毐见赵姬木然地坐着，没有替他说话，吓得"扑通"跪在地上，叩头说道："奴才明白，奴才不敢，奴才不敢！"

嬴政站起身就要离去，吕不韦走进来说道："大王留步，臣是专程来此向你奏报一事的。刚才，臣与华阳太王太后商量，大王的新婚大典吉日选定，为了图个热热闹闹、团团圆圆，华阳太王太后想让长安君回来参加大王的婚礼。为了不让赵国存有疑心，华阳太王太后要求先送赵太子嘉回国，等他回到邯郸，立即派人把长安君送回来。对此事大王是否有什么异议？"

嬴政正在气头上，又听吕不韦一口一个华阳太王太后，便冷冷地说道："既然丞相已经同华阳太王太后商定，还奏报寡人干什么？请丞相把长安君迎接回来就是。"

嬴政抛下这句话，头也不回地走了出去。婉儿刚要随嬴政走出去，赵姬喝住了她："婉儿不要走，娘有话跟你说！"婉儿站住了。

赵姬扫了婉儿一眼，见她满眼泪水，不忍开口，微微叹口气。最后，她还是狠心说道："婉儿，不是娘对你心狠，娘也有难言之隐。事已成定局，你也不必有丝毫的奢望，等过些日子娘为你指定一门婚事，立即将你嫁出宫。"

"我宁可去死，也不再嫁他人！"

婉儿捂住嘴，泪流满面地跑了出去。

室内一片静寂，吕不韦看看嫪毐，又向沉默不语的赵姬说："太后，臣有件事想单独与你谈谈？"

赵姬点点头，对嫪毐说："你下去吧，我有要事与丞相商谈，没有我的口谕任何人不准入内！"

嫪毐磨蹭一下，偷偷瞟了一眼吕不韦，带着醋意，怏怏不快地退了出去。

嫪毐一走，吕不韦冷冷地说："我是特地来提醒你的，不要得意忘形了，你与嫪毐的事嬴政已经有所耳闻，只要嬴政知道嫪毐是个假太监，他的命还能保住吗？只怕你也要难堪。"

赵姬一想刚才嬴政对嫪毐的态度，相信了吕不韦的话，又怀疑吕不韦是因为在嫉妒嫪毐才这么说的，将信将疑地问："除非你去报告政儿，要么他怎么能这么快就知道嫪毐的事呢？"

"哼，你以为政儿像你一样傻，政儿虽然很少来长扬宫，但婉儿可是住在这里，你的事她怎能没有耳闻呢？"

"嘿，若是婉儿告知的，我砸断她的双腿，挖去她的双眼，割了她的舌头，再把她嫁出去，看她还敢多嘴多舌！"

"你把她杀了也没有用，即使不是婉儿，也可能有其他人去告密，久而久之一定会露馅。常言说纸里包不住火。你还是小心点儿为妙。说我告密，我现在还不想与政儿为敌，嫪毐是我引荐的，他是假阉人，这个罪名我担当不起，我不愿因为嫪毐的事牵连于我才来提醒你的。"

赵姬觉得吕不韦说得有理，陷入了沉思……

吕不韦看出了赵姬的心思，想了想说："办法只有一个，你和嫪毐到一个远离咸阳的地方居住，那样，政儿就无暇过问了。"

"难为你想出这么一个馊主意，这不是让我二人去隐居吗？"

"远离咸阳并不一定就是隐居，你以政儿大婚为借口到故都雍城颐养天年，那里风景秀丽，人口兴旺，街市整洁，所需衣食用度应有尽有，距离咸阳也不远，偶尔也可回咸阳小住几日。你二人在雍城居住，只怕比西天王母在瑶池仙境的生活还舒适呢。"

赵姬想了想，此计可行，带上自己的一帮亲信住进雍城故宫，无论做什么事政儿也不会知道，她和嫪毐明目张胆过夫妻生活也无人敢问。

赵姬让吕不韦先派人去雍城把破旧的宫殿重新修缮一番，一旦嬴政大婚之后便即刻迁往雍城。

吕不韦一听赵姬答应带嫪毐去雍城定居，稍稍放下心来。吕不韦虽然借嫪毐入宫使了个脱身之计，但他十分清楚嫪毐是怎样一个人。他只不过是流浪街头不学无术的小混混，胸无半点城府，让他留在咸阳宫中早晚会惹出事来。一旦事发，查明他是个假太监，嫪毐被处死不足惜，他自己也会卷入其中、难脱干系。

吕不韦已经从他和嬴政之间的紧张关系中隐隐感到自己很难在相位上久立，当然，他更不想因为嫪毐的事将来给嬴政一个把柄。

嬴政病了。

一连多日卧床不起，经太医诊断是内火攻心、阴阳失调、内心郁闷所致，除了药物治疗外，还必须进行生理治疗。按照巫医秘方，新婚蜜月可以驱鬼避邪，促进人体阴阳调和，这就叫作冲喜。因此，大婚提前举行。

吉日选定，咸阳宫张灯结彩，披红挂绿。广安殿前摆放着漏壶、日晷及各种形状的鼎尊，有方形有圆形，像羊、像牛、像虎、像龙、像蛇、像鱼、像鹤、像麒麟，应有尽有。鼎尊里燃放着香草，青烟袅袅，香气冲天。

大殿两边站满了司仪的宫女、太监，这些人的后面则是乐队。管乐有号、笛、箫、唢呐，弦乐有筑、琴、筝、瑟，打击乐有金、喜、锣、编钟、云板等，一时间管弦悦耳，丝竹齐鸣，整个王宫呈现出一派喜气洋洋的景象。

新婚大典在丞相吕不韦的主持下，一项项有条不紊地进行，拜天神拜地神，叩拜山水谷神后是拜谢列祖列宗，然后才是跪拜华阳太王太后、夏太王太后及赵太后，最后是夫妻对拜。

嬴政如木偶人一般被操纵着进行每一项婚礼程序，他没有大喜也没有大悲，木然的表情是他此时此刻内心的真实表现。

就在这片欢腾热烈的气氛中，太子嘉带着赵高偷偷送来的当年庄襄王的遗诏，乘着马车向赵国疾驰而去。

太子嘉回到赵国，犹如一个在外受屈的孩子见到了母亲，禁不住失声痛哭起来。群臣听说太子平安归来，纷纷登门问候。赵襄王与丞相庞煖也亲自来到府中探视，询问秦国实力及内部君臣关系，太子嘉根据自己的所见所闻一一回答。

庞煖问道："大王准备如何对待秦质子成蟜？"

赵襄王一向害怕秦国，只想图个平安无事，现在一听太子嘉讲秦国正在操练兵马扩大兵源，准备对外用兵，更不敢有非分之想，便说道："如今嘉儿能够平安归来，说明秦国没有欺赵，赵也理所当然遵守盟约不欺秦，用厚礼送回成蟜。"

"大王，这样岂不太便宜了秦国。秦一向不讲究信用，利用人质要挟他国是秦人一贯伎俩，太子能够回来也不能说明秦人就讲信义，何况太子在秦受了许多不公平待遇，不如趁此扣押成蟜，要挟秦国退还河间一带的五城。"

赵襄王连连摇着："不可，万万使不得。秦能主动放回嘉儿，寡人已经感激不尽，怎能恩将仇报扣押秦的质子呢？此事传遍天下，赵国将被天下人讥笑为不守信誉之国，一旦秦国大军来攻，赵国必然孤立无助，这种得不偿失的行为实在做不得，还是厚送长安君成蟜为上策，不能因小失大、引狼入室，破坏秦赵之间的友好盟约关系。"

庞煖解释道："大王如今以仁慈之心对秦，只怕秦国未必以仁慈之心对赵。一旦长安君回到秦国，秦就可以毫无顾忌地出兵伐赵，这是秦人惯用的手段。如今我国用一次欺诈的手段也不为过，这是用秦人之道反治秦人之身，让他们尝尝自食其果的味道。秦之所以愿意与赵结盟，只不过想从赵得到好处，这是他们的缓兵之计，长久合作是不可能的，望大王当机立断扣押成蟜，当断不断必有后患。"

赵襄王"曜"地站了起来，极为不高兴地说："寡人何尝不知道秦赵之间的恩怨，也明白秦国目前与赵结盟是为了破坏东方各国的'合纵'之约，集中兵力攻取魏国，一旦魏亡，便转而攻赵、逐次进攻其他国家。"

庞煖急了："大王既然看到了秦人的阴谋，为何要放走成蟜呢？何不就此扣押成蟜，向东方各国发出邀请，再次走向'合纵'，共同抵御秦人的入侵？"

赵襄王沉思片刻，抬头问太子嘉："嘉儿，你以为呢？"

"父王，儿臣以为送走成蟜和'合纵'抗秦并不矛盾。成蟜只是嬴政同父异母之弟，与嬴政关系一向不睦，将其扣押意义不大，反给秦国留下出兵的借口。同时，其他侯国也会认为我赵国不讲信义，今后再与赵国合作时一定生有戒心，因此，扣押成蟜不是明智之举。但'合纵'抗秦之举已经刻不容缓，正如丞相所言，一旦秦国灭韩亡魏，下一个主攻目标一定是赵国，趁两国尚有相当实力与秦抗衡之际，我赵国应当首举'合纵'大旗，成为纵约之长，一旦'合纵'成功，秦人则不足惧，赵国称霸中原指日可待。"

庞煖连连摇头："太子仁义之心可取，但对向来出尔反尔的秦人讲什么仁义之心，只要能对付秦国，什么卑劣手段都不为过。"

太子嘉十分赞赏庞煖这句话，但他现在还不愿说出放走成蟜的真正原因，他正在用一种卑劣手段对付秦国。赵襄王采纳了太子嘉的意见，决定用隆重的仪仗送长安君成蟜回国，另一方面，又让庞煖与太子嘉派使臣暗中出使韩、魏、楚、燕、齐，游说五国君王"合纵"抗秦。

成蟜回国的前一天，太子嘉专程在府中设宴为他饯行。菜过五味酒过三巡，太子嘉故意略显醉意地说："我在秦国偶然得到一样珍贵的东西，但不知真假，请长安君帮助鉴定一下。"

太子嘉说着，从怀中取出一个小羊皮袋递给成蟜。

成蟜接过打开一看，里面有一块不大的白丝巾，上面有两行血字，尽管字迹潦草，也有些模糊，但依稀可以认得：立成蟜为王太子，嬴政非本王子嗣。秦庄王子楚遗命。

成蟜登时目瞪口呆，许久才又揉一揉眼睛仔细辨认一下，这遗诏不是伪造，确实是父王的手迹，况且上面还有父王的印记，这印记是无法造假的。

成蟜结结巴巴地问："请问太子殿下是从何处得到这份遗诏的？"

太子嘉哈哈一笑："公子还没回答我这份遗诏是真是假呢？"

成蟜点点头："这遗诏确实是父王所写，殿下快告诉我，是从何处得到的这份遗诏？"

太子嘉信口说道："一天，我在逍遥客栈饮酒，有一位讨饭的老人走到我的桌前小声告诉我，他有一物我一定感兴趣。我问他是何物，他便拿出这个小羊皮袋，掏出那份遗诏给我看，我当时并不相信，认为他是故弄玄虚来骗酒吃的。他便收起羊皮袋说此物只卖给识货人，转身就走，说要卖给燕太子丹。我怕他真的去找太子丹，我岂不错过一次千载难逢的机会？便问他卖多少钱，他张口就是一千两黄金，并声称少一两也不卖。我考虑再三，宁可破费一千两黄金买一个假的，也不能让如此珍贵的东西流落到外人之手，就这样把它买下了。"

"太子殿下有没有询问那人是从何处得到的这份遗诏？"

"我也感到奇怪，一个讨饭的老人从何处得到这样珍贵的东西呢？那老人自称姓丁，他有个儿子叫丁宝，是个太监，在宫中服侍庄襄王，那遗诏是庄王临终前留下的，让他送交子偃，丁宝还没有离开王宫就同其他服侍庄王的人一起被吕不韦拘捕了。是在探监时，老人的儿子偷偷交给他的，此后不久，丁宝等人全部被杀了。老人准备把遗诏送给子偃，一打听子偃也病逝了，便私自藏起遗诏。他为了给儿子报仇，寻访能使遗诏发挥作用的人，渐渐发现满朝文武都是吕不韦和嬴政的亲信，这才想把遗诏送到国外。当老人听说我正在秦国做人质时，便前去试探我，看我有没有胆量揭发吕不韦擅权篡国的罪行，才故意用高价试探我。"

成蟜也依稀记得服侍父王的太监中确实有一个叫丁宝的人，但他有些困惑——父王既然知道嬴政不是自己的儿子，为什么把他收留在宫中，并立他为太子呢？莫非父王知道得太晚，当他知道嬴政不是自己的儿子时已经受制于人，才偷偷留下这份遗诏？能够瞒天过海控制父王的人只有一个，就是吕不韦，嬴政也一定是吕不韦的儿子。成蟜想起来赵国前曾听宫中人议论，说吕不韦和赵姬私下时常往来，现在看来这些议论都是真的。

成蟜突然之间有一种说不出的委屈和痛苦。当嬴政承袭王位时，成蟜嫉妒、羡慕，曾私下埋怨母亲无用，不给他争取，也恼恨华阳太王太后不偏向于他，要知道他仅比嬴政小一岁呀！这一岁之差决定了他的命运，只能为臣，永远为臣！可嬴政从来没有真正把他当作弟弟，从小就欺辱他，自从当上大王后更加瞧不起他，他之所以被封长安君也只是华阳太王太后的意思。本来他可以不来赵国做人质的，也是嬴政和吕不韦的主意才不顾他的性命被送到这里。成嬌越想越气，禁不住伏在桌上呜呜哭了起来。他今年才刚好十八岁呀！

太子嘉看到成嬌痛哭流涕的样子，多少感到一些快慰。他上前劝慰道："公子节哀，你才应该是当之无愧的秦王。公子明日就启程回秦了，不知回国之后有何打算？倘若需要赵国帮忙，在下一定竭尽全力……"

太子嘉话还没说完，成嬌忽然挥袖擦去脸上的泪水，怒视着太子嘉吼道："你弄来这份遗诏，到底有何居心，请直说吧。"

太子嘉做出一副生气的样子说："你以为我是故意伪造一份假遗诏挑拨你们兄弟之间的关系？你错了，我只是请你鉴定一下真假，我准备用它与吕不韦交换被秦国占去的河间一带的五座城池呢。也是想请你给吕不韦和嬴政带个口信，问他们换不换。"

成嬌毕竟年轻，经历的事又少，现在他有点儿后悔承认那份遗诏是真的。如果一口咬定遗诏是假的，太子嘉也许就不会以此要挟吕不韦退还河间一带的五座城了。成嬌想了想，威胁说："太子殿下还是取消这个念头吧，你这样做对赵国不但毫无益处，反而会给赵国带来灭顶之灾。太子请想，吕不韦是何等人，他在赵国时你也许就略有所知，现在又变得怎样你赵国应该更加了解。凭吕不韦一贯的做法，一旦知道你藏有这份遗诏，他除了暗中派刺客行刺你并盗取遗诏之外，也会令大军压境踏平赵国。你做与不做先考虑一下赵国的实力能否抵御秦国的六十万大军。"

太子嘉当然看出成嬌的心思，装出一副十分惊恐的样子说："依公子之见，我重金购买的这份遗诏是祸不是福？"

"正是这样，殿下还是趁早销毁它为上策。"成嬌试探说。

"倘若我把它毁去，公子回去之后仍然同吕不韦提及此事，他再派人前来索取，我用什么回答他呢？如果说已经毁去了，吕不韦会相信吗？"

"太子殿下多虑了，我成嬌还不至于那么傻，给吕不韦提及此事岂不是自己给自己找麻烦，吕不韦知道我了解此事，他会放过我吗？只怕先除去我才会加害太子殿下。倘若殿下信得过我，请把遗诏给我，我愿出双倍的价钱，殿下以为如何？"

太子嘉故意做出经过一番慎重思考的样子，略带惋惜地说："我本来想为赵国谋点利益，谁知公子一提醒……唉，就送给公子吧，本来这份遗诏的真正主人就应该是公子。我为公子鸣不平，公子是正宗秦国王室后裔，理当承袭王位。按照遗诏所说，嬴政并非庄襄王子嗣，据我推断，一定是吕不韦与赵姬的儿子。当初，庄襄王在赵国为人质时，赵姬只是邯郸街头一名歌女，而吕不韦则是经常出入这些酒楼茶肆的阔商人，那时他们就认识了，是吕不韦一手操办下，赵姬才得以同庄襄王结合，这其中的微妙关系是不言而喻的。吕不韦作为一个精明的商人，甘愿散尽辛苦挣来的千金资财助庄襄王争得太子之位，这绝不是出于朋友之间的义气，其背后很可能就有一个天大的阴谋……"

太子嘉说到这里，故意停下来注视着成娇表情的变化。成娇经太子嘉这样一提醒，惊问道："难道吕不韦想用移花接木的计谋，来夺取我大秦国的百年基业？"

太子嘉点点头："我认为是这样，否则，吕不韦不会那么慷慨。我曾经听人讲过，吕不韦父子在邯郸经商时，父子二人饮酒闲聊，有过这样一段对话：吕不韦问父亲耕田能有多少利，他父亲回答说十倍，吕不韦又问做珠宝生意呢，他父亲欣然地说至少有百倍大利。最后，吕不韦问父亲，拥立一个国君买下一个国家有多大的利益，他父亲当时就惊呆了，问儿子怎么会有这种奇怪的想法，吕不韦只是不答，要求父亲把一生经商所得的钱财全部给他支配，保证为他吕氏家族赚回一个国家。吕不韦的父亲归隐阳翟老家，留在邯郸的全部资财都给了儿子，不久就听说他与庄襄王成为好友，帮助庄襄王建立府邸。吕不韦把红颜知己赵姬收留府上认作义妹，不知何故你父王竟与她结为夫妻，当时在邯郸街头成为一桩特大新闻呢。以后的事你应该有所耳闻吧？"

成娇沉默不语，太子嘉的话不能全信，也不能不信，联系吕不韦多年来的所作所为和他对待嬴政的态度，成娇可以肯定吕不韦确实是想窃取嬴氏的天下，只可惜众人都被他蒙骗了，父王也觉察得太迟了。也许父王之死根本不是死于疾病，而是吕不韦发现父王知道他的阴谋下了毒手，父王死时才刚刚三十五岁，正是身体健壮精力充沛的盛年，为政也才三年，平时又没有什么大病怎会突然而死呢？一定是吕不韦串通赵姬加害而死。

也许多饮了几杯酒，成娇浑身的血似乎要沸腾起来，他不管太子嘉出于什么目的给他看这份遗诏，但他绝不允许有人抢夺嬴氏祖宗留下的千里河山，他是正宗嬴氏的血脉，就应该维护王权，绝不能让任何外姓人染指，特别是自己知道了父王临终前的遗愿，就是拼出性命也不能让吕不韦的阴谋得逞。何况里面还搅和着杀父之仇。

成娇决心回国后召集嬴氏宗室大臣商讨对策，力争早一天消灭吕不韦的势力，把嬴政、赵姬等人驱逐出秦宫。

太子嘉从成娇的脸色中知道自己的这一计谋多少能够奏效，又问道："公子可曾听说吕不韦是何方人氏？"

"他不是韩国阳翟人吗？祖上就以经商起家，后来成为一个纵横多国的富商之家。"

　　太子嘉淡淡一笑："公子只知其一不知其二，吕不韦祖上是齐国王室，本是周朝太公姜尚姜子牙的后人，因姜子牙为周开国功臣受封吕城，他的后人才以封邑为姓，改姓吕，在周王室衰微时称君王建立齐国，五霸之首的齐桓公就是吕不韦的先祖。后来吕氏王室内讧，终被齐国权臣田氏所代，从此吕齐变为田齐，吕姓王室后人为躲避田氏追杀纷纷逃往他国，吕不韦家族可能就是那时候逃到韩国都城阳翟的。吕不韦正是因为祖上是王室之家被他人取而代之，才又突发奇想，妄图用同样的手段在秦国演出一段类似田氏代齐的好戏，从而以吕秦取代嬴秦，恢复一度废弃的吕氏祭祀。公子绝不能让吕不韦的阴谋得逞！我最痛恨那种为个人的野心而不择手段的人，秦赵自古本是一家，如果公子有心匡正嬴氏王室，我赵国一定尽全力支持公子。"

　　太子嘉稍稍顿了一下，莞尔道："当然，倘若公子苟安认命，任凭嬴氏社稷为他人所有那就算了。在咸阳时我也听人谈及过公子。"

　　"哦，都说些什么？"成蟜禁不住问道。

　　"众人都说公子生性软柔，更像公主，缺少热血男儿果敢勇武的作风，正是这样才不讨华阳太后欢心……"

　　太子嘉话没说完，成蟜"啪"的一声把酒杯顿在桌上，愤然道："哼，众人不都说我懦弱吗，好，我就爆发一次给他们看看，也让众人瞧瞧我成蟜刚强勇猛的一面！"

　　成蟜稍稍平静一下激动的情绪，向太子嘉拱手说道："承蒙殿下指点迷津，我决心遵照父王遗愿匡扶王室，惩处奸佞，请殿下允许我把遗诏带走，回秦后立即着手进行除逆活动，倘若国内有变，我派人来赵借兵，请殿下务必鼎力相助！"

　　太子嘉也急忙还礼说："铲除吕不韦党逆也是我赵国心愿，只要公子需要我赵国援助，尽管遣一个信使来，我赵国立刻起兵响应。当然，我这样推心置腹为公子效力也不是无条件的。"

　　"殿下有何要求尽管直说。"

　　太子嘉坦然一笑："公子爽快我也就直言不讳了，假如公子能够除逆成功登上王位，必须和我赵国结为永世之好，互不侵犯，长期共存。"

　　成蟜一听，只不过是一个君子协定，何况自己能否登上王位还是个未知数呢，于是爽快地答应了。

　　太子嘉怕成蟜空口无凭将来反悔，要求他立一个字据，成蟜也毫不犹豫地答应了。

　　太子嘉收起成蟜立的字据，这才把遗诏装入羊皮袋交给成蟜。太子嘉也知道成蟜与吕不韦斗实在是鸡蛋碰石头，但他相信成蟜只要敢碰，势必能在秦国掀起内乱，只要秦国发生内乱，就无暇派兵东侵，赵国也可趁乱寻找可乘之机。

长安君成蟜刚刚离开赵国边境，赵襄王就接到奏报，说魏国信使公孙喜求见。原来秦军又一次发兵攻魏，魏王无奈，只得派出使臣到赵国来求救兵。

赵王已经料到这一点，便推说身体不适拒不接见。公孙喜无奈，只好先到相府拜见庞煖。公孙喜说明来意，庞煖也觉得为难。公孙喜只得又转求赵王的宠妃——香妃，毕竟她的故乡也是魏国。在香妃的暗中帮助下，赵王终于答应派兵解围。

同时，在香妃和郭开的密谋下，指使赵王派太子嘉和庞煖领军，妄图使这二人命丧沙场。这样，香妃就可以立自己的儿子为太子，而郭开则拔去了一枚眼中钉。

于是，以赵国为首，楚、魏、韩、卫五国达成"合纵"盟约，以援救魏国为名，由赵国丞相庞煖为大将，太子嘉为监军，率五国之军分五路讨伐秦国。这五路大军接受赵襄王的建议，取道蒲板，由华州西进，挺进骊山，袭击渭南，伺机夺取潼关，威胁咸阳。

就这样，中原大地上又一场诸侯纷争开始了……

【第八回】

秦王宫李斯论道，丞相府司空谈谋

每天早晨起来进行半个时辰的晨练，这早已成为嬴政多年的习惯。所谓晨练，就是舞几路剑，拉拉弓，打打拳，或骑马跑几圈，只要能健体强身就行。

晨练之后再读上半个时辰的书，《诗》《书》《礼》《易》《论语》《春秋》《孟子》等经典，当然嬴政也读兵书，《孙子兵法》《吴子兵法》《姜太公兵法》，此外还有《孙膑兵法》与《司马穰苴兵法》，最近，嬴政又从魏国弄到一套信陵君命人编纂的《魏公子兵法》。嬴政兵法读得不少，但他很少往心里记，都是煞有介事地读一读，浅尝辄止，他认为自己不可能亲临前线领兵对垒，因此并不求精。

嬴政最爱读的书是商鞅所著的《商君书》，五大卷二十九篇，洋洋数万字，嬴政几乎篇篇能诵。但仲父吕不韦极为反对他读《商君书》，只让他读一些儒家典籍，除此以外，吕不韦定期送来他自己组织门客专门给嬴政撰写的文章。吕不韦正准备把这些零散的文章汇集成册，编辑成一部《吕氏春秋》呢。

嬴政拿起吕不韦昨日送来的一篇文章，标题叫《恃君》，文章最后借柱厉叔的口说："吾将死之，以丑后世人主之不知其臣者也，所以激君人者之行，而厉人主之节也。行激节厉，忠臣幸于得察。忠臣察则君道固矣。"

嬴政"啪"的一下把竹简摔在地上，一派胡言！嬴政想：道理很明白，这是吕不韦在向我表明心志，骂我不理解他，他是忠诚之臣，我是不明之君了，按照他的道理，我应当感到羞耻，主动向他赔礼认错。嬴政本打算再读上几篇文章，现在被这一篇《恃君》气得再也读不下去，拂袖回到寝宫。

贴身太监见嬴政今天比往常来得早一会儿，以为他有什么重要的事去做，立即命人端来早餐。

嬴政接过刚端上来的奶喝了一口，"哇"的一下全吐在地上，伸手把一樽热奶泼在端奶的太监脸上，大声骂道："混账东西，你想烫死寡人？"

　　小太监脸上溅满热奶，却不敢用手去擦，急忙跪地求饶。其实奶并不热，也许是嬴政心情烦躁，喝起来觉得比往常热。嬴政第一次对服侍自己的人发这么大的火，他也觉得很奇怪，自从大婚之后自己的脾气越来越暴躁，心境也不佳，书是一点儿也读不下去了，武也荒疏了，大部分时间都泡在朝政上，他要尽快把处理各种军政大事的本领掌握，而各种不愉快都是从朝政上引发的，他觉得仲父对他越来越苛刻，他也越来越讨厌仲父，诸多事只要自己能够处理好的，他尽量不给仲父打招呼，他懒得见仲父。

　　小太监又端来热奶，正要躬身递给嬴政。齐王后不知什么时候也来了，她接过小太监手中的奶，双手呈了上去："大王请用早餐！"

　　嬴政也不搭理，接过奶慢慢啜饮着，想着今天要做的事。用完早餐，嬴政起身要离去，齐王后忙问道："大王要去哪儿？"

　　嬴政头也没回，冷声冷语地说："我去哪里难道要禀告你不成？"

　　齐王后被呛得泪珠直在眼眶里打转，终于忍住了泪水没有当众落下来，忍气吞声地说："华阳太王太后刚才派人来，让大王抽时间去一趟，她有事同大王商量。臣妾刚才见大王在晨练，就没有打扰。"

　　嬴政应了一声，大步走了出去。望着嬴政离去的背影，齐王后再也忍不住委屈的泪水，双手捂住嘴跑进内室，呜呜哭了起来。

　　嬴政走出寝宫，驻足想了想，确实好久没有去拜见祖母了。尽管祖母对他的婚姻大事横加干涉，但祖母的出发点是好的，是为了捍卫王权的神圣与威严，为了给他物色一个门庭相当、可以母仪天下的王后。

　　对于祖母来说，为他立后时选择的不是个人感情，而是外在的条件。自从继承王位以来，是祖母苦口婆心地开导他，一步步把他领入为王者的正路。他从一个懵懂不谙世务的少年，变成了如今初步领略为君之道、对帝王之术也从厌烦到热衷的君王。嬴政已经感觉到自己最大的变化是越来越想拥有大权、至高无上的权力，有权才能拥有一切，这不能不说是祖母训导的结果。

　　嬴政乘车来到长乐宫，刚入宫，嬴政就听到一阵琴鸣。守门宫女见嬴政来了，急忙上前施礼并要进去通报，嬴政拦住她们："我来这里不是外人，不必通报，以免打扰了太后的雅兴。"嬴政轻轻步入殿内。

　　华阳太王太后仍在专心抚琴，嬴政驻足静听，琴音慷慨激昂，优美的旋律中似有战马嘶鸣，也隐隐夹杂着刀剑的碰撞声，令人激奋又令人哀怨，忽而六弦齐发，忽而一弦渺渺，有时如春潮乍起，有时似乳燕出谷，刚才还万马奔腾，霎时又冰下水流。一曲终罢，嬴政正在回味绕梁余音，忽听华阳太王太后问道："政儿可知祖母所弹何曲？"

　　嬴政知道祖母早就看见他了，急忙上前跪拜说："祖母刚才所弹之曲乃

《诗》中名曲《小戎》，不知政儿说对了没有？"

华阳太王太后一面赐座，一面又问道："政儿可知这《小戎》曲所讲的是什么内容？"

"此诗赞美先祖襄公奉周天子之命率兵讨伐西戎的事，襄公出师告捷，夺取土地数百里，把西戎赶到陇西，扩大了秦国的疆域，也因此震撼东方诸侯国，令周天子也为之震颤，才封襄公为诸侯，自此秦国始立。"嬴政答道。

华阳太王太后满意地点点头："自襄公立国至今，已历二十九位君王，你已是第三十位君王了，五百多年来，每位君主都以振兴大秦国为己任，试图早日图霸中原。穆公称霸西戎后便挥师东伐，崤山一败含恨而死，只留下《秦誓》。此后的君王便以《秦誓》激励自己，伺机东进。他们都明白一个道理，称霸天下靠的是实力，因此孝公任用商鞅变法新政，富国强兵；惠文王任用张仪'连横'抗御中原几大强国。武文问鼎中原绝膑而死，你曾祖父昭襄王两次称帝都没有成功。"

华阳太王太后说到这里，幽幽叹息一声，黯然神伤地说："无奈你祖父命短，享国时日太少，没有什么建树，你父王在位虽然只有三年，却有一次壮举——彻底歼灭东周国。东周国虽小，但它是周王室的象征，尽管只是周王室的一个小尾巴，却可以号令天下诸侯，周的祭祀尚在。自从灭了东周国，周嗣既绝，天下英雄豪杰都可以尊称帝号。政儿，你有没有称帝的雄心和勇气？接下来就看你的了！"

嬴政并没有立即回答祖母的话，他从座位上站起来，在殿内来回踱几步，然后伫立在大殿中间，注视着祖母，很认真地吐出几个字："祖母，我不会令你失望的！"

华阳太王太后笑了，从嬴政刚才的言谈举止中华阳太王太后看出嬴政成熟多了。也许结婚是一个人成熟的标志，至少政儿是这样，华阳太王太后对自己的安排很满意。她笑着问："政儿，齐姑娘怎样？"

嬴政一时不知道如何回答祖母，心里涩涩的，却又不能不回答祖母的问话，只淡淡地说道："路遥知马力，日久见人心。现在还看不出好坏。"

华阳太王太后看出嬴政心中的酸涩，便开导说："人生总有许多遗憾，在一方面得到在另一方面往往失去。自古为王者很少有为情而婚姻的，他们都把婚姻当作一桩交易。只有那些昏了头的庸人无所追求时才会把情看得高于一切，只有傻瓜才会为情献出宝贵的生命。而古今有所作为者把情看得很淡，把江山社稷、名利大计看得重。"

华阳太王太后进一步说道："政儿，在对待感情之事上你应当学习丞相吕不韦，他是一个了不起的人，自制力很强，绝不会因为女人而葬送自己的前程，否则，他怎么会有今日的辉煌？"

嬴政对吕不韦越来越敌视，没想到祖母却如此称赞他，想把吕不韦与母亲之间的苟且之事说给祖母听，又一时无法开口，只好委婉地说："太后看到的只是他的假象，他背后所做的那些不齿之事……"

嬴政没有说下去，苦恼地叹息一声："唉，吕不韦是一个伪君子，他太善于伪装了，祖母你这么善于识别人心，却被他的表面迷惑了。"

华阳太王太后淡淡地笑道："孩子，祖母知道你的苦衷，也知道你心中说不出口的话，正因为这样，祖母才说吕不韦是一个了不起的人。也许祖母不该提及这些陈年旧事，既然你心中想说，我也就给你说个明白，你现在也已经是结过婚的人了，多少明白一些男女之情，应当把一些事看淡一些，丢掉那些不必要的烦恼。如果人整日生活在过去的失败或胜利之中，如何才能追求新的目标呢？"

华阳太王太后说到这里，眼睛望着窗外，像是劝导孙儿，又像是自言自语："祖母也是女人，最了解女人的寂苦。你父王去世时你娘刚三十出头，一个人独守寂寞深宫，偶尔做出些不守规矩的事也是可以理解的。大礼不辞小让，大事不求细谨，只要你娘没有做出对大秦社稷有害的事就不必过分责备她，她毕竟是你生母，你是惩罚她呢，还是惩罚吕不韦？如今朝廷上下都是吕不韦的亲信，稍一不慎，只怕打狗不成反被狗咬，那就得不偿失了。政儿，你要忍，小不忍则乱大谋，祖母不是给你讲过，刀插在心上不喊疼才叫'忍'字吗？大婚之后你就可以举行加冕典礼独立亲政了，因此，现在要尽快熟悉朝政，争取早一天亲政。"

嬴政有所顾忌地说："我担心吕不韦不会那么轻易地把大权交出来的，他是一个权欲心极重的人。"

"这你不必担心，一旦举行加冕典礼，我会劝说他让权于你的，倘若他敢不放权，我会联合嬴氏宗室大臣清除他的。不过，从种种迹象表明，吕不韦并无篡权之心，对他的一举一动我都派人盯着呢！"

华阳太王太后忽然又问道："你知道你娘为何去故都雍城闲居吗？"

"母后想找个僻静地方颐养天年，后宫之事放手让齐后去做，早早锻炼她料理后宫之事的能力，以便为我分忧解难。"

"如果真是这样就再好不过，我担心这是吕不韦出的主意。"

嬴政一怔："吕不韦让母后定居雍城有什么阴谋吗？"

"现在还看不出，也许是我多疑了，可能是吕不韦担心他和你娘的事被你知道，而影响他将来在朝中的位置，故意让你娘避开的，如果是这样也就不足虑了。政儿，为了你将来独立执政时能够控制朝局，你应当培养自己的亲信大臣。"

嬴政点点头："我也早有这种想法，可是刚刚发现甘罗，不想他就去世，我怀疑是吕不韦见他与我关系较密把他给害死了，否则，怎么会无疾而终呢？"

"没根据不可胡乱猜测，你还可以留意吕不韦身边不被重用的人，悄悄委以重任，从他身边挖走。吕不韦身边的人能为你所用，这对你将大有好处，其中的道理你自然明白。还有军权是权力的后盾，你也要扶植一批为你所用的将领，比如王翦、李信、杨端和、桓齮等将领都忠诚可靠，值得信赖。"

"祖母，蒙氏家族呢？"

"蒙骜有勇有谋，对嬴氏王室也忠心不二，只可惜年纪太老，他的儿子蒙武如何我不了解，你可以尝试着任用。不过，我想有其父必有其子，蒙氏子孙也一定才华出众。"华阳太王太后忽然想起一件事，于是问道："成蟜怎么到如今还没有从赵国回来呢？你有没有他的消息？"

"不久前得到奏报，成蟜已经从赵国出发，估计近日就可抵达咸阳。"

华阳太王太后点点头，说："政儿，成蟜是你弟兄，他如今从赵国回来，也算有功于国，你应当委以重任，俗话说'打仗亲兄弟，上阵父子兵'，关键时刻，还是自家人。"

华阳太王太后话音未落，就有人进来报告说长安君已到城外。嬴政这才知道祖母虽然深居宫中，却时刻关注内外大事，无怪乎她对吕不韦的事了如指掌。

华阳太王太后看出嬴政的心思："政儿，我这样做是为嬴氏社稷着想，也是为你着想呀！我虽然坐在宫中，可你这样年幼，祖母怎能放下心？只好暗中给你多长个眼睛，一旦你平安亲政，我也就可以放心地享几天福了。不然，朝政有个三差四错，我死后也无颜去见你王祖父啊。"

嬴政十分感动，扶住华阳太王太后的手说："祖母，孙儿不孝，让您老太操心了。"

华阳太王太后抚着嬴政的手，慈祥地说："孩子，别说傻话了，祖母为你操心是应该的。好久没有见到成蟜了，也不知赵人是否为难他，走，随祖母看看他去。"

咸阳东门驿站。

长安君成蟜没有想到前来迎接自己的有两个祖母、母亲、秦王嬴政、丞相吕不韦及朝中大小官员。按常理不会有这么隆重的礼仪，但由于华阳太王太后与嬴政亲自出城迎接，夏太王太后也闻讯而来，他的母亲紫玉夫人听说儿子回来了，当然是要来迎接的，吕不韦碍于情面不能不来，其他人就更不用说了。

成蟜对如此隆重的迎接仪式并不感激，他遥望端坐在中央的秦王嬴政，心中很不是滋味。确切地说，过去是嫉妒，现在则变成了仇恨。他想：哼，坐在那个位子上的应该是我成蟜而不是你嬴政，你也配继承王位吗？当成蟜看到坐在嬴政旁边的吕不韦时，心中更是激起无名的怒火，不由自主地摸一下怀中的小羊皮袋——坐在前面的是杀父的仇人，是他们父子断送了自己的前程。再看看笑容可掬的华阳太王太后，成蟜也有一股憎恶之情，他曾听说父王几次想立他为太子，都是华阳太王太后从中阻挠，说他不是嫡长子而作罢。不知为何，成蟜对夏太王太后却多了几分好感，也许都是不受宠爱的缘故，同病相怜吧，他也曾听母亲说夏太王太后一直支持立他为太子，只是她的地位低华阳太王太后一等，人微言轻罢了。尽管成蟜满腹仇恨，但这次赵国之行他也增长了不少见识，懂得君子报仇十年不晚的道理，也学会了隐忍。

成蟜紧走几步上前施礼，依次拜谢嬴政及几位尊长，当他见到母亲时，仿佛是个丢失的孩子又回到娘的身边，竟抑制不住委屈的泪水，呜呜哭了起来。

嬴政估计成蟜在赵国受到了不公待遇，也有几分过意不去，上前安慰说："弟弟能平安回来，我就放心了，赵国对弟弟的无礼就是蔑视我大秦国，哥哥一定为你出这口气，不踏平邯郸不足以扬我大秦国威！"

成蟜听起来丝毫不觉得亲热，反而感到刺耳，他不冷不热地答道："大王的好心臣弟领了，为我一个人的仇恨兴师动众实在担当不起，如果大王真想为我出这口气，就给一支人马，让我亲自去讨伐赵国好了。"

嬴政哪里知道成蟜是想夺取部分兵权？他认为成蟜只是受辱后难咽这口气，想亲自讨伐赵国为自己复仇罢了，当即答应道："弟弟一路奔波，哪能再受鞍马之苦？先安心静养几个月，寡人一定委你以重任，命你亲自率军讨伐赵国！"

这正中成蟜下怀，他正好借此机会暗中联络嬴氏宗室大臣。一旦兵权到手，便即刻举起除逆大旗。

按照秦廷礼制，君王未成年承袭王位，一般由太后或顾命大臣，多是丞相代理执掌朝务，随着幼君的成长和逐渐熟悉政务，就应当把大权一点点移交君王。一旦大婚，君王就可以举行加冕典礼，正式亲政。但加冕之前还有一个试政期，也就是过渡期，试政期长短因君王处理朝政的能力而异，少则几个月多则几年。

现在嬴政到了试政期，吕不韦理所当然要逐步移交大权。人们对于权力的掘取欲犹如吸上了鸦片，没有外力的强迫，让他自己放弃是绝没有可能的。尽管吕不韦在心中早已把嬴政当作自己的儿子，但吕不韦也刚刚五十出头，刚品味到权力的好处不久，让他现在就一点点让出，他当然不乐意，亲生儿子也不行，权在谁手谁当家，何况吕不韦还要实现他心中更宏大的理想，没有大权，嬴政怎会服服帖帖听他的？就是嬴政知道自己是吕姓之后，也不会轻易答应把嬴秦改为吕秦，只有大权做后盾吕不韦才会实现他的梦想。

　　吕不韦是个权利熏心的人，俗话说有其父必有其子，嬴政现在对大权的渴望比起吕不韦是有过之而无不及。因此，试政之后的第一次朝会，嬴政就与吕不韦直接发生了矛盾，讨论的问题仍是纳捐换爵的事。当初，吕不韦提出这一建议时嬴政就不乐意，他认为违反孝公任用商鞅变法以来实行的军功取爵制，为了救济灾民以解燃眉之急，经华阳太王太后允可，嬴政同意了吕不韦的建议，昭告全国，纳粟千斤者便可拜爵一级。

　　嬴政为了早日执掌军权，把一些年轻将领吸引到自己身边，闲暇之余经常到军中与王翦、辛胜、杨端和、桓齮等人谈心，顺便了解军情，一提及纳捐取爵的事众将领一致反对。

　　按照秦制，不论出身门第，一律按照所立军功大小接受赏赐，即使是嬴氏宗室子弟也不例外，宗室未立军功者也不得列于宗族的族谱，更不能拥有爵位。为此，商鞅制定了二十军功爵位。同时，相应规定：每个立军功的人都能够在这种等级中占有一定的位置，享有相应特权。如杀敌五个士兵可以役使五户人口，取敌一个士兵首级能得良田一顷，宅九亩，赐爵一级。爵至五大夫可享三百户的租税，军功特别杰出的可以达到六百户乃至千户食邑。将领们一致认为实行纳捐取爵破坏了军功取爵制，助长了商人买官的恶习，致使许多士兵宁愿回乡经商也不愿入伍杀敌，甚至有部分士兵中途退役，不利于军中作战。

　　嬴政听后觉得十分有理，何况秦国正在逐步扩大歼灭东方六个诸侯国的战争，将士作战不积极必定影响战争的顺利进行。嬴政为了取悦将士，试政后第一次朝会便提出废除纳捐取爵的政令。

　　吕不韦当然极为恼火，他不认为嬴政真的想废除纳捐取爵这一政令，而认为嬴政是借题发挥找他的过失，并想借此敲山震虎，树立王权的威信。吕不韦当然不能容忍嬴政这样做，他首先站出来反对，说纳捐取爵能够缓解国库亏空的压力，所卖出的爵位也多是空头爵衔，这一做法不仅与国无害，而且是敛钱的可行渠道，并举出齐楚两国也开始效仿这一做法来说明不能废除。

　　吕不韦这一带头反驳，他的亲信大臣也纷纷说出不能废除的理由。众大臣都慑于吕不韦在朝中的势力，权衡利弊，认为嬴政尚不足以与吕不韦抗衡，都随声附和说纳捐取爵的做法利大于弊，不能取消，至少现在还不能取消。只有尚书令昌平君拥护嬴政的主张，站出来和一些大臣就此事展开辩论。

　　当然，还有部分大臣不表态，认为偏向哪一方都不利，于是以沉默的方式保持中立。最后是众人不欢而散，嬴政也因为支持自己的人太少不能独自做出立即废除的决定，只好把这事暂且放置不提，事实上等于默许纳捐取爵继续有效。

　　嬴政第一次当着群臣的面与吕不韦闹了不快，等于公开了自己对吕不韦的态度。尽管吕不韦胜了，但吕不韦仍不罢休，决定再找机会挫挫嬴政的锐气。只有彻底扳倒嬴政，他今后才会服服帖帖地听自己的，自己的相位才会长久，自己的远大目标才可能实现。时隔不久，吕不韦等待的机会终于来了。

公元前241年，秦王政六年。

当五国兵马分五路进犯渭南的消息传到咸阳，吕不韦便放出口风，说病了。嬴政召集群臣商讨迎敌一事时，吕不韦也因病没有参加，他的亲信大臣当然明白吕不韦的用意，更加大肆渲染东方五国的"合纵"实力，一致声称必须是丞相吕不韦亲自带兵迎敌才能抗拒气势汹汹的五路兵马，否则，咸阳可能危在旦夕。

嬴政从来也没带兵出征过，对东方各国的兵力状况多是从军情奏报中了解的，也只是一知半解，他知道东方各国任何一国的实力都不足以与秦为敌，但几国联合就难说了。在他记忆中，信陵君"合纵"打败了秦军对魏国的攻击，也听说平原君与信陵君"合纵"解除秦军对邯郸的围困。仅这两次就足以证明"合纵"抗秦的实力，如今再次"合纵"，且是五路兵分头杀来，并且是有勇有谋的赵国名将庞煖指挥，嬴政确实有些害怕，万一秦军受挫，可能十几年内都不能再对外用兵，统一大业就将无限期延迟下去，先祖惠文王与昭襄王的悲剧又会在他身上重演。嬴政十分焦虑。

众人退去，嬴政一个人坐在空荡荡的大殿里，心里不是滋味。朝廷大臣虽多，关键时刻能够为君王分忧解难之人实在很少，嬴政第一次真正理解君王称自己为孤家寡人的含义。

嬴政正要起身离去，见尚书令昌平君去而复返。嬴政知道他一定有什么重要的事单独奏报，便让他坐下说话。

昌平君歉疚地说："大王，臣刚才迟迟没有发表个人见解，实在有难言之隐。整个朝廷上下多是吕不韦的亲信，臣正因为没有依附于他才屡遭排挤，而臣又是楚国流落至此的客卿，根本没有与他抗衡的实力，不得不事事小心谨慎，以防不测，请大王谅解！臣来是想听听大王对迎敌之事的看法，然后再谈谈自己的一点浅薄见识。"

嬴政理解地点点头："你的苦衷寡人可以理解，你这样做也是对的，人要善于保存自己，不能莽撞行事，那样的后果是把自己逼向绝路，于国于民也无利，人都不存在了，还谈什么为国君分忧解难呢？"

昌平君很受感动："多谢大王理解臣的苦衷！"

嬴政也推心置腹地说道："我又何尝不知道吕不韦的势力遍布朝廷上下。如今大敌当前他却故意称病在家，暗中指使亲信之人向我施加压力，逼我向他低头，仿佛秦国大事除他之外，无人能够担当重任。这次迎敌我偏不用他，我看能否击退'合纵'之军！"

昌平君急忙劝谏说："大王不可意气用事，凭大王的实力目前还不足以与吕不韦抗衡，如果闹得太僵对大王不利，大王现在还必须隐忍。"

嬴政"啪"的一声把拳头击在几案上，怒气冲冲地说："忍，忍，到底让寡人忍到何年何月？"

昌平君待嬴政怒气稍减，试探着说："大王若有铲除吕不韦势力的意思，我倒有一个建议。"

嬴政微微一怔："请讲无妨！"

"大王要想削减吕不韦势力，必须削减吕不韦的权力，并培养自己的亲信之人。秦在武王时就任用樗里疾与甘茂二人设置左右两丞相，昭襄王时，因魏冉擅权废除两相由其一人独揽。吕不韦为相后更是依仗仲父之名大权独握，更不愿再设一人与自己分权。大王可以声称响应先祖之制增设左右两相，以分走吕不韦的部分大权，然后逐渐剥夺他的权力。"

嬴政觉得这是一个可行的办法，但现在如果突然提出设置右相必然更加激起吕不韦的不满，大敌当前君臣抵牾势必影响战况。

昌平君这才低声说道："眼下正是一个削减吕不韦大权的好机会。大王将计就计，声称非丞相吕不韦统兵御敌不足以抗五国之师，亲自请求吕不韦率军出征，一旦吕不韦离开咸阳后，大王以协助处理政务为由，再任命一亲信之人为右，等到吕不韦回来后生米已成熟饭，谅他也无可奈何。"

"倘若吕不韦在外统兵时听到我又任命一副丞相的事，拥兵要挟本王怎么办？"

昌平君又建议说："大王让吕不韦带兵，但所用将领大王可以指定，假如吕不韦胆敢拥兵要挟，以谋反罪名责令众将除去他。"

嬴政觉得这样做太冒险了，一时沉默不语。

昌平君看出嬴政的心思，便说道："这只是坏打算，也许不至于到这种地步。假如他真的有拥兵要挟之心，留着他也是后患，更应该想法除去他了。"

嬴政未置可否，待昌平君走后，他仔细把昌平君的话前后揣摩一遍，想弄清昌平君的真正用意。看不出他有什么太大的野心，估计他可能想得到这个副丞相之位。

嬴政想再找一个人商讨一下昌平君的计策是否可行，考虑再三也没掂量出一个可以信赖的人，他再次感到自己力量的单薄，培养亲信行动必须立即进行。

嬴政同华阳太王太后商讨之后，亲自驱车来到相府。

吕不韦听说嬴政亲自来请，会心一笑：胳膊还是拧不过我这大腿，只要刚开始慑服嬴政，今后的事就好办了。为了再挫一挫嬴政的锐气，吕不韦推说正在用药，请嬴政在客厅等候。

嬴政早已猜出吕不韦的用意，在客厅稍坐片刻，便问陪坐的李斯："听说丞相正在编纂一部几十卷的浩浩巨著，能否带寡人前去看看？"

李斯便把嬴政带到贤文殿，指着几案上一摞摞竹简说："大王，所编的书都在这里，估计今年年底就将编纂完成，到时丞相一定会亲自奉上一部给大王的。丞相耗费多年时间命人编纂这部《吕氏春秋》就是为大王准备的，希望大王接受书中思想的熏陶，按照书中的要求去做，将来做一位一统天下的明君英主。"

嬴政立即面带愠色地说："既然是为寡人编纂的书，怎么能叫《吕氏春秋》呢？书中的篇章我也略读一二，许多观点都是来自孔孟，可取之处不多，如果读这样书的人也能成为明君英主，实在有点可笑！"

嬴政说着，随手抽出一卷《贵公》，吕不韦早已把这篇文章送给嬴政读过，他对文中所倡导的以公为贵十分反感，说君王治国"必以公为先"，只有做到了"公"，才能实现天下太平。

嬴政随口读道："天下，非一人之天下也，天下之天下也。阴阳之和，不长一类；甘露时雨，不私一物；万民之主，不阿一人。"嬴政读到这里，把书往几案上一扔，不满地说："简直一派胡言！'万民之主，不阿一人'势必造成人人都有窥伺君位之心，臣可以此弑君，民可以此犯官，天下岂不大乱！如果说这里有可取之处，我倒以为此文的书写清秀圆润中有刚劲之力，值得效法，不知书写此文之人是谁？"

李斯恐慌之余微微窃喜，急忙俯身说道："正是鄙人。"

嬴政打量一下李斯，月眉象眼，鼻直口方，举止文雅，谈吐言语不多但让人一听就十分入耳，只是略微有几分奴颜婢膝，也许因为自己是君主的缘故吧，嬴政并不介意。他又问："你在丞相府任何职？"

"小人李斯，在相府任郎官。"李斯有些羞怯地说。

"唔，才是个郎官，你来相府时间不久吧？"

李斯更不好意思了："说来惭愧，我来相府一晃七年了，同来的人大都被丞相推荐到朝中为官，留在府中的也都升为大夫了。也许是我学识浅薄不谙政务，丞相一直让我负责编纂《吕氏春秋》一书，而此书又不合大王心意，我真想重返师门再苦读几年，又因青春易老时光不再，唉……"

"你曾在何处求学，拜师何人？"

"楚国兰陵荀况为家师，实在有辱师门。"

李斯边说边偷偷打量嬴政的表情变化，揣摩对自己的态度。嬴政一听李斯是荀况的弟子，便说道："你是荀卿弟子？我虽不喜孔孟之学，但荀卿又与他们有不同之处。我看你也很有些见识。人的才华犹如金子，有时被粪土所掩埋，如何能够被众人所识呢？但人又不同于金子，金子是一死物无法移动，而人就不同了，可以不断改变个人所处位置展现自己才华，正如赵国毛遂自荐平原君脱颖而出，得以名扬诸侯，你何不效法毛遂呢？"

李斯从嬴政的几句简短谈话中看出对方对自己颇有好感，揣度一下秦王政的心意，说道："大王此来相府定为出兵之事，其实大王是多虑了，以在下鄙陋之见，五国之师并不值得让大王忧虑。五国出兵的目的是效法田忌、孙膑围魏救赵的战术，但同样的战术却因时因地因人而异，庞煖虽为赵国名将，但纠合起来的五国人马人心各异，庞煖无平原、信陵二君的威望，不足以统帅众人之心，虽是五国人马，总共不足二十万人，何况他们分成五路而来，每一路人马为一国军队，名义上是庞煖统一指挥，其实是各自为战，各国的将领必定受君王之托把各自国家利益放在最先，攻战之时一定相互观望，只要能击退其中一路人马，其他各国必然胆怯而退。大王派遣一员猛将迎敌就足够了，何必屈身到此呢？"

嬴政并不回答李斯的问话，而是反问一句："依你之见本王为何来此？"

"也许大王另有所图吧？"

嬴政一惊，如果李斯能够识破他的计划，吕不韦也一定能看到这一点，他此来受辱不说，削减吕不韦大权的计划必然落空。嬴政以退为进，反问道："请说明白一些，本王另有所图，这'另'字指哪一方面？"

李斯正要回答，那边有人来请，说丞相正在客厅等候。李斯只好向秦王政拱拱手："大王请吧，丞相既然不能来此恭请大王，大王只好屈尊前往客厅了，大王能够到此，当然也就不在乎这些了。"

嬴政看看李斯，本想多问几句，但见有人在此，也只好作罢。二人来到客厅，吕不韦才装作很费力的样子站起身来说道："年岁不饶人啊，人一到了这个年龄这病那病就都来了。因身体不佳没能上朝与大王共商国是已够歉疚的，承蒙大王厚爱亲自登府探视，实在让臣于心有愧。不巧刚才大王来时臣正接受郎中诊治，又将大王拒之门外，是不敬了，唉，都是这身子骨不争气呀，请大王恕罪！"

嬴政淡淡说道："仲父为朝廷大事操碎了心，积劳成疾，寡人怎能不来探视呢？不知您病情是否有好转，是否需派御医前来诊治？"

"大王心意臣领了，我这也是老毛病了，有自己的专门郎中，不必麻烦御医了。"吕不韦这才转向李斯，带着几分责备的口气说："李斯，我刚才不是再三叮嘱你在此陪大王稍坐片刻我就过来吗？你怎么随便离开让大王一人在此？"

嬴政马上笑道："丞相错怪李郎官了，是寡人让他陪我去看一看正在编纂的那部《吕氏春秋》，寡人也希望这部书早日编成。成功之日，本王设国宴庆贺。"

吕不韦这才一笑："多谢大王对此书的关心，臣一定督促门客认真编写，力争在大王举行加冕典礼之前完工。"吕不韦又对李斯说："你下去吧，好好编写，绝不能有负大王的关心与厚爱！"

李斯急忙施礼告退，临走前他偷偷瞟了嬴政两眼。

嬴政望着李斯的背影说道："丞相府中藏龙卧虎呀。"

"唔，大王何出此言？"

嬴政说道："相府中一个小小的郎官都是大儒荀况之弟子，其他能人就更不用说了。刚才听李斯谈《吕氏春秋》之中的几篇文章句句是良言，字字是珠玑，实在令寡人叹服。"

吕不韦猜中嬴政心思，略一思忖：我何不趁此派李斯到他身边，早晚也给我通个风报个信，及时了解嬴政的活动？于是笑道："大王如果认为李斯可以任用就留在身边服侍大王吧，他写得一手好字，为大王整理典章奏折应该能够胜任。"

嬴政尚没有了解清楚李斯这人到底怎样，更不知道他与吕不韦的关系如何，不便立即答应，便答道："丞相推荐的人都是相府中的佼佼者，必须委以重任才能不负丞相的举荐，待本王考虑委任何职后再答复丞相。"

吕不韦知道嬴政的脾气，越是坚决推荐他越是拒绝接受，因此也不强求，只简单说道："一切听大王安排，如果没有合适的位置，大王也不必勉强，李斯负责编纂的《吕氏春秋》也还没有最后完工，正在勘校之中，等他完成此书之后再委以官职也行。当然，只要大王需要，我一定放人，在相府与在朝中都是为大王效劳嘛。"

嬴政忙说道："这事等等再说，寡人来此是有要事与仲父相商的。"

吕不韦故意装作不知地问："请问大王是何事？大王何必亲自来相府呢？派人来告知一声就是，如此劳顿君王，臣实在有愧呀，什么事大王快说吧，只要我能做到，一定会舍弃这条老命为大王效力，谁叫我是托孤之臣呢。"

"来此见仲父渐渐康复，我便放心许多。我想请仲父再受鞍马之劳，亲自迎战五国来犯之敌，仲父万万不可推辞，朝廷上下一致推举仲父，此次迎敌非仲父不能胜任，我曾禀告祖母，她老人家也认为必须仲父指挥方可确保秦国的安全。"

吕不韦哈哈一笑："众人实在抬举我了，连太王太后都这样信任我，就是躺在病床上我也要去会一会五国之师。为国出力是臣的义务，我怎能顾及个人安危与身体之劳呢？何况大王还亲自到此。不知大王准备何时出兵，派哪些人为将？"

嬴政没想到吕不韦这么快就答应了，多少又有几分顾虑。其实吕不韦早已通过派出的门客了解到五国之师的实力及各自的情况，对如何迎敌也有了充分准备。他是非常希望通过这次征战树立在秦国乃至整个诸侯国中的威望的。因为秦国还没有打败过"合纵"之师的先例，他就是要借此与四君子媲美，同时也让嬴政知道秦国没有吕不韦不行，这样，他的位置就不会因为嬴政的独立执政而动摇了。

吕不韦为相多年，领兵出征仅有一次，就是歼灭东周国，因此与军中的将领特别是年轻将领接触少，他想趁此统兵的机会把一批将领笼络到门下。当嬴政提出派王翦、桓齮、内史腾、辛胜、杨端和为将时，正合吕不韦心意，他很爽快地答应了。吕不韦答应得愈是爽快，嬴政心里愈是不安，但事到如今只好走一步看一步了。

嬴政走后，吕不韦立即把李斯叫来，询问一下他同嬴政谈了些什么，李斯当然没有直说，只说谈论一些书中文章以搪塞吕不韦。吕不韦和颜悦色地说道："你来相府多年了，我一直都很赏识你，才委你重任，让你负责编写《吕氏春秋》一书。如今此书将要完工，你立下首功，金银珠宝无法表彰你的功劳，刚才我再三将你举荐给大王，他起初不同意，禁不住我的请求，才答应委你官职，不知能否获得一个满意的职位？我一定尽力为你争取。"

李斯知道吕不韦在哄骗自己，却又不得不笑着感谢，他隐隐约约估计出自己等待多年的时机来了，当然这个时机不是吕不韦给的，是他自己及时抓住了。能像范雎那样一跃进入秦廷的核心部门将来出将入相，是他到秦国后多年的梦想。

秦国朝廷上下都忙着迎击五国之师，成蟜便利用这个机会积极活动，在宗室大臣中寻找支持者。由于吕不韦独揽大权，嬴氏宗室大臣大都被排挤在权力的核心部门之外，众人本来都对吕不韦不满，成蟜这一游说，很快组成一个反击吕不韦的嬴氏集团，其核心人物是庄襄王异母弟弟子伊和长安君成蟜。

子伊老谋深算，知道单靠他们这些人的力量不足以与吕不韦抗衡，最好能取得两宫太王太后的支持。华阳太王太后那里很难通过，于是先找到夏太王太后。

夏太王太后听说了整件事情之后，便让成蟜去找大将桓齮相助。此人是子傒家臣樊统之子，原叫樊於期。当年子傒被杀，累及府中上千口人，樊统有幸携子逃了出来，躲在了夏太王太后的宫中。樊统死后，樊於期改名桓齮，由夏太王太后照看着长大。待其成年后推荐给王龁加以重用，才有今天的风光。

夏太王太后又叮嘱成蟜不可莽撞，并再三告诫他们只能暗中活动，万万不可张扬，所联络的人一定要可靠，宁可少一人，也不能把举事的秘密提前泄露出去。

成蟜一一记下了。

这天，嬴政正在批阅奏折，忽然闻报说有一个自称李斯的人求见。由于每天政务繁多，如果不是李斯找到宫中，嬴政几乎把他忘了。嬴政停笔沉思片刻，命人宣他进来。

　　自从相府遇到秦王之后，李斯就在心中升腾起一种喜悦，特别是吕不韦找他谈过话后，李斯预感到自己命运的转机到来了。谁知事隔多日，李斯并没有接到任何任命的通知。又过了一个月还是没有，他有点失望。失望是源于希望而产生的，他想起那天同秦王的对话，人不同于金子，粪土可以掩埋金子，但人能够自己展示才华，应该像毛遂那样自荐于用武之处。

　　李斯第一次走进这威严高大的王权之地。尽管来时已经做好心理准备，但仍不免有几分胆怯。

　　拜见完毕，嬴政打量一下李斯，问道："先生此来有何见教？"

　　李斯急忙呈上几卷竹简说："在下抄写几篇文章给大王看，也许对大王安邦治国有用处。"

　　嬴政接过一看，一篇名为《孤愤》，一篇名为《五蠹》，还有一篇叫《心度》，嬴政估计又是从正在编纂的《吕氏春秋》一书中抄录的，随手丢在旁边说道："寡人悠闲时再拜读吧，李先生有什么治国的高见不妨直说。"

　　李斯见自己揣摩多日、精心摘抄的文章被嬴政丢在一边，十分伤心。这是自己登堂入室的敲门砖，秦王对此冷漠，估计这次贸然拜见是一种失算。

　　对于应对内容李斯也是早有准备，李斯见问，学着雄辩之士的风采说："大王的理想不是成为齐桓公、晋文公、秦穆公、宋襄公、楚庄王这样的霸主，而是吞并六国、兼并天下登上帝王之位。纵览大秦历代君王所作所为，均有挥师东进开疆拓土之雄心壮举。穆公创建霸业之时就有东进中原之心。夫百里奚为相，聘蹇叔、公子枝为其所用，任孟明视、西乞术、白乙丙为大将，下渭水、渡黄河、越崤山、入函谷，不远千里会猎中原，也曾两送晋国公子归国为王位，但这些壮举都为了一个'霸'字，最终以天时、地利、人和不囿于秦，崤函一败雄主含恨归天留《秦誓》。等到孝公任用商鞅变法图强，迁都咸阳，天下事斗转星移、时运大变，东周王室卑微，诸侯各国相互兼并，函谷关以东的地方仅余六国对峙。惠文王乘孝公余烈，臣服义渠，兵定巴蜀，以张仪为相，攻魏伐楚，秦胜加于东方任何一国。武王问鼎中原绝膑而逝但其威足以镇天下也！昭襄王以樗里疾、甘茂、田文、楼缓、魏冉等人为相，用白起为将，南征北战，攻城略地，奠定强秦一统天下之根基。后又听范雎之言'远交近攻'，使秦版图扩大至函谷关以东地界。孝文王、庄襄王享国日短姑且不论，君王加冕在即，秦国之势则如大王之势，正处于青春年少，如日东升，而东方六国则如日落西天。以大王的贤明，吞并六国如同炊妇举帚扫除灶台上的尘垢一样轻而易举，建构王业犹如灶中烤熟的芋薯，大王只要不怕烫手一伸就可以得到，这个千载难逢的机会就在眼前，大王还犹豫什么呢？如果大王稍稍懒惰，东方各国则如西沉的太阳，经过一夜的沉寂明日又将冉冉升起。等到东方各诸侯国实力渐次恢复，苏秦那样的合纵家崛起，孟尝、信陵、平原诸君复出，到那时，大王您就是有黄帝那样的才干，也无力统一天下了。古人云：上天予之而弗取，必遭天怒。大王理当顺应天意，代替天地灭了六国，使分裂的版图完整起来。让混战局面早日结束，黔首安居乐业，百姓也无征战之苦，天时、地利、人和俱备，大业跷足而就。大王以为呢？"

嬴政听完李斯这段鸿论，面露喜色，从座椅上站起来，仿佛自己正要登上王座似的。

嬴政在殿内来回踱上几步，真诚地对李斯说："先生真道出了我的肺腑之言，但寡人也有难以启齿的苦楚啊！"

李斯理会嬴政的意思，顺着他的话意说："古人说：臣重则君轻，臣立则君废。自平王东迁，诸侯群起，王室衰败，此后田齐代姜，三家分晋都足以说明这一点。当断不断必有后乱。大王集权于一人也如秦并天下之势，关键是大王敢不敢做，凭大王的聪明才智威服一人则如夏日吃瓜，分而食之、蹩而可就。"

嬴政微露愁容说："如今正是臣尊主卑之际，而寡人又不愿做出鸟未尽而弓藏，兔未死则狗烹的事，那样会使众人心寒，谁还愿为统一大业出力呢？"

"大王过虑了，弓有弓用，犬有犬能，大王所藏之弓可以射雁未必能射虎，大王之犬能够伤人未必能逐猎。新旧更替，人才辈出，大王不除杂草如何能长出禾苗呢？"

"先生说得对，不除杂草不足以养苗，而我担心在除草之时不仅伤了苗而且会伤了手。"

李斯进一步说道："养虎遗患的道理大王也一定明白，不能因为怕伤了苗而不除草，伤的苗还有恢复的可能，倘若不除草，势必草把苗盖住，最终是苗死草长，田地荒芜。"

嬴政沉思良久，感慨地说："先生言之有理，寡人想请你来协助寡人除草，你愿意吗？"

李斯喜出望外，这正是他梦寐以求的，于是长揖在地："愿尽鄙薄之力为大王效劳，虽肝脑涂地也无憾！"

嬴政扶起李斯说："寡人想放长线钓大鱼，统一六国与统一王权同时并行，你认为寡人能做到吗？"

李斯模棱两可地说："臣以为对待权重之人可以先分其权观其颜，令他知错能改。知进退常人可为，何况一位见多识广的相国？倘若大王以宽宥之心对他，他仍不思悔改，那时大王再铲除他，必然是众心所望，人人拍手称快。而对待统一大业则不可迟疑，应当用快刀斩乱麻的手段待之，以风卷残云之势一气呵成，免得夜长梦多。我听说过：当官的人都有不可告人的秘密，大王正可利用人的这种隐私控制六国权臣，同时，再用重金与空头许诺来收买他们，恩威并用，威逼利诱，何愁这些人不俯伏在大王脚下？"

赢政头一次听说利用人的隐私控制人，觉得很新鲜，让李斯进一步说明白些，李斯又说道："俗话说城池最容易从内部攻破，大王设立一个专门机构负责收集各国权臣的隐私，以此要挟他们，逼迫他们为秦国效力，其他可以收买的就重金收买，不能收买的则派刺客暗杀，以此离间诸侯国君臣关系，让贤才之人不为君王重用，围在那些君王身边的都是秦国的耳目，他们的任务就是诽谤贤臣蒙蔽君主，减少秦施讨的内部抵抗力。这些人有害于敌国而有利于秦，他们的作用不次于大王的十万兵马，这和《孙子兵法》所云：'攻城为下攻心为上'是同样的道理。"

赢政拍案说道："好！听君一席话，胜读十年书。寡人现在就任命你为长史，专门负责收集他人隐私，刺探敌国情报，收买暗杀之事也由你负责，所需人才由你招揽，至于花费一律从国库提取。"

赢政说到这里，稍稍停顿一下又说道："寡人还允许你收集国内一些权臣的隐私，及时报于寡人，也许另有用途。"

李斯明白赢政这话的所指，施礼说道："请大王放心，臣不会令大王失望的，但臣还有一个请求……"

"哦，什么事，请说吧！"

"臣感激大王对臣信任有加，委以长史之职，但臣所做的事却只能对大王一人负责，不可对外张扬，长史这一职务太明显，不利于臣的工作。臣想请大王赐我客卿一职即可，对外只是个闲职，但臣恰好能够更有效地进行各种秘密活动，又不易暴露身份。"

赢政连连点头："还是李卿想得周到，寡人就赐以客卿之职，这是你对外的官职，暗中仍是长史，仅向本王一人负责。"

李斯为了表示对赢政知人善任的感激，当天就着手自己的工作。他深知赢政最着急要办的事是铲除吕不韦的势力，因此，搜罗隐私就从吕不韦开始。

公元前240年，秦王政七年。

吕不韦为大将，王翦、桓齮、内史腾、辛胜、杨端和五人为上将，王绾、蒙武、冯无择、冯劫、赵亥五人为裨将。共率大军三十万人进驻潼关。

王翦献计，意图夜袭楚国大营，一举挫败五国联盟的锐气。却不料被与自己私下不睦的押粮官派细作，将此计暗中通报了楚营中的春申君。楚军得到消息后，连夜撤军。结果王翦夜袭楚营，无功而返。

其他各国一见主力军队撤走，也各怀心机地退兵回国。唯有赵国的太子嘉与庞煖担心回国无颜面君，于是率大军悄悄向齐国边境出发，准备攻占饶安，伺机夺取石城与清河等地。

再说吕不韦平日见王翦与嬴政交往过密，早就怀恨在心，于是借此机会要整治王翦一番。吕不韦几番痛斥之后，命王翦率军与攻打魏国的蒙骜互相接应，攻下小国卫国。无奈之下，王翦领命而去。

那卫国不过仅拥濮阳一城之地，哪里禁得住秦军的围攻？再加上魏国刚被蒙骜袭击，此刻自顾不暇，更是不可能发救兵来解围。于是在王翦、蒙骜两员大将的围攻下，卫国自此灰飞烟灭。卫国原有的濮阳并入秦国东郡。为了向天下诸侯昭示秦国的宽厚仁义，嬴政也为了表示自己的雄主胸怀，令卫元君及其支属迁到秦国野王县，仍保留宗庙祭祀。

吕不韦率大军凯旋，嬴政亲自率文武百官迎出东门。嬴政封昌平君为右相的事早就有人报知吕不韦，他十分清楚嬴政的用意，心中有气却无法说出口。如果为这事对嬴政大加斥责，更加给群臣留下擅权欺君的话柄。吕不韦嘴上不说，心中早已有了对策——哼，你就是封十八个丞相也没有用，我仍然让他们有其名无其实，摆个空架子在相位上。

嬴政上前给吕不韦施礼道："仲父亲征，大军所到之处所向披靡，五国望风而溃，如今又灭卫国，仲父辛苦了，受寡人一拜！"

吕不韦心中有气，也不还礼，只是拱拱手冷漠地答道："为大秦国出生入死也不是头一次了，倒是大王辛苦呀，数日不见提升了那么多官员，够操心的。"

嬴政也不生气，他学会了对付吕不韦的办法，嘻嘻一笑："寡人这样做全是为仲父的身体着想啊，仲父带病出征令寡人于心不忍，思虑再三，应该恢复武王时的双相体制，提升一名副相为仲父分忧解难，从此仲父便可以少操许多心，也可多抽些时间静养身体。倘若统一大业进行一半仲父就因操劳过度累垮了身子，何人为我出谋划策呢？"

吕不韦冷哼一声，心道："只怕大王嫌我死得晚呢，如果我现在就死才合大王的心意呀！"

接下来是副丞相昌平君向吕不韦施礼，吕不韦揶揄道："多日不见当刮目相看，大王慧眼识英才，恭喜昌平君荣升，今后要请昌平君多多指教！许多军国大事就有劳右相了，我可要清闲清闲了！"

昌平君对吕不韦的讽刺早有心理准备，也毫不示弱地回敬说："不才任尚书令时就闲散惯了，承蒙大王不弃掇升右相，只怕闲散的习惯仍然改不了，吕相国想清闲是不可能的。"

"哈哈，既然昌平君有闲散的习惯，我文信侯还真的不能清闲啊，看样子闲与忙是命中注定的，我真羡慕昌平君有这么好的运气。"

"因为我听说过悠闲的人长寿，忙碌的人短命，当然乐意清闲了！"

这一句话气得吕不韦直咬牙，因此他没好气地说："你也忘了这样一句话：闲也能闲死人！"吕不韦说完转过身，不理昌平君。

其他官员一一过来向吕不韦施礼问安，大多是说些奉承恭维的话，少数对吕不韦不满的人也强作笑脸说几句客套话。轮到李斯了，吕不韦对嬴政提升李斯为客卿并不意外，更不反对，李斯是他的舍人，提升李斯也算给他吕不韦脸上贴金，他也相信李斯不会让他失望，会把所知道的有关嬴政的事及时报告给自己。因此，当李斯给吕不韦问安时，吕不韦和颜悦色地鼓励说："秦国的许多丞相都是从客卿做起的，我初入秦也算是先王府上的一名客卿吧，如今年岁渐大，体力不支，在相位上也不会长久，我希望接替我的人是你，你毕竟是我推荐给大王的啊，望你不要辜负我的厚望！"

李斯明白吕不韦的心思，这话半是恭维半是引诱，连忙说道："丞相举荐之情我没齿不忘，今后诸事还要听丞相差遣，至于相位，斯怎敢存有丝毫奢想？斯自知才疏学浅，恐怕客卿一职都不能胜任呢。文信侯精力正旺，辞去相位的想法是万万不应该有的。秦国统一大业刚刚拉开序幕，您就想身退，何人为大王出谋划策、运筹帷幄？以斯浅见，等到统一大业完成之后，文信再功成身退也不迟啊！"

李斯在文信侯府多年，对吕不韦的心思早已摸得一清二楚，话一出口就句句说到吕不韦心里，让他听了舒心又入耳。吕不韦微微一笑，额头的皱纹也平坦了许多，略带谦虚地说："不愧是从我府中走出去的，知我者斯也，孤家就听你的劝导，等到秦国完成统一大业，把大王推上帝王之位后老夫再隐退下来。你好好干，到那时我一定再向大王举荐你接任相位。"

"谢君侯！"李斯一揖到地。

李斯当面对吕不韦说得优美动听，暗中丝毫也没放松对吕不韦的监视，他是一个睚眦必报的人，吕不韦嫉妒他的才华压制了他八年，这口怨气一定要出，他已经看出秦王与吕不韦之间的矛盾，指望踏着吕不韦的身躯实现自己出将入相的梦想呢。

李斯利用自己在相府居住多年的有利条件，很快在相府收买了几个眼线，吕不韦的一举一动他都了如指掌，及时报告给秦王。李斯果然不让嬴政失望，很短的时间内他就把网罗到的人派往各国，他们扮作商人，或扮作流浪艺人，或者到权贵门下做舍人、当佣人，几乎各国都有李斯派出的人，这些人及时把各国发生的重大事件报告给李斯。为了便于情报传递，李斯专门组织了一批剑客，他们负责传送情报，此外，也有一些跨国商人，明处身份是经营买卖，实际上专门传递情报。李斯仍然感到情报传递不快，他发现书上有信鸽传信的记载，便派人饲养信鸽，训练鸽子传递情报。

在李斯的周密部署下，他已经做到了每天足不出户便晓天下事。这天，李斯向嬴政报告说，《吕氏春秋》一书已经编纂完成，吕不韦准备把它悬挂在咸阳城门，向天下悬赏，有能增加或减少一字者，赏给千金，并且把所奖赏的千金同时挂在书的旁边。嬴政听后笑道："吕不韦也太自信了，寡人就不相信一部几十万字的巨著真的那么语句精练到字不得减句不得添的程度，悬挂之日寡人要亲自去看看有没有人上前删改字句。李卿，这本书有你一大半功劳，编写的功力到底如何，你最清楚呀！"

李斯知道嬴政对此书一直耿耿于怀，但书中大部分篇章出自自己之手，若把此书贬得一塌糊涂岂不是糟蹋自己吗？可又不能说好，想了想说："为编写此书我确实下了一番功夫，翻阅史料，查对典籍，每写一篇文章都是字斟句酌，此书不是哪一人之功，是相府众多门客多年辛劳的结晶。但是，若说此书语句凝练到不能增删一字的程度却也言过其实，我认为文信侯这样大肆吹捧此书是另有用意的，目的在书外。"

嬴政微微一愣："哦，另有用意？李卿说说看，到底有何目的？"

"大王是否听说过吴起'偾木赐爵'和商鞅'移木赏金'的故事？"

嬴政点点头。

嬴政问道："吕不韦效法二人，演出一个'一字千金'的举动，也是为了表明他'言必信，行必果'吗？"

李斯摇摇头："臣以为吕不韦这样做有三个目的。其一，向天下人炫耀自己的功绩，有和四公子争胜之意，他是以商人出身效法文人学士的人生追求。立功、立言、立德，在吕不韦看来，他已经做到了前二者。其二，吕不韦旨在于国人中树立个人的显赫权威，千金诱人，字也容易增删，但无人敢取。如果这两个目的达到了，第三个用意也就顺理成章了。吕不韦编纂此书的出发点除了显名扬声之外，就是用书中见解训导大王，《吕氏春秋》完美无缺到不得增减一字，大王再不接受此书的见解势必引起天下人非议，吕不韦是想从舆论上威逼大王向他俯首听命。"

嬴政听完李斯的分析，恼怒地说："哼，他愈是想露脸扬名，寡人愈是让他疤眼照铜镜——自找难看！"

果然如李斯探到的情报，没过多久，整个咸阳城轰动起来，《吕氏春秋》成为人们谈论的焦点，众人争相传说着吕不韦"一字千金"的承诺。一摞摞书卷悬挂在咸阳东门，每天围观的人数以千计，都站在旁边指指点点、议论纷纷。那悬赏金也同时悬挂在书卷旁边，尽管十分诱人却没有一人站出来提出修改意见。一晃多日过去了，仍然没有人出来揭榜领赏。

吕不韦见目的达到，便择定吉日宴请各国文人学士及秦国文武大臣到府上对《吕氏春秋》一书进行鉴赏。众人都清楚吕不韦的用意，谁也不愿意拂了这位权臣的兴致，几乎众口一词地恭维此书结构严谨、文字精当、语言优美、观点新颖等，堪称当代一部百科全书式的鸿篇巨制，胜过三坟五典、诸子百家之著述。

《吕氏春秋》虽是李斯等门客编著，吕不韦本人也确实下了一番功夫，他参与了从总体构想到篇章结构设计，包括文字润色的工作。全书分为《十二纪》《八览》《六论》三大部分，共二十六卷，一百六十篇。每部分各分子篇，从不同角度，不同命题入手，有例证也有论说，结构整齐划一，内容相互关联，有一整套统一的治国方略，对未来大一统王朝提出了完整的构想。书中吸收诸子百家之长，摒弃众人之短，总结了三皇五帝以来的为君之道及为臣之理。

众人频频举酒称颂，向吕不韦祝贺，说名扬天下的四君子之说应改为五君子才对，不，更有说吕不韦的功德早已超过四君子，应推为天下最贤才之人。正当吕不韦陶醉在四面的恭维声中时，有人来报，说秦王嬴政不请自来，已入府门。

群臣都是一愣，谁也不想在这里见到秦王，因为众人都十分清楚，丞相和大王如今不同往日，他们是面和心不和，吕不韦的势力暂时强大一些，但毕竟是臣，现在让二人感觉出自己明显倾向哪一方都不是好事。可是，事到如今只好待在这里，先摸清大王的来意再说。

吕不韦也有些意外，这一段时间因为副相昌平君的事他和嬴政又闹了几次不快，嬴政明确向他提出把检查百官与调拨国库的大权让给昌平君，吕不韦当然不能答应，他以多种借口为由拒不交出这两项大权。今天的宴会，吕不韦本来也准备请嬴政的，但他了解嬴政的脾气，只要认准的事就做，错了也做，有一股倔劲，对任何人都不讲情面。嬴政对《吕氏春秋》一书一直颇有微词，他怕嬴政来了与自己唱反调，让自己失面子。他若当众斥责他给群臣留下欺主的把柄，与嬴政的矛盾将进一步激化。如果自己不和嬴政顶撞，又在群臣及各诸侯国文人学士面前显出自己的懦弱，"一字千金"傲人憾世的举动必然落空。因此，想来想去还是不请嬴政来府做客为上策，想不到他竟然自己找上门了。

吕不韦还弄不清嬴政今天来此的目的，决定先把他迎进来再说，如果他真是来唱对台戏的，再另想对策。

吕不韦率领众人刚走出大厅门，嬴政就和八名随从走了过来。不等吕不韦开口，嬴政就满面春风地笑道："仲父呕心沥血，耗费多年工夫编纂《吕氏春秋》一书，如今大功告成，这是我大秦国普天同庆之事，可喜可贺。今日宴请宾客为何不给寡人打声招呼？孤也好来送份贺礼凑凑热闹。正巧，寡人有事路过相府，听说仲父宴请各国学士品评著述，乃是一字千金，便动了心，也想从仲父手里拿走几千金子用一用。"嬴政说完，哈哈一笑。

吕不韦知道，嬴政是有备而来，说得轻松，其实是来者不善。事到如今只好相机行事了。

众人又回到宴会厅坐回自己席上，吕不韦早命人在主位上为嬴政又备一席。

嬴政坐在席上，扫视一下各怀心事的群臣，故作不知地问道："仲父把书作高悬城门数日，悬赏增删一字赏赐千金，不知可曾有人更改一字？"

吕不韦轻捻胡须，十分自傲地说："至今无一人前来删改一字，今天所来的各国文人学士也都一致表示无一字可以删改。"

嬴政嘿嘿一笑："以本王之见，至今无一人出面更改，并非文字精湛、字不得增减，只怕是众人认为不值得增删罢了。"

众人一听都是一惊，一齐把目光投向吕不韦。

吕不韦很是尴尬，强压心中的怒火，十分不悦地问道："此书中大部分篇章大王都已读过。敢问大王此书怎么不值得增删呢？是结构不严谨还是文字不优美，是内容不充实还是论证不充分，是观点不新颖还是思想不实用？"

嬴政站起身来朗声说道："丞相编纂此书的目的是阐述自己的治国方略，丞相主张用孔孟思想与老庄主张合二为一，指导治国，提倡清静无为而治，顺天顺民自由发展。本王却不这样认为，丞相的这些思想只合于三皇五帝所处的太平盛世，天下太平，无征战之苦，百姓安居乐业，国家休养生息，无为无不为。丞相只知其一而不知其二，时代不同了，治国的主导思想也必须因时而异。当今天下割据，诸侯林立，国与国之间征战不休，要想在争战中立于不败之地，需要的是雄主而不是仁君，国家需要的是金戈铁马而非温文尔雅，百姓再苦也要把微薄的收入献给国家，伤势再重也必须义无反顾走向沙场。重赏之下有勇夫，屠刀威逼出猛将，只有箭与刀才能征服诸侯，强大国家的诞生是靠伏尸百万、流血成河换来的。要想做到这一切，必须师法商鞅所提出的'严法度，尚刑名'，用法令使百姓就范，并为国所驱使。当然，丞相所倡导的任贤顺民的主张也不能说完全错，但远水不解近渴，不合时宜！"

不等嬴政说下去，吕不韦就不顾一切地吼道："你那是暴君所为，是夏桀、商纣的做法，其后果只有两个字——亡国，等待你的也是……"

吕不韦把到嘴边的话又咽了下去，十分痛心地瘫坐在椅子上，无力地说道："是上天在捉弄我，想不到我的一腔热血付诸东流了，事与愿违，事与愿违！"

嬴政看着颓然坐在座椅上的吕不韦，油然从心底升起一种胜利者的自豪感，他仰天大笑一声，自信地说道："寡人不做仁君，更不做圣人，我只做胜者，只要我能征服天下，哪怕只剩下本王一人也在所不惜！"

嬴政昂首阔步走出大厅，八名随从紧跟在左右。

众人望着嬴政高大的身影，都有一种莫名的恐惧，东方各国的文人学士更是不寒而栗，仿佛看到无数战车铺天盖地，已经杀向自己的国家。

嬴政接到从齐国送来的告急文书，赵国丞相庞煖占领饶安，正在攻打清河、石城。

嬴政怒不可遏。"合纵"伐秦主谋是赵国，如今伐齐又是赵国。秦齐结盟没有解除，赵国不敢攻秦却欺齐，齐国不仅是盟国，更是姻亲之国，理当救援。

派何人统兵伐赵呢？当然不能再让吕不韦带兵，只怕求他也不会答应的。长安君已经几次提出带兵伐赵，他除了为救齐之外更主要的是个人复仇，长安君刚满二十岁，又从来没有带过兵，嬴政实在放心不下。打了败仗也没什么，万一送了性命怎么向太后交代？毕竟是异母兄弟呀！不让他去伐赵，又怕伤了他的自尊心，何况两宫太后也有让长安君带兵出征之意，对他是一种锻炼不说，一旦打了胜仗，算是凭战功补了对他的封爵。

嬴政考虑再三，决定答应成蟜的请求，令桓齮与蒙骜二人协同出征，蒙骜是身经百战的老将，智勇双全，可以给成蟜指点作战方略，桓齮年轻有为，勇猛过人，是攻伐最得力的助手。有这二人在，应该保证伐赵必胜。

嬴政正在拟定出兵旨意，奏事太监来报，说太后从雍城赶来见大王。嬴政好久没有看到母亲了，听说母亲突然到来，一阵惊喜，急忙出宫迎接。

赵姬见儿子又长高了许多，十分欣慰地拉着儿子的手问这问那。母子二人来到殿内坐下，嬴政又正式向母亲行了大礼，并询问母亲在雍城的起居用度是否缺乏，宫女是否听话，一个人在那里是否寂寞。

嬴政内疚地说道："儿臣本来打算去雍城探视母后，只因政务繁忙一直没有抽开身，望母后多多谅解！"

"你在百忙中能惦记着母后，我已经很宽慰了，我每天有那么多宫女太监陪着打牌、听曲儿、看舞蹈，一点儿也不寂寞。特别是总管太监嫪毐为了让母后玩得高兴，每天都是挖空心思给我取乐，一天一个花样，娘都乐得合不拢嘴了。嗨，没有嫪毐在身旁真不知那日子怎么过呀！"

嬴政一听母亲直夸赞嫪毐，也笑道："真难得他那么会变着法儿讨母后欢心，起初我还以为是个刁蛮之人呢，如此说来我是错怪他了。"

赵姬趁机答道："可不是嘛，我这次来就是为他向你讨个封赏，你不会让母后失望吧？"

"只要嫪毐能让娘高兴，封赏也是应该的，不知娘想给他封个什么官爵？"

赵姬想起临行前嫪毐的再三嘱托，故作轻松地说："吕不韦当年被封文信侯，干脆封嫪毐为长信侯吧。"

嬴政吓了一跳，忙说道："娘，这怎么使得呢，在我大秦的祖制上，宦官封侯还没有这个先例，嫪毐无法和吕不韦相比，吕不韦有大功于秦，他算是凭军功封侯，可嫪毐却无丝毫军功，怎能直接封侯呢？传扬出去岂不让天下人讥笑？军中将士对纳捐取爵一直耿耿于怀，如今再把一个无丝毫战功的嫪毐封为君侯，谁还心甘情愿拼死疆场？都甘心入宫为宦了。再说，他不是已经凭着纳捐做了大上造了吗？就不要再封什么爵位了。"

赵姬立即拉下脸，生气地说："你一口一个嫪毐没有军功，假如嫪毐当初不入宫服侍娘，像其他年轻人一样从军入伍，凭他的聪明才智，如今距离封侯也差不多少了，他服侍娘不是功劳？在你眼中娘是一文不值！刚才还口口声声关心我，现在娘求一件事都不答应，还说什么爱娘，都是骗娘的谎话。你如今长大了，翅膀硬了，可以不要娘了，也不管娘的死活，你能有今天娘吃了多少苦，受了多少罪？没有娘一把鼻涕一把眼泪地与人争，怎会有你今天的王位……"

赵姬说着，呜呜地哭了起来，边哭边说道："什么事都有个先儿，前人的先例总要被后人打破，怎么能死抱着祖宗定下的规矩不变呢。纳捐取爵不也是祖制下没有的嘛，如今实行起来不是也很好，解决了国库因连年征战的空虚问题，也促进农商发展。嫪毐没有军功，但凭着纳捐已经是大上造，比侯爵也仅差那么几个等次，他一个男人家，为了服侍娘，弄得人不像人鬼不像鬼，这付出的东西还少吗？比战场上的那些将领又逊色多少？"

赵姬见嬴政仍然无动于衷，索性站起身说道："我已经向嫪毐许下诺言，人不能言而无信，一般百姓都讲究诚信，何况娘是一国太后，我现在就请人算一算，从大夫到君侯需要纳捐多少钱粮，这所有费用从我的衣食用度里扣，我宁可不吃不穿也给嫪毐买个君侯的封爵，从此以后你我之间的母子情谊恩断义绝！"

赵姬说完，理一下散乱的发鬓，走出大殿。

嬴政急忙站起身喊道："娘，娘，您听儿臣解释。"

赵姬头也不回地走了出去。

嬴政知道娘的脾气，认准的事一定要做到底，追出去硬拦也没有用。他颓丧地一屁股跌坐在御椅上。

昌平君入宫奏事，正好遇到赵姬负气而走，急忙入宫询问缘故。嬴政把事情经过简单介绍一遍，最后说道："太监封侯这是亘古没有的事，寡人怕吕不韦以此为借口发出责难。为了《吕氏春秋》一书寡人让吕不韦当众出丑，他对寡人已经恨之入骨，如今再加封嫪毐为侯，吕不韦一定认为我是故意这么做的，目的是排斥他文信侯的特权，吕不韦一定会拿祖制要挟我，逼迫我废除对嫪毐的封爵，再次显示他的权威，母后怎么就不了解我的苦衷呢？"

昌平君认真想了想说道："大王与吕不韦之间的矛盾已经公开，即使不是因为嫪毐封侯这件事，也会找其他借口与大王为难的。既然如此，大王何不再用嫪毐封侯一事树立王权的威信，向国人表明，只要大王乐意，谁都可以封侯，丞相根本无权过问。再说，大王把嫪毐封侯，他一定对大王感恩戴德，从此死心塌地为大王效命，大王便可以借助嫪毐对抗文信侯，这也是制权的一个策略。吕不韦是侯，嫪毐也是侯，二人半斤八两互相牵制，大王便于从中坐收渔人之利。对于太后，大王也就可以交代了。为了避免吕不韦责难，大王可向华阳太王太后说明原因，有华阳太王太后与赵太后鼎力支持，大王还怕吕不韦责难吗？"

嬴政认为昌平君分析得有理，便起身去长乐宫奏请华阳太王太后。华阳太王太后感伤地说道："我最不愿意看到的事终于发生了，不曾想你与文信侯竟然闹到了这种地步，他在咸阳城门千金一字悬赏做得实在过分，可你也不应该让他当众出丑。最近，《吕氏春秋》上的部分篇章我也读过了，许多论述还是有可取之处的，怎能一概将它否定呢？常言说开卷有益，对于不接受的观点可以放在心中，未必要当众表达出来。政儿，你年轻气盛，对于君王之道还欠火候呀。得人心者得天下，作为君王应学会笼络臣子之心，让他为你卖命。一个普通人都能影响一片人，何况吕不韦这样的权臣呢？政儿，你不要太锋芒毕露，那样会引得众叛亲离。人们不是说'主圆臣方'嘛，你理解其中的含义吗？"

嬴政说道："'主圆臣方'和人们常说的'虚君实臣'是一个道理，为君要圆滑，虚实一定让臣子琢磨不透。而做臣子的却必须实诚、刚正不阿、不阿谀不谄媚，有一是一，有二是二。"

华阳太王太后连连摇头："这恐怕是你一家之言吧，'主圆臣方'与'虚君实臣'有近似之意，但不是你所理解的那样。其意是：君臣要职责明确，各司其职，不能越俎代庖。臣子超过自己的职权范围管不该管之事，则是有二心之举；君主什么事都包揽起来，做了臣子当做之事也不是好君主，君主好比驾车之人，臣子则是拉车的马，君主做了臣子所做的事，就等于驾车的人不坐车跳下车来跟马跑，车一定会走上歧路的。为君者应当把智慧和精力放在管理好臣子上，协调臣子之间关系，保证车子的方向，让臣子把自己的聪明智慧淋漓尽致地发挥出来，这样，你就可做到'无为而治''无为无不为'呀！"

嬴政看看华阳太王太后的脸色说："孙儿不赞成祖母提倡老聃的'无为而治''无为无不为'只是一种诡辩，是一种文字游戏，真正用到治理国家上却行不通，我只赞成李悝、商鞅、管仲的做法，严明法度，富国强兵。"

华阳太王太后叹口气说："多年来祖母给你讲了那么多大道理，就是想把你培养成一位英明的君主，想不到你还没有悟出为君之道来。你所崇尚的做法与实际上的言行仍然是一名有为之臣的举动，说白了不过是一匹拉车的良马，这也许与你的悟性有关，'悟'出自'吾心'，你要认真领会'吾心'二字，否则你永远不会成为一位明君。"

嬴政不服气地说："一匹能拉车的良马本来就能把握住车的方向，何必再要一个多余的赶车人呢？没有驾车的，良马照样可以保证车的运行，可是只有驾车的，没有良马，车子却寸步难行！"

"孩子，你得出的这些观点多是好胜心使然，我不再同你争辩了，也许祖母对你要求得太高了，你还年轻，今后路很长，仅靠说教是不行的，慢慢你会悟出其中的道理，就如一只池塘的鱼虾，只有到大海才会改变自己往日的看法。"

"我永远也不会改变自己的见解！"嬴政嘴里没说，心中却是这样想的。华阳太王太后继续说道："治国犹如奏乐，政儿若想体悟为君之道，不妨多听一些圣贤之乐。用音乐陶冶性情之外，也可从乐曲的章法结构与演奏技巧中领略治国之妙，倘若乐能奏好，则国也必然能治好。三皇五帝都是精通音律之人，一个人喜欢什么样的音乐也可以看出他治国的方式。"

嬴政听祖母大谈音乐与治国的关系，并且谈得玄乎，禁不住问道："以祖母之见孙儿喜欢什么样的音乐？"

"如果祖母没猜错，政儿一定喜欢鼓、锣、钟、锵、磬、箫、瑟、埙、笛、琴等器乐的合奏，当然，众多的乐器中必须有一种乐器为主乐器，你就喜欢听浑音掩映下主乐器奏出的曲子，博杂激昂，荡气回肠。正如对待吕不韦的关系上，你为了分解他的权力，提昌平君为副相，如今又有加封为侯的想法，再加上成蟜，这就构成一个王权的多重奏，形成一个巨大的混响，你只想在平衡几人的相互制约关系中奏出主旋律。倘若只有一个吕不韦存在，那就是你二人平分秋色，甚至把你逼到配角的位置上，如今由二重则三重四重多重奏，反而更能发挥你的特长，也便于王权制衡。"

华阳太王太后说到这里，微笑道："政儿，祖母分析得对吗？"

嬴政又惊又喜，华阳太王太后几乎把他的全部心思都看穿了，有些话是他冥冥之中感觉到的，却没有那么明确的思路，经太王太后这么精辟地说出来，他顿时豁然开朗了。

华阳太王太后答应了嬴政的请求："既然你想在多重奏中唱主角，也算给你母后一份情面，可以将嫪毐封侯，但不能让他介入朝政，宦官不得干预王权，这是古训，你可要牢记这一点，不然后患无穷！"

"请祖母放心，孩儿一定谨记！"

华阳太王太后忽然想起一件事，又问道："成蟜要求带兵伐赵之事你答应了吗？"

嬴政点点头，又补充说道："可我一直拿不定主意，顾虑他年幼不懂兵法，万一战败会给吕不韦留下笑柄。"

"不懂兵法可以去学，任何事物都是这样。成嬌无功受封长安君，应早一天让他上沙场立功补这个缺，他将来能够独当一面也就是你最得力的助手，名声远扬的四君子不都是各国的王室至亲嘛，你给成嬌这么好的一个机会是对的。"

华阳太王太后嘴上这么说，心里很不是滋味，她听说成嬌最近同夏太王太后来往密切，也时常与子伊等宗室之人接触，可成嬌从赵国回来后，一次也没有来到她的长乐宫，就是原先没去赵国为人质时也不常来，她总觉得成嬌对她有一种说不出的敌对情绪，也许就是因为自己当初没有答应子楚的要求立成嬌为太子的缘故吧。华阳太王太后有自己的难处啊，孝文王临终再三叮嘱她要把嬴氏先祖留下的这份基业守护好，一切按祖制办事，嬴政是嫡是长，她不能因为紫玉是自己亲侄女就废长立幼，废嫡立庶呀！哪怕成嬌恨她，她也要对得起孝文王，对得起嬴氏列祖列宗。

华阳太王太后突然想起最近做的一次噩梦，梦见成嬌浑身是血，她琢磨这事可能与成嬌领兵出征有关，莫非成嬌首次出征就失利？华阳太王太后不愿往坏处想，但她提醒嬴政说："你刚才不是顾虑成嬌年幼没有领兵经验吗？为了确保他首次领兵取胜，为王室树立个好名声，一定多派几名得力战将，再派一位懂得用兵之道的老将相佐。"嬴政说道："祖母疼爱孙子，我就不心疼弟弟吗？祖母尽管放心好了，成嬌出征的事我已经有了安排，确保他万无一失、旗开得胜，给您老露脸。"

华阳太王太后听嬴政这么说，真的放心了，她对嬴政的办事能力深信不疑，便哈哈笑道："好孙子，你办事祖母放心，祖母不图别的，只想看着你们兄弟二人平平安安，看着咱大秦国国富民强。"

嬴政从长乐宫回去，便命令昌平君负责为嫪毐封侯一事，拟封长信，赐山阳（今河南焦作东南）之地作为食邑，但不可像吕不韦封侯那样大肆铺张，只把封赏爵位与封地造册入籍即可，仪式只在雍城故宫举行，咸阳不举行仪式。

天下没有不透风的墙，何况封侯这等大事，嬴政想减少一点影响，结果事与愿违，一时之间，嫪毐封侯的事成为人们的热门话题。雍城故都简直如同过大年一般，家家都必须张灯结彩，棫阳宫更是披红挂绿，大张旗鼓地庆贺。自封爵仪式那一天，一个多月来棫阳宫每天车来车往。嫪毐原先的狐朋狗友、远亲近邻趋之若鹜之外，许多王公大臣也见风使舵，悄悄从各地赶来结交这位大秦国的又一显贵，那些善于闻腥味的权贵从嬴政的这一举动似乎闻出了秦国权力方向的转移，许多人从吕不韦门下暗暗投到嫪毐门下。

文信侯府中，吕不韦在室内来回踱着，司空马一声不响地坐在旁边，注视着吕不韦的神态。每当吕不韦遇到棘手的事时他总是这样，冷峻的表面下是一颗焦躁不安的心。

两人足足有小半个时辰没有说话，吕不韦来回走了半个时辰后，停了下来问道："你能肯定子伊与成嬌准备谋反吗？"

"种种迹象表明他们有这种可能，特别是成嬌的举动反常，他过去很少与军中将领往来，现在却时常出入这些人的府中，并且多是夜间。"

吕不韦也觉得成嬌自从赵国回来后大不同往常，过去成嬌是三天一猎五天一赌，时常找一些王公贵族子弟开心取乐，变着花样混日子，整天嘻嘻哈哈一副浪荡公子的模样。可现在几乎判若两人，很少听到他打猎，赌场更是不见他的影子，人也变得深沉多了，有一副少年老成的样子。他以前从来不与军人接触，更不用说要求领兵打仗了。这次出兵伐赵他三番五次请求，实在奇怪。若说为了报赵国凌辱之仇也不一定要亲自领兵上战场，战场上的凶恶他能不知道吗？

"按你所说成嬌与子伊有谋反之举，他们都是王室宗族显贵之人，为什么要谋反呢？谋反是灭门之罪，难道他们不知？"

司空马答道："也许成嬌是受子伊唆使，子伊虽是宗室大臣，却因当年参与子傒叛乱一直受排挤，现在更是有职无权，成嬌年幼无知，子伊一定是用王位引诱他。"

吕不韦摇摇头又点点头："这么多年来为什么早不怂恿成嬌，在他从赵国回来后唆使他谋反呢？"

"也许是过去成嬌年幼，这次在赵国受辱认识到王权的重要，回来后向子伊流露出这方面的心思。还有，就是子伊可能发现大王与丞相之间有了矛盾，认为有机可乘。"

吕不韦承认司空马分析得有道理，但他还有一个无法说出口的担忧，就是赵太子嘉可能向成嬌说出了什么，他后悔存妇人之仁没有杀了太子嘉，但他估计太子嘉也不会把他们二人之间的秘密全部告诉成嬌，最多是编一套谎言怂恿成嬌起内讧，赵国坐收渔人之利，这是太子嘉一贯的伎俩。吕不韦沉思片刻，忽然问道："大王对二人反常之举有所觉察吗？"

"从宫中内线传出消息看，大王对此事尚没有觉察，他把心思全部用在对付侯爷身上。据内线透露，李斯对侯爷不忠，他名为客卿，实际大王委以长史一职，专门暗中为大王搜集情报，侯爷的情况都是李斯报告的，他在府中收买了眼线，究竟收买了何人我正在暗中查寻。"

吕不韦勃然大怒："李斯这个小人，当年我见他可怜把他收养在府中，给他吃给他穿，许以官职、委以重任，也是我把他推荐出去的，他不思回报，却过河拆桥、当面一套背后一套。好，敢同我耍花招摆心眼，我让他像甘罗一样死都不知怎么死的，不要以为赢政敢对我表露不满你们就有势利之心，我是忍让，寻找制服他的机会，小不忍则乱大谋。嘿，我会让你们明白我吕不韦的厉害，只怕到那时候后悔都来不及，我心慈也有心狠的时候，我也会杀人，而且杀人不见血！"

司空马一听吕不韦这么说，忽然想起一件事，忙凑上前耳语几句，吕不韦一怔，低声说道："这事由你亲自去查，成嬌是否有谋反之举今晚就可见分晓，你一定要探听出他们密谈的内容，及时奏报给我！"

天刚黑，司空马就在眼线的掩护下混进夏太王太后宫中藏匿起来。果不出所料，当夜夏太王太后召桓齮入宫，密谋造反之事。桓齮看到先帝血书，当下同意举兵谋反。

粗犷的号角声中，长安君成嬌和桓齮纵马来到整装待发的队伍前面。这十万大军都是桓齮精心挑选的，可谓马肥兵壮。检阅完毕，二人正准备告别送行的文武大臣催马出征。忽然传来消息，夏太王太后无病暴亡。众人大惊，成嬌一阵头晕，几乎从战马上栽下来。桓齮急忙催马跑到成嬌身旁，伸手扶住了他，低声说道："请节哀，太王太后这是以死表明心志，督促我二人誓死完成大业。人死不能复生，您能够完成太王太后心愿，她老人家在天之灵也会欣慰的。"

成嬌擦干眼泪问道："现在是否出发？"

桓齮想了想说："奏明大王，三军缟素出征，以壮军中士气。"

不久，从城内传出口谕，同意长安君请求，三军戴孝，缟素出征！

"嘟嘟嘟……"军号再次奏响。

成嬌一身玄色衣裳走在队伍前列，桓齮驱车走在身后，大军如一条蜿蜒爬行的黑龙，向潼关方向前进。

大军进驻屯留，桓齮建议说："此地虽小，但易守难攻，距赵国边境较近，公子不是与赵太子嘉有约嘛，现在就写一密信派心腹之人送往邯郸，等到赵国援军一到，我等立即起兵，咸阳城内再有子伊等人内应，大事可望成功。"

成嬌接受桓齮建议，立即派人与太子嘉取得联系。太子嘉暗暗高兴，估计有机可乘，奏报父王秦兵来犯，再次要求和相国庞煖一同率军迎敌。

赵襄王也听到秦兵进驻屯留的消息，同意了太子嘉的请求，派庞煖为大将，扈辄为副将，太子嘉为督军，领兵十万前往屯留迎敌。庞煖把大军兵分两路，一路由扈辄率领驻扎在太行山脉的尧山上，一路由自己率领驻守在庆都，两军遥相呼应，静观秦军动向。成嬌得知太子嘉援军到来，立即把军中将领召集在一起，取出先王遗诏，传示众人，然后说道："先王在世之日就已经觉察吕不韦以李代桃谋篡王位之野心，但为时已晚，吕不韦控制了先王寝宫。先王无奈，偷偷留下遗诏。吕贼害死先王，拥立赢政为王，自己大权独揽，排挤赢氏宗亲，准备彻底控制朝局后篡改嬴秦宗庙。好歹苍天有眼，吕贼没有把当年服侍先王之人杀尽，此遗诏几经周折终于重见天日，不然，天下人都被他迷惑了。如今夏太王太后以死昭示我等奋力一搏，成败在此一举，有愿意替天行道、铲恶除逆者我无任欢迎，不同意者发给路费盘缠各请自便！"

事出突然，众将面面相觑，裨将杨端和说道："如今赵军屯兵太行，我等内讧，恐怕让赵人有机可乘。不如等到伐赵之后，回京出示先王遗诏，迫令……"

不等杨端和说下去，桓齮就吼道："咸阳是吕氏天下，吕贼会乖乖答应退位吗？如今回京是自投罗网。实不相瞒，赵兵是长安君借来除逆的，只要我等在此举事，天下人一定纷纷起兵响应，咸阳城内也有子伊等王室宗亲做内应的，成功指日可待。众将有拥戴之功，日后都可封侯！"

桓齮话未落音，一名小将走出来嚷道："我不想封侯，也不想送死，尔等在此封侯吧！"

那人说完就向外走，桓齮飞身赶上去就是一刀，顿时血溅人亡。桓齮骂道："不识抬举的家伙，你越是怕死我越让你死！"

众将噤若寒蝉，杨端和知道桓齮的脾气，也不再吭声。在桓齮的威逼下，众将纷纷歃血为盟，举起反叛大旗。

嬴政听到成蟜反叛的消息后，一夜未眠。第二天早晨起来他饭也没吃，决定请祖母拿主意。他知道这个时候唯一能够给他安慰，并能为他出谋划策、指点迷津的人只有祖母华阳太王太后。

华阳太王太后苦苦思索一夜，也不明白成蟜从哪里知道嬴政是吕不韦之子的，她联想到夏太王太后的死，只有两种可能，要么是在邯郸时听到什么风声，要么是夏太王太后得到什么凭证。她决定查清此事！华阳太王太后天还没亮就派两名心腹侍女持她的金牌令到雍城去请赵姬，令她接到令牌立即悄悄随侍女赶回咸阳。

赵姬也已经知道成蟜反叛，她接到华阳太王太后的金牌令时当然明白华阳太王太后的用意——为嬴政身世而来。她早已打定主意，一口咬定是庄襄王之子，对吕不韦也必须这样说，这事只有她一人说了算，查无对证。赵姬明白华阳太王太后的为人，她外柔内刚，平日里和颜悦色，实则小事糊涂大事明白，原则问题绝不妥协，如果她知道嬴政不是庄襄王之子，自己命没有了，连儿子也保不住。

赵姬到达长乐宫时，华阳太王太后已经等待多时了。

华阳太王太后屏退众人，把一份檄文劈头塞到赵姬手里，斥问道："请你老老实实把嬴政的身份解释清楚，他到底是嬴氏血脉还是吕不韦的儿子？"

赵姬早有心理准备，见华阳太王太后质问，立即抹着红肿的眼说："太王太后也相信成蟜的一派胡言？当我看到这份檄文时哭了整整一天，他无论怎么诅咒吕不韦也不该把我牵扯进去，这不是侮辱儿媳的清白吗？"

赵姬说着，又嘤嘤哭了起来。

华阳太王太后瞪了赵姬一眼，冷冷地说道："侮你清白？！你不与吕不韦做那苟且之事，他人怎会无中生有？要想人不知除非己莫为，政儿对你与吕不韦之事都一直耿耿于怀，不是我从中阻拦，只怕吕不韦早已被碎尸万段了。"

赵姬暗暗心惊，她知道华阳太王太后所说的事指庄襄王死后与吕不韦之间的往来，急忙跪下哭诉道："太后有所不知，我那样做事出无奈，也是为政儿着想，为大秦国着想。先王中道崩殂，政儿虽被拥上君位，但年幼无知，大权被吕不韦掌握，他以仲父身份要挟儿媳，儿媳不从，他便扬言废了政儿，杀死我母子，我为了保政儿的王位，只好忍声吞气答应他的非礼要求。儿媳有苦无处诉，只能把泪向心里流，对外笑脸相迎，一人独处时以泪洗面。我时常想，我无论受多大的委屈都不在乎，只要政儿能一天天长大成人、继承父业就心满意足了，哪怕政儿也不理解我的苦心。等到政儿加冕后，我就是去死也安心了。"

赵姬再也说不下去，呜呜哭了起来。

华阳太王太后对赵姬的话半信半疑，想了想，咬咬牙问道："在邯郸时你与吕不韦有没有苟且之事？"

华阳太王太后知道这些话她本来不该问，但又不能不问，这关系到王室血脉。

赵姬哭喊着指天说道："先王，你为何一人匆匆归天，撇下我一人在此受苦受屈受辱？只有你最清楚政儿的身世了，现在臣妾浑身是口也说不清，只有以死表明心迹了。"

赵姬起身就要向廊柱上撞去，华阳太王太后起身拉住了她，用略带内疚的口气说："这些话我是不该多问，我这样做也是为了维护王室尊严，也是为了政儿着想，政儿看了这份檄文他得多么难过啊！"

赵姬灵机一动，想出一个舍车保帅的主意："我对吕不韦早已恨之入骨，无奈一个女流之辈奈何不了他，我之所以借口搬到雍城居住，就是为了躲避吕不韦的纠缠。政儿就要举行加冕大典了，可吕不韦仍然牢牢控制着大权，政儿想提升几人分解吕不韦的权势，他却横加干涉，丝毫不愿放权，这对政儿执掌朝政极为不利，以儿媳愚见，可否借此机会铲除吕不韦势力？"

华阳太王太后正要回答，宫女来报，说大王来了，华阳太王太后便说道："让政儿进来，咱们娘儿几个商讨一下再定吧。"

嬴政走进大殿，见母亲也在这里，便跑过去跪在地上抱着赵姬的双腿哭道："娘，娘，我到底是谁的儿子？你说，你说……"

赵姬一边为嬴政擦眼泪，一边哽咽道："你当然是先王之子，那檄文所言是胡说八道，是成蟜等人反叛时的一派胡言，他们攻击吕不韦，却连累了我们母子。"

嬴政擦干眼泪，站起来向华阳太王太后施礼后问道："以祖母之见，应如何处理成蟜叛乱？"

华阳太王太后心中有了数，心平气和地说："政儿不必惊慌，他们几个人成不了大器的，你也不必难过，更不要相信成蟜的一派胡言，你是先王之子这是人所共知的，否则，你父王怎么会立你为太子，传位于你呢？有你娘在，任何人胡言乱语都不足为信。刚才我和你娘正商讨平叛一事，我估计成蟜年幼无知，一定是受了他人蛊惑才做出这傻事来。你先修书一封劝他归降，免他一死保留封爵，这样便可化干戈为玉帛，免得兄弟之间自相残杀，给他人与敌国可乘之机。让成蟜归来，我亲自审问他背后指使人是谁，然后重惩！倘若成蟜一意孤行，不听规劝，再派大军剿灭，将他擒来送宗庙前处死，告祭列祖列宗。"

嬴政认为祖母的建议可行，忽然又问道："以祖母之见，是何人指使成蟜做出如此大逆不道的事呢？"

"成蟜从赵国归来后多次要求伐赵，目的不在伐赵，而是窃取兵权。成蟜还没打出反叛的旗号，赵国就派大军前去声援，这足以表明成蟜可能是受了赵国君臣的怂恿与蛊惑。当然，国内也可能有人暗中唆使，但究竟是何人唆使，尚需要进一步明察，绝不能让元凶漏网。"

华阳太王太后又问道："不知政儿对此事是何看法？"

"会不会是吕不韦从中作梗呢？他这人一向老谋深算，见我有收回他手中大权之意，暗中派人指使成蟜叛乱，故意散出谣言说是我的父亲，想以此改变我对他的态度，继续让他操纵朝权，他也趁平叛之机重新掌握失去的大权。"

华阳太王太后沉思片刻，点头说道："政儿分析得有理，也不能排除这种可能。如果真是吕不韦所为，我认为他操纵的人一定是夏太王太后，因为桓齮是夏太王太后亲信之人，夏太王太后突然暴亡也许正是吕不韦杀人灭口呢。如果是这样，就表明吕不韦有谋篡之心，必须铲除他！"

嬴政急忙说道："我来找祖母就是为此事而来，请祖母明示，如何除去吕不韦？"

华阳太王太后忧虑地说："吕不韦虽然专权，毕竟是有功之臣，如今地位显赫，手握大权，在朝中的势力也遍布各个部门，稍一不慎会比这次平叛还要棘手。除去此人累及太大，可能伤了我朝元老，会影响统一大业的。吕不韦机智过人，在诸侯之间影响大，是一位不可多得的相才，纵观朝廷上下没有一人可以取代吕不韦。为了慎重起见，在没有确凿证据证明他有谋篡之举外，暂且不要铲除他，只要收回他的兵权，就不怕他闹腾了。对这样的雄才之人，最好能为我所用，只有危及王权根本时才能杀之。"

嬴政理解华阳太王太后的心意，点头说道："请祖母放心，我会处理好这件事的。"

这时，咸阳宫奏事太监来报，丞相吕不韦有事求见大王。嬴政一愣："他这个时候来干什么？"

华阳太王太后笑道："兵来将挡，水来土掩，你回去小心应付就是，遇事三思而行，祖母相信你会处理好这件事的。记住：泰山崩于前而面不改色，这才具有明君的风采！"

嬴政辞别祖母与母亲回到咸阳宫，吕不韦正等候在那里。

嬴政先发制人，直接问道："仲父一定为平叛之事来此吧？寡人正想听听丞相的意见呢。"

吕不韦本想试探一下嬴政的态度，不想被嬴政抢了先，便以退为进地说："成蟜与桓齮窃兵谋反，侮辱王室之名，累及大王受屈，臣罪该万死。臣决定亲率大军踏平屯留，生擒二人以解大王心头之恨。"

嬴政一听吕不韦又想带兵平叛，心里道：你哪里是想平叛，不过是借平叛之名重新掌握大权。

嬴政恭敬地说："常言说杀鸡焉用宰牛刀，平定这二人怎能劳顿丞相大驾？派其他人就足够了。据寡人得到的可靠情报说，成蟜是受他人蛊惑才谋反的，咸阳城内存有大量同党。为了防止逆贼狗急跳墙、危及王权，寡人想请丞相在都城平叛。"

吕不韦吃惊地问道："大王可曾查明唆使成蟜谋反之人是谁？"

"这正是寡人让丞相所做之事，请丞相尽快查明留在咸阳城内的成蟜同党，随时奏报寡人，本王将把谋反之人一网打尽！"

吕不韦十分失望，他知道嬴政丝毫没有怀疑自己的身世，对檄文内容根本不放在心上，他想趁此机会与嬴政改善关系的希望破灭了。更令吕不韦失望的是嬴政根本不信任他，他想借平叛之际重新执掌兵权的希望也破灭了。

吕不韦转念一想：你不是让我查处成蟜的同党吗？哼，我把嬴氏宗族之人都污蔑为成蟜同党，让你尽情地株连九族吧，看你如何收场！

嬴政不让吕不韦带兵出征，借故另派他人，迫使吕不韦交出兵权。尽管吕不韦极不情愿，却也不能拒不交出兵权，因为嬴政有"平叛"这一最好的借口。

嬴政望着吕不韦离去时恼怒的表情，暗暗高兴——嘿，没有成蟜叛乱，他还不能这么顺利就从吕不韦手中收回兵权呢！真是塞翁失马，焉知非福。

吕不韦离去不久，李斯走进来报告说："臣已查明，吕不韦事先知道成嫡有叛乱的动机，他曾在成蝐领兵前一天晚上派亲信司空马潜入夏太王太后宫中，去干什么不得而知。此外，吕不韦事先也曾派张唐率兵五万抢先抵达上党，其意不明。"

"现在张唐仍在上党吗？"

李斯点点头。

嬴政心中有了数，又问道："咸阳内近日有什么动向？"

李斯知道嬴政指成蝐的党羽，忙答道："并无什么动向，似乎在观望事态发展，他们也许是以静制动，先看看大王的反应再采取措施吧，望大王早定平叛大计，以免夜长梦多。等久了火烧起来了，再想扑灭就费劲了。"

"寡人明白，你以后搜罗情报要广泛一些，准确一些，不能只盯着朝中几个显眼的大臣，比如这次成蝐作乱，为什么事先一无所知呢？还不如吕不韦的私人眼线消息灵活。对各诸侯国也应当如此，有时小人物也能干出意想不到的事。"

李斯理亏，对嬴政的训斥连声称是，他想了想说："臣也注意一些小人物的活动，比如……"

李斯说到这里，抬头看看旁边的几位侍从太监，欲言又止。嬴政会意，斥退众人，李斯这才说道："文信侯府的内线传出消息，大王身边有吕不韦的眼线。"

"怪不得寡人的许多事吕不韦都知道得一清二楚，查出是谁吗？寡人要将他凌迟至死！"

"臣怀疑一人，但还不能最终确定。"

李斯在嬴政身旁小声嘀咕几句，嬴政勃然大怒："查，尽快给寡人查个水落石出！"

昌平君带着王翦、王绾、蒙武、辛胜四人按照与嬴政的约定准时来到，嬴政让昌平君派信使携兵符赶到东郡调蒙骜率五万大军阻击庞煖，又派使臣携带兵简赶往上党，调张唐出兵迎击扈辄，还把写好的一份帛书交给王翦说："寡人命你率十万大军赶赴屯留平叛，大军抵达屯留可先按兵不动，命王绾、蒙武、辛胜三人各领一支人马分散扎营，对屯留构成威慑之势，然后派人将此书送交成蝐，规劝其投降。正如兵法所云：百战百胜，非善之善者也；不战而屈人之兵，善之善者也。这次用兵不同于与敌国交战，死伤都是我大秦的将士，何况成蝐是寡人兄弟，他是听信谗言做出这荒唐之举，他对寡人不仁，寡人不能对他不义，我以礼相待，做到仁至义尽。倘若他们不思悔改、一意孤行，再发兵将他擒拿，我要在宗庙前数他的罪行后诛杀他。"

"大王英明！"王翦等人一揖到地。

吩咐完毕，嬴政命昌平君带领众将带领军队即日出发。

两军对垒，原本将有一场恶战。谁料成蟜麾下杨端和趁着桓齮出兵解救壶关城的机会，与秦王大将王翦里应外合取下了屯留城，并活捉了成蟜。桓齮闻讯忙调兵回救屯留城，却见成蟜早已跃身城下。万般无奈之下，桓齮在乱军中落荒而逃，不知去向。

另一面，庞煖与太子嘉屯兵庆都，见秦国内讧，估计有机可乘，决定攻打上党，收回被秦国占领之地。本来战局对赵国极为有利，甚至还用计射杀了秦国大将蒙骜。眼见上党城就要攻破，忽然太子嘉得到消息：成蟜已死，同时王翦及蒙骜之子蒙武带兵而来，于是不得不放弃围攻上党城，搬兵回国了。

成蟜一死，嬴政把罪责迁怒到其他参与叛乱的人身上，他为了显示王权之威，把华阳太王太后的叮嘱忘在脑后，株连将士数万人。成蟜生母紫玉夫人得知儿子已死，心灰意冷地服毒自尽。唯有子伊相机行事，没敢轻举妄动，免于一死，但也被削去爵位。令嬴政感到不满意的是桓齮不知去向，便下令杀了他的全家，并悬赏天下："有能擒献桓齮者，赏五城。"

嬴政一扫往日的不快，威武地坐在朝堂正中的御座上向群臣宣布，因朝臣权力过于集中，容易架空君王，不利于君王执掌朝政，他决定重新调整一下几位大臣的职务、权限，再提升一位丞相。嬴政刚说到这里，群臣便议论纷纷——武王时代才设置左右两位丞相，如今已经有了两相，怎么又提升一相，这不是三位丞相了吗？闻所未闻。

嬴政待议论声稍静，清了一下嗓子说："设置三相，这有什么好奇怪的，黄帝时候曾设六相呢，蚩尤、太常、卷能、祝融、风后、后土六人都是相位，他们各司一职，共同向黄帝负责，才使得黄帝明天道、察地理、辨四方、悉百姓，把天下治理得有条不紊，寡人今天设三相正是效法黄帝之举。"

吕不韦知道嬴政此举是冲着他来的，他又不好当着群臣的面与嬴政顶撞，便向亲信奉常冯无择使个眼色。冯无择会意，高声问道："黄帝曾设六相，我怎么从来没有听说过，其他人有听说过的吗？"

冯无择话音未落，李斯站出来说道："我听说过，《尚书·尧典》上还有记载，家师也曾同弟子谈论过黄帝设置六相治理天下的事，只怕奉常大人是孤陋寡闻、读书太少吧。"

这是嬴政与李斯早就商定好的。冯无择闹了个大红脸，还想争辩。嬴政冷冷地斥道："身为国家重臣，不学无术，巧言诡辩，贻笑大方，不懂少插嘴！"

嬴政这一发怒，群臣再无一人议论，大殿静得掉下一根针也听得见。嬴政扫视一下吕不韦，朗声说道："现在正式宣布三件事，文信侯为相国职务不变，职权是管理左右两丞相，直接向本王一人负责。提升涑议大夫隗状为左丞相，掌管全国粮棉储存与国库，昌平君仍为右丞相，负责监察百官，左右两相互不服从，听命相国。"

"那么军权由谁掌管呢？"不知谁在下面小声嘀咕一句，虽然声音不大，但由于朝堂鸦雀无声，众人都听得一清二楚。

嬴政干咳一声："军权由国尉掌管，免去司马梗国尉一职，改任少府；任命长信侯为国尉，从此国尉不再向相国负责，直接属于本王管辖，国尉下属五将军，任命王翦为上将军，蒙武为前将军，杨端和为后将军，王绾为左将军，辛胜为右将军。此外，李信为裨将军。国尉管理行军布阵、出征、杀伐、粮草调配及领将晋级奖惩，但无权任免将军，也无权发兵，对将军的任免与发兵一律由本王一人负责。"

宣布完毕，嬴政不等众人插嘴，站起身来宣布退朝，继而转身走出大殿，头也不回地走入内宫。

群臣你看看我我看看你，谁也没有说一句话，都各怀心事地走了。但每人的心中都在琢磨着一件事——别看主子年轻，可不是个饶人的角色，今后可要小心侍奉。

吕不韦刚走出咸阳宫，司马梗就追上来嚷道："丞相，我这次可被大王整惨了。"

吕不韦心里正烦，没好气地说："我比你更惨呢！你虽然降了职，但却落个实职，我这丞相表面看来还升了一级，却是徒有虚名，只剩个空架子。"

"丞相何出此言，不就是让出军权么，其他不仍由你掌管吗？"

"呸！"吕不韦走到车前，猛跺一脚，"我管个屁，你想想，昌平君与隗状两人都是什么东西，大王的两条狗！他们怎么会事事都听我摆布呢？"吕不韦说完，登车而去。

司马梗挠挠脑袋，也是，他还想再询问几句，却见吕不韦的车子走远了。

吕不韦刚回到府中，相府总管司空马就气呼呼地报告说："长信侯府中的人愈来愈霸道，今天在街上办事，一个管家与对方发生了口角，对方二话没说动手就打，管家说是文信侯府的，谁知对方打得更凶，边打边说揍的就是文信侯府中的人，你不提文信侯府还不揍你呢。相爷，再忍下去只怕长信侯府的人就骑在咱头上拉屎了。"

吕不韦窝了一肚子火没处发，见司空马喋喋不休地说个不停，一拍桌子吼道："你有完没完？怎么你也跟着下人瞎嚷嚷，我不是再三告诫你要忍，再忍，打你的左脸把右脸伸出去给他打，小不忍则乱大谋，懂吗？"

司空马被吕不韦劈头盖脸训斥一顿，拉长脸说："这样忍也不是办法，必须想个办法呀，几年前相爷多威风，小的们跟着相爷多神气，可现在……属下人怨声载道，门客也一天天减少了，有几个没骨气的东西竟然跑到嫪毐府中了，有朝一日……"

司空马看看吕不韦的脸色没有说下去。

吕不韦见状，说道："不必责备他们，贫在闹市无人问，富居深山有远亲，自古都是富贵多友，贫贱少朋，人情世态本来如此，逐利忘义是人之本性，何必苛求常人呢？我现在自身都岌岌可危，怎能再为了一些鸡毛蒜皮小事与嫪毐争胜？人如同草水万物有四季更替，嫪毐则像春夏草木正处旺盛之季，而我则如秋冬之苗，需要韬光养晦，等待时机，东山再起。"

"相爷，不能等待时机，那需要等到什么时候，万一等不来呢？必须主动寻找时机或创造时机。"

"唔，你说说看，怎么创造时机？"

"大王是趁成蟜作乱，把相爷的军权收回的，相爷要想重新得到原有的大权也必须有一个乱的局势，或者对外用兵，或者外敌入侵，或者内部有人作乱。从当前各国的形势分析，韩国最弱，韩惠王新死，太子安继位，相爷主动要求领兵伐韩吧！凭相爷的才能，有二十万大军便可一举灭掉韩国，相爷有如此大功便可得到部分大权，然后再对魏、赵用兵。等到相爷手握大军时，还怕没有大权吗？"

司空马分析得有些道理，但吕不韦却摇摇头，如今是国尉掌兵权，五大将军只有杨端和一个人是自己的人，可杨端和这人一向见风使舵，关键时刻总是倒向优势一方，只可同享福不可同患难，自己率领这些人去攻城略地，功劳自己捞不到，吃了败仗却躲不开干系。他这么一把年纪，也不想再到战场上搏杀。但司马空的建议提醒了吕不韦，尽管自己不得势，但瘦死的骆驼比马大，与群臣相比，只有嫪毐胜过自己，嫪毐是靠赵姬起家的。他这几年犯了致命的错误，忽视了赵姬的作用。他要从赵姬身上找回自己丢失的东西，通过赵姬惹恼嫪毐这条缺乏城府的疯狗。

这一日，吕不韦来到了雍城棫阳宫。他本拟让赵姬向嬴政说明两人间的父子关系，赵姬却为了嬴政的前途一口回绝。吕不韦也自知此事非朝夕之间可以促成，是以作罢。

临走之际，吕不韦发现赵姬竟与嫪毐私自生下了两个孩子，突然间，莫名的嫉妒充斥了吕不韦本已失落到极点的心。他发誓，一定要惩治这个市井刁民。

回到自己的府中，吕不韦立刻派司空马去挑拨五大夫颜泄与嫪毐的关系。

早前，嬴政在咸阳宫大宴群臣。赵姬也在座。

席间，嫪毐和颜泄喝酒赌博，嫪毐连输几局，就开始赖账，颜泄不满，两个人争执起来。

颜泄并不怎么看得起嫪毐，也不怕他，于是两人由争执而到厮打，引起了周围人的注意。

赵姬也看在眼里，连忙让人过去拉开他们，还训斥了颜泄几句。颜泄十分不平。不过，事情过去久了，颜泄也就渐渐把这事忘了。

司空马受吕不韦派遣，找到了颜泄，又提起了当时他们两人争执之事。

看看四下无人，司空马低声对颜泄说："大夫要有祸事了。"

"什么？"颜泄吓了一跳。

"那嫪毐仗着太后宠他，非常嚣张。那日你二人之事，他一直记恨在心，并且放言，早晚要让太后杀了你。"

"他真这么说？这个贼徒！"颜泄骂道。

"他可不只说了这些话。一些话实在难以启齿，大夫不听也罢。"

果然，颜泄中计，与嫪毐产生了极大的罅隙。于是吕不韦又以重金为饵，指使颜泄以假腐刑扰乱宫闱之罪告发嫪毐。此时颜泄才发觉自己已经成了吕不韦的一枚棋子，但是还是禁不住黄金的诱惑，终于答应了吕不韦。待一切都安排妥当后，吕不韦把整个计划从前到后又细想一遍，觉得并无漏洞，便暗自一笑：嫪毐，我看你还能猖狂几天！

千古一帝

刘乐土 ◎ 著

秦始皇

（下册）

中国铁道出版社有限公司
CHINA RAILWAY PUBLISHING HOUSE CO., LTD.

【第九回】

起叛兵赵姬作乱，献奇文李斯陈情

　　嫪毐被赐封长信侯之后，也收买不少眼线，并在宫中安插了几个亲信。这天，嫪毐正在府中与人对弈，内史肆进来悄悄向他耳语几句，嫪毐大吃一惊，忙问道："此事确凿吗？"

　　内史肆点点头："千真万确，请侯爷赶紧逃走，晚了就来不及了。"内史肆走后，嫪毐立即命亲信备一辆轻便马车，只带四名随从，一律着便装出城而去。

　　嫪毐来到雍城棫阳宫，急急忙忙找到赵姬说："太后救我，大王知道我是假腐刑入宫的，如今在发怒呢，说不定很快就会找到这里。"

　　赵姬并不感到意外，很平静地说："知道就知道吧，纸里包不住火，早晚他都会知道的，晚一天不如早一天，你放心好啦，这事我向政儿解释，他不会怪罪你的。"

　　嫪毐仍然不放心地说："我从宫中得到消息，大王要追查此事，扬言灭我满门呢。"

　　"也许他当时正在气头上，说的都是气话，等他消了气，我亲自向他为你求饶，让他答应咱们的婚事，从此就可以名正言顺地在此过日子，也不必躲躲藏藏。再让嬴政把咱们的两个儿子也封王，你受封的山阳（今河南焦作东南）和河南太原郡（今山西太原市西南）就封作嫪毐国，世代由我们的儿孙继承。"

　　嫪毐着急地说："那是后话，眼下这一关能闯过就不错了。"

　　"要么你先回山阳封地躲一躲，等过了这个风头，政儿心软了我再派人把你接回来。"

　　嫪毐不太情愿地说："去了山阳与留在此地有什么两样，大王不想抓我就是住进咸阳宫也没事；要是大王想杀我，跑到天涯海角大王也能派人把我捉到。"

　　赵姬一想嫪毐讲得也有理，便说道："你在这里先住着，我回咸阳探探政儿的口风，如果他真的听不进我的劝告要杀你，我再回来另想办法救你。"

　　事情到了这种地步也只能如此，这样的事说大就大，说小也小，关键是嬴政是什么态度，嫪毐心里也存着几分侥幸。

　　嬴政确实震怒了。

　　母亲一次又一次令他失望，若是平常百姓人家倒没什么，可他是天下第一强大国家的君王，他的名声不容许有丝毫损害，王室荣誉至上，可自己偏偏有一个不争气的母亲，怎么办？怎么办？嬴政十分痛苦，比听到成蟜作乱还令他焦躁不安。杀人并不难，他已经不是第一次面对殷红的血迹和面目狰狞的头颅，但这一次不同，他面对的是生身之母呀！

　　嬴政把颜泄的上书扔在地上，呜呜哭了起来。嬴政伤心落泪的时候不允许任何一个人在场，传事太监更是不敢上前宽慰。嬴政一个人哭够了，便乘车来到长乐宫。每当遇到无法拿定主意的问题时，嬴政首先想到的就是祖母华阳太王太后。嬴政跪在祖母面前又哭了。

　　华阳太王太后命侍女把嬴政扶坐在床上，望着他清瘦的脸也悄悄抹眼泪。不知怎的，统一大业还没开始，国内祸端一件连着一件，难道上天不佑我嬴秦，命中注定不能统一天下吗？华阳太王太后听完嬴政的哭诉，幽幽地说道："老妇早就听到宫中传闻嫪毐是假腐入宫。"

　　嬴政诧异地望着祖母道："太后既然早就知道这事，为何不加以制止呢？防患于未然，也不至于如今闹得满城风雨。"

　　华阳太王太后叹息一声道："好事不出门，坏事传千里。这样的事无论怎么处置总会被外人知道的，我之所以不闻不问，就是怕处理不当让王室蒙羞，原以为他们到了雍城远离京都不会有什么问题，谁知他们竟然闹出了格，弄到这种地步，也怪我平素对你母亲管教不严，迁就太多。"

　　"请问祖母是何时知道的？"

　　"说来惭愧，不知是我真的老了，还是属下人办事不力？成蟜作乱一事事先我一无所闻，嫪毐假腐的传闻也是在他被封长信侯之后才听说的。"华阳太王太后说完，闭目沉思。

　　嬴政问道："以祖母之见，如何处置这事？我实在乱了方寸，不知如何是好。"

　　华阳太王太后抬起头，望着室外阴沉沉的天空，许久没有讲话，最后问道："政儿，你是安于为王，还是想登上帝位？"

　　"一统天下，履为帝尊是孙儿多年的梦想。"

　　华阳太王太后满意地点点头："要想集中精力扫平六国，必须有一个安定的后方，也无任何人掣肘你对大权的实施。做不到这些，一切都是空谈，祖母相信你会处理好这件事，认准目标，大胆地去做吧！"

　　"孩儿懂了，我不会让祖母失望的！"

嬴政告别华阳太王太后回到咸阳宫，立即传呼李斯，令他密切监视嫪毐的一举一动，包括与嫪毐往来之人。李斯刚走就有太监来报，太后从雍城风尘仆仆赶来，要见大王。为了稳住太后与嫪毐，嬴政打算在寝宫拜见太后。

赵姬早已做好心理准备，如果嬴政不答应饶恕嫪毐，她仍然像上次为嫪毐讨封爵一样以软对硬，用泪水威逼。只要能让儿子屈服，能保住嫪毐的命，让她做什么都可以，哪怕不要太后的尊号。

事情出乎赵姬意料之外，嬴政并没有像她预想的那样不愿见她或勃然大怒，依旧是往日母子相见时的温存与微笑，犹如一头羔羊见到母亲一样欣悦。只是儿子比过去又长高几分，人也愈加成熟了。也许是为朝政所累，他消瘦了。

嬴政不先提及嫪毐的事，赵姬是不好先提出的。拜见完毕，赵姬心疼地说："政儿，你又劳累了，朝政事务繁多，不是一天就能做完的，慢慢做，千万注意身子骨，娘就你一个儿子，累垮了，娘下半辈子还靠谁？统一大业还没开始，你今后的担子重着呢。许多事也不必亲自去做，放心让臣子们做就是。"

这的确是一位慈祥、善良的母亲疼爱儿子的话，嬴政听了真想哭，泪水直在眼眶里打转，但他还是忍住了，苦笑一下，装作十分轻松的样子说："累就累点吧，忙过我的加冕典礼，再好好歇息一下。"

"加冕典礼不是和今年秋天的谷神节一起举行吗？怎么，你想提前举行？"

"祖母令太史占了一卦，说是只有今春举行才可避免飞来的灾祸，并且不能在咸阳举行。按照卦象指示方向，宜西南，朝中众臣一致赞成到雍城故都举行，我正要派人去雍城告知母亲呢。"

赵姬吃了一惊，忙说道："加冕仪式是朝廷大典，理应隆重，雍城不过是褊狭废弃之都，怎能适合如此大典呢？我看还是再请太史重占一卦吧，以免坏了我儿终身大事。"

"儿臣已请三人占卜，都认为雍城是理想之地，雍城虽小，但它是宗庙所在之地，中雍、祖庙、昭庙、穆庙、胜国之社会在那里，那是天监厥德、用集大命、抚绥万方的气脉所在。有风水先生说，我嬴秦尚黑，以水为德，雍城正是水德之泉眼，在那里加冕，回咸阳登基，可保秦国昌盛万代。"

赵姬还想再说什么，嬴政不耐烦地说道："儿臣已经同众大臣商定，请母后不必多说。时间定在下月初六。"

赵姬更是吃惊："这么急，前后不过一个月的时间，准备能来得及吗？"

"儿臣都已经准备三年了，还能来不及吗？其实也没什么，主要就是三个仪式，祖母祭天，儿臣祭祖加冕，花费从简，只在原有建筑设施上稍加装饰即可，就不兴土木重新修建了。"

赵姬知道此事不能更改，眼珠一转，瞟一下嬴政说道："娘回去就令长信侯着人打扫宫室，装修加冕仪式所用器具，时间虽然仓促一些，但也要办得气派大度，不能让列国小瞧了我大秦国。"赵姬说的时候，故意把"长信侯"三字说得重一些，观察嬴政表情变化。

嬴政也看出了母亲的心思，装出忽然想起什么事似的道："娘，有人上告长信侯是假腐入宫，如今儿臣太忙，也无心思过问这些鸡毛蒜皮的小事，你先代儿臣追查一下此事，等加冕典礼之后再作论处吧。"

赵姬不动声色地问："以你之见，长信侯像是假腐之人吗？"

嬴政一听这话，怒火中烧，恨不得猛然掀翻桌子将母亲赶出宫去，但他还是咬牙忍住了，把握紧的拳头慢慢松开，装作并不在乎地说："长信侯是母后把他捧出来的，如果将他治罪，传扬出去也令母后名声受损，此事就由母后一人做主，认真查处，消弭影响。"

赵姬一听这话长长出了口气，知母者莫过于子也，她感激地看着儿子说："政儿尽管放心，娘会认真追查此事的，你就不必操心了，把加冕仪式办得隆重些吧。"

赵姬怕嫪毐着急，当天就匆匆忙忙赶回雍城去了。

嬴政举行了盛大的朝会，宣布加冕仪式提前举行，令负责占卜的内史嬴丙再当众占上一卦，问问何时何地举行吉利。最后公开昭告天下，说加冕典礼定在了下月初六在雍城举行。

尽管有几位大臣以为时间太仓促，再加上雍城已经残破多年，修复恐怕来不及，想提出异议，但见嬴政语气坚定，没有任何商量余地，谁也不敢说扫兴的话，都把目光投向吕不韦。

吕不韦并不相信嬴丙的推论，他揣测嬴政突然提出提前加冕并在雍城举行，一定与嫪毐一案有关。但他从司空马的汇报中得知赵姬最近来过咸阳一次，似乎与嬴政没有任何冲突，这大出吕不韦意料，他也摸不透嬴政到底想干什么，他在宫中的眼线全部被李斯给铲除了。吕不韦看不出嬴政加冕与己有什么不利，当然不愿出面说一些令嬴政不悦的话。

吕不韦带头拥护嬴政的决定，其他人更不敢有所违逆。众大臣领会到——大王的心思似乎在于加冕，对于仪式的规模和排场并不讲究。这样准备起来也就容易多了。

掌灯时分，卫尉竭正在咸阳宫内巡逻，他看见李斯、王绾、王翦、蒙武、隗状、昌平君等人都不约而同地来到宫中，而且一律便装。卫尉竭多了个心眼，嫪毐已经派人通知他几次，一定要留心大王的一举一动，有什么异常立即报告于他。

卫尉竭略一思忖，莫非大王今晚秘密召见这几个人商讨什么军机大事？仔细一想又有些不对劲，眼下最大的事就是大王的加冕典礼，这是人人尽知的事，何必这么神神秘秘呢？卫尉竭决定看个究竟，他支开随行的几名校尉，拐了几个弯，悄悄摸进大成殿议事厅。正门早已布满岗哨，幸亏他也是今晚值班人员，对殿内机关布局轻车熟路，没费多大劲便混了进去，并找到一个藏身所在。侧耳细听，嬴政正在分配任务："为了严守秘密，务必将奸孽逆党一网打尽，本王决定在加冕典礼结束后的当天夜里行动，由王翦率领一千名虎贲军围捕大郑宫，王绾带领五百名虎贲军搜捕栩阳宫，掘地三尺也要把那两个孽种给寡人找到，我要亲手杀死他们。"

卫尉竭起初不明白将谁一网打尽，一听围攻大郑宫，仔细一琢磨整个秦国就雍城长信侯居住的地方叫大郑宫，看样子大王在雍城加冕是假，缉捕长信侯是真，逆党一网打尽，我也脱不了干系。不等卫尉竭胡思乱想，又听嬴政说道："大臣之中还有几位也要拘捕，我把他们一律安排在蕲年宫里居住，你们那边一动手，寡人亲自率五百名虎贲军在蕲年宫里锁拿佞臣。"

"大王，我们几人的任务呢？"卫尉竭听出是昌平君的声音。

"你和蒙武守在咸阳，初六子时许，在我等于雍城举事的同时，你二人立即率兵包围嫪毐府邸，将府中党羽全部锁拿，然后按名册挨家挨户搜捕嫪毐私党。隗状和李斯随寡人左右，有什么特别的任务随时调遣。"

卫尉竭吓了一身冷汗，庆幸自己多了个心眼，也暗暗祷告苍天有眼，让他今晚值班。看样子上天不灭长信侯，自己要立即赶到雍城，现在做准备还为时不晚，只要长信侯提前行动，鹿死谁手还未可知。卫尉竭想再听一会儿，又把耳朵贴近窗壁，听见李斯说道："大王，为防意外，还是调派五万步骑兵在雍城近郊待命吧？"

"不行，无论以什么样的借口，调派那么多兵马都会打草惊蛇，这多日来的功夫就白费了。寡人都怕带走这么多虎贲军会引起嫪毐怀疑呢，我原打算带三千人，现在只打算带两千人。"

"两千虎贲军恐怕不够用。"王绾说。

"如果正面对垒当然不足以挡事，主要是趁嫪毐毫无准备的时候打他个措手不及，所以本王安排嫪毐和吕不韦共同主持加冕大典，目的就是稳住他。"

"嫪毐有没有怀疑呢？"隗状问道。

"从我得到的消息看，嫪毐开始有所猜疑，但最近打消了疑虑。"这是李斯的声音。

卫尉竭早已知道李斯暗中专门负责为嬴政刺探情况，他估计李斯在嫪毐身边安有眼线。

卫尉竭算了算，再过四天就是加冕之日，时间太急迫了，他也不愿意听下去，反正商讨的内容是捕拿长信侯，当务之急是把这个消息报告给长信侯。

卫尉竭离开大成殿，推说肚子痛，找个人替班，便溜出咸阳宫。到长信侯府送信吗？不行，万一走漏了风声，大王提前行动，一切都晚了，必须亲自到雍城报告长信侯。可是现在城门早已关死，没有咸阳城都尉之令是无法在夜间开启城门的。

卫尉竭心急如焚，无计可施，只能等。等到天亮之后，刚一开城门，他便微服逃出咸阳，直奔雍城。

嫪毐正在棫阳宫陪着一对宝贝儿子和太后，突然听到庆乐来报，说卫尉竭有急事求见。嫪毐一听卫尉竭突然从咸阳赶来，吓了一跳，扔下太后和儿子便来到大郑宫。不等嫪毐坐好，卫尉就失声说道："侯爷大事不妙，大王要灭侯爷满门呢！"

嫪毐尽管已有了某种预感，但听了卫尉竭的报告仍如晴天霹雳，差点栽倒在地。

"消息可靠吗？"

"绝对可靠，是我亲耳听见的。"卫尉竭又把偷听的经过与内容简单说了一遍，最后催问道："爷，快拿个主意吧，再晚就来不及了。"

嫪毐是个市井无赖，让他吃喝嫖赌玩还可以，他哪里遇到过什么大事，现在直抓耳挠腮、六神无主。

庆乐忙提醒说："内史肆和中大夫令齐都在雍城负责办理加冕典礼，让他二人来磋商一下，爷出了事他们二人也难免遭殃，我想他们一定会尽力为爷解当前之困的。"

嫪毐立即派庆乐把二人叫来，二人听了庆乐的叙说也十分惊慌，但他们都在朝为官多年，见过不少大世面，遇事还能把握住分寸。中大夫令齐说："爷如今已是君侯，距君王仅差一步之遥，如果大王把爷捉住，爷什么都完了，爷平时不常说要干大事嘛，如今就是一个千载难逢的机会，只要爷有胆有识、临危不乱方寸，现在准备，到时提前下手，拼死一搏，不是鱼死就是网破！"

"对！"内史肆也说道，"大王以为爷不知道他要杀你，爷将计就计，在加冕典礼举行之际立即发难，先杀他个措手不及。嬴政一死，爷就可以顺理成章登上王位，小的们也算没跟错人。"

"爷，快干吧，现在只有这一条路了，咱们不能眼睁睁等着嬴政来割脑袋呀！"卫尉竭也催促说。

嫪毐终于冷静下来，下定决心说："好，就给嬴政来个一拍两散，让他的加冕仪式成为他的剖腹切瓜仪式。你们有什么好的主意都给爷倒出来，事成之后都跟着爷吃香的喝辣的，全部封侯。"

中大夫令齐说："嬴政只带两千虎贲军这是不幸中的万幸，就是来了三千虎贲军也不足为惧，爷的大郑宫中私养的死士约有五百人，棫阳宫内有七百多太监也都是爷的人，合起来有一千多人了。再派心腹之人立即赶往爷的封地山阳，那里有驻军四千多人，这足以应付那些虎贲军了。"

内史肆连连摇头："七百多太监不足为用，目前这里可以利用的人马只有爷府中的五百死士。山阳距此地上千里，兴师动众来此，只怕人没有来到便被嬴政发觉，如果嬴政提前知道消息走漏，我们就只好等死了。"

卫尉竭也说："估计大郑宫中有李斯收买的眼线，行动一定要保密，绝不能走漏半点消息，一切准备工作只能暗中进行。"

嫪毐为难地说："仅仅保密有什么用，必须有足够的兵马对抗两千虎贲军才行。"

庆乐忽然提醒说："爷，你不是讲过太后手中有一块调遣雍城周围几个县城守军的令牌吗，何不拿来一用？"

嫪毐一拍脑袋笑道："对呀，我怎么把这事忘了，幸亏你提醒，这下有足够的兵力对付两千虎贲军了。这块令牌还是太后刚来雍城时，吕不韦怕太后不安全，特别给她的，可以随时调遣周围县城的守军来这里保护太后。后来嬴政从吕不韦手中收回军权时，不知道是忘了还是有意留给太后作应急之用的，没有把它收回，想不到现在竟然派上了用场，真是苍天有眼。"

手中有了兵，几人忐忑不安的心都安定下来。经过周密协商，暴乱拟定在加冕典礼高潮之际开始，嫪毐临时推说生病不参加典礼仪式，到城外带兵围攻蕲年宫，卫尉竭带领五百死士埋伏在蕲年宫后做内应，中大夫令齐在棫阳宫保卫太后和两位少公子，庆乐守护大郑宫。

计议商定后，嫪毐回到棫阳宫，向赵姬索要调兵令牌，赵姬不解地问："这里平安无事，你要令牌干什么？"

嫪毐撒谎说："刚才大王派人来告知加冕典礼快要举行，为防止有人破坏，令我调兵保护。"

赵姬将信将疑："大王所派来人为何没有通知本宫？令牌是我掌握呀，你不能随便调兵取闹，再惹出祸来我可挡不了，这次政儿饶了你，全是看在我的情面。实话告诉我，你要令牌有什么用？"

嫪毐急了："女人怎么如此啰唆呢？大王让我负责加冕礼仪，如今让我调兵保护这是理所当然的，令牌虽然在你手中，你却什么也不懂，大王当然没必要通知你，加冕之后你再亲自询问大王也行，现在先给我去调兵，误了大事我可担当不起。你说大王已经对我不满了，我不能再让大王失望了，否则我只有死路一条。"

赵姬从内室取出调兵令牌。嫪毐接过调兵令牌，在手中掂了掂，狞笑道："实话告诉你吧，我调兵不是保护加冕仪式，而是保护你我二人还有咱们孩子性命的，你的那个宝贝儿子把你也骗了，他来雍城加冕是假，捕杀我们一家四口是真……"

不等嫪毐说下去，赵姬就吼道："是谁告诉你的？不可能，绝对不可能，政儿不是那种人，他不会对我那么狠，更不会欺骗我，他是我的亲骨肉，我了解他。"

嫪毐冷冷一笑："你了解他的过去，却不了解他的现在，他现在是威震天下的大秦国王，他为了维护王室声誉什么都干得出来，正因为你是他的母亲，他才要你死，他不希望有一个整日与人偷情给他脸上抹黑的母亲，他更不想有我这样一位名不正言不顺的爹爹，不调兵保护大郑宫与械阳宫，你我必死无疑。"

"你……你一定是害怕政儿追究责任，想在政儿来此加冕之际借兵谋反，他已经答应我不追究你的责任，你为何还要做出大逆不道的事呢？快把令牌归还我！"赵姬上前要抢令牌，嫪毐火了，上前抓住赵姬的衣领，抬手就是一巴掌。赵姬捂住红肿的脸，又气又恼："你敢打我，没有我哪有你的今天？你如今翅膀硬了，竟然胆大包天到要起兵叛乱，我去找政儿问个清楚！"

"给我站住，你敢报信，老子现在就宰了你！"

赵姬望着嫪毐一双充血的眼睛，胆怯了。她结结巴巴地说："好，我……我不报信，但你也不要头脑发昏干出蠢事，即使你调来几个县城的兵又有什么用，他派大军一来还不把雍城踏平？成蟜不就是个例子么，别干傻事了，我保证你平安无事。嫪郎，我能不心疼你？你我夫妻多年，不为你，也要为咱们的两个儿子着想。"赵姬说着，早已泪流满面。

嫪毐为了稳住赵姬，哄骗说："我这样做也是为咱们儿子着想，嬴政的确要在加冕之夜血洗两宫。你知道我是胸无大志之人，除了吃喝玩乐对王权并不感兴趣，是他先要杀我，我是被逼反叛的。如果反叛成功，就让咱们的儿子登上王位，你仍是太后，无论谁为王都是你的儿子。"

赵姬号啕大哭："这是我自己造的孽，我不希望政儿杀咱们的儿子，也不想让你杀政儿，他们都是我身上掉下的肉啊！"

嫪毐为了防止赵姬泄密，派人把她看管起来，不允许她走出寝宫半步。

一向冷清破败的雍城陡然热闹起来，大街小巷挤满了人，到处插满了五彩旗子。

蕲年宫更是装饰一新。这座沉寂多年的古老宫殿，经过一大批木匠、石匠、泥水匠、漆匠巧夺天工的布置，完全变了个样，虽然还称不上瑰丽堂皇，但也算宏伟壮观，处处透露出喜庆和生机。宫门前摆放着周王朝当年的王器——九鼎至尊，象征至高无上的王权，这是昭襄王灭西周国时得到的。每个鼎中装满香草，正焚燃着，袅袅香烟直冲云霄。九鼎旁边的祭案上摆满各种祭品——五谷六疏七牲八俘。此外，还依次排列各种兵器，枪、刀、剑、斧、钺、钩、铣、铩、矛、盾、箭、钗、镝、镞，等等。

吉时一到，粗犷的号角长鸣，嬴政身穿一件宽大的黑袍准备上前行祭天礼时，隗状上前轻声说道："刚才大郑宫来人报告说嫪毐突然肚子疼痛无法前来主持加冕礼仪，请文信侯一人代劳。"

嬴政皱皱眉，问站在身旁的李斯："莫非消息走漏，他听到什么风声？"

"加冕礼按时进行，我去让王翦带兵警戒蕲年宫，不放一个携带兵刃之人入内。"

李斯刚走，宏大的丹陛大乐响起，执事太监高声说道："加冕典礼开始，第一步请秦王政代华阳太王太后祭天……"

嬴政来到九鼎前三跪九叩，焚香祈祷。礼毕，嬴政又在众王公大臣簇拥下进行第二步礼仪：祭祖。祭祖完结，嬴政重新跪在象征王权的礼器前面接受加冕。吕不韦先叩问天地、祷祝谢罪，然后上前向嬴政施大礼告谢，这才小心谨慎地把君王冠冕双手捧起，郑重地戴在嬴政头上。秦王政所戴冠冕顶端是一长方形板，上黑下红，称作延，延的前端垂有冕珠，就是用彩色丝拧成的重绳，绳上穿以玉珠，一共九串。嬴政再次叩拜天地，然后向吕不韦再行一个礼，正要站起，突然听到有人高声叫喊："不好啦，有人造反了！"

嬴政一惊，差点跌坐在地上。隗状急忙扶住嬴政说："大王不必惊慌，王翦、王绾守在宫外，不会有问题的，请大王按步骤一丝不苟地完成仪式。"事到如今只好如此了。尽管群臣十分慌张，嬴政仍然沉下心来把登基与告臣两个礼仪完成。

嬴政手扶御座，望着三跪九拜的王公大臣说："众卿不必惊慌，嫪毐倒行逆施，冒天下之大不韪，纠结死党作乱，欲谋取王位，寡人早已有所觉察，已派王翦、王绾两将军率两千虎贲军在外平乱，谅反贼猖狂不了几时的。"

吕不韦虽然并不惊慌，但觉得十分意外，他对嬴政借加冕之际铲除嫪毐势力有所觉察，对嫪毐突然发难却十分意外，怎么办？万一嫪毐蓄谋已久，后果十分堪忧，尽管王翦与王绾都是能征善战的大将，但毕竟只有两千虎贲军，寡不敌众呀。

吕不韦站出来说道："大王，估计嫪毐这次作乱是早有准备，仅靠王翦所率的虎贲军未必能挡住叛军攻势，当立即派人回咸阳搬兵，让臣先率在这里的人前去助战。"

这时，又有人来报，说蕲年宫后发现嫪毐私养的死士正向这边攻来。嬴政立即命令吕不韦与隗状指挥虎贲军到蕲年宫后面剿杀乱军。嬴政再也坐不住了，情况比他预想的要糟糕，他原以为嫪毐与死党作乱最多三千人，且是乌合之众，如何能抵挡训练有素的虎贲军和王翦、王绾两员勇将呢？不出一个时辰定能平息叛乱。当他得知嫪毐从周围县城调来了近万人马时也捏了一把汗，后悔一时疏忽把太后手里这块调兵令牌给忘得一干二净，他恨吕不韦当初没有提醒他，更恨太后不顾骨肉之情，决心平叛之后一定不放过母亲。他想：不能埋怨我心狠，你先无情我才无义的，如果不是你做出这些有损王室威名的苟且之事，怎么会有今天的尴尬局面？

嬴政把满肚子火发泄在李斯头上，劈头盖脸骂道："你整日为寡人搜集情报，对嫪毐蓄谋作乱一事事前一无所知，弄到如今被动挨打的地步，真令寡人失望，简直无能至极！"

李斯等嬴政骂够了，赔着笑脸说道："请大王放心，我已经用飞鸽传信的方式到咸阳调集蒙武率大军救驾，不出两个时辰，蒙武一定率骑兵赶到，叛军一个也跑不了。"

嬴政听了心里稍稍宽慰一些，仍不满地说："尔等办事如此不力，能让寡人放心吗？"

李斯也很困惑，嫪毐究竟从何处得到的消息呢？他们这几位近臣绝对不会泄密的。李斯听说在蕲年宫后领兵作乱的匪首是卫尉竭，才明白了泄密的原因，后悔自己的疏忽，决定平叛之后一定进一步调整自己掌管的人马，增设监察机构和人员，扩大活动范围，绝不能再有任何失误而招致大王不满，否则，自己的仕途又将坎坷万分。

情况越来越紧急。嫪毐打着大王遭奸人劫持的旗号率兵攻打雍城，没有费多大劲就攻破了外城涌向王城，王翦与王绾死命率两千虎贲军抵抗。尽管二人骁勇，两千虎贲军也是反复筛选出来的，能够以一人敌数人，终因寡不敌众，虎贲军损失惨重，王翦与王绾二人也都负了伤，王城也被攻破，只好退守蕲年宫，等待救兵的到来。

蕲年宫本来留下一千虎贲军保护秦王政，因为发现了嫪毐埋伏在宫后的五百死士，吕不韦与隗状又率这一千虎贲军前去剿杀。双方又是一场血战，最后虽然剿灭了这五百死士，一千名虎贲军也拼死过半。

王翦与王绾所率的残军和蕲年宫中仅剩的几百名虎贲军合在一起不足千人。此时，就是文武大臣都持刀上阵又能怎样？

情况危急到这种程度，很多大臣都坐不住了，有人主张讲和，有人提出投降，嬴政气得骂道："就是拼到最后一人也不能向嫪毐这个逆贼投降！"嬴政几次要亲自出宫抗敌，都被李斯劝阻了。

双方在蕲年宫外又相持了足足一个时辰，嫪毐眼看要攻破蕲年宫门了。他欣喜若狂，高声喊叫道："快杀进宫为大王护驾，第一个进宫之人赏黄金千两！"

嫪毐话音未落，忽然听到王城外人声鼎沸，似有大军杀来，等他弄清是怎么一回事，蒙武与李信已经率军杀到。

嬴政在蕲年宫也得知援军赶到，立即精神大振，命人给他换上一副铠甲，也要求出宫督战。众人不同意，陪嬴政登上宫门的箭楼上督战。

嬴政登上箭楼，见嫪毐仍在下面喊叫大王被歹人劫持，让不明真相的士兵拼命攻击宫城。嬴政勃然大怒，向宫外的将士们喊道："本王在此安然无恙，欲劫持本王之人正是逆贼嫪毐，人人可以缚之、杀之。缚之赏金万两，杀之赏多五千！"

起初两军混战，将士们听不清楚，嬴政反复喊了几遍，嫪毐所调遣来的将士似乎明白了事情原委，有人带头倒戈反击。

嫪毐见势头不妙，一面命亲信向嬴政站立的箭楼放箭，一面想溜之大吉。

蒙武接到李斯的飞鸽传信，知道情况紧急，为了不耽搁时间，采用鱼贯发兵的方式，自己先率一千骑兵先行，让李信随后再点一千兵，依次下去，就会有大军接连不断地赶到雍城。

蒙武见大军陆续赶到，逐渐控制了局面，向叛乱的士兵喊道："尔等都是无辜的受害者，受了嫪毐的诱骗，不知者不罪，但不能放走罪魁祸首嫪毐，活捉者重赏。"

那些叛乱的士兵见势头不对，纷纷倒戈，更多的人弃械逃窜。嫪毐见大势已去，可想逃跑已经晚了，被率先倒戈的士兵活捉了。嫪毐被捉，群匪无首，叛乱的军士大多是不明真相的人，他们害怕株连，作鸟兽散。蒙武与李信一边命士兵清理尸首器械，一边入宫拜见嬴政。

嬴政亲自扶起已成血人的王翦与王绾，感激地说："二位将军辛苦了，回咸阳之后再论功行赏吧，你二人均已受伤，快请太医救治。"

"谢大王关心，我二人都是轻伤，并无大碍，请问大王还有何吩咐？"

这时，蒙武与李信也走进殿内，同声说道："卑职救驾来迟，让主上受惊，请大王恕罪。"

嬴政大手一挥："这不是你们的错，逆贼嫪毐是否抓到？"

蒙武答道："已经抓获，就押在宫外，听候大王发落。"

嬴政沉吟一下："先把他扣押起来，蒙武、李信你二人速带兵马包剿嫪毐居住的大郑宫，不得让一人漏网。王翦与王绾你二人再辛苦一下，随寡人抄查棫阳宫，也不得让一个人漏网。"吩咐完毕，他带着满腔怒火直奔棫阳宫。

不足半个时辰，整个棫阳宫给翻了个底朝天，宫女、太监尽行锁拿，赵姬和两个儿子也一并被带到嬴政面前。嬴政看着那两个畏畏缩缩，直向母亲身后躲藏的孩子，瞪着血红的眼怒吼道："来人，把这两个孽种给我立即扑杀！"所谓扑杀，就是把人装在口袋里用乱棍打死。

赵姬想不到嬴政这么凶狠，搂住两个儿子"扑通"一声跪在嬴政脚下，哭求道："是我一人造的孽，千错万错都是我一人的错，他们是无辜的，你放了他们吧，随便你怎么处置我都行，求求你饶恕他们，他们毕竟是你的兄弟，都是娘身上的肉呀！"赵姬号啕大哭。

嬴政怒视着母亲："你还有脸为这两个孽种求情？让我放了他们，除非太阳从西边出来！"

赵姬见嬴政铁了心，哭喊着："你，你先把我杀了吧！"说着一头撞向旁边的廊柱。幸亏两名虎贲军校尉眼疾手快，一把抓住了赵姬。

嬴政气急败坏："来人，把太后拖进宫中看好，不得有丝毫闪失。"

两名校尉架着赵姬就走，那两个孩子抱着赵姬的腿哭喊着："娘，娘，娘——"

嬴政对另两名军校喊道："还愣着干什么，立即扑杀！"

不多久，赵姬听到两声沉闷的哭声，接着是一阵乱棒扑打声，她的心一阵绞痛，昏死过去。

嬴政看着地上两只血肉模糊的袋子，仍然不解恨，转身怒视着吓得战战兢兢的宫女、太监："知情不报，都是奸逆同党，全部杀掉！"

嬴政转身离去，身后传来一声声凄厉的惨叫。

回到咸阳，嬴政的心稍稍平静一些，但心病并没有去掉，他从嫪毐的叛乱中看到了另一个潜在的威胁——吕不韦。长信侯的势力被铲除了，还有一个文信侯呢，他再次认识到"臣大而君轻"的危害，必须立即铲除吕不韦，绝不能让成蟜与嫪毐的事再次出现。吕不韦不同于这两人，他如今虽然只有个并无实权的相位，但他在秦国为相多年，他的潜在势力是嫪毐无法相比的，何况吕不韦工于心计，老谋深算非自己能比，如果这次叛乱是吕不韦而不是嫪毐，后果不堪设想。

嬴政愈是这么想，愈觉得铲除吕不韦刻不容缓。尽管吕不韦丝毫也没有表露出作乱的动机。吕不韦比过去更加小心谨慎，想抓住他的一点过错都办不到，这更激起嬴政的猜疑。

嬴政的脾气越来越暴躁，在宫中打太监骂宫女，有时连齐王后也骂，在朝堂上对大臣们粗言粗语，似乎没人顺他的心意。众大臣都以为嬴政如此是因为加冕仪式上出现叛乱受到刺激，再加上嫪毐一案还未了结，仍在追查同党，所以谁也不敢顶撞嬴政，都怕落个嫪毐逆党的罪名，连擅长察言观色的李斯也摸不透嬴政现在的心思。不过，小太监赵高却猜出了嬴政的心病。

说赵高是小太监，并不是年纪小，而是地位低下——他至今连个领班太监也没混上。本来赵高在庄襄王时就成为庄王贴身太监，庄襄王一死，吕不韦认为赵高的作用不大了，赵高也因此不受重用，只在宫中打个杂。因为没有机会接触大王与王后，提升的机会就更难了，所以至今仍是个布衣太监。

赵高也多次想找机会表现自己，进而取得嬴政的信任，可惜一直没能够如愿。最近，他从几位服侍嬴政的太监的私下埋怨中隐隐猜中他的心事。他决定抓住这个机会冒险试一试。

赵高摸清嬴政每天在宫中的行动规律后，故意约几位太监在嬴政必经的路旁谈论嫪毐叛乱的事。他见嬴政走来，故意装作不知，大声说道："嫪毐该杀，满门抄斩也不过分，但我认为文信侯也应该一同被杀，甚至满门抄斩，他比嫪毐还坏！"

其他几人都大惊失色，急忙阻止说："你小声点，别让人听见了，文信侯是大王仲父，大王若听见你说丞相该杀不要了你的小命！"

赵高故意执拗地说："怎么，就是大王在我也敢这么说，吕不韦就是该杀！"

嬴政已经把赵高的话听得一清二楚。他走到几人背后，干咳一声问道："谁这么大胆，在此说文信侯的坏话？"

几人一见是嬴政，吓得跪在地上叩头求饶，都把责任推给了赵高。赵高也装出惊慌害怕的样子，低头嘟囔道："我等在说文信侯该杀呢。"

"文信侯怎么该杀，你要说个明白，否则，本王治你诽谤君侯罪，将你满门抄斩！"

"大王有所不知，文信侯该杀的罪状太多了。"赵高试探着说，"第一，嫪毐入宫就是文信侯安排的。"

嬴政一惊："你怎么知道的？"

"是小人亲眼看见的。"

"那么第二呢？"

"文信侯安排嫪毐入宫，又撺掇太后到雍城居住，不是这样也不会有嫪毐叛乱之事。"

"你怎么知道太后去雍城与吕不韦有关？"嬴政威逼道。

"这还用问吗，不然太后手中怎么会有调兵令牌，太后去雍城时大王尚未掌握兵权，当然不可能给太后令牌，而当时掌握兵权的人正是文信侯。"

"如果文信侯说那块令牌是太后强行从他那里索要的呢？"

"那文信侯也有错，他在向大王交出兵权时应该提示大王，让大王收回令牌。"

嬴政对赵高的回答十分满意，他想了想又问道："除此之外，文信侯还有什么罪状？"

赵高已经摸清嬴政确实有铲除吕不韦之心，大胆地说道："大王若想将文信侯治罪，他的罪可多啦，大王若不想将他治罪，文信侯再多的罪也无罪。"

"此话怎讲？"嬴政不悦地问。

"文信侯总揽相位多年，所有大权一人独揽，众人说他跋扈专权，可大王若说他体恤君王事必躬亲也未尝不可。再说嫪毐叛乱，文信侯身为百官之首，负责监察百官，对嫪毐谋逆之举一无所知，治他失察罪可以，治他知情不报、纵容作乱也未尝不可。"

嬴政暗暗点头："快起来吧。"

"谢大王饶恕奴才之恩。"赵高站起来说道。

"你怎么知道本王已经饶恕了你？"

"大王若要治奴才的罪，立马就命人把奴才拉出去砍了，怎会让小的站起来呢？"

嬴政本人聪慧过人，也喜欢聪明伶俐、有思想、有主见之人。他打量一下赵高，觉得有些面熟，又似乎并不常见，便问道："你叫什么名字？"

"奴才赵高。"

"赵高——"嬴政轻声念叨一遍，觉得好熟，却一时想不起来。

赵高趁机说道："大王早已不记得奴才了，大王回国时小的曾服侍过。"

嬴政这才隐隐记得从赵国回秦时似乎有一个随从叫赵高，便问道："这么多年来你一直在宫中？现担任何职？"

赵高很惭愧地说："原先服侍先王，自从先王驾崩后一直在宫中干些杂务，并无什么职位。"

嬴政见赵高人很老实，也很能干，敢说敢为，又是故人，便让赵高留在自己身边。

赵高喜出望外，不动声色地说："多谢大王信得过奴才，小的一定尽心尽力服侍大王。"

嬴政把赵高带到寝宫，问道："你刚才说文信侯有那么多该杀之罪，可本王念他有功于秦，并不想治他死罪，只想让他知罪而退，让出相位即可，你有办法吗？"赵高稍稍思索片刻说道："奴才倒有个办法，不知是否可行，请大王明鉴。"

嬴政只是随便问一问，也是想考一考赵高，看看今后能否委以重任。他想在宫中物色几个心腹太监，必要时也能磋商一些军机大事，他从嫪毐这次叛乱中看出自己身边太缺人手，特别是关键时刻派上用场的人。李斯、王绾、王翦、隗状等人虽然忠实可信，但毕竟不住在宫中，使用起来不十分方便，如果宫中有几位能扛大事的人那就方便多了。

谁知赵高把自己的想法说出，居然大出嬴政意外，他连连点头，觉得可行，并让赵高把李斯找来依计而行。

吕不韦对嫪毐叛乱一事又惊又喜，嫪毐一倒，他在朝中失去对手，朝臣自然要倒向他这一边。但吕不韦更多的是不安，倘若嬴政深究下去，自己会因嫪毐一案受到牵连，只要嬴政抓住他的一个过错就会将他治罪。现在最明智的做法就是以退为进，主动提出退出朝廷，回到三川郡雒阳（今河南洛阳）封地等待时机。吕不韦仍存一丝侥幸，不到万不得已他是不愿就此罢休的。吕不韦一方面令司空马四处打探消息，一方面忐忑不安地等待嬴政对嫪毐一案的处理。一晃几日过去了，吕不韦仍不见嬴政下令处决嫪毐，他心里更感不安，俗话说夜长梦多就是这个道理。这天，吕不韦突然接到昌平君的报告，大王令他们三人审理嫪毐。吕不韦一时仍然弄不清嬴政此举是对他的信任，还是对他的考验。这样也好，自己参与审理，能及时了解情况，掌握住牵连的人员，做出进退的决策。

吕不韦与昌平君、隗状三人坐在大堂上，嫪毐被带上来了。吕不韦抬头细看，仅仅几天不见，嫪毐简直判若两人，白净的面皮又瘦又黄，眼睛凹陷，布满了血丝，浑浊无光。胡须仿佛一夜间疯长起来，又粗又长，把脸衬得更加难看。再配上这一身囚衣，活脱脱一个死囚犯，昔日王侯的神气荡然无存。

也许这才是嫪毐的本来面目，吕不韦暗想。他从嫪毐狠毒的眼神里读出一丝恐惧，说不定嫪毐今天的形象就是自己明日的下场。吕不韦不敢和嫪毐目光对视，他拿起惊堂木敲击一下堂案，喝道："嫪毐，见了本官还不下跪，难道要大刑伺候不成？"

嫪毐早已得到李斯暗示，心中暗想：吕不韦你也别神气，嬴政要借我的嘴治你死罪呢。嫪毐本不想同嬴政合作，但他也不想看着吕不韦神气的样子，转念一想，死了也要拉个垫背的。

嫪毐哈哈一笑："吕不韦，人们不是说胜如王侯败如贼吗？我如今是贼而你是王侯，你也别高兴太早，你很快也会沦为贼的。"

隗状喝道："嫪毐，你别废话，快把你的同党一一招来，大王会酌情给你从轻处罚的，也许会饶恕你的宗族。"

嫪毐瞪了隗状一眼，又转向吕不韦说："吕不韦，本来不想供出同党，都是你们苦苦相逼的，我只好从实招供了。"

吕不韦从嫪毐的话中听出不对劲，斥道："嫪毐，如实招供，但不允许诬陷好人！"

嫪毐又是哈哈一笑："诬陷好人？吕不韦，你还算好人吗？我假腐入宫是你为了讨好太后，也是你为了摆脱太后纠缠一手安排的。"

吕不韦最担心的事终于发生了，他气急败坏地喝道："嫪毐，你死到临头还敢诬陷本侯爷，不怕株连九族吗？你说你假腐入宫是我一手安排的，何人作证？"

"太后即可作证，除了太后之外，宫中也有负责行刑的太监作证。"

嫪毐得意地笑道："这还不算，我作乱也是你指使的。"

吕不韦更是气炸了肺："大胆！嫪毐你血口喷人！我让你求死不得活不成。"

昌平君说道："文信侯不必连连打断犯人的口供，这是审讯不是对簿公堂，侯爷若想辩驳，等到审讯结束到大王那儿再辩驳也不迟。"

吕不韦气得一句话也说不出来，他现在才真正明白让他审理嫪毐一案的真正用意。

嫪毐又说道："吕不韦，你想作乱犯上却又不直接起兵，特意把调兵令牌交给太后保管，本来我并不知道太后那里有令牌，是你亲口告诉我的，暗示我用令牌可以从雍城周围县城调出地方兵马……"

嫪毐又说了些什么吕不韦一句也没听见，他头一歪气得昏厥过去了。当吕不韦苏醒过来时已经躺在府中，他见司空马与几位夫人还有儿子吕钟围坐在旁边，便让众人扶他起来。吕不韦拉着几位夫人的手说："你们快收拾行李，准备回雒阳封地，我要入宫去见大王，再晚恐怕连命都没有了。"

司空马不解地问："侯爷，到底发生了什么事？"

吕不韦摆摆手："你们赶快在府中准备吧，是吉是凶还难以预料呢。"

吕钟拉着吕不韦的手："爹爹，你快去快回，我和娘在这里等着你，要走全家一起走。"

吕不韦抚摸着儿子的头一阵心酸，自己把整个心思都扑在秦国的朝政上，想不到如今是这样的结局。为了一个女人，为了一个有其实而无其名的儿子，自己冷落了自己的夫人，更耽误了自己的儿子。真是公而忘私吗？吕不韦自己也糊涂了。

嬴政从赵高手中接过抄录下来的嫪毐口供，满意地说："高，你干得不错，有这份口供足以将吕不韦满门抄斩，就看他是否识相了。"

嬴政话音未落，有传事太监来报，说文信侯求见。嬴政和赵高相视一笑："让他进来！"

吕不韦入内叩拜说："臣身为百官之首，对嫪毐作乱一事一无所察。臣掌握兵权时曾私给太后一调兵令牌，当时臣只是为太后安全考虑，事后没能及时奏报大王收回令牌，酿成大错，这也是臣的过错。嫪毐假腐入宫，臣确实一无所知，请大王明察。嫪毐说他作乱受臣的指使更是对臣的诬陷，谨望大王明鉴。但臣为相多年无功于秦，并且惹出种种祸端，非臣存有私心，而是臣无能也，如今臣年事已高，更不堪任用，请辞去相国一职，并望大王网开一面，放过臣的家小，将臣一人治罪。"吕不韦说完，老泪纵横，俯伏于地。

嬴政并不想立即将吕不韦治罪，他怕数日之内扳倒两侯引起群臣恐慌，动了秦国的根本，影响统一大业，于是，淡淡地说道："丞相还算有自知之明，还没有像嫪毐一样到不可救药的地步，对嫪毐所供丞相之罪过寡人自有分寸，本王绝不放过一个坏人，但也绝不会冤枉一个好人。寡人恩怨分明，看在你多年为大秦辛苦操劳的情分上，本王同意你辞去丞相一职回雒阳封邑颐养天年。急流勇退，见一叶落而知秋之将至，这是识时务者所为。丞相为人中佼佼者，定然比常人更能参破自然之理，望丞相回雒阳封邑有一个美好的晚年。"

吕不韦明白嬴政这些话的用意，再次施礼说道："罪臣多谢大王宽宥，一定谨记大王教诲！"吕不韦告退了，走到大殿廊前，不由自主地又回过身去，瞥一眼端坐在御座上的嬴政，泪水模糊了他的双眼。吕不韦只看到一个高高在上的身影，这是他的亲生儿子呀，这里曾留下他们父子二人快乐的身影，吕不韦耳畔仿佛又听见嬴政那童稚的笑声，但一切都恍若隔世。吕不韦多想忘情地扑倒在地，哭喊一声："政儿，我是你的亲生爹爹呀！"但他不能，不能！他只能在心里一遍又一遍地呼唤着"政儿，政儿"，跟跟跄跄地走下台阶去。十里长亭摆满长长的车队，渭水岸边挤满了送行的人，吕不韦频频举手与送行的人作别，人生能有一次辉煌就足够了，还有什么值得遗憾呢？人们反复宽慰吕不韦，但吕不韦总觉得遗憾。当他最后跨上车的刹那，泪水模糊了双眼，这一去他还能再次复还吗？他心中升起一个巨大的问号：他今年才刚刚五十出头，并不老，他还能做许多事。可嬴政，他小小年纪行吗？等他不行时一定会来求我的，那时……吕不韦这样想着，他的思绪随着滚动的车轮旋转着，有遗憾，有思恋，更多的是无奈。

接连几个月，咸阳街头都是杀人，杀人，杀人！少则十几人，多则上千人，整个咸阳城到处是泪水，随处可以听到哭声，也充满了血腥味。许多个家庭在胆战心惊中度过一个又一个不眠之夜。今天又是一个杀人的日子，用秦国最残酷的刑罚车裂嫪毐。校场上，今天的看客较往常多，人们除了饱览一下多年没有见过的车裂之刑，更多的是冲着嫪毐而来。这个城南的街头小痞子的生活大起又大落，短短几年内裂土封侯，如今又将落个五马分尸的下场。

午时三刻一到，监刑官一声令下，刽子手从囚笼里拖出嫪毐，把早已准备好的绳套分别卡在他的脚、手与脖颈上。按照秦律，此时受刑人的亲属可以上前诀别。由于嫪毐连坐三族，哪还有亲人上前祭祀？就是府上的佣人也早已被杀得精光。

三阵急促的催魂鼓响后，五名刽子手同时甩响了鞭子。就在五匹马同时用力的刹那，嫪毐用沙哑的嗓子喊出让所有观看人震惊的口号："十八年后，爷同样还会封侯！"

所有围观的人既没有欢呼也没有落泪，人们只感到痛快、过瘾，更有一种如释重负之感——都估计车裂嫪毐是对嫪毐叛乱一案最后的总结，从此之后，咸阳街头再也不会杀株连之人了。

出人意料的是嫪毐事件并没有结束，仍有一个小小的尾声，这是因嬴政对赵太后的处罚引起的。

朝中大臣对嬴政赶走吕不韦、车裂嫪毐没有异议，对他将嫪毐同党二十多名官员砍头示众也没有异议，就是对嬴政因嫪毐案株连四千家庭，杀上千人，迁徙上万人也没有人反对。但众大臣对嬴政将太后幽禁雍城棫阳宫永不得回咸阳的惩处却表示不满。自诏令颁布后，群臣不断有人入宫指责嬴政幽禁太后有违人伦，是大逆不道之举。

嬴政将母亲幽禁棫阳宫的初衷并不是把母亲打入冷宫，而是让她隔绝起来，不再惹是生非、给他增加烦恼，不使王室声誉再次受损。每天她仍是享有锦衣美食，宫中仍有服侍的宫女太监数百人。众臣错会了嬴政的意思，纷纷登门或说教或斥责或劝慰。这样惹恼了嬴政，真是欺人太甚！赶走一个吕不韦仍有那么多人敢来他面前指手画脚，说三道四，这是嬴政所不允许的，他要树立自己冷面铁人的强权形象。不威服众臣如何让他们唯唯诺诺听从自己使唤？于是，嬴政又给群臣上了一堂生动的试验课，用血淋淋的人头告诉众臣：君可以做自己想做的任何事，臣只能去看去听去服从，绝不允许妄加指责，更不允许胡说八道。可是，嬴政也想错了。

天下就有不怕死的人，群臣中就有甘愿舍生取义的人。尽管嬴政命人在咸阳宫的正门竖起一块牌子：有为太后事敢再谏者，定斩不赦！

庄严的秦宫前，血淋淋的人头一天天增加，从一个、两个，到十个、二十个……

接连几天没有人敢入宫劝谏了，嬴政似乎有点寂寞，也许他杀人已经杀上了瘾，没有人与他作对，他反而觉得浑身不舒服。为了试试众臣有没有被威服，嬴政又在宫门外挂一个带有挑衅的牌子：看有谁胆敢再来送死！牌子挂上的第二天恰逢十天一次的大朝。按照秦廷规定，三天一小朝，十天一大朝，小朝时一般只许三公九卿一级官员参加朝会，大朝时九卿以下所属的官员也必须列班议事。

上朝不久，嬴政向群臣安排好杨端和率军攻打魏国衍氏的事后，正要退朝，御史大夫陈忠出班奏道："大王，臣昨日整理史书，看到《春秋》上记载的一件事，十分令人感动，今天特来讲给大王听。"

　　"寡人这几天正憋闷得慌，你讲来给寡人听听。"

　　"郑武公娶了申国公主武姜为妻，生下两个儿子，长子因为难产而生，因此取名寤生，次子叫共叔段。武姜讨厌寤生偏爱共叔段，想让武公立共叔段为太子，但武公不同意。武公死后寤生承袭君位，这就是郑庄公。庄公元年，庄公封他的弟弟共叔段于河南京邑，人称太叔。郑国大夫祭仲劝阻说：京邑超过郑国都城，不应当这样封赐你的弟弟。庄公说：这是母后让我这样做的，我做儿子的怎么可以违抗她老人家的心愿呢？共叔段到了京邑，训练兵马，囤积粮草，打造兵器，暗中与母亲合谋，准备偷袭庄公、取而代之。庄公二十二年，共叔段果然出兵攻打郑国都城，武姜也在城中做内应。但庄公对共叔段叛乱早有所知，故意装作不知罢了，因此共叔段作乱很快被庄公平定，郑庄公对母亲支持共叔段与自己作对十分恼火，于是把母亲武姜软禁在城颍，并指天发誓，不到黄泉绝不相见。一年后，庄公十分后悔这样对待母亲，也常常思念母亲。这时，颍考叔去拜见庄公，庄公盛情款待了他，席间，颍考叔留下许多精美的肉舍不得吃，郑庄公询问原因，颍考叔说：臣是想带回家给老母吃的。庄公一听也非常感动地说：其实我也很想念母亲，可是我怕违背自己的誓言呀。颍考叔就为他想了一个办法，挖了一条地道，看到了泉水，让郑庄公母子二人在地道里相见。这样既不违背誓言，母子又得以团聚。"

　　嬴政心中冷笑道：啊哈，你小子原来是想变个法子劝谏我，那也不行。

　　陈忠讲到这里，转口说道："庄公都能知错就改，释放出被囚禁的母亲，母子重新言归于好，大王何尝不能做到这些呢？依臣之见……"

　　嬴政不容陈忠说下去，冷冷地打断他的话："下面还有谁不怕死，敢出来劝谏寡人迎回太后吗？"嬴政话音刚落，接连又有六人站了出来。

　　这一下子把嬴政激怒了，他觉得众臣不是在劝谏，而是在向他示威，向至高无上的王权挑战。他猛地从御座上站了起来，瞪着这七个人，吼道："来人，把他们全部推出宫外枭首示众！"

　　又有七个带血的头颅挂在高高的杆上，已经整整二十七个了。嬴政估计，再也不会有下一个了。

　　就在这七个头颅刚刚挂在杆上的同时，一个衣衫不整的人来到宫门前，回首瞟一眼挂在杆上的人头，摇摇头，微微叹息一声，然后向宫内高声喊道："齐国茅焦叩见大王……"

　　秦国能够日渐强大的一个重要原因就是善于接纳来自各国的贤才之人，一般情况下外国宾客来到秦国，秦国的君王都热情接待，看看有没有可以任用之人。因此，茅焦话音落下不久，里面就传来话——宣齐国客人茅焦进见。

　　茅焦走进朝堂大殿，众人都一释刚才紧张、害怕的心情，偷偷发笑。只见茅焦头戴破旧的学士帽，身穿打补丁的绨袍，脚穿一双草鞋，人也长得黑瘦短小，大约四十来岁的样子，与站在两旁身穿绫罗锦缎的秦国大臣相比，更显得寒酸，简直与一个讨饭花子没有什么两样。嬴政本想揶揄几句逗逗笑，但出于对外国客人的礼貌还是忍住了，略微欠一下身问道："请问茅先生到此有何指教？"

茅焦环顾一下两旁的大臣，潇洒地甩动一下袖子向嬴政拱手说道："臣听说天上有二十八宿星辰，如今咸阳宫外已有二十七个死者，还差一人就凑够天上星宿之数。茅某不才，若能承蒙大王厚爱成就臣的这一心愿，臣不胜感激。"

嬴政听了，气得吼道："嗬，寡人以为你有什么治国平天下的文韬武略呢，原来从齐国大老远来这里也是劝谏寡人的，寡人偏不让你如愿以偿。来人，在宫外架一鼎镬，寡人要让这不知趣的臭小子死不见尸，烹炸得连一块硬骨头也找不到，看他还想当天上的星宿不？"

熊熊的烈火中，一锅油慢慢翻滚起来，浓浓的油烟从宫外一直飘到大殿上。

嬴政看看面不改色心不跳的茅焦，问道："油已经滚开了，你还有什么遗言要说？寡人敬佩你的勇气，一定派人通知你的家人。"

"多谢大王对臣的厚爱，那我就直言不讳了。臣听说活着的人不忌讳说死，君王不忌讳说亡国，忌讳说死并不能使人永远不死，忌讳说亡国也不能阻止国祚的永久延续，生死存亡这类事是人人都想打听的，难道大王就不想听一听？"

嬴政点点头："你先说说看。"

"大王以鼎镬对臣，臣就从鼎镬之刑治人一死谈起吧。夏桀残暴发明了鼎镬，用来烹炸那些敢于直言进谏的大臣，人并不都是不畏死的，鼎镬之威终于堵住了敢于进谏之人的嘴，夏朝也因此亡了国。商纣发明炮烙，炮烙之刑不弱于鼎镬，比干被剜了心，姬发遭到了囚禁，也不再有人指责商纣的过错，商朝至此完结了。有亡必然有兴，夏亡商兴，商亡周兴，如今周也亡了，尽管群雄割据、天下纷争，但统一之势不可阻挡，有谁来担当完成统一大业的责任呢，大王你知道吗？"

统一天下是嬴政梦寐以求的事，他一听茅焦谈及此事马上来了精神，问道："莫非茅先生知道谁能担当起如此大任？"

茅焦点点头："臣遍观七国君主，能担当统一天下大任之人唯有一人，那就是大王你啊。大王当初随太后流落邯郸街头时，可算得上'劳筋骨''饿体肤'。先王英年而逝，把千里江山这一重担交给大王，算是'苦心志'。如今又有吕不韦专权，成娇作乱，应该是'行拂乱其所为'，以此震动大王的心志，坚韧大王的性格，增加大王原来所不具备的能力。人常常犯错误，但要善于改过自新则无碍。正如大王杀戮敢于直谏的人，倘若大王认识到幽禁太后是不孝行为，对被杀的大臣施以厚葬，抚恤死者家属，表露出悔改行为，天下的贤士便会奔走相告，投奔大王之人一定络绎不绝。假如大王一意孤行，那滚烫的油鼎就会令各国贤士望而却步，宫门外旗杆上的人头也会令秦国的忠臣紧闭嘴巴。倘若东方各国有一位国君大胆改革内政、迎纳天下贤士，不出五年，天下形势必定大变，只怕能担当统一大任之人就不是大王了。大王如果不相信臣的话，就拭目以待吧。五年之后，臣的话一定会应验的。臣的话说完了，请让我到鼎镬一游吧！"茅焦说着，解去绨袍，露出臂膀来，毅然转过身向宫外走去。

嬴政正在品味茅焦的话，一时还没回过味来，见茅焦已走到大殿外面才猛然惊醒，正要高声阻拦，一位白发苍苍的老人挡住了茅焦的去路。

嬴政一见祖母亲自来到殿上，急忙离座，奔出殿外俯伏地下："孙儿叩见祖母！"

华阳太王太后气得浑身发抖，一时说不出话来，许久才点着嬴政的额头骂道："孽障，统一大业尚未完成就滥杀无辜，那么多忠臣义士不是死在扫平六国的战场，而是死在你这个小暴君的刀下，传扬出去岂不让天下贤士寒心！茅先生不远千里奔走劝谏，你却用亡国之君夏桀之刑罚对待远来的客人！从今以后，你真想断绝国人对你的信任、当孤家寡人吗？好，老妇今天就成全你，让你先尝一尝鼎镬之游的味道！"

嬴政从来没有见祖母如此生气过，他再次叩首道："孙儿知罪，求祖母宽宥政儿，我再也不会做这样的傻事了，孙儿心中难受哇！"嬴政伏在地上呜呜哭道。

众大臣早已跪在两旁，齐声喊道："求太后开恩，大王已有悔改之意。"

华阳太王太后理一下略有些零乱的白发，喝道："还不快撤了那鼎镬，扶茅先生上座！"

嬴政这才谢过华阳太王太后，爬了起来，扶茅焦到朝堂里坐下，歉疚地说："寡人听从先生劝谏，明日就把太后迎接回宫，也请茅先生留在敝国辅佐寡人完成上天委派的大任。"

茅焦迟疑一下，点点头，会心地笑了，他笑嬴政知错能改，不失明君英主风范，也笑自己拿生命做一次赌注，结果赢得那么惊心动魄。

六月流火。大地像刚出锅的香饼，烫手、烫脚、烫嘴，连马蹄在落地的刹那都迅速弹起。

从雍城故都驶往咸阳的车内却凉风习习。这不仅是车功能好，有制凉调温作用，更主要的这是一种融融亲情，是母子释疑、言归于好后的感情升华作用。

车左边坐着嬴政，右边坐着公孙婉儿，中间是太后赵姬抱着活泼可爱的小孙女香香，三代人说说笑笑，车内充满浓浓的亲情。

小香香忽然搂着赵姬的脖子撒娇说："祖母，我要快，我要快，让车尉把马赶得快一些。"

嬴政斥道："祖母年纪大，身体弱，车快受不了。"

小香香"哇"的一声哭了："不嘛，我要快，我要快。"

赵姬忙把香香搂在怀里："好孙女别哭，祖母不喜欢爱哭的孩子，祖母还没有那么弱不禁风。"

赵姬一边为香香擦眼泪，一边让车尉把车赶得快一些。

香香高兴了，在赵姬脸上亲吻一下："祖母真好，祖母再让赶快，再快，再快，越快越好玩。"

车跑得越来越快，已经把护驾车队远远抛在后面，并绕过了前面的仪仗车队。

突然，从路旁的草丛里蹿出一条青斑长蛇，蛇猛然袭击了那匹领头的辕马，辕马又疼又惊，连蹦几下，发疯一般向前冲去，其他五匹马也受到了惊吓，跟着辕马狂奔起来。

车尉见势不妙，大惊失色，想控制住马的奔跑，但使出平生力气也无济于事，左右两名车校各自控制住手中的缰绳，仍然不能减缓马的速度。六匹受惊的马拉着辌车如飞一般狂奔着。

嬴政正和婉儿讲着话，忽然觉得不对，透过帘子一看，大惊失色，急忙高呼："停车，停车！"

车尉也想停车，可是已经停不下来了。后面护驾的郎中令与虎贲军校尉等人催马追赶，但一匹马怎能赛过六匹马，都被远远抛在后面。辌车在路基上左右摇摆着，突然在一个拐弯处冲出路面，向前面的山包冲去。车毁人亡的悲剧眼看就要发生，就在这时，从旁边冲出一个年轻人飞身抢上，一剑劈死领头的辕马，又反手砍断两匹边马的马头，然后死抱住另外两匹马。三个动作一气呵成，干净利索。车速顿然大减，车尉与车校也竭力控制着车势，就这样，辌车又向山包上冲出十几米，终于被控制住。这时车离前面的一处断崖只有几米远了。

有惊无险，众人都长长松了一口气。嬴政见出手相救之人长得高大结实，手脚麻利，做事果断，有一股大将风度，顿生爱才之心，上前拱手说道："多谢壮士相救，请问尊姓大名，敝人也好登门致谢。"

那人从马身上取下剑，擦去剑上的血，瞟一眼嬴政说："我还要谢你们呢，今天不是你们的马惊，我还没有练剑的机会。我这把镆铘宝剑已经三年没有饮血了，只怕早已渴了，今天能借你的宝马饮血也算不枉我外出一趟。你们这些大户人家也太讲排场了，两匹马拉车还不满足，用六匹马，赶上周穆王西巡会王母的车驾了。"

这人说到这里愣住了，他目不转睛地盯着站在旁边的公孙婉儿，公孙婉儿也在打量着对方。车尉见这人如此无礼，敢死盯着公孙婉儿的脸，上前就是一脚，斥道："大胆的狂徒，敢对我家主子无礼，我废了你的双腿。"

这人也不理会，只是轻轻一甩脚，车尉便栽倒在地。其余几人正要上前捉拿这人，公孙婉儿突然喝住了众人，上前问道："请问壮士尊姓大名？"

这时，护驾的郎中令、校尉等人率先赶到，向嬴政叩首谢罪。那人一听是秦王，嘿嘿一笑，讥讽道："我说一般大户人家也不会有如此排场，原来是秦王的车驾，早知如此，我就一气把六匹马都杀了，让我的宝剑一次饮个够。失陪了！"那人说完，把宝剑往身后一背，转身就走。

公孙婉儿急忙追上去问道："你还没有告诉我你叫什么名字呢！"

"名字只是人在这个世上的一个记号，如同花草树木、猪猫鸡狗一般，何况重名重姓者多如牛毛，记与不记有何意义？你今天见我搭救了你们，出于礼貌询问我的名字，明天相逢也许形同陌路。我不是一个希望他人报恩的人，刚才也已经讲了，我救你们只是为了试剑，咱们谁也不欠谁的，两讫了。"

公孙婉儿见他又想走，急忙说道："我问你叫什么名字并不是想报答你，只是见你像我小时候的一位亲人……"

那人止住了脚步，上下仔细打量一下公孙婉儿："我也觉得你像我小时候的一位朋友，只是像，当然，我并不是想高攀，可以看出你不是公主就是王妃，而我的朋友恐怕平民都不是，你不会是她。我是魏国人，更不可能是你的朋友。"

"我也是魏国人，我叫公孙婉儿。"那人突然怔住了，欣喜若狂地上前抓住公孙婉儿的双手："你真是婉儿妹妹？让我看看，我是尉缭。"

尉缭一把拂去公孙婉儿左臂上的裙衣，看到肩下一块半寸长的疤痕，高兴地晃动着公孙婉儿的胳膊说："一点不错，你就是婉儿妹妹！"

尉缭突然见人都不说话了，傻愣愣地看着他，顿时觉得不妥，慌忙松开公孙婉儿的玉臂，极不自然地说："我，我太高兴了，刚才失礼了，冒犯了你，请你海涵！"公孙婉儿没来得及回答，嬴政走过来问道："看你们刚才的亲热劲儿，莫非是旧知？"

公孙婉儿高兴地介绍说："大王，我来介绍一下，这就是我常给你提及的师兄尉缭。"

嬴政经常听公孙婉儿说尉缭得到他父亲真传，说他如何有才，今日相见的第一印象也很好，但觉得此人太狂傲了，也许狂傲之人都是真正才华横溢之人吧，不然，如何能够狂傲起来？嬴政恳请尉缭入朝为官，尉缭辞谢说："我一个布衣，平日浪荡惯了，恐怕受不了朝廷的繁缛礼节约束，大王还是另请高明吧。"

尉缭愈是推辞，嬴政愈觉得他有才，诚恳地说："你可以不受朝廷礼节约束，你是婉儿师兄，从今以后，你我二人就以兄弟相称，你为兄我为弟，彼此平起平坐，同衣同食。"公孙婉儿也说道："师兄，你我兄妹离散多年，今日异地邂逅，千言万语无从说起，只怕三天三夜也叙不完，你就此别去难道不觉得遗憾吗？"

尉缭从魏国逃到秦国就是为了寻找师妹，当然想了解他们离散后的遭遇，诉说多年思念之情，但是一想到两人地位已有天壤之别，更主要的是婉儿已有了美好的去处，用不着自己关心爱护，留在秦国也无益，便有归隐之意。一听婉儿这么说，尉缭又不忍拂了婉儿的心意，便说道："我山上有位朋友，还有我潜心多年记下的师父传授的兵法，你们先走吧，我改日再去宫中叩见大王和婉儿妹妹。"

嬴政一听尉缭写出一部兵书，对他更加欣赏，唯恐尉缭找借口逃走了，便说道："请尉兄与我等一起回咸阳，我立即派人上山把你朋友请来，你所著兵书等有用之物也全部带来。"

尉缭无奈，只好答应随嬴政和公孙婉儿去咸阳。嬴政为了笼络尉缭，重新调整了车辆，让公孙婉儿与尉缭同乘一车，给他们师兄妹一个互诉衷肠的机会。车轮悠悠，心也悠悠。

咸阳宫，嬴政大宴宾客，为太后接风洗尘，相伴之人有华阳太王太后、齐王后、公孙婉儿、王室大臣及三公九卿，当然，更有贵宾茅焦、尉缭和他的朋友姚贾。

席间，嬴政把茅焦推到首位坐下，再次拜谢说："先生之言令寡人茅塞顿开，使得我母子相见，前嫌尽失，没有茅先生，哪有今天的融融乐？先生就是寡人的颍考叔呀！"当下授茅焦客卿职衔。

嬴政又亲自上前扶起尉缭和姚贾，把他们一一介绍给众人，向二人祝酒致谢，也授客卿衔。饮酒正酣，赵高上前说道："李斯有要事求见。"

嬴政宣李斯上殿也饮一樽，李斯上前窃窃说了几句，嬴政听后"啪"的一声把酒樽顿在几案上怒道："带郑国到大成殿等候，寡人要亲自审问他！"嬴政说完起身而去。

郑国五花大绑跪在地上，李斯、王绾、隗状及几位宗室大臣侍立在两旁，嬴政坐在高高的椅子上，怒视着郑国吼道："郑国，你知罪吗？"

郑国毫不畏惧地仰头答道："知罪。"

"知罪就从实招来，是谁派你来谋陷我大秦国的？如有隐瞒，寡人立即派大军兵进韩国，锁拿你全家，杀无赦！"

"请大王息怒，待臣把事情原委讲完，要杀要砍悉听尊便！"

"快讲！"李斯在旁边呵斥道。

"臣初来咸阳游说先王与文信侯时，确实是奉韩国先君桓惠王之命前来行疲弊秦国之计，妄图借修筑水渠工程使秦国劳民伤财，无力东侵我韩国。等到臣受文信侯之托认真考察了水渠的地形以及牵涉的农田水系后，臣已经完全改变初衷，决心尽终生之力在瓠口修建一泽被后世的水利工程。一旦水渠完工，引泾入洛成为现实，改造大批良田不说，关中地区将成为秦国富饶的谷粮之仓，补给咸阳军民，使咸阳进可攻退可守。臣在修建水渠时，一切从秦国及当地百姓利益出发，能省则省，能减则减，绝不多用一人，绝不多耗一物。修建水渠时尽管动用大量人力物力，但多是当地民工，所耗物资也多是从地方百姓中抽取，动用国库的储备极少。这许多年来，秦国并没有因为修建水渠而停止对韩的攻伐。韩王听信庸人之言，不思进取，企图用修一水渠之力撼动秦国的根本，实在愚蠢之极。如今韩国国土一天天减少，国力更是一天天削弱，尽管苟延数年，终不能改变行将覆灭的命运，而秦国虽然晚灭韩几年，却修建成一条给秦国带来万世之功的水利工程，臣私下以为，臣这样做无功于韩却有功于秦……”

不等郑国说下去，宗室大臣嬴况早已愤怒至极，拍案骂道："住口，大胆狂徒，死到临头还敢狡辩，你分明是来秦国当奸细，旨在耗费我大秦的军资与兵丁补给的！妄图保全韩国，却口口声声称是为秦国着想，罪该万死！"

嬴况转向嬴政："大王，别听他一派胡言，立即停止水渠工程，将此贼子凌迟处死。"

其他几位宗室大臣也一致主张立即停止修筑水渠，集中人力、物力兵进韩国，力争一举灭掉韩国。嬴政一时拿不定主意，郑国跪在地上匍匐向前两步急切地恳求说："大王，你杀了小臣可以，万万不可停止水渠工程，如今水渠已经历时八年有余，渠口、引水渠早已完工，灌溉渠的干渠和支渠都已开始，如果中途废止岂不给秦国带来巨大损失？千古遗憾呀！大王，万万不可半途而废！"

嬴政已不像刚才那样震怒，平静地问道："郑国，寡人问你，你明知修渠有百利于秦，也不能阻止韩亡，为何还要坚持修下去呢？是否想以此取信寡人，在我大秦谋取一官半职、封妻荫子，为自己和子孙寻找一个可以托身的靠山？"

郑国摇摇头："敝人痴心于水工犹如大王之于统一天下的宏图大业。能展平生所学，在有生之年修一令今人后世惊叹的水利工程，造福子孙后代，是我心中多年夙愿，也算英雄有用武之地。倘若大王在统一大业行将功成之时突然被迫停止，前功尽弃，大王将作何感想呢？"

嬴政沉思不语，李斯从旁劝说道："郑国所说的也有些道理，如果就此中止工程，以前多年的花费都将付诸东流，现在稍稍投入一些人力、物力就可以完成全部工程，并能给秦国带来一劳永逸的益处……"

李斯话未落音，嬴况就立即反驳说："秦国当务之急是兵出东方，而不是修渠筑坝，这些事可以等到完成统一大业后让抓来的各国战俘去做，何况修建水渠所产生的效益也不是短时间就能见效的，何必那么急呢？"

另一位宗室大臣嬴兴业也说道："这些来自外国客卿的话都不足以听取，他们到秦国来根本不是为了秦国的强大，而是各有所图，商贾为牟取暴利，士人为捞取官爵，更有甚者是卧底当奸细，即使一些被重用的朝廷重臣，为了骗取大王信任，也时常伪造情报，有时知情不报。"嬴兴业说着，翻眼瞧一下侍候在嬴政旁边的李斯。

嬴况又趁机说道："奉常大人言之有理，这两年来秦国祸乱不断，究其原因都是国外一些客卿把持我朝大权所致，不说他人，且说前相吕不韦，他独断专权，力主纳捐取爵，致使众多爵位流到毫无战功的商贾手中。吕不韦本是商家出身，当然以商人利益为重，他为相也利用职权官商勾结牟取暴利。更令人不能容忍的是，吕不韦排斥王室之人，把众多宗室大臣驱逐在权力核心部门之外，他所重用的人多是同他一样的外来客卿，其歹毒之心路人皆知！"

嬴况说到这里，向秦王政拱手说道："大王，以愚臣之见，外来客卿全部靠不住。大王不是要发动扫灭六国的统一战争吗？这些客卿本来存有二心，如今大王对他们国家用兵，我大军一到，抢掠的是他们国家的资财，捕获的是他们的亲人，他们能无动于衷、心甘情愿地被大王驱使吗？与其让这些人到时候掣肘大王对外用兵，不如现在就将他们驱逐，这也算大决战前的一次整顿，肃清内部持不同政见之人，使统一战争顺利完成。"

其他几位宗室大臣纷纷点头称赞，说嬴况这个建议提得好，早就应该如此，连隗状、王绾二人也表示同意。

李斯一听嬴况建议秦王政驱逐外国客卿，心中暗暗叫苦。此令一出，秦国蒙受损失不说，自己的仕途也就无望了。他明知嬴况等人会直接反对，仍然小心谨慎地说道："大王，驱逐客卿的做法实在不妥，尽管秦国近年几桩祸端与客卿有关，但也不能因此一概否定客卿对秦的重大贡献，应该分别对待……"

正在这时，赵高慌慌张张地走上殿来打断了李斯的话，他呈上一份竹简说："大王，副丞相昌平君全家突然不知去向，这是从他书房中发现的一份呈交大王的书简。"

嬴政挥手示意李斯退在旁边，喝令两名虎贲军校尉先把郑国押进大牢，这才莫名其妙地问赵高："昌平君不是生病在家将养，怎会突然失踪呢？会不会遭到歹人绑架？"

嬴政边说边打开竹简，原来这份竹简是昌平君送给嬴政的一封告别书，上面写道："大王，臣昌平君顿首！未提笔前先向大王告罪，臣本是楚国公子，顷襄王子嗣也。先父王时秦楚友好，太子熊元入秦为质，臣奉父王之命入秦寻找太子，从此流落秦地。一去近三十年矣，承蒙庄襄王不弃，升为客卿，又蒙大王厚爱，升迁为副相。臣虽为楚人，这许多年来倍感秦之恩德，恪守职位，兢兢业业，不敢有所倦怠。尽管秦楚间有数次争端，臣丝毫没有为楚之利而伤秦，处处以秦为先。臣本欲将三尺之躯托付于秦、竭力图报王恩，终老于秦而效命大王，无奈母国萧墙之乱，祸及王室，楚有密使来访，数次规劝臣回国理乱。臣本无归故之心，奈何王室之裔，不能坐视宗室蒙羞，乃恳请辞去，又恐大王怒臣欺而罪臣，故不辞而别，仅以书告上，望大王海涵。大王怒恨与否皆不必派兵追索矣，王得书之日臣已抵郢，再拜，顿首。"

赢政读罢书简，气得将书简扔在地上，怒骂道："昌平贼子，欺瞒寡人，可恨，可杀！"

赢政刚刚平静的心又火冒三丈，把一肚子火发泄在李斯头上，怒斥道："李斯，你身为长史，替本王负责搜罗情报，对昌平君潜逃之事竟一无所知，该当何罪？！"

李斯吓得跪倒在地："臣知罪，只是……"

不容李斯说下去，赢况就幸灾乐祸地说："大王，客卿确实不可再用了，昌平君信中一再表明他不是楚国派来的奸细，说自己对秦如何忠心耿耿，我看他是此地无银三百两，愈是表白愈表明他是来秦国卧底的。据我所知，秦国几次伐楚他都以种种理由横加干涉、阻止伐楚。也许在秦国朝廷中像昌平君、郑国这样的奸细还不知有多少呢。他们以种种理由打入朝廷，也有人以种种身份混进都城各大街小巷，想一一查明其真实身份实在等同于大海捞针。臣以为宁可错驱一千也不应使一人漏网，干脆把所有客卿及来秦经营的商贾全部逐出国境，限日离去，过期没有离去之人一律按奸细论处，缉拿处斩！"

赢兴业、隗状与王绾以及其他宗室大臣也认为赢况的提议有理。赢政正在气头上，便向跪在地上的李斯喝道："你也是楚国上蔡人，该不是也来寡人身边当奸细的吧？"

李斯吓得面如土色，连忙叩首哭诉道："请大王明察，臣对大王赤胆忠心，苍天可鉴，若有二心，天打雷轰，断子绝孙！"

赢政本是随便一问，见李斯立此毒誓，也不好再说什么，稍稍缓和一下口气说："你也不必如此发誓，谁对寡人忠心，寡人心中自有一杆秤。由于你连续多件事失察，搜集掌管情报的差事就由赵高接任。"

赵高一听这话，心里美滋滋的，表面上装出诚惶诚恐的样子说："多谢大王对小人的厚爱，奴才能胜任吗？"

"怎么不行，寡人说你行你就行。寡人封你为侍中！"

赵高"扑通"一跪，朗声说道："谢大王，奴才绝不辜负大王的栽培！"赢政斥退李斯，又对众人说道："驱逐客卿一事等明日朝会再进一步商讨，现在立即派人查抄昌平君府，并用快马十匹追索昌平君，看他是否真的逃离国境。此事由隗状与王绾负责，及时奏报寡人。"

昌平君为何放弃丞相职位不做，突然逃回楚国？这与楚国发生的一件大事密切关联。楚国国舅李园发动宫廷政变，杀死春申君自立为相国，立年仅六岁的太子悍为王。说起楚国的这次宫廷政变的起因，竟然与吕不韦谋篡嬴秦王室宗嗣有着惊人的相似。楚襄王时，秦楚友好，楚把太子熊元质押在秦国，并派宗室大臣左徒、黄歇去秦国服侍太子。黄歇身在秦国却时刻派人了解楚国的情况，当他得知襄王生病时，便携太子熊元微服逃出秦国，回到国都。不久，襄王病逝，太子熊元登上王位，这就是考烈王，他追封先王为顷襄王，提升黄歇为令尹，赐封吴地，称为春申君。考烈王袭位多年却无子嗣，春申君组织国人向考烈王进献好多女人，希望考烈王早有子息，结果没有一人怀孕。这时，春申君府中有位门客叫李园，赵国人，见春申君为考烈王求子心切，顿时生出一计。

李园有个妹妹叫李嫣，长得颇有姿色，他想利用妹妹为自己谋取高位。于是向春申君告假回家省亲，故意过假不归，当回到春申君府时，主动告罪说，家中有个妹妹长得十分貌美，齐王听说了，特意派使臣来聘求，故与齐国使臣饮酒商讨聘礼的事，结果耽误了假期，所以来晚了。

春申君一想，此女名闻齐国，一定长得貌若天仙，心中不免蠢蠢欲动，不自觉地询问是否接受齐国的聘礼，并要求见一见。李园见春申君上钩，便把妹妹精心打扮一番送到春申君府中。春申君一见李嫣长得确实讨人喜爱，便送给李园许多金银玉器，把李嫣留在府中，纳为妾。

未过多久，李园得知妹妹身怀有孕，暗自高兴，私下告诉李嫣，你在春申君府中不过是暂时得意的宠妾，一旦年老色衰必将一无所有，如今楚王无子，你有幸怀有身孕，若进献给楚王，将来生下的孩子是女也会封为公主，若生下男儿一定能够立为王，到那时你就是王太后，与今天的妾位相比真是一个天上一个地下。李嫣被哥哥说动了心，询问如何才能入宫为妃，李园把想好的计策告诉了李嫣。

一天夜里，李嫣侍寝时对春申君说，楚王对君如此厚爱，就是亲兄弟也不如，如今你辅佐楚王二十多年了，可楚王仍无子嗣。楚王百年崩逝后必然以其兄弟嗣立国君，众兄弟恨你独揽大权、把持朝政，一旦他们为王，你将到何处安身呢？只怕吴地封邑也不能保呀。

黄歇听了李嫣的话久久沉默不语，李嫣又说道，我有一个办法也许能够为你避免这些灾祸，并且带来富贵，但我感到十分愧疚，难以启齿，又怕你不听我的劝告，所以迟迟不敢说给你听。黄歇再三恳求下，李嫣才把哥哥的计策说了出来。李嫣说妾身已经怀有身孕，外人并不知晓，我来到府中时间也短，其他人也不会有所怀疑，倘若你把我进献给楚王，大王一定宠爱妾身，如果上天保佑我生下男孩，将来一定能被立为太子、继袭王位，楚国就是君爷你的了，怎么还会有灾祸呢？黄歇听后连连点头，称赞李嫣才智过人、胜过男儿，当即答应了她的提议。

春申君在楚王面前夸赞李嫣貌美如仙，并说相面的人都说是适合生子之女，齐王正准备聘娶呢。考烈王听后便让春申君宣李嫣入宫，李嫣貌美又善于卖弄风情，很快得到考烈王的专宠，等到产期生下双胞胎男孩，考烈王大喜，长子取名悍，次子取名犹，并立李嫣为王后，长子悍为太子。李园因此成为国舅，权势一天天增长，几乎和春申君不相上下，但李园外表对春申君仍同先前一样恭敬谨慎，内心却视春申君为仇敌。

考烈王二十五年，也就是嫪毐叛乱这一年，考烈王大病不愈，李园想起妹妹怀孕一事只有春申君知道，将来太子为王时怕自己不能专宠，于是产生杀人灭口之心。他暗中纠集死士，专待时机的到来。这时，春申君府中有一门客，名叫朱英，魏国人，听说李园暗中蓄养死士，就报告春申君，再三告诫说：李园现为国舅，一旦少主承袭王位，李嫣为太后，李园联合李嫣将把持王权，其权位一定胜过君爷。李园表面柔顺，但内心不甘居于君爷之下，我听说他私养死士就是为了对付君爷。李园与其妹李嫣互通信息，及时了解宫内变故，一旦楚王崩逝，李园抢先入宫控制局面，就会矫诏铲除君爷。

黄歇听后不以为然，认为李园软弱无能之辈，做事一向谨小慎微，不值得顾虑。朱英见春申君根本不听自己劝告，便不辞而别，归隐田园山水之间了。

朱英离去不久，考烈王病故，李园事先从妹妹那里得到消息，先入宫控制了大局，秘不发丧，然后密令死士埋伏在宫门内，这才派人奔告黄歇。春申君听说楚王归天，匆匆驾车入宫，刚进宫门便听到门内有人大喊：黄歇谋反，奉王后密旨诛杀反贼！春申君知道事情有变，想回车逃走已经来不及了，手下人被杀散，黄歇头被砍下挂于城门之上。李园铲除了春申君的势力后才为考烈王发丧，立太子悍为王，号楚幽王，李嫣为王太后，李园自立为相国，楚国大权一人独揽。

当昌平君从秦国逃到郢都时，事已成定局，昌平君知道不能与李园硬斗，只好再次隐匿行迹，等待时机。

夜已经很深了，李斯睡意全无，他回头看看正在睡熟的妻儿老小，心里真不是滋味。在外漂泊多年，仕途刚有起色，本想妻儿老小能跟着享几天福，谁知好景不长，明日又要漂泊四方。秦国不能立足，又到何处谋求发展呢？良禽择木而栖，良臣择主而仕，天下之大竟没有我李斯用武之地，明主啊，你在哪里？李斯几乎要喊出声来。

面对一摞摞沉重的书卷，李斯感到委屈，自己满腹经纶却得不到赏识，空有安邦治国之才却被拒绝在庙堂宫阙之外。李斯重新挑亮了烛灯，决定做最后一次努力，哪怕希望只是万分之一，他也要试一试。

北国的冬夜是那样漫长，又是那样寒冷，李斯全然不顾，时而凝眉沉思，时而奋笔疾书，手冻僵了，放在嘴上哈一哈，写累了，站起来伸伸懒腰，东方露出鱼肚白时，一篇流传千古的奇文终于写好了，他匆匆揣上书卷推门而出。

李斯来到咸阳宫门前，守门的虎贲军校一见李斯，没好气地说："大王的逐客令不是已经诏告全国了吗，你也在驱逐之列，怎么还赖着不走？滚远点！"

几天前这些人还对自己毕恭毕敬，只是一夜之间就变了脸色，李斯再次认识到世态炎凉，更激起他要求取高官厚禄之心。李斯强作笑脸地说："我还有点小事没办完，让我进去吧？"

"宫中禁地岂是你说进就进的，你以为你是谁呀，走远点，惹火了我只怕想走都走不成了，这宫门前就是你的丧身之地。"一个校尉喝道。

李斯仍然笑着说道："那就有劳军爷通报一下赵高，说我求见，临行之前道一声别。"

"赵高也是你叫的吗？应叫赵爷或赵侍中。"

李斯连忙改口说："有劳军爷通报一下赵侍中，说小人李斯求见。"

"不行，你先在这站着，只怕赵侍中现在还没起呢。"

李斯无奈，只好怀抱书卷站在宫门旁边，平日里进进出出他从来也没认真看一看咸阳宫门，今天仔细一看，才真正感到宫墙的巍峨、宫门的高大，相形之下自己显得更加矮小寒酸。

"这不是李客卿吗？"

李斯听到有人喊他，回头一看是蒙武，喜出望外，慌忙施礼说道："原来是蒙将军，你是准备进宫吧，我有一件事情相托，有劳将军把敝人写的一篇文章转交大王。"

"李客卿何不亲自呈交大王？你我一同入宫就是。"

"敝人已是被驱逐之人，如何还有资格拜见大王？这事拜托蒙将军了。"李斯说着，把竹简递给蒙武，又叮嘱几句才快快地离开咸阳宫门，也许这一走将永远没机会再次踏进这里。

嬴政正在思索逐客之后，选拔哪些亲信之人担当空缺的职务，蒙武上前拜见，并呈上李斯所递的书竹，嬴政打开一看，是李斯的一份上书。

嬴政读罢这篇酣畅淋漓、汪洋恣肆的上书，爱不释手，再加上李斯写一手漂亮潇洒的字，连声叫好："好文章，好文章，寡人至今还没读过如此好的文章呢！"

　　嬴政把李斯的这篇《谏逐客书》又递给蒙武，蒙武看罢也点头称赞："立意高远，文采斐然，站在统一六国的高度剖析用客之利与逐客之害，用色乐珠玉等耳目口鼻之享用类比用客，铺张陈丽、色彩斑斓，实在是好文章。"

　　蒙武读后，嬴政又让侍立旁边的赵高也拿去看看。

　　赵高边读边思忖，李斯不愧为天下大儒荀况之徒，这样的人才真是国家的栋梁之材，若能为我赵国所用，其功业绝不在蔺相如、平原君之下，赵高见嬴政对逐客一事似有动摇之意，决定大胆一试，让嬴政把逐客进行到底，那样将会有无数像李斯一样的贤才被拒在秦境之外，赵国至少可得十之二三。想至此，赵高轻轻放下竹简，直言不讳地说道："李斯这一谏书写得文采飞扬、清朗有致，作为一篇文章可谓上乘之作，但作为谏书却是避实就虚、避重就轻、漏洞百出，实在不可取。"

　　蒙武很不服气地问道："请赵侍中能否讲得具体一些，何处不可取，又怎样漏洞百出？"

　　"谏书开篇就说吏议逐客，但逐客的原因为何只字不提？这是故意回避问题的中心。"

　　蒙武立即反驳说："因为此谏书是直呈大王，逐客的原因众所周知，何须再多此一举、费时费墨呢？"

　　赵高又说道："文中只列举客卿在秦国所作的重大贡献，为何避而不谈客卿给秦国带来的灾难呢？这足可见李斯是故意避开这一逐客的真正原因而想蒙蔽大王。还有谏书中用了大量的作比手法，以物比人，人与物本来就是两个无法进行类比的东西，物为死物，受人约束，任人摆布，无心性，不能自觉活动，而人就不同了，其内心好坏不是一眼能够看穿的。有人为文很美，话也说得精彩，但心地是否忠于大王就不得而知了。"

　　蒙武过去与赵高并不认识，自从赵高升任侍中以后才略微相识。在他印象中赵高是一谨小慎微、不苟言笑之人，看样子为人还算忠厚老实。他一时猜不透赵高如此这般驳斥李斯这篇上书的原因，莫非是担心李斯回来大王又把收集情报的事交还李斯？无论赵高有何目的，从这件事中蒙武改变了对赵高的看法，他觉得此人含而不露，阴险狡诈。蒙武也毫不客气地反问道："赵侍中话说得这么动听，谁知是忠于大王，还是怀有二心？赵侍中虽然不属客卿之列，但也不是秦国人呀！"

　　赵高内心十分恐慌，以为蒙武听到他的什么风声，想痛斥蒙武几句，但知道自己目前还没有实力与蒙武抗衡，便说："蒙将军怎能如此说话呢，我追随太后与大王多年，忠心苍天可鉴，虽是赵人，但入秦十年之久，早已忘却了母邦，更何况大王待我恩重如山，我怎会有二心呢？"

嬴政刚才初读李斯谏书，对逐客一事心存疑虑，产生收回逐客令之意，现在听了赵高的分析，又有些犹豫不决了。

蒙武汇报完王翦与杨端和出兵伐赵又取九城，控制了上党地区与漳水流域的事，又提醒说："大王，李斯的谏书说得十分有理，请大王三思而行，切不可令大批杰出人才流落敌国，特别是李斯这样的人，正如公叔痤临终前向魏惠王举荐商鞅时所说的，要么用之，要么杀之，且不可使他为别国所用。正是魏惠王不听公叔痤的话，商鞅才逃到秦国为孝公所用，终于应验了公叔痤的话。我想大王应该明白一个贤能之人对于整个战争乃至整个国家的决定性作用，不应因为极个别客卿不忠而否定全部，茅焦、尉缭、姚贾等人都是大王新任命的客卿，这些人都是难得的人才，一旦他们落入敌邦，必定给统一大业带来难以预料的隐患。大王应该明白为何平原、信陵之流'合纵'成功、将我大军挫败，而庞煖、太子嘉之辈却'合纵'失败、被赶出关外。究其原因，不是文信侯用兵高于蒙骜、王龁诸将，而是庞煖等人无法和平原、信陵二人相提并论，归根结底仍是人才在起决定作用。望大王早做决定，切莫因一时听信他人妄言而酿成大错。"

"让寡人再考虑一番！"嬴政虽有心收回逐客令，但也不想现在立即表态，君主之言一言九鼎，怎能昨天发出逐客令今天又收回，令国人讥笑他出尔反尔没有明君的风范？嬴政不愿意毁坏自己刚刚树立起来的果敢强硬的形象。

蒙武刚刚离去不久，公孙婉儿就搀扶着华阳太王太后走上大殿，嬴政慌乱起身迎接，他估计祖母一定为逐客一事来此，故意装作不知地问："祖母应以玉体为重，什么事要劳动您老人家亲自来此？需要做什么捎个口信，孙儿百忙之中也会去您老宫中的。"

华阳太王太后把玉杖往地上一顿，站了起来，未说话先咳嗽起来，公孙婉儿急忙扶华阳太王太后坐下，并轻轻为她捶着背。华阳太王太后终于止住咳嗽，长长喘口气，这才厉声斥道："你听信何人妄言？为何颁布这逐客令？"

"嬴况、嬴兴业等众多宗室大臣认为客卿来秦不是为了助秦完成大业，他们都怀有二心，目的在于阻挠秦对六国的兼并，或者是为了个人的私利。"

华阳太王太后不让嬴政继续解释，生气地说道："客卿择强而仕，建功立业，存有封侯拜相之心无可厚非，人活在世上就应该有所为有所不为。当然，客卿有良有莠，不能因为少数客卿给秦带来祸乱就一概否定、将他们全部逐走，应当明辨好坏区别对待，该驱逐之人毫不留情，该任用之人大胆提升。那些进言逐客的宗室大臣就完全是为朝廷利益着想吗？他们有的狭隘保守，有的老朽不中用，更有人自私自利，为了个人谋取高官厚禄而一概排外。自己无德无才却打击排斥贤才之人，嫉贤妒能，狂妄自大，是许多宗室大臣的本性。他们自以为出身王室之家就不思进取，结果无功于国、晋爵不得、升迁无望，便妄图靠打击贤才之人捞取高官厚禄实在可恶至极！"华阳太王太后说到气愤处又站了起来，喝道："你叫人把嬴况、嬴兴业诸人叫来，老妇和他们辩驳一番！"

公孙婉儿也在旁边说道："几天前大王还说尉缭、姚贾都是不可多得的人才，如今下令逐客，他们也都在驱逐之列。实不相瞒，尉缭本来就不愿留在秦国效力，他早有归隐之意，是我苦苦哀求才把他劝阻下来辅佐大王，如今将他们驱逐出境，将来谁还愿意踏上秦国国土一步？"

嬴况、嬴兴业等宗室大臣都来了，他们见华阳太王太后盛怒，哪还敢说半个不字，都纷纷跪在地上低头不语。

华阳太王太后没好气地说："尔等先祖穆公下过一个名闻天下的求贤令，你们这些后世子孙倒好，与先祖恰恰相反，如今又来一个震惊天下的逐客令，穆公地下有知，不知作何感想？"

华阳太王太后突然提高了嗓门："就凭你们这些庸才也能完成统一大业？简直是蝼蚁撼大树，可笑不自量！你们谁懂用兵布阵之道？你们谁会治国安邦？你们谁又懂刑狱诉讼？"

也许这几句话说得快了些，华阳太王太后一时背过气去，身子一软歪在座椅上。众人急忙救治，嬴政更是惊慌失措地喊道："赵高，快，快喊太医！"

等太医赶到时华阳太王太后已经醒来，嬴政跪在地上哽咽道："祖母不必动气，要珍惜玉体，孙儿立即颁诏天下取消逐客令，孙儿再也不惹您老人家生气了。"

嬴政与公孙婉儿等人把华阳太王太后送回长乐宫，临行前，华阳太王太后拉着嬴政的手说："政儿，祖母已是快要入土的人了，今后恐怕不能为你操心了，也不可能看着你完成统一大业了，但你要自立自强，凡事三思而后行，不要让祖母失望。"

猛然间，嬴政发现祖母确实苍老了，头发早已全白，满脸皱纹，祖母当年最引以为骄傲的糯米牙也早已没有了，身子也明显有些佝偻，岁月的风尘已将这位尊贵的太后风蚀成一株行将倒地的朽木。嬴政有一种说不出的伤感，泪水悄悄从眼角涌了出来。"孩子，去吧，祖母一时还死不了，祖母也不想死，祖母舍不得你，还想看着你登上帝位呢。你能及时认识到自己的不足，改正错误，把咱大秦国列祖列宗的心愿早日完成，就是对祖母最好的安慰。"

嬴政拜别华阳太王太后回宫，第一件事就是责令隗状立即颁诏取消逐客令，并派王绾、蒙武等人快马出城追回已经离去的客卿，官复原职。特赦郑国无罪，继续负责修筑水渠，直到完工。

渭水岸边的官道上，两辆牛车缓缓而行。

李斯望着冰封的河流，听着冰下呜咽的流水，不知是心里难过还是天太冷，鼻子酸酸的。前面就是灞桥，如今出城已经十里，仍不见有人追来，李斯彻底绝望了，他最后的努力失败了。

不知何时，天上飘起了雪花，起初只是一片两片，渐渐地，雪花变大了，变密了，雪越下越快，地上已经变白。李斯诅咒着这讨厌的鬼天气，骂归骂，车子已经沾满了泥，走得越来越慢，李斯决定暂在灞桥上的驿站里避避雪，这样走下去，只怕天晚时找不到投宿的村庄，大人孩子一家老小在露天地里过夜，不冻死才怪呢。

李斯把牛车驶进车马棚。刚安顿好家人，就看见一人披着蓑衣冒雪走来，这人看见了驿站，也走了进来，他脱去身上的蓑衣时，李斯才看清对方的脸，年龄与自己相仿，满脸黑瘦，双眼凹陷，不知是嘴巴有点小还是牙齿太大，总之，一对黄牙向外龇着。不等李斯开口，对方就先问道："请问先生，此去咸阳还有多远？"

李斯有点诧异，到了灞桥哪有不知距咸阳还有多远的，莫非他是从其他国家来的？

李斯又上下打量一下来人："听口音，你不是秦国人吧？"

对方点点头："先生好眼力，我叫顿弱，从赵国而来，准备游说秦王、谋求发展，将来也能封妻荫子、荣宗耀祖。"

这样的人也来游说？李斯想笑，终于没有笑出声，略带几分嘲弄的语气说："那先生要失望了，秦王已经颁诏全国，下了逐客令，国内的客卿都被逐走，怎会再接纳先生呢？除非先生有经天纬地之才。"

顿弱也不恼，看看李斯全家："先生一定是被逐走的客卿了，秦王驱逐那些无才之人，空下更多的职位就是为有才之人准备的，这么说我来得正是时候。"

李斯想不到顿弱不动声色就愚弄了自己，冷冷地说："先生若有才恐怕不会等到现在依然贫穷潦倒，只怕先生此次来咸阳只想讨口热饭的吧？"

顿弱哈哈一笑："识时务者才能把握好时机，太公姜子牙不是八十三岁还垂钓渭水吗？终于钓得文王这条大鱼，使自己成为周王室开国功臣。只有不识时务之人才会处处碰壁，坐失良机。"

"狂妄之徒，不知天高地厚！"李斯生气地斥道。

"狂妄之人都是天才，我来游说秦王是因为我能助秦灭赵，帮秦王统一天下、献计献策。"

李斯马上讥讽道："先生刚才自称是赵国人，现在又说入秦是为了助秦灭赵，难道先生连一点廉耻之心、爱国之情都不具有吗？"

顿弱也不示弱地回敬道："先生被逐，足以见先生也不是秦国人，先生不远千里来秦的目的何在呢？当秦兵攻占先生的家邦时不知先生作何感想？"

李斯不服气地说："天下之势分久必合，合久必分，如今正是由分裂走向统一之势，秦承天势顺民心统一六国，使分散的版图重新归于一体，我来此助秦也是合天理应民意，有什么觉得惭愧的呢？"

顿弱马上说道："先生不觉得惭愧，为何指责我不懂廉耻呢？"李斯无言以对。

李斯突然听到驿站外一阵人喧马叫，伸头一看，蒙武正率领一队人马赶到。蒙武走上前施礼说道："李大人，恭喜你的鸿文博论打动了大王，已经重新颁诏天下取消逐客令，让李大人立即回城官复原职呢。"

雒阳的秋天似乎比往年来得更早，树叶早已落光，只剩下光秃秃的枝杈。吕不韦也早早地穿上厚厚的夹衣，他伫立在庭院后的山坡上举目望去，满山遍野都是荒草，那些活物都不知藏匿何处去了，到处看不出一丝生机。偶尔有几只孤雁从头上掠过，发出失群的哀鸣。

贬谪封地一晃两年过去了，吕不韦的梦想一天天破灭，他原先指望嬴政执政后遇到难以克服的麻烦，然后屈驾向自己求援，他再故意摆一摆架子又可以官复原位了，哪怕仍是个丞相的空架子，也比在此闲居要好受得多。吕不韦早已记不清他从哪一年起就有了闲不住的毛病，特别是拜相以后，真正成为秦国第一忙人。忙也是一种乐趣，百忙时没有心思考虑人生的得失荣辱，更主要的是只有忙才被他人看重，一个忙碌的身影能够吸引他人的注意。

吕不韦虽然编纂了一部蔚为壮观的《吕氏春秋》，但由于他整日操劳于政事，根本没有时间操笔，因此，只能设定纲领，那些具体工作只好由众多门客去做。其实，吕不韦也知道自己精于商道与权道，却不精文道。不知为何，自从回到雒阳，他也偶尔做起舞文弄墨的事了，也许这是所有政治上失意之人的通病吧。吕不韦曾经最讨厌屈原的诗，可是现在，他却一天天喜爱起屈原的诗来，有时爱不释手，他已经深切地感受到屈原被放逐之后的痛苦心理，这也许就是人们常说的同病相怜吧。

吕不韦眼望浮云，情不自禁地吟诵起昨日刚刚朗诵过的《抽思》。忽然，司空马悄悄来到身边，面带喜色地说："侯爷，赵国太子嘉亲自到此邀请侯爷，车马已等在房外多时了。"

吕不韦一怔，他想不到太子嘉会亲自来此。自从回到封邑，太子嘉已经三次派使臣请吕不韦到赵国为相，都被吕不韦拒绝了。当然，其他各国也都不断有使臣来请，许以高官厚禄，吕不韦或婉言回绝，或根本不予接见，只让司空马应付一下。他在秦国为相多年，对内对外了如指掌，他清楚地意识到东方各国任何一国都不足以与秦国比权量力，再加上六国君主不思进取，大批有识之士流向秦国，能够担当起"合纵"之责的中心人物都不复存在，"合纵"抗秦纯属无稽之谈。如今东方各国只图自保，根本没有相互结交、团结一致抗秦之心，许多国家派使臣前来聘请吕不韦的目的也只是看重他在秦为相多年，指望通过吕不韦的关系与秦结为友好。吕不韦清醒地看到聘请者的用意，当然不能答应。更主要的是吕不韦与秦王嬴政有一种割不断理还乱的血缘关系，他宁可去死也不想与嬴政为敌。吕不韦明白，他曾经设想的伟大计划落空了，让他痛苦的同时，心中也聊以自慰，他毕竟有一个称王的儿子，即使嬴政不知道自己是他的父亲，甚至知道而不认他这个父亲，那都是次要的，人生有那么一点值得骄傲的足够了。

吕不韦不接受秦以外的任何一国邀请，但他又派人四处放出口风，准备接受诚聘，再到另一国干一番轰轰烈烈的业绩，吸引各国的使臣络绎不绝地奔走在通往雒阳的官道上。他想效法孟尝君当年的做法。

孟尝君曾为齐国相国，一时权倾朝野，门下食客近三千人，后引起齐闵王的猜忌而罢官回到薛地食邑。孟尝君失意之际并没有一蹶不振，他不断派门客到各国君王面前宣传自己贤德有才干。魏国的梁惠王听信了冯谖的话，用百辆车队携重金聘孟尝君到魏国为相，但孟尝君故意推辞不去；梁惠王因为礼节不便来，派使臣往返三次。浩大的声势震惊了齐闵王，他也为孟尝君不被重金所诱惑的精神气节所感动，终于再次诚聘孟尝君为相。只可惜嬴政不同于齐闵王，尽管他对各国使臣奔走雒阳一事了如指掌，却不会再次把吕不韦请回咸阳，哪怕自己碰得头破血流也绝不会向吕不韦低头，他的性格决定了他这样做，何况嬴政现在踌躇满志，事事得意。吕不韦又一次失算了。

各国见吕不韦根本没有外出为官的诚意，都纷纷偃旗息鼓，通往雒阳官道上的使臣车驾越来越少，这半年多已经没有一位使臣前来了。

忽然这一日赵国太子嘉登门来访，想说服吕不韦从此背秦事赵。吕不韦此时权欲熏心，一心想在秦国重登相位，因此拒绝了太子嘉的一番盛情。

太子嘉见一时无法说服吕不韦，便在雒阳逗留几日，想与吕不韦多叙谈一下，让他回心转意接受自己的邀请。突然有一天，太子嘉接到邯郸来的快报，说他的太子之位被废，父王决定立公子迁为太子。太子嘉闻报大吃一惊，匆忙带着侍从人员星夜返回赵国。

此时的赵襄王已经沉疴在身，无力于朝政。香妃、郭开趁机篡政，硬是废去了赵嘉的太子之位，转而立赵迁为太子。

赵嘉负气，有心远远地离开香妃等人。恰在此时，大臣颜聚献计，让赵嘉驻守北地代郡。明着是因为代郡常年受匈奴人的骚扰，需要有人镇守。实则代郡地广人稀，既有农耕又有游牧，物产也算丰富。更主要的是那里远离秦地，秦兵轻易不能到达，暂时能避免兵灾之害，是赢得招兵买马、聚草屯粮机会的宝地。赵嘉想以此为凭，意图时机成熟便东山再起。

公子嘉来到代郡不久，就传来赵襄王薨驾的噩耗，他牢记颜聚警告，只派门客奔回邯郸吊唁，自己则在府中设奠拜祭。

赵襄王死，太子迁嗣君位，号缪王，仍任命郭开为相国，立生母香妃为太后。

秦王政从公孙婉儿那里看到尉缭所写的兵法大吃一惊，他颇不相信地说："这些兵书都是你师兄所写的吗？"

"当然喽，我敢向大王保证，当今天下，就用兵之道而言，够胜过我这师兄的恐怕没有了。"

嬴政见公孙婉儿一提起尉缭就流露出一股难以言表的自豪，不免生出淡淡的醋意，但这种醋意只是一闪而过，嬴政忽然有了稳住尉缭的主意。尉缭不是一直想离开这里吗？他可以不为我服务，但不能不为他师妹服务。嬴政已经隐隐感觉到尉缭对公孙婉儿有一种特殊的感情，是超越师兄责任以外的那种关心与爱护之情，是一种剪不断理还乱的情愫。他正是要利用尉缭对公孙婉儿的这份情来控制尉缭，让他为秦国驱使。

嬴政抬头看看公孙婉儿，恰好公孙婉儿也把目光投向他，嬴政多少有一丝愧疚之心，急忙把目光移开。他这样做无疑是把公孙婉儿当作一个诱饵，最终的结果是牺牲公孙婉儿换取一个贤才。当然，对于嬴政，女人早已算不了什么了。这几年来，正是身边的女人越来越多，而且美女如云，随便挑一个都比公孙婉儿要漂亮得多，他才一天天疏远了公孙婉儿，偶尔公孙婉儿主动找他，他也以朝政太忙为借口把公孙婉儿打发走。

嬴政数一数堆在几案上的兵书，足有五大卷，二十四篇。《孙子兵法》才十三篇，此人真有孙武之才吗？嬴政仍有所怀疑，因为纸上谈兵之人太多了，也许尉缭正是这样的人。嬴政决定亲自试一试。

恰在这时，尉缭也步入殿内，他一见嬴政在赏读他的兵书，故意讥讽道："大王也懂兵法吗？"

"偶尔读一读，略知一二罢了，比不上缭兄的用兵之道。"

"大王读过哪些兵书？或听说过哪些兵书？"

嬴政见尉缭有意考问自己，正中下怀，随口说道："寡人读过《孙子兵法》《孙膑兵法》，听说过《太公六韬》《司马穰苴兵法》和《吴子兵法》以及《魏公子兵法》。寡人虽读过，却是一知半解，不知缭兄能否详细解说一二，让寡人长长见识？"

赢政边说边向赵高招招手，耳语几句，赵高便匆匆走了。尉缭知道赢政是想考一考他的真才实学，甚至有刁难他的意思，因为赢政把当时人们所知道的几种兵书全部列举出来了，显然是想看看他是否真的博学、通览诸家兵法。

尉缭想挫一挫赢政的傲气，他不认为赢政处处都是优秀的，就兵法而论，尉缭自认为当今天下无双。他为了不让赢政看轻自己，也想充分表演一番，让秦国的内外大臣刮目相看，今天就是机会！尉缭朗声说道："《孙子兵法》十三篇开篇就说'兵者，国之大事，死生之地，存亡之道'，提出战争影响国家的存亡和将士的生死，因此，用兵要慎重，尽量通过外交等谋略手段解决争端而不使用武力，所以在《谋攻篇》说'上兵伐谋，其次伐交，其次伐兵，其下攻城'，只有在万不得已时才使用武力，君主绝不能随便发动战争！"

赢政立即反问道："如果本王一定要征战，如何才能做到攻无不克战无不胜？"

尉缭冷冷一笑："那大王就是不顾百姓死活、感情用兵，孙子斥之为'以怒兴师''以愠致战'。战争是以国家的人力、物力和财力为后盾的，这就要求作战要速战速决，切忌旷日持久。当年秦赵长平之战就犯了兵家大忌，秦国虽然取胜，但损耗也是惨重的，因而此后再围邯郸就被打败了。孙子曰'兵贵胜，不贵久'正是这个道理。倘若不得已进行长久作战，正如秦国进行的兼并战争，应该采用以战养战的策略，用武力夺取敌国财物、兵源补充军需。可是文信侯却提出纳捐取爵供给战争带来的财物损耗，实在不可取。"

骄横的赢政对尉缭用《孙子兵法》分析秦国的这两次战争不能不暗暗佩服，确实入木三分，见解独到。

尉缭又分析说："要想在征战中取胜，必须做到'知彼知己'，'知己'则不必多说，如何进行'知彼'呢？这就需要向敌方派出间谍或从敌方中收买细作，听说大王已经接纳李斯的建议这样做了，但进行得尚不够到位，所派出的谍报人不能仅是一般兵丁商贩，这样得到的消息也多是外部消息，作用不大。大王应舍得耗费重金收买各国的权臣，如果这些人能够为大王效力，其作用不弱于大王的车骑军。买通六国权臣最多不过三十万镒黄金，这些资财看起来很多也很昂贵，可与大王将来的一统江山比起来实在九牛一毛，我想大王不是只顾眼前小利而放弃大利之人。已经花去十万黄金，又何必再吝啬那二十万呢？许多事都是尽七成之力而不能成功，为何不再加最后的三成之力？"

赢政对尉缭的这些话既佩服又惊奇，他一个刚入秦不久的人怎么会知道这么多极为秘密的事呢？有些事公孙婉儿也不可能知道，更不会是别人泄露给他。赢政感到匪夷所思，他更认为不能让尉缭流落他国，一定要为秦国所用，倘若到了敌手那里，仅一个尉缭便足以抵挡秦国三十万大军。

尉缭又说道："决定战争的胜负除了'知彼知己'之外，还有许多外在的因素，孙武子归纳为五点：一曰道，二曰天，三曰地，四曰将，五曰法。'道'，就是民情事理，孟子也说'得道多助，失道寡助'，因此，你发动的战争要是正义的，符合军民的愿望。所谓'天'，指阴晴、冷暖、风雷雨雪、四季等天时的变化。'地'则指地形险易、道路远近等地理方面因素。所谓'将'，就是将帅的才识、威信、带兵之法。而'法'则指军中的行伍编制、攻守分责及军需供给的管理，我在兵书上进一步发挥了孙子的这一思想，提出伍保制，即五人为伍，十人为什，五十人为属，一百人为闾，相连相保，有违犯法令、知情不报者，一律用连坐论处，各级军官概不例外！"

秦王政听到这里，高兴地说道："缭兄，这个办法好，我认为伍保制不仅可以用来管理军队，也可以用来治理国家，将来寡人统一天下后就用伍保制约束黔首，以此严明法令，令百姓不敢犯上作乱。"

尉缭一愣，忙说道："大王，伍保制是用来治军的，明法严令可约束将士。用来治国太苛刻了，会把百姓逼上反叛之路的。"

嬴政大手一挥："治国与治军形异而道同，你不必多言，我自有分寸，你继续讲解《孙子兵法》给寡人听！"

这时，赵高和王翦、蒙武、李信、李端和、王绾、辛胜等人一起走了进来，参见完毕，分坐两旁。公孙婉儿看看这阵势，向嬴政笑道："大王是让众将军来向我师兄讨教学习兵法，还是故意让众人来考问他，与他为难？"

嬴政看看王翦，王翦会意，站起来说道："我久闻尉先生精通兵法，并撰一部五大卷兵书，今日奉大王之命特来讨教学习。"

公孙婉儿转向尉缭："师兄，你不是一直要开馆授徒吗？大王今天给你请来这么几名弟子，你就不必谦逊，好好教教他们，有问必答，也让秦国的将领懂得人外有人，天外有天，不至于狂妄自大到自以为天下无敌的地步。"

尉缭见师妹当众毫不掩饰地偏向自己，受到很大鼓舞，信心十足地说："师妹放心，这几个弟子我还收得起教得动，今天不会让他们白来的，保证让他们听一次课胜读十年书。"

王翦早就听说尉缭狂傲，对嬴政从来不用臣子的礼节，今天一见，果然是一名放浪形骸之人，看年龄也与自己相仿，却如此托大，根本不把他们这些秦国一流的上将放在眼中，不禁大怒：天下谁人不知道我王翦，又有几人知道你一个无名之辈尉缭？纵然写了几卷兵书又能怎样，当今世上舞文弄墨、纸上论兵、徒有虚名之辈比比皆是，这里抄抄那里摘摘，东拼西凑，写出一部书也没有什么大惊小怪。我若把多年来打仗的经验总结一下，稍加润色，只怕不止五卷呢！想至此，王翦站起来沉声问道："请问，尉先生，孙子兵法对征战技巧上的论述有哪些独到之处？"

"征战既要讲究战略又要讲究战术，战略上要藐视敌手，战术上要重视敌手。所谓战略上藐视敌手，这是为君为将所必须具备的作战心理与基本要求，正如孙子所说：凡用兵之法，全国为上，破国次之；全军为上，破军次之；全旅为上，破旅次之；全卒为上，破卒次之；全伍为上，破伍次之。只有心中有一个'全'字，才能做到'不战而屈人之兵'。除此以外，'气'和'势'也十分重要。孙子也在《军争篇》中写道：'三军可夺气，将军可夺心，是故朝气锐，昼气惰，暮气归，故善用兵者，避其锐气，击其惰归。'这里又从战略讲到战术：'治气''治心''治力''治变'。《孙子》第五篇专门论'势'，湍急的流水飞猛奔泻，能让石头漂移，这就是势，因此，善于指挥的将帅要擅长'造势'与'用势'，像'转圆石于千仞之山'一样势不可挡。"

尉缭一口气说了这么多战略上的要求，本身就是"用气"与"用势"，似乎先用磅礴的势气压倒王翦咄咄逼人的锐气，这是尉缭把军事上的战略用在了论辩之中。

尉缭稍稍舒缓一下语气，然后心平气和地说起《孙子兵法》对战术方面的论述："《孙子》十三篇，有十篇之多都是讲战术，概而论之，孙子强调战前准备、灵活用兵、示形动敌、出其不意、避实击虚等作战方法，要求将帅做到'智''信''仁''勇''严'五点，'以正合，以奇胜'，集中优势兵力打击敌人，行军作战时，军队要'疾如风''动如雷'，以静制动，精于权变，从而运筹帷幄，决胜千里。"

王翦听完尉缭对孙子兵法的讲解，暗想：《孙子兵法》为兵书之祖，只要略知兵法的人都一定读过此书，尽管你讲得十分中肯，实际也没有什么，不过读得熟一些罢了。为了刁难尉缭，王翦故意问道："尉先生能谈一谈《太公兵法》吗？我等愿洗耳恭听。"《太公兵法》本是人们传说中的一种兵法，有没有《太公兵法》一直是许多精研兵法的人讨论的话题。

尉缭听后淡淡一笑："《太公兵法》失传已久，家师曾拜读过一些兵法，缭有幸得到家师真传，家师曾不厌其烦地给敝人讲解过此书。《太公兵法》又称《太公六韬》，以姜太公与周文王对答形式写成，全书分八十一谋，七十一言，八十五略，共二百三十七篇，包括文韬、武韬、龙韬、虎韬、豹韬、犬韬六韬。太公用兵以人为本，要求为将者具有仁、义、忠、勇、信、谋等品质，并做到'柔而静，恭而敬，强而弱，忍而刚'，以'爱卒'上升为'卒爱'，与士卒共寒暑、同劳苦、齐饥饱，上知天道，下知地利，中知人事。因为太公通天地之理、晓五行之变，书中论述了五音判断胜负和望气知兵变的秘诀，可称为千古绝唱。"

李信插话问道："尉先生能否详细讲解一下如何用五音判断胜负？"

尉缭说道："五音五行之道不是常人可以理解的，必须是懂天地玄理之人才可参破，我说了你们也学不会，如若不信就全部讲解给你们听一听，看看你们之中有几人能够领悟其中的精妙。五音即宫、商、角、徵、羽这五个正声，五音演变组合形成天地万物混响。五行即金、木、水、火、土，五行相生相克构成纷纭繁复的大千世界。五音与五行玄理相通，五行以五色反映，可以用眼睛识别；五行以五音反映，可用耳朵辨察。太公五音知敌情正是用耳听来获取作战信息，其方法是：取一律管置于耳中，凝神细听，根据律管中不同的声变，结合《易》中八卦五行之理，配合天干地支之变加以判断。若以宫声相应，则为青龙，表示甲乙木星主位，东方有敌。商声对应朱雀，丙丁火星主位，南方有变；角声对应白虎，庚申金星在位，西方有情况；徵声应和玄武，壬癸水星在位，北方有敌；羽声为勾陈，戊巳土星主神位，中央有变。当然，五音为基础，五音变为十二律，又各自暗合，其变无穷，其妙也无穷，死搬硬套是永远学不会五音辨敌的诀窍。"

尉缭这一番玄之又玄的五音之论确实唬倒了众人，连嬴政也听到目瞪口呆，佩服得五体投地。他想：嗬，无怪乎太公辅佐文王战必胜攻必克，原来懂五音辨敌的诀窍，尉缭能够讲解得如此透彻，也一定学会了五音辨敌之术。

王翦也曾听父亲说过音律辨别敌情的事，但父亲也不通其中之理。他认为：当年父亲谈论此事时面带遗憾之色，凭父亲的才识都感到遗憾，足见五音辨敌非常人可以通晓，尉缭能掌握其中的玄理，我不及也！杨端和见王翦低头不语，不服气地说道："尉先生说了这半天都是大谈他人的兵法，至多算见多识广罢了，听说先生自己完成一部兵法，愿闻其详！"

杨端和想从尉缭自己对用兵之道的阐述中找漏洞加以批驳，给王翦等人挽回面子。

公孙婉儿见尉缭刚才谈兵论武驳倒赫赫有名的秦国第一名将王翦，喜不自胜，现在一听杨端和主动提出让尉缭说说自己的兵法，当然十分高兴，欣喜地说："师哥，你的这些兵书我虽看了几篇却不理解，想必他人读了也未必能够领悟其中的奥妙，快讲解一下吧，让我也开一开眼界，帮助这几位将军提高提高。"

嬴政知道公孙婉儿是有意夸赞尉缭，讥讽他的这几位将军，却故意装作不知地说："缭兄，寡人也想听一听你独到的用兵之道，正如婉儿所说，帮助这几位将军提高提高，寡人有心把他们几位交给你指挥呢。"

王翦等人大吃一惊，莫非大王想任命尉缭为国尉？自嫪毐被杀后国尉一职一直空闲着，多少人都梦寐以求呢，尉缭如此年轻，又是外国客卿身份，怎能担当起执掌国家兵权的大任？今天一定要驳倒他，让大王对他失去信心。

尉缭却一反开始的骄纵之态，谦逊地说道："大王说笑了，大王的这几位将军都是当今天下人人皆知的勇武之将，智勇双全，战无不胜攻无不克，久经沙场对敌无数，为秦国立下汗马功劳，统一天下的征战中更是中流砥柱。敝人不过是村夫野汉，怎敢指挥诸位将军！闲暇之际，对棋品酒切磋一下兵艺还可以。"

辛胜有些不耐烦了，粗声说道："尉先生还是精研兵法之人，我看怎么与乡间村妇一般无二，婆婆妈妈没完没了，哪有一点为帅的果敢风范？我辛胜是个粗人，做事向来直来直往，你有什么过人的带兵之道就快说出来吧，少絮叨！"

尉缭说："我所著的兵法至此已经写有五卷二十四篇，首篇从'天官'论及日月之行，阴阳之度，人心向背，这是作战的前提，但归根结底，决定战争胜负的是人心。这里，我吸纳了孟子的观点：天时不如地利，地利不如人和。"

"那么如何才能拥有人心呢？"杨端和抢先发问道。

尉缭答道："要想拥有人心，必须从四个方面做起。第一，出义兵，用仁义之师伐无道之暴乱；第二，明将帅，要有英明的将帅，上不受制天时逆顺，下不受制地势险易，中不受制人事强弱，在接受命令的那一刻起，就忘掉家庭——领军在外就忘掉亲人，操起战鼓就忘掉生死；第三，严法度重刑令，刑重则内畏，内畏则外强，以重刑惩罚战败、投降、脱逃、违纪之人，达到提高战斗力的要求；第四，重奖、厚赏军功，重赏之下必有勇夫，优越的军功奖励能够让将士无后顾之忧，即使个人战死妻儿老小仍能得到优厚的抚恤。"

尉缭刚说到这里，辛胜就耐不住性子站了起来："我以为真的有什么过人之处，有什么新鲜别致呢，原来也是老生常谈，拾前人的牙慧。"

尉缭对辛胜的批驳并不为怪，反而赞赏地说："辛将军明白这些常理，足以见你是位合格的将帅。我也承认我所作兵法是吸纳前人的重要军事思想，任何兵书的诞生都是在前人的基础上加以创新，并提出自己独到的东西，横空出世的兵理一定是凭空而思无根无据，不足为信。"

蒙武的个人修养较其他几位将军深厚一些，一直都在凝神细听，把尉缭所谈的内容与父亲曾经传导的和自己带兵的体会加以比较，试图找出尉缭的不足之处加以批驳。蒙武想听一听尉缭究竟有哪些创新，于是拱手道："敝人想听听尉先生在所著兵书上的创新之处，请赐教！"

尉缭见蒙武彬彬有礼，又听说他是威震南北的大将军蒙骜的儿子，也还礼说道："恭敬不如从命，蒙将军是将门之后，见多识广，请指教！"

于是尉缭将自己总结的用兵中的求取胜利的"三胜"，行兵布阵的"四阵"，统领兵卒所要注意的"十二道"，乃至军队的编制、军队的标识、将士的约束，以及军队各种武器的配置、粮草的贮藏与运输等细节问题一一道来。这些理论都是众人从来没有听说过的，只听得殿内的君臣一时间赞叹不已。王翦、蒙武诸将军心悦诚服、自愧弗如，他们深深感到自己只配做尉缭手下的一名将领。尉缭不仅有将帅之才，更有统领整个国家军队的智谋。

公孙婉儿看着尉缭，激动得掉下泪来，她想起了早逝的父亲。在她幼小的心灵里，父亲是一个寡言少语的怪人，她曾多次埋怨父亲不中用，连自己的妻儿老小都保护不了。现在，她从师兄身上看到了父亲的价值，如果父亲不死该多好啊！公孙婉儿轻轻挥袖擦去眼角的泪水，转向嬴政："大王，你刚说这几位将军交给师兄指挥，不知大王要委任师兄什么职位？"

嬴政暗想，魏国有如此杰出人物，魏王不知重用？这也许正是上天保佑我让我完成一统天下的大任吧，如果没有公孙婉儿在，尉缭又怎会为我所用？能够笼络住这样的人才就是把王后送给他寡人也舍得。嬴政看看公孙婉儿，又瞟一眼尉缭，含笑答道："寡人怎敢委屈缭兄，职位太小也与缭兄的满腹才华不相称，寡人现在就封尉缭为国尉，执掌全国军权，负责对六国的征战，王翦、蒙武、杨端和、李信、辛胜五大将军均由他指挥。"

委任诏令已下，整个朝野震惊，这么一个年轻的魏人真的能够担当大任吗？

尉缭果真没有令人失望，上任后便用他的治军思想调整了军队编制，实行什伍制，严明了法纪，上至国尉下至士卒，人人有章可循，有法可依。征得嬴政同意后，尉缭改革军队标志，按新的阵法对车、骑、步三军进行操练，使得军容整洁，将士斗志昂扬。尉缭为了进一步提高军队战斗力，加强军事冲杀训练，将六国主要城市与关口制成模型，令将士模拟攻城与守御。武力训练的同时，尉缭更注重整个军队作战水平的提高，用他的军事思想武装全军。他先对上将军进行兵法培训，然后再令上将军对一般将帅进行培训，依次向下深入到最下层士卒。

除此以外，尉缭也改革了军需的使用与贮运，提出以战养战的战略主张，用最少的花费取得最大的效果。尉缭的这一系列措施，渐渐堵住了那些王公大臣的嘴，也给嬴政争回了面子。

在今天的朝会上，嬴政又下达一个诏令，调整个别朝臣的职权，任命王绾为左相，隗状仍为右相，提升李斯为廷尉，执掌典狱诉讼，同时兼管情报的搜集整理，任命姚贾为长史，协助李斯做好对六国豪臣的贿赂收买工作。嬴政的这一决定虽然没有像提升尉缭为国尉那样引起朝臣的强烈震惊，但众人仍然吃惊不小。特别宗室大臣，对嬴政重用客卿而疏远宗室大臣更是气愤，但他们也知道嬴政有些喜怒无常，敢怒不敢言，唯恐给自己招来杀身之祸。

嬴政想想这多日来的朝政之事，对自己的所作所为还算满意，任何事都由他一人做主了，就连祖母华阳太王太后也不再过问朝中的事，他感到有一种说不出的满足，这是最高权力带来的满足。嬴政接过赵高递上的香茶呷了一口，一边品味，一边随手拿起一卷布满尘埃的书，随便扫了几眼，便被上面的文字吸引了。

"今人主之于言也，悦其辩而不求其当焉；其用于行也，美其声而不责其功焉。是以天下之众，其谈言者务为辩而不周于用。故举先王、言仁义者盈廷，而政不免于乱；行身者竞为高，而不合于功。故智士退处岩穴，归禄不受，而兵不免于弱。兵不免于弱，政不免于乱，此其故何也？民之所誉，上之所礼，乱国之术也。"

嬴政读至此，拍案叫绝，连声说："写得好，写得好，真是寡人肺腑之言也！"

嬴政放下手中的水杯，又翻了一卷念道："圣人之治民，度于本，不从其欲，期于利民而已。故其与之刑，非所以恶民，爱之本也。刑胜而民静，赏繁而奸生。故治民者，刑胜，治之首也；赏繁，乱之本也……夫国之所以强者，政也；主之所尊者，权也……故贤君之治国也，适于不乱之术，贵爵则上重，故赏功爵任而邪无所关。好力者，其爵贵，爵贵则上尊，上尊则必王；国不事力而恃私学者，其爵贱，爵贱则上卑，上卑者必削。故立国用民之道也，能闭外塞私而上自恃者，王可致也。"读着，读着，嬴政由默念到小声念，最后一段，嬴政是大声朗读出来的。

赵高从来没见过嬴政像今天这么兴奋过，凑上前问道："是什么好文章令大王如此高兴？"

"好文章，好文章，寡人从来没读过这么好的文章呢，字字是珠玑，句句是金玉。"

这是谁的文章？嬴政看了看，忽然想起几年前李斯初来进谏时曾呈上几篇文章，自己当时心烦没有来得及看便随手丢在这里，莫非这些文章都是出自李斯之手？

"赵高，你快去把李斯喊来，就说寡人有急事找他，令他速来见驾！"赵高走后，嬴政又把刚才的文章拿来认真读起来。

不多久，李斯进来了，不待李斯站稳，嬴政指着手中的文章劈头就问："这文章是你写的吗？"

李斯一时莫名其妙，接过文章一看，原来是自己曾经呈上来给大王观看的，他以为文中的言论不合嬴政胃口，或触动了嬴政的心事引起反感，急忙跪下求饶说："求大王恕罪，这文章虽是小臣呈上的，但不是小臣所写，是小臣昔日同窗学友所写。"

"他叫什么？此人现在何处？"

"他叫韩非，是韩国公子。"

李斯唯恐嬴政怪罪于自己，又补充说道："文中有冒犯大王之处，求大王海涵，小臣呈上此文时确实不知……"

　　不等李斯说下去，嬴政便说道："李卿不必惊慌，这些文章令寡人爱不释手，句句都是金玉良言，处处说到寡人的心坎儿上，我找你来是想了解文章的作者是谁，寡人想立即与他相见，向他请教依法治国的措施。"

　　此时，李斯有几分后悔，如果事先了解秦王的心思，自己就说这些文章都是自己所写该多好啊，大王会更加重用自己。既然告诉大王是韩非所作也没什么，自己再添油加醋夸赞韩非几句，大王仰慕韩非的同时也会高看他的，他与韩非都是一个老师教导出来的啊，想必爱屋及乌之心人皆有之。

　　李斯说道："臣与韩非在先师大儒荀卿那里求学时，家师根据我二人的心性爱好不同，在教授学业时也各有侧重，家师要求臣侧重儒学，攻读经纶治世之术。而对韩非，则要求他法儒兼修，精研商鞅、李悝、申不害这些法家经典后，结合孔孟儒学形成自己的治世思想。韩非果然做到了这一点，他对治国之术的钻研令家师推崇备至，只可惜他有口吃的毛病，不善言辞才没有受到韩惠王的重用，如今韩王安也没有重用他，只好在家著书立说。"

　　嬴政一听韩非有口吃的毛病，颇为惋惜地说："纵横之士都是凭借三寸不烂之舌立于朝堂上，他一个口吃之人，不能发挥其长，无怪乎得不到重用。但寡人不忌讳他有口吃的毛病，想请他入朝为官，李卿辛苦一趟，到韩国把韩非请来。"

　　这是李斯没有想到的，他知道韩非之才远远超过自己，一旦来秦必然得到重用，相形之下自己就将失宠，略一思忖说道："韩非尽管不得重用，但毕竟是韩国公子，只怕不会答应来秦的，即使来秦也怀有二心，请大王三思。"

　　"如今韩国已经朝不保夕，不用说他是韩国公子，纵然是韩王也会为自己考虑后路的，你先出使一趟韩国，力争把韩非请来，其余的事寡人与他见过面后再议。"

　　嬴政又补充说："仪仗要隆重，礼节要全，聘礼要厚。"

　　李斯刚要离去，忽然又想起一件事，急忙回身拱手说道："大王，最近从雒阳传来消息，赵国又有使臣去请吕不韦，据说吕不韦也有赴赵接受聘请的心意。另有内线人汇报说，吕不韦虽然蛰居雒阳，但对朝中大小事务了如指掌，足见朝中仍有许多官员与他暗中往来。"

　　李斯的奏报触到嬴政的心病。百足之虫死而不僵，何况吕不韦在朝中为相十多年，许多旧臣都是吕不韦一手提拔上来的，有些人表面不敢和吕不韦往来，暗中相通是必然的，吕不韦的亲信遍布朝廷内外，就是宫中也不乏吕不韦的人。嫪毐才显赫几年，其势力都足以发动一场叛乱，吕不韦虽然不同于嫪毐那样的市井无赖，但正是吕不韦的沉着冷静、含而不露才令他害怕，雒阳靠近东方六国，吕不韦在那拥兵谋反要比成嬌有影响，纵然他无反叛之心，但背离秦国到其他国任职也是嬴政所不允许的。嬴政又想起吕不韦被贬出咸阳时的那个送行场面，整个咸阳几乎倾城而出，送行的人连绵不绝，一直到十里灞桥，当然，看热闹的也大有人在，但朝中大臣中真心送别的却不在少数。去年的朝会上还有人提出召回吕不韦，被自己斥退了。任命尉缭为国尉时又有人提及吕不韦，想让吕不韦代替尉缭为国尉。尽管最近不再听人提出召回吕不韦的事，但嬴政知道不是朝臣不想进谏，而是不敢。不说一般大臣，就母后也几次向他谈及了吕不韦，由于自己故意岔开话题才使母亲没敢继续谈下去，母后的心思再明白不过了。斩草就要除根，与其让吕不韦成为自己的心病，不如趁早把他除去。嬴政苦苦想了几天，始终没想出一个好的办法，他不想像对待嫪毐那样大开杀戒，因为吕不韦没有谋反的证据，将他杀害会引起朝臣公愤，如今正是用人之计，他不想给人留下一个兔未死狗已烹的印象，那样势必让许多大臣寒心。

恰在这时，嬴政收到吕不韦的一封信，嬴政打开帛书一看，只见上面写道："大王，臣吕不韦听说大王重用宦人赵高，此人乃赵国奸细，臣提醒大王疏远此人或早早处死此人，留之后患无穷。臣虽迁雒，心系王事，丹心可鉴，苍天有证，谨望大王慎听臣言，切切！"

嬴政读罢帛书，哈哈一笑，递给侍立在旁边的赵高说："赵高，吕不韦说你是赵国奸细，让寡人处死你呢！"

赵高暗吃一惊，见嬴政把帛书递给自己，放心了许多，说明他并没有怀疑自己。

赵高读完吕不韦呈上的书信，嘿嘿一笑，说道："文信侯的势力无孔不入呀，奴才让嫪毐在受审时咬定吕不韦的事只有极少数人知道，想不到他现在不仅知道是奴才干的，还想借大王之手除去奴才，这事也只有文信侯这样老谋深算的人才想得出来。幸亏大王英明一眼就能看穿吕不韦的卑劣伎俩，一般人还真被他蒙蔽了呢。"

赵高看似轻描淡写的几句话，却极富心计，既说出吕不韦是报复自己，又拍了嬴政的马屁。

嬴政说道："吕不韦这封信的真正用意，陷害你都是其次，他旨在向寡人表功与表心迹，希望寡人再次重用他。只可惜他是聪明反被聪明误，还是越老越糊涂，这么笨的手段也来蒙骗寡人。"

"还是大王英明，奴才本来以为吕不韦只是想诬陷奴才、借大王之手报复奴才呢，原来真正的用意是想重新回来掌大权。"

嬴政把吕不韦的信投入火中，看着升起的火苗，忽然笑道："寡人多日来一直为找不到合适的办法除去吕不韦而发愁呢，他这封信却提醒了寡人，也许是苍天知道吕不韦该死，特意来指点寡人的。"嬴政也写了一封帛书，交给赵高说："你明日带一千名虎贲军赶到雒阳，把此书面交吕不韦，他接信后必死无疑。"

赵高接过帛书不解地问："大王何出此言，莫非大王也懂催命之术？"

嬴政嘿嘿一笑："此书与催命符也差不多，你送去自然明白。"

咸阳通往雒阳的官道上，赵高和一千名虎贲军星夜奔驰。赵高坐在军车里心潮起伏，偷偷抹着眼泪。赵高越来越感觉到他的心包括他的肉体，一天天被撕裂着，被撕成两半。一半夹着尾巴做人，对谁都赔着笑脸，一半晚上躲在被窝里想亲人，在梦里与亲人相见。回忆与梦成为他生活的一个重要部分，正是梦与回忆支撑着他活下去。

赵高感到可悲的是残酷的现实使他一天天远离原来的自己，远离他奉公子嘉之命来秦国的初衷，他也渐渐理解吕不韦与赵姬的背叛，这不能叫背叛，是生活所迫，是环境的必然，自己不也一天天背叛了赵国吗？有时他扪心自问，究竟应该怎么做？是自己背叛了赵国，还是赵国背叛了自己？一系列始料不及的事令他欲哭无泪、欲喊无声。他是受公子嘉之命来到秦国的，可是，公子嘉的太子之位都没有了，国家被赵王迁所有，公子嘉流落到代郡，自己留在秦国已经没有丝毫意义。即使他抱定信念为赵国殉身，秦国的现实他太清楚了，荡平六国只是时间的事，这个时间来得绝不会太晚。现实改变了赵高当初的想法，他早已感到公子嘉与他都太可笑太天真了，根本不懂什么叫权谋，等他们明白这一切时太晚了，公子嘉失去了太子位，自己成为一个废人。

赵高昨晚上想了一夜，如果现在逃离秦国太容易了，尽管有一千名虎贲军，但谁也看不住他，正如昌平君轻而易举逃回楚国一样。可是经过慎重考虑后，他不愿意这样做，理由当然不是为了公子嘉的大计，更不是为了赵国，而是为了他自己。他羡慕嫪毐，他钦佩吕不韦，尽管二人都有一个不得好死的骂名。人生自古谁无死？窝窝囊囊苟活百年，不如轰轰烈烈活一天，人生能够有一次辉煌就足够了，何必要求活得那么长久呢？正因为这样，他才不愿再回到赵国，公子嘉几乎成为流浪公子，自己再投入到他们那里与一条丧家犬有什么两样？多年的秦宫生活改变了他对人生的态度，要做强者就要有权，任何时候都是权大于一切。嬴政不过是一个毛头小子，众人向他顶礼膜拜，因为他是王，他有权。赵高从嫪毐、吕不韦、李斯等人的发家经历上也逐渐悟到了一种谋取大权的手段，他相信自己的聪明才智，相信自己在不久的将来也会像嫪毐、吕不韦一样风光的，哪怕只风光一天也足够了。

雒阳。吕不韦正在书房读书，说是读书，其实面对书本半晌，一个字也没读进去，竹简上都是嬴政的脸，有的微笑，有的泪流满面，更多的是怒目圆睁。自从他派人送走那封信后。一直心神不宁，揣测着结果。他之所以这样冒险一搏，也是反复考虑多日的，他是真心向嬴政提醒，让他防范赵高，并希望他立即处死赵高。哪怕嬴政不听自己的劝告逼死自己，他也要这样做，这是一种来自天然的父爱。当然，吕不韦又无法在信中说得太清楚，本来就无法说清，他希望嬴政理解他的苦心，如果嬴政接受他的忠告，他东山再起还有希望，倘若嬴政不理他这一套，后果堪忧。凭赵高目前在嬴政身边的影响力，不会不知道自己写信的事，那么他只有死路一条。

吕不韦突然接到司空马报告，赵高奉旨到此。吕不韦面如土色，失声叫道："我命休矣！"

任何人都不想死，对死都有恐惧感，当真正面对死亡时，恐惧与躲避都是徒劳的，表现出从容与大度才是明智的选择。聪明的吕不韦现在就是这样，他平静地从赵高手中接过嬴政手书的帛书，打开一看："君何动于秦？秦封君河南，食十万户。君何亲于亲？号称仲父。其与家属徙处蜀！"尽管吕不韦极力保持着镇静，帛书还是从他手中飘落下来，飘落的瞬间赵高看清上面的字，这确实是一张催命符。

面对赵高，吕不韦什么也不想说，语言是苍白的，他狠狠瞪了赵高一眼，还是忍不住从牙缝里吐出几个字："你也别枉费心机！"

赵高冷冷地看着绝望的吕不韦，有几分胜利者的快感，一字一句地问道："我只想问你，你为什么要背叛诺言，背叛赵公子，背叛赵国，难道是因为身在高位，贪图秦国的荣华富贵吗？这一切赵国也会加倍补偿给你的！"

"不，我可以背叛任何人，但我不能背叛我的儿子！"

赵高看着吕不韦泪流满面的样子，小心问道："难道外面的传说……"

吕不韦点点头，颓然跌坐在地上，这一瞬间，赵高发现吕不韦苍老多了，再也没有昔日为相国时的风采，地地道道成为一个濒临死亡的普通老人，赵高仿佛看到了自己将来的影子，油然升起了几分怜悯之心。现在，他终于理解吕不韦的所作所为了。是的，吕不韦曾经可以将嬴政取代，他也可以像嫪毐一样拼死一搏，就是现在，他仍然可以逃到其他国家，仍可封侯拜相。可是，吕不韦他不能，正是他自己所说的，他可以背叛任何人，但不能背叛自己的儿子。

赵高轻声问道："大王他是否知道你与他的血亲关系？"

"知与不知都是一样，我只有一条路，那就是死。假如嬴政早已知道我是他的父亲，也许我不能活到现在，王室的血统纯正迫使他选择王权而不会选择父亲。"

父子不能认，亲生父亲必须死在儿子手下，赵高又一次感到生活的残酷，认识到人生的无奈。

赵高十分同情地问道："你有什么话让我向大王转告吗？"

吕不韦摇摇头，一反刚才的沮丧，强作笑脸地说："我只问你一件事，你现在还抱定当初入秦的信念吗？"

赵高一时无语。

"一个国家的命运，是天地大势所趋，不是两个人能够改变的，你多为自己想想吧，嬴政待你不薄，望你丢掉幻想，放弃俗见，好好服侍他。"

吕不韦想了想又说道："无论如何，我有愧于公子嘉，没有公子嘉我不会有昔日的显赫与今日的惨死。纵然公子嘉有晋文公贤才也改变不了赵国灭亡的命运，他如今流落代郡是祸又何尝不是福，等到秦国攻破赵国时，我求你代我向嬴政求情，放公子嘉一条生路。"

"世事难料，到时再说吧，你对家中妻儿老小有何打算？"

吕不韦长叹一声："还能有何打算，这也是报应吧，我违背誓言，无意间偷桃换李，谋赚嬴氏家，当然遭到天怒，要付出血的代价！"

吕不韦终于饮鸩自杀了。司空马和门客把他安葬在雒阳的北芒山。

安葬完毕，司空马携带吕不韦唯一的儿子吕钟潜逃了。府中其余的人被勒令迁徙巴蜀，门客被逐出雒阳，凡是秦国人一律贬迁房陵（今湖北房县），其他人驱逐出境。

吕不韦一案终于圆满地画了一个句号，嬴政的一块心病去掉了。

反观吕不韦的一生，他作为一个商人，却有着政治家的卓越眼光和才智。

最初，他看准了异人这奇货可居，便决然用自己的身家做赌注。他很聪明，运筹帷幄，终于在这场豪赌中成为赢家。

成为赢家的吕不韦，不仅在经济上取得了巨大利益，而且在政治上一跃而起，雄踞秦国丞相之位。当年的异人、后来的秦庄襄王，对他的知遇之恩、辅弼之功自然感恩戴德，对他礼敬有加。而他最高明的一招，就是部署了赵姬这颗美人棋。秦庄襄王故去，有赵姬的儿子在，吕不韦仍然居于"一人之下，万人之上"的地位，基本上主持了秦国的政事。

吕不韦的辉煌成就，让他在历史上赫赫有名。他的这场"前无古人，后无来者"的经典计划，后来几乎没有人能够模仿。当然，这也跟时移世易有关系。吕不韦的成就，与他所处的时代也有莫大的关系。

不过，月满则亏，吕不韦也没能摆脱从巅峰跌落的命运。这是因为，任他吕不韦多么足智多谋，也斗不过手握乾坤的秦王嬴政。嬴政可以说在吕不韦的教诲下长大，他是青出于蓝而胜于蓝，吕不韦的存在终究威胁到了他的地位，那么吕不韦就成了必须除掉的障碍。

　　司马迁说："天下熙熙，皆为利来；天下攘攘，皆为利往。"吕不韦作为一个骨子里注定要追名逐利的商人翘楚，终究是"机关算尽太聪明，反误了卿卿性命"。

【第十回】
受重礼韩非入仕，遭不白忠臣自戕

李斯带着一支长长的车队，浩浩荡荡驶入韩国都邑新郑。

进城的刹那间李斯改变了出使韩国的目的。秦王让他来韩诚聘韩非，李斯一想到韩非的才华和秦王要见韩非的急切心情，就有一种如鲠在喉的感觉，他可以不请韩非，只要能做成另一件事，嬴政不仅不会怪罪，反而更加重用他。

李斯想起《孙子兵法》之言"用兵之法，全国为上，破国次之""不战而屈人之兵"，他决定大胆试一试，以秦王名义请韩王安入秦，然后把韩王安扣押秦国，用韩王安为筹码与韩国执政大臣进行谈判，这样，秦国就可以不动一兵一卒得到韩国的土地，他李斯也算在秦国的统一大业上立下一大奇功。李斯在使馆里把拜帖备好，正式选择吉日入朝呈递韩王。韩王安对秦国使臣从来不敢怠慢，用盛大的礼仪在朝堂上接见了李斯，当他得知李斯的来意后吓出一身冷汗。秦国向来不守信用，时常以扣押人质要挟他国，楚怀王因此受骗客死秦国，其他各国多少都有类似的上当受骗的经历，所以李斯又想重复张仪的伎俩，韩王安一眼识破，但他又不便当面回绝李斯，给自己带来麻烦，便客气地说道："寡人也早有出使秦国之意，向秦王学习治国之道，但出使是件大事，需要安排执政大臣及车马礼仪等事，待寡人与众大臣商定后再答复您。"

李斯见韩王安答应得很顺利，十分高兴地回到馆舍等待消息。可是一等再等，一晃十多天过去了仍不见韩王的答复，李斯有些急了，几次奏报要见韩王都被回绝了。李斯估计韩王是故意避而不见，让他李斯知难而回。

李斯知道空手而回无法向嬴政交代，更显示出自己无能。他一面待在韩国不走，一面派人星夜奔回咸阳呈报嬴政，说韩王安执意挽留韩非不放，必须派大军进逼强迫韩王屈服。

嬴政接到奏报后果然大怒，派内史腾率大军攻韩，进逼新郑，扬言兵索韩非。

这时，李斯才向韩王安提出嬴政闻听韩非有才欲聘为上卿的意思。韩王安接到奏报，说秦国派兵攻打的原因只是为了索取一人，十分困惑地询问左右大臣：
"韩非究竟是何人？他有什么超群的才华名播秦国，值得秦王发兵索拿，寡人怎
么不知道此人？你们也从来没有向寡人举荐过此人！"

众大臣面面相觑，老臣堂溪公出班说道："韩非是大王的宗室，擅长刑名法
术，学识渊博，曾是大儒荀况之徒，由于生来口吃，不善于言辞，但长于著述，
他学成归来时曾多次上书先王要求立法术，设度教，变体制，富国强兵，均没有
被先王采纳，后来退居书斋，闭门著书，其近况，老臣也知之不详。"韩王安不
再说什么，人家有才自己不用，倒是墙内栽花墙外香。

韩王立即命人召见韩非。

韩非，这个王室贵族之家的破落子弟，正在家中写着他的治世之学，忽然听
说韩王诏见，以为韩王安要用他变法新政了，欣喜若狂。

韩非再一次走进高大的朝堂。他已经第四次走进这里，前三次都被赶了出
来，他希望这次不再重复往日的经历。

他第一次入朝进谏时，劝韩桓惠王倡导修法度，执政势，富国强兵，结果话
还没说完就被赶了出来。第二次进谏时，他提出求人任贤，对外抗强秦对内除权
奸，由于他一时紧张又犯了口吃的毛病，引起桓惠王反感，再次被赶了出来。当
他第三次进谏时，他什么也没说，反呈上一份谏书。谏书题名《和民》，他以卞
和向三世楚王献玉的故事作比，向韩王捧出一颗金玉一般的心，祈求得到韩王赏
识，任用他治国安邦，振兴韩国。可是韩桓惠王看也没看，就将他轰出朝堂。

这次是韩王主动宣诏，又是新一代君王，韩非多少看到了希望。

韩非行过大礼，韩王安才把召见他的原因说出，韩非一阵辛酸，自己是韩国
宗室子弟，在韩国贫穷羸弱、濒临亡国之际，数次上书，力图振兴家邦，挽救韩
国灭亡的命运，可是，自己捧出一颗火热的心得到的却是唾弃与嘲弄，多么令人
心寒。万万没有想到，自己一介无名无分的破落子弟，秦王不惜动用数万大军兵
索自己，求贤若渴之情闻所未闻，相形之下，秦国之强也无可厚非了。

韩王安略显愧疚地说："寡人久闻公子之才，有心任用公子革故鼎新，图强
新政，无奈事不由人，现在秦军大举攻入，兵索公子，寡人有心挽留公子却不能
抗秦兵呀。求公子使秦，力争劝谏秦王退兵攻赵，暂时保存韩国，以延续韩氏宗
祠。倘若公子平安归来，寡人即刻接受公子建议，再定兴国大计，保存韩国的使
命全仗公子一人了。"

韩非心灰意冷地回到家中，把上朝的事告诉夫人，夫人采薇高兴地说："你
不是一直悲叹自己的治世谋略得不到重用吗？天下唯秦最强，你到了那里一定能
够充分发挥才智，施展你平生所学。小小韩国一弱再弱，很快就被秦国吞没，许
多人想到秦国谋职只怕秦王还不用呢，如今你有了一个千载难逢的机遇，应该高

兴才对，何必愁眉苦脸呢？"

韩非痛苦地摇摇头："非也非也。韩国再弱小也是我的国家，何况我是王室后裔，理当肩负起挽救韩国的重任。尽管到秦国能够得到重用，发挥我平生所学，但秦国是我韩氏世代仇敌，韩国之所以羸弱，正是强秦一侵再侵、一掠再掠造成的，如今让我侍秦，实在不甘心啊！"

采薇见韩非十分痛苦，又安慰道："如今秦国兵临城下，你一介学士，手无缚鸡之力，纵然留在韩国又能怎样？倘若你到了秦国，可以见机行事，规劝秦王用兵他国，至少可以延迟韩国灭亡的时间。"

韩非正和夫人谈论间，李斯驱车来到家中。

李斯对今天的场合早有预料，他一边向韩非拱手施礼，一边命随从献上礼物。

"我奉秦王之命特来邀请韩师兄，这是秦王送来的聘礼，不胜敬意，请师兄笑纳。"

"李师弟太客气了，韩某不才，怎能收大王聘礼？"

李斯不容韩非说下去，抢先说道："我曾多次在秦王面前夸赞师兄贤才，秦王早有诚聘师兄之意，只因国事繁多才拖至今日。如今韩王也答应让师兄出使秦国，韩师兄此去既是接受秦王邀请，也是奉韩王之命出使。一举两得，师兄就不必推辞了。"

二人先谈论了天下形势，后又说到了别离之情，当提到师父之死时，李斯内疚地说："当我得到师父仙逝的消息时，早已时过境迁。他老人家临终前没能在床前尽孝，也没能在坟前添一锨土，每当想起此事总感到遗憾。如今我在秦国已经得到秦王重用，正把师父之学用于治国安邦，多少是对师父他老人家的一点小小安慰，但愿师父在天之灵能够有知。师兄此去秦国将会更加受到秦王礼遇，你我二人并肩携手，共辅秦王完成大业，封侯拜相、名垂青史自然不在话下！"

韩非本来不善言辞，如今仍然闲居在家，与春风得意的李斯相比，多少有一丝自卑，只好把自己多年写的文章拿给李斯看。李斯见韩非书房中摆满了书简，除了他原先读过的《心度》《五蠹》等少数几篇，还有《主道》《到老》《说林》《内储》《外储》《难》《问辩》《扬权》等，足足有五六十篇，几十万言。李斯边翻看边啧啧称赞。他嘴上赞不绝口，内心却更加嫉妒，他想阻止韩非入秦，但秦王之命难违，只好先把韩非邀请到秦国，根据秦王的态度再相机行事。

李斯与韩非回到咸阳，秦王政亲自率文武大臣到十里灞桥迎接，在咸阳宫大殿设九宾之礼，举行盛大的宴会为韩非接风洗尘。席间，嬴政不断举杯向韩非祝酒，那些善于察言观色的大臣也频频向韩非祝酒，有意讨教。

　　韩非虽不胜酒力，也尽量应付众人的邀请，平静地解答众人所问。相比之下李斯感到自己被冷落了，冷落了的原因当然是韩非的到来。按照常规韩非现在属于客卿身份，应当安置在礼馆里，嬴政为了讨教方便，破例让他住在咸阳宫内。

　　韩非稍稍歇息几天后，嬴政正式在大成殿召见了韩非。

　　"从先生的文章中，寡人看出先生倡导以法治国，能具体谈谈如何用法来治理强大的国家吗？"

　　韩非说："秦国之所以能有今天的强大，实际是孝公任用商鞅变法的结果。同样，李悝曾在魏国变法，吴起曾在楚国变法，这两个国家也一度强盛过，为什么后来却弱败了呢？这是因为李悝与吴起的变法不够彻底，其原因不完全是因为二人不懂法，而是君主没有沿着变法的道路继续走下去，中途变更或荒废了。而秦国则不同，孝公死，商鞅虽然遭到车裂之刑，但他的法却没有废，被后世君主继承下来，但却没有进一步发扬光大，否则秦怎会到如今还没有兼并天下呢？"

　　嬴政激动了，迫不及待地问道："先生快告诉我如何把商君之法发扬光大，寡人即刻就颁诏全国推行！"

　　"仅有法不行，必须把法、术、势结合起来。"

　　"对于'法'，寡人略知一二，那么'术'与'势'又指什么呢？"嬴政急忙问道。

　　"法是商鞅之法，术是申不害之术，势则是慎到之势。"韩非进一步解释说："商鞅倡导严刑峻法与奖励耕战，在孝公时代是适用的，但时过境迁，人事已废，先王之法也应该随着时代的变化而变化，墨守成规，只能使人削足适履。所以秦国近年祸乱不断，险象环生。值得庆幸的是东方六国已经弱到'合纵'不足以抗秦的地步，否则，秦国面对内忧外患双重压力是不能有今天的局面，这也许是大王得到上天保佑命该如此吧。"

　　这几句话确实击中了秦国要害，嬴政听得毛骨悚然，他不得不承认韩非的话一针见血。秦国近年内部接连发生的几件大事，差点动摇了秦国的根基，如果东方六国有一强大的国家作外援，后果实在难料。

　　韩非忽然问道："大王知道为什么被水溺死的人多而被火烧死的人少吗？"

　　嬴政想了想："寡人不知，请先生指教！"

　　"被水淹死的人多是因为水性弱，入水玩耍的人也多。被火烧死的人少是因为火焰猛烈灼热，人们不敢轻易接近它，玩火自焚，这是人们常常用以提醒他人的比喻。以法治国，实行严刑峻法就如同一盆熊熊燃烧的烈火，制约着百姓接受君主的统治，而不敢以身试法、作乱犯上。对百姓用法时要严还要全，使臣民一言一行所思所想都有法可依，做到'禁心''禁言''禁事'。根据儒生厚古博今、以儒诽谤时弊的通病，除了传书问医、卜筮等有利于生产的书外，其他诸子百家之书一律禁止百姓阅读，让百姓以官吏为师，学习法令，依照法令规定的内容行事。民以吏为师，吏再以君为鉴，君权至上，统领天下。君主为了驭使百官，就应当设置不同层次的官职爵禄，以此招贤引才，吸引官吏积极进取，为国君效劳。自古至今，只有被臣民推翻的君主，却没有被法令罚倒的君主，因此，君主应当扬法。"

赢政听到这里，喜不自禁，拍案说道："先生讲得太好了，寡人与先生相见甚晚，今日听先生一席话，虽死无憾啊！请先生再谈谈势吧。"

"有法尚不足以治国，还必须有势，只有势才能发挥法的效力。那么什么是势呢？慎到说：'君主不可一日无势。'可见势就是君主应当具有的权力，无权则无势。勇笨、商纣都曾是天子，无德无才也无能，但都曾统治天下多年，这是为什么呢？因为他身处君位，大权在握。尧舜都是德才兼备之人，当他们为百姓时连三个家庭都治不了。文王被囚，勾践沦为奴仆，其原因都是没有得到王权，才落得如此可悲的下场。有了势，法的成功才能发挥出来，因此，君主应当重势，把势当作眼睛一样看待。

"君主怎样才能不失势呢？就要善于用法保护势，提防一切对权位有威胁的人，包括妻子儿女，父母兄弟。愈是亲近之人愈容易接近君主的权位，而君主也愈容易麻痹大意。

"对于君主来说，任何人都有觊觎王位之心，只不过因为条件所限，野心有的外露，有的隐蔽罢了。家师一再训导弟子，人性不是孟轲所认为的善而是恶，人生来就有恶心，好逸恶劳，趋利避害，贪图享乐，向往富贵。人与人之间根本无情可言，什么亲情、友情、爱情，不过是文人学士创造出来愚弄百姓的花名词，人与人之间只有互相利用关系，情也只能建立在利用关系上，正是因为此，才不断出现臣弑君、子屠父、妻害夫、弟诈兄等违法乱纪之事。正由于人性是恶的，才必须用严刑酷法约束恶的人性不向外张扬。

"君主要像防贼一样提防有人谋权篡位，时刻高举屠刀砍向任何威胁王权的人，为了王权的稳固，君主应该大肆杀戮，宁枉勿纵。当然，在杀的同时也要讲究策略，这就是术，君王必须有熟练驾驭权术的技巧。"

赢政听了韩非不紧不慢的论说，早已佩服得五体投地，联想到近年秦宫内外发生的事，韩非说得太正确了，如果当初有他做太傅教导自己，秦国是不会出现这些令他伤心又失面子的事。赢政觉得自己没有像韩非所说的那样熟练掌握权术，于是说道："请先生教我一些运用权术的技巧吧。"

韩非说："掌管国家大权也同弹琴与驾车一样，是不能两人或多人共同进行的。国家犹如一辆车，权势则是拉车的马，而君主就是赶车的御者，如果赶车仅有技术，费了很大劲车马也不走，即使行走了也不会跑得很快。倘若御者有高超的驾驭技术，不仅能把车赶得飞快，他本人也悠然自得，成就帝王大业也是这样。

"道可道，非常道。名可名，非常名。无名天地之始。有名万物之母。故常无欲以观其妙。常有欲以观其徼。此两者同出而异名，同谓之玄。玄之又玄，众妙之门。

"从老聃对'道'的解释我等也可以体味出什么是驭驶大权之术，最高技巧就是无技巧，上升为'术道'，这是所有国君都极力追求的，却又永远不可能达到的，'术道'只是作为弄权者向往的目标罢了。学习'术道'是有章可循的，从武王、穆天子等贤明君主对术的运用上看，他们都是把'术道'存在心中而不表露在外，并且不让臣子们摸透自己的性情脾味。君主不要表露自己的欲望，一旦表露出自己的欲望，臣子们就将粉饰自己的言行去讨好君主的欲望。君主去掉好恶，臣子才能表露出实情；君主去掉成见和智慧，臣子们才更加小心，所以，君主要做到大智若愚，能够到'无智'的境界就真正领略了'术道'的真谛。此时，君主以澄明的心境暗观六路，潜听八方，融万物于心中，臣子的一举一动当然逃不出君主的眼睛，这时再施加德与刑，该赏者赏，该罚者罚，整个国家便尽在君主一人的掌控中了。"

嬴政完全沉浸在韩非的话语之中，韩非已经打住多时了，他依然痴呆呆地坐着，许久，才恍然说道："先生之学前无古人、后无来者，实在是治国为君的秘要，听君一席话何止胜读十年书。寡人没有遇见先生前自视深谙权谋，现在想来不过是井底之蛙、鼎中游鱼。过去寡人仅知道有法，却不晓得还有术与势，原来法主要是束缚百姓，势主要针对君王、近亲之氏，而术主要用来对付朝中大臣，三者结合起来就如同一张蜘蛛网，把整个国家网在其中，而君王正是结网的蜘蛛。"

韩非听了嬴政的这几句话也暗吃一惊，他没想到嬴政悟性如此之高，把君主比作蜘蛛，把法、术、势用网来喻之，真是再确切不过，凭嬴政的资质，自己这一席话等于助他顿悟了君王之道。

韩非后悔也来不及了，他向秦王政讲述这些并非真心展露才华、赢得秦王赏识得以重用，也不想拜相封侯、名垂青史。而是要打动嬴政，让他信任自己，然后完成这次入秦的真正目的。

韩非心急如焚，他虽然来秦月余，但秦国围攻韩国的军队并没有撤退，他来秦的使命更没有完成，于是，向嬴政呈递一份奏折。嬴政看完奏折没有任何表态，把韩非的折子递给李斯，李斯接过折子一看，原来是一份《上秦王存韩书》：

韩事秦三十余年，出则为蔽扞，入则为席荐。秦特出锐师取地而韩随之，怨悬于天下，功归于强秦。且夫韩入贡职，与郡县无异也。今日臣窃闻贵臣之计，举兵将伐韩。夫赵氏聚士卒，养从徒，欲赘天下之兵，明秦不弱，则诸侯必灭宗庙，欲西面行其意，非一日计也。今释赵之患，而攘内臣之韩，则天下明赵氏之计矣。

夫韩，小国也，而以应天下四击，主辱臣苦，上下相与同忧久矣。修守备，戒强敌，有蓄积。筑城池以守固。今伐韩，未可一年而灭，拔一城而退，则权轻于天下，天下摧我兵矣。韩叛则魏应之，赵据齐以为原，如此，则以韩魏资赵假齐以固其从，而以与争强，赵之福而秦之祸也。夫进而击赵不能取，退而攻韩弗能拔，则陷锐之卒勤于野战，负伍之旅，罢于内攻，则合群苦弱以敌而共二万乘，非所以亡赵之心也。均如贵臣之计，则秦必为天下兵质矣。陛下虽以舍石相弊，则兼天下之日未也。

今贱臣愚计：使人使荆，重币用事之臣，明赵之所以欺秦者；与魏质以安其心，从韩而伐赵，赵虽与齐为一，不足患也。二国事毕，则韩可以移书定也。是我一举二国有亡形，则荆、魏又必自服矣。故曰："兵者，凶器也。"不可不慎用也。以秦与赵敌衡，加以齐，今又背韩，而未有从坚荆、魏之心。夫一战而不胜，则祸构矣。计者，所以定事也，不可不察也。韩、秦强弱在今年耳。且赵与诸侯阴谋久矣。夫一动而弱于诸侯，危事也；为计而使诸侯有意我之心，至殆也。见二疏，非所以强于诸侯也。臣窃愿陛下之幸熟图之！攻伐而使从者闻焉，不可悔也。

李斯看完奏折并没有立即表态，他知道秦王与韩非这一个多月来几乎朝夕相处，形影不离，讨论如何在秦国实行法、术、势一体的治国方略，这一段时间秦王都在读韩非的文章，并让韩非伴随在旁边及时给予指教。嬴政虽然没有宣布韩非为太傅，但已经成为实质上的太傅。

李斯在没有摸清嬴政对折子的真实意图前不敢贸然批驳，他先委婉地问道："大王最近一直都在读韩非的文章，是否感到这篇上书不同于其他文章？"

嬴政一愣："寡人没有在意，李卿看出有什么不同？"

"韩非文章向来汪洋恣肆，酣畅淋漓，可是，这篇上书丝毫没有韩非文章的这些风格，相反却吞吞吐吐、委委婉婉，似有难言之隐，用词也疙疙瘩瘩，闪烁其词。内容上更不同于其他文章大谈君临天下、为君之道，好像故意在回避一些东西。"

嬴政略微点点头，拧眉说道："李卿这一提醒，寡人也感觉到了。韩非在书中摆出四条存韩攻赵的理由，初看十分可信，仔细一琢磨都是牵强之词，回避了我秦国强大的军事实力。"

"臣以为韩非的这一上书还隐藏着一些东西，把上书的起初意图给隐藏了。"

嬴政猜中了李斯的意思，颇为不悦地说："寡人待韩非胜过任何朝臣，难道他仍不死心，处处为韩国着想？"李斯趁机说道："韩非毕竟是韩国王室宗亲，我二人在兰陵求学时就曾劝他入秦共谋发展，他一口回绝了，曾发誓回韩改革新政与秦对抗到底。这次出使韩国，我曾得到消息，韩非来时曾受命于韩王安，意图在秦行存韩大计，否则，韩王安绝不会同意他来秦的。"

嬴政最痛恨对他存有二心之人，一听李斯这话，勃然大怒，派人把韩非找来，怒斥道："你口口声声对寡人一片忠心，却在此大谈存韩，是何居心？"

韩非急忙解释说："臣确实是为大王统一天下的战略着想，使大王用最少的兵最少的花费却能获得最大的收益。"

李斯不容韩非继续辩白下去，便说道："韩师兄，你这是欲盖弥彰，此地无银三百两，你书中所提的存韩四条理由没有一条站住脚，都是牵强附会之谈，想掩盖你存韩的真正目的。"

韩非憋红了脸，结结巴巴地问："你、你说，如何牵强……附会？"

"李斯，你就一项项说给他听！"嬴政说道。

李斯听了嬴政的这句话内心一振，气势来了，批驳他人论点是李斯的拿手好戏。

"其一，你说韩臣服秦国如同秦国的郡县，这是违心之谈，韩是表面服秦而心则痛恨秦，数次'合纵'抗秦均有韩国介入足以说明了这点。其二，你说韩国对秦早有防备，秦攻韩一年不可取，这与你前面所说的韩臣服秦本身自相矛盾，足见是牵强之说。凭秦军的攻势，攻破韩国只需三个月就足够了，你却故意吹嘘韩国强大的实力而贬低秦国。其三，你认为攻韩会引起'合纵'抗秦，而秦也因而惨败，这更是无稽之谈。庞煖、春申、赵嘉之流'合纵'如何？如今攻韩韩必亡，'合纵'之势更不足惧。其四，你建议存韩先攻赵，不是为秦国着想，而是为韩国谋利。韩是秦东进的绊脚石，更是秦国的心腹大患。昭襄王时就曾提出灭韩计划，范雎倡导的'远交近攻'战略主张也是把灭韩作为统一大业的第一攻击对象。"

李斯连珠炮似的话语把韩非的上书驳得一无是处。

韩非本来心虚，又因为紧张犯了口吃的毛病，脸气得发白却说不出一句回击的话。

嬴政斥退韩非，对李斯说道："按照尉缭原定的计划进行，力争早日攻破韩国，迈开统一大业第一步，也让韩非看看秦军的强大威力，从此死了那条心。"

李斯刚刚离去，王绾就进殿奏报，说王翦与杨端和攻占赵国的平阳和武城，杀死赵将扈辄，斩杀赵军近十万人。

嬴政把前线的报捷书接在手中，仔细看完，喜不自胜，按照这种进军速度，不出五年，统一大业可望成功。嬴政当即责令王绾传旨嘉奖前线将士，命他亲自去平阳辛苦一趟，携重金及宫中贡品犒赏三军，以示鼓励。王绾领命而去。

李斯接到秦王宣诏匆忙赶往咸阳宫，刚到殿门前，赵高就凑上前小声告诫说：“大王正在发怒，事情的起因可能与你有关，你要小心。”

李斯一怔，忙问道：“赵侍中可知大王为何事发怒？让在下心中也有个准备。”

“你进去就知道了。”

李斯来不及细问，匆忙入内参拜。嬴政见李斯进来，劈头斥问道：“李斯，你身为廷尉，执掌全国典狱大权，却不懂刑名法术，以致全国狱讼案件上升，作奸犯科之事有增无减，在京都之地竟出了一桩罕见大案，你却一无所知，你到底瞒着寡人都干了些什么？！”

嬴政说着，将一摞公文“哗”的一声抖落在李斯面前。

李斯捡起一看，原来是广成传舍昨晚遭到洗劫，数十名馆舍人员被杀，燕太子丹遭人行刺，人头被砍得血肉模糊。

李斯吃惊不小，吓得跪在地上几乎站不起身来。广成传舍是外国使节及客卿在咸阳居住的地方，装饰华丽，守卫森严，怎会突然发生这样的事呢？一旦传扬出去岂不震惊天下，外国使节来秦都没有生命安全保证，从此哪国还敢与秦交往，那些想到秦国谋求发展的贤才之人也会望而却步。究其原因，是秦国外强中干、国内治安混乱，还是秦国故意杀害外国使节或人质，以此寻衅滋事，挑起事端寻找出兵借口？

李斯知道这件事非同小可，嬴政又喜怒无常，罢官都是小事，说不定还要掉脑袋呢。显然，这不是一桩普普通通的凶杀案，说不定背后还藏有更大的政治阴谋，自己掌管典狱不算，还负责情报工作，事先对此事没有得到任何风声，真是失职，他准备回去后把属下人找来大骂一顿以解恨，但现在先消消大王的怒火平安脱身才是上策。

李斯稍稍镇定一下，小心谨慎地说道：“请大王放心，小臣一定在十日之内查清此案，将凶手捉拿归案。”

嬴政冷哼一声：“捉住凶手还有什么用，太子丹已死，让寡人如何向燕王交代，秦燕刚刚建交就出了这等大事，你知道此事的后果吗？”

李斯当然清楚。当年蔡泽奉命出使燕国把燕太子丹骗到秦国，太子丹刚入秦，秦国就与燕国绝交转而和赵国结盟，从赵国得到了河间一带五座城池，支持赵国攻打燕国，并且扣押太子丹不许回国。因为这件事，燕国对秦国又恨又恼，尽管无力加兵攻秦，但发誓永不与秦建交。近年来，秦王政为了间散六国合纵抗秦，达到各个击破的目的，多次派使节入燕游说重建友好均未成功。最近，是姚贾先后三次入燕才说动燕王喜，勉强答应与秦建交，并再次派太子丹入秦为人质。现在太子丹被杀，燕王喜若一怒之下发动全国之兵助赵抗秦，必然使秦王在两年之内灭韩亡赵的计划落空，这个责任算在谁头上都有株连九族的可能。

李斯忽然想起一件事，说道："大王在太子丹初到秦国时不是说过天雨粟、马生角、乌头白才允许太子丹回国吗？听大王的话意是准备把太子丹永远扣留秦国，既然如此，就将此事秘而不宣，不向燕王提及此事，燕王喜索要人质时置之不理，一旦灭亡赵国，就是燕王喜知道此事真相又敢怎样？到那时，他不率兵攻秦，我大秦国还要派兵马踏燕蓟呢。"

嬴政一听李斯想为自己开脱责任，训斥道："太子丹不过是一个可有可无的质子，扣押与放走并无多大作用，他第一次质秦时寡人都放他回国，何况这次呢。那次宴请他的宴会上寡人说这几句话只是同他开个小小玩笑，看他有何反应，怎么会真的扣押他？如今出了这等大事，也只好按你所说的做，但追缉凶手的事绝不能懈怠，今天是太子丹被杀，明日就有可能是其他质子或使节被杀，一定要查出凶手是何人，为什么入馆行刺，是否存有其他企图，随时向寡人奏报！"

一直陪坐在旁边的韩非插话说道："大王不是要求严明法纪以严治政吗？臣以为大王就应该从这件事入手，追查凶手自然不必多说，此案的一系列责任人也须从严惩处。这件事可以看出朝廷上下官员渎职怠懈，没有做到各司其职、各尽所能，其中的疏忽与遗漏一定很多，不从严治政，群臣就以为大王要求松散，大臣的惰性就得以滋长，做事拖拉，互相推诿塞责之事将层出不穷，若把此情绪传染到军事，统一大业要到何时才能完成？"

韩非就事论事，也有意回敬李斯驳斥他那篇上秦王书的事。李斯自然听出韩非说这些话的用意，但他不敢正面驳斥韩非，便旁敲侧击地说："臣以为太子丹遇刺一事不是我秦国人所为，因为此事从来没有先例。此事早不发生晚不发生，恰恰发生在秦国大举攻韩之际，这样的凶杀显然不是仇杀，也不是图财害命，极有可能是为了破坏秦燕邦交关系而制造的一场蓄意谋杀。"

嬴政不解地问："李卿此话是何意？"

"太子丹质秦表明秦燕结为友好，无论什么原因，太子丹被杀之事一旦传到燕国都将使秦燕关系破裂。那样，燕国将会倒向秦国的敌国——韩与赵，此三国一旦联合抗秦，秦不能灭韩也不能亡赵，这与韩非师兄曾经上书存韩中所提到的事相同，臣以为这不是巧合，其间可能就是一种刻意谋划。"

韩非一听，气得脸色铁青，只"你，你"了半响，却说不出话来。尽管此事与韩非无关，韩非还真希望出现李斯所说的这种后果，韩、赵、燕三国，再加上楚、魏、齐，六国联合，秦国灭韩亡赵的计划一定落空。

这时，姚贾走上殿来，十分惋惜地说道："太子丹根本不愿意入秦为人质，臣费了九牛二虎之力才把他哄骗来秦，如果太子丹被杀的消息传到燕国，臣辛苦两年耗资上万的花费都白费了不说，今后到其他国游说都将失去效用。"

　　嬴政叹息一声："事到如今，先封闭消息，缉拿凶手，等到抓住凶手后，了解事情真相再说。不过，此事正如李斯所说有些蹊跷，你了解一下在韩、赵两国的内线，看看刺杀太子丹一事是否与这两国有关，若与他们有关，寡人便可以此为借口强邀燕王喜出兵协助寡人攻打两国。"

　　姚贾哈哈一笑："大王若有这个想法，太简单了，随便抓个人说是凶手，令他供认自己是韩国或赵国人，受他们君王之命前来刺杀太子丹破坏秦燕结盟，然后将此事奏知燕王喜，天下人谁敢怀疑？"

　　韩非蓦地一惊，秦王君臣太阴毒了，说不定太子丹是他们自己派人刺死的，然后嫁祸于他国派来的刺客，这是他们君臣事先密谋好的，故意放出口风罢了。

　　韩非看看姚贾那副贼眉鼠目的长相就生出几分厌恶之情，听了他的话更感到恶心，索性一不做二不休，站出来说道："大王以法治国，以诚信获得民爱，用武力征讨天下，这都是无可厚非的，弱肉强食，胜者为王败者为寇。太子丹被杀一定有着某种原因，大王令人缉拿凶手、澄清事实，然后公布于天下，这是对的，但不可听信一些奸佞之人的言辞毁了大王的声誉。臣曾把儒士、游侠、纵横家、商贾、奸佞之人称为五蠹，太子丹一定是死在五蠹之一的游侠之手，五蠹之害再次得到佐证。臣私下认为大王身边仍有五蠹之人，理应尽早清除，否则，有害大王声誉不说，对统一大业不仅毫无益处，反而有害。"

　　"不知韩先生所说的五蠹之人都是哪些人？能否说得具体一些？如果寡人真的发现他们有害于统一大业，坚决将他们清除。"

　　韩非瞪了姚贾一眼，说道："大王身边就站着一位。"

　　姚贾也读过韩非所写的《五蠹》，一听韩非竟当自己的面向秦王政进谏说自己是五蠹，勃然大怒，向韩非吼道："你说清楚，我姚贾怎么是五蠹？"

　　韩非睨视一眼姚贾，冷哼一声说道："你父亲曾是魏国的守门人，可谓出身卑贱。而你本人呢，原来是魏国都邑大梁南门一带的流氓，曾干过偷窃的事受到缉拿，在魏国无处存身了，才与尉缭一起逃到赵国，后来被赵国驱逐出境后才逃到秦国的。这样一个盗贼之人为大王所用，当然也干不出什么好事来。你抓住大王想尽快统一天下之心，以离间各国权臣为借口骗取大王信赖，携重金到各国游说，其实只是借用秦国的国威，花费大王的钱财四处招摇撞骗，结交诸侯、权臣为自己牟取私利。"

　　韩非说到这里，又转向嬴政："大王当然清楚姚贾这两年花去多少金银，但取得的成效在哪里，有一个国家臣服秦国了吗？有哪个国家的权臣在为秦国做事？"

　　嬴政想想韩非的话，也有一定道理，便问姚贾说："你有什么要为自己辩解的吗？"

姚贾跨了出来："臣当然有为自己辩解的话，我从来没有向任何人隐瞒过自己的出身，家父确是大梁南门的守门人，大梁曾有位隐士侯嬴曾经不也是东门的守门人吗？魏公子无忌多次微服与他交往，二人结为好友，此事一直传为佳话，说信陵君礼贤下士。侯嬴为信陵君赢得美名不说，也曾助他出谋划策，窃取虎符夺得兵权。韩非因为自己是韩国王室出身而攻击鄙人地位卑贱情有可原，只怕韩非攻击在下是另有图谋吧？"

"我是为大王声誉及秦国利益着想，怎会另有图谋？无中生有、诬陷他人是你这种小人一贯的做法。"

姚贾不容韩非说下去，嘿嘿一笑，说道："我结交诸侯是为秦国出击六国扫除障碍，你进谏大王清除我却是为了韩国的长久存在。你上书大王提出存韩主张，明着为秦，实际却是为韩，你所做的一切都是为韩国的长久存在，你敢承认吗？"

"你在造谣中伤，无中生有，我怎会承认！"

姚贾见韩非已经被自己的话激怒，暗暗高兴，得意地说："诸侯各国的权臣为什么要乐意与我结为朋友，正因为我对大王忠心不二。而韩先生却恰恰相反，言不由衷，表里不一，心恨秦攻打你的家邦却口口声声支持大王统一天下，明知秦统一六国必须扫除韩国这一心腹大患，却上书提出攻赵。你指责我是五蠹让大王清除我，才是真正的险恶用心、毁坏大王的声誉，让大王学夏桀听谗言诛杀良将，断绝效忠秦国之人。你攻击我出身卑贱使大王不用我，也是让秦国失去大批地位卑贱却贤才的士人。"

姚贾说到这才转向嬴政，十分恳切地说道："大王如果听信了韩非的谗言，只怕从此以后秦国就没有忠臣了，望大王认清韩非的险恶用心，早早除去对秦怀有二心之人，以免后患无穷。"

嬴政挥手说道："你们都退下吧，谁是谁非，谁忠谁奸，寡人自有分寸。"

李斯离开咸阳宫，追上姚贾，姚贾叹口气，说："韩非虽然尚没有得到大王信赖，但凭他的才学取得大王宠信只是早晚的事，不久的将来，韩非一定能够得到相国一职，到那时，你我都不会有立足之地，应当尽快想办法除去此人。"

"如何除去此人？是诽谤他，借大王之手铲除他，还是派人暗杀？"李斯问道。

"当然是先诽谤他，只要大王对他不再宠信，再收拾他就易如反掌了。现在若派人杀了他，即使事情不败露也一定引起大王猜疑，对我等绝没有益处。"

李斯有所顾虑地说："大王聪明过人，又有心在秦推广韩非之学，稍一不慎就会被大王识破的，一旦大王知道我等在诽谤韩非，那就弄巧成拙、适得其反。"

姚贾诡秘一笑："太子丹不是被杀了吗？你可以从调查此事入手嫁祸韩非，不动声色地置他于死地。"

"如何嫁祸于他？"李斯问道。

姚贾嘿嘿一笑："李廷尉，你是真不懂还是装不懂，想借我之口说出你想说的事吧？"

李斯沉默不语。其实，不用姚贾提示，他早已想好了怎么办。李斯虽有一丝不忍，但为了自己的远大前程只好践踏友情。令他感到困惑的是，同窗学友为什么都走到水火不容刀兵相见的地步了？

李斯与韩非情似于苏秦与张仪，但现在二人同事一主，他不想相煎太急。姚贾似乎看出李斯的心思，怂恿说："无毒不丈夫，存妇人之仁最终只能成为他人刀下鱼肉，你好自为之吧。"

李斯与姚贾边说边来到广成传舍，查看太子丹被杀现场，现场封闭完好，十几名守卫人员都是一刀结果性命，很少留下打斗的痕迹，唯太子丹居住的地方一片狼藉，好像激烈拼斗过。令李斯感到奇怪的是，太子丹被杀后又被毁去面容，如果不是凭衣着装束及身材，几乎无法判断死者就是太子丹。凶手为什么要这样做呢？李斯颇为不解。

姚贾俯下身仔细辨认一下血肉模糊的尸首，一会儿点头，一会儿又摇头。

李斯凑上前问道："你从燕国一路陪同太子丹来到这里，与他结交较多，应该能判断出这具尸首的真假？"

"看身材极为相似，但此人的手掌又好像与太子丹的手不相符，我记得太子丹的手光滑细腻，而此人的手却十分粗糙，不像出身王侯世家子弟，倒有点像普通百姓。"

姚贾的话也提醒了李斯，李斯又仔细看了看死者的手脚，都很粗糙，像是劳动者之手，与太子丹的身份似乎不符。莫非有人以假乱真，把真正的太子丹换走了，死者只是一个掩人耳目的替身，如此说来，真正的太子丹并没有死？

姚贾点点头，太子丹没死又能去哪里，只有一种可能，乔装改扮逃回燕国了，可他为什么要逃走呢？姚贾想起在燕国时太子丹就不情愿来的事，是燕王喜威逼利诱才把太子丹送出国的。刚到秦国，在为太子丹接风洗尘的宴会上，嬴政曾说把太子丹永远扣留此地，天雨粟、马生角、乌头白才准许太子丹重回燕蓟。因为嬴政当时是半真半假地说的话，姚贾就坐在太子丹的旁边，他注意到太子丹的表情变化，恐怖、无奈、羞愧之余更多的是仇恨，也许那一刹那太子丹就萌生了逃走的念头。当然，这只是李斯与姚贾的推测，为了证实自己的推测，李斯一面密令潼关、函谷关等关卡哨所严密查巡可疑之人，一面飞鸽传信潜伏在蓟城的内线人员打听太子丹是否回国。

在没有得到确证前只是怀疑，如何向嬴政奏报此事呢？姚贾说道："现在不要告诉大王太子丹可能没有死而是逃走了，应以追查凶手为名嫁祸韩非，把韩非逮捕入狱。"

"说韩非是杀害太子丹的凶手鬼才相信，此话一出大王就知道我等在诬告韩非，岂不弄巧成拙？"

"李兄聪明一世怎么糊涂一时，嫁祸韩非不一定指控他为凶手，你只要这样做就可以了。"

姚贾凑到李斯耳边小声嘀咕几句，李斯听后跷起大拇指说："佩服，佩服，姚兄的智谋在下今日才算真正领略到，无怪乎姚兄能够纵横六国说服那么多权臣归附大秦，我李斯不如也！"

姚贾嘿嘿一笑："李廷尉总爱把称赞人的话说得同骂人一般，把骂人的话说得同赞美之辞一般，姚某愚钝，实在不知李廷尉是称赞我还是骂我？尽管我姚贾在游说他人时阴谋与阳谋并用，但对朋友还是愿意两肋插刀、肝脑涂地的。"

李斯急忙解释说："姚兄不必多疑，在下的确钦佩你的聪明才智，什么阴谋阳谋，只要能够办成事就是好谋，大王用人各取所长，这正是你深得大王重用的原因。"

"这么说你愿意按照我的计谋行事？"姚贾问道。

"当然，有你老兄出谋划策，我还怕大王看出破绽吗？这叫有福共享，有难同当。"

二人说完，相视诡秘一笑。

秦军被派去攻打赵国了。平阳、武城之战，赵国惨败，大将扈辄战死，十万将士成为秦军刀下冤鬼。消息传到邯郸，又好像重复多年前长平之战的梦魇，几乎村村戴孝，几乎家家有人哭。这次惨败对赵国的打击更胜于当年的长平之战，人们已经窥见赵国灭顶之灾，赵国可能成为秦国扫灭的第一个国家。上至赵王迁，下至平民百姓，每个人心中都笼上一层阴云。

赵王迁连续三次召集大臣商讨对策，他也不想把赵国的千里江山葬送在自己手中，给后世留下千古骂名，但面对强秦凌厉的攻势，他确实束手无策。

重臣中有人举荐老将廉颇再次出马，赵王迁当即应允，并遣唐玖前去魏国迎接廉颇回国拜相。但是郭开因为素与廉颇不和，担心一旦廉颇回国再掌大权势必会殃及自己。于是他私下里买通了唐玖。

唐玖受了郭开的重礼，虽然也去了魏国，但是却没有将廉颇请回。反而向赵王迁谎报，说廉颇年事已高，不能再率兵出征。廉颇自不知道其中缘由，只道是赵国不念旧臣之情。自己空有一身本领，却报国无门，是以每日林下感叹。恰逢此时，楚国派使臣来魏诚聘廉颇。廉颇虽有心归赵，但也得喟叹造化弄人，拜相于楚国去了。

再说赵王迁见廉颇不能为国效力，只得派大将李牧引军抗秦。李牧将军用兵如神，将自己的军队兵分三路，大败秦军杨端和、冯无择。此一役赵军大获全胜，乘胜把秦军赶出赵国境内。

李牧取胜的消息迅速传遍赵国，传遍东方各国，秦军天下无敌的神话被打破了，不仅赵国士气高涨，东方其他各国也都为之一振，纷纷派使臣前去祝贺。赵王迁一扫往日的垂头丧气，派使臣前往军营犒赏三军将士，加封李牧为武安君，李牧的名声一时响遍天下。

韩非心急如焚。他不断接到从韩国送来的密报，秦兵步步紧逼，韩兵节节败退，韩王安令他不惜一切也要让嬴政下令停止攻韩。韩非着急，但也无计可施。这半年多来他已摸清了嬴政的脾气，喜怒无常，生性多疑，少情寡恩，唯我是尊，要求臣子绝对服从，绝对忠诚。因为上书存韩与痛斥姚贾两件事，嬴政对他已经有所猜疑。如果嬴政不是想借用他的学问，只怕早就将他逮捕入狱了。

韩非虽有心挽救行将灭亡的故国，无奈找不到合适的机会。这天，韩非又接到一封来自韩国的密函，再次催促他阻止秦王对韩用兵。韩非害怕自己与韩国秘密往来的事被发现，便写一封回信请来人带走，临行前再三叮嘱来人，今后除非万不得已不要再来与他接触，以免频繁的往来引起他人猜疑。

韩非在煎熬中等待向嬴政进谏停止攻韩的机会，机会终于来了。秦国兵败的消息传到咸阳，朝廷上下一片震惊，嬴政更是坐立不安。号称天下无敌的秦军在统一战争的第一次大决战中就遭到了惨败，损兵折将都是其次，挫败了嬴政的信心、挫败了秦兵的士气、鼓舞了东方六国抗秦的斗志是最要命的。

秦王对兵败之事大为恼火，专门在大成殿召集近臣商讨此事，寻求对策。

尉缭身为最高军事长官，率先说道："此次兵败的原因，前线将领轻敌只是其中一个方面，并非重要原因。李牧效法廉颇当年在长平关中抵抗王、司马梗的战术，修筑工事，坚守营垒拒不交战，用时间拖垮来犯之军的锐气，麻痹我军。同时，由于秦军是孤军入赵作战，军需运输耗资大，要求速战速决，李牧正是抓住这一点，消耗秦军的供给，然后抓住战机取胜。即使杨端和与冯无择不急着偷袭甘泉，这样长期与李牧相持着，也会被李牧拖垮，众所周知，长平之战先后相持三年之久，最终是用了反间计，使赵国用只会纸上谈兵的赵括取代廉颇才取胜的。假如仍是廉颇驻军长平关，胜负还难料呢。"

王绾不以为然地说："听国尉之言，秦国之内没有能打败李牧的人了？"

"王丞相错会我的意思了，尽管李牧利用本国优势，以逸待劳，坚守不出，也不是没有破敌之术，但速战速决、兵到敌破的办法却没有。你越是心急硬攻，越给敌方创造可乘之机，兵败的可能越大，而一旦你也相持相守，战事又会无限期延迟下去。"

赢政也认为尉缭分析得有道理，便问道："以缭兄之见，如何才能尽快破敌呢？"

尉缭说道："臣也是考虑到这些才主张效法当年长平之战的谋略，使用反间计，利用赵国大臣之间的矛盾除去李牧的兵权。"

李斯看看赢政的反应，不失时机地说："那就再派姚贾携重金入赵，他曾在赵国做过事，人事较熟，这几年来一直奔走列国，对于各国权臣之间的疏密关系了如指掌，一定能够胜任。"

李斯及时举荐姚贾，是想姚贾再立大功，进一步取得赢政的信任。尉缭当然也赞成让姚贾去赵国行反间计，姚贾却为难地说："我去赵国行反间计不是不行，但未必能够奏效。因为我这几年来一直都是在列国之间奔走，常言说没有不透风的墙，我的身份也有所暴露。现在赵国君臣关系十分和睦，上下齐心协力，我突然到赵国行反间计势必引起赵国君臣猜疑，一旦反间计被识破，再派人前往就将失去效用，臣以为另派一名能言善辩、足智多谋，而且没有多大名气的人更合适。"

尉缭认为姚贾分析得有理。

右丞相隗状反对说："我堂堂大秦国兵多将广，以武力征讨天下，对付一个小小的李牧还要采用这种见不得人的下三烂手法，即使成功了，传扬出去也令后世耻笑。何况即使赵人中计换下李牧，如果更换之人也懂得廉颇这种坚壁驻守的战术呢？这样拖下去只会把时间拖得更长，我认为离间一事实在不足取！"

王翦一听尉缭把李牧同廉颇相比，并把李牧说得如此足智多谋，大有天下无敌之意，很不服气地说："在下也赞成右丞相的主张，如果没有人愿领兵对敌李牧，我愿统兵出战会一会李牧，看一看他究竟是怎样一个将才，莫非真是孙武复出吴起转世不成？"

赢政本来同意行反间计，一听隗状与王翦这么说，也改变了主意，他也不相信秦国猛将如云，就没有能打败李牧的？不能因为李牧侥幸胜了一仗就长他人之气灭自家威风。从内心讲，赢政希望凭实力打败赵国、打败李牧，这将会鼓舞他出兵他国的信心。韩非一直都在静听众人的争论，他见赢政听取王翦的建议，决定再次派兵进攻赵国，急忙进谏说："臣认为打败李牧就等于打败赵国。如今赵国新胜，国内士气高昂，东方六国也受到鼓舞，赵国很可能会成为再次'合纵'的核心，必须尽快打败赵国，摧毁东方六国'合纵'的梦想。为了集中兵力打败李牧，只有王将军一人不行，可以暂停攻韩，让攻韩的人马撤下来也投入到赵国的战场上，王翦、杨端和加上攻韩的内史腾三路大军压向赵国，李牧必败无疑。臣仍然觉得存韩攻赵的战略主张没有错，特别是现在，若不对赵用兵，天下人笑秦怯赵，以为秦欺软怕硬；若对赵用兵，人马少又不能取胜，只有停止攻韩、集中所有兵力攻赵才是上策。”

李斯向姚贾使个眼色，姚贾会意，悄悄走了出去。

嬴政又听韩非提出"存韩攻赵"的主张，十分不悦地说："我大秦有雄兵百万，不用说同时与韩赵两国作战，就是同时兵进六国也绰绰有余。如今内史腾所率大兵节节胜利，已经逼近南阳，南阳攻克，韩都新郑指日可取，寡人预计明年灭亡韩国，此战略部署不能更动，请韩先生从今以后休要再提存韩之事！"

韩非被抢白一顿，仍不心甘，又说道："只要赵国灭亡，大王一封书信递到韩国，韩王安就会举国降服，举手之劳就能够灭掉一个国家，大王何必兴师动众、劳民伤财、损兵折将去得到呢？大王以兵取韩犹如弓背，以书取韩则是弓弦，臣不明白大王为什么要舍近求远去做那些费时又费力的事？"

不等嬴政回答，李斯就揶揄道："韩兄的存韩攻赵之策才是弓背与弓弦之间的关系呢，韩兄用心实在良苦，韩国早晚要灭亡，只要不是第一个灭亡就行；韩国一定要亡，只要不遭兵燹而亡就好。韩兄不愧是韩国王室弟子，连这样的事都为韩国想到了，韩国列祖列宗地下有知也应该含笑九泉了。"

韩非又羞又恼，满脸绯红，正要张口回击，赵高进来在嬴政身边耳语几句，嬴政立即勃然大怒，向韩非斥道："韩非，寡人敬你为上宾，欲用你为太傅，破例允许你留在宫中，每天锦衣美食伺候着。本王如此待你，你为何背着寡人与韩国私通，寡人何负于你？"

韩非大惊，结结巴巴地说道："请……请……请大王……明察，臣从来也没做过有损大王与秦国的事。"

嬴政猛然喝道："人证物证俱在，你还敢抵赖，不是寡人亲眼所见，真难以令人置信！"

嬴政说着，把一方锦帕掷到韩非跟前："这上面的字是你写的吗？"

韩非低头一看，正是自己几天前写给韩王安的那份帛书，韩非不明白这封帛书怎么会到赵高手中。这时，两名虎贲军押着那位时常给韩非送密函的人走上殿来，嬴政怒喝道："韩非，你可认识此人？"

韩非早已吓得两腿发软，结结巴巴半天也说不出一句话来，嬴政盛怒之下对韩非吼道："来人，把韩非打入廷尉大牢，审讯之后再做处理！"

韩非被虎贲军押了下去，李斯望着韩非的身影，与姚贾相互瞟了一眼，脸上掠过一丝不易察觉的笑容。

嬴政派王翦为大将，杨端和与辛胜为裨将，领兵二十万再次攻赵。王翦将大军兵分两路攻入赵国，一路进逼邺城，一路攻打番吾（今河北灵寿西南），两路大军互相呼应，左右逢源，迂回并进，犹如两只巨龙般直逼赵国北部。李牧再次受命迎敌，他在灰泉山一带修筑营寨拦截王翦的两路大军。

王翦吸取杨端和与冯无择肥累惨败的教训，并不急于求成，而且步步为营迂回逼近，也连营结寨地与李牧大军对峙，伺机攻破李牧营寨、打败李牧大军。

王翦知道如今李牧的名声家喻户晓，如果自己一举打败李牧，就成就了一世英名。尽管这多年来出生入死，东杀西讨，为秦国攻城略地立下许多战功，可以当之无愧地称自己为秦国第一名将。但自己的名望和地位与武安君白起相比，差之太远，就是与蒙骜及自己父亲王相比也仍然不及。王翦这次主动请求领兵攻赵、与李牧一较高低，就是想凭这一仗巩固自己的第一名将地位，这叫明知山有虎偏向虎山行，只有打败李牧才能向天下人展示自己的真本领，也让嬴政与尉缭刮目相看。

王翦与李牧对敌，可称得上棋逢对手、将遇良才，两军相持三月有余，彼此没有找到对方的破绽。高手相搏，一方有一丝一毫的疏忽被对方抓住了都可能导致惨败，这其中既有战略战术上的技巧，也要有为将者心理素质之间的较量。论作战技术与实战经验，王翦并不逊色李牧，但就心理素质而言，王翦比李牧稍差了那么一点，也许因为王翦此次出军本身包含着几分个人功利心，在三个月的对垒中毫无建树，他稍稍显露几分浮躁。恰恰这几许浮躁被李牧抓住了，这就等于李牧抓住了战机，战争的胜负自然决定了。

战争不仅耗人、耗物、耗时，也耗心。前线将士一连数月如箭在弦，不敢有一点儿散漫怠懈，作为统一战争的最高统帅，嬴政和他的军事顾问尉缭也没有睡过一天安心觉，他们时刻关注着前线战况的进展。前线的战况一天也不间断地送到咸阳。嬴政把打败李牧的希望寄托在王翦身上，倘若王翦也不能取胜，秦国真的没有人能与李牧匹敌了。嬴政虽然没有明明白白地向王翦命令只许胜不许败，但他在给王翦的军情批文中已经不止一次流露出这个意思。秦国不能再败了，再败，统一大业只能泡汤了。

战事如此胶着，尉缭便上言嬴政，分析了两军的将帅之优劣，并断言，若想除去李牧，非用反间计不可。

嬴政被尉缭说服了，他决定采纳尉缭的建议，一面让王翦继续领兵与李牧对阵，一面派人去赵国行反间计。由于姚贾名声太响，人也太显眼，无法完成使命，嬴政只好另派他人，思前想后始终找不到合适人选，这时，嬴政才真正感到人到用时方恨少，暗暗感激李斯的那篇《谏逐客书》，倘若没有李斯的这份谏书，大批贤才之士流入东方各国，统一大业只怕寸步难行。

嬴政突然想起了韩非，对侍立在旁边的赵高说："你去询问一下李斯，韩非一案审理得怎么样，如果没有发现他做出什么有害于秦国的事就将他赦免，韩非实在是一个不可多得的人才，至今寡人还没有发现一个人可以代替他。"

赵高急忙答道："韩非固然有才，但也不是不可替代，奴才以为韩非之才在于他的学说，像他这样的人著书立说当然无可挑剔，若让他在大王身边做事则有些欠缺，且不说他有口吃之疾，仅他念念不忘故土、处处为韩国着想就不可任用，他这是身在秦而心在韩呀，倘若大王重用他，将来还不知做出什么损秦利韩的事呢。"

嬴政嘿嘿笑道："寡人很快就会让韩非死心的，只要韩国一灭，他还不老老实实给寡人卖命。"

赵高连连摇头："未必像大王认为的这样，韩非毕竟是韩国公子，韩国王室血统，大王灭了他的母国，毁了他的祖宗祭祀，怎么会心甘情愿给大王做事呢？"

嬴政略带惋惜地说："对韩非寡人是爱恨有加，爱他之才也爱他的骨气。许多人都在高官厚禄面前出卖灵魂，出卖朋友，出卖国家社稷，可韩非竟然不为名利所动，一心眷念着自己的国家，实在难得，只可惜韩王安有眼无珠，纵有这样的良臣贤才却不知道任用。"

赵高听了嬴政的这几句话只觉得脸上火辣辣的，偷眼瞧瞧嬴政，掩饰道："如果所有人都对他们各自的国家忠心不二，姚贾东方之行也就付诸东流了，大王也不可能得到各国的贤才之人，那样，大王的统一大业又不知道推迟到何年何月呢？许多人对他本国的不忠恰是对大王的忠心啊！"

嬴政点点头："你说得有道理，寡人正因为这样才恨韩非，纵然才华横溢，不能为本王所用也等于没有此人。"

赵高不失时机地说："韩非就像一棵参天大树，倘若他不愿为大王驱使，还不如一株愿为大王效命的草呢。留下他只会在秦廷内留下祸根，不如……"

赵高见嬴政用一种异样的目光打量着自己，生怕言多有失，急忙把到了舌尖的话又咽了下去，改口说道："不如将他长期监禁，令他把全部学说写出来。李斯与韩非同学，二人才华在伯仲之间，只是各有所长罢了，韩非重于思想，擅长著述，而李斯则精于做事，有安邦治世之能，大王何不让李斯学习韩非的法家思想，充分发挥他的治世才干，这样，就不会因为韩非不忠于秦而不能重用他的思想给大王留下遗憾。"

嬴政微笑道："寡人也不想监禁韩非，传扬出去有损寡人的英名，我只是不让他掌握朝中大权，他纵然有向韩之心也无计可施。寡人想让韩非效法他的老师荀况，开馆授徒、教书育人，不过，寡人只允许他在章台宫教书。"

赵高还是一惊："哦，大王准备让韩非做太子太傅？"

"不，寡人只令他在章台宫教众王子学习名法律例，并不授他太子太傅之衔，寡人在没有统一六国之前绝不会立太子！这样，韩非就可以一边教书一边著述，也算充分发挥他的个人之长吧。"

赵高还是有点不太心甘地嘟囔道："大王让韩非做众王子的老师，他会不会把满腔怨恨发泄到王子们身上，那岂不是……"

"你尽管放心，胳膊拧不过大腿，寡人自有分寸，你快去通知李斯，把韩非从廷尉大牢里释放出来，寡人要亲自同他谈一下传授王子刑名律例之事。"赵高怏怏而去。

赵高来到李斯府中，把嬴政准备任用韩非教授众王子的事向李斯简单说一遍，最后无可奈何地说："小弟确实尽了最大努力，可大王仍然没有杀掉韩非之意。"

李斯来回踱着步，沉思许久才说道："韩非不死终究是我的心头大患，大王今日能用他为王子之师，将来就可能用他为太子太傅，升迁为丞相都是正常的事。一旦他执掌实权，他才是一个冷若冰霜的铁人呢，我等在他手下做事，死都不明白是怎么死的。"

"依我看韩非不像那样狠的角色，弱不禁风，也就是一个教书匠的材料。"赵高说道。

李斯摇摇头："韩非之狠之硬之冷不是表现在表面上，而是深藏在心里，不是与他长期交往之人是不了解他这方面的个性的。"

赵高听了信疑参半，笑了笑说："李兄怎么办我不再过问，一切凭李兄自己安排。"

赵高走后，顿弱对李斯说："凭李大人的身份地位除掉韩非并不难，何况韩非就在李大人所管辖的监狱中，更是易如反掌。"

顿弱是李斯府中舍人，李斯知道他足智多谋，能言善辩又巧于心计，早就想入宫拜见大王得到重用，只是没有机会罢了。他也让李斯向嬴政举荐他，李斯都是口头答应，却从来没有在嬴政面前提及顿弱，他只想让顿弱在府中为他效命。

李斯估计顿弱一定有铲除韩非的妙计，便说道："只要先生能助我铲除韩非，我绝不会亏待先生的。"

顿弱说道："办法只有一个，必须我顿弱亲自去做，但事成之后李大人必须向大王举荐我。"

李斯点头答应了，问顿弱如何做，顿弱把早已想好的计策说了出来，李斯听后高兴地说："先生真不愧是足智多谋之人，一切拜托先生了。"

云阳大牢一间阴暗的囚室内，韩非已经衣衫不整，面目灰黑，两眼凹陷，蓬头垢面。被投入监狱多久了他已经不记得了，他并不在乎自己的危难处境，令他焦虑不安的是故国的安危，他每天都向狱卒打听外面的情况，主要是秦韩之间的战况，但没有人告诉他。对外面的世界韩非一无所知。

韩非正在闭目静坐，"当啷"一声，沉重的槛门被打开了，一个中年人被推了进来。

韩非同情地打量着来人，也像一位饱读诗书之人，看年龄似乎比自己还大几岁，满脸怒容。

来人似乎受了很大折磨，十分疲劳，被投入牢房后一直都沉睡不醒，直到第二天才不断呻吟着，偶尔夹杂几句咒骂声。韩非听口音似乎像韩国人，凑上前问道："这位先生身犯何罪被逮捕入狱的？"

"我什么罪也没犯，是秦廷这些强盗把我投入监狱的，他们不是怕骂吗？我就是要骂，骂嬴政，骂内史腾，骂所有杀我国人掠我同胞的强盗！"

韩非吃惊地问道："你不是秦国人？听你口音有些像韩国人？"

来人凄然地伏在地上呜呜哭道："我是韩国人，可从此以后再也没有韩国人了。"

韩非略带不悦地说："先生此言差矣，你是韩国人，我也是韩国人，韩国仍有数百万民众，怎么说从此以后再也没有韩国人呢？"

来人吃惊地瞪着韩非："这么大的事难道先生不知？韩国已经被秦军攻灭了，韩王都已经被掠来成为阶下囚了。"

这个消息太令韩非震惊了，好似晴天霹雳，他傻愣愣地呆坐许久，忽然抓住来人连声催问道："快告诉我到底出了什么事，韩国怎么会这么快就灭亡了？"

来人悲愤地从牙缝里蹦出几个字："都是韩非这个贪生怕死的奸贼坏了韩国！"

韩非由惊到糊涂了，不解地问道："我就是韩非，怎么说韩国灭亡是我造成的呢？"

来人"嚯"地从地上站了起来，一把揪住韩非的衣衫，朝脸就是一记耳光，骂道："原来你就是那个贪生怕死出卖国家出卖君王的小人！"

韩非被打得嘴角流血，跌倒在地上。他一边勉强站起来，一边擦着嘴上的血迹，结结巴巴地问道："你……你……你为什么打人？你叫什么？快把事情的经过讲清楚，否则，我绝不饶恕你！"

"告诉你也无妨，我叫顿弱。不光我打你，骂你，只怕所有有良知的韩国人都在唾骂你呢！你向韩王上书，让韩王来秦商谈停战、与秦结为友好之事，谁知韩王刚入秦境就被秦兵拘捕了，秦人以韩王为人质威胁韩国割地求降！韩国向秦称臣，交出降书降表，可嬴政并没有放过韩国，仍派内史腾率大军攻入新郑，尽情杀戮百姓，毁坏韩国王室的宗庙祭祀。"

顿弱说到这里，指着韩非吼道："说，是不是你贪图秦国的高官厚禄写信欺骗大王来此的？！"

韩非估计这是嬴政耍的花招，一定是命人冒充自己的笔迹与名声把韩王安骗来的，原来嬴政囚禁自己的真正用意在这里，无论如何，自己是韩国的千古罪人，毁了韩氏祖宗创下的数百年续业，令祖宗蒙羞，自己有何面目去见列祖列宗？

韩非知道自己被冤枉了，被利用了。可是，现在他就是有一千张嘴也解释不清。韩非大叫一声，昏厥过去。

顿弱望着昏倒在地的韩非，脸上升起一丝狞笑，他俯下身，轻声呼喊道："韩先生，韩先生，你醒醒，醒醒。"

当韩非苏醒过来时，早已泪流满面，他十分痛心地说："我被嬴政与李斯等人利用了，我愧对韩王与韩国，我死不足惜，只可惜无人能理解我对韩国的一片忠心。"

顿弱故作不知地问："你为秦王出了这么大的力，帮助他灭了韩国，他不许你高官厚禄，为什么要把你打入监牢呢？"

韩非一边流泪一边把自己入狱的经过讲给顿弱听，顿弱听后冷冷一笑，斥道："你这话只能骗一骗三岁孩童，一定是你自以为助秦灭韩功劳大，要挟秦王封赏太过分，秦王认为你已经毫无可利用价值，才一怒之下将你拘捕入狱的。"

韩非知道自己无论如何解释也不可能令人相信自己对韩的一片赤诚之心，更不可能证明自己的清白，一切努力只会徒劳，何况自己身陷囹圄，根本没有机会出去为自己辩解，也没有可能再上朝堂质问嬴政与李斯。

韩非欲哭无泪，欲吼无声，悲愤至极，仰天长叹："苍天，只有你明白我韩非的确没有做出有愧韩国的事，今天就以死来向世人表明我的清白之身！"

韩非说完，一头撞在监狱坚硬的青石壁上，顿时脑浆迸裂，气绝身亡。

可怜一代旷世奇才，竟无端地死在了小人的口舌之下。

顿弱见韩非已经死去，长长出了口气，对狱卒说，快去通报李廷尉，说韩非畏罪，自杀身亡。

李斯看看韩非僵硬的尸体，又喜又惊，问顿弱道："我的心病虽然去了，如何向大王回报才能免受大王猜疑？"

"大王不是要让韩非教授众王子刑名法学吗？你只管告诉大王，说韩非听到此消息坚决不从，声称宁可一头撞死也不做秦国的走狗，更不愿做王子们的老师，众狱卒本来以为他说的是气话，谁知放他出狱时，韩非真的这样做了。"

李斯认为顿弱说得有理，决定立即去见嬴政，顿弱忙说道："请李大人履行你我二人事先约定的协议，向大王举荐我。"

李斯想了想说："我一定向大王举荐先生，只怕大王不肯召见呀。"

顿弱笑道："大王用人的原则我早已摸清，大王不用平庸之人，不用性情举止庸俗之人，人愈是怪诞超常，大王愈是宠爱有加，因此，只要李廷尉按我说的去做，大王一定会破格委我重任。"

顿弱说出自己的想法，李斯暗叹道：顿弱才智过人，非寻常之辈，我若长久将他压制在府中，也不是好事，将来他一旦有出头之日必定报复我，不如借此机会将他举荐给大王，他若得到重用，我也有一份举荐之功，说不定他会感激我，成为我的人呢。

李斯入宫拜见嬴政，奏报韩非在狱中自杀的事，嬴政听后沉默不语，李斯怕嬴政有所怀疑，又说道："大王对他宠爱有加，仁至义尽，是韩非不识好歹，一意孤行、自寻短见，大王何必内疚呢？"

嬴政摇摇头："寡人不是内疚，我是为失去一位难得的人才而惋惜，韩非一死，何人助寡人改革法制、整顿吏制？"

李斯揣测一下嬴政的心意，轻声说道："韩非虽死，他的著述却是存在的，大王组织一批文臣武将精研韩非的学说，掌握其精要，然后将其付诸实施还是能够做到的。臣等尽管愚钝，不及韩非之一二，但可以悉心学习，边学边用，绝不会令大王失望。"

嬴政看看李斯，想到孙膑与庞涓之事。

嬴政不能不对韩非之死有所猜疑，怀疑李斯也有嫉贤妒能之心，从中做了手脚把韩非逼死。嬴政只把猜测放在心中，他拿不出任何能表明李斯陷害韩非的证据，他也不想派人去追查此事，因为人死不能复生，他已经失去一个韩非了，绝不想再失去李斯。因此，嬴政一扫刚才的不快，对李斯说道："李卿也不必自谦，你与韩非各有所长，各有所短，李卿的长处恰是韩非永远不及的，而韩非的长处李卿却能学以致用，特别是李卿的忠心韩非更不能相比。有李卿为寡人效命，韩非虽死，寡人无憾也！"

李斯一颗悬着的心落了下来，感激地说："多谢大王厚爱，臣一定为大王竭尽鄙薄之力。"

李斯提出厚葬韩非，向诸侯各国表明嬴政爱惜人才，嬴政哈哈笑道："对寡人来说有用的是韩非的那些著述，而不是他的一具僵尸，不仅要薄殓韩非，还要将他的尸首送交韩王安，谴责他派奸细来秦行反间，命他亲自来秦谢罪，否则，将派大军踏平新郑！"

李斯称颂道："大王实在英明，韩非尸首一旦送到新郑，韩王安不举国请降，也会割地请罪的，这一举措所起到的效用不逊于十万大军压境呀。"

李斯的拍马溜须并没有把头脑清醒的嬴政拍得忘乎所以，相反，嬴政听了李斯的话后却蹙眉叹息一声："小小韩国不足挂齿，可赵国就不同了，一个李牧就把我二十万大军拒之境外，倘若再有第二、第三个李牧出现，寡人须等到何年何月才能攻破赵国呢？"

李斯心中一喜，忙拱手说道："小臣家中有一个自诩能够除去李牧的人，臣也早想将他举荐给大王，只是此人性情怪僻，要求苛刻，臣怕他惹大王生气，一直没敢向大王提及此人，今见大王为李牧发愁，忽然想起了此人，这才向大王提及。"

"他有哪些苛刻要求，是要金要银，还是要官要爵？只要他有真才实学，能为寡人做出大事，寡人都答应他！"

李斯急忙答道："此人叫顿弱，本来是赵国人，在舍下已经几年了，臣发现他确实才智过人，也机敏善辩。此人不求名不求利，对金银财宝与高官厚禄并不感兴趣，他只想求明君而辅，展露平生所学而青史留名，可他心高气傲，不愿委曲求全，他曾说除父母双亲之外，任何人都不愿下拜，他愿为大王所用，但却不愿向大王行跪拜礼，臣怎能把他举荐给大王？"

嬴政并不恼，嘻嘻笑道："自古高人隐士都是清高古怪之人，超俗脱凡，行为怪僻，当然不能用常礼约束他们，寡人现在就召他，看看他是一个怎样古怪的人，能否委以重任。"

顿弱走进大殿，一点也不惊慌，径直走到嬴政面前，打量一下嬴政，然后说道："大王请我到大殿来就等于接受我废弃行君臣大礼这一要求，臣见大王求贤若渴，并能不拘一格任用人才，初具明君雄风，我是否愿意为大王驱使，必须先请大王回答我一个问题之后才能确定。"

嬴政觉得稀奇，此人确实是行为怪僻之人，恃才放旷，看他这态度似乎愿不愿留下是他主动，而我只有服从的份儿。嬴政并不恼，淡淡地问道："请先生赐问。"

顿弱也不客气："请问大王，天下有三种人，一是有其实而无其名，二是有其名而无其实，三是无其实也无其名，大王是否知道这三种人是谁？"

嬴政摇摇头，顿弱解释说："商贾有其实无其名，因为他们不种田不征战却满室财宝，这是投机而得；农夫有其名却无其实，因为他们整年操劳却食不果腹，这是劳力者治于人；大王却是无其实与无其名，因为大王乘六世余烈，有雄兵百万，良将近千，谋臣过百，可是至今却没有统一天下，嬴弱的韩国没有屈服，并不强大的赵国出了一个李牧就把二十万秦兵拒之境外，两战两败，天下人笑秦王无能呀！"

嬴政虽然有些恼怒，却又不得不承认顿弱说得有道理，只好讪讪问道："请问先生，寡人怎样才能做到既有其名又有其实呢？"

"扫平天下，让六国臣服，天下归于一统，大王履至尊之位而制六合之势。"

嬴政听李斯说顿弱有除掉李牧的计谋，于是说道："扫平天下谈何容易，现在一个李牧都让寡人的二十万大军不能前进一步，如此相持下去令寡人实在作难，进不能取胜，退则令天下人嘲笑，请先生指点迷津。"

顿弱笑道："对付李牧必须利用其所短而制之，大王却是以己所短攻其所长，当然必败无疑。"

"那么李牧所短是什么，先生一定清楚了？"

顿弱答道："李牧为将做到了智、信、仁、勇、严，可谓上等将才；李牧为臣做到了忠、义、德、才、礼，也算是良臣。正是因为李牧既是良将又是忠臣，所以作为人则不是一个合于世、通权变的人。对于将与臣，是站在国家角度对人进行评价，而站在儿子、丈夫、父亲、朋友等个人角度来看李牧，就会发现他并不是一个好儿子，也不是一个好丈夫与好父亲。常言说忠孝不能两全，李牧整日带兵在外，常年在代郡驻守边疆，哪有时间孝敬父母、陪伴妻子和照顾子女呢？也因为李牧要做忠臣良将，便不能损害国家利益而讨好朋友，不能徇情枉法给亲戚朋友开脱责任，所以李牧一定得罪许多人，包括朝中权贵之人。也因为他忠信仁义，敢于犯上直谏，就是君主也不会喜欢他，他如今得到重用的原因只有一个，就是凭仗其军事才华、国家居于非常之际不得已而用之，倘若过了非常之期，李牧的才华被人忽略，此时再除去李牧易如反掌。因此，我建议大王先放弃攻赵，转而攻魏，留少许兵马与李牧捉迷藏就可以了。大王能做到这一点，我回一趟赵国，李牧必死无疑。"

嬴政听了顿弱分析得合情合理，相信他确实有过人之才，便向顿弱拱手施礼说道："先生的建议寡人铭记于心，寡人即日就照先生所说去做，此去赵国反间李牧的事就拜托先生了，先生需要什么尽管向李斯索取。"嬴政又叮嘱李斯说："顿弱先生的行程所需你一定小心安排，无论先生需要什么你都一定照办！"

李斯一一答应，他不得不钦佩顿弱游说的技巧，以退为进，用奇制常，以反克正，不仅不向嬴政行君臣大礼，反而让嬴政频频对他施礼并敬为上宾。

落日余晖掩映下，函谷关显得更加高大雄伟。

正当函谷关的守门吏卒推动那两扇厚厚的青铜大门时，一支长长的送葬队在吹吹打打声中来到关前。

守关吏卒恼火地叫骂道："奶奶的，早不出关晚不出关，老子正要闭关你们偏要出关！"

另一个吏卒叫道："先把棺材放下，逐个检查一下有没有形迹可疑的人。"

为首一人忙上前哀求说："官爷，快放我们过关吧，我们就是这附近王村的，常来常往，哪有什么可疑人，今天不是为了殡葬谁敢来麻烦各位官爷？"

"不行，必须逐个检查。近日接到廷尉大牢的通报，说有一名逃犯要过关，让我等严加盘查，不能放过一个可疑之人。快令他们脱去孝服，逐个站好，等待检查！"

终于检查完毕。

"官爷，太阳就要落山了，快让我们过关吧？"

为首吏卒看看棺材，向前走近一步，一股刺鼻的腐臭味扑面而来，他急忙捂住鼻子后退几步。刚要说放行，一个小门卒从旁边悄悄提醒说："李大人再三叮嘱，凡是可以藏人的地方都不能放过，这棺材……"

为首的吏卒喝道："你去让他们把棺材打开，仔细检查一下，看看里面装的是尸还是人？"

门卒迟疑片刻，喊道："快打开棺材，老子要检查一下！"

刚才那位领葬的人一惊，急忙上前说道："官爷，咱们这地方的规矩你也不是不懂，下地的棺材是不允许打开的，求官爷高抬贵手，不要再惊动死者了。"

领葬人说着，取出一些碎银递了上去："这点小意思给几位官爷买斛酒吃吧！"

门卒看看为首的吏卒，吏卒接过银子掂了掂，把手一挥："快走吧，下不为例！"

领葬的人长吁了一口气。送葬队伍终于通过函谷关。

天完全暗了下来。棺材被抬进一座深宅大院，领葬的人打发走众人，悄悄移开棺盖，轻声唤道："太子爷，快出来吧！"

太子丹从棺材里一跃而出，"扑通"跪在地上倒头就拜："皇甫兄的救命之恩，丹永世不忘，我回到燕国后一定派人前来向皇甫兄致谢。"

皇甫仁把太子丹带到另一间房内，取出一个小包裹说："太子爷快上路吧，此地离函谷关不远，不宜久留，我救太子爷并不是为了图报，太子爷平安回到蓟城就是我最大的安慰。"

太子丹匆匆换好衣服，再次流泪拜谢说："皇甫兄对我恩重如再生父母，大恩不说谢字，小弟就此拜别了。"太子丹抓起包袱，洒泪而别。

离开函谷关，各地虽然追查得松一些，但仍然没有脱离秦国疆土，太子丹仍然不敢大意，几乎天天是夜行晓宿，尽量避开繁闹的集镇拣偏远的地方行走。

一个多月后，太子丹终于来到赵国的最北端代郡，离开代郡就到了燕国，此时，太子丹的心稍稍安定一些。

太子丹第一次质押秦国时，恰逢公子嘉也以太子的身份在秦国做人质，二人同住在广成传舍，虽然因为两国征战不休，二人关系不睦，但由于都是人质，也许是同病相怜，二人也经常往来。太子丹知道公子嘉也是血性之人，从来不愿向秦国低头服输，质押秦国时也暗中谋划削弱强秦，正是因为这一点二人才有共同的话题。如今，公子嘉因为被废去太子之位，只好回到封地代郡，太子丹估计公子嘉抗秦之心一定不会因为地位改变而改变，他决定冒险拜见公子嘉。

公子嘉正和樊於期谈论李牧两次大胜秦军的事，忽然闻报有一位故人求见。公子嘉十分诧异，出门相迎。公子嘉一见太子丹，大吃一惊，只见太子丹衣衫破烂不堪，面容憔悴，人也晒得又黑又瘦，不是太子丹自报姓名，公子嘉真认不出太子丹了。

公子嘉惊问道："天下盛传丹兄在秦国馆舍被歹人所害，为何突然来此，弄得如此狼狈？"

太子丹悲愤地说："一言难尽，到府内再慢慢说吧。"

来到府内，公子嘉命人带太子丹沐浴更衣，并在客厅里设下酒宴为太子丹压惊洗尘，二人边吃边聊，太子丹这才把逃离秦国的经过告诉公子嘉。

当太子丹再次质于秦国时，太子丹感到嬴政对他的态度明显不如第一次，傲慢、冷漠不说，有时讲话像老虎戏弄猫一样让他承受不了。太子丹因为有第一次被扣押的教训，担心嬴政再扣留他不让他回国，曾在一次酒宴上询问嬴政何时允许他回国，谁知嬴政竟嘿嘿冷笑两声，说天雨粟、马生角、乌头白、日西出时才允许他回国。

对嬴政如此蛮横和霸道的回答，太子丹又惊又怒，有种说不出的屈辱和绝望，他只能把屈辱深埋心底，他暗暗发誓一定要逃出秦国，回到故国，整顿兵马，联合其他国家前来复仇。

太子丹暗中为自己的潜逃做准备，他买通了吕不韦原来的门客，找到一个与自己相貌身材接近的人，趁广成传舍对他监视稍稍放松时，杀死监视自己的人，制造一个抢劫杀人的假现场，想以此蒙蔽嬴政，乘机逃出咸阳。后来，又在吕不韦门客的帮助下找到了函谷关附近的江湖侠士皇甫仁，冒充殡葬队伍把他送出关外。

太子丹讲述自己出逃的经过，悲愤地说："我与嬴政不共戴天，此番回到燕国，一定劝说父王操练兵马，联合东方各国合纵抗秦。这次到秦国我是认清了嬴政的野心，不灭六国他是绝不善罢甘休的！我燕丹纵然是一只鸡蛋，宁可冒着粉身碎骨的危险也要同嬴政这块石头碰一碰，不是鱼死就是网破，死也要死得轰轰烈烈！"

公子嘉被太子丹的豪气感染了，高兴地说："丹兄有如此大志，兄弟为六国百姓敬你一杯，只要丹兄出兵讨伐强秦，我赵嘉虽然只有代郡一地兵马，也倾全力为丹兄助战！"

公子嘉忽然想起了什么，放下酒斛说："丹兄不是准备回燕操练兵马吗？我向丹兄推荐一位领兵之人，此人也许能够帮助丹兄完成夙愿。"

太子丹一见来人也吃了一惊："这不是秦国名将桓齮将军吗？"

桓齮上前施礼说："桓齮在长安君举事失败后就不复存在，现在苟活下来发誓为长安君复仇的是樊於期。"

太子丹会意，忙站起身还礼道："樊将军不忘故人，敢以弱打强，孤身一个仍不忘复仇，不愧为重义重气之人，来，我敬樊将军一杯酒。"

樊於期也不客气，接过酒喝了个精光，放下酒斛说："太子爷怎说我樊於期是孤身一个向嬴政忤子复仇呢，公子与太子二位，还有数以万计的六国将士不都在摩拳擦掌准备同嬴政大军决一死战吗？"

太子丹笑道："樊将军说得好，我三人背后站着的是六国百姓。相信在不久的将来，不可一世的嬴政一定会拜倒在我等脚下！"

公子嘉举起杯："来，为了将来的胜利，让我等三人共同干一杯！"

太子丹放下酒杯问道："鄙人想请樊将军去燕国操练兵马、共图伐秦大计，不知将军可否屈驾赴燕？"

樊於期马上朗声答道："只要太子爷敢不畏强秦淫威收留在下，樊某愿为太子爷效犬马之劳，虽死无憾！"太子丹与樊於期告别公子嘉回到燕国。

回国之后，太子丹将自己在秦国受辱的前前后后，一一向自己的父亲燕王喜禀明。燕王喜除自叹国小势微外，也无他法。当下只得暂将樊於期隐在国中，对外不敢声张丝毫。

太子丹一心富国强兵，于是广求圣贤。他的老师太傅鞠武向他举荐了一人，此人名叫田光，乃当世之大贤，得此人必能得抗秦之良计。

太子丹为救国救民，于是与太傅鞠武三请田光于其门下，终于以一片诚心打动了这位老隐士，他愿出山为燕国效力。

田光为太子丹出谋道："为今之计，若欲抗秦唯有以勇胜之。"

太子丹一揖到底，说："晚生驽钝，还望先生明言。"

田光道："我们不妨仿效当年曹沫劫持齐桓公的方法。找一神勇之人劫持嬴政，逼迫他退兵关内，退还侵占的土地。当然，能够劫持嬴政更好，万一不能劫持，就将他杀死。到时秦国群龙无首，群臣一定争权夺利、互不相让。秦国自顾不暇，也就没有机会派兵东侵。"

太子丹也认为这是眼下唯一可行的方法，于是几经筛选找来了三位勇士。谁知田光看后连连摇头说："这些人不过是一介莽夫，入山擒虎或许还用得。在朝臣间劫持秦王之事却非他们可为。"

太子丹叫苦道："这已是我燕国所能找到的最勇猛的死士。先生若说不行，却又叫我哪里去找？"

田光叹息了一会儿，说："少不得老夫要出卖自己的朋友了。"

说完，他便向太子丹举荐一人。太子丹大喜过望。

此人出身卫国，文武双全，有匡国济世之才，却又性情古怪，心高气傲，视王侯富贵如粪土。若非田光以死相求，仅凭太子丹之名是请他不来的。

此人就是名震七国，被后人赞为天下第一游侠的荆轲。

【第十一回】

顿弱醉酒失书信，李斯读史出兵谋

华阳太王太后已经老得不能再老了。满头没有一根黑发，雍容华贵的脸上早已刻满岁月的印痕，眼睛凹陷，牙齿早已掉光，嘴干瘪着。

华阳太王太后的榻前围满了人，有赵太后、齐王后、公孙婉儿、公子扶苏、公子将闾、公子高，还有香香公主，以及其他妃嫔和宗室之人。众人见嬴政进来，都退到旁边，嬴政扑到榻前，望着祖母奄奄一息的样子，非常内疚。没有祖母他也许不能成为王位继承人，没有祖母，他也许不能走出权谋的旋涡。是华阳太王太后在他幼小的心灵里播下王权至上的种子，是华阳太王太后教会他摆弄权术的技巧，把他由一个不谙政事的孩童培养成一位叱咤风云的王者。每当他在执政的过程中遇到挫折时，祖母给他鼓励，给他出谋划策，让他鼓起积极向上的勇气。当他在王权的宝座上滥用王权，放纵自己的欲望满足一时所好时，又是祖母严声厉色的训教与和蔼可亲的规劝使他改过自新、调整政权的方向，为着一统天下的宏伟目标而谦恭做事、虚心求教。

可是，随着华阳太王太后的一天天衰老，嬴政已经能够自如地驾驭王权，朝中的大事再也不必请教祖母了，或者说祖母根本教导不了他了。嬴政早已记不清从什么时候起，祖母居住的长乐宫他很少踏入了，他可以用一句朝政太忙作借口为自己辩护，但这不是理由。嬴政觉得惭愧，愧对祖母对他的培育之情，在祖母孤寂的老年，需要人陪她说说话聊聊天的时候，他却没有做到这些。特别是祖母病重的时候，他也几次接到奏报，却没有来到榻前端碗水喂口汤药。嬴政抓住祖母瘦如柴草的双手，滚下两行多年来没有流过的泪水。华阳太王太后睁开双眼，回光返照一般来了精神，在嬴政的搀扶下坐立起来，欣慰地看着孙子，许久才问道："统一大业进展如何？"

"政儿派三路大军东进，一路攻韩，一路讨魏，一路伐赵。进攻韩、魏的两路大军进展顺利，估计不久就将攻下新郑，灭掉韩国，魏国也很快会被攻破的。"

华阳太王太后点点头，又问道："听说伐赵的大军遇到赵国名将李牧抵挡，一时相持不下？"

嬴政忙答道："请祖母放心，相持只是短暂的，我已找到破敌之法，不久，李牧的千里防线就会被攻破，李牧也将死无葬身之地。李牧一死，赵国指日可破。"

华阳太王太后脸上浮现一丝多日来从未有过的笑容，但马上又满含忧虑地说："政儿，对你执掌朝政的能力祖母是放心的，祖母虽然生前不能看到你一统天下那一天，但在天之灵一定会看到那天的。祖母相信你不会辜负列祖列宗的期望，因为扫平六国是多少代秦王的梦想，这梦想的实现只有你来完成了。可祖母担心的是你喜怒无常的秉性和滥杀重罚的执政手段，只怕祖母死后再也没有人敢在你面前直说你的这些缺点了，那将更加放纵你的嗜好，怕你得了天下之后因为滥杀无辜而惹怒百姓，所得天下又会失去，你要学会仁政，以仁安抚天下，不是以法处罚天下。"

嬴政想说人心是恶的，只有严罚重惩才能威服民众，使他们弃恶从善。但他不能出言反驳祖母，他知道这是祖母临终的遗言了，他只好点头答应。

华阳太王太后看见站在香香身边的公孙婉儿，升起一丝愧疚之情，一晃香香都长这么大了。可是，正因为自己的从中阻挠，公孙婉儿至今连个妃子的封号都没有，宫中的女人无名无分是多么难过啊！华阳太王太后向香香招招手，把她叫到自己身边，轻轻抚摩着香香白净的手，向嬴政说道："祖母不久就要离开人世了，祖母对不起香香，死后有一个小小的要求，把香香赐为华阳氏，封她为华阳公主。"

嬴政急忙答道："奶奶太厚爱香香了，我一定做到！"

嬴政又向香香说道："快谢过太祖母，太祖母赐你高贵的姓氏呢！"

香香急忙下跪拜谢，华阳太王太后这才稍稍安慰一些，嘴中轻轻地在诉说着些什么。是对往昔的追忆？还是对嬴政的教诲？众人已经无心再听，只是看着她那虚弱的身躯随着喘息上下起伏。

华阳太王太后的语调越来越缓，声音越来越低，终于什么声音都没有了。嬴政"哇"的一声大哭起来，众人跟着号啕大哭起来。

事物总是在它失去之后，人才感到其价值，这也许就是残缺成为美，遗憾令人难忘的缘由吧。尽管华阳太王太后年纪不小了，算是寿终正寝，可对于她的死嬴政仍有几分遗憾。因此，他把华阳太王太后的葬礼办得特别隆重，以此表达自己的怀念之情。在嬴政成长的历程中华阳太王太后是他的领路人，也只有华阳太王太后给他启迪，给他安慰，给他尊严，让他成为一个真正的君王，他也只有与华阳太王太后在一起才可以收起面孔做一个普通的人，做一个调皮任性的孙子。

　　"高处不胜寒"，自古君王多寂寞，因为他高高在上，对谁都有一种戒备之心，这种职业病决定着他不可能敞开心灵与他人沟通，不得不戴着面具去演一位君王的真实人生戏。众人宠着他、讨好他、畏惧他。对于君王，除了感情之外他什么也不缺少。

　　嬴政正是这样，他之所以深深眷念着华阳太王太后，是因为太王太后给了他感情，只有和华阳太王太后在一起的时候，他才不需要伪装，才可以说出真心话，他才从一个高高在上的君王回归到一个常人的心态。如今华阳太王太后魂归瑶池，嬴政失去了唯一能够给他情感寄托的人，他怎能不觉得遗憾呢？嬴政在华阳太王太后大殡的第二天大朝上，郑重册封香香为华阳公主，也算是听从祖母的遗愿，给她在天之灵一种安慰吧，确切地说是给嬴政自己心灵的一种安慰。

　　此后不久，前线战场上传来一桩喜讯，帮助嬴政忘却了失去亲人的悲哀。在内史腾强大军事压力的胁迫下，韩王安呈上降书降表，举国投降，至此，东方六国中，最弱的一国韩国第一个灭亡了。

　　一场大震，自乐徐至平阳变成一片废墟。大震之后又是一场大旱，无数难民涌进邯郸。难民中正传唱着一首歌谣："秦人笑，赵人号，以为不信，视地生毛。秦人何笑？赵人何号？十八子反，代王回朝。"

　　此歌谣起初只在难民中流传，一传十，十传百，渐渐地，邯郸街头大人小孩都在传唱，人们一边传唱，一边猜测着歌谣的寓意。

　　歌谣很快传到相府。郭开正在询问歌谣从何处传出，忽然听到报告说有一位故人求见，郭开立即命人传见。

　　郭开一见来人并不熟识，正不知如何称呼，来人拱手说道："郭相国贵人多忘事，我叫顿弱，当年曾得相国救助才免除一死，没有相国就没有敝人的今日，今日有事到赵，特意前来拜谢。"

　　顿弱边说边呈上礼单，郭开接过一看，上写：黄金百镒，玛瑙一对，珍珠一双。郭开一见来人出手就是如此贵重的礼物，估计来人不是巨富商人就是手握重权之人，忙还礼道："哦，原来是顿弱先生，多年不见，不知先生在何处高就？"

　　"敝人现为秦国客卿……"

　　郭开一惊，秦赵现在战事正紧，他从秦国赶来做何事？郭开警觉地问道："先生此来是公还是私？"

　　"我来赵是公，今日来到先生家却是私。"

　　"此话怎讲？"

　　顿弱故意说道："至于公事无可奉告，而私事嘛当然是要说的，我此来的目的就是为了报答相国的救命之恩，如今相国大难在即，我怎能见死不救、做忘恩负义之徒？"

郭开惊问道："请先生快快相告，我到底有何大难？"

顿弱看看左右站立的几位侍从人员，郭开会意，屏退众人，顿弱这才说道："请郭相国赶快收拾府中贵重物品，携家眷逃离此地，不然，将大祸临头。"

郭开大惊失色，结结巴巴地问道："请顿弱先生讲个明明白白，到底为什么？"

顿弱故作为难地说："请相国相信我所说的都是真的，因为相国对我有救命之恩，至于其中的原委我实在无法奉告，这关系到秦国的利益和我个人的前程。"

顿弱愈是遮遮掩掩，郭开愈想知道，顿弱为了吊郭开的胃口，更是不说。

郭开知道直接相问，顿弱绝对不说，于是眉头一皱想出一计，便说道："顿弱先生既是本相故人，虽然本相对先生曾有救命之恩，也是分内之事，本相一向对朋友两肋插刀，对属下之人关爱如子。今日先生来此，郭某一定尽地主之谊，为顿弱先生接风洗尘，畅叙别后之情与当年之谊。"

顿弱假意推辞几句也就答应了。

郭开与顿弱边饮边聊，二人都是各怀心思，因此，饮酒只是个掩饰，引诱对方上钩才是真的。

酒过三巡，菜过五味，郭开说道："请问顿弱先生，没有赴秦前在何处任职，因何故有性命之忧？"

顿弱早有所料，随口答道："说来惭愧，我原来在廉颇府中当差，因为廉颇犯事，府中人被连累进去的很多，我也在其中，当时被捕入狱的，不是流放就是杀头。幸好我有位亲戚在郭大人手下任职，那时郭大人尚为大夫，家人找我那亲戚求救于郭大人，大人如何从中周旋的我不得而知，但很快无罪释放了。出狱后我才知道自己能够脱险全是大人的恩德，有心到府中拜谢，但连一件拿出手的东西也没有，也怕因为我的事连累了郭大人，便向我那亲戚打了招呼，让他代我先谢过大人，将来有机会再图报答，不知道我那亲戚是否代我拜谢过郭大人？"

郭开忙问道："请问先生的亲戚叫什么，你说出我也许记得。"

"他说是郭大人的同宗呢，叫郭璞。"

郭开点点头，他确实有一个同宗之人叫郭璞，也确实在他手下当差，现在仍是相府的一个小职。郭开也隐约记得有这么回事。现在郭开完全相信了顿弱的话。其实，顿弱也不完全是瞎编乱造，他为了达到预期目的，每一步行动都是深思熟虑的，他所讲的郭开解救过他的事也是认真查证后才讲的，郭开确实救过一个因廉颇之事连累的人，并且是郭璞从中牵线搭桥的。

二人又饱饮樽酒，郭开便开始套顿弱的话："先生这次来邯郸能待多久，下榻什么地方，改日我也登门造访，回敬先生所赠厚礼。"

"郭相国不必客气了，我来邯郸是专程拜访大人的，因公务紧急，明日便离开此地返回咸阳，至于下榻的地方实在不便说，郭大人的心意我领了。今日承蒙大人厚爱赐宴已是感激不尽，焉有让大人再加赠的道理。当然，那点薄礼对郭大人并不算什么，但那是我的一片心意，倘若郭大人……"

顿弱哈哈一笑，不再说下去，先举起酒樽向郭开示意："郭大人，来，我敬你一樽！"郭开只好端酒共饮。

郭开多次旁敲侧击，顿弱都故意岔开话题，郭开认识到顿弱一定肩负一种特别使命，可能与秦赵之间的战事有关，莫非秦国指日可破邯郸，否则他为何说自己大难临头，并催自己携带家小逃离邯郸呢？事情既然如此重大，顿弱就在府中，他决定想尽一切办法来撬开顿弱的嘴，当然，只用计而不能使硬。于是，郭开一边与顿弱谈一些不着边际的话题，一边在饮酒上发起了攻势，左一杯右一杯地相劝，后来又让府中乐师、舞女入厅助兴，并让舞女上前劝酒。

顿弱起初是一再推辞，说有要事在身，不能因为饮酒误了大事。无论顿弱如何推辞，无奈盛情难却，只好接着喝了一樽又一樽。郭开见顿弱已有醉意，大喜过望，又亲自上前劝了几樽，顿弱终于醉了，摇摇晃晃地站起身，醉醺醺地说："郭大人，我，我要回'君子……好逑'客栈了，明日，我就离开邯郸，回，回秦了，临行前再叮嘱你一句，你，你一定听我的劝告，逃离此地，你要不是救过我的命，我绝不会来此，告，告知你的，也算一命偿一命吧。"

顿弱说着，身子一扭，栽倒在地。郭开立即命人把顿弱抬到后面房中，又命人稍稍给一点解酒的汤药，然后俯下身轻声问道："顿弱先生，告诉我为什么让我尽快离开邯郸，是不是秦军马上要攻破邯郸了？"

"你，你只管离开此地，不要多问。"顿弱虽然开口说话，但仍然处于大醉中，连眼睛也没睁。

郭开又说道："你不说我也知道，秦军准备避开李牧大将军防线偷袭邯郸，对吗？"

"不，不对，秦军暂时还不可能攻入邯郸，但李，李牧很快就会兵围邯郸。"

这消息太出乎郭开意料了，他愣了一下神，忙问道："李牧不是正率大军与秦军对峙吗？怎么会兵围邯郸呢，李牧是赵国有名的忠臣良将，你不是听错了，就是在此诬陷李将军。"

"郭，郭相国，你不懂，我来赵国就是为此事而来。"

郭开立即追问一句："莫非李牧准备投降秦国？"

"李将军是赵国的忠臣良将，宁可战死沙场，也绝不会投降秦国。"

郭开真有些糊涂了，又问道："既然李牧宁死也不可能投降秦国，他又怎么会兵围邯郸做出大逆不道的事？兵围都邑是蓄意谋反，我不相信李牧会谋反！"

顿弱仍稀里糊涂地答道："郭相国应该明白，李牧忠于赵国却不一定忠于赵王迁，赵国真正的王位继承人可不是赵王迁。"

郭开仔细一想，顿弱的话有理，李牧对赵襄王废掉太子嘉改立赵王迁一直不满，就是赵王迁承袭王位之后很长时间李牧都以军务在身为由没有入朝觐见，也没有上书祝贺。当初，赵襄王立赵王迁之母香妃为妃时，李牧就曾上书阻止，说香妃歌妓出身，地位卑贱，不适合立为妃。李牧与公子嘉一直交往甚密，特别是公子嘉被贬封代卿，二人同在一地，交往当然更加密切。公子嘉一向把王权看得高于一切，他虽然被贬，但心中一定对赵王迁怀恨，图谋王位之心不能不说没有，何况公子嘉去北地代郡是他自己主动提出，莫非公子嘉早有勾结李牧发动兵变之心？只要公子嘉攻下邯郸，要杀的第一人不是赵王迁而是他郭开，这一点郭开还有自知之明。想至此，郭开急忙问道："顿弱先生，李牧发动兵变与秦国有何关系？"

"关——关系可——可大着呢……"顿弱话没说完，又不省人事了。

郭开连呼几声，顿弱只"嗯"了两声，又呼呼睡了。郭开再呼喊顿弱的名字，他理也不理了。郭开知道顿弱已经完全醉倒，也不再给他解酒的汤药，怕他醒早了妨碍自己做事，便扔下顿弱不管，叫来几名亲信速到"君子好逑"客栈顿弱住处搜查所带东西，有没有什么密件，然后派两人伺候在顿弱身边，搜搜他身上有没有什么重要东西，并详细记录顿弱梦中所讲的每一句话。

顿弱身上没有搜出什么，但去"君子好逑"客栈的人回来却带来一样重要东西：李牧写给秦王的信函。

郭开匆匆浏览一下，如获至宝，又向几名亲信交代几句，便揣着李牧所写帛书连夜入宫。

赵王迁听到郭开奏报后大惊失色，不知所措，此时倘若李牧举兵谋反，赵国就彻底完了，赵国举国不足四十万大军，李牧所率兵马就有二十万，凭李牧之能，率军兵围邯郸，邯郸三日可破。赵王迁急忙派人请王太后来一同商讨对策。

王太后听完郭开的简单奏报，接过赵王迁递上的帛书仔细辨认，确实是李牧手迹，只见帛书上写道："秦王陛下，公子嘉欲图谋大事，事成赵割地一半予秦，并向秦称臣，请大王退兵境外，坐视公子嘉大业功成之日。李牧拜书。"

王太后看罢帛书，气得要撕成碎片，郭开忙阻止说："太后不可，一旦顿弱回到住处发现帛书丢失，知道机密泄露，必然派人告知李牧提前举事，到那时想阻止都来不及了，只有坐以待毙。"

王太后气呼呼地说道："那就连秦使一同杀掉！"

"更不可！"

"为什么？"王太后不解地问道，"杀了顿弱，这机密不就不得泄露了嘛，然后再除李牧？"

郭开解释说："杀了顿弱只会把事情弄得更糟糕。因为顿弱一死，秦人在天下布满奸细，这消息很快会传到秦国。一个李牧都不能摆平，倘若秦国与李牧联合而来，邯郸顷刻即亡，大王和王太后将死无葬身之地。"

王太后一听郭开说得有理，便问道："以郭丞相之见应该如何处理这事？"

郭开说道："常言说：攘外必先安内。依臣之见现在赵国最大的祸患是公子嘉与李牧合谋谋反，必须先铲除国内异己势力才能全力以赴对付秦国。公子嘉不足为惧，可怕的是李牧，他拥有二十万大军，要想平定公子嘉与李牧的叛乱，必须抢先下手夺取李牧兵权，并杀死李牧，李牧一死，公子嘉将束手就擒。"

王太后忧虑地说："李牧既然勾结赵嘉谋反，怎么会轻易交出兵权呢？他不交出兵权，何人敢动他一根汗毛？"

郭开略一思忖，说道："臣有一计，不知是否可行？"

"郭丞相请说！"王太后急忙说道。

"可以效法信陵君携朱亥夺晋鄙兵权的做法，出其不意，攻其不备。派人以犒赏三军之名携大王旨意到李牧军中，暗中派死士捉住李牧，然后宣读大王旨意将李牧就地处死。"

王太后点点头："这条计策可行。"

一直蹙眉沉思的赵王迁忽然说道："这会不会是秦国人使用的反间计呢？他们见李牧连胜秦军两仗，就是王翦、杨端和亲自领兵来攻都不能前进一步，才使用这种卑鄙的伎俩，欲借我赵人之手除去李牧，倘若我赵国中了秦人奸计错杀功臣，这可是亲者痛仇者快的事，令天下人嗤笑不说，也会留下千古骂名。"

郭开连连摇头："不可能，绝对不可能，起初臣也是这么想的，但种种迹象表明顿弱不可能使假，我为了从他嘴中得出几句话，就费了九牛二虎之力。不是设法将他灌醉并用汤药引诱，他至死也不会走漏半句，他清醒的时候我问他住处，他都只字不提。"

郭开忽然想起一件事，连忙问道："大王可曾听到邯郸城内正在传唱的一首歌谣？"

"什么歌谣？"

"'秦人笑，赵人号，以为不信，视地生毛。秦人何笑？赵人何号？十八子反，代王回朝。'臣刚听到这歌谣时仅仅感到其中有一种不祥的预兆，究竟预示着什么却百思不得其解，现在终于明白了，这歌谣不正预示着李牧与赵嘉谋反吗？'十八子'正是'李'字，公子嘉赐封代郡可以说是'代王'，'回朝'正指他们兵围邯郸，图谋造反。"

赵王迁笑道："就算这歌谣的词义可以这样解释，但这歌谣就不能是有人故意在街头散布的吗？"

"民间突然传唱的歌谣往往都是谶语。谶语是上天派人预先警示人的。如果能及早参破谶语并想方设法加以补救，也许能够解救危难，否则，就是对上天不忠，必遭天怒，事情也就会按谶语所说成为现实。"

赵王迁不等郭开继续说下去，摇头说道："借助儿歌与民谣行间是秦人善用的伎俩。先查明此事真相后再作处理，万万不可草率而行，中了秦人奸计，后悔都来不及了。"

赵王迁话未说完，王太后就大声呵斥道："等到查明此事之时我等早就成为赵嘉与李牧的阶下囚了，你小小年纪怎么会知道人心险恶、权势之间争斗的残酷！赵嘉岂是善类，自从母后来到赵王宫，赵嘉母子就百般刁难我，不是郭丞相处处为母后出谋划策，只怕我母子早已命丧黄泉，哪有你今日的王位？赵嘉自从失去太子之位后，对我母子更是怀恨在心，当初，他主动要求去代郡时就有谋反之心，如今又有大量证据表明他勾结李牧谋反，生死关头当断不断必有后患！此事你不必做主，一切听从我和郭相国的安排，就按郭相国刚才的计谋执行，派一亲信之人到李牧军中犒赏三军，伺机夺取兵权并取而代之。"

赵王迁略有一丝不快，说："朝中诸大臣何人有资格将李牧取而代之？"

"赵奢之后赵葱可以。"郭开答道。

赵王迁讽刺说："是赵奢之后也一定与赵括有亲缘关系，莫非又是一个纸上谈兵之徒？"

郭开讪讪地解释说："这赵葱虽然抵不上马服君当年，但也是一员虎将，赵括怎能和赵葱相提并论，请大王相信赵葱之才。"

"寡人怎么没有听说过此人却敌立功的业绩呢？"

王太后见儿子故意同郭开为难，粗声说道："就让赵葱奉命行事，请郭相国明日带赵葱入宫见哀家，我当面授他机宜。"

郭开一见王太后答应了，便告辞而去，他怕自己继续待下去赵王迁一定把受母亲之气引起的火发在自己身上。

郭开回到府中，顿弱还没有醒来，郭开立即命人把李牧写给秦王的帛书送回顿弱住处，物归原样。

顿弱一觉醒来天已大亮，揉一下惺忪的双眼，装作吃惊的样子询问侍立在身旁的人："我，我昨天晚上没有回客栈？"

"先生不胜酒力醉了，相国又不知道先生下榻哪家客栈，只好留先生在此歇息一宿。"

顿弱连忙问道："我昨天醉酒之后都说了些什么话？"

"先生大醉之后一直沉睡，什么话也没说。"

顿弱这才假装放心地点点头："酒后没有失言还好，差点坏了大事。"

顿弱起身正要告辞，郭开走了进来："顿弱君昨夜可曾休息好？"

顿弱故作歉意地说："敝人不胜酒力，昨晚大醉一定让郭大人见笑了，多谢大人对我的照料。"

郭开淡淡一笑："应该，应该，不过我昨天也醉倒了，刚才听属下报告先生要走，才把我唤醒，先生若无可紧要事做，就留在府中多歇息几日，也帮郭某想想办法，看我这一家老小近百口人能逃到何处避难。先生也不明说郭某究竟是何难，让郭某心中有个数、早做准备，看能否逢凶化吉。"

"请郭大人理解敝人的难处，确实无法相告事情真相，到时郭大人自然明白，但有一点可以告诉大人，此难不是针对大人一人的，是整个赵国之灾难，大人不离开此地躲不过这场灾难。"

"请问顿弱先生，我全家需要到何处才能避免灾难呢？"

顿弱凝思片刻说道："郭大人如果信得过在下，不妨到秦国避难，我曾听秦王陛下提及过郭大人，话语之中有几分赞赏。秦王陛下是一位惜才的君王，我这么一个逃难到秦国的小人物都被重用为客卿，并派我来赵担当大任，像郭大人这样地位显赫、才华出众之人，只要到秦国，一定不失在赵国的地位。"

顿弱的这一番话果然让郭开动了心，他确实听说秦王重用人才，用人不分国别，不重原先经历，唯才是用。郭开也明白赵国已是朝不保夕，目前只是勉强维持。假如赵嘉与李牧谋反成功，自己全家必死无疑。如果解除李牧兵权，铲除李牧与赵嘉谋反势力，李牧一死，赵国也很快会被秦军攻破。内忧外患都决定着赵国灭亡没有多少时日了，现在不早做打算，自己不是李牧、赵嘉刀下鬼，就是秦人阶下囚。而现在趁赵国未亡之际归属秦国，前途将是另一番情景。

想至此，郭开问道："我到秦国真的能够避免这场灾难吗？"

"当然，郭大人到了秦国不但能免除这场灭顶之灾，恐怕会有另一番光明前景呢。不过……"

顿弱又故意卖一个关子，郭开忙说道："不过什么，先生尽管直说，我也只是听一听，未必一定去秦国避难呢。"

顿弱又开始吊郭开的胃口："既然郭大人无心去秦地避难，我也不再多说了，请郭大人慎重考虑，但绝不能再犹豫了。"顿弱说完，便拱手道别。

郭开急忙阻拦道："先生快告诉我去秦有什么不利之处？我听后也谈谈个人见解，再请先生给指点一二，对于秦国情况我确实知之甚少。"

顿弱见时机成熟，这才说道："郭大人如果现在仅仅为避难到秦国，能够得一个大夫之职，假如郭大人能为秦国先立一大功劳然后再到秦国，那地位将更加显赫，会根据郭大人的功绩给予封赏，因为秦国向来以军功论封赏。"

郭开点点头，轻声问道："以先生之见，我能为秦国做些什么？"

"凭郭大人的地位和权势，能够做的事实在太多了，我私下认为，鸡毛蒜皮的小事做千件也不如一件，假如郭大人能够投秦王所好做成一件大事，拜相封侯也不在话下。郭大人是聪明绝顶之人，当然明白是什么大事了。"

郭开当然明白顿弱的意思，故意把脸色一变，斥道："顿弱，你好大的胆子，原来你是来劝降的，我真心把你当作朋友，你却把我向火坑里推，让我郭开做出大逆不道的事，背叛赵国投降秦国？休想！你把我郭开当作什么人了？"

顿弱一看郭开突然变脸，后悔自己言多有失，对郭开的性格心理还是理解错了，只好装出一副生气的样子说："我顿弱正肩负着大任来赵，本来不准备来邯郸，此来完全是为了报答大人当年救命之恩。郭大人既然不听我的规劝、把我当成说客，我纵然浑身是嘴也辩解不清，信不信由你，一切悉听尊便，我告辞了，郭大人权当我顿弱没有来，什么话也没有说。"顿弱真的以为郭开看破自己行迹，怕久留此地，此计不成前一计也将被识破，想尽快脱身。

郭开拦住了顿弱，忙赔笑道："先生息怒，郭某刚才是试探先生的。"

顿弱暗暗松了一口气。

郭开又说道："郭某虽然知道先生是为了我的前途着想，但劝说赵王迁举国归降却是一件大事，稍一不慎，事情不济，还会累及身家性命。"

顿弱也赔礼说："郭大人担心得极是，也请大人谅解敝人刚才的粗鲁。"

"彼此，彼此。"

郭开再次请顿弱到书房坐下，把赵国的情况告诉顿弱："赵王迁年纪虽小，但很有个人见解，外表懦弱骨子里却非常硬，此人虽无大志，却也有几分傲骨，并有几分誓与赵国共存亡之心，想劝他归降十分不易。但王太后却是一贪生怕死之人，贪图享乐，唯恐失去自己优厚的位置，从她入手劝降倒有几分可能。但只能尝试着进行，根据情况而定，成功与否全仗天命了。"

郭开说至此，突然转过话题问道："我把赵王宫中的事都告诉了先生，也请先生实言相告此番来赵的真正用意，赵国究竟有什么灭顶灾难，先生劝我速离此地？"

顿弱故意沉默一会儿，仿佛做出很大努力的样子说："既然郭大人有心归顺大秦，我再守口如瓶就有失礼貌，但为了大秦国的利益着想，我只能告诉大人一个大概，赵国不久将有一场大乱，大乱之后邯郸将为秦国所有。"

顿弱再三叮嘱说："此话只能郭大人一人知道，绝不可泄露外人。"

郭开满口答应后，顿弱匆匆离去。

时过不久，赵葱、韩仓以劳军之名，率六百余精壮御林军来到李牧军营。不由分说，便口宣赵王旨意，夺了李牧的兵权，并将李牧赐死于军中。可叹一代忠臣良将，一腔热血没有洒在疆场上，却如此莫名其妙地死在了一班奸佞鼠辈的毒计下。

营中守军有三分之一是李牧从雁门带来的，众人一听李牧已死，都趁夜四散而逃，不到十天，二十万大军只剩下十多万，领兵的将军也有十几人不辞而别。

赐死李牧的消息传到咸阳，秦王立即命退守上党待命的王翦与杨端和各率一路大军攻入赵国。王翦进攻井陉，杨端和进军平阳。赵军以赵葱为大将，颜聚为佐将，率兵迎战王翦与杨端和。颜聚主张集中优势兵力迎击杨端和，力争挫败秦军，然后再去抵挡王翦。而赵葱则认为秦军两路攻来，赵军也应当分头迎击。本来赵军就没有秦军人多，如今兵分两路，优势明显减弱。王翦探听赵葱分兵一路来救井陉，在必经之路上设下伏兵，结果赵葱所率大军中了王翦埋伏。赵葱仓促应战，兵败被王翦所杀。颜聚本来奉赵葱之命去平阳迎战杨端和，一听赵葱兵败被杀，只好改变计划收拾残军退守邯郸咽喉要地常山，试图封住邯郸大门，作困兽之斗。

邯郸失去了往日的平静，危在旦夕，人人都有一种大难临头之感。顿弱又悄悄来到郭开府中。郭开一见顿弱，惊问道："先生何时从秦国返回的？"

顿弱笑道："敝人一直没走。"

郭开吃惊地问："你不是肩负着联络李牧、公子嘉与秦王的使命吗？"

"是呀，我同时也肩负着联络郭大人与秦王之间的使命，秦王让我转告郭大人，他谢谢郭大人替秦国除去了李牧。这另一项使命还没有完成，秦王让我询问一下郭大人劝赵王迁举国投降的事进行得怎么样了？如果郭大人没有能力劝降，秦国大军就要兵围邯郸了。"

郭开有些气恼地说："你果然是秦王派来进行反间计的，我中了你的计谋反而自以为聪明，真是聪明反被聪明误，害了赵国又害己。"

"郭大人这样说就不聪明了，我确实是为郭大人的前途着想。赵国灭亡在即，如果郭大人再尽力让秦军不战而使赵王投降，郭大人又在秦国的功劳簿上写下一笔，秦王绝不会亏待郭大人的。"

郭开哀叹说："我本来并没有诬陷李牧之心，是中了先生的计谋才把他推向死亡。我这样做的目的是维护赵国的江山社稷，谁知适得其反，李牧实际是死在先生之手，想不到我却背上这陷害忠臣的千古骂名。既然恶名铸就，索性一不做二不休，坏事做到底，一件坏事招人骂，千件坏事也同样招人骂，只要我郭开能够活着逍遥，千古骂名也不管了！"

郭开让顿弱在府中等候，他独自入宫拜见王太后。

宫中也已经乱作一团，王太后更是六神无主。王太后见郭开到来，像一位快要溺水的人抓住一根救命稻草，让郭开想个退兵之策。郭开正中下怀，进言道："秦军大兵压境，王翦与杨端和两支劲旅兵临城下，颜聚驻守常山也是岌岌可危，一旦秦军攻破常山，邯郸一日可破。"

太后颇为后悔地说："倘若李牧不死，也许秦军不至于如此猖狂。"

郭开虽然心中有愧，但嘴上却说道："李牧不死，也许先入城破邯郸的人就是李牧与赵嘉，此二人攻入邯郸，大王与太后绝对没有生还可能。可是，秦军来了，大王与太后不仅有生还可能，而且不会失去王侯的爵位。"

王太后急忙问道："请郭大夫明示，如何方能保住王侯的爵位？只要可行，本太后一定照办。"

郭开说道："公子嘉与李牧蓄意谋反时就是以向秦国臣服为条件的，太后何不也走这条路，令大王向秦国递上降表，对秦称臣，秦王一定会保住大王与太后的封爵，也一定能保住赵国的宗庙祭祀。"

王太后有所顾虑地问："秦人一向奸诈不可信，万一秦王出尔反尔，岂不是束手待毙？"

"请太后放心。韩王安举国降秦，仍然被封邑新郑，没有失去原有的封爵，而今赵国降秦也不会失去邯郸的封邑，秦王不欺韩又怎么会欺赵呢？"

王太后想了想，这确实是唯一可行的办法，点头说道："此事就请郭丞相代劳，先出城与秦人谈条件，了解秦人意愿，有什么情况及时奏报于我。"

郭开略有顾忌地问："倘若大王一意孤行，执意不肯降秦怎么办？"

"你尽管去同秦人谈判，迁儿那里有我呢，假若他不同意，到时就由不得他了。"

郭开回府，把入宫情况向顿弱简单述说一遍，顿弱立即答道："郭大人尽管去禀报赵王迁与王太后，太后所提要求秦王一定答应，秦王一言九鼎，向来以宽厚仁爱威服天下，怎会与赵王及太后过意不去呢？卫元君与韩王安不都是最好的明证吗？"

几天后，郭开再次入宫奏报太后，说秦人答应太后的各项要求，请赵王与太后尽快出城归降，不然，大军攻破常山之日，归降也没有用了。

王太后命人找来赵王迁，把郭开与秦人谈判之事告诉赵王迁，令他写出降表。

赵王迁一听母亲瞒着他让郭开与秦人商谈投降的事，坚决反对说："先王把赵氏祖业传给我，我纵然无力保全，但也不能拱手让给他人，先王地下有知该是何感想？先王之所以废长立幼，就是认为我有守住祖业的才能，我宁可与宗庙共存亡，也绝不降秦。"

王太后冷笑一声："小子，你别自以为是了，不是为娘与郭丞相费尽心机诬陷赵嘉，百般讨好你父王，王位怎会落到你的头上，你何德何能继承宗祧？你不是自以为有才吗？秦军不日兵围邯郸。你能击败围攻的秦军吗？"

赵王迁答道："邯郸水深池宽，城高墙厚，城内兵多将广，储备丰厚，秦兵曾数次围攻邯郸均没有攻下，我相信邯郸这次也会化险为夷。趁秦兵尚未攻破常山，派信使赴楚、燕、齐、魏四国求救，向他们陈述救赵的利害关系，我想四国绝不会见死不救、坐视赵国亡国的，只要四国兵至，内外夹击，秦兵必败无疑。"

郭开嘿嘿一笑："大王太年轻了，根本不了解列国的情况，魏国的大部分国土被秦国占领，只剩下大梁周围几百里的土地，秦将王贲、李信正领兵围攻，魏国自顾不暇，如何前来救赵？燕赵世仇，燕国巴不得赵国灭亡呢，更不会出兵相救，秦齐联姻互相结为友好，并有盟约在先，永世不相攻伐，现在怎么会背秦向赵呢？楚国惧怕秦已经很久了，为了躲避秦军攻伐，三迁国都，我估计楚国也不敢来助赵。"

王太后也说道："你整日待在宫里吃喝玩乐，声色犬马，不了解六国之事不说，连朝中之事也不明白，整日生活在幻想中，明明自己蠢，却自以为才智过人，根本不会料理朝政，却梦想成为一代明君英主，真是可笑透顶！就是有援兵来救，邯郸城又能支撑多久？谁能担当御敌的大任？除非大王亲自持剑上阵。"

赵王迁见母亲与郭开共同羞辱他，恼怒地说："如果不是你们出馊主意逼死李牧，秦人如何敢在我赵国国土上嚣张？"

王太后见儿子当面顶撞自己，并揭自己的短，怒斥道："不是为娘杀了李牧，只怕李牧与赵嘉早已攻破邯郸，此刻这宫中端坐之人不是你而是赵嘉。攘外必先安内，国家宁可亡在敌国之手，也不能败在国贼手中，何况现在仍然有机会保住封号与宗庙祭祀。归降是最明智的做法，韩王安、卫元君角不都是因为投降而保住了封邑与爵位吗？"

王太后又威逼说："如果你执迷不悟，为娘先废去你的王位，将你绑缚起来献给秦军作为归降的觐见礼。你不是要以身殉国、无愧于列祖列宗吗？为娘这样做正好满足你的心愿。"

赵王迁终于答应归降，在郭开写好的降表上印上那块价值连城的和氏璧刻成的印。

随着赵王迁手中的印落在帛书上，郭开一颗悬着的心踏实了，他知道这份降表将会给自己换来另一番锦绣前程。

秦王接到李斯奏报，说燕太子丹根本没有被杀，而是故意制造假象潜逃回国了。

秦王大骂太子丹欺人太甚，传令蒙武、辛胜率军攻燕，兴师问罪，令燕王喜立即送回太子丹，并赔礼致歉。

嬴政冷笑道："寡人正愁没有伐燕的借口呢，你太子丹不识时务，主动给寡人提供这个方便，那就不要埋怨寡人无情无义！"

这时，一名奏事太监来报，说太后玉体不适，想见见大王。嬴政一听说母亲病了，急忙来到甘泉宫。

赵姬明显地苍老了，满头青丝已染上岁月的风霜，曾经最引以为骄傲的如秋水一般的明眸变得昏暗了，眼眶凹陷，目光呆滞，凝脂一般的脸庞被时间打磨成核桃状。

嬴政来到母亲榻前，多日不见，母亲苍老了许多，人也消瘦许多。嬴政有一丝歉疚，也许自己对母亲苛刻了一点儿，可他怕悲剧重演，王室是高贵的，也是纯洁的，是全国臣民的典范。王室之家只有服从、守规、遵命，不允许越轨、犯上、殉情。

嬴政询问一下病情，吃的什么药，让哪位御医诊治的，效果怎样。赵姬都一一作答，赵姬见儿子面带忧虑之色，忙宽慰说："你不必担心，娘今年才六十出头，娘能活你祖母那么大的岁数呢，不等到你统一天下登上至尊无上的帝王之位，就是阎王来请，娘也不会走的。"

过了一会儿，赵姬又略带悲伤地说："娘是一个无用的人，朝廷内外大事娘一窍不通，帮不上你的忙有时还给你添乱。娘知道你表面上原谅了娘，可心里仍然生娘的气，娘绝不怪你。将来有一天娘死了，你不要让娘葬入嬴氏王室祖坟之列，娘给王室丢脸了，娘不配。"

赵姬说着，不听话的泪水流了出来，嬴政给母亲擦去脸上的泪水，十分愧疚地说："娘，你不要说，儿也对不起你呀，请娘谅解儿子的不孝。"

赵姬惨笑一下："好，不提这些陈年旧事，说些高兴的事吧，政儿给娘说说你派兵东征的战况，有哪些值得称颂的事，都讲给我听一听，娘虽然不谙军政大事，但对征讨杀伐的事还蛮感兴趣的。"

嬴政为了让母亲高兴，绘声绘色地讲了韩王安举国投降的事，讲了王翦与李牧对阵不能取胜以及如何用计杀李牧的事。嬴政感慨地说："千军易得，一将难求。忠臣良将实在是国家的中流砥柱。赵国半壁江山全凭李牧一人支撑，自从顿弱用计杀了李牧，不足三月赵国可破，如今王翦、杨端和大军兵至邯郸，指日可破赵都。"

赵姬一听嬴政说邯郸很快就被攻下了，忽然有一种故地重游的冲动，翕动一下嘴唇说："政儿，娘想去看一看邯郸，你答应吗？"

嬴政看看瘦弱的母亲，心疼地说："只要母后乐意，儿臣当然奉陪，只是母后玉体有病未愈，怎能蒙受长途车旅之苦呢？"

赵姬笑道："为娘并无大病，也许是长年待在宫中憋闷所致，外出散散心可能更有利于病愈呢！"

嬴政见母亲执意去邯郸，也不再阻拦，便着人安排车驾，与母亲一同前往邯郸。

嬴政母子刚到半路就接到顿弱奏报，说赵王迁答应举国投降，嬴政听后十分高兴，加快了前进的速度，恨不得一步赶到邯郸，接受赵王迁的跪迎。

赵王迁降秦的消息传到常山，颜聚斗志全无，急忙率所剩几万大军投奔代郡。

王翦与杨端和护送嬴政与赵姬驾舆来到邯郸城外，赵王迁得报后早已率文武大臣到十里长亭恭候。

赵王迁在郭开的陪同下一步一叩，向秦王行投降礼，赵王迁跪在地上，双手把降表呈到头顶，赵高先接了过来，然后递给秦王。赵高接过投降书的刹那，心里翻江倒海。他也是王室后裔，守住列祖列宗留下的这片基业是他们共同的责任，他正是为了这一使命到秦宫做内应，想不到时过境迁，这份降表是从自己手中传递给秦王的，这对他是何等的讽刺。所幸跪在地上的是赵王迁而不是公子嘉。

嬴政接过赵高递过来的降表，扫了一眼，随手扔在旁边，把头一昂，傲慢地问道："你就是赵迁？"

赵王迁跪在地上，恨自己太懦弱，没有坚持己见、与城共存亡，恨自己听信母亲与郭开之言出城纳降，人宁可站着死也不跪着生，可他选择了后者，正是自己的卑弱才有今日之辱，此时，赵王迁希望地上有一个缝让他钻进去。

嬴政的问话更让他觉得屈辱。赵王迁冷冷地答道："如果我不是赵王迁，说明赵国并没有投降，赵国的臣民仍在与秦国侵略之军浴血奋战。"

赵王迁故意把"王"字说得重重的。

赵国的众大臣都吓了一跳，众人都听说秦王生性残暴，专权嗜杀，赵王迁这几句话不是有意找死吗？郭开也为赵王迁捏把汗，急忙向前跪爬几步叩头说道："大王息怒，赵王年幼无知，从来没有经历过投降仪式，不知道归降的礼仪与规矩，说话自然不知轻重，得罪大王之处请大王海涵。"

顿弱急忙在秦王旁边介绍说："这就是赵国丞相郭开。"

嬴政点点头，捻须说道："郭相国是识时务、懂进退之人，本王也感谢你替我大秦除去李牧、劝说赵迁举国投降。寡人向来赏罚分明，对有功之人不分贵贱与出身，一律给予重赏，寡人暂封你为客卿，近日收拾家当，携妻小去咸阳任职，等到本王回都邑后，再另作封赏。"

"谢大王恩典！"

郭开虽然叩首称谢，心里却有苦难言。秦王当众称赞李牧之死与赵王迁归降是他的功劳，不就是向赵国君臣揭露他是逆贼叛臣吗？秦人不一定感激他，但赵国人一定唾骂他。果然不出所料，赵王迁明白李牧之死与自己归降都是郭开从中撺掇后，不顾一切地站起来朝郭开脸上就是一记响亮的耳光，骂道："赵国弄到今天这种地步，都是你这样的奸臣逆子所为，你虽为相国、太傅，我却恨不能抽你的筋剥你的皮！"

郭开又羞又恼，脸上火辣辣的，俯伏在地，说不出一句话来。秦王见赵王迁刚才冲撞自己，现在又当着自己的面打骂郭开，勃然大怒，厉声喝道："来人，把赵迁捆绑起来！"

四名虎贲军校尉上前把赵王迁按倒在地，捆个结实。

嬴政又斥道："郭开被寡人封为客卿就是大秦国的臣民，你敢当众羞辱本王的大臣就是欺君犯上，难道不怕寡人杀了你？"

赵王迁虽然被五花大绑，但毫不畏惧地说："本王只求一死，绝不愿苟活于世给赵氏先祖蒙羞！"

嬴政嘿嘿一笑："你已经跪倒在本王面前，向本王称臣。沦为阶下囚还敢嘴硬？你真有骨气，何必开城纳降？"

赵王迁冷哼一声："不是我要投降。是他人逼迫，我若有权做主，赵国拼战至最后一人也不会前来投降。落到今天这种地步，是上天作难于我，是我母后作的孽报应在我身上，只求速死，别无他言。"

嬴政一听赵迁说"是我母后作的孽报应在我身上"，心中咯噔一下，不自然地瞟瞟坐在旁边的母亲，然后对赵王迁怒斥说："你自己无能守住祖宗留下的江山，怎么把责任推在母亲身上？仅凭这句话本王就应该将你处死，念你年幼无知，主动归顺，本王免你一死，将你迁徙到蜀地房陵，终生不得重返故里！"

嬴政命人将赵王迁押走后，见赵国大臣都惊恐万分。为了安抚众人，嬴政说道："除与秦国顽抗到底之人，其余诸人一律赦免，对有功于秦的按功劳大小封赏！"

赵国众臣这才松了一口气。

嬴政忽然想起一件事，向郭开问道："赵国曾有一块令天下人惊叹的璧玉，不知现在还在吗？"

郭开忙面带微笑地说："奴才早已估计到大王会提及此事，小人已经从赵王宫中取来，请大王过目。"郭开边说边献上璧玉。

嬴政接过璧玉在手中把玩片刻，然后递给母亲说："先王曾用十五城交换此玉而不能得到，今天我却不费吹灰之力就得到了，真是上天垂青于我呀。"

赵姬接过璧玉看了看说："和氏璧价值连城，又是嬴氏先祖梦寐以求之物，你如今得到它，就用它刻一枚御玺吧，以此作为传国之宝，传至千秋万代。"

众人齐声附和说："太后之言极是。"

嬴政又把宝玉传给左右大臣过目，众人无不啧啧称赞。

秦王政命王翦与杨端和先率军入城布防，接管邯郸，然后才与母亲一起乘辇驶入城内。走进邯郸城门的刹那，赵姬回忆的大门打开了，往事一件件浮现在眼前。嬴政让母亲先到宫中歇息几日，然后再陪母亲在邯郸城内转一转，赵姬谢绝了，她要独自一人去往日住过的地方看看。嬴政无奈，只好答应了，派了一支虎贲军作保护。

赵姬先来到自己初到邯郸落脚的"君子好逑"客栈，在两名侍女的搀扶下赵姬步入楼上，自己当年卖唱的那间雅室仍在，赵姬坐在曾经坐过的位子上，有一种恍若隔世之感。店主早已易人，因为她的到来，所有客人都被赶走了，她想体味一下酒楼上当年的热闹与繁杂都不能够，伴随她的是空旷与寂寥。谁能想到当年在此卖唱的一位歌女，如今竟是威震天下的大秦国的王太后？离开"君子好逑"客栈，赵姬来到公子嘉当年居住的府中，这里早已人去楼空，自己曾经住过的房间结满了厚厚的蛛网。赵姬站在空荡荡的大厅里，耳边仿佛响起往日的琴音。

在这里，赵姬与公子嘉度过了一段美好时光，但好景不长，自从在这大厅里遇到吕不韦之后，她的人生就发生了转折，从此交织在三个男人中间。

离开公子嘉之府，赵姬想去寻找吕不韦旧有的馆舍，但早已不存在，她又到秦异人的馆舍旧址寻找，几经周折终于找到，这里已装饰一新，成为外国使者居住的地方。赵姬步入其内，努力寻找过去居住的房间，把思绪带到三十多年前……

嬴政处理完几件大事，身着衮服头带冕冠在大队人马的簇拥下也来到城南。旧居依然安在，只是更加破旧了，这是嬴政童年记忆最深的地方。这里有他的欢乐，但更多的是孤独与痛苦，他很少与外人接触，当然就很少有玩耍的伙伴，大部分时间是母亲陪他度过的，可母亲给他的除了无私的母爱，还有让他觉得屈辱的记忆，这些梦魇般的记忆总让他心中的恨牢牢控制着心中的爱，把爱挤压到一个小角落。每当恨占据他的整个身心时，嬴政就变得烦躁起来，情绪不稳，喜怒无常，后来他终于找到一个平定烦躁心境的办法，那就是杀人。对于他，杀人有一种快感，那喷洒而出的殷红鲜血，那落地有声的躯体，以及那舞起的长剑都让他有一种酣畅淋漓之感，比做什么事都觉得兴奋、快意！

嬴政正准备离开城南故居到别处走走，忽然接到奏报，说母亲突然昏倒，正在赵王宫内救治。嬴政大吃一惊，急忙回到赵王宫时，母亲已经去世，苍白的脸上露出几许欣慰的笑容。嬴政扑在母亲的身上失声痛哭起来。

在众人的劝慰下，嬴政擦去脸上的泪水对杨端和说："太后突然薨逝，一定是所到之地勾起她老人家的痛苦回忆，感情波折太多造成的。太后所到之地有许多仇家，他们当年欺凌我孤儿寡母，如今又让太后睹物思旧，想起不堪回首的往事，这些人罪当处死，你速带兵前去剿杀，罪大恶极之人全部活埋！"杨端和领命而去。

随着秦军开赴邯郸，数月来一直心神不定的邯郸人并没有见到秦军有什么暴行，人们的心稍稍平静下来。就在这时，从宫中传出消息，秦王为了报答当年亲邻的关怀，让众人前来登记，不来登记的，一经查出全家被杀。人们对秦王的这种报恩方式多少持怀疑态度，但怀疑是没有用的，明知送死也必须前去登记。一册册名单报上去了，嬴政看也不看，只说一个字——杀。一个又一个家庭被驱赶到指定地点，杨端和大手一挥，顿时血肉横飞，哭骂一片。

后来，干脆不再造册了，杨端和根据嬴政的大致印象，把几处曾经住过的地方周围所有居民全部列入斩杀行列。邯郸城内尸横遍野，血流遍地，无数个家庭毁于秦军屠刀之下，数万个生命如蝼蚁一般被轻轻碾碎了。

无数具尸首和遍地鲜血平静了嬴政烦躁的心情，他又命令王翦与辛胜率大军北伐燕代，自己则星夜赶回咸阳为太后举行大葬，留杨端和驻守邯郸。

燕蓟东宫荆轲馆舍是太子丹专门为荆轲在宫中修建的一处建筑，造型别致，装饰华美，吃穿用度胜过燕王喜，可以称之为王宫之中的王宫。荆轲住进馆舍一年多来，每天是山珍海味、锦衣美食，出则高车驷马、随行百人，入则美姬成群、仆人服侍左右。

荆轲本来瞧不起太子丹，不愿为他卖命，是田光以死相激，使他不得不为友人而来。但荆轲对太子丹仍然没有什么好感，有时为了试探一下太子丹的诚意，荆轲故意说一些过分的话，做一些过分的事。

一次，太子丹陪荆轲在池边闲聊，水中浮出一龟，荆轲顺手捡起一片瓦块击打大龟，边打边说："能用金丸击龟那才有趣呢！"

太子丹立即命人捧来金丸供荆轲击龟。荆轲也不推辞，拾起太子丹送来的金丸向池中的龟投去。

又一日，太子丹骑着他新得到的一匹千里马从宫外回来，恰好迎着荆轲，太子丹急忙下马施礼，荆轲抚摩着太子丹的马鞍说："我曾听人说千里马的马肝不同于一般的驽马的肝，味道鲜美，实在是下酒的好菜。"

太子丹便命庖厨把千里马杀了，用马肝做一道精美的菜供荆轲下酒。荆轲只是连声说好吃，一个"谢"字也没提。

还有一次，太子丹陪荆轲在华阳台上饮酒，太子丹让自己的爱姬在旁边侍酒，当这位爱姬斟酒时，荆轲随口说道："这么美的一双手，我从不曾见过。"

席散之后，太子丹便命人送给荆轲一个玉盘，盘中放着那位爱姬的一双手。

荆轲被太子丹的诚心感动了，他也知道此举并不是太子丹的一时冲动，决心尽自己平生之能满足太子丹的心愿。特别是这一年多的朝夕相处中，荆轲对太子丹也有了进一步的了解，知道太子丹虽然才不出众，但也是胸怀大志之人，并有一腔不甘人后的热血，只是迫于父王的各种压力不能按照自己的心愿去做罢了。当荆轲了解太子丹的苦衷后，知道他选择行刺这条路是别无选择，更是孤注一掷，这是太子丹平生第一件也可能是最后一件轰轰烈烈的壮举。荆轲明白自己的生命微不足道，绝不能让太子丹的这一壮举留下遗憾，此举要志在必得。荆轲反复设想了可能出现的每一个细节，谋划的结果是他一人之力恐怕不能成事，必须配备一名得力助手，这人也一定与自己一样有胆有识，并能与自己心心相通、配合得天衣无缝才行。

荆轲想到自己的一位朋友，榆次人盖聂。论剑术荆轲总觉得自己比他仍稍逊一筹，更主要的是他与盖聂有着相似的心胸与志向。当初卫国灭亡时，他曾去游说卫元君，主动要去咸阳行刺秦王。那就是盖聂的建议，并且盖聂答应他，只要他去行刺，盖聂愿舍命相随。有他二人珠联璧合，何愁不能劫持秦王？取他项上首级则是手到擒来。荆轲立即命人给盖聂送去一封邀请函，请他来蓟都共谋大事。

太子丹也为行刺之事积极奔走，打探秦国动向，并从赵国高价购得一把匕首。这把匕首长一尺八寸，形似鱼肠，也有人称作鱼肠剑，相传为春秋时吴国人干将和他的妻子莫邪所铸。鱼肠剑虽然没有干将、镆铘二剑出名，但也是罕见的利器，断金碎石不在话下。不知什么原因，这把匕首竟然落到赵国人徐夫人手中。

太子丹买回匕首一试，果然如传说中的那样锋利无比。太子丹又命人把匕首淬上剧毒，见血封喉，可令人顷刻毙命。

一切准备齐全，只等盖聂一到便可出发，但信使回来说盖聂外出云游了，去向不明，也不知归期。荆轲决定耐心等待一段时间，看看盖聂能否归来。

燕国不能再等待了，太子丹也不能再等待了。

太子丹心急火燎地找到荆轲说："荆兄，你那位朋友恐怕不会回来了，荆兄一人出发吧，荆兄再不出发，燕国就灭亡了。秦国已经灭了赵国，赵王迁已经被贬谪至房陵，如今正派王翦与辛胜率大军向燕代这边打来。燕代联合无法抵挡王翦与辛胜大军，燕国危在旦夕，我燕丹纵然有心侍奉荆兄，只怕也没有多少日子，望荆兄理解我对你的催促。"

荆轲点点头："轲既然答应了太子的请求就绝不会半途而废，轲行事的准则是要么不做，做就一定要成功。我之所以迟迟没出发，是等待盖聂。合我二人之力胜券在握，仅我一人前往，胜败只能参半。"

太子丹想了想说："那就让秦武阳与荆兄一同出发吧，他是我燕国名将秦开的孙子，为人行侠仗义，也颇有胆略，十三岁时就曾在街上杀死一泼皮无赖，从此以剽悍勇烈出名，很少有人敢与他对视，据说他的眼神都足以杀人。"

荆轲有所顾虑地说："田光先生曾与我谈及此人，田先生说秦武阳是骨勇之人，发怒时面色惨白，我怕他在秦廷上把心中的秘密表露在脸上被秦人发觉，坏了太子的大事。"

"也许田先生言过其实了，从我私下与秦武阳的交往看，我觉得他胆大心细，做事果敢有魄力，单独行事恐怕不行，做荆兄的副手还是可以的。"

荆轲一听太子丹这样说，便点头答应了。

"既然太子催行，就让秦武阳做副手吧，但还必须有觐见秦王之礼，否则如何能够接近秦王政呢？"

太子丹忙问道："依荆兄之见，应用什么作为觐见之礼？我即日准备。"

"秦王政有的是美女和金银珠宝，我以为能够打动他的只有两样东西，督亢地图与樊於期的人头。秦国对督亢一地垂涎已久，现在太子以燕王名义拱手献给秦国，秦国不动一兵一卒得到这片肥沃的土地当然高兴。樊於期是秦王政用千金悬赏捉拿的要犯，如今太子以赔罪的名义献上樊於期的人头并向秦国臣服，秦王政岂有不见之礼？"

太子丹为难地说："督亢地图我可以随时交给荆兄，而樊将军的人头我怎能开口索取？他是从代郡公子嘉那里请来助燕操练兵马的，没有重用他我都觉得有愧，怎么还能将他逼死呢？朋友之交重在一个情字与一个义字，我宁可让燕国亡国也不会索要樊将军的人头，还是另想其他办法吧。"

荆轲没想到太子丹竟然还有这样一副侠义心肠，十分感动，过去他以为太子丹是一个为利而不顾一切的人，现在对太子丹又有一份好感，便说道："太子放心，你先去取督亢地图，其他所需之物我来准备。"

荆轲来到樊於期居住的馆舍，径直说道："樊将军整日独居馆中一定十分寂寞，小弟讲一个故事给樊将军解解闷。"

荆轲也不问樊於期是否同意，兀自讲道："很久以前，一个大臣得罪了国王，整个家族被诛杀，仅逃出一个幼子，幼子发誓为家族向国王报仇，便投师学艺，学得一身击剑绝技，但王宫守卫森严，他几次入宫行刺都没有结果，反而惹得国王大怒，国王下令悬赏缉拿。这个幼子想报仇就更难了，便回到师父那里哭诉自己大仇不得报的遗憾。师父见徒儿哭得伤心，也为他的报仇精神感动了，便说道：你要想凭你自己之力报仇是不可能的，因为你根本无法接近国王，我可以代你报仇，但必须用你的头颅作为接近国王的诱饵，你愿意献出自己的头颅吗？幼子毫不犹豫地说：只要能报得大仇，舍弃我的头颅算什么。于是拔剑自刎。

"师父割下弟子的头颅来见国王。国王一听说他缉拿的要犯被人抓住杀了，并来敬献头颅，便答应接见来人。师父告诉国王说：我虽然为大王杀死要犯，但他对大王的仇恨并没有结束，化成厉鬼仍然要向大王复仇，从此大王的生活将更加不安。国王询问有没有去除厉鬼的办法，师父说办法只有一个，把这人的头颅放在鼎镬里煮，等到鼎镬滚开时大王站在鼎边对着这人头颅怒喝一声：你化作厉鬼也逃不出这鼎镬。从此，厉鬼就不会有了。国王信以为真，按照这位师父的话做了，当鼎镬滚开时，国王登上梯台向鼎内喝道：你化作厉鬼也逃不出这鼎镬。国王话音未落，这位师父猛地冲上去把国王推进翻开的鼎镬中。师父也随之跃入鼎中。等围观的大臣反应过来是怎么一回事，派人打捞时，鼎中只剩下三个头颅和两副骨架，谁也分不清哪是国王的头颅骨架，只好把这三个头颅两副骨架合葬一处，并举行国葬大礼。"

荆轲讲到这里，樊於期若有所悟地说："荆轲兄弟讲这个故事是告诉我如何报得深仇大恨吧？只要能够报仇雪恨，让我做什么都可以。"

"我只想要将军项上头颅。太子丹想让我西去咸阳行刺秦王，一切准备就绪，只缺少觐见秦王的礼物，如果能够得到将军的头颅，秦王一定会召见我，等我入宫觐见秦王的时候，趁机把藏在头颅内的匕首取出，刺其胸膛，秦王必死无疑，将军大仇得报，太子丹的耻辱也可以洗去了。"

樊於期顿首流泪道："我与嬴政有不共戴天之仇，此仇不报枉为人！只要能够报得大仇，与嬴政共死也无憾，报仇一事就拜托给荆壮士了！"

"嬴政，我在黄泉路上等着你！"樊於期大呼一声，拔剑自刎。

荆轲把樊於期放在榻上，割下他的头颅。

太子丹闻讯赶来，伏在樊於期尸首上恸哭道："樊将军，丹不能为你报仇雪恨，反而连累了你，丹有愧于将军……"

乌云压顶，寒风劲吹。易水幽幽，如泣如诉。

易水本是燕赵界河，如今赵已为秦所灭，渡过易水就进入了秦国境内。王翦、辛胜所率大军正驻守在易水之南的中山，夜阑人静，秦军的马嘶鼓鸣隐约可闻，守卫在易水畔的燕国将士不寒而栗，常以胡琴、琵琶诉说内心的恐惧，等待着一场即将到来的决战。哀婉的胡琴声中，一座中军帐内杯盘狼藉，太子丹饮完一樽酒，略带醉意地说："此行就拜托二位了，丹在此静候佳音！"

荆轲也一仰脖子干完樽中的酒，慷慨激昂地说："太子放心而回吧，我二人定不辱使命，一定用震惊天下的消息报答太子的知遇之恩！"

荆轲看看窗外阴云，毅然说道："即刻出发，风雪无阻！"

天真的飘起了雪花，纷纷扬扬，虽然不大，却弥漫着一种怅然的情绪。

一行人刚到渡口，猛然听到身后传来一阵急促的马蹄声，两个白衣白帽、浑身孝服的人奔驰而来。二人来到跟前，荆轲才看清正是自己的好友高渐离和狗屠。二人跳下马向荆轲拱手说道："荆兄此去，一去不返，我二人着孝服行葬礼为荆兄壮行，望荆兄马到成功！"

荆轲还礼说道："我本来想亲自去向二位作别，又怕二位兄长因我离去而伤怀，故意不辞而别，想不到二位兄台还是闻讯赶来了。"

高渐离说："荆兄为大义慷慨而去，我二人虽然不能以身相随，但应该用超尘拔俗的礼节前来饯别，浇铸荆兄大名万古长流！"

狗屠撕开衣衫，取出他亲自调制的狗肉，高渐离从马背上取一个羊皮酒囊，先仰头饮了一大口，然后递给荆轲。荆轲用力撕一条狗腿，大嚼几口，又接过高渐离递上的酒囊猛灌一气。这时，高渐离取过带来的筑忘情地演奏起来。

狗屠操起羌管席地而坐，合着高渐离的筑音呜呜吹着。

荆轲的情绪也被点燃了，仰头喝上几大口酒，扔掉狗腿和酒囊，操起打板，边击打边引吭高唱："风萧萧兮易水寒，壮士一去兮不复还！"

筑声、管声、板声由清而浊，形成一种混响，悲壮激越，高昂苍凉，似有暴风骤雨充塞天地之间，又如铁马金戈征战沙场荒滩。荆轲泪洒衣襟，又高声唱道：易水寒兮热血腾，赴高义兮报衷情，探虎穴兮入蛟宫，仰天嘘气兮成白虹！云为我送行兮雪为我飘零，易水为鉴兮后世传我名……

荆轲边唱边拉起秦武阳登上战车，猛地挥动手中的鞭子，奔驰而去，一直消失在纷纷扬扬的雪地里。

众人都散了，高渐离仍然抱筑而击，狗屠也依然沉醉在自己的羌管里，任凭大雪飘落在脸上……

咸阳，这座令列国心惊胆战的都邑，也让荆轲感到震惊。他曾遍游天下，到过东方六国都邑，唯独没有来过咸阳，今日一见确实感到震惊。他震惊咸阳的繁华与富庶，也震惊咸阳城墙的高大与巍峨，仅从都邑相比，六国自愧弗如，从中可以看出秦国的实力确实足以吞并六国了。

荆轲知道自己不是为欣赏咸阳的繁华而来，自从下榻广成传舍以来就再也没有出过门，他等待着秦王政的召见。按照原先的估计，到咸阳后秦王政就会立即召见他，因为他代表燕国臣服而来，又有两份丰厚的觐见之礼。可是，事情远远不像他估计的那样简单，住进馆舍一晃半月有余，却不见任何秦王政召见的消息，他几次催问都是同样的回答：大王因太后大殡而哀，心情不佳，耐心等候。

荆轲害怕时间拖得太久，泄露了机密或者被秦人查出破绽，此行不能达到预期目的。自己身死事小，耽误太子丹的大事就有愧了。荆轲思虑再三，决定采取第二步行动。

荆轲携千镒黄金来到中庶子蒙嘉府中，献上重礼说："我奉燕王使命入秦称臣，临行前燕太子再三告诫我，无论事情多繁忙都要亲自登门拜见蒙大人，代他向蒙大人致谢。"

蒙嘉看看荆轲献上的重金，略有不安地说："太子丹上次让我帮他出城时只说去城南看望一位朋友，谁知他竟是诈死逃跑，大王为此事雷霆大发，派李斯等人严加追查，我差点被卷了进去呢。倘若李斯查出是我放太子丹出城，我的性命丢了不说，整个蒙氏家族也要遭殃，希望你今后不要轻易再来我府。"

荆轲忙说道："太子丹也不想欺蒙大人，因为秦王有杀他之意，没奈何才出此下策。太子丹只要一提及蒙大人便倍加称颂，也感到有愧于大人，特令荆某携此薄礼略表歉意，同时还有一小事相求。"

蒙嘉看看重金，平声问道："荆卿还有何事，先说说看，我能办则办，不能办请荆卿另求他人。"

荆轲笑道："也不是什么大事，对蒙大人这样的宠臣而言实在是小事一桩。"

"到底何事？"蒙嘉催问道。

荆轲这才说道："我奉命使秦，并携带燕督亢地图与桓齮的人头敬献大王，可入秦已近月余，却不见大王有接见之意。督亢地图倒没有什么，可桓齮的人头就不同了，一旦药力尽了，头上肌肉腐烂，面目全非，如何能辨认出是桓齮呢，大王若说我是随便用一死者来欺骗他，我纵然浑身是嘴也说不清啊。一旦出使不成功，我个人的名声地位受损不说，燕国也不会再来称臣。燕国虽弱，也有近三十万大军，秦国没有两年时间，想攻破燕国是办不到的。秦国不战而使燕国臣服，其他诸侯国就可能随着向秦称臣，如此一来，秦国不动一兵一卒便可统一天下，这种利秦也利燕的事蒙大人为何不做呢？一旦秦王顺利统一天下，蒙大人也有大功呀！"

蒙嘉想想荆轲的话也有道理，又问道："听荆卿之言，这是对秦有百利而无一害的事，燕国为什么要做呢？"

"秦国灭韩亡赵，如今又屯兵中山，王翦、辛胜大军跟燕军对峙易水，燕王有自知之明，与其以软抗硬毁于战火之中，不如主动称臣乞求保留封爵食邑，也能让祖宗祭祀长久延续呀。"

蒙嘉点点头："大王在荆卿初到咸阳时就准备召见荆卿，以此显示秦宽厚对待来降之人。但李斯却提醒大王，说燕人都像太子丹一样诡计多端，好使诈欺蒙秦国，李斯决定先查清燕使的身份与真实意图再作处理。若是真心归降就设九宾大礼隆重召见，若另有不轨之心则立即处死来使，并派王翦、辛胜率大军踏平燕蓟。"

荆轲着实吃了一惊，但脸上却心平气和地说："李廷尉太多心了，此一时彼一时，当初太子丹逃秦是为了活命，如今燕遣使来秦也是为了活命，怎么会有诈呢？即使燕国使诈，也应该用在战场上，几位使者来此能够用什么诈？一定是秦国用反间计用多了，也怀疑他国都在使用，以至于疑神疑鬼。"

蒙嘉略感为难地说："我纵然有心帮助荆卿完成使命，但毕竟只是个中庶子，人微言轻，说十句的分量也不如李斯、尉缭、赵高等人一句，恐怕费尽口舌作用也不大。"

"蒙大人不必自谦，你在秦国的名声不弱于这几人，你一定有办法的。"荆轲恳求说。

蒙嘉想了想说："大王去年攻破赵国时，曾在赵王宫中得到一名美女，此女能歌善舞，才貌出众，被大王封为胡妃，很受大王宠爱，如果胡妃能为荆卿说一句话，大王立即便会召见燕使。"

"如何能让胡妃为我游说大王呢？"

蒙嘉说道："恰逢胡妃新近分娩，生下一小王子名叫胡亥，荆卿备一份能让胡妃动心之礼，送给胡妃，求她劝说，则得到大王召见易如反掌。"

荆轲暗喜，忙说道："此事还要蒙大人从中引荐，事成之后秦燕就是一家，我一定好好感谢蒙大人。"蒙嘉满口答应。

按照蒙嘉授意，荆轲携重礼前去拜见胡妃娘娘，请她在秦王面前多多进言。果然，在胡妃的暗中协助下，荆轲被嬴政宣召次日晋见。

第二天，嬴政在咸阳宫广安殿设九宾大礼召见燕国使臣。

荆轲与秦武阳身穿峨冠博带的燕使服，穿过手持刀斧戈戟的虎贲军队列来到殿前，两名虎贲军校尉上前搜过身才放行。二人进入内殿，又有两名太监搜身。

荆轲抱着樊於期头颅，秦武阳抱着燕国督亢图，二人并肩而行，穿过文臣武将之列来到犀阶前施三拜九叩大礼。

秦武阳刚才走过铁甲铠衣的虎贲军队列时还是一副雄赳赳气昂昂的样子，等穿过红毡来到犀阶前时，突然胆怯了，两腿发软，脸色惨白，三拜九叩仅做了三拜八叩，竟然忘了一叩，惹得秦廷大臣偷偷发笑。荆轲看在眼里急在心里，唯恐秦武阳露出破绽坏了大事，用眼角余光扫了秦武阳一眼，轻声斥道：

"沉着点！"

但是秦武阳仍然在不停发抖，手捧的地图差点掉了下来，脸色也更加惨白。

这时，嬴政在御座上喝问道："副使为何全身发抖，脸色惨白？"

秦武阳嘴唇打战，支支吾吾说不出话来，荆轲急忙答道："燕国是北部偏远蛮荒之国，臣多是荒野鄙陋之人，从来没有见过今天这样隆重的场面，所以恐惧，望大王陛下海涵！"

嬴政说道："既然副使胆怯，就让他在台阶下吧，你先把桓齮人头呈上，寡人令人检验一下真伪。然后把督亢图呈给寡人，指明为寡人划定的献礼！"

荆轲呈上桓齮人头，验明正身后，嬴政仍然生气地喝问道："寡人下令缉拿桓齮多年，为何至今才将他的人头送来？分明一直窝藏要犯与寡人作对，倘若不是王翦、辛胜大军虎视易水北岸，燕王喜会派你们来臣服吗？"

荆轲急忙答道："大王息怒，燕王早有臣服之心，无奈过去畏惧着赵国，大王怕赵国从中阻挠，说燕不臣服赵而臣服秦从而加兵讨伐，故此拖至今日。燕国早就知道大王悬赏缉拿叛臣桓齮一事，早有将此人捉拿敬献大王之心，只可恨桓齮飘忽不定，忽而赵忽而燕，有时又窜逃漠北匈奴。这次就是燕王派兵追赶到匈奴才将桓齮擒住的。因为山高路远，担心桓齮故人途中劫持，才斩其首级献给大王。"

嬴政又冷漠地问道："太子丹诈死逃回燕国，以卑劣手段欺蒙寡人，本王令他亲自来秦向本王认罪自首，为何没有到来，莫非太子丹想违抗寡人心意？"

荆轲仍然面不改色心不跳地解释说："太子丹本来是要亲自向大王认罪的，只是近期大病，高烧不止，燕王怕桓齮人头放置时间太久腐烂，无法辨认，特派我二人先来参拜大王。如今燕国臣服，太子丹就是大王的臣民了，早一天晚一天前来向大王认罪无非是个时间问题，大王何必见怪呢？自古天子之心可行船，大王的心胸也一定很宽广吧。"

嬴政看看荆轲，面带微笑地说："看在荆卿的情分上，寡人暂不追究太子丹的过错，你把督亢地图呈上来，寡人看一下燕王喜把督亢的哪些城池献给本王作臣服之礼！"

荆轲从秦武阳手中接过地图，径直走到嬴政御座前，一边展开地图一边用手指点着说："大王请看！这里就是燕国最富饶的地方督亢。"

嬴政向荆轲指点的方向看去。

就在这时，荆轲右手从地图圈的尽处猛地抽出雪亮的匕首，然后飞身跃起，左手抓住秦王政的左肩，把匕首对准他的胸口说："不许动，动一动我捅死你！"

嬴政大惊失色，额上沁出汗来，躬身站在几案后一动不敢动。犀阶下两旁站立的群臣也被这突然的变故吓呆了，有几个大胆的武将想抢上前与荆轲搏斗，荆轲大吼一声："谁敢上前一步，我就把你们大王刺死！"

嬴政也连连摆手，颤抖地说道："别，别，别，你们先不要上来。"

嬴政又哀求说："荆卿别乱来，有话好说，有话好说，你有什么要求尽管说。"

荆轲威逼道："你咬破中指在图卷上写明永远不再派兵攻伐燕国，并把侵占的韩、赵、魏三国的土地退还给他们！"

"好，我写，我写。"

嬴政被逼无奈，一边咬中指，一边恳求说："你先把匕首离远一点我才能够写。"

荆轲真的拿开匕首。

就在这一刹那，嬴政猛地从御案左侧蹿出，荆轲用力一拉，仅撕下嬴政的左边衣袖。荆轲抛去断袖，手持匕首随后追赶。

嬴政边逃边拔插在身上的佩剑，情急之下却拔不出来，只好推倒御座旁边的屏风来挡荆轲。

荆轲只顾追赶嬴政，猛地被屏风砸了一下，只觉得两眼冒火，手中的匕首险些掉在地上。荆轲顾不得疼痛，仍去追杀嬴政，嬴政只好绕柱而逃。

有几名大臣已经拥上去与荆轲搏斗，无奈手中没有兵器，好几人都被荆轲刺倒，当场毙命身亡。因为按照秦国朝堂规定，大臣入内必须将佩剑留在殿外，负责守卫的虎贲军也一律在殿外警戒，没有宣召任何人不得入内，否则以谋逆罪论处。

正当嬴政手忙脚乱、气喘吁吁，眼看又被荆轲捉住之际，太医夏无且恰好背着药箱赶到。夏无且见状，抡起药箱向荆轲拼命砸去。

荆轲没提防这一突然袭击，箱中药撒在脸上又迷住了他的眼，只好手持匕首胡乱刺出去。

这时，赵高大喊一声："大王，从身后拔剑！"

嬴政猛然醒悟，右手向后一抄，"嗖"的一声拔出佩剑。嬴政手握佩剑，心稍稍安定一些。

荆轲知道劫持嬴政无望，便对准嬴政胸前，把手中的匕首奋力投出，希望能刺中嬴政。

嬴政见匕首一闪，直向自己刺来，急忙闪身躲开，"啪"的一声，匕首从嬴政耳边擦过，钉在大殿的木柱上，入柱到把柄。荆轲失去了匕首，徒手与嬴政搏击。连接了嬴政八剑，荆轲倒在地上，哈哈一笑，凄然地说道："今天，死在这大殿之上的本来应该是这无道暴君，只因为我想效法曹沫劫持齐桓公之所为，才让你这小子捡了条命，从此之后，六国臣民效法我荆轲来刺杀你这贪得无厌的暴君之人将层出不穷！"

这时，闻讯赶来的虎贲军一齐把剑扎向荆轲胸膛。

荆轲虽然死了，两目依然圆睁着。就在荆轲与嬴政搏击的同时，秦武阳也被杀了。

嬴政虽然侥幸脱了险，但也吓得心惊胆战，荆轲与秦武阳的尸体已经拖了出去，他仍然傻愣愣地坐在地上，神情恍惚地回想着刚才惊心动魄的一幕。

胡妃轻轻搀扶起嬴政，柔声安慰道："大王命大福大，是上天派遣大王统一天下分裂局面的，上天当然会保佑大王平安。"

太医夏无旦忙上前给嬴政把脉压惊，嬴政说道："今天不是无旦及时赶到并用药箱猛击荆贼，只怕寡人就没命了。"

赵高奇怪地问道："太医没有特别宣召是不准到朝堂上来的，夏无旦今天为何不宣而上朝堂？"

"我是奉胡妃娘娘之命赶到朝堂的。"

嬴政惊奇地看着胡妃："难道爱妃知道寡人今天有事？"

胡妃腼腆一笑："妾身昨天侍寝，做了一个怪梦，见一人披头散发持剑追赶大王，醒来觉得害怕，想告诉大王，可大王已经来上朝了，恰好夏太医给胡亥看病，臣妾怕梦中的事成真，就让夏太医来朝堂上看一看。"

嬴政高兴地说："哦，原来是爱妃救了寡人。"

胡妃又补充说："我幼小的时候所做的梦都一一应验，长大更是如此，所以一直对昨晚做的梦坐立不安，让夏无旦来救大王后臣妾也随着来了，只可惜我来时，刺客已经被击毙，不然，妾身也会为大王助一臂之力。"

嬴政握住胡妃的手说："你有这份爱心就令寡人感激不尽了，你手无缚鸡之力，若刚才早来了片刻，只怕会被荆贼劫持呢，有你在他手中，寡人投鼠忌器，如何能这么利索就杀了荆贼？"胡妃忽然想起了什么，提醒说："大王，燕国使臣可是中庶子蒙嘉引荐来的。"

秦王政怒道："蒙嘉不是荆贼同党，就是收受了荆贼贿赂，寡人立即命人诛杀他全家！"

胡妃听后心稍稍平静下来，庆幸自己没有出面劝说嬴政召见荆轲，仍让蒙嘉去做这事，不然，自己也逃不过与蒙嘉同样的命运。

嬴政愤怒了。一声令下，王翦、辛胜率四十万大军踏破易水防线，直逼燕国。太子丹急忙求救代王赵嘉，两国组成联军迎战秦军。弱小的燕代联军在威猛的秦军面前如螳臂当车，几次小小的交锋都被击败。太子丹只好和太傅鞠武退守蓟城。燕王喜估计蓟都也不能支持多久，便率领部分王公大臣逃往偏僻荒凉的辽东，驻守在负山阻河的襄平，静观战局进展。

王翦率大军兵围蓟城，太子丹拼命抵挡，死守三月有余，鞠武战死，太子丹被迫逃往襄平。

王翦攻破蓟城后，以风卷残云之势攻占燕国绝大部分国土后，便班师回朝，向秦王政告捷。

嬴政见王翦没有攻占襄平、活捉太子丹与燕王喜就擅自班师，颇为不满地说："本王志在统一天下，除本王有权称王外，其余人不得称王，燕王喜虽然逃到偏远的辽东襄平，可仍承继燕氏宗祀、在那里称王，还有行刺寡人的罪魁祸首燕丹也一直逍遥法外。寡人要的不仅是攻占燕国全部国土，更要生擒燕氏父子，灭了燕国的宗祀！"

王翦急忙解释说："襄平地处偏远的辽东，隔山断水，易守难攻，四十万大军跋山涉水极为不便，派少数骑兵前往又恐遭到伏击，何况后方军需供给也极为困难。"

嬴政一听这话更为生气，冷冷地说道："按你这么说，寡人只好让燕氏父子永世在辽东为王了？"

王翦见嬴政发火，急忙躬身施礼说道："臣不是这个意思，臣以为当务之急是派大军南下攻讨荆楚，只要中原几个大国已灭，大王只要向襄平送出一讨伐檄令，燕氏父子一定前来投降。"

尉缭也认为王翦说得在理："大王现在应集中主要兵力灭魏亡楚，楚、魏一灭，齐国一国不能独存，对于燕、代、中山这样的王室留下的几许狗尾之国，再动用数万大军讨伐就有点杀鸡用宰牛刀了，只要派一介使臣前往陈述利害关系，谅他们也不敢独存。"

嬴政沉思片刻，冷眼扫一下低头不语的王翦，问尉缭说："以国尉之见何人能担当扫灭楚国的大任？"

尉缭不假思索地说："除王翦老将军之外没有人能担当此任。"

嬴政认为尉缭是故意替王翦说话，不以为然地说："我大秦历来兵多将勇，猛将如云，这次伐楚国，寡人不再指派领兵大将，决定实行论兵选将，各人利用所学兵书与自己的实战经验提出伐楚的谋略，众人对他进行质疑，论辩优胜者指派为大将军。"

尉缭也认为有道理，于是在大成殿召集众将相互论辩。经过一番激烈角逐，最后的优胜者集中在两个人身上，王翦与李信，一老一少。王翦已经六十开外，由于长年在外征战，风吹日晒，餐风饮雨，过早地衰老了，满头白发，黑瘦的脸上留下历历岁月深纹，背也微微有点驼。相比之下，三十多岁的李信则显得威武刚猛，睿智精干，富有青春活力的面庞上透露出精明与自信。

就进军的策略上二人意见几乎一致，但对兵力的部署上二人分歧很大，李信认为二十万大军足够用来灭楚，王翦却一再坚持必须六十万大军，三倍兵力的悬殊背后表明二人对楚军形势的估计相差很大，孰是孰非是选将的关键，嬴政自己也不能裁决，便询问尉缭。

尉缭分析说："李信年轻气盛，少壮强悍，擅长打运动战，常常孤军深入腹地，以凭迅猛之势攻城破敌闻名军营，所以认为二十万足够破敌，用兵之道是少而精，快而捷，猛而刚。李信带兵只可一战而胜，没有耐心长期对峙。相反，王翦为将日深，戎马几十年，老成持重，擅长打阵地战，循序渐进，步步为营，如蚕食桑叶一般。王翦为将心理承受力极佳，能耐住性子与敌周旋，不急也不躁，因此，若遇长期对峙之战王翦最好。但王翦迟钝保守，往往容易失去有利战机，虽然能胜但时间相对要长久一些。"

嬴政听完尉缭对二人领兵优劣的分析，认为尉缭讲得在理，又问道："就这次伐楚而论，这二人谁最合适呢？"

尉缭认真地想了想说："大王如果想冒一次险，来个快速亡楚，就用李信为将，但兵力增至三十万，获胜的把握十之八九。大王若不急于灭楚，稳稳当当地歼灭楚国，就用王翦为将，兵力也无须六十万大军，四十万足够了。"

嬴政一想到王翦在灭燕时的所作所为，气就不打一处来，对尉缭说："王翦领兵拖泥带水，做事也不够坚决，由他领兵不知何年何月才能灭楚呢，何况王翦已老，精力也不济，还是派李信为大将吧。"

尉缭又强调说："大王一定用李信为大将，就派蒙武为副将，蒙武正当中年，又有其父亲蒙骜稳重果敢的风范，二人配合，恰好能够取王翦之长补李信不足，再多派十万人马，应该万无一失。"

王翦听说秦王政任命李信为伐楚大将军，十分伤感，自己为秦国出生入死、征战南北几十年，攻下无数城邑，为秦国开疆拓土立下汗马功勋，身上留下几十处箭伤，长期在外带兵，积劳成疾，自己把一生都献给了秦国，想不到如今却落个老朽不中用，甚至猜疑的下场。他并不是在乎自己能否被拜为大将领兵伐楚，而是在乎秦王对他的态度。

王翦不由想到人们常说的那句名言：狡兔死走狗烹，飞鸟尽良弓藏。如今兔还没有死，嬴政就有鸟尽弓藏之心，与其等到他统一天下后反目成仇，不如现在就告老还乡，颐养天年。

王翦入宫请求告老，嬴政也知道王翦是因为这次没有被拜为大将之故，心中负气而走，但想到六国所剩无几，魏国灭亡在即，只要李信能一举灭亡楚国，天下很快就可统一。军中除了王翦之外更有无数战将，何况王翦确实老了。

嬴政也不阻拦，只说了几句客气话，厚加赏赐，准他荣归频阳老家。王翦离去不久，嬴政正式拜李信为大将军，蒙武为裨将，并按照尉缭嘱咐令李信率三十万大军。可李信年轻气盛，正是血气方刚之时，认为自己大丈夫一言既出驷马难追，决意率二十万大军灭楚。嬴政见李信如此自信，也不再强求，任凭李信、蒙武率二十万大军浩浩荡荡杀奔楚国。

李信果然没有让嬴政失望，入楚不久便捷报频传。李信与蒙武分兵两路，李信攻克平舆（今河南平舆县北）、鄢（今湖北宜城东南），蒙武占领了寝（今安徽临家）、郢（今湖北江陵），两军会师后又攻占城父（今河南襄城西）。

嬴政拿着李信的告捷文书对尉缭说："寡人没有看错人吧，李信的二十万大军就足以破楚，而王翦硬说要用六十万人马，真是越老越不中用。"

尉缭不待嬴政说下去，就急忙说道："大王，我正是为此事而来。根据奏报，我仔细察看了李信的进军路线，他与蒙武在城父会师后下一个攻击目标一定是寿春，城父至寿春的必经之路上有一狭窄地段，易设伏兵，李信若孤军深入，容易遭到楚军伏击，大王应火速派人通知李信，大军暂时驻扎城父，摸清楚军虚实后再作攻击准备，万万不可贸然进军。"

因为王翦一事，嬴政对尉缭的话不再言听计从，他一听尉缭又把事情说得这样严重，仅笑了笑说："李信不是庸才之辈，他入楚后连克五城，攻占大片土地，楚军早已闻风丧胆，只怕早把重兵布置在寿春周围，怎敢伏击我大军呢？即使楚军设伏，凭李信之才也早已觉察了，并想好克敌之法。将在外君命有所不受，寡人何必在后方指手画脚，掣肘李信用兵呢？国尉尽可放心等待告捷喜报，寡人对李信充满信心。"

尉缭耐心说道："大王不要忘记，百足之虫，死而不僵，楚国毕竟是六国之中最强盛一国，虽然丢失大片土地和城邑，但军事实力尚没有遭受重挫，必须将楚军诱出，歼灭其实力后才能兵进寿春，否则，灭楚没有三年五载不可能成功。"

嬴政一听尉缭给自己泼冷水，不悦地说："如果缭兄的国尉做烦了，李信凯旋后寡人就撤去你的国尉由李信来接任！"

尉缭哈哈一笑："大王也是知道的，这个国尉一职我本来就无心担任，也无心在朝中为官，如果大王想撤掉我的国尉尽管撤吧，那我就真正解脱了，从此便可纵情山野了。"

嬴政有些气恼：我为了留住你，答应与你称兄道弟，回宫后平起平坐，同衣同食，还把我心爱的女人也默许给你了，你还不满足，动辄不想当国尉！哼，反正寡人的统一大业已经过半，没有你寡人同样可以歼灭六国，你走就走吧，省得在此惹我烦心！

嬴政正要开口驱逐尉缭，李斯恰好赶到，上前说："王贲兵围大梁，一晃数月不见攻破，如此下去，耗费大批军需供给不说，需要等到何年何月，岂不影响征讨他国？臣刚才阅读史书时忽然受到启发，想出一个攻破大梁的办法。"

"李卿快说给寡人听听，寡人也为这事忧愁呢。寡人原以为我大军一到，魏王假也会像赵王迁一样举国投降，谁知他竟坚守城池，拒不投降。"

李斯颇为得意地说："效法赵惠文王之举，水淹大梁。"

嬴政对大梁的地理情况不了解，便问尉缭："国尉认为此计可行吗？"

尉缭毫不犹豫地说："我曾在大梁游历多年，何尝不知道水淹大梁能够不战而城破，并胁迫魏王假投降。但这一做法不可取！"

嬴政听得有些莫名其妙："既然能够不战而破城，并使魏王假归降，怎能不可取呢？"

"大王攻占大梁，是把魏国的土地纳入大王掌握之中，大梁也理所当然成为秦国的大梁，大梁的百姓乃至魏国的百姓都是大王的臣民。可是，水淹大梁要决开黄河大堤和城西的汴河大堤，两堤一旦决开，其后果不仅是大梁城倒屋塌，周围千里之地将是一片汪洋，死难者不计其数，真正遭到祸的是无辜的百姓。大王统一天下就是要做一代明君圣主，怎能为了一城而置数万百姓而不顾呢？尽管大梁墙厚城坚，只要王贲再坚守半年，城内粮绝之后魏王一定会主动归降的。"

嬴政嘿嘿一笑："说了半天你不过是为你自己国家的百姓着想，以损害我大秦的利益让魏国免除一场灾难！"

嬴政忽然厉声说道："你说得不错，攻破大梁之后，整个魏国都是我大秦的土地，那里的百姓也都是秦国的百姓，但没有攻灭魏国以前，那里的百姓也都是寡人的敌人。寡人如此厚待于你，你仍然不能与寡人一心，关键之时仍想着你的母国，你太令寡人失望了！"

嬴政对李斯说道："向王贲传令，立即决开黄河与汴水的大堤，水灌大梁，让魏王变成一只城中之鳖，他的大臣也都变成虾兵蟹将！"

尉缭知道自己无力阻止这场灾难，大骂一声"暴君"，转身而去。

嬴政对尉缭的背影咆哮道："寡人就是要当暴君，让所有的被征服者死在我的脚下！"

嬴政一声令下，王贲同时决开了黄河大堤与汴水大堤。奔流而来的滔滔黄河之水如凶猛的野兽出笼，排山倒海一般向大梁压来，吞没了大梁周围的一切。

大梁果然是不攻自破。

就在魏王假出城投降之际，信陵君当年的两位好朋友张耳、陈余却悄悄地乘舟潜逃了，后来，陈胜、吴广大泽乡揭竿而起之时，二人也振臂一呼，加入了义军行列。

魏王假被王贲押上囚车送往咸阳。由于魏王假在大水中遭受风寒，再加惊吓以及对前途命运的绝望，没有被送到咸阳就中途病亡。正当嬴政陶醉在王贲灭魏的喜悦之中时，忽然从楚国战场上传来惊人消息。李信、蒙武被楚国大将项燕打败，七名都尉被杀，二十万大军损伤过半，李信、蒙武仓皇而归，等待发落。

嬴政这才想起尉缭的提醒，追悔莫及，急忙派赵高去找尉缭，询问破楚大计。

赵高去得快回得也快，慌慌张张地回来报告说尉缭已逃，据守城人报告，他出城向西而去。

嬴政一听尉缭逃去了，便询问尉缭出城多久了，一听说逃走不久，急忙对赵高呵斥道："快，为寡人备辇，寡人要亲自追赶，不然，尉缭绝不会再回咸阳。"

嬴政了解尉缭的秉性，也担心自己不能把尉缭请回来，临行前把公孙婉儿也带上了。

嬴政催促车尉快行，一直追出咸阳西门四十里地才看见尉缭独自一人背个小包踽踽而行。

嬴政赶上尉缭，下车施礼说："缭兄急匆匆向何处去？你有事外出也向我打个招呼，我派人送你去总比你步行要快得多吧？"

尉缭冷冷地说："大王驱车追我一介草民，我如何享受得起？何况我是向着自由的乐土而去。"

嬴政急忙赔笑道："咸阳宫就是缭兄自由的乐土，你可以同寡人一样尽情地享受一切，请缭兄随我回宫吧，寡人因为政事繁多，许多事也不顺心，有时脾气大了点，还请缭兄海涵。"

"大王如此善待我这样一个布衣之人已经让我感激不尽了，无奈我过惯了放浪的生活，不习惯于宫廷的清规戒律，时间一久会给大王带来不快的，还是让我从何处来还到何处去吧。"嬴政一再挽留，公孙婉儿也上前说道："师兄，'普天之下莫非王土，率土之滨莫非王臣'，天下统一局势已定，你无论走到哪里也是大秦国的土地，也都是大秦国的臣民。有所谓：大隐，隐于朝；中隐，隐于市；小隐，隐于野。你若有归隐之心就留在宫中吧，早晚之间也能帮大王出谋划策，让统一大业早一天完成。"

尉缭怅然若失，茫然地望着师妹微微点点头。公孙婉儿上前解下尉缭肩上的小包。

尉缭随嬴政坐入辇内。嬴政这才放下心来，握着尉缭的手感慨地说："寡人正因为没有听从缭兄的话，结果楚国战场上惨败，情况与缭兄预计的一样，李信贸然率孤军深入、直捣寿春时中了楚将项燕的埋伏。"

尉缭似乎早就料到会有这个结局，平静地说："胜败乃兵家常事，重新组织人马二次伐楚就是。"

"缭兄认为二次伐楚应用谁为大将？"

"只有王翦可以与项燕匹敌，其他人根本不是项燕的敌手，去了只会有李信同样的命运。"

嬴政沉思片刻，果断地说："缭兄，请你再辛苦一趟，随我去请王翦老将军！"

尉缭见嬴政满脸诚意，便答应了。

介子河与南葱山之间，新建起一座十分壮观的庄园。荣归故里的老将军王翦每天忘情于故乡的山水之间，钓鱼、行猎、养鸟、种田，让孙儿王离陪伴下棋，祖孙二人边对弈边谈诗论古，讨论天下大事。王翦给孙儿讲述兵法与自己战场上值得骄傲的事。戎马一生的将军年老时能够流连山水、怡然自乐，也实在难得。这天，王翦正与王离下棋，猛然听管家来报，说有一队车驾来到门前，王翦吃了一惊。见秦王政在尉缭的陪同下走下辇来，他又吓了一跳，急忙下跪行礼，把嬴政和尉缭请到客厅就座。

秦王单刀直入地说："寡人因为一时糊涂没有听从将军之言，拜李信为大将，致使秦军受辱，如今楚军西进、蓄意谋秦，请王将军再受鞍马之劳、与楚军对敌，重振我大秦国威。"

王翦推辞说："臣纵然有心为大王驱驰，只是年事渐高，体弱多病，只怕不能令大王满意，大王还是另请他人吧。"

嬴政急忙说道："请老将军不要再推辞了，寡人把平定荆楚的大任全托付将军一人，老将军有什么要求尽管说，寡人一定照办。"

尉缭也说道："王贲已奉命北伐燕、代，老将军再复出伐楚，你们王氏父子将威震中原大地，将军此为既是为大秦国的统一大业尽责尽心，也是不负老将军的威名呀！"

王翦不再推辞，只好答应说："如果大王有心起用老臣，必须六十万人马，否则老臣无法破楚。"

嬴政看看尉缭，尉缭微微颔首，嬴政说道："一切按照老将军的吩咐去做。"

于是，嬴政与尉缭、王翦同乘一辇赶回咸阳。

倾整个秦国之兵总共不过百万，王贲率伐燕、代之军约有二十万，李信、蒙武所率伐楚的二十万人马所剩不过六七万人，如今整顿六十万大军伐楚，可谓是发倾国之兵。将倾国之兵系于一人之手，一旦生变，后果不堪设想。嬴政不是没有顾虑，但为了能够尽早完成统一大业，他决定冒险赌一赌。

嬴政点齐六十万大军，择定吉日，正式拜王翦为大将军，授予将印、兵符与绶带，然后率文武百官亲自护送伐楚大军过了灞桥，这才执酒与王翦作别，预祝他旗开得胜，马到成功。

王翦接过酒杯一饮而尽，然后从袖中取出一锦帕说："臣多年征战，没有给子孙留下什么家业，这上面有微臣相中的田宅，请大王赐给老臣吧。"

嬴政诧异地望着王翦："大将军此次征战凯旋后，必然应有尽有，何必在乎这几处小宅呢？"

"大王有所不知，臣这次将养故里后最大的感触就是有几分田宅留给子孙比什么都好。战争是残酷的，此去生死未卜，如果老臣得胜而归，这些田宅就不要了，倘若老臣战死，望大王履行今日诺言。"

嬴政满口答应。

自从王翦领兵去后，嬴政每天都关注着王翦大军的动向。每天的回报都是王翦屯兵汝阳中山，连营数里，只是令将士洗浴玩耍，吃睡练兵，并无对阵迹象，对楚军的挑衅也是置之不理。其间，王翦又五次派信使回京向嬴政讨要良田美宅。嬴政有些恼火，但虑于王翦重兵在握，都一一答应了。

嬴政见王翦迟迟不与楚军开战又有些担心，便找到尉缭说："王翦率六十万大军屯兵中山，如今足有一年却未立寸功，反而六次向寡人求请美宅，真是贪得无厌！寡人后悔再用王翦，他现在是不是在与寡人谈条件呢？"

尉缭笑道："王翦正是因为害怕大王多疑才一次又一次求请美宅的，他这样做无非是向大王表示他的忠心。多请美宅留给子孙，表明他是一个重情守家之人，绝不会对大王有二心。他如今坚壁连营与项燕大军对垒，打的是一场心理战，耐久者必胜，请大王不必干涉王翦的行动。"

嬴政仔细思考一下，尉缭的话也有道理，便从此也不再打探王翦军中之事，使王翦不再有后顾之忧。王翦的耐心终于等到了机会。

项燕数次派兵前去挑战，王翦只令士兵坚壁营垒、不去应战，项燕派出的侦探回报的消息也是王翦整日醉心酒宴、无心伐楚。项燕估计王翦年事已高，在没有办法的情况下接受领兵之请，又怕步李信、蒙武后尘，有损自己一世英名，所以只是摆了架势应付秦王而无心伐楚。

楚国也是发倾国之军前来御敌，每天耗费大量军备供应却毫无战绩，楚国君臣对项燕流露出不满之辞，并责令项燕班师回朝。王翦得到这一消息后，秘密派精锐人马在楚军东归途中设下埋伏。当楚军悄悄撤兵时王翦率军随后追杀，楚军仓皇而逃又遭到伏击，几十万大军被王翦杀得七零八散，项燕只好率残军退守永安城。王翦兵分两路，一路由蒙武领兵进鄂渚，由南向北打，一路由王翦亲自率领，攻破永安项燕防线，直捣楚都寿春（今安徽寿县西南）。

此时，寿春几乎成了一座空城，王翦大军仅一天时间就占领了寿春，俘虏了楚王负刍。

嬴政得到王翦的捷报后，欣喜异常，亲率大队王室人马，携猪、牛、羊上万头到寿春犒赏王翦大军，他握着王翦的手说："王将军是上天赏赐给寡人的，寡人绝不有负于天，一定善待将军到终老。"

王翦也感激地说："臣之所以能够破楚全靠大王对臣的信任，王不疑臣，臣就可以放开手脚在外征战而无后顾之忧了。项燕兵败的原因恰是楚王对他的不信任。如今大王如此信任臣，臣也就可以要求大王收回臣六次请赐的田宅了。"

"不，寡人一定要将这些田宅赏赐给将军，算是寡人对你们王氏父子的一点补偿吧。"

寿春虽然攻破，但又传来消息，楚将项燕率领部分残兵在兰陵（江苏武进）拥立楚公子昌平君为荆王，继续抗秦。

嬴政一听昌平君称荆王，大怒说："昌平君潜伏于我大秦朝廷几十年，旨在打探我朝秘密，并伺机拨弄是非，离间君臣关系，毁我大秦江山。寡人不手刃此贼不解心头之恨，有劳王将军把楚军残余势力扫除干净！"

王翦也吸取灭燕时的教训，又与蒙武兵分水陆两路合围兰陵。项燕与昌平君只有十万军队驻守兰陵，可面对五倍的秦军他们并不畏惧。他们是万众一心、视死如归，决心与城共存亡。

王翦虽有五倍的兵马围攻，却三个月没有攻下兰陵。

渐渐地，城内的存粮越来越少，守城的将士也日渐减少。昌平君亲自守城巡哨，不幸被流箭射死，项燕抚尸大哭，悲凄着说道："荆王缓行，臣尚有一桩心事未了，办完即随君王而去。"

项燕来到兰陵王宫，抱出一个少年，然后对小儿子说："项梁，这是先王之嗣，也是芈氏唯一的血脉，望你悉心照料，逃出城去，将来再图复楚大业，哪怕楚国最后只剩一人，亡秦必是我楚人！"

项燕安排完毕，找个地方把昌平君安葬后，大叫一声："君王慢走，臣随你而去了！"

说罢，在昌平君墓前刎颈自杀。

兰陵城内失去指挥，很快被王翦大军攻破。就在秦军在城中大肆杀戮之际，项梁带着楚公子心扮成乞丐逃出城去。后来，项梁与侄儿项羽起兵反秦时，就把楚公子心立为楚怀王。

王翦率领大军横扫江南各地的同时，儿子王贲也正率大军北伐只有国家之名而无国家之实的代、燕。

燕王喜见王贲率军包围襄平，知道自己已成网中之鱼，为了活命，他决定先把儿子的首级献给秦王政解心头之恨。太子丹觉察了父王的心意，悄悄躲藏起来，这次逃亡是躲避亲生父亲的追杀。知子者莫若于父也，太子丹终于没有躲过父亲的追杀。当燕王喜满含老泪向王贲送出儿子的头颅时，换来的并不是退兵，而是一夜之间城池被攻破，自己做了俘虏。至此，燕国彻底灭亡了。

王贲灭燕后，与李信率军兵围代国，代王赵嘉与颜聚竭尽全力抵抗，终于兵败人亡，赵国灭亡，赵国留下的最后一个小尾巴也被消灭了。

楚国灭亡了，燕、代也不复存在了。中原大地只剩下一个齐国。

此时，嬴政再也不要派人贿赂齐相后胜、哄骗齐王建与秦签订永不攻打的盟约了。当王贲灭亡燕代挥兵南下时，嬴政一声令下，向他的岳父齐王建发起攻击。有虎狼之师称号的秦军兵临齐国都邑临淄城下。嬴政的金钱外交早已使临淄成为一个不设防的都城，当大军包围临淄时，齐国的军队连一支箭也没放出，齐王建就乖乖投降了。嬴政并没有因为齐王建在数次"合纵"抗秦时站在秦国一方而宽恕他，也没有因为齐王建是他的岳父而饶恕他，也许嬴政怕见了自己的岳父而有些难为情吧，根本没有让他走进咸阳就将他流放到共（今河南辉县）。

六国已灭，各地方势力虽有反抗但已经不堪一击，秦国大军所到之处，如摧枯拉朽一般荡平敢于反抗者。随着各路兵马的纷纷告捷，嬴政长长舒了一口气，脸上露出得意的笑容。

就在这时，有人忽然提醒说，魏国的土地上还有一个叫安陵（今河南鄢陵西北）的小地方尚没有并入我大秦的版图。

嬴政一愣，忙问道："安陵是什么地方？地势险要吗？谁在那里驻守？"

左丞相王绾急忙奏报说："安陵是魏襄王之弟安陵君的封地，地势平坦，方圆也不过五十里，也无大军驻防，但那里轻徭薄税，百姓安居乐业，君主与臣子同舟共济，齐心协力，把小小安陵治理得井然有序，路不拾遗，夜不闭户，有君子国雅称。又因为地处偏远，所以没有派军前去剿灭，是想让安陵君主动归降，献出封地，可这安陵君偏偏不识时务，至今并未见他派使者来降。"

王绾稍稍停顿一下，又问道："大王，是否现在就派大军前去剿灭？"

嬴政微微一笑，摇头说道："王卿不是说安陵有君子国之称吗？寡人若派大军剿灭，岂不令那里的百姓认为寡人是暴君，相比之下更让那里的百姓尊敬他们的安陵君而怀恨寡人。寡人决定用君子手段让安陵君主动请降，既不费兵马之劳又可灭掉安陵，岂不一举两得？"

嬴政郑重其事地派王绾为使节，携百驾车马出使安陵，向安陵君提出用五百里土地交换安陵的五十里土地。

安陵君当然明白嬴政的用意，便理直气壮地回答说："大王以十倍的土地交换安陵，这是大王对我安陵的恩典，敝人诚恐不安，本来应该感谢大王美意，答应大王的要求。只是安陵的土地虽然狭小，却是先王封赐的，对于先王所给的东西怎能轻易与他人交换呢？就是百倍于安陵，敝人也不敢忘祖易地。"

王绾软硬兼施，安陵君根本不理，就是坚决不答应换地。王绾出使失败，悻悻地回到咸阳，报告出使的经过，着意说了许多怂恿嬴政派兵攻打安陵的话。

嬴政似乎想与安陵君玩玩猫捉老鼠的游戏，又派须贾为特使，再次出使安陵，提出用五百里土地交换安陵的事，结果须贾也乘兴而去扫兴而归，告诉嬴政说，要想从外交上屈服安陵君是不可能的。

嬴政不以为然，决定派李斯前往，俗话说事不过三，如果三次外交失败，也等于他嬴政丢尽了脸面，只有用武力征服了，但嬴政觉得自己有足够的时间和精力与安陵君把这场游戏做到底，不到万不得已的时候绝不使用武力。

正当李斯整装待发之时，安陵君却派出他的使者唐雎来到咸阳。

此时，嬴政犹如一个孤独的剑客突然遇到了对手一样，有一种说不出的欣喜，他设九宾之礼隆重地接见了唐雎。

唐雎白发雪须，但精神矍铄，手持策杖登上大殿犀阶，一步一颠，策杖拄地的声音在安静肃穆的大厅里回响，犹如空谷传音。众人闻声向殿外张望，只是唐雎犹如一尊仙翁驾临。唐雎走上前，向嬴政略一躬身，朗声说道："老臣受安陵君之命前来出使秦国，既是对贵国两次派使的回访，也是为了向大王陈述安陵君不能交换安陵之地的理由。"

嬴政对唐雎不卑不亢，说话有分寸的气度十分赞赏，他为了在气势上压倒对方，于是威严地说道："不知长者是否听说过天下之势的骤变？"

"老夫愿闻其详。"

"寡人灭韩亡赵，踏平燕代，剿灭荆楚，水灌大梁，齐国不战而降，天下尽为寡人一人所有，安陵与这些声威显赫的大国相比怎么样？"

唐雎轻笑一声："无法相比，像一撮土与泰山一样。"

嬴政哈哈一笑："既然安陵与这些强大的国家都无法相比，难道安陵君也想与这些君王有同样的下场吗？寡人之所以不愿血洗安陵，是因为本王敬重安陵君是位德高望重的长者，才用十倍土地交换安陵，让安陵君的才华尽情发挥出来，使众多的百姓安居乐业，可安陵君竟敢如此轻视寡人，一再拒绝寡人的美意，是何道理？"

唐雎面对嬴政的威逼胁迫，面不改色，据理力争说："敝邑寡君怎么敢轻视大王？所以特派老臣来向大王致歉并陈述理由。安陵是先王所赏赐的土地，安陵君怎么敢屈服于大王的威逼而对不起先王在天之灵，请大王理解寡君的苦衷。"

嬴政怒形于色，愤然说道："老先生可曾听说过天子发怒带来的后果？"

唐雎摇摇头。

"好，那么寡人来告诉你，天子发怒将会造成尸横遍野，血流千里，天地为之动容，日月为之变色。"

唐雎向前跨出一步，毫不畏惧地问道："大王是否听说过平民百姓的发怒？"

　　嬴政嘻嘻一笑："寡人见过，普通百姓发怒时往往是扔掉鞋脱去帽，呼天抢地、哭喊咒骂罢了。"

　　唐雎又上前一步说："大王所说的并不是壮士发怒，真正的侠客异士发怒就像专诸、聂政、要离三人那样。专诸刺杀吴王僚时，彗星直冲月亮；聂政行刺韩相侠累时，一道白虹上冲太阳；要离刺杀吴公子庆忌时，苍鹰到大殿内搏击。这三位志士都是一般平民百姓，他们的壮举尚未施展时，苍天就显示出征兆，表明他们的行为可以惊天地，泣鬼神。现在把老臣算上就有四位了，大王如果一定想看老臣发怒，那么这个犀阶前即刻将倒下两具尸首，流血也不会超过五步，但天下的人将为我俩戴孝，天地山川也会为这两人之死含悲。"

　　唐雎说着，侧身握紧了手中的策杖，意在向嬴政扑打过去。嬴政因为荆轲行刺一事，一听就心惊胆战、神情恍惚，害怕唐雎真的执杖猛打过来，就是自己不死也会受伤，急忙施礼赔罪说："请老人家息怒，寡人不过是和长者开个小小玩笑。"

　　等到唐雎坐下，嬴政才十分感触地说："寡人终于明白韩、魏这样的大国都灭亡了，可是安陵能以五十里土地依然存在的原因，正因为有众多唐老先生这样的贤才之人啊！"嬴政为了显示自己一代仁君的形象，派礼车护送唐雎回到安陵。唐雎走后，嬴政始终觉得安陵是块心病。

　　这块心病时时困扰着嬴政。

　　有时，嬴政在欣赏一块美玉，玉上有微瑕，他就会想起安陵。安陵就是他大秦国土上的微瑕。

　　嬴政想统一全国，想做大事。他要功绩，也要脸面。因为唐雎，他迟迟下不了决心去除掉安陵。

　　有臣下赞颂嬴政的功绩时，他起先听了很开心，但会忽然脸色阴沉下来，臣下不明所以，诚惶诚恐。

　　嬴政有时会忽然发怒，斥责臣下无能。这些人就没有一个人为他分忧吗？有才能的人都去哪里了？

　　安陵，安陵，这个地方让嬴政真的毫无办法吗？

　　终于在一天夜里，秦王嬴政神不知鬼不觉地派人刺死了安陵君。

　　安陵君一死，唐雎也刎颈殉节。嬴政派人以吊唁之名接管了安陵。

　　嬴政的心病消失了。这一年是公元前221年。

【第十二回】

论功匹三皇五帝，谈名垂万世千秋

咸阳的夜晚，幽静极了，喧嚣一天的城市终于安详而甜蜜地入睡了。六国覆灭了，战争终于结束了。饱受战争之苦的人们总算可以安心地闭着眼睛，睡上一个太平觉，再也不必担心明天会吹响出征的号角。

但是，咸阳宫秦王寝宫内，依然灯光明亮人影晃动。嬴政时而伏笔疾书，时而踱步思考，时而仰天轻笑。他为自己正在进行的一项伟大的事业所激动，精神亢奋，毫无困意。

今晚值班的太监是赵高。尽管他困得两眼发涩，但一向谨慎的他却要强打精神，侍候在门外，不时进去倒水、送点心什么的。

打过三更了，赵高第三次走进去，给嬴政添足灯油。嬴政被惊动了，抬起了头，脸上露出难得的笑容，说道："赵高，你也陪寡人熬夜了。"

赵高在太监中间是出了名的聪明，伶俐乖巧，平时就深受嬴政的喜爱，这会儿见嬴政难得的好心情，便大着胆子说道："谢陛下关心。恕奴才多嘴，如今，六国灭亡了，天下一统了。陛下为什么还这样没日没夜地熬着？保重身体要紧啊！"

嬴政推开书简，难得的好心情，竟与赵高叙谈起来，轻笑道："到底是个奴才，目光短浅。你以为灭掉六国，天下归秦，寡人就万事大吉了吗？不对，天下一统，寡人要做的事还很多。大一统的秦王朝需要新的立国制度、行政制度，还要防止六国余孽的反叛，保证永无战祸，甚至要统一度量衡、统一币制、统一文字。问题成堆，寡人哪能睡得着？"

赵高闻听，深表理解地说道："听陛下这么一说，奴才才知道您真是辛苦极了。可惜奴才不能为您分忧，只能干看着，心疼您。"

嬴政似乎被赵高的忠义之心打动了，脸上的笑容更加和善，说道："如今，六国灭绝，天下一统，寡人想天下情形全变。如果不改变名号，不但显不出寡人之功，也无法与前代不同，更不能让子孙后代明白，统一的秦朝正在寡人和众卿家的手上重新开始。所以，寡人要改变名号，赵高，你看怎样做最好？"

赵高没想到嬴政会问他这样的问题，吓得变了脸色，跪地叩头道："小人不过一个奴才，哪敢议论国家大事。陛下要是想不到合适的名号。明日的朝会上可以与大臣们商议。奴才哪敢妄言！"

嬴政眯着双眼，淡然一笑。他刚才是在思考改名号的事，想了半天，总没有最满意的，才有此一问，没想到把赵高吓成这样。他当然知道名号的事可以在朝会上跟大臣们商议。但是，他是个自主意识极强的人，凡事都要自己反复思考，有了准主意之后才与大臣们商议，当然，大臣们如果有更好的建议，他也乐于采纳。这会儿，见赵高很识趣，便故作轻松地道："怕什么，你真有好的建议，寡人一样采纳。你跟随寡人多年，也知道寡人用人不拘一格、不分尊贱。只要对我秦国有用的谏言，寡人无不采纳。"

赵高闻听，心中陡然一喜，再叩头道："陛下如此说，奴才就斗胆进言了。古人云：皇有皇猷，帝有帝德。史家论史，首推三皇五帝。到夏、商、周时，无论禹、汤或周文王、周武王，都自忖功德不及前，只好降号为王了。如今，陛下平灭六国，一统天下，万民欢庆。把一个诸侯并立、战火纷飞的天下，拼接成一个完整的国家。陛下之功震惊古今，前所未有，尧、舜之功不及十之一二。古之五帝，地不过千里，与陛下广阔的领土更不可比拟。所以称皇不足以展示您的功绩；称帝也不足以表达臣民对大王的敬崇。奴才愚见，不如合二为一，改称'皇帝'如何？"

嬴政又惊又喜，想不到一个阉人竟有如此才识。称皇称帝他都曾想过，但是正如赵高所说，三皇五帝的功绩怎能与他所完成的宏伟事业相比，唯有合"皇"与"帝"之称谓，方与他的业绩相称。赵高的话句句说到他的心里。嬴政是个英明的君主，任何曲意逢迎、阿谀奉承的谏言都会被他痛斥一番。然而，赵高的话却不显山不露水，说得他心里熨帖极了。因而，他欣喜地说道："想不到你有如此见识，寡人非常满意'皇帝'的称号。"

赵高毫无得意之色，依然诚惶诚恐地说道："奴才能为陛下分忧，实在太荣幸了。"

次日的朝会上，嬴政第一次穿上新缝制的新式样的黑色袍子，上绣五色金龙，头戴通天王冠。这是一副天下共主的装扮。四十多岁的他历经征战的磨炼，无论从思想到外表都达到成熟的顶点。往宽大的王椅上一坐，额上的皱纹取代了当年的稚气，显得更具城府。

殿阶下，文东武西，依次排班站立着文武百官，丞相王绾、国尉尉缭、廷尉李斯、御史大夫冯劫等排在最前面。嬴政长目威严地扫视一下阶下的群臣，说道："诸位爱卿，今天是灭绝六国，天下一统后的第一次正式朝会。天下一统了，战争结束了。本应该让诸位歇息几日再论国事。可是寡人不敢哪！虽然，先王遗愿，即天下永久太平不动刀兵的愿望，终于在先祖保佑和众卿家的协助下由寡人变成了现实。可是，创业艰难，守业更难，何况寡人正在做的是前人所没有的事业。战争要永远结束了，寡人要做的事情还很多。首要的是修改名号，因为不修改名号，无以显示当世之功，也无法让后人明白，寡人与众卿正在做着的是一项全新的事。所以今天的第一件事就是要先议定名号。"

嬴政话音刚落，大殿内就响起了嗡嗡的议论声，天下一统，六国灭亡了，群臣心里也很激动，都希望在今天的朝会上有所表现，讨秦王的欢心，因此，一下子有好几个人出班。

嬴政一扬手，说道："别着急，一个一个地讲。老丞相先说。"

老丞相王绾见嬴政仍旧高看自己一眼，颇为得意，便出班奏道："古来天下共主的名称就是三皇五帝，可是实际上他们占有的领地不过方圆千里。只有以商周称王，才真正地拥有天下，所以'王'的称号是好。大王宜仿效商周，封国立藩。周朝有八百年的基业，大王宏功伟业，仿效周制，国祚必然久长。"

嬴政面色愠怒道："寡人不稀罕商朝七百年的天下和周朝的八百年基业，而是要我大秦帝国万世永传。何况，商、周封藩乃是兵祸战乱的根本所在，我秦国岂能重蹈覆辙！行政制度的事稍后再议，现在只讨论名号的事。"

王绾碰了一鼻子的灰，老脸发烫，原本还想争辩，以挽回面子，但见嬴政厌恶的目光，不敢再争下去，只得讪讪地退下去。

群臣见王绾遭到指责，才感觉到秦王在大喜的日子里，也不是什么话都听得进去，说话还是小心些，免得触霉头。因此刚才争相启奏的朝堂霎时又寂静无声了。

秦王意识到自己的态度阻止了臣下的进谏。他是一个不会循规蹈矩、因循守旧的君王。而对一些新奇的构想总是充满期望，即使所奏是错误的，一般也不责怪。而对一些食古不化者却颇为厌恶。王绾的话自然是陈词老调，因此他忍不住怒气，竟当庭指责了老丞相。但是，嬴政绝不会阻止臣下的进谏，马上向众臣说道："寡人说过，先议定名号。诸卿有大胆的新奇的设想，尽管说出来。言者无罪，寡人洗耳恭听。李斯，你不是也有话说吗？"

廷尉李斯见秦王点到自己的名字，不能不说了，出班说道："从前，五帝拥有的土地，不过千里，驾驭诸侯，仅凭道义。诸侯是否臣服，天子并无武力制服。如今陛下发义兵，诛残贼，车定天下。六国可设立郡县，法令由朝廷统一。这是盘古开天辟地以来未有过的事。所以，陛下之功，非三皇五帝所能及，臣与博士们曾经讨论过，认为古有天皇、地皇、泰皇，而泰皇最为尊贵。为臣斗胆，以为大王可称'泰皇'。"

赢政赞赏地点点头，说道："李廷尉说得很好，也很有新意。不过，称'泰皇'仍旧与古时分别不出来。诸位爱卿可以沿着李廷尉的思路思考名号。"

有了秦王设定的框架和李斯谏言的范例，群臣稍作思索后，纷纷上奏。所奏名号不是称"皇"就是称"帝"。就是没有人想到把"皇""帝"合二为一。

赢政扫视了一眼满殿的文武朝臣，这才感到赵高的才识并不在他们之下。戏演到这里，也该结束了，便笑道："寡人身边的宫监赵高以为，合'皇''帝'二字可作寡人尊号。寡人非常欣赏，就以'皇帝'为号。寡人就是盘古开天以来的第一位皇帝——秦始皇帝，后世以数推之，谓之二世、三世，乃至万世，传之无穷，另外追尊先王庄襄王为太上皇。"

群臣无不惊讶，想不到赵高一个太监，所献帝号竟中秦王的心意。不过"皇帝"的称号的确独具匠心，身为朝臣，怎么没有想到呢？但是，惊讶也好，遗憾也罢。赢政认定的事儿大家只有跟着叫好的份儿。因此，群臣齐声欢呼、恭贺："始皇帝陛下万岁！万岁！！万万岁！！！"

秦始皇意气风发，哈哈大笑道："赵高献'皇帝'尊号，功莫大焉，寡人赐封他中车府令。赵高何在？"

身边黄门慌忙上前奏道："启奏陛下，赵高值夜班，这会儿正在家里睡觉呢。"

秦始皇这才想起赵高昨晚陪自己熬了一夜，白天不当值，便笑道："寡人就下旨赐他为中车府令。旨意送到他手上，也让这个奴才高兴高兴。"说完，果然亲自拟旨，交给身边的黄门。

这时，御史大夫冯劫启奏说道："陛下称始皇帝，显然有别于古制。臣愚见，有关皇帝的称谓也要相应地变化。为臣建议皇帝自称'朕'。天下任何人不得僭用，同时改命为'制'，改令为'诏'。'朕''制''诏'为皇帝专用之语。"

"冯卿所言极是，朕一一照准。"秦始皇当时就改了自称，点头说道，"朕闻太古有号而无谥，中古才生有号，死有谥。比如先王在世号庄王，崩逝后谥襄，名为庄襄王，这是以子评议父亲，以臣评议先王，朕以为甚是不恭。今后皇帝称世，谥法可以取消，众卿以为如何？"

众臣异口同声地说道："陛下圣明，见解为臣等所不及！"

秦始皇从容地一笑道："帝号已经议定。下面要议的是设立郡县、统一度量衡制度，以及车同轨、书同文字的事宜，诸卿想必早已做好充分的准备。不妨畅所欲言，各尽其能，为崭新的大秦群策群力。"

群臣深受鼓舞，踊跃出班。好多人已在灭掉六国之前，就为未来一统的大秦描绘好美好蓝图。这时争相上前引经据典，侃侃而谈。秦始皇认真聆听，时而颔首点头，时而凝眉沉思。朝堂上气氛热烈，人心振奋。

其实，设郡县，统一度量衡，以及车同轨、书同文字等问题，始皇早已作了周详而具体的思考。他倾听着臣下的建议，补充着自己思考中的不足。当群臣奏毕，他的一套成熟的方案已经形成，最终做出一整套决定。并将决定形成诏书，颁布天下，并由丞相督导百官，一一执行。

诸事议毕，天近午时，文武百官这才感觉到肚子已经咕咕叫了。三四个时辰的朝会，时间太长了，好多官员早点也没来得及吃，就赶着上朝了。

始皇却又说道："诸卿，先王在世时，希望天下永久和平，不动刀兵。如今，先王的遗愿终于在众卿的协助下由朕实现了。今天的大秦王朝是前所未有的、空前统一、地域广大的国家。黔首永享太平，天下永无战祸。大秦江山万世永传。朕有个提议，请天下技艺最好的乐师谱写一曲，颂扬大秦的强盛和先帝们的功绩。让大秦可以传颂天下，扬名海外，朕以曲名为《秦颂》，诸卿以为如何？"

始皇话音刚落，廷尉李斯就附和道："是啊，我大秦应该有一首代表曲，以称颂陛下统一天下、开创大秦基业的盖世之功。"

群臣也齐声道："陛下圣明，臣等无不钦佩。"

国尉尉缭出班奏道："微臣愚见，朝廷可设立大乐府令一职，掌管天下礼乐。《秦颂》可由大乐府令负责谱曲完成。"

始皇表示赞同："尉卿所奏极是。朕准许设立大乐府令一职。至于大乐府令的人选，就由李斯从六国乐师中举荐。三天后，朕要亲耳听到《秦颂》。"

李斯听到皇帝交代了任务，慌忙上前答道："陛下放心，臣一定不负所望。"

三天后辰时，李斯果然带着举荐的大乐府令来后宫叩见始皇。秦始皇正在齐皇后宫中，闻报后，对齐皇后说道："皇后不是喜爱燕赵之声嘛，今天李斯带来了我们大秦的第一个大乐府令，演奏《秦颂》，一定要去一饱耳福。"

齐皇后当然不会放过这样的大好机会，一边吩咐宫女更衣，一边说道："大秦的代表曲一定要雄壮恢宏、气势澎湃，以表现陛下扫平六国、气吞宇内的气势，这种气势的乐曲非筑不能演奏。"

始皇笑道："皇后不愧是欣赏筑乐的高手，说起话来完全是行家里手。今天一定让你大饱耳福。快点，别让我们的大乐府令等急了。"

两人说笑着走进便殿乐室。落座后，始皇便命人请李斯和大乐府令进来。

少顷，李斯引着一个身穿大袖宽襟紫袍的乐师低头趋进，行跪叩大礼已毕，李斯介绍道："启奏陛下和皇后娘娘，这位就是微臣推荐的大乐府令萧暗，燕地人，曾是燕赵一代很有名气的乐师。"

萧喑怀抱筑器，再次给始皇夫妇叩头，说道："臣萧喑给始皇陛下和皇后娘娘请安，愿陛下和皇后万岁万万岁！"

"瞧，嘴还挺甜的。"齐皇后笑道，未听筑乐先有了几分欢喜。

始皇却是面容威严，问道："《秦颂》完成没有？"

萧喑答道："回陛下，曲已完成，只是尚未填词。臣以为，《秦颂》乃为我大秦代表曲，非得陛下填词不可。"

始皇道："填词不难。关键是作曲，一定要表现出气势磅礴、恢宏壮阔的意境。既已作好，不妨演奏一遍，让朕和皇后先闻为快。"

"臣遵旨！"萧喑退后几步，在一张几案前席地而坐，将筑小心翼翼地放在几案上，然后调整筑弦，试击几下，立刻奏出了铿锵之声。

始皇夫妇相视一笑，心中便有了几分满意。李斯坐在萧喑旁边，也显露出得意之色。

萧喑双手忽快忽慢、忽轻忽重，抚弄着筑弦，一曲《秦颂》喷涌而出，时而雄壮，时而激越，时而欢腾，结尾一记重击，戛然而止。

始皇与李斯不由自主地发出赞叹之声："好！"

萧喑谦恭地说道："臣献丑了。"

始皇正要赞誉他几句，忽然发现身旁的皇后默然无声。齐皇后喜爱燕赵之声，尤其是筑乐，甚至还能弹奏一曲，于筑乐颇有些造诣。治国理政要靠始皇，鉴赏乐曲却不是他的专长，应该由擅长音律的皇后品评才对。因此始皇向齐皇后道："皇后以为此曲如何？"

齐皇后正在冥思之中，闻听始皇之言，恍然醒悟，淡然一笑，说道："无论筑艺，还是曲作，萧先生都堪称出色的音乐家。本宫不才，实在说不出具体的缺憾之处。但是，纵听全曲，本宫总觉得少了点什么。"

始皇凝眉道："皇后是说曲中尚有美中不足之处？《秦颂》乃是我大秦代表曲，一定要尽善尽美，不能让六国贵族取笑。"

齐皇后凝思道："本宫实在说不出不足之处。这样吧！萧先生请演奏《易水送别》一曲。两相比较，也许可以品评出不足之处。"

萧喑听到皇后的评议，心里一凉。又听要他演奏《易水送别》，更是大吃一惊。《易水送别》乃是名满天下的燕国大乐师高渐离在易水边送别好友荆轲入秦行刺时所作。这样的叛逆之曲，他岂敢演奏，因此，慌忙跪倒谢罪，说道："请皇后娘娘宽恕，臣不会演奏此曲。"

李斯也没有想到齐皇后会对《秦颂》不满，更没有想到皇后会让萧喑演奏《易水送别》，赶紧为萧喑解围，说道："臣请皇后娘娘原谅，萧先生是陛下的忠实臣民，不会演奏叛逆之曲。"

齐皇后显露出不悦之色，却没说话，只是看了始皇一眼。意思是说，我是后妃，不便干政，皇帝爱怎么办就怎么办吧！秦始皇经皇后提醒，恍然大悟。他也听过《易水送别》一曲，那种悲壮雄浑，气势澎湃的意境的确是萧暗的《秦颂》所无法比拟的。只是这支乐曲会让他联想到荆轲行刺自己时的惊恐场面。但是，现在六国灭亡了，他是天下之主，应该表现出皇帝的宽容大度来。何况，皇后的话有道理，听听《易水送别》自然就比较出《秦颂》的不足。因此，脸色一阴，说道：“李斯，你也在朕的跟前睁着眼睛说瞎话吗？高渐离的名曲《易水送别》早已遍传天下。燕赵之地，凡有井水处，就听到有人哼唱。朕虽然明令禁止演奏此曲，可是犹禁不止，弹唱者依然弹唱。这是音乐的诱人之处。荆轲虽是大逆之徒，可是朕很钦佩他的勇气和忠义之举。朕也很喜欢高渐离的《易水送别》。萧先生身为乐师，如果不会演奏此曲，岂不令天下同行笑话？”

李斯哑然无声，羞愧地跪倒谢罪。

齐皇后听了始皇之言，胆气益壮，肃然说道：“乐曲本无罪过，有罪的是作曲者。萧先生该放心了吧！”

萧暗见皇帝、皇后都这么说，放下心来，低头谢罪道：“微臣该死，欺骗了陛下和娘娘。既然陛下如此宽容，臣愿演奏《易水送别》。”说罢，猛然敲击筑弦，一曲悲壮激昂的《易水送别》在咸阳宫回响，筑音一会儿哀痛欲绝，一会儿慷慨激昂；一会儿如泣如诉，一会儿引吭悲歌。萧暗似乎因乐曲而激动，发挥出最好的技艺水平，与刚才弹奏的《秦颂》有天壤之别。

一曲终了，始皇夫妇、李斯都沉浸在乐曲的悲壮气氛中，半晌不语。

萧暗反倒清醒，趋前数步，向始皇稽首道：“臣有句肺腑之言，不吐不快。请陛下恕罪。”

始皇猛醒，说道：“萧卿有什么话，尽管说。”

“《易水送别》的作曲者高渐离乃是旷世音乐奇才，五百年都出不了一个这样的音律家和演奏家。因而所作之曲遂成千古绝唱。乐坊中人无不尊崇备至，臣身为乐师，当然也不例外。与高渐离相比，臣连小巫也算不上。《秦颂》乃是大秦代表曲，微臣才疏学浅，所作之曲有失国家尊严。所以臣请陛下另聘音律高人再作《秦颂》之曲。微臣之才不堪胜任大乐府之职。”

秦始皇心中冷笑：你还算识趣，今天就不治你的罪了。他口里却道：“萧先生太谦虚了。不过，《秦颂》既为代表曲，就不可等闲视之。最低限度也要与《易水送别》水平相当。否则，堂堂大秦代表曲反抵不过大逆之曲，《秦颂》如何传唱天下？”

“陛下圣明！”萧暗恭敬地奏道，“不过，要想使《秦颂》传扬天下，非得请当今音律奇才高渐离亲自作曲不可。”

"哼，"始皇不悦道，"高渐离乃是朝廷通缉要犯。我大秦岂能请一名逆犯作曲？朕就是不相信，四海之内就没有人能超过高渐离的音乐之才？李斯！"

李斯正为自己荐才不当而忐忑不安，听见始皇叫到自己，吓得跪倒在地，叩首道："臣知罪，任凭陛下发落。"

始皇却不在意地说道："什么罪不罪的。你对音律也是不甚了了。举荐不当，情有可原，朕不加罪。不过你要再次为朕寻访天下音律奇才。不要局限在咸阳周围，燕赵之才也可为我所用，只要不犯大逆之罪就成。朕偏偏不信，天下这么大，竟找不出第二个高渐离来。"李斯放下心来，擦擦额上的汗水，小心翼翼地答道："臣遵旨，一定妥善办好此事。"

当秦始皇夫妇在咸阳宫欣赏筑乐《易水送别》时，它的作曲者高渐离已经来到咸阳。按说，他是逆犯荆轲的朋友，正是始皇通缉的要犯，躲避犹恐不及，为什么竟冒着生命之忧，深入虎穴呢？荆轲刺秦王失败，死后尸首遭到车裂，可见秦王对他愤恨至极。六国灭亡，天下统一后，秦始皇下令通缉与荆轲有密切来往的人，高渐离便是首当其冲的一个。从此他开始了长期的逃亡生活——隐姓埋名，四处流浪，生活在孤寂苦闷之中。开始时，他为荆轲的精神所激励，总想着有朝一日能复兴燕国，兴兵伐秦，斩始皇的人头，为死难的英雄报仇。但是，随着天下的统一，战争的结束，他的梦想越来越渺茫了。尤其在流浪途中，他看到各国的百姓都在为战争的结束而庆幸。尽管秦的徭役田赋沉重，严刑峻法残酷，但是，比起战争对人们的危害，显然要好受得多。高渐离的信念有些动摇了，尽管他不时为自己怯懦的灵魂感到羞耻。尤其是当眼前浮现出荆轲在万千人围观下车裂的情景时，他就会用拳头拼命地敲击着自己的脑袋，恨不能把这个充满矛盾和痛苦的头颅敲得粉碎。

终于，他抵御不住大秦国的诱惑，决定去咸阳看一看。他不怕死，荆轲的英雄气概激励着他，使他觉得死并不可怕，可怕的是信念的动摇。何况，最危险的地方同时也是最安全的地方。聪明的高渐离明白这个道理。

来到咸阳后，高渐离为这里的繁华昌盛而惊叹。他到过许多国家的国都，来咸阳却是第一次。与咸阳相比，六国都城虽大，却是衰败不堪。由此可见，秦灭六国绝非偶然。他在咸阳游荡数日，身上带着的盘缠快用光了，该为生计着想了。高渐离是名满天下的击筑高手，凭他击筑的技艺，走遍天涯也不用为生计发愁。可是今非昔比，他现在是大秦国通缉的要犯，最心爱的筑也不敢随身携带了。筑是他身份的象征，携带筑很容易暴露身份，更别想再去击筑了。

高渐离依然隐姓埋名，他给自己取了个俗得不能再俗的名字叫蔡保。蔡是他父亲蔡泽的姓。虽然他恨父亲，但此时借蔡姓一用，未尝不可。

他到一家叫"财源"的酒楼里做伙计，因为沉默寡言，任劳任怨，很得店主的喜欢。这算是找到了糊口的地方。财源酒楼是咸阳城数一数二的酒楼，装饰豪华而气派，黔首望而生畏。平日都是朝廷官员欢宴、饮酒作乐的地方。

今天也不例外，一大早酒楼老板就吩咐伙计们，咸阳令要来宴请同僚，务必上心伺候，寻常客人不接待。高渐离与众伙计们连声应允。

可是，店老板刚刚吩咐下去，酒店门口就来了五个人，为首的是个衣着华贵、长相俊美、气宇不凡的年轻公子。身后四人显然是他的仆从，但也气度不凡，衣衫华丽。俊美公子打量着财源酒楼装饰豪华的门面，满意地点点头，回头说道："这家还算可以。厮儿，咱们也饿了，就在这儿凑合着吃点儿吧！"

"是！"

美公子身后一个眉目清秀的仆从答应一声，走上台阶，向守在门口的伙计大声叫道："哎，叫你们老板打扫一下，我们爷要在这儿吃饭。"

门口俩伙计早就注意着他们，听他们主仆说话女声女气，颇觉好笑，又见厮儿说话虽横，却声如银铃，便迎上前油腔滑调地笑道："瞧你们公子长得俊，小的巴不得您光临本店呢。可是，不凑巧今儿个咸阳令把店包下来了。本店不接待外人。对不住喽。"

不料，厮儿不但没被咸阳令的权势吓倒，反而怒目圆睁，抬起手来，"啪，啪"给两个伙计一人一个耳光，叱道："咸阳令是什么东西，敢跟我们公主……不，公子爷相比。叫他换一家酒楼。我们在这儿吃定了。"

俊美公子在身后拊掌大笑，说道："厮儿，打得好。看他们还敢狗眼看人低，叫他们店老板出来。不然，我拆了他的酒楼。"

两个伙计捂着火辣辣的脸，这才知道长相甜美的人一定大有来头，连咸阳令也不放在眼内，实在惹不起，慌忙一个赔礼，一个奔后堂去找老板。老板已听到动静，奔了出来，问明了经过，慌忙过来揖手赔礼道："对不起，客官。下人不识贵人，多有得罪。不过，本店今天确实被咸阳令包下来了。请客官体谅小人的难处，去别处如何？"

"不行！"厮儿寸步不让，怒道，"我们公子喜欢这儿，也是你们的福气。再不接待，休怪我们不客气。"

俊美公子眉头一扬，冷笑道："小小的咸阳令竟如此霸道。就凭这一点本公子就不走了。店家听着，要么接待本公子，要么拆了你的店。你给个明白话吧！"

店主见毫无商量的余地，傻眼了，看来这位俊美公子比咸阳令还要横，不能不接待，只得躬身道："楼上清静，请客官上楼，不过，请客官不要喧哗。以免惹恼咸阳令，迁怒于小人。小人可吃罪不起啊！"

"少废话！"

俊美公子不再理睬店主，大摇大摆地迈进店堂。由一个伙计领着，一帮人上楼去了。店主慌忙叮嘱伙计们小心伺候。

这帮人刚上楼，咸阳令和同僚带着二十多员随从就到了。其中还有一名咸阳名伎，人称媚娘。此女不仅长相俊美，而且擅长击筑，因此名满咸阳。咸阳令把媚娘请来，可见宴请的同僚也不是寻常之辈。

高渐离因为做事踏实、勤快，被店主派遣，专门负责为咸阳令送酒菜。酒过三巡，咸阳令向同僚笑道："各位大人，今日难得一聚。酒宴之上，无以为乐。下官请来媚娘小姐击筑助兴，如何？"

同僚们早就等着一睹媚娘的芳容、欣赏她的筑乐，无不鼓掌表示欢迎。随着掌声，仪态万千的媚娘怀抱一筑，袅袅而上，在咸阳令侧面的席位上坐下。对着众人嫣然一笑，然后用筑槌轻抚筑弦，一曲悦耳的筑乐便在酒店内外响起。她筑艺好，人更美，座中客人听得如痴如醉。

高渐离送上酒菜，退到一边。听到击筑声，不由心弦一震。击筑是他一生所好，是他的生命，可是为了躲避秦始皇的通缉，他已有一个多月没有抚摩筑弦了。这时候突然听到筑乐之声，心里突然激动起来。虽然，在他听来，媚娘只是会击筑而已，绝演奏不出精妙之曲来，可他羡慕极了。显然，他羡慕的是她有击筑的机会。而自己却不能再享受那种手抚筑弦的感觉了。另一名酒保看他发呆的样子，忍不住取笑他道："蔡保，你看美人看迷了。你别告诉我是听筑乐入神了。"

高渐离淡淡一笑，说道："此女长相俊美，非其筑艺所能及。她所以扬名，不是因为她的筑艺，而是容貌。"

酒保撇撇嘴讥笑道："你也懂筑乐？别充内行了。咸阳城中谁不知道媚娘是以筑艺闻名的！"

"此种筑艺也能扬名咸阳，可见秦都没有击筑的人了。"高渐离悠悠叹息。

酒保睁大了眼睛："蔡保，你也太狂了。竟敢说咸阳没有击筑高手。你可知道咸阳令大人就是击筑的高手，他的筑艺可是赵地一绝。待会儿，咸阳令一定会亲手弹上一曲。"

果然，媚娘一曲终了，一位同僚就拱手笑道："咸阳令的筑艺乃是赵地一绝。何不恭请大人为我等奏上一曲，以保耳福？"

客人显然都知道咸阳令是击筑高手，无不鼓掌赞同。咸阳令听出媚娘的筑艺并不怎么样，早已技痒难熬，见大家情绪高涨，便谦逊地笑道："既如此，下官就献丑了！"

媚娘将筑送到咸阳令面前，他调整筑弦，手中的筑槌在筑弦上轻轻击动，一串悦耳动听的音符激荡开来。

　　"好！"高渐离由衷地暗喝一声。只是轻轻几击，他便知咸阳令的筑艺要比艺伎媚娘高明得多。可是，咸阳令并不满意自己的弹奏。他停住筑槌，似乎在思索弹什么曲子。略作停顿后筑槌才又重重地击在筑弦上，一种悲壮、高昂的乐曲在大厅响起。

　　高渐离全身的神经突然一振。咸阳令只是轻轻两击，他便听出了对方弹奏的曲子是他呕心沥血之作《易水送别》。咸阳令敢在大庭广众之下演奏此曲，出乎他的意料。看来此公并非完全是个附庸风雅之辈。高渐离对他的厌恶之情有所改变，凝神聆听筑乐之声。筑声抑扬起伏，晦涩呜咽，把他的心拉到数年前的燕赵之地……那时他英俊洒脱，意气飞扬，筑艺响绝燕赵。

　　筑音回旋，转而高亢、雄壮。不知不觉，泪水已涌出高渐离的眼眶，顺着脸颊往下流。

　　"好！"听到悲壮之处，他不由自主地发出大声的赞叹声，声音呜咽。众人也随着他的喊声报以热烈的掌声。

　　咸阳令自以为得意，但没想到第一声喝彩不是出自同僚之口，却出自一个酒保之口，弹完《易水送别》，他看着泪水满面的高渐离，似乎找到了知音，起身招手道："酒保，你也懂筑？"

　　高渐离的心还沉浸在乐曲的意境之中，郑重地点点头。

　　"噢，"咸阳令略显惊异，态度谦和地说道，"请他出来。"

　　高渐离用肩上的抹布擦去泪水，迈步走到咸阳令座前，门口的店主叫道："蔡保，跪下向大人回话。"

　　高渐离似乎没有听见，依旧站立不动。咸阳令却不在乎他的无礼，仍旧谦和地问道："此曲你熟悉吗？"

　　"当然熟悉，"高渐离不卑不亢，侃侃而谈，"这是高渐离所作《易水送别》，不但可以击筑，而且改成琴、鼓、瑟、笙、钟等八大音奏的乐曲。凡有井水处，即有人吟唱。虽然朝廷下令禁止。可是屡禁不止，弹唱的依然弹唱，像大人这样的高官不是在天子脚下依然弹唱吗？这是音乐感人的地方。乐曲好，留在人们心里，岂是一条禁令所能禁止的？"

　　"大胆，竟敢藐视朝廷律令！"一位县尉怒喝道。

　　"不，他说得很对。"咸阳令制止县尉，说道，"就是当今始皇陛下也在宫中听过《易水送别》。大秦律法虽严，唯有这一条禁令没有认真执行过。也没有人因为弹奏此曲而被治罪，大概始皇陛下也知道韵有感人的地方，是以禁而不止。因此，下官才敢当众弹奏此曲。酒保，你姓甚名谁？"

　　"小人蔡保。"高渐离垂首答道。

　　"好，蔡保，请坐。"咸阳令为了表示爱惜音乐人才，待高渐离在他身旁坐下后，诚恳地说道："听你之言乃是内行话。一定也会击筑，可否对下官的筑艺指点一二。"

高渐离见他对自己如此礼遇，显然不是个庸俗之辈，便谦逊地一笑，真诚地说道："小人只是略知一二。说得不对，请大人多多包涵。"

"但讲无妨。"

"论技艺，大人可以算得上击筑的高手，当今天下没有几人能及。可是，大人击筑却不能曲尽人意。"

"愿闻其详。"

"大人想必知道，《易水送别》是高渐离先生在何种情况下创作出来的。可是，大人在此场合击筑，未免有哗众取宠之意。与曲作者的心境难以合拍，自然不能曲尽人意。"

咸阳令眉毛一挑，盯着高渐离的脸，笑道："依你之言，只有高渐离先生亲自弹奏，方能曲尽人意？"

"那倒未必。击筑虽是雕虫小技。但击筑者必须摈弃世俗观念，无哗众取宠之心。用心投入其中，才能人筑合一，奏出极高的境界来。"

客人中间传出嘘声，有人低声说道："如此说来，只有圣人才能演奏此曲，我等俗人岂不是今生与筑无缘？"

"别打岔。"咸阳令制止住客人，向高渐离说道，"可否请蔡先生击上一曲，让我等一饱耳福？"

"对，让他演奏一曲，看他是否真材实料。"大厅里的人们早已看不惯高渐离的傲气，趁机起哄道。

高渐离点头道："击筑可以，不过，小人要提出几个要求。"

"蔡先生有什么要求尽管说。"咸阳令满口应承。

"第一，请各位出去，吹吹风，洗洗脸，驱散一下酒意；第二，请媚娘按照献艺的规矩焚起一炷香；第三，小人要去沐浴更衣，而且小人的席位要设在正中间。"

客人们见他不过是个酒保，竟蹬鼻子上脸到如此地步，忍不住叫嚷道："哪来这么多规矩！大人命你演奏，你就坐下来演奏呗！"

"你当你是什么人？让我们大人在此等候。谱摆得太大了吧！"

高渐离面对众人，冷然道："小人是酒保，没有义务为你们击筑助兴。如果愿意听，请按照小人的要求去做；否则，小人告辞，为各位送酒菜去了。"说着，起身欲走。

咸阳令慌忙拦阻，面对客人们说道："蔡先生说得有道理。要听美妙的筑乐，必须诚心诚意。下官先出去洗脸。"说完，起身拉起几位同僚出去了，其他人见大人如此，也一个个步出酒楼大厅。高渐离也去后堂沐浴更衣。

一炷香的工夫过后，咸阳令与客人们神情肃然地回到座上。高渐离也从后堂出来了。经过沐浴更衣后的他显露出本来的面目，长相清奇，风度翩翩，高高瘦瘦的身躯，罩一件宽襟大袖的白色长袍，戴着白色高冠，浑身洋溢着飘飘若仙的美感，与先前的蔡保简直判若两人。他往正中一坐，咸阳令的座位反在他的身旁。一筑在手，大有君临天下之势。

客人们先前都以为高渐离是故弄玄虚，只是碍于咸阳令对他的宽容态度，方隐忍不发。现在见了他的装扮气度，开始为之心动，惊讶财源酒楼竟藏有人才。大厅里鸦雀无声，唯有香炉里飘出的袅袅香气充溢其间，有一种如临仙境的感觉。

高渐离拱手向客人行礼，又转身向咸阳令稽首道："大人如此纵容小人，可见雅士风度，筑本是为知音而击。小人已将大人视为知音，自当尽所能，博大人一笑。"

说完，他用筑槌轻击筑弦，击奏出他的呕心之作——《易水送别》。初始筑声低回晦涩，表达的是永别的朋友沉痛之情。既而转而高亢，表达的是易水河畔，万千人送别的悲壮场景。高渐离身边仿佛响起荆轲的悲壮高歌：风萧萧兮易水寒，壮士一去兮不复还！

易水凝滞不流，河上风雪呼号，筑音由低回艰涩终于转为慷慨激昂之声，高渐离仿佛看见图穷而匕首现，荆轲抓起匕首，追着秦王嬴政满殿绕柱奔跑的情景。

他的脸上露出好久不见的得意之笑。虎视天下，欺凌列国的嬴政平日是何等的威严、尊贵，不可一世。可是在这一刻竟然被一名市井游侠在宫殿之上，当着臣子的面，追赶得抱头鼠窜，再也没有王者的尊严和仪态。

高渐离每弹奏一次《易水送别》，都要经历一次灵魂的洗礼。此时的他完全忘记了身在何处，他和筑融合成一体，不知道自己在做什么，只知用手中的筑尽情地宣泄抑郁已久的感情。

筑音时而哀痛欲绝，时而慷慨激昂；时而低荡回旋，时而如断金玉；时而如泣如诉，时而悲壮欢唱。旷古未有的精妙筑音吸引了楼上和店外的人们。那名俊美公子和四名侍从不知何时也走下楼来，站在廊前，神情肃穆地倾听着，店主和伙计们也忘掉了手上的活，呆立在各个角落。

筑音戛然而止。高渐离衣襟尽湿，泪眼迷蒙，连客人的面目也模糊不清了。众人也在不知不觉中潸然泪下。虽然好多人并不懂得音乐，但精妙的音乐连草木也能感动，何况是人呢？

酒店里一片唏嘘之声。咸阳令将思绪从筑乐的意境中收回，打量着相貌清奇的高渐离，他岂能是一个酒保？咸阳令的心头一振，突然打破沉寂，惊奇地问道："阁下到底是什么人？竟然将曲中意境宣泄得如此淋漓尽致！"

"在下高渐离，此曲的作者！"高渐离突然傲然答道。

"高渐离？"大厅内响起一片惊讶之声。

咸阳令虽然已猜测到对方的身份，但经高渐离之口证实，仍然吃了一惊。他冷笑一声，问道："高先生既然是朝廷通缉的要犯，为什么要深入虎口，自露身份？"

高渐离面色平静，答道："高某不愿过苟延残喘的逃命生活。而今天下一统，再无出头之日。与其苟活而作瓦全，不如还我真实面目，以求玉碎。"

"说得好！"咸阳令赞叹道，"下官不但佩服你的筑乐奇才，更佩服你的豪气干云。可是在下身为朝廷命官，身在所辖之地。如果不依律缉拿你这样的朝廷钦犯，便是大逆之罪。"

他完全没有了刚才爱乐者的风度，突然站起身威严地向身后侍从命道："来呀，将钦犯拿下！"

高渐离依然不动，淡淡一笑，说道："大人身在公门，自然心在公门。这就是大人筑艺难臻化境的根本原因。"

侍从们遵命，一拥而上，将高渐离双臂擒住，取出绳索就要捆绑，忽听门口有人叫道："慢着！"

众人吃惊地往门口看去。只见一名俊美的年轻公子昂然而入，径直走到高渐离跟前，根本不理会咸阳令和他的同僚，凛然向侍从们命道："把高先生放开！"

侍从们被他的不凡气度震住了，竟真的把高渐离放开，不知所措地望着咸阳令。咸阳令没想到有人竟敢阻止自己执行公务，勃然怒斥道："尊驾何人？竟敢阻止本官缉拿钦犯！"

俊美公子正眼也不看他，傲然道："我是谁，你没有资格知道。钦犯你也没有资格带走。高渐离就交给我了。没你的事了。喝你们的酒去吧！"

咸阳令见他年纪轻轻，说话女声女气，却十分霸道，料定必有来头。但在同僚和手下人面前不能跌面子，因此，仍硬声硬气地说道："尊驾是哪里的？不报上名来，本官实难从命。"

"噢，"俊美公子轻笑一声，突然叫道，"厮儿，给他看一样东西。"

紧跟在他身旁的厮儿一听，走到咸阳令跟前，轻轻揭开衣衫一角，轻蔑地笑道："大人看清楚没有？"

"啊！"咸阳令吓了一跳。厮儿腰间竟挂着一块出入宫禁的金色令牌。对方是咸阳宫里的人。也许是始皇陛下派出的密探。看来是要跟自己争功。他一个咸阳令哪敢跟始皇帝的密探争功，还是把高渐离交给他们吧！咸阳令头上冷汗直冒，慌忙向俊美公子稽首赔罪，道："下官不知大人驾到，多有冒犯。下官告辞。快，都给我退下。"

同僚、侍从们不知何故，但见咸阳令那恭谨惊慌样，便知对方大有来头，慌忙起身离座，退出酒楼大厅。俊美公子见此情形，得意地嬉笑道："这帮蠢蛋！厮儿，把高先生带走！"

厮儿却迟疑着说道："你真把个大男人弄到宫里去？"

"怕什么，有我担着呢。"俊美公子见他还是不动弹，生气地向其他三名随从命道，"把钦犯带走！"

高渐离已抱定必死之心，一直坐在那儿没动。但是他却有些不解。咸阳令怎么没抓自己？这几个不男不女的人说的话更让他猜不着边际。

俊美公子的另三名随从二话没说，上前架起高渐离就往外走。到了酒楼门外，上了一辆豪华的马车。

"把他眼睛蒙上。"俊美公子用银铃般的声音命令道。

一块绸布遮住了高渐离的眼睛，眼前一片漆黑，只能听到马蹄声和车轮声。马车行驶了近半个时辰才停下来，高渐离被带下车，又走了半里多路，脸上的绸布才被取下来，他用手揉揉眼睛，以尽快适应刺目的光亮，终于看清楚自己身在一间装饰温馨的房间内。周围的人都走开了，只留他一个人。

"我这是在哪儿？官府抓人为什么像做贼一样蒙住眼睛？"高渐离心里闪过无数个问号。但是他很清楚，落到秦国官府手中，他这个头号钦犯必死无疑。只不过，死亡对他来说，一点儿也不恐怖，反而是一种解脱。

他正在胡思乱想，门口脚步声响起，走进来一名长相清秀的婢女。高渐离一见就怔住了，这婢女好面熟，像是在哪儿见过。那婢女看他发愣，莞尔一笑，脆声说道："高先生，怎么干站着，快坐下，奴婢为您沏茶。"

高渐离听到她银铃般的声音，恍然大悟。她不是那位被俊美公子唤作厮儿的侍从吗？既然奴才是女扮男装，那么主子肯定也是女子。她们不是官府的人。怒气充溢在高渐离的心头，他愤怒地问道："你们到底是什么人？为什么把高某带到这儿来？难道秦国就没有王法吗？"

厮儿正在为他沏茶，听他一连串的诘问，忽然把茶樽一顿，俊目圆睁，骂道："你这人真没有良心，如果不是我们公主救你。你就是十颗脑袋也不够砍的。"

"公主？谁是公主？"高渐离被她说糊涂了，莫名其妙地发问。

"就是我！"身后传来一名女子的声音。高渐离回头一看，一下子惊呆了。门口站着一位清丽女子，正用含笑的眼睛看着他。高渐离身为天下成名筑乐大师，见识过不少的绝色女子。他被惊呆并不完全是因为她的美丽，而是她那种清纯脱俗的气质，令人不敢有非分之想。她就是那名俊美公子。尽管高渐离已经猜到她女扮男装，但是，亲眼看到她的女儿面目，还是令他吃惊不小。

"高先生，您受惊了！"自称公主的女子彬彬有礼地说道，脸上挂着崇敬的笑容。

"公主？"高渐离打量着眼前的女子，还没有从惊愕中醒悟过来。

"高先生一定有很多疑问吧，请坐下容我给您解释清楚。"公主真诚地说道。

高渐离很听话地坐到柔软的香榻上。公主也在正中坐下，待厮儿献上茶后，才含笑说道："高先生是在皇宫大内，不会有人敢到这儿来抓您这个朝廷钦犯的。我就是当今始皇陛下的女儿——华阳公主。"

"华阳公主！"高渐离脸上失去了平静，显现出惊异之色。他听说过嬴政有一个最为宠爱的女儿——华阳公主，想不到竟会是眼前的女子。但是，他脸上的惊异之色很快变成轻蔑的微笑，道："想不到公主竟不顾金枝玉叶之体，费尽心机亲自去抓我这个钦犯。"

"高先生……"华阳公主一时语塞，美目中显露出委屈的神色。

身旁的厮儿忍耐不住，气呼呼地说道："姓高的，你真不知好歹。我们公主不过嫌宫里太闷，装扮成男人出宫走走。正巧遇着你被官府抓走，才想办法救你的。怎么是专门去抓你呢？"

"是的，本公主平日仰慕高先生之名，今日听高先生击筑，如闻仙乐。所以才冒险从咸阳令手中解救先生。"华阳公主也急忙为自己辩白。

高渐离半信半疑，依然用讥讽的口吻说道："公主既是诚心相救，为什么不放高某逃走，反而将高某带入宫中？"

"先生乃朝廷要犯，既然暴露了身份，还能逃出咸阳吗？我将先生藏在宫中，是为了您的安全。当然，我有私心，希望早晚能听到先生如神乐般的击筑声。"

"公主真的喜欢听筑？"

"不但喜欢听筑，也经常亲自击筑，只是击得不好。不知先生肯赐教吗？"

"公主之情令高某感动。可是，高某乃是当今始皇帝点名的钦犯，恐怕会连累公主。何况，公主将一陌生男子藏于闺阁之中，传扬出去，多有不雅。还是放高某出去吧！"

"不，高先生。您是个了不起的乐师。不应该与那些令人讨厌的六国纷争搅在一起。只要您不再反对朝廷，我自有办法请父皇赦免您的罪。"华阳公主颇为自信。

高渐离脸上闪过一丝轻蔑的微笑，却不动声色地问道："公主有什么办法，可以让始皇帝赦免高某之罪？"

"父皇非常钦佩您，经常与母后听宫廷乐队演奏《易水送别》。父皇还颁诏，请天下一流的乐师为大秦的《秦颂》谱曲。至今还没有满意的人选。以先生之才，只要肯为《秦颂》谱曲，父皇就可能赦免您的罪。"华阳公主一边说，一边小心观察高渐离的表情变化。却见他脸上闪过悲愤之色，继而哈哈大笑道："高某原以为公主清纯脱俗，想不到也是一副胜国新贵形态。你把高某看成什么人了？高某虽是亡国之臣，无能报家国之仇，却死也不会向敌国新贵击筑献媚。更不可能为敌国谱曲。公主省省心吧，把高某交给嬴政，是车裂还是腰斩，高某都会感谢他。因为我的好友荆轲正在等候我呢。"

华阳公主一阵慌乱，起身赔礼道："对不起，我没有轻视高先生的意思。我知道，您和荆轲都是英雄，连秦国的臣民都在传颂你们的事迹。可是，我真的不忍心看到您这样的音乐奇才被处死，我只是想……"

"公主什么也不用想了。高某相信你是真心喜爱筑乐，也是真心为高某着想。可是，高某不会为你击筑的。请让高某向嬴政自首去。"说着，起身便往外走。

华阳公主身为尊贵的公主，没有人敢对她如此无礼。见高渐离软硬不吃，忽然一改恭敬的态度，霸道十足地说道："高渐离，你走不出我的宫门。既然落在我的手中，就必须任我摆布。你不为我击筑也可以，但必须待在宫中。您的年龄可做我的父亲，我也像对待父亲一样尊敬您，不怕下人说三道四。厮儿，为高先生安排一处房间，好好伺候。如有闪失，唯你是问。"

厮儿脆声答道："公主放心吧！"转身走到高渐离跟前，恭敬地施礼道："高先生，请吧！"

高渐离正一脚门里一脚门外，看到偌大的公主府里，有不少的宫女、黄门侍卫，自己根本走不出大门，只能跟着厮儿走了。

六国灭亡之后，各诸侯国皆为郡县，尽归大秦的版图。可是，秦始皇没有因此满足，他的目光盯住了地图上会稽郡以南和黔中郡以西、以南的广大地区。那里是瓯越人、闽越人和南越人居住的地方。嬴政决定派军征服越人，进一步扩大大秦的版图。

可是，第二天的朝会上，当他将此事交与大臣们讨论的时候，却遭到很多人的反对。丞相王绾态度最为坚决，进言道："越地依山傍水，道路崎岖难行，河道纵横交错，大军进军困难，特别是军粮的运输不便，必定制约进军的速度。陛下初平天下，人心不稳，潜伏的诸侯余部随时有复辟的可能。臣以为陛下还是以巩固既得之地为要。至于越人，乃蛮荒之地。得之亦于陛下无益，何苦千里劳师征伐呢？"

"够了！"始皇不等老丞相把话说完，就抬手给予制止，脸上显露出不悦之色。上次朝会讨论郡县天下的时候，王绾就持反对意见，而且大多数大臣都支持他。始皇因而对他不满，这次见他又站出来反对自己，便沉声说道："说到困难，朕扫平诸侯，哪一役、哪一战没有困难？将士们浴血疆场，时刻都有生命危险。难道我们会因为惧怕困难，害怕牺牲而裹足不前吗？越人虽居于蛮荒之地，可是朕是天子，是天下的皇帝，天下的百姓和土地都是属于朕的。朕就有责任将他们纳入大秦的版图，而不能看征服之地是否对朕有益。本来，朕今天还有其他事与丞相有关。原打算放在后面说，既然丞相先开了口，朕就说了吧。请问丞相，朕交代下去的，收缴天下兵器、定移天下豪富至咸阳，以及修建驰道和各项工程的事宜进展如何？"

王绾看见皇帝长目中的阴鸷之气，听着他那特有的狼音豺声，突然不寒而栗。今日的嬴政已不是当年的样子了。他现在是天下之主，志得意满。自己犯什么牛脾气去逆龙鳞，不是自寻死路吗？王绾白须抖动，慌忙谢罪道："臣办事不力，请陛下治罪！"

始皇却不怒反笑，说道："你还没有回答朕的问话呢，怎么先请罪了？何况，即使办事不力，也该说说原因。朕可不是糊涂之君，不会轻易加罪于臣下的。"

"臣当然要说。臣虽有失职之罪，但并非拖拖拉拉。诸事所以进展缓慢，是因为在臣看来，天下初定，人心不稳。而收缴天下兵器、定移六国豪富乃是六国贵族最为敏感的事情。操之过急，易生事端，激起黔首的反抗。臣以为收天下兵器不如收天下之心。稳定才是朝廷最根本的问题。同样的道理，修建驰道和其他各项工程需要动用很大的民力。连年战争，各国民力衰竭。陛下应注意与民休养生息。不妨采用缓建或少建的方法，渐进使用民力。"

"好一个渐进使用民力！"始皇一声狼笑，说道，"我大秦自从商鞅变法以来，历代先王推行的都是以法治天下的国策，就是要使那散漫、慵懒惯了的黔首变成勤劳苦干的百姓。秦法素以严峻出名。可是，秦国的黔首没有造反，反而使国家日益强盛。如今，四海一统，朕为了使天下永享太平，为了国富民强，所做的每一件事不都是上合天意，下顺民情？这一代黔首辛苦、劳累点，牺牲奉献点，后世万代子孙就可以享受到他们留下的成果。论辛苦、劳累，朕不也是在夜以继日地操劳国政吗？比起黔首们，朕更加辛苦。"始皇说着，似乎动了真感情，低下头去。

这时，侍立在始皇御案旁的中车府令赵高眼含热泪，向始皇请旨道："陛下，奴才有些掏心窝子的话想跟诸位大人说，请您恩准。"

始皇头也不抬，挥挥手说道："有什么话你就说吧！"

"谢陛下！"赵高转过身来，面向众臣一稽首，动情地说道，"诸位大人，陛下日夜操劳国事，奴才是亲眼所见。远的不说，少将军李信伐楚，为楚将项燕所败。陛下得知消息后，心急如焚，四十多个日夜没有睡一个囫囵觉，人都瘦了一圈。让人看了都心酸，直到王翦老将军出马，陛下才露出点笑脸来。奴才随侍左右，也受了不少的苦，可是，看到陛下为国事拼命操劳，奴才吃的这点苦算什么？就是拼掉小命也甘心为陛下效劳。"说完，退到自己的位置。

赵高的话说得动情，众臣也深为感动，殿内一片唏嘘之声。王绾当然也不例外，但是他并没有因此改变自己的观点。毕竟皇帝勤政与政策苛酷是两码事。赵高是在搅浑水，有意地曲迎圣意，讨始皇的欢心。只是手段比较隐蔽。此人真不可小觑。但是眼前的形势于己不利，大家都看着自己呢。不能再与始皇争论下去了。

赵高的话也说到了始皇的心里，他忽然间感觉到这么多大臣当中，只有赵高才是最理解他的人。是啊，人们只知道他高高在上，万乘之尊，出警入跸。却不知道天子威仪背后的辛劳。赵高看到了他的辛苦，为自己说了句最暖心的话。正在他胡思乱想的时候，忽听王绾恭谨地说道："臣知罪，请陛下降罪，臣绝无怨言。"

始皇忽然醒悟过来，意识到自己坐在朝堂上，面对群臣是不可以流露出脆弱的感情的。他恢复了自己的常态，略一思忖，轻笑道："王卿言重了。你没有罪，不过是人老了思想跟不上国家形势的变化。朕岂能加罪于你？"

王绾为官一生，何等聪明，当然明白始皇之意，纳头便拜，请求道："臣自知年老体弱，不能再为陛下效力。所以，昨晚就与老妻商议好了。今天来请旨告老还乡。恳请陛下恩准。"

始皇假意挽留，无奈王绾去意已定，苦苦请求，只好答应。王绾谢恩退到殿下。

始皇扫视众臣，面露为难之色，说道："王爱卿给朕出难题了。没有了丞相，朕还如何议政？还是先确定新丞相人选吧！李斯，你看谁可以担当丞相之职？"

李斯早就盯着丞相的位置，见王绾提出告老还乡，心中窃喜，以为始皇极有可能任自己为相。没想到，始皇拿人选的问题问自己，不由暗暗叫苦。总不能说自己是最合适的人选吧！可是，推荐别人，却不甘心。他慌忙跪倒，犹豫了一下，说道："王丞相突然告老，臣没有思想准备，没有考虑过新的丞相人选问题。不过，臣以为，新丞相应该禀录陛下旨意，督导百官执行新的政策，具体说，要把陛下作出的决议不折不扣地执行下去。就是把天下兵器收缴、给天下人以耳目一新的感觉，以弘扬陛下盛名和大秦国的国威。"

"说得好。李斯，如果朕让你督导百官，你能做得更好吗？"始皇欣喜地问道。

李斯亢然道："微臣不才。可是，臣一定义无反顾地去做。绝不会有太多的顾虑。臣誓死为陛下效力。"

始皇满意地点点头，以手击案，说道："朕就以李斯为丞相，众卿以为如何？"

群臣中有赞成李斯之才的，也有不以为然的，但是，始皇圣意已明，谁还敢说不行？于是，异口同声地答道："陛下圣明，臣等佩服至极。"

始皇早有用李斯为相之意，见群臣赞同，便又用冯劫为右丞相，协助李斯的工作，以蒙毅为廷尉，代替李斯的廷尉之缺。蒙毅与其兄蒙恬俱为大将军蒙武之子。弟兄二人虽然年少，但已在朝中历练多年，颇有才名。

一番人事更动后，始皇与群臣继续商讨国事，决定派将军屠雎统率五十万秦军征服南越。同时，始皇考虑到王绾的话也有道理，便派水利专家、御史监督前往南越的五岭山区，开凿沟通湘水与融水的渠道，以利军粮的运输。

临近散朝时，忽然有宫廷黄门走到李斯跟前，耳语几句。李斯脸色微变，立刻向始皇跪奏道："陛下，咸阳令派人来说，逆犯高渐离在咸阳出现过，却被宫里人抓走了。"

秦始皇一听到高渐离的名字，立刻想到荆轲，心中立即被仇恨填满，恨声道："高渐离，他也有今天。郎中令，高渐离现在何处。带来让朕见一见。"

郎中令马其妙就在李斯的下首，听到始皇问到自己，吓得慌忙跪倒，爬到阶前，禀道："万岁，臣没听说抓到高渐离。"

始皇脸色一凛："你职责内的事，怎会不知？快回去仔细查问。"

"职责内的事，臣怎会不小心恭谨。万岁，不用再查问了。宫内的侍卫官属确实没有人见过高渐离。"马其妙异常肯定地答道。

始皇再也捺不住怒气，问道："到底是怎么回事？"

李斯忙说道："万岁不必动怒，只要高渐离敢在咸阳出现，他就是插翅也逃不出去。也许是有人冒充宫里人，也许是咸阳令看花了眼，反正，这些细枝末节不值您动怒。可以让郎中令调查之后，再奏明万岁！"

秦始皇怒气稍解，随后道："郎中令立即调查详情，一旦有高渐离的消息，就直接奏朕。李斯，你也有过失，朕要你寻访乐师，为我大秦作曲，至今毫无结果。"

马其妙连声应道："臣遵旨，一定查明高渐离的藏身之处，将其缉拿归案。"

"臣知罪！"李斯谢罪说道。

"高渐离不失为《秦颂》作曲的最佳人选，可惜他是个逆犯。《秦颂》岂能用逆犯作曲？"始皇自言自语地道。

李斯接替王绾当了丞相。他这个丞相非历任丞相可比。因为天下统一了，大秦的版图扩大了好几倍，他手中的权力自然也大。新官上任三把火。他完全改变了王绾的工作作风，雷厉风行地处置了几个办事不力的官员，各项工作立刻就上了轨道。尽管周围是黔首和六国贵族的叫骂声，但是兵器一定要上缴，登记的豪富必须迁往咸阳，至于那些战俘、刑徒更不必说，全部被赶往工地，参加到各项工程中。稍有反抗或懈怠，就被按律鞭打、黥面，直至处死。

有李斯卖力，秦始皇的工作量大大减少了，看着一份份各地送来的报喜奏折，他为自己所创造的伟大业绩而骄傲，自然就生出走出咸阳宫巡视天下的想法。于是，留李斯、冯劫、蒙毅守咸阳。始皇率蒙武、赵高等臣子开始了他统一六国后的第一次出巡。本来，他想把李斯带上。因为李斯篆书、文辞都是群臣中一流的，他要用李斯到处刻书立碑，为自己歌功颂德，可惜李斯太忙，走不开。

庞大的车队居前，近身侍卫、虎贲军、随行队伍等浩浩荡荡的巡行队伍出咸阳西行。始皇巡行的目的地是陇西、此地二郡。沿途地方官员在每座城池的十里长亭前跪迎圣驾，道路两旁，黔首们夹道跪迎，欢呼万岁，一直排到城里。陇西、此地皆为秦国故地，社会秩序安定，百姓安居乐业。黔首们由衷地感谢他们的君主——秦始皇。

当始皇车驾抵达渭水河边的时候，秦始皇坐在敞开的辒车中，望着夹道跪迎的黔首和渭水河畔绝美的风景，他的眼睛湿润了，这里是嬴代祖先起源之地。从被封于渭之间到移霸西戎，从迁都梅到迁都咸阳，嬴代祖先在自己封国上一步步走向强大，终于在他嬴政的手上统一了天下，完成了霸业。这是何等的荣耀和威武啊！始皇第一次出巡便选择了祖先的起源之地，当然有着追根溯源、光宗耀祖、不忘先人的意义。

站在渭水南岸，始皇颁布诏令，为纪念祖先，在此建筑极庙，即至高无上之宫殿。并修建两边都有围墙的甬道通咸阳。建成后，始皇由咸阳来极庙祭祀先人时，车马在甬道内行驶，外面的人看不见。

当然，雄才大略的秦始皇出巡，不是只为了耀祖，更是为了扬皇帝之威和大秦国威于四方。陇西地处西部边境，始皇至此，亲自巡视边防的建设情况，却发现这里道路崎岖难行，对于公文传递、军队调动、运输补给、民间贸易的影响都很大，便下令加快修建全国的驰道。

本来，他还想乘兴继续东行，巡视赵魏故地。可是，偏逢天降大雨，驰道没有修建，道路泥泞难行。大雨搅了他的兴致，只得返回咸阳。

这么多天，高渐离觉得是自己一生中最难打发的日子。因为，即使在逃难生涯中，他还可以四处游荡，有完全的自由。可是，自从被华阳公主带到这里，他就没有走出过院子一步。衣食住行都是宫女侍候着。最难以令人忍受的是，自己面前就放着筑，那筑仿佛有着巨大吸引力，诱惑着他这个酷爱击筑却百无聊赖的人。何况，华阳公主几乎每天都要来到他跟前，向他问安，然后击筑给他听。高渐离贪婪地看着那筑，却不敢弹。因为只要去弹，就等于中了华阳公主之计。

他听得出华阳公主的击筑技艺已有相当高的水平，可是也有明显浮躁之处。他知道，那是因为她生在帝王之家，优裕的生活经历使她的筑艺难臻化境。

有一天，华阳公主照例走进院子，只是她脸上没有笑容，也没有向他问候。径直走到几案前，望着那筑发了一会儿呆。才轻轻演奏起来。开始时，高渐离并没有注意那筑音与往日有什么不同。可是，渐渐地，他听出那筑音如怨如诉，如悲似泣，连自己的心也逐渐地融入乐曲之中。

"好！太好了！"当华阳公主筑弦折断，不得不停下手中筑槌时，高渐离情不自禁地发出赞叹之声，这是他对她击筑的第一次反应。可是，他发现华阳公主的一双美目之中竟蓄满了泪水。

"公主筑艺突见长进，必有一番遭遇，可否见告高某？"高渐离尽量表现自己的诚恳。

华阳公主却轻轻摇头，叹息道："高先生乃高洁之士，我不过一世俗女子，实在不敢以俗尘之事污了先生的品行。"

"不，公主。高某已看出你是个清纯无邪的女子。跟这暴虐的秦宫不一样。"

"谢谢先生。"华阳公主的泪水奔流而下，泣道："您知道吗，我的母亲抛下我和父皇，跟着一个男人走了。"

高渐离的目光微微跳动一下，他在华阳公主对面坐下，表情平静地问道："你母亲是谁？那个男人又是谁？他们为什么私奔？"

"我母亲是父皇的妃子，叫公孙婉儿，男人就是国尉尉缭，他们是师兄妹，从小青梅竹马。可是，后来因为父皇的插入，母亲委身于父皇，可是，再后来……"华阳公主说不下去，却把一份折叠得方方正正的帛书递给高渐离。高渐离郑重地展开，却见上面写道："母亲对不起你，当你看到这份帛书的时候。我已经含泪抛下你，与另一个男人离开了咸阳。这个男人就是国尉尉缭，一个我从少女时代就挚爱的男人。因为你父皇的原因，我与缭难结良缘。随着你父皇霸业的完成，我发觉到他的性格在发生着可怕的变化。他喜爱权力，崇尚严刑峻法，可以让全天下的人围着他的指挥棒转而不得歇息，直至力竭而死。我留在他身边将会是怎样的结果呢？

"正当我疑惑难决时，缭来我宫中，告诉我，他想离开你父皇，并表明对我的一片心意。他说，你父皇霸业已成，日益骄横。连王绾这样的老臣都被赶回老家了。他留在朝廷里，不但无所成就，还可能有性命之忧。他喜欢那种男耕女织的生活。我被他描绘的美好生活深深打动了，经过认真考虑，决定跟他走。

"求你原谅母亲的不辞而别。因为你爱你的父皇，母亲知道你不会抛下他跟我走。你父皇也非常宠爱你，正是如此，母亲才放心地离你而去。

"对不起，我的女儿……"

高渐离的泪水也止不住地奔涌而出，他从小就被父亲抛下，与母亲相依为命。尽管父亲蔡泽为他们母子留下很多的财产，但他依然恨父亲。因为蔡泽投奔了秦国，为自己的敌国效命，这在当时的燕国人看来，是一种无耻的叛国行为。高渐离遭受过不少人的白眼和歧视。

一个被母亲抛弃，一个被父亲抛弃。两个来自敌国，年岁相差两旬多的男女，心灵开始相通。高渐离默默接好筑弦，调整好。然后拿起华阳公主丢在一边的筑槌，轻轻敲击筑弦。那曲《易水送别》的曲子从他手下荡漾开来。

伴随着悲壮的筑音，一男一女的声音在合唱：风萧萧兮易水寒，壮士一去兮不复还！

曲尽时，华阳公主已拭去泪珠，娇美的脸上绽出鲜艳的笑靥："高先生，你肯为我击筑了！"

高渐离也笑了："你是我的知音了。乐为知音者鸣嘛。可是，我绝不会为嬴政击筑。"

"我们不提他。你能指点我一二吗？"

"愿为公主效劳。"

两人并排而坐。高渐离一边纠正着华阳公主的错误之处，一边不厌其烦地讲解。华阳公主专注地倾听着，用手击打着。每每有恍然大悟之处，脸上都闪过惊喜的笑容。

两人正全神贯注于筑乐之中。忽然，一阵脚步传来，厮儿上气不接下气地跑进来，满面的惊慌之色，老远就叫道："不好了，皇上来了！"

两人惊愕地抬起头。华阳公主吃惊地问道："父皇怎么会到这儿来？你不会在前方拦住，就说我马上就到！"

"不行，皇上说急着见您，问您在哪儿，奴婢不敢隐瞒……皇上就往这边来了。"

"没用的东西！"华阳公主跳着脚骂道。

"奴婢说过，留下男人在宫里，早晚要出事。"

"现在说这些有什么用，快，让高先生躲起来！"

高渐离比她们镇定得多，轻松一笑，说道："公主放心，高某知道怎么做，绝不连累你。"

"哎呀！快走吧你。"厮儿拉着他躲进后面一间闲置的房间里。

刚把高渐离安置好，秦始皇就带着胡亥、赵高和两个黄门侍郎走了进来。胡亥是个十岁的孩子，跳着脚跑在前面，边跑边拍着手叫着："阿姐，阿姐，父皇看你来了，快出来呀！"

厮儿不知是祸是福，吓得脸色煞白。华阳公主虽然深得始皇宠爱，但也知道藏匿钦犯是什么罪。因此心里也是七上八下，小心翼翼地迎上前去，给始皇跪倒行礼。

"女儿叩见父皇，愿父皇万岁！万万岁！！"

秦始皇脸上没有一丝笑容，伸手拉起女儿，望着她，伤感地说道："乖女儿，父皇最爱看你脸上那种天真无邪的笑容。可是，今天你没有笑容，只有悲戚之色。难道你全知道了？"

华阳公主以为父皇知道了高渐离的事，只得低下头来，难过地说道："父皇，女儿对不住您，女儿……"

始皇突然暴怒起来，吼道："不，你没有错。朕要颁令天下，缉拿这对狗男女，将他们碎尸万段。"

华阳公主这才知道父皇是为母亲和尉缭的逃走而发怒。看来高渐离的事他是一无所知，她放下心来，却把母亲留下的那份帛书双手呈到始皇面前，待父亲看完，便哀求道："不管怎么说，她是儿臣的亲生母亲。父皇，儿臣求您，放过他们吧！只要母亲还活着，儿臣就会生活得愉快。如果让女儿看到父亲杀母亲那种惨景，女儿再也没有活下去的勇气了。"话没说完，已是泣不成声。

始皇端详着这个他最喜爱的女儿，内心生出无限的感慨。身为帝王，他有二十多个子女。可是，儿女们慑于他的威严，大多不敢跟他亲近，唯有华阳公主和胡亥不怕他。总爱在他膝前绕来绕去，甚至敢拔他的胡子。他反而最喜爱他们。当然，这中间也有宠爱他们的母亲的原因。如今，面对华阳公主的请求，他的心软了。何况，他还有自己的考虑。如果颁令天下缉拿公孙婉儿和尉缭，势必将他们私奔的事公布天下，岂不丢了始皇帝的尊严？于是，他说道："乖女儿，放心吧！父皇答应你，不通缉他们，成全他们！"

"父皇，女儿代母亲谢谢您了。"华阳公主破涕为笑，赶紧亲自为始皇沏茶。

始皇一边品茶，一边爱怜地望着她说道："其实父皇对于他们的出逃并不在乎。尉缭早有去秦之意，他已经逃过一次，被朕发觉，便推说上街闲走。他不愿事朕，朕也不强求。人各有志嘛，只要不反秦就行。至于你母亲，她不过是朕众多宫妃中的一员，朕虽然很喜欢她，可是朕对她总有一种隔镜观花的感觉。既不可得，亦不必毁。由她去吧！朕有这个容人之量。可是，朕恨她竟这么狠心地弃你而去。没娘的孩子，不论多大，都是让人可怜的。所以，当朕听说他们逃走时，最担心的就是你。"

华阳公主靠在他肩上，摸着他长长的胡子，高兴地说道："谢谢父皇的关爱，女儿一定好好孝顺您。"

"朕的女儿嘴巴就是甜。"始皇慈爱地说道，忽然发现胡亥不见了，忙问道："胡儿呢？又野到哪儿去了？"

众人这才注意到胡亥早已不见了。赵高忙答道："陛下放心，少公子不会出了这座院子。奴才亲自去找。"说完便出去了。

没多会儿，赵高拉着吵吵嚷嚷的胡亥走了进来。到了始皇跟前，胡亥还踹了赵高一脚，鼓着嘴巴，气呼呼地骂道："该死的东西，你拉我干什么，我一定会找到的。"

赵高委屈地说道："万岁，少公子说他要找一个人，奴才怎么劝也劝不回来，只好硬拉他回来。"

始皇最喜爱胡亥，不但因为他是最小的儿子，还因为他性情暴烈，不似其他公子那样温顺。始皇在他身上好像看到自己的影子。因此，对于胡亥的无礼不但不责怪，反而问道："胡儿，你在找什么人？"

胡亥狡黠地望了华阳公主一眼，笑道："孩儿在找一个男人。姐姐这儿有一个男人。"

此语一出，满座皆惊。厮儿吓得面如土色，华阳公主脸色微变，心中恨恨地道：这个小恶魔怎么知道高渐离藏在这儿？别是唬我吧。她慌忙掩饰着笑道："小弟真会说笑。这里除了你和父皇，哪里有什么男人。那些黄门侍郎算得上男人吗？"

赵高也点头，谄媚地笑道："是啊，像奴才这样的，可算不上男人，少公子不要胡说。"

"谁胡说了？！"胡亥瞪着赵高，一本正经地说道，"那天我在墙外的树上掏鸟蛋，明明看见有一个高个子、穿青衣的男人在里边走来走去。华阳姐姐还在旁边击筑呢。可是，等我下来，从门口进去时，却被厮儿轰出去了。"

华阳公主闻听，脑袋里"轰"的一声，顿时花容剧变。厮儿则吓得体似筛糠，冷汗哗哗直流。

一直没有说话的秦始皇看着她们的神态，顿时明白了，脸上青筋暴起，声音冰冷地问道："那个人是谁？是不是高渐离？"

以始皇的绝顶聪明，联想到咸阳令的奏折，自然猜测到是他这个宝贝女儿扮作宫里人，把逆犯带进宫里。怪不得郎中令马其妙查了这么多天都毫无结果。郎中令就是有天大的胆子，也不敢来公主府中查问。

华阳公主见父亲已经说出高渐离的名字，知道休想蒙混过去，索性长跪在地，苦苦哀求道："父皇，女儿知罪。可是，高先生是旷世音乐奇才，您千万不能杀他。您要是不答应女儿，女儿宁愿去死。"

始皇气得站起来，怒骂道："糊涂的东西。高渐离是朝廷钦犯，你快告诉朕，把他藏在哪儿了？"

"不，父皇要是不答应，女儿死也不说，您就杀了女儿吧！"华阳公主美目中闪烁着坚定的光芒。

"你这……"

始皇怒极，巴掌高高地举起，正要落下去，忽听华阳公主哭泣道："妈，你为什么狠心抛开女儿，自己走了。"他一阵心软，巴掌到底没落下来，却把毒焰似的目光射向瘫软在地的厮儿。

"大胆的奴才，快说，高渐离在哪里？"

"奴——奴婢——"厮儿话没说完，人已经吓昏过去了。

始皇岂肯放过她，立即命道："来人，把这个该死的东西拖出去，凌迟处死。再把这里仔细搜查。朕就不相信找不到高渐离。"

"遵旨！"

门外冲进来一批黄门侍郎，有人架起厮儿就走，有人开始搜查房间。忽然，一个男人的声音在院中轰响："嬴政，不必多事了。高某在此。"

众人循声望去，只见从一间闲置的屋子里走出一个瘦削、高挑的男子。搜查到屋前的两名黄门侍郎一见，立刻上前按住他的双臂。高渐离傲然地道："不必如此，我会跟你们走的。"

始皇脸向着门外，正巧能看见高渐离，他是第一次见到这位筑艺称绝的乐师，便大声向侍郎们命道："放开他，让他自己走过来。"

高渐离被放开，昂然走向始皇。他是第一次见到嬴政。嬴政长目、隆鼻、双眉修长入鬓，面含阴鸷之气。就是他以武力灭掉了六国，统一了天下。给无数人造成了亡国之痛。高渐离心中的仇恨之火也在熊熊燃烧，可是，他很清楚，自己手无缚鸡之力，此时此刻根本不可能杀死嬴政，还是救华阳公主和厮儿要紧。于是，他坦然一笑，说道："嬴政，是我偷偷潜入公主府，威胁公主收留我的。与公主和厮儿无关。要杀要剐请对高某来，不要为难两名弱女子。"

华阳公主听了，挺身横在高渐离面前，面无惧色地向始皇说道："父皇，女儿再求您一次，高先生是世间少有的音律奇才，求您法外施恩。"

始皇不理睬她，却向高渐离冷笑道："果然是荆轲的朋友，豪气干云。朕也不能不佩服。可是，逆犯就是逆犯。我大秦是讲究法制的。虽然你是音律奇才，也要按律治罪。就是朕也讲不下这个人情。不过朕可以答应你，饶过公主和厮儿。来呀，放了厮儿。"他的话有一半是说给华阳公主听的。黄门侍郎遵命把厮儿拖了回来。

华阳公主彻底失望了，她知道始皇的性格，他决定的事任何人也休想改变。泪水模糊了她的眼睛。

"来呀，将逆犯交廷尉府议罪。"赵高深明始皇之意，向黄门侍郎吩咐道。

"且慢！"

高渐离望着华阳公主的泪眼，心内一酸，向始皇说道："嬴政，高某有一事相求。"

始皇脸上现出讥讽之色："高渐离，你也会求朕吗？"

"高某不为求生。请求能为公主击最后一次筑。因为她是高某的知音。因仰慕高某筑艺，甘愿冒险留高某在府内。"

始皇惊愕，他没想到高渐离请求的是这样简单的事。其实，他心里何尝不清楚华阳公主是因为喜欢听击筑才把高渐离藏在府里的。所以，对于女儿的过分行为，他并没有真正动怒。对于高渐离的请求，他当然满口答应了。

华阳公主感激地望了高渐离一眼。短短的日子里，她已为这位有着傲骨的音乐奇才的人格魅力倾倒了，由仰慕而至爱慕，从而将自己全部的少女柔情倾注到这个比自己大二十多岁的男人身上。

"谢谢你，高先生！"

她亲自扶高渐离在正中几案前坐下，为他摆正了筑。

"公主要听什么曲子？"高渐离问道。

"您的那首《易水送别》吧！"

高渐离筑槌轻击，小小院落里立刻响起悲壮、雄浑的筑乐。他知道自己将不久于人世，可能是人生最后一次击筑，最后一次为知音击筑。他的心情是悲壮的，又是那么专心地投入其中，仿佛又回到易水河畔为荆轲送行的那个时刻。

始皇不擅击筑。但是，因为齐皇后和华阳公主都酷爱听筑和击筑，所以，他也经常听筑，还有一定的欣赏水平。《易水送别》是齐皇后最喜爱听的曲子，他也听过几次宫廷乐队的演奏。今天听到原作曲者高渐离演奏，才知道以前的自己真是孤陋寡闻。高渐离弹奏的《易水送别》在他听来，好像不是筑乐，而是一个人在诉说一个悲壮的故事。

筑音戛然而止。所有的人都为乐曲所现的悲壮意境所感动，连赵高也忍不住叫了一声好。

始皇也悚然动容，他当然不会被乐曲所感动，而是为高渐离高超的筑艺惊奇。一代音律奇才，筑乐大师，果然名不虚传。他想到《秦颂》，又有新的想法，遂向赵高命道："起驾回宫！"

高渐离被两名黄门侍郎押解着带走了。华阳公主含泪送别，几乎哭晕过去，幸亏有宫女们的搀扶才回到寝宫。

李斯当了秦王朝的丞相，不折不扣地执行着始皇帝的诏令。各地官员不敢懈怠，很快将民间的兵器收缴上来，送往咸阳。还顺便破获几起反秦逆案，抓捕不少反秦分子，一并押解到咸阳。天下的兵器汇集到咸阳，堆积成方圆数里的高山。咸阳的黔首都争相围观，朝廷也不禁止。因为这么多兵器的收缴，足以向天下黔首表明，从此大秦永无战祸，人们永享太平。

当时的兵器大多是青铜打制，铁制的极少。因为当时冶铁技术还没有出现，铁的价格昂贵，被称为"黑金"。这么多铜兵器如何处理，秦始皇早有诏令，除少量用来打制农具，其余全部熔化，铸成十二个铜人。

于是，兵器堆旁架起了高炉，烟尘翻滚，热气腾腾，通红晶亮的铜水流淌在一起，工匠兵卒们日夜忙碌，铸造铜人。丞相李斯几次亲临现场，督促浇铸。

铜人终于铸成了，十二个大铜人每个重二十四万斤。按照始皇旨意，十二个高大的铜人全部放置在咸阳宫内，以它们那威武的姿态，向天下人展示赢政统一天下的丰功伟业。

与收缴兵器相比，迁徙天下豪富至咸阳就不是那么轻松的事了。始皇帝的用意很清楚，所谓地方豪富大多都是六国贵族。他们在秦统一天下的战争中受到的损失最大，无不对赢政切齿痛恨，是最积极的反秦分子。始皇颁诏把他们迁到咸阳。一是把他们放在眼皮底下，便于监视控制；二是让他们远离故土，切断他们与故土势力的联系。失去根基，他们就是想造反也找不到同谋。可是，长途迁徙对于那些豪富来说，无疑是一件艰难的事。富豪之家往往妻妾成群、子女众多，家庭的规模都很大。长途搬迁，马车不够用，只有用双脚。长达几百乃至上千里的路程，令人望而生畏。于是，有不少人家故意拖延时间，以示对朝廷的抗议。李斯可不管他们艰难不艰难，颁布法令，限期搬迁，限日赶到咸阳。对于限期不搬，限日到不了目的地的，一律按律治罪。于是，咸阳的监狱又多了一批囚犯。

高渐离被抓走了。华阳公主几昼夜没有合眼睛。只要一闭上眼睛，跟前就会出现高渐离飘逸的身影，身边就会响起他那悲壮的击筑声。几天来，她不断地派出宫女、黄门侍郎四处打探高渐离的消息。功夫不负有心人，终于被她打听到了。可是，却是噩耗。高渐离被判腰斩，次日执行。

华阳公主闻后顿时如雷轰顶，昏倒在地，吓得宫女们把她抱到香榻上。有的宫女连呼带叫，有的急忙去喊御医。可是，御医折腾了半天，她还是没有醒过来。

宫女们害怕了，慌忙去禀明始皇。始皇正在书房批阅奏折，听说宝贝女儿病了，立刻带着赵高和御医夏无旦，起驾奔向华阳公主府。

厮儿带路，把始皇和夏无旦带到公主寝宫。始皇伏身在女儿床前，急切地叫道："苦命的女儿，你到底怎么了？千万不要吓唬父皇。"他声音哽咽，眼中涌出泪水。

夏无旦走到跟前，摸了一会儿公主的脉息，又试了试呼吸，向始皇说道："陛下不必难过，公主的病没有大碍。"

"公主昏迷多时，至今未醒，怎说没有大碍？"始皇愠怒道。

"陛下不知，公主其实已经醒过来了。只是心智痴迷，不愿接受周围的事物。"

始皇惊愕道："她痴迷什么？难道连朕也不理？"

夏无旦向宫女们问道："你们可知道公主因何发病？"

厮儿忙回答道："公主听到高渐离明日腰斩，就昏过去了。"

始皇恍然大悟。

"朕知道怎么医公主的病了。赵高，速派人把高渐离带到这儿来。"

"奴才遵旨！"赵高躬身退出。

不过一炷香的工夫，黄门侍郎就用快车将高渐离送到公主府，带到始皇面前。

"高渐离，朕从书上看到过古人有以音乐治病的典故。你是音律大师，能以筑乐为公主治病吗？"始皇言语温和地问道。

"公主怎么了？"高渐离看见昏睡的华阳公主，吃惊地问道。

夏无旦谦恭地答道："公主突然发病，昏睡不醒。老朽无能，倾尽所学医术，都没见效。所以请高先生来，但愿高先生的仙乐能创造奇迹。"

"不，公主一定会醒过来。快，取筑来。"高渐离急切地说道，充满了自信。

厮儿慌忙抱过筑，恭敬地放在公主床前的几案上。高渐离在几案前端正地坐下。

"请各位回避，我要为公主击筑疗疾。不能有任何干扰。"他的语气不容置疑，连始皇帝也在驱逐之列。

"好吧！朕也回避。"始皇不敢发怒，率先举步离开床前。夏无旦、赵高和宫女、黄门侍郎也随后走出去。

华阳公主的闺房变得一片寂静。高渐离深情地低语道："公主，我知道你在想什么。现在来陪你一诉衷肠。"说着，轻轻击筑，演奏起华阳公主最爱听的曲子——《易水送别》。

筑音低回哀婉。昏睡近两个时辰的华阳公主嘴角翕动，开始清醒，渐渐地眼睛睁开，手脚有力。随着筑音变得悲壮慷慨，她竟慢慢地坐起身来。痴迷的眼睛定定地看着高渐离，倾听那动人心魄的乐曲。

高渐离也在注视着她。四目相对，不需要任何语言，情感在两颗心之间交流。筑乐在两人之间回响……

"好，高先生的仙乐果然创造了奇迹。"始皇人在门外，声音已传到屋内。高渐离停止击筑，一言不发地站了起来。

"父皇——"华阳公主轻声呼唤，悲泣中饱含怨意。

始皇好像没听见，却命道："来人，先请高先生下去歇息。朕要与公主叙谈。"

高渐离面无表情地跟着黄门侍郎出去。

华阳公主无限哀怨地叫道："高先生……"

"皇儿，别担心，你还会见到他的。"始皇淡然说道。

华阳公主脸上闪过惊喜之色，忙问道："父皇的意思是可以赦免他的死罪？"

始皇不回答她的话，却责问道："皇儿，你竟跟父皇耍起心眼儿了。父皇有很多朝政要办理，哪有时间逗你玩？再说，你这么做，真把父皇吓坏了。"

华阳公主见自己的小花招被父亲识破，不好意思地说道："对不起，女儿不该装病吓您。可是，女儿不希望高渐离被处死。"

"父皇知道你的心思。其实，听过高渐离的筑乐之后，父皇也不想把他处死。可是，他是荆轲的死党，骨子里充满反秦情绪。父皇判他腰斩之罪，只是吓唬他，只要他贪生怕死，改变反秦的立场，父皇就饶他一命。可是，被你这么一搅和，他知道父皇不是真心杀他，一定会死撑到底。"

华阳公主大悟似的敲着自己的脑袋，却道："父皇之计肯定不会成功。高先生不是那种贪生怕死的人。"

始皇冷哼一声道："不怕死的人毕竟太少。荆轲算得上一个，高渐离算不算，父皇没能试出来。不过，要父皇赦免他的死罪，还要依靠皇儿你。"

"依靠女儿？"华阳公主睁大眼睛，不解地问道。

"只要你能劝说他担任我大秦的大乐府令，为《秦颂》谱曲，并训练宫廷乐队，父皇就赦免他的罪过。"

华阳公主想到高渐离对父亲仇恨的样子，心中没底。但是，这是赦免高渐离的唯一希望，只好一试，便点头说道："女儿尽力而为吧！"

当高渐离再次进入华阳公主的闺房时，他已脱去赭色的犯人衣服，换上原来的白衣白冠，显露出一个音乐家清奇飘逸的气质。华阳公主也一改戚容，略施粉黛，显得更加清丽可人。

"高先生击筑真是出神入化，居然能治病。真不知怎么感谢您。"两人对面而坐，华阳公主由衷地说道。

高渐离谦逊地说道："用不着谢我。主要是公主有音律灵根，对音乐有着常人不及的感受力，才会有今天的奇迹出现。"

华阳公主不否定他的观点，轻轻点头道："自从听了先生的筑乐，我觉得生活已经不能没有音乐。我多么希望天天都能听到先生演奏的筑乐声。"

高渐离脸色忽然黯淡，眼睛茫然地望着房顶，轻轻摇头道："我也希望能天天为公主击筑。可是，嬴政……"

"像先生这样的音乐奇才，恐怕五百年也出不了一个，如果就这样被毁掉，太让人痛心了。"

"可是，嬴政不痛心。他不需要音乐家。他需要的是顺民。"

"不，"华阳公主争辩道，"大秦也需要音乐家。只要先生改变立场，就会改变自己的命运，就可以为天下挽救一个音乐奇才。"

高渐离警觉起来，忽然觉得眼前的音乐知音是那么陌生："公主希望我怎样改变？"

"以先生高才，完全可以胜任大乐府令一职。人尽其才，物尽其用。也可以让天下人都能享受到先生神奇的音乐。"

高渐离冷笑一声："公主是说，要高某做嬴政的大乐府令？哈哈哈，国仇家恨虽然不得报，高某再没有骨气，也不会为仇人做什么大乐府令。高某原以为公主清纯可爱，没想到竟是嬴政说客。高某真是眼拙。"

"我——"华阳公主俏脸憋得通红，显得更加娇艳动人，半天才说出话来，"先生是音乐人，为什么要卷进政治旋涡？不管怎么说，父皇统一天下，消除了战争，使天下黔首不再遭受战争之苦、永享太平盛世。这些不比当年的七国纷争好吗？"

高渐离睁大眼睛，惊奇地看着眼前的女子，面露讥讽之色："想不到公主也懂政治。高某不否认统一比分裂更有利于天下。可是，嬴政是用毁人家园的手段统一天下的。他杀了多少人？使多少人有亡国之痛……"他想起荆轲、燕丹、樊於期、田光等人的死，难过得说不下去了，忍不住流下泪水。

华阳公主慌了，忙掏出香帕，为他拭去泪水，抱歉地说道："对不起，我不该惹您生气。可是，我不愿意您死。我只想救您。"

高渐离推开她的手，突然站起，愤然道："高某来见公主，只为谈论音乐。没想到公主谈起政治。对不起，你可以告诉嬴政，我高渐离不会做他的大乐府令。请他明日下令行刑，高某感激不尽。告辞了。"说完，起身便走。

"等一等。"华阳公主带着哭音喊道。

高渐离心灵一振，脚上似千斤，终于没有移动。

"高先生，你知道吗？我昨晚做了一个梦，梦见我们在一座美丽的山上，你天天击筑给我听，我天天为你做饭洗衣。你的筑乐传遍山林，引来无数飞禽走兽。我们不用狩猎，天天都有野味充饥……"华阳公主眼睛里闪烁着泪光，低声诉说着。

高渐离不敢看她的眼睛，也不敢停留。他怕自己意志不坚，被她俘虏了。荆轲的在天之灵在看着他呢。他没有力量杀嬴政去为荆轲报仇，只想嬴政早点杀了他，使他复杂的心里能得到点慰藉。

"对不起，公主，别做梦了，还是清醒清醒吧。"高渐离硬邦邦地扔下一句话，义无反顾地走出门去。

秦始皇得知高渐离的态度后，龙颜震怒，立即下令给他重新戴上枷锁，投入死囚牢中。但是，生气归生气，稍一冷静后，他做了一番思索。有荆轲的先例，高渐离肯定不是一个贪生怕死的人。死亡对于常人是一种痛苦，而对他们则是一种解脱。说不定高渐离正巴不得像荆轲一样被车裂，留下千古美名呢。不然，他也不会自己跑到咸阳来。

"他要死，朕偏偏不要他死，朕要让他屈服。"始皇的眼中闪出阴恻恻的光。

坐落在咸阳西北角的廷尉大牢，最近又送来一批犯人，使人满为患的牢狱更加拥挤不堪。犯人增多了，看守成了大问题。典狱长伤透了脑筋。本来，送到这里的犯人大多待不了几天，就被送到各个工地做苦力。可是，最近这批犯人却享受不到那种"待遇"。因为他们不是一般的刑事犯罪，而是反对嬴政的反秦分子，犯的是大逆之罪，按秦律都是死罪。对于这样的重刑犯，典狱长不敢掉以轻心，数次向新任廷尉蒙毅请示，要求早点处决，以免节外生枝，惹出事端。可是，不知为什么，蒙毅迟迟没有下批文。今天一大早，廷尉府突然送来蒙毅的亲笔书函，说始皇陛下要亲临大牢处决这批犯人。典狱长吓了一跳，始皇帝是第一次来廷尉大牢，千万不能出什么差错。否则，自己丢官事小，丢了脑袋就麻烦了。他慌忙仔细检查一遍守卫的情况，确保万无一失，又忙着吩咐牢卒清扫道路，装点衙署，做好迎驾的准备。天近辰时，始皇的车驾果然来了，黄门侍卫和护驾的虎贲军把整座大牢围了一圈。典狱长率手下大小头目跪迎皇帝车驾。跟随始皇车驾一起来的廷尉蒙毅走到始皇帝车前，跪地请旨："启奏陛下，廷尉大牢已到，请陛下下车歇息。"

车里传出始皇的声音："朕不下车了。传朕旨意，把所有死刑犯押到渭水边。等候旨意！"

"臣遵旨！"蒙毅应声退下。

车里又传出始皇的声音："赵高，起驾去河边！别忘了把高渐离带着。"

亲自为始皇驾车的中车府令赵高脆声答道："万岁放心，奴才忘不了。"

时值仲秋，渭水河边草木枯黄，秋风萧瑟。空旷的河堤上，数千名披戴枷锁的囚犯被秦兵押解着排成两队，面对渭水围成半圆。在他们面前是一百名背插亡命牌的待决囚犯。死刑犯面对渭水跪着，每个人的背后都站着一个手持鬼头大刀的刽子手。只等监斩官一声令下，一百名囚犯的人头就会被砍下来。

始皇所坐的位置在距离死刑犯不过百步的高坡上，正是整个刑场的最佳观察点。黄门侍郎专门去典狱长的衙署里找来高板凳，铺上锦被，为皇帝做了个临时的御座。始皇坐在上面很舒适。"来呀，把高渐离带到朕跟前。"始皇命令道。

高渐离被带过来了。一身赭色的囚衣，却没有戴枷锁。他神情傲然地打量着刑场上的死刑犯。

"跪下！"押解他的两名黄门侍卫摁住他的头，大声呵斥道。

高渐离用力挣扎，立而不跪。

"他的骨头硬，不跪就算了。"始皇宽容地说道，"高渐离，朕说的话够多了。你如果再执迷不悟……"

"嬴政，有什么新手段就使出来吧。是车裂，还是腰斩，高渐离皱一下眉头，算不得荆轲的朋友。"高渐离不等始皇说完，哈哈一笑说道。他早就盼着这一天。只有一死他才能解脱内心的痛苦，才能对得起荆轲的一腔热血。

周围的黄门侍卫、官员们吓了一跳，都为高渐离的狂妄感到吃惊。不料始皇不怒反笑："你要死，朕偏偏不让你死。可是，今天却有几千囚犯的性命握在你手里。你要想仔细了！"

高渐离被说糊涂了，自己本身就是犯人，怎么会有几千囚犯的性命握在手上？嬴政在玩什么游戏？

"嬴政，你想干什么？"

"这些囚犯都是六国的反秦分子，按律当斩。不过，只要你答应做我大秦的大乐府令，朕就可以颁布特赦令，赦免他们的死罪。如果你不答应，朕每隔半个时辰就杀掉一百人，直到你答应为止。"

高渐离浑身一震。想不到嬴政会用这种手段迫他就范。这些囚犯大多是同荆轲一样的勇士。他们因为反秦而落入嬴政之手。他要眼睁睁地看着他们血染刑场。

"嬴政，你是个惨无人道的暴君，一定会遭到天谴的！"高渐离大声骂道。

"住口！"始皇怒喝一声，像是对高渐离，又像是对周围的官员、士卒，义正词严地说道，"朕杀的是该杀之人。朕不杀他们，他们就要杀朕。不过，朕不是没有容人之量，只要高渐离答应朕提出的条件，朕马上就赦免他们。"

"呸，痴心妄想，高渐离绝不会与狼共谋。"高渐离大叫道。

"那就休怪朕心狠了。"始皇冷笑道，"蒙毅，准备行刑。"

"臣遵旨！"

今天的监斩官是廷尉蒙毅。平时处决犯人的监斩官是典狱长，处决的公文则由廷尉下发。但是，今天始皇亲自到刑场，廷尉蒙毅担心出差错，就亲自担任监斩官。当他听到始皇和高渐离的对话时，才明白始皇是因为高渐离而来的。不过，皇帝亲临更好。反正有皇帝的命令，自己只要遵旨执行就好。出了差错与自己无关。他把令牌往下一扔，命道："斩！"

一百把鬼头刀同时落下……被押解在旁观看的囚犯吓得两腿打战，站立不稳。胆小的早已吓晕过去。囚犯中一片哭叫之声，惨不忍闻。这些反秦分子大多是六国贵族子弟，他们因为失去在故国的地位而仇恨嬴政。当要他们真正拥抱死神时，就瘫软在地了。像荆轲那样的英雄，天下能有几人？

高渐离看见过惨烈的战争，并没感到有什么可怕。但是，像今天这样的大规模的屠杀，却是第一次见到，内心不寒而栗。他不是怕死，而是不忍心看见他们像猪一样被杀死。喷涌而出的鲜血没有使他畏惧，反而更增加了对嬴政的仇恨。他咬牙切齿地冷笑道："嬴政，你这个杀人不眨眼的魔鬼。你杀的人越多，恨你的人就越多。你躲过初一，躲不过十五。总有一天，你要血债血还的……"

始皇却不恼怒，讥讽道："高渐离，你真是妇孺之见。难道六国的君王他们就不杀人？朕作为天下的始皇帝，杀掉这些叛逆作乱之徒，是为了天下永无战祸，让黔首们永享太平盛世。朕行得正，走得直，不怕他们的死党找朕报仇。你还没有说，答应不答应朕的条件呢？"

高渐离几乎是哭叫起来："嬴政，我是不会答应你的。要杀就杀我吧！不要再杀这么多人了。"

"这么说，你还是不答应。"

始皇狞笑一声，叫道："来呀，把第二批死刑犯推上来。"

秦兵如狼似虎，立刻又从囚犯中推出一百人，按倒在地，插上亡命牌。死囚犯鬼哭狼嚎般的求饶声不断，令人耳不忍闻。秦始皇打量着一百名死囚，大声说道："你们不用求朕，该求高渐离才对。朕说过，只要他肯做大秦的大乐府令。朕就赦免你们的死罪。朕乃当今天子，一言九鼎，绝不食言。"

始皇话语甫出，死囚犯们像抓住了一根救命稻草，向着高渐离哭喊道："先生救命！"

"求求您，答应始皇帝的要求吧！"

…………

连那些围在旁边的囚犯也齐刷刷地向着高渐离跪倒哀求。因为他们明白，如果高渐离不答应，下一批被砍头的就可能轮到自己。几千囚犯哭喊连天，哀告不断，使高渐离成了刑场上最引人注目的人物。

高渐离眼前尽是磕头如鸡啄米的囚犯，耳朵里尽是乱糟糟的哭叫声、哀求声。

"高渐离，这里可有几千人在求你呢，到底答应不答应万岁提出的条件？"赵高公鸭般的叫声把高渐离从迷茫中惊醒。是啊，面对几千条生命，他又能做出怎样的选择呢？

"好，我答应出任秦国大乐府令。"他用低得不能再低的声音说道。

但是，赵高的耳朵比狗还灵敏，立刻又叫道："既然答应，为什么还不跪拜始皇帝陛下？"

高渐离心里流泪，强忍屈辱，向始皇走近两步。始皇身边的侍卫立刻手摸刀柄，用戒备的目光注视着他的一举一动。却见他屈膝跪倒，用沙哑的嗓音说道："罪人高渐离叩拜始皇帝陛下！"

秦始皇哈哈大笑，完全是一个征服者志得意满的姿态。笑完之后，才居高临下地说道："朕赦你无罪。高渐离，你现在已经不是罪人，而是我大秦国的大乐府令。朕也遵守前言，此间所有死刑犯一律赦去死罪，改为徒刑，全部发往骊山工地做工。"

赵高将始皇的旨意向囚徒们学说了一遍。从死亡线上捡回性命的众囚犯无不对嬴政感激涕零，齐刷刷地跪地谢恩，乱糟糟的声音传出老远。

高渐离却没有谢恩，面无表情地跪在地上，一动不动，心里却在发誓："君子报仇，十年不晚。嬴政，你就等着瞧吧！"

回宫途中，始皇静静地坐在车中。驾车的赵高一边赶车，一边奉承地说道："陛下圣明，威服天下。连高渐离这样的顽固分子也臣服了。"

不料，身后的始皇帝却冷哼一声道："阿谀之辞，你以为高渐离真的口服心服于朕吗？"

赵高吓了一跳。嬴政是英明之君。过去曾有大臣因奉承他而遭申斥。这一次自己说不定拍马不成反被踢了，慌忙请罪道："奴才多嘴该死，请陛下恕罪。"

始皇没有生气，却说道："朕知道他骨子里仇恨朕，可是，朕却想用他这样的音乐奇才。赵高，你说朕该怎么办？"

赵高吃了一惊，拿鞭子的手抖动了一下。始皇竟拿这么大的事问自己，看来他不但没生气，还非常信任自己。于是，忙答道："奴才说不好，陛下可不要笑话。奴才以为像高渐离这样的大逆之罪，按律至少要处以腰斩之刑。可是，陛下爱他是个音乐奇才，就另当别论了。因为，陛下的话才是最高的法律。高渐离既是骨子里反秦，陛下用他就要小心。奴才以为最好使他丧失危害陛下的能力，才可以放心为陛下所用。"

"说得好，"始皇赞赏地说道，"可是，废去他的双腿，他还有双手。朕还是要提防他。要是把他双手也废去，他还怎么为朕演奏《秦颂》呢？"

"奴才愚见，陛下可处他以'目霍'刑。"

"目霍"刑就是用一种毒烟把犯人的眼睛熏瞎的刑罚。赵高解释道："作曲、击筑乃是用心、用手，与眼睛没有多大关系。就是指挥乐队也只要耳朵辨别音律即可。弄瞎高渐离的眼睛，陛下就可以放心地听他弹奏《秦颂》了。"

秦始皇惊奇万分，不能不对赵高刮目相看了。他由衷地赞赏道："朕没想到你不但精通律法刑狱，也懂得音律。高渐离的事就交给你办了。"

【第十三回】

登泰岳祭告拜仙，赴东海祈福求寿

李斯秉承始皇旨意，督导百官，很快就将统一之初始皇议决的几件大事办妥。废分封、置郡县已在全国推行；迁徙十二万户天下豪富至咸阳，使咸阳的市区面积扩大了几倍，城内更加繁华热闹，超过了原齐国的都城临淄；修建驰道，李斯除使用大量的囚犯，原六国战俘、贵族和工匠，还强行征用大量的平民百姓，使工程进展的速度大大加快。仅两个月的时间，一条贯通咸阳至赵齐之地的驰道就顺利竣工了。

始皇对李斯的工作非常满意。驰道的竣工使他再次产生了巡游天下的想法。自登位至灭掉六国，他的车辇未出过原秦国国境。现在天下统一了，各国皆为郡县，身为天下之主，亘古未有的始皇帝嬴政可以在统一的大秦王朝的国土上自由驰骋，向宇内臣民炫耀他的丰功伟绩。当然，他是个懂得享乐的人，游山玩水也是他巡游的重要目的。

恰在这时，朝中七十名博士集体上奏："始皇帝上承天意，下得民望，平定海内，放逐蛮夷，莫不宾服，今既登极，尚望效仿古制，行封禅大礼……"

七十名博士都是从各国选拔的满腹经纶者。秦始皇虽然崇尚法治、喜好严刑峻法，但还是要用这些文人装点门面，做点应景文章。对于封禅，始皇虽然不太熟悉，却知道那是古代文治武功俱佳的帝王才能做的事。他从书中知道伏羲、神农、炎帝、黄帝、颛顼、尧、舜、禹、汤、周成王等，都曾到泰山封禅。七十名博士把他与这些有为的帝王相提并论，当然是对他统一天下的功绩的认可，使他更加志得意满。但是，封禅的仪式到底是怎样的，始皇帝一无所知。于是，便在书房召见七十名博士中资深者七人，讨论封禅及祭祀山川事宜。

七十名博士大多来自原东周和齐、鲁，所以分为旧周派和原鲁派。始皇召见的七人中有三人是旧周派，四人是原鲁派。

始皇刚提出第一个问题：封禅之地以何处为宜？两派博士就展开了争论。旧周派坚持在甘泉行封禅之礼，因为秦地乃是天下之中心；原鲁派则认为古代圣王封禅之礼都在泰山举行，不可妄改古制。两派博士都是满腹经纶、学识渊博，争论起来引经据典、面红耳赤、口沫四溅。始皇只是微笑倾听，既不劝阻，也不加以评论。倒是他身旁的齐皇后看不下去了。

齐皇后是陪同始皇一起召见七名博士的，以示朝廷对文人儒士的重视。她见须发皆白、齿牙透风的老博士如此辛苦，于心不忍，便为他们解围，说道："你们争论半天，可是本宫对封禅仪式还是不知，哪位博士可以解说？"

"老臣愿为皇后解说。"八十二岁的一位老博士抢先开口道，"封者祭天也，禅者祭地也，合为封禅即为人君祭告天地的仪式。意在向天地神明禀告，人君承天命治理天下生民，并祈求风调雨顺、国泰民安。自古圣君承受天命，都在泰山举行。"

齐皇后听他声音沙哑，便命宫女献上香茗。她转向较为年轻的，又问："本宫也去过泰山，确是雄伟壮丽，但古人封禅为什么都选在泰山？"

一位七十二岁的博士领袖说："据史载和阴阳家传说，泰山高四千九百丈，方圆两千余里，其中蕴藏有灵草玉石、长津甘泉和仙人室。又有六处地狱，称鬼神之府。从西面登山，可见下有洞天，方圆三千里都是鬼神受考谪刑罚之地。传言泰山上近天，下通地，所以古代圣王封禅历来都在泰山。"

此时，原鲁派已歇过一口气，接着说："在泰山之巅筑坛祭天，表示在极高的泰山再加高，就可以接近天帝，聆听天帝的训谕；而在泰山之麓的梁父小山平地为壬单，以示地更为宽广，之后祭地，以示与地母更为亲密。凡壬单皆十二丈见方，坛则高三尺，阶三等。祭祀皆用黑色酱酒和煮熟的鱼，不用三生物。"

"那么封禅以什么季节为宜？"齐皇后问道。

两派博士面面相觑。看来都不清楚。最后是原鲁派据实回答说："臣等学浅，尚未见过书有记载。"久未开口的秦始皇突然抑郁地说："看来书上也不是什么都记载。那就是没有限制，朕可以自行决定了。朕听说暮春初夏，泰山的景色最美。现在准备动身，正好赶上。各位有何高见？"

"陛下圣明，臣等赞同。"七名博士听出嬴政话中的讥讽之意，不敢再多说。

秦始皇遂宣布出京巡游。这是他统一天下后第一次巡游六国故地，也是他自为秦始皇以来第一次走出秦国国境。

作为统一的大秦国的缔造者，始皇帝穿黑色锦绣龙袍，用黑色旌旗旄节，御用辒车以六匹纯黑马驾驭，主御车外加备用车六部，随皇帝的兴致使用，副车则为三十六部，乘坐随行内侍和大臣。

为保证安全，以六百黄门郎中近卫始皇帝，六千虎贲军护卫车队，六万精锐秦兵随行，以备在各国故地有所不测。

一切准备就绪，始皇以蒙武、冯劫留守咸阳，以李斯为随行大臣的首领，以王离为六万护驾秦兵的将军。巡游队伍从咸阳宫启程。始皇去时的路线为出函谷关，经原韩、魏之地向东，直发泰山。

咸阳至函谷关，一路所经都是秦国故地。当队伍经过函谷关时，秦始皇从辒车中看见高耸的关隘，激动不已。当年，函谷关作为秦国东部边境的关隘要塞，山东六国的联军，时常抵达关下，向秦国示威。而如今，函谷关以东，尽是大秦国土，任由他自由驱驰。

车驾出函谷关向东，所经尽是韩、魏故地了。秦始皇完全以征服者的姿态和大秦皇帝的身份，扬威关东诸郡了。每经一城，地方上官员都在十里长亭前跪迎，城门口和街道两旁，黔首们夹道跪接，高呼万岁。

始皇为表示自己勤政，也为了让臣服的臣民一睹始皇帝的风采，每次驻驿之后，并不休息，而是以欢宴的形式召见地方官员及知名人士，征求他们的革新意见。

但是，李斯为讨始皇的欢心，早已派人知会地方官员。所以，始皇召见的人，都是经过地方官员严格筛选的，他们几乎是异口同声地赞扬始皇帝的圣明，痛骂以往诸侯大臣的昏庸无道；称颂秦法的公正严明，控诉以往官吏的贪赃枉法。

秦始皇开始时听到歌功颂德的话，也有点怀疑。但是，每到一个地方，官员和黔首都这么说。听得多了，不由他不信。何况，歌功颂德的话听起来最入耳，最容易上瘾，要是哪天听不到，就会感到不舒服。

丞相李斯每次见到他时，也总是说："陛下圣明，非臣等所能想象。"

始皇想起一路上歌功颂德的话，总觉得不太放心。他透过车窗，看见正在一心一意地驾着车的赵高，忍不住问道："赵高，你说那些地方官员都是廉洁正直的吗？难道劳役如此沉重，黔首竟没有一个有怨言？秦法素以严峻出名，加在魏、齐等地散漫惯了的黔首身上，他们适应吗？"

赵高一怔，随即心中大喜。始皇已是第二次因为朝政征求自己的意见了。这对于像他这样身份低贱的宦者，是莫大的荣幸，也是飞黄腾达的机会。因此，他立刻谄媚地笑道："陛下是因为太谦逊了，才有此疑虑。在奴才看来，那些地方父老的话都是真的，有什么可怀疑的！陛下天降圣明，识人立法都是别具慧眼，岂是以往任何君王所能及？用人自然都是廉洁尽职的，立法必然是放之四海而皆准的。黔首当然乐于守法。"

始皇满意地笑了。赵高的话，他信。是啊，除了天降圣明，谁能在短短的十年内灭亡六国，统一天下？他始皇帝做的哪一件事不是上合天意，下顺民情？黔首看起来都能体会他的意志——这一代辛苦劳累点，作出点牺牲，后世万代子孙都会享受到这一代留下的伟大成果。他看赵高越来越顺眼了。赵高聪明、勤快、善解圣意，而且精于刑讼、狱政，颇有些才气。始皇崇尚以法治天下，也喜欢臣民习学律法。赵高正是投其所好。

巡行的队伍进入原齐国故地，抵达邹峄山。邹峄山乃形胜之地，风景秀丽。始皇既为巡游而来，岂有不登临之理？于是，由李斯、赵高等人陪同，以地方官为导游，从山南而上。邹峄山东西长二十余里，有高峰突出，耸入云端，甚为壮伟。始皇虽年逾四十，仍腿脚矫健，不用近侍搀扶，望峰而上。

经过一番努力，始皇一行终于登上邹峄山顶峰。登高远眺，山下是方块形的农田，玉带般的河流。秦始皇心旷神怡，这是在咸阳宫里永远享受不到的感觉。

邹峄山向北一百多里地便是泰山。始皇从山上下来，便考虑封禅泰山的事宜。他最头疼的还是不清楚古代圣王的封禅仪式究竟是怎样的。

回到驻驿地，他便颁令召集齐鲁儒生，讨论泰山封禅及望祭河川的仪式。

经过层层选拔和严格的筛选，十二名齐鲁儒生被送到始皇帝的临时驻地。但是，齐鲁儒生与咸阳来的博士又发生了争议。

始皇只管静听，他已听出来，两下所争已不完全是仪式的问题，还包含着由谁来主持封禅仪式的竞争。咸阳博士与齐鲁儒生各自引经据典，争论了半天，也分不出高低来。

始皇伸展一下疲劳的腰身，已感觉到腹中饥饿。他最初召集儒生们的意思，一是讨论封禅、祭祀河川的仪式；二是听取齐鲁之地的风土民情，调查统一之后黔首们对朝廷政策的反应。没想到，这些儒生对封禅仪式一无所知，反而对于皇帝如何上山的问题争论了整整半天。看来，指望他们什么也做不了。于是，他制止住双方的辩论，说出了自己的意见。

"泰山虽是圣山，但是，朕为天子，即为上天之子。而不是上天的奴隶。儿子拜谒父亲，完全可以驱车马直至堂前，再步行上堂，行跪拜之礼。所以，朕决定，修驰道直至山顶，再筑台阶至设坛处。朕步行上台阶，就表示对上天的尊敬。"

皇帝说话了，谁也不敢再有非议。但鲁生却又说道："如果陛下由驰道驱车而上。臣以为，所有的车轴辕都要用干草包裹，以免碾伤山上的草木花石。"

始皇闻听，心中恼怒。从一开始，他就感觉到这些儒生不肯与自己合作，故意出难题。以他平日的性情，早该把他们除掉。可是，这时不行，他是来泰山行封禅之礼的，不能让上天见血光。他强压怒火，冷笑道："迂儒之谈！大行不拘细谨，就是上天也不会这么苛求他的儿子。你们不是怕上天降下灾难嘛，就不必随朕上山了。这里没有你们可做的事，请各回本地吧！"

十二名齐鲁儒生不敢再言语，一个个垂头丧气地退出，内心却燃烧着仇恨的怒火。

始皇遂传诏地方，征集民夫，限期二十天将从泰山脚下通往山上的驰道修筑好，以保证他如期上山，行封禅之礼。

地方官不敢怠慢，立即征用大量民工，不分昼夜地修建驰道。原来的栈道被拓宽了，能通行车辆，而且两旁竖起了栅栏，以保证始皇车驾的安全。在山地修驰道，工程量大，困难可想而知。地方官员吃住在工地，督促施工，终于在二十天内，修建完从山脚至山巅的驰道。

始皇的车驾已从邹峄山移至泰山脚下。他已提前十天斋戒沐浴。六月初五，即行封禅之礼的前一天，秦始皇和李斯、六名博士、六百近侍郎中开始驱车上山。六千名虎贲军和六万精锐秦兵则把泰山团团围住，不准任何人靠近一步。

始皇的车驾沿着驰道盘旋而上，走得很慢，有时还要停下。这固然因为山路陡峭，马拉得吃力。但是另一个原因是始皇边走边观赏山上的风景。行封禅之礼是在明天——六月初六，今日还要在山上过一夜，他不必那么急着上山。

他是第一次临幸泰山，却被泰山的风景迷住了。

终于到了山上，即驰道的终点。再往上便是泰山最高峰——玉皇顶。在那里已筑起长宽各十二丈，高三尺的祭坛。明天吉时，始皇将由石阶徒步登上山顶的祭坛，接受上天的训谕。山上修建了临时的行宫。李斯与郎中们陪着始皇在这里度过了一夜。按照博士们的交代，从现在开始，始皇开始禁食，只能喝点清水。经过一天游玩，他觉得有点饿，但头脑很清醒。

第二天，六月初六。吉时到了，始皇与六名博士一步步登上石阶，到达山顶。李斯与众郎中则留在原地等候。

六名博士在祭坛上摆上酱色的酒和切好的熟鱼等祭品。上山之前，始皇就做出决定，封禅典礼的仪式，采用秦国在雍都祭祀上天时的礼仪。

始皇虔诚地跪在祭坛前，行完祭祀之礼，六位博士便离去，把他一个留在祭坛前，他要在这里跪上一天一夜，行祈祷之礼，等待接受上天的训示。

博士们告诉过他，只要虔诚地祈祷，很快就会感应到上天的默示。因此，他跪伏着，努力想象着上天的降临。可是，半个时辰过去了，什么感应也没有，他的腰腿反而疼得无法忍受。像他这样的帝王，很少下跪，如此长时间的跪拜，当然难以忍受。

"天帝，请允许您的儿子休息片刻。"他实在忍受不住疼痛，又不敢有所怨言，只好默默祈祷一句之后，站了起来。他绕着祭坛走了一圈，看到的是脚下层层山峰，强劲的山风吹拂在脸上，有些凉意。这里是泰山最高处，也是观赏山景的最佳地点。他欣赏了一会儿景色，忽然又有了一种负罪感，便重新在祭坛前跪下，默默地等待上天的默示。就这样，他一会儿跪拜祈祷，一会儿观赏山景。不知不觉太阳落到山后了，天色越来越暗，脚下的群峰变得黑黢黢的，令人害怕。可是，他还没有感应到上天的默示。

"世间真有鬼神吗？"他突然产生了这样的疑问，并为自己有这样的疑问而惶惑不安。年轻的秦王政是不太相信鬼神的力量的，他更相信自己的力量。诛嫪，去不韦，灭六国，统一天下，哪一件不是靠自己的力量和才智完成的？但是，现在的秦始皇却虔诚地相信鬼神的存在和力量。至少他相信自己不是凡人，而是神的化身，否则上天不会派他统御天下。他现在祈祷上天，就是想询问他能得到天帝宠爱多久。

夏日的夜晚还有些凉意，山顶更觉寒冷，好在博士们为他留下御寒的狐皮长袍，他穿在身上，顿时暖和了许多。

四周黑黢黢的，见不到一点儿星光，天变了，乌云压在头顶。他看不见风景了，集中意志跪伏在祭坛前祈祷，不知不觉睡着了。不知睡了多久，他恍惚中不知是在梦中还是在现实。突然，一声惊雷，他看见天空中闪电如银蛇乱舞，嘶叫着冲天而去。

"天帝，你终于来了，来训示你的儿子了。"

他全身突然有了感应，仰望苍茫的宇宙，他是那么渺小，那么无力。天际边滚滚的雷声，那是天帝的声音："嬴政，你是我的爱子，我的骄子！我借你的手统驭万民。"

"天父，我秉承你的意旨去做了。"他虔诚地回答。云涌雷鸣，仿佛天帝在重复着同一个声音——你是我的骄子，我借你的手统驭宇宙。

始皇迫不及待地提出他最关心的问题，他大声喊道："请天帝明示，我能为天帝驭民多久？秦朝能万世不替地传下去吗？"

云端的声音依然重复着同样的一句话，而且渐渐远去，仿佛没有体察儿子的烦恼。

突然，一道更炫目的闪电亮起，震耳欲聋的雷声在他头顶炸响，巨大的雨点打在他脸上，他悚然一惊，突然意识到刚才是自己的幻觉。自己和雷电靠得这么近，多么危险！他害怕起来，顾不得再跪拜天帝，慌忙起身，借着闪电的光亮，顺着石阶往下走。

刚走十多步，忽然看见前面有几个灯笼移动，李斯大声喊道："陛下，臣接您来了！"

"李斯，朕在这儿呢！"始皇恐惧的心里稍安，大声回应。灯笼终于来到跟前，李斯和六名博士带着几名近侍跪倒请罪："天上打雷，臣等不放心陛下，所以来看看，惊了陛下与天帝的会面，臣请治罪。"

始皇拭去脸上的雨水，说："治什么罪，这种时候，快扶朕躲躲雨。"

近侍们这才起身，忙着给皇帝披上油衣。李斯说："下面不远处有五棵松树，枝叶交错、浓密，快扶陛下到那儿避雨。"

此时，天已放亮。李斯等人挽扶着始皇赶到五棵松树下，那五棵松树树干高大，枝叶层层叠叠，仿佛巨大的华盖，可遮挡住雨水。始皇心中稍安，却听六名博士问道："请问陛下可曾得到神明的谕示？"

始皇愕然，想起在山顶的幻觉。莫非那就是神明的谕示？可是，神明并没有明示他怎样统治天下。博士们说过，所有从泰山封禅而归的君王都说，他们听到天帝对他们讲的话，告诉了他们治国之道。他始皇帝的功绩超过三皇五帝，理所当然更应该得到天帝的恩眷。因此，他把那些幻觉，当然，他不认为是幻觉，添枝加叶、绘声绘色地讲述一遍。他讲天帝对他是多么关爱，指点他如何统驭万民，治理国家。

李斯与六名博士对他的话深信不疑。当然，他们也不敢怀疑，他们一齐称颂道："陛下乃天之骄子，天降圣明。我大秦一定万世不衰。"

夏日的天，孩子的脸，正说话间，雨不知何时停了。天晴了，万道霞光在东方照射出一片绚丽多彩的天空。始皇说得高兴，仰望如盖的五松，说道："幸亏是这五棵松树为我们遮雨，不然就惨了。朕封他们为五大夫。"

"陛下圣明！"李斯奉承道，"天地万物都要感受陛下的恩泽。"

下泰山后，始皇又率领群臣与博士们在梁山开地为禅行禅祭礼。至此，泰山封禅才算结束。始皇命李斯作文交齐郡郡守刻于泰山石碑上，碑文是：

皇帝临位，作制明法，臣下修饬。二十有六年，初并天下，罔不宾服。亲巡远方黎民，登兹泰山，周览东极。从臣思迹，本原事业，祗诵功德。治道运行，诸产得宜，皆有法式。大义休明，垂于后世，顺承勿革。皇帝躬圣，既平天下，不懈于治。夙兴夜寐，建设长利，专隆教诲。训经宣达，远近毕理，咸承圣志。贵贱分明，男女礼顺，慎遵职事。昭隔内外，靡不清净，施于后嗣。化及无穷，遵奉遗诏，永承重戒。

秦始皇为自己立碑作文，歌功颂德。可是在泰山脚下，就有一批人在咬牙切齿地咒骂他。

被秦始皇驱赶的十二名齐鲁儒生并没有回到各自的乡里，而是会集到泰山下，他们要看看嬴政这个不遵守古礼的人是怎样行封禅之礼的。当秦始皇祭天遇到暴风雨的消息传来时，刚才还灰不溜秋的儒生们一个个眉开眼笑，幸灾乐祸地挖苦着、讽刺着。

秦始皇虽然为那场暴风雨有所不快，但霎时雨过天晴，他愁眉舒展，心情反而更好。雨后的泰山更加巍峨青翠，美不胜收，更加激起他的遨游兴致。东方齐鲁，山水如此之美，他始皇帝不乘此尽兴游览，岂不悔哉？

始皇改变了原来封禅而归的计划，决定继续东游，观赏他向往已久的大海。长长的巡游队伍离开泰山东行。一路上，他没有忘记处理政务，召集地方官员，垂询地方行政及教化。自然，他听到的还是一片称颂之声。

终于到了大海边。来自西北高原的秦始皇，平生第一次见到大海。当他迎着阵阵带着咸湿气息的海风，面对苍茫而狂荡不羁的大海时，他的心里充满了神奇的想象，具体地说，他产生了的飘飘欲仙之感。

"陛下要看海，可是，这里却不是极盛之处。"侍立在旁边的齐鲁向导献媚。

始皇收回心神，惊奇地问："何处是极盛之处？"

"琅琊山！"

"琅琊山有何不同？"

"小人心智愚笨，体会不到也说不好琅琊山的妙处。以陛下的慧心灵智，登临山顶琅琊台，一定会享受到极妙的感触。"

齐鲁向导在卖关子，始皇却不恼不怒，传命队伍沿海滨而行。经过黄县、垂县，登临成山，之后登上芝罘山顶，即命李斯作文立碑为秦颂德。

接着，他的车驾又转而向南，沿渤海边到了琅琊山。琅琊山面临东海，风景秀丽，和巍峨雄伟的泰山相比，她小巧妩媚而有一种灵秀之气。

始皇由李斯、琅琊郡守等人陪同，登上山顶的琅琊台。这次站在琅琊台上，已不同于在泰山，他不再是孤独一人而是由万千臣属拥戴着、护卫着。他不用害怕雷电了。尽眼看山下，一片锦绣衣袍、旌旗招展、节旄罗列。他是统驭宇内的始皇帝，统御山川河流，也包括大海。

迎着咸湿气息的海风，始皇真的体味到君临宇内的意气风发之感。这就是齐鲁向导所说的特殊感受吧。

他极目远眺着大海，神情若有所思，很长时间后，忽而转身说道："朕小时候在邯郸，听说这东海之中有仙岛，岛上住有长生不老的仙人，不知是否真有其事？"

他身旁的李斯笑着答道："鬼神之事，信则有，不信则无。世间传说的多，但亲眼所见的却无其人。可见，鬼神之说只能当作饭后茶余的笑谈趣闻，不可过于认真。"

始皇心中不悦，但又不便指责什么，他看了看琅琊郡守，平静地问道："琅琊郡守可有高见？"

琅琊郡守宦海沉浮多年，察觉到皇帝对李斯之言的不满，因此迎合道："臣原来也不相信鬼神之事。可是，臣有一天亲眼看到海中的仙岛，才相信真有鬼神之事。"

始皇闻听，惊喜异常，追问道："爱卿亲见仙岛？是何情景？说来给朕听一听。"

"臣有一年夏天巡视到琅琊山。那天，天气晴朗，万里无云，因为天太热，臣就和几名从人登山避暑。在山上，臣远眺大海，突然望见一处岛屿，奇怪的是那岛屿不是在海里，而是离海面有两三丈，悬在空中。岛上有房屋、田园、丛林、阡陌，甚至依稀可见行人。臣当时惊异万分，才知道海中真有仙岛，慌忙对着仙岛跪拜，可是，当臣再抬头看时，那仙岛却不见了。"

"这么说，大海之中真有仙岛和仙人？"

"臣不敢欺蒙主上。不但臣看见了，随从人员也看到了。居住在附近的黔首也有很多人看见过。他们可以作证，臣并非虚言。而且，还有齐人徐福，臣听说他亲身到过东海仙岛，前些日子还亲自求见臣，请求为他提供船只和人员，让他再去寻找仙人。但是，因为耗费太多，小小琅琊郡难以承受，臣没有答应他。"

始皇似乎很感兴趣，问道："徐福现在何处？"

琅琊郡守答道："还在琅琊，专为人看相、卜吉凶。琅琊人都笃信无疑。"

"明日朕召见他，朕要听他说说仙岛之事。"

李斯发现皇帝对鬼神着迷，慌忙劝谏道："这些事似有似无，众口一词，传言成真而已。孔夫子不信怪力鬼神，信之易使人不满现实，想入非非。陛下乃天子，每天要处理那么多的国政大事，不宜笃信鬼神。"

始皇龙颜动怒，斥道："丞相以为朕信鬼神就不能理国政了吗？朕乃天子，难道不相信天神的存在吗？荒谬之论！"

"臣妄言，请陛下恕罪！"

李斯不敢再说了。始皇对自己从来没有这样不客气过，可今天竟因鬼神之事，始皇发怒了。此时的始皇正一心沉醉于寻仙问神之中。他的耳畔不时响起泰山祭天时，那个似幻似真的声音："你是我的骄子，我将万民都托付给你。"

那是上天的声音，可是上天一直没有回答他最关心的一个问题，那就是他询问上天的一句话："请为我明示，我能为您驭民多久？"

此时，有一个徐福能够接近仙岛，他当然想借徐福的法术，求见仙人，求得"驭民多久"的答案。

琅琊郡守所说看见海上仙岛之事，也并非为迎合始皇之意而凭空编造的谎言。他所看到的海上仙岛，有房舍、田园、阡陌、丛林，甚至有人在活动，其实，那是"海市蜃楼"的自然现象。

第二天，琅琊郡守果然带来了徐福。始皇在琅琊行宫亲自召见他们。这位徐福看去四十多岁，面目清秀，肤色白皙，留着几绺长须飘洒胸前，颇有些仙风道骨的味道。

"小人徐福给始皇帝陛下叩头，愿陛下万岁！万岁！！万万岁！！！"徐福不知皇帝召见是祸是福，忐忑不安地跪在地上。始皇笑道："朕听说，先生曾亲身去过东海仙岛，不知可否说给朕听听，也可增长朕的见闻。"

徐福寒了脸，心里害怕。鬼神之说，历来都是智者愚弄愚者的，他徐福也不例外。到处吹嘘自己到过东海仙岛，无非是为了让更多的人相信他的神秘莫测，相信他看相、卜卦的灵验，没想到竟传到秦始皇的耳朵里。等待他的会是什么结果？害怕归害怕，但是他很快想出了应对之计。

"蒙陛下厚爱，小人敢不效命？小人一次乘船出海，不幸遇到海风，船被打翻。小人抱着一块舢板在海上漂了三天三夜，碰巧飘到一座仙岛上，被仙人救起，在岛上住了几天才离开。"

始皇惊喜地问道："住了几天，见闻应该不少，请详细说给朕听听。"

徐福见皇帝对自己的话感兴趣，约略放心了。于是，他声情并茂地说道："小人漂泊到仙岛上，因为又冷又饿又累而昏迷过去。当小人醒来时，发现自己躺在一间高大明亮的房子里，两个美丽女子正给小人换上崭新的衣服，然后端来甘甜的泉水，给小人服下一粒丹药。立时寒冷、饥饿、疲惫之感消失得无影无踪。"

始皇惊讶地问道："先生所服是何种仙药，竟有如此神效？"

"小人至今也不知是何仙丹。她们说不出名称，只说是极普通的丹药，在岛上随处可以找到，小人离开仙岛时，就带回不少这种丹药。"

"先生还有这种丹药吗？可否让朕见识一下？"始皇渴望地说道。

"这种丹药虽说在岛上极普遍，可是，岛上的人不准外面来的人携带出岛。还是小人偷偷藏在贴身处带回来少许。这么多年，小人行走江湖、乐善好施，都用来救助那些病痛者了。再没有这种神奇丹药呈给陛下了，请陛下恕罪。"

始皇大失所望，但还是大度地说："先生何罪之有？朕只是说说而已。不必自责，请继续说。"

"岛上的居民，长相与中原人无异。但是，男子英俊洒脱，女子美丽可爱，随便挑出一个来，都是中原人当中顶尖的俊秀人物无法相比的。小人初到岛上，年龄已过五十，自觉又老又丑，羞惭难以见人……"

始皇笑说："看先生不过四十出头，而且相貌堂堂，不失为一美男子，怎么说又老又丑呢？"

徐福说："小人说的是二十年前的事。那时小人的确年过五十，又老又丑。"

"什么，二十多年前的事？那么说，先生现在已经七十多岁了？"始皇看着徐福，惊讶得差点跳了起来。

徐福平静地答道："小人现年七十有三，因为在仙岛喝了'青春之泉'的神水，才变得今天这样年轻。"

"'青春之泉'？莫非就是长生不老的仙水喽？"

"不错，'青春之泉'就是长生不老的仙水。当时，小人因为又老又丑，羞于见人，引起岛上人们的同情。他们向岛长请求，让小人喝了一小杯'青春之泉'。饮后三天，小人脸上、身上的皮肤就渐渐枯干破裂，变成鳞屑一点点脱落，就像煮熟的鸡蛋剥壳后一样，七天后就变成十八岁英俊少年了。"

"仙岛竟有如此神水？先生可曾带点回来？"始皇艳羡不已，贪婪地问道。

徐福笑道："小人有幸饮上一小杯，已是结了仙缘，哪里再有带回神水的道理？这种泉水不多，受到岛长的管制，不能任意取用，只有到了五十岁时，才准饮用一小杯，饮后变成十八岁，然后长壮变老后再饮。如此往复饮用，岛上的人便长生不老了。他们为了控制岛民的人数，便不再生育。所以岛上看不到十八岁以下的孩子。"

"简直太神奇了！"始皇带着遗憾说道。

"岛上还有更神奇的事呢。"徐福有意挑拨皇帝的神经，"其实东海之中远不止一处仙岛。听岛上人说，他们相互往来的就有三处，一曰蓬莱，一曰方丈，一曰瀛洲，三岛相去数千里。岛上有神奇的特制快船，没有帆也不用桨，却快速无比，一日可往返两岛之间。"

"此种特制快船，如果组成楼船舰队，为我所用，岂不是天下无敌吗？"他三句话不离做帝王的本行。

徐福却笑道："此种快船，构造神奇，中原人别说仿造了，就是连驾驭它也学不会。"

"如果岛上人用来入侵我大秦，纵横江海之上，朕将无法可制。"

"陛下多虑了。岛上人个个乐天知命，又是长生不老，怎么会有入侵别国疆土的野心？他们男耕女织，日出而作，日落而息。管理岛上事务的官员也是百姓自己推选的，最尊者曰岛长，每十年便改选一次。"

"有这等事？"始皇觉得好笑，"岛上的人竟不为当官争得不可开交？"

"恰恰相反，"徐福摇头说，"每逢竞选岛长，人人唯恐躲避不及，谁都不愿当岛长，都愿意做个小民，落得清闲自在。小人那次在岛上恰逢大选之年，听说那些德高望重者，有的躲进深山，有的闭门谢客，连上街都不敢去。那躲在深山被人发现的，就会有成千上万的人跪在山洞外请求，天黑了也不离去，直到他肯出来应选岛长为止。所以，每逢大选常常找不到应选之人，而在任的岛长只得连任多次，最后不得已挂冠而去，说什么也不肯干了。大家只得又去找应选之人"

"如此说来，这些岛长一个个都像尧、舜一样贤明，他们的宫殿也是誊顶竹椽，泥土三阶了？"始皇哈哈大笑。

"非也，"徐福带着羡慕的表情说，"岛上人家的屋舍都是以玉石筑墙、香木为椽，黄金、白银做门窗。就连街道也是玉石铺砌，岛长的宫殿也是用同样的材料建成，只是比较高大宽敞而已。"

"果真是神仙境地，"始皇听得无限神往，"朕为万乘之尊，却无此仙缘。请问先生还能再找到仙岛吗？朕不奢求别的，只希望求点'青春之泉'回来。因为朕还想为天下黔首多做些事。"

徐福闻听，得意万分。谁说皇帝圣明？也不过凡夫俗子而已。他正在吞噬着自己抛下的诱饵。徐福为钓到这样一条大鱼而兴奋不已。但表面却谦恭地说："小人虽然偶结仙缘，可是哪敢跟陛下您相提并论。陛下乃天之骄子，统一四海，君临宇内，建前王从未建过之伟业，乃是天之骄子，鬼神都当礼敬十分，何况仙岛之人？不过，以陛下之尊，岂能屈驾拜谒区区仙岛之人？如果陛下有意结缘仙岛，小子愿效犬马之劳。"

徐福这番话说得始皇心里十分熨帖——为他无缘登临仙岛找到了合理的借口。是啊，始皇帝是什么身份，岂可屈尊向他们求'青春之泉'？派徐福为使去仙岛上求神水，算给那些仙人足够的面子了。

始皇柔声说道："如此，辛苦先生了。有什么困难，需要什么尽管说。"

徐福把盘算已久的话说了出来："此去东海，仙路茫茫，风大浪急，险象环生。小人需要楼船百艘，满载粮食和淡水。"

"朕答应你，"始皇爽快地笑道，"请先生不要再自称'小人'了，朕现在封你为太祝令，专事寻访仙踪。"

"臣谢陛下恩典。"徐福再次叩头谢恩，却又道，"臣还需要童男童女各三千。"

始皇不解地问："先生要楼船淡水可以理解，要童男童女做什么？朕这里有精通水性的水兵，足够驭船之用。"

"陛下有所不知。仙岛乃是神圣之地，已通人事之男女，恐怕污染圣地，得罪了仙人，仙岛恐怕就难以再现了。"始皇恍然大悟。

"先生考虑周到，一定会不负朕躬。朕准你所请。"

徐福又提出一些具体要求，始皇一一答应，并吩咐李斯和琅琊郡守筹备。

李斯一百个不情愿地接过始皇交代的任务，他知道始皇正沉迷于寻仙问神之中，也明白徐福所为完全是一个大骗局。可是，有鉴于上次向始皇帝进谏的教训，他不敢再犯颜直谏了，只是按照徐福的要求，筹办寻仙的准备工作。丞相不敢说，其他大臣更没人愿意自讨苦吃。

不过半个月的光景，一百艘高大的楼船和三千童男、三千童女都修建、征集完毕。船上不仅满载粮食和淡水，还有大量的金银珠宝、茶叶丝绸等中原名贵之物。因为始皇的意思，中原上国到仙岛去，实在不能显得太寒酸了。

徐福亲自选定吉日出航，始皇率随行大臣和近侍人员亲自至码头送行。近卫军、虎贲军布满海岸，一片锦绣衣袍、旌旗节旄，形成另一处壮观的人海。不知内情的人们看了，都以为是始皇送大将出征呢。

始皇亲手携着身穿太祝官服的徐福的手，满怀期待地说："徐卿此去仙岛，务必速去速回，早日了却朕的心愿。"

徐福一副感恩不尽的样子说："臣受陛下隆恩，一定万死不辞，尽快求来长生不老仙水，让陛下永远与青山同在。"

"先生估计多长时间才能返回？"

"臣也说不准，少则三个月，多则半年吧！"

"好吧，朕静候佳音了。"

徐福的求仙船队离去了。始皇仍在琅琊游览山水，看海潮观日出，想象着徐福描述的海岛仙境，竟乐不思蜀。当然他一半是舍不得离去，一半是为等待徐福的消息。

但是，一晃三个月过去了，徐福的消息没有等到，却等到南越兵败的消息。从前线传来的战报说，奉旨出征南越的大将军屠雎将五十万大军分成五路，翻山越岭，向各个越人聚集之地挺进。但是，因为山路崎岖，河道纵横，秦军地形不熟，进展缓慢。而且关系部队生命的粮草转运困难，接济不上。越人乘机利用丛林的掩护，忽聚忽散，袭击秦军，致使秦军损失惨重。一次深夜，越人突然集中兵力，向屠雎的指挥部发动突然袭击，竟杀死了屠雎。失去统帅的西线十万秦军全线崩溃，狼狈遁逃。秦始皇出兵南越的战争彻底失败了。

始皇大为震惊。当年六国是何等的强大，都被一一灭掉，可小小的南越之地竟打败了他的五十万大军！大秦的国威何在？屠雎真是丢尽了始皇帝的脸面。

可是，屠雎已死，也算为国尽忠了。再责怪他也是毫无意义了。始皇的思想终于从虚幻的仙境中走出来，开始为他的王朝正常运转起来。

"诸位爱卿，南越蛮夷凭借山林峻险，竟使我五十万大军一败涂地，屠雎将军也为国尽忠了。诸位有何良策？"他在琅琊行宫召集随行大臣商议。

大臣们你看看我，我看看你，谁也不肯说话。大家都知道，老丞相王绾在告老还乡前，曾劝谏始皇说，对南越不可鲁莽用兵。可是，始皇不但不听，反而有意逼王绾辞去丞相之职。如今，事实证明，老丞相说的是金玉良言。始皇刚愎自用，南越兵败，并非偶然。可是，始皇已不是当年那个虚心纳谏的嬴政了，他会承认自己的过失吗？

始皇见没人答话，心里恼怒，不满地扫视了众臣一眼。李斯是左丞相，乃百官之首，只好出班说道："臣以为，我军失败，一则因为粮草转运困难；二则因为急功冒进。不知陛下可曾留意，随同战报送来的还有将军尉佗的一份奏疏。奏请陛下暂缓以兵进剿，可派兵戍守其四境。南越蛮荒落后，不及中原发达。长此下去便会向驻军学习中原耕种技术，接受中原教化，我军不费一兵一卒就可夺得南越之地。当然，军队转运粮草困难的问题要解决。水工史禄开凿的连接湘水与漓水的运河竣工后，军粮转运问题便会迎刃而解。臣以为尉佗之计可行。"始皇点点头。尉佗的奏疏夹在战报中，他因为愤怒而没有去看。这时的他明白了王绾谏言还是有道理的。尉佗的主张无疑是唯一的办法，因为这时再征集至少五十万的大军显然困难重重。何况，即使征齐军队，也难免不会重蹈覆辙。始皇略一思忖，说："就依尉佗之意，大军停止进攻，由尉佗接替屠雎的大将军之职，统领全军，戍守边境。再从中原之地迁五十万罪徒徙居五岭以南地区戍边和开垦，让他们同越人杂居，使越人接受中原教化。史禄也有奏折，开凿的工程年底可望竣工。到时候，便是夺取南越的时候了。照此拟旨吧！"

吃一堑，长一智。始皇的主张是正确的。几年之后，这种渗透政策就取得了预期的效果。秦王朝在南越各地建置了南海郡、桂林郡、象郡，版图伸展到今天的越南会安附近。

史禄开凿的渠道就是后世著名的灵渠。它连接湘水和漓水。因为湘水是长江的支流，漓水是珠江的支流。灵渠的开凿实际上连接了长江与珠江两大水系，沟通南北两大水系的交通运输，给后世带来了莫大的效益。开凿灵渠是秦始皇有功于后世的一大举措。

这些当然都是后话。回头再说李斯，见始皇终于留心朝政，乘机进言道："陛下在琅琊台已耽搁三月之久。徐福寻仙不知何时才能返回，陛下乃天下之主，不能为了等待一个徐福而误了国家大事。臣以为，陛下可留下使者在琅琊台等候徐福的消息，而车驾可继续巡行。"

随行众臣也早有进谏之意。因为徐福的骗局大家一眼就看穿了。唯有痴迷于长生不老之说的始皇深信不疑。群臣乘机附和说道："臣等以为，丞相所言极是。徐福即便寻到仙踪，也说不定何时返回。陛下不可因此误了国政。"

始皇沉思着。虽然，他痴迷于那种能使人长生不老的"青春之泉"，但国事不可因此耽搁。否则，天下人会说他失政。再说，琅琊的风景再美，也有厌的时候。他该到别处游玩了。李斯说得对，留下专使在此等候徐福的消息。他半晌才说道：“众卿言之有理，朕明日启程，经楚地回归咸阳。”

毕竟，琅琊台是始皇最为留恋的地方。临行前，他又命李斯在琅琊台手书碑文，向世人也是向东海的仙人歌颂他始皇帝的功绩。

始皇在琅琊逗留了三个月后，终于决定由楚地返回咸阳。巡行的队伍经过彭城，直下西南，过衡山、南郡两地，之后，入长江乘船逆水而上，直到湘江口。湘江风景秀丽，始皇游兴又起，便乘船到中游游玩一番。正在兴头上，忽然，江上刮起大风，一人多高的水浪使宽大、漂亮的龙舟剧烈摇晃起来。始皇正在舳板上观赏江上风景，冷不防一个趔趄，差点摔倒，幸亏赵高和几个内侍上前扶住。

“晴好的天气，怎么会突然起风呢？”始皇神色稍定，惊疑地问道。

赵高顾不得回答，忙言道：“陛下的安全要紧，快靠岸避风。”

龙船颠簸着缓缓靠岸，赵高等人慌忙搀扶着皇帝下船。岸上有一处高大的庙宇，乃是当地有名的湘君祠。始皇上岸后，被搀扶到祠庙前。李斯和随行大臣、博士们正要请皇帝进去歇息，始皇突然说道：“等一下。朕还不知道这里供奉的是哪位神尊呢。”

博士姬兴立刻答道：“此祠就是此地著名的湘君祠，供奉的湘君乃是两位女神。”

“女神！”始皇觉得好奇，“先生请说说两位女神的来历。”

赵高用锦衣为皇帝做了个临时软垫，请皇帝坐下。姬兴对天下神祇了若指掌，于是如数家珍、娓娓道来：“湘江江神，人称湘君，也称湘夫人。原为尧帝的两个女儿：一名娥皇，一名女英。当年尧帝听说了舜的贤名，就召他来辅政，借以考察他处理政事的能力；后来，发现他果然贤能，就把两个女儿嫁给他，借以观察舜的内德。最后，经过二十年的考察，才最终把帝位传给了舜。”

始皇感慨地说：“可见帝位不是人人可坐的，古人都知道这个道理。”

姬兴继续说道：“舜帝是一位贤明勤政之君，在巡视苍梧时驾崩。两位后妃也投江殉夫了。死后为神，就是祠内供奉的湘夫人。”

李斯听完，说道：“湘君如此贤德，臣等理当进祠祭拜一番，以表敬意。”

众臣随声附和。

不料，始皇面色一沉，说：“不可。”

姬兴终究书生气十足，竟没看出皇帝生气，仍然说道：“陛下乃是天子，鬼神也在您的管辖之下，自然可以不祭拜。可是，臣等凡夫俗子不可不表示敬意。”

始皇怒道：“既知朕是天子，就要唯朕之命是从。今天，你们谁敢进去祭拜，朕就砍下他的人头。”

众人又惊又怕，疑惑不解，谁也不敢再提进祠祭拜的事。李斯近前问道："臣请陛下明示，因何迁怒湘君？"

"朕跟你们明说。朕从没有冒犯湘君之处，可是，她们偏偏跟朕过不去，在朕游兴正浓的时候，突然刮起大风，险些把朕掀到江里去。湘君显然有意谋害朕，犯下大逆之罪，你们还要祭拜她们吗？"

众臣听了，无不惊奇。想不到始皇会因为这场大风而怪罪湘君。李斯也吃了一惊，始皇的话是他痴迷于鬼神的表现。的确，湘君是湘江的江神，与这场大风不能说没有关系。李斯很清楚，只要与鬼神有关之事，始皇听不进任何人的劝谏。他也不愿再讨没趣，便劝解道："是啊，湘君无端刮起大风，阻止陛下的行程，着实可恶。可是，眼下风浪正大，陛下的龙体要紧，臣以为还是先回驻地躲避一下吧！"

始皇点点头。虽然，他怒发冲冠，可是，湘君毕竟是神不是人，他一时还想不出惩罚她们的最好方法。拆了祠庙，砸坏泥胎吗？笃信鬼神的始皇帝大概还没有这个胆量。

始皇顶着狂风，好不容易才回到临时驻地。本来，他想命虎贲军强行渡江，与湘江女神决一高低，可是，军卒报告说，因为风浪太大，已有几艘船被打翻在江里，有的被救起，有的则连人带船被江水冲走了。

始皇只得作罢，心里更加仇恨湘江女神。当晚，他连晚餐也没用，就歇息了。听着帐外呼啸的风声，他不断念叨着："朕是上天的爱子，天下万物生灵都是朕的子民，都要遵从朕旨意。尧女不过是湘江之神，胆敢忤逆朕意，朕要惩罚她们……"

恍惚中，那肆虐的风声变成幽美的丝竹乐音，而且，凭着他的欣赏才能，听得出那是楚音。他被乐音吸引着缓缓步出帐外，走了一段悠长黑暗的路，才看到光明。那是一处宫殿发出的光亮，他身不由己地走向宫殿的门前。宫里面立刻涌出十几名美丽的婢女，人人手执灯笼和香炉。婢女们前呼后拥地把他带进一间布置朴实的客室里。

"这是何处？你们带朕到这里干什么？"始皇惊奇地连问三遍，那些婢女只是笑而不答。

他正要发怒，忽听竹帘响处，从内室里走出两名中年美妇，始皇惊愕了。因为她们不但美丽无比，而且长得一模一样，几乎难以分别，只是一个稍胖，一个略瘦。只听那稍胖一点的美妇娇叱道："婢子们好大胆，竟敢对陛下无礼。"

婢女们吓得一吐舌头，慌忙向始皇行跪拜大礼，用银铃般的声音说道："婢子们给陛下施礼。请陛下恕罪。"

始皇懒得理这些奴才，两只眼睛打量着两个美妇人，一刻也舍不得离开。咸阳后宫六国佳丽三千，可是没有一个比得上她们。始皇正要开口问话，那稍胖的美妇已上前施礼说："湘江之神拜见始皇帝陛下！"

始皇惊讶地说："你们就是湘夫人！"

"正是。小神女英，她是小神的姐姐娥皇。"

略瘦的美妇也忙给始皇施礼："小神娥皇有礼了。"

始皇想起白天湘江无端刮起的狂风。但此时，面对两位美丽绝伦的女神，他的怒气稍解了一些，只是略带不满地责问道："两位上仙为何兴风作浪，扫了朕的游兴，阻止朕的行程？朕自忖没有失礼之处。"

娥皇妩媚地一笑说："陛下错怪小神了。小神岂敢有意与陛下过不去。风雨雷电，阴晴冷暖乃是天事，依据天时季节而来。如今，正是多风季节，湘江自然会有风浪，只不过被陛下赶上了。兴风作浪可不是神仙能随意操控的。小神姐妹虽为湘江之神，但也只能依据天时季节运作，绝不会兴风作浪为难陛下，也不能为讨陛下欢心而平息风浪。正如四季更换、昼夜交替，永远不会因为哪一个人或者神仙而有所改变。"

始皇听着，觉得太刺耳了。如果说话的不是美丽的湘夫人，他一定会龙颜大怒的。

"朕是天子，难道也不可以命令你们平息湘江的风浪吗？"他尽量用柔和的语气说。

"别说你是天子，就是天帝也不能。"坐在姐姐下首的女英显然对始皇的态度看不惯，毫不留情地说，"天帝也不能想怎么样就怎么样，他也要受天时的约束，依据天时规律行事。"

"无稽之谈！"始皇终于忍不住怒气，冷笑道，"朕要是受人约束，还算什么天子！"

娥皇显得较稳重，耐心地解释道："陛下应该明白，天时是不可违背、不可改变的。如果天帝要改变它，也不会取得成功。陛下以雄才大略，扫灭诸侯，统一四海，就是顺应了天时，所以取得成功。如果陛下取得天下后，不顺时而作，得到的天下也会很快失去。"

"你说朕会失去天下？"始皇脸上的青筋在跳动，他愤怒到了极点。

"小神只是打个比方。结果怎么样，还要看陛下怎么治理天下了。"娥皇丝毫不在意始皇的愤怒，继续解释说，"小神再举一个最现实的例证。就以陛下渡湘江来说，等待风息浪静时渡江，就是顺应天时，顺水而下，自然就是利用天时。反过来，如果逆浪而上，强行渡江，就是违背天时，枉费气力。严重者会使船沉人亡，自取其祸。"

女英讥笑道："尊贵的始皇帝陛下，这一下你总该明白了吧？"

"哼，朕有什么不明白的道理，用得着女人教导吗？"始皇心里讥讽着，面上却是温和的颜色，因为他还有问题请教湘夫人。他诚恳地问道："两位尊神能否明示朕，能否找到长生不老的仙药？朕的天下能否万世不替地传下去？"

娥皇只是轻蔑地一笑。女英却讥讽地说："生老病死，盛极必衰，这是人间的天时。只有不死的神，没有不死的人。你虽然贵为天子，可毕竟是人。是人，终有一死。以你统一四海之功，死后必恭列神位。何必渴求长生呢？"

"可是，朕不想做天上的神仙，只想做人间的天子。普天之下，莫非王土，率土之滨，莫非王臣，何等的威权！万乘之尊，出警入跸，九天阊阖开宫殿，万国衣冠拜琉旒，何等的威仪！天子赫怒，伏尸百万，流血漂杵，何等的威严！更不消说琼台玉宇，海味山珍，琼浆玉液适一人之口腹，奇玩异宝，奇管异弦适一人之耳目，三宫六院，如云粉黛适一人之性趣，是何等的享乐！这是天上哪一位神仙能享受的？"始皇为了向两位美丽的女神显示他作为帝王的尊贵，得意忘形地说道。

"够了！"最为稳重的娥皇突然大喝一声，"嬴政，这就是你作为人间天子的肺腑之言吧。如此卑污的灵魂还要企求长生不老，上天若给你五十年的阳寿就够意思了。"

女英也愤然说道："嬴政，当年你振策宇内，扫平六国，是何等的英雄！没想到竟变得如此愚蠢。蠢材岂能守得天下长久？上天若给大秦十五年的天数已是恩尽了。"

两位湘夫人因为愤怒而涨红了脸，但在始皇看来却更加娇艳。始皇心曳神摇，不仅忘了发怒，反而上前抓住两位夫人的衣袖淫笑道："美人儿，何必苦守那清冷孤庙。不如伴随朕左右，享受人间富贵如何？"

两位女神大怒，美目圆睁，突然放射出无数道闪电般的光芒，直刺始皇。始皇眼前一阵黑，什么也看不见了。只觉得双脚如火烧般疼痛。

"上仙饶命，朕不敢……"他号叫起来。

"陛下饶命，陛下饶命。"

一阵求饶声把始皇惊醒。睁开眼睛一看，却是值夜的内侍王成跪在软榻前苦苦哀求。帐内充满了烟雾和焦煳味。

"王成，怎么回事？"始皇醒过来后喝问道。

"奴才该死，不小心睡……睡着了，灯烛烧着了陛下的衣被……"王成简直要瘫软在地。

"没用的奴才，要你何用！"始皇想起梦中两位女神的训斥，气不打一处来，"来呀，把这个没用的奴才拉出去，乱棍打死，扔到野外喂饿狼。"

守候在帐外的近侍闻声冲进帐内，拖起地上的王成就走。内侍们一个个吓得脸色灰白。不多时，帐外传来一阵阵惨叫声，渐渐弱了，直到毫无声息。

天亮了，风停了。又是一个晴好的天气，湘江恢复了往日的平静。但是，始皇想起梦中的情景，仍愤怒难抑。他是统驭天下的天子，功过三皇五帝。湘夫人不过是舜的妃子，也敢教训他？如果放任不问，始皇帝还有什么威严可言？

天刚辰时，始皇率随行大臣、博士们及近侍再次登上湘山，驾临湘君祠。来到两位湘夫人的神像前，他嘲讽地说道："昨晚两位仙驾光临，给朕不少教训。可是，朕偏要做一件违背天时的事。朕要把你们这座青翠葱郁的湘山变成秃山。让你们暴露在荒山上。"

李斯就跟在他身旁。听见他嘟嘟囔囔地说着什么，以为皇帝悔悟过来要拜祭湘夫人，正要吩咐人准备香烛，忽听始皇命道："传朕旨意，让南郡太守带三千囚犯立刻上山。"

大臣、博士们面面相觑，都弄不明白始皇要干什么，但见他一脸的凝重，都不敢贸然发问。

旨意迅速传到山下。一直守候在山下的南郡太守不敢怠慢，立刻派人从四处搜集来三千囚犯，亲自带队，来见始皇。始皇在湘君祠外召见南郡守，亲自命令道："朕要你半日之内将湘山上所有的竹木花草连根除去，务必让它寸草不生。"

南郡太守没想到始皇会做出这样的决定，他壮壮胆子，说："陛下，这些竹木都是臣督促黔首多年栽植才长成的，砍掉岂不可惜？"

始皇双目射出寒光："怎么，你敢抗旨？来呀，拉下去……"

"陛下息怒。臣遵旨就是。"南郡太守吓得腿脚发软，慌忙求饶。

李斯觉得皇帝言行越来越不可思议了。他自恃深得始皇宠信，小心翼翼地问道："臣斗胆问一句，陛下为什么要除去山上的竹木花草？"

始皇望着湘君祠，得意地笑道："朕是天子，高兴这么做。就是湘夫人也不能奈何朕。"

李斯呆住了，他明白了始皇的心思。

三千囚犯一字排开，把湘山围了半圈，一步步吞噬着竹木花草。不过半日的工夫，竹木伐光了，烧光了。苍翠葱郁的湘山变成了光秃秃的荒山。

回到山下驻地，李斯奏道："湘江已风平浪静。陛下可放心渡江了。"

不料，始皇却说："不渡江了。传朕旨意，绕道南郡，经武关回京。"

【第十四回】

谱秦颂渐离击筑，去暴君力士挥锤

高渐离被秦始皇施以"目霍"刑，就是用一种毒烟把人的双目熏瞎的刑罚。这是一种实际上比"黥"（刺面）、"劓"（割去鼻、耳、舌）等刑罚更为残酷的刑罚。因为后天失明比刺面或失去鼻、耳、舌更加痛苦。赵高提议施以"目霍"刑，就是要高渐离既为自己的反秦行为付出惨痛的代价，又要他失去反抗的能力，死心塌地为始皇击筑。

但是，对于高渐离来说，失明远没有赵高想象得那么痛苦。眼睛对他已不是那么重要，他不愿意去看秦宫里的一切。没有眼睛，他的心灵更加聪慧，他的头脑充满了更多的灵感。何况，"目霍"刑更增加了他对嬴政的仇恨，这种仇恨更坚定了他的复仇信念。这么多年流亡在外，他看到战祸没有了，百姓不再遭受战争之苦。嬴政的统一，毕竟给人们的生活一种稳定感。想想六国纷争，给天下人带来的只有无尽的战争，这种想法曾经冲淡了他对嬴政的仇恨，也懈怠了他为荆轲、太子丹等复仇的信念。多少个日夜，他为这种矛盾心理折磨得食不甘味、寝不成眠。他为自己的苟且偷生感到耻辱，也为愧对荆轲在天之灵而痛苦。

现在，这种"目霍"刑使他心里重新燃起仇恨的怒火，坚定了复仇的信念。他在默默地做着准备。

高渐离做了大秦国的大乐府令，住进装饰典雅的乐府令官邸。他的周围整天围着一群大乐府的属官，就是如厕也有人侍候着。这些人几乎是众口一词地奉承说："大乐府令失去了眼睛，太令人同情。小人理应服侍好大人。"

高渐离虽然没有了眼睛，但却心灵聪慧。他很清楚这些人都是派来监视自己的，必须与他们搞好关系。使他们放松警惕，就是使嬴政放松了对自己防范之心。因此，他总是十分感动地说："你们不嫌弃本官是个瞎子，如此细心周到地照顾，实在令本官感动。"

侍奉者忙笑着说："高先生是筑艺名家，连始皇帝陛下都爱听先生击筑。小人们能够伺候先生，也感到荣幸。"

"蒙主上宽恩，赦免罪人的死罪。本官从此长留宫中，还要请各位多多照顾。"

"大人客气了。都是吃皇家饭的，咱们不相互照顾，还靠谁照顾？"高渐离最重要的任务就是创作《秦颂》。他当然不会有嬴政那种君临天下，志得意满的豪情。他的灵感只能来自他国破家亡的记忆。双目失明，没有了外界事物的干扰，他的创伤意境竟然更上一层楼，创作出来的乐曲让属官听了，无不流下激动的泪水。

"各位对此曲有何意见？始皇帝陛下会满意吗？"高渐离谦逊地问。

"先生的乐曲，令人如听仙乐，似痴似醉。天下恐怕难以找出第二支这样的曲子。"一名属官感叹道。很多人也随声附和，表示同感。

但也有表示异议的，一名乐丞说："先生的筑艺自然无懈可击。可是，《秦颂》应该多用宫、商音阶，以表示雄壮之势，可是，先生所用徵声太多，基调太低，不宜表现大秦的强盛和始皇陛下的千古功业。"

高渐离暗暗赞叹，这位乐丞不愧为行家里手，一语道破了乐曲的致命缺点。高渐离心里只有悲愤和仇恨，他的这种情绪被带进了《秦颂》的创作之中，作品自然多了一些悲壮、沉闷之气。可是，他不能把这种情绪告诉这些属官们。只得解释说："阁下说得也有道理。可是，本官以为，《秦颂》就应该用它告诉后世子孙开国的艰险、创业的艰难。让后人知道，有多少将士、仁臣为着大秦的创立，洒尽热血，抛却生命。大秦的创立，来之不易。后世子孙应该珍惜它，护卫它。"

乐丞坚持说："大人所言固然有理，可是下官看来，此曲太过低沉。始皇帝陛下那儿恐怕难以通过。"

高渐离知道无法说服对方，只好说道："本官并无完全否定阁下高见的意思。此曲还是草创，还可多加修改。不管怎样，都要始皇陛下通过才行。"

"大人既如此说，下官当然无话可说。下官只想给大人一个忠告：始皇帝陛下不喜欢低沉的曲子。大人好自为之吧！"

属官们散去了。高渐离回到卧室，辗转反侧，难以入睡。他很清楚自己心里充满了悲怆与仇恨，不可能创作出嬴政满意的《秦颂》，除非自己特别开心的时候，暂时忘记心中的仇恨，才能创作出基调高昂的乐曲。可是，他能开心起来吗？

创作不出嬴政满意的《秦颂》，就无法接近嬴政。不能接近嬴政，就无法……他的脑海里反复回响着这几句话，直至四更鼓响，才恍惚入梦。

华阳公主的性情越来越暴躁，动辄大发脾气、责骂下人，连最得宠的厮儿也挨了不少骂。宫里的婢女们都说公主变了一个人，完全不是那位体贴下人的温柔可爱的公主了。唯有厮儿最了解公主的心事，常常劝慰说："奴婢知道，公主是为着高先生。可是，陛下有旨，不准公主再与高渐离见面。奴婢也没有办法。"

"可是，我要听高先生击筑，我不能离开他的筑音。"华阳公主难过地说。自从高渐离被带走，她就一直精神恍惚，仿佛丢失了她生命中最珍贵的东西。高渐离的筑音似乎有无穷的魔力，总是在她耳边回响，挥之不去。

"厮儿，你能不能想办法让我见高先生一面？"她已是不止一次地问过厮儿。

厮儿总是吓得连连摇手说："你就饶了奴婢吧。上次的事，陛下差点要了奴婢的命，奴婢说什么也不敢了。"

经过几次失望之后，华阳公主横下心来，说道："算了，你不去，我亲自去。就算父皇怪罪下来，由我一人承担。"

厮儿见公主铁了心，只好说："公主都豁出去了，奴婢还怕什么，就算丢了性命，也是报答公主往日的恩宠。"

"这才是我的好厮儿。"华阳公主难得地一笑。主仆乘上辇车，直奔大乐府令官邸。

守在大乐府令官邸门前的内侍们看见公主辇车来到，慌忙上前跪迎。华阳公主下了辇车步上石阶，说道："请通报大乐府令，就说本宫前来拜会。"

内侍慌忙答道："请公主恕罪，奴才不能通报。因为陛下有令，不许高渐离与外人相见。"

华阳公主柳眉倒竖，怒斥道："难道本公主是外人吗？"

"公主当然不是外人。可是，陛下有旨，不准公主与高渐离相见。请公主不要为难奴才们。"

"我为难你们？"华阳公主悲愤地说，"高渐离现在是大乐府令，难道连出府的自由也没有吗？"

"奴才不知。奴才只是奉旨行事，还望公主体谅下人的难处。"

华阳公主冷笑一声："本宫体谅你们，可是，有谁体谅本宫？厮儿，给我狠狠地打这些用狗眼看人的奴才。"

"奴婢遵命。"厮儿夺过御者手中的马鞭，劈头盖脸地朝守门内侍就是一顿狠抽，疼得他们双手抱头，惨叫声不断。

华阳公主冷笑着道："说，放不放本宫去见大乐府令？"

几个内侍疼得龇牙咧嘴，苦着脸说："公主就是打死奴才们，奴才们也不敢违旨呀！"

"厮儿，给我往死里打！"

厮儿鞭子抽得更猛、更狠，几个内侍的脸上都添了几道血印，疼得满地打滚，惨叫声令人耳不忍闻。

厮儿打累了，手中的鞭子慢了下来。几个内侍还是不肯放华阳公主进去。厮儿也是下人，看了有些不忍，停下鞭子说："公主，以奴婢之见，还是算了吧。他们也是奉旨行事，抗旨就要杀头。你就是真打死他们，他们也不敢放您进去。"

华阳公主想不到见高渐离竟如此艰难，内心增添了几分对父皇的不满。她只好转身上了辇车。

坐在回程的辇车里，厮儿望着公主垂头丧气的样子，嬉笑道："恕奴婢多嘴，不知公主是喜欢高先生的筑艺，还是喜欢高先生本人呢？"

华阳公主脸上一阴，没好气地骂道："死丫头，竟敢故意取笑本公主，小心我撕烂你的臭嘴。"

"唉，难为公主一片痴情。高渐离真是艳福不浅呢。"厮儿故意逗弄她。

"看我撕你的臭嘴。"华阳公主娇叱一声，真的一把揪住了厮儿的嘴巴。

"公主饶命，厮儿不敢了。"厮儿慌忙求饶说，"厮儿有办法让你见到高先生。"

华阳公主立刻松了手，问："你有什么锦囊妙计？"

厮儿却捂着嘴巴叫道："公主好狠心，厮儿嘴巴还痛呢。"

"都怪我不好，回头我给你搓澡。"这会儿主子讨好奴才了。

"这还差不多，"厮儿卖足了关子，"皇后不是也喜欢听高先生击筑嘛，公主只要……"

华阳公主恍然大悟，顿时喜上眉梢，一下抱住厮儿，高兴地笑道："我的好厮儿，你真有办法。"

辇车驶进后宫，却不是回华阳公主府中，而是直奔齐皇后的宫中。齐皇后见始皇最宠爱的女儿来了，高兴得不得了。一边吩咐宫婢拿点心给华阳公主吃，一边嗔怪道："皇儿，这些天都闷在宫里干什么呢，也不来看望母后，可别怪母后说你不孝顺喽。"

华阳公主给齐皇后叩头请安后，恭敬地说："儿臣哪敢不孝敬母后，只不过儿臣这些天忙着练筑，才没有过来给母后请安。"

齐皇后是个筑乐迷，一辈子最喜欢听筑，而且还会击筑。一听华阳公主说练筑，马上来了兴趣，问："皇儿，击得如何？能否击奏一曲让母后一饱耳福？"

华阳公主毫不谦虚，得意地笑道："儿臣自以为很有长进。因为儿臣受过击筑大师高渐离的指点。"

齐皇后听说过她把高渐离留在府里的事，还在始皇面前为她说过情，所以，对她的话深信不疑。忙说："皇儿既受过高手指点，筑艺一定大有长进。来呀，拿筑来，请公主击奏一曲。"

宫女立刻将一架新筑恭敬地放在华阳公主面前的几案上。华阳公主一点也不谦让，向齐皇后得意地一笑，说："儿臣在母后面前献丑了。"

说完，玉手举起筑槌，击奏起高渐离专为她谱成的曲子——《高山流水》。

齐皇后听过华阳公主击筑，如是欣赏筑乐的高手，一下子就能听出今天公主的击筑技艺远非以往可比。数日不见，公主的击筑技艺竟达到一般专业乐师不能达到的水平，不愧受过高手的指点。

"皇儿击筑，是母后今生除了高渐离之外听到的最好的筑乐。皇儿以后要常来击筑给母后听。"齐皇后赞叹道。

华阳公主却谦虚起来，摇头说："儿臣当然可以天天为母后击筑，只是儿臣的这点筑艺，恐怕要不多久母后就听厌了，要是有高渐离在，母后就会百听不厌的。"

齐皇后笑道："皇儿尽说傻话。高渐离现在是大乐府令，他要创作《秦颂》，还要教练宫廷乐队，哪能天天击筑给母后听？"

华阳公主却道："虽然大乐府令不能天天击筑给母后听。可是，母后只听一次，就是偶尔请高先生来后宫一次，也不为过。"

齐皇后看着她狡黠的笑容，似有所悟，嗔骂道："鬼丫头，你自己想听高渐离击筑，何必非来骗母后！"

华阳公主求道："儿臣当然也想听高先生击筑，求母后请高先生来一次嘛。"

一边说，一边走到齐皇后身边，苦苦哀求。

齐皇后不忍拒绝，何况她也是筑迷，筑乐大师击筑对她同样也具有极大的诱惑力。她沉思一会儿，说道："母后就答应你，明天派人请高先生进宫。"

"多谢母后！"

华阳公主表示谢意后，却又说道："高先生是名满天下的击筑高手，母后派一个下人去请，是否不够尊重人家？以儿臣之见，不如由母后拟旨，儿臣亲自去请，以示礼遇。而且，高先生现在是大乐府令，一定很忙，咱们请人家，人家也不见得有空。不如让高先生自便，有空闲的时候就进宫来。"

齐皇后笑道："想不到皇儿竟如此体察人意，怪不得下人都喜欢跟着你。好吧！母后就拟旨给你，你去请高先生，让他什么时候有空闲，就到宫里来。"说完，命人取来笔墨，亲手拟旨，随后加盖上皇后印玺。

"多谢母后！"华阳公主接过齐皇后懿旨，高兴万分，感激得再次磕头谢恩。

高渐离苦思冥想，却没有一点儿灵感。几天过去了，《秦颂》的乐曲还是老样子，乐师弹奏起来，常常会沉浸在悲壮的意境中。这种基调的曲子怎么能作为大秦的代表曲呢？

这天，正当高渐离急得直敲脑壳的时候，一名侍者疾步而入，禀道："大人，皇后宫中来人了，说是有皇后懿旨。"

高渐离心里一怔，皇后派人来会有什么事？大概也是为了试探自己的吧？便冷冷地说道："本官行动多有不便。就请本人到此一见吧！"

"是，大人！"侍者应着，走出门去，去请宫中来人。

时辰不大，一群宫女、黄门郎拥进高渐离的大厅。为首的宫女一进门便叫道："大乐府令，皇后有懿旨。"

高渐离虽然看不见来人，却听出来人的声音非常熟悉。听说是皇后懿旨，他立即面南跪拜，口称："臣高渐离在！"

为首的宫女正是厮儿，其余人也是华阳公主身边信得过的下人。厮儿看见双目失明的高渐离，难过得差点掉下泪来，但她慌忙敛声正容，手捧齐皇后懿旨念道："大乐府令高渐离筑艺盖世，天下一绝，本宫有幸聆听，至今仍不绝于耳。如大乐府令偶有闲暇，请入宫击筑，令本宫再品味一次人间仙乐的妙处。"

念完，厮儿说道："大乐府令，皇后要请你入宫击筑，请吧！"

不料，高渐离却摇头说："恕臣难以从命，《秦颂》尚未创作成功，宫廷乐队正在排演。本官哪有闲暇进宫为皇后击筑？"

厮儿说："高渐离，你怎么这么倔呢？你现在是大乐府令，横竖都是为皇家击筑的，为什么不能进宫为皇后击筑？"

高渐离答道："臣不是不愿为皇后击筑，只是眼下没有空闲。皇后旨意不是说，'如有闲暇，请入宫击筑'吗？本官改日再进宫不成吗？"

"当然不成，"厮儿来气了，冲口说道，"皇后那是客气话，你就当真不去？可知道，违抗皇后懿旨是什么罪过？大乐府令还是随我进宫吧。"

高渐离觉得有理，便不再坚持。厮儿命人领着他出府，上了门口的宫辇。负责监视高渐离的几名属官见她们有皇后懿旨，不敢阻拦，又不放心，想派人跟随，却被厮儿一顿斥骂赶了回去。载着高渐离的宫辇进了咸阳后宫，却不奔齐皇后宫中，而是奔华阳公主府而来。宫辇直驶进大门才停下。华阳公主正焦急地等候着，见宫辇进府，慌忙迎上去，焦急地问道："高先生来了吗？"

"公主放心吧！"

厮儿从宫辇里下来了，一边回答，一边向辇车里喊道："请高先生下辇吧！"

高渐离双手摸索着从辇车里走出来，险些摔倒。华阳公主慌忙上前扶住。看着他茫然的双目，惊叫道："高先生，您的眼睛？"

厮儿答道："公主有所不知，高先生已被施以'目霍'刑，眼睛再也看不见东西了。"

"啊……"华阳公主难过得说不出话来。

高渐离听出华阳公主的声音，激动得双手乱摸，失声叫道："公主，是你！"

华阳公主抓住他的双手，悲泣道："高先生，是我。父皇怎么可以这样对待您……"

高渐离怕她难过，宽慰地一笑，说："公主不要责怪始皇陛下。高某是犯了死罪的人，能够活着听见公主说话已要感谢皇帝的恩德。何况，眼睛对于乐师来说，不是很重要。"

"可是，先生再也看不见我了。"

"公主的形象永远留在高某的心里。"

厮儿见他们一见面就说个没完，便说道："这儿也不是说话的地方，公主还不请高先生到客厅去？"

华阳公主恍然大悟，脸上一红，慌忙吩咐道："厮儿，快去回禀母后，就说高先生改天进宫为皇后击筑。"

"奴婢知道了。"厮儿做了个鬼脸儿，一溜烟出府去了。

高渐离由华阳公主亲手领着进了客厅。刚刚落座，高渐离便笑道："厮儿不是说，皇后请高某击筑吗？怎么到了公主府上，莫非又是公主使诈？"

华阳公主在他对面坐下，凄然笑道："我虽然是尊贵的公主，可是，要见先生一面，却是不易。"

高渐离感动地说："公主是想听高某击筑吧？高某能有公主这样的知音，今生足矣。请让我为公主击奏一曲吧！"

"不，"华阳公主按住他攥槌的手，美目柔情地注视着他，低声说，"我不仅想听先生击筑，更思念先生本人。先生饿了吧，来人，上酒，我要与先生把酒论筑。"

高渐离虽然看不见公主的容貌，却感受得到她那殷殷柔情。这是一个酷爱筑乐的少女对一个音乐家的爱。这是跨越地位、年龄差别的最纯真无瑕的感情。

酒菜端上来了。华阳公主把所有仆佣赶到门外，亲自为高渐离斟满酒，再为自己斟满。

"来，为我们的再次见面，干杯。"她高高举起酒觥。

"为我再次听见公主的声音，干杯。"高渐离也举起酒觥。

"请不要喊我公主。我情愿做普通人家的女儿，终身跟随先生左右，伺候先生，听先生击筑。"华阳公主几杯酒下肚，已有三分酒意，叹息着道。

高渐离淡然一笑："我没有把你当公主看待。'公主'对我来说就像百姓人家的女儿的名字一样。今天难得相逢，以后不知道还能听到公主的声音吗？相逢就是有缘，我们说些高兴的事儿吧，你先说。"

"我长这么大，最开心的事就是在财源酒楼从咸阳令手中骗走了你。这事儿不用我说你也知道。"华阳公主哈哈大笑。

高渐离说道："我第一件最开心的事，就是小时候母亲给我买来一架筑。那时候，我和母亲相依为命地住在蓟城。我家隔壁的主人是一位乐师，经常在客厅里击筑。每逢听到击筑声，我都爬到他家墙上，一边听筑，一边看他击筑的手法，久而久之，竟也看出点门道来。可是那时候，我家很穷，买不起筑，我是多么渴望亲手击筑啊！有一次，隔壁的主人有事外出，把筑留在客厅里，我抗拒不了那筑的诱惑，竟悄悄翻过墙去，跑到客厅里，拿起筑槌，击起筑来。谁知，主人突然回来了，立刻大喊'抓贼'，我被他家的下人抓住，送到母亲跟前。母亲又羞又怒，给人家说了不少的好话，苦苦哀求，才把我救了出来。我当时以为母亲一定痛打我一顿，害怕极了。可是，当母亲知道我是因为击筑，才私入人家客厅时，不但没有责骂我，反而倾家中所有，为我买了一架崭新的筑，并要求我认真习学击筑。我当时怀抱着心爱的筑，开心极了。"

华阳公主的脸上也露出了笑容，仿佛她也在为小时候的高渐离高兴。许久，她又问："你说与母亲相依为命，那么你父亲是谁？"

高渐离的脸上闪过一丝痛苦的表情，随即又恢复了平静。他不经意似的说："我的父亲到了秦国，他是个不甘卑贱的人。因为看到燕国没有他个人发展的机会，他就到了秦国。"

"他是谁？秦国的功臣中有他吗？"

"他就是蔡泽。"

"蔡泽？"华阳公主吃了一惊，显然没有想到高渐离会是蔡泽的儿子。

"蔡泽曾为秦相，有功于秦。你是他的儿子，父皇不应该对你这样。"她望着他茫然的双眼，愤愤不平地说。

高渐离苦笑道："我和蔡泽虽为父子，却不同道。他助秦，我反秦。始皇是个赏罚分明的人，他没有做错什么。"

华阳公主想起与尉缭一起出走的母亲，心里一阵难过。她觉得自己和高渐离一样，也是被抛弃不顾的人。两个同病相怜的人，心儿贴得更近了。

高渐离突然喃喃地说道："我……我有个请求，不知公主肯答应吗？"

"先生想要什么？"华阳公主忙问。

"我看不见公主的模样。可是，我想摸摸公主……"

"我答应。"华阳公主毫不迟疑地说道，并起身走到他跟前，抓起他的双手，动情地说，"我在这儿呢，先生摸吧！"

高渐离站起来，哆嗦着双手摸索着公主的脸庞。眼睛、鼻子、嘴巴，多么令人心醉的美丽的面容啊！虽然相识时间很短，可是她的容貌早已印在他的心里。

"公主，你瘦了。"高渐离关切地说。

华阳公主任由他的双手在自己脸颊上抚摩。那是一双艺术家的手，柔软、温暖，充满了男性的柔情。

华阳公主依偎在他怀里，柔声说："你知道吗？当我第一次听到你的筑音的时候，我就感觉到你是我生命里的一部分了。母亲说过，爱一个男人，你就能为他付出一切。那时，我并不理解这句话。母亲跟尉缭出走时，我还恨过她，当我也爱上一个男人时，才理解她为什么那么做。好多次，我梦见自己和心爱的男人生活在一个山水秀丽的地方，我们有一间小茅屋，养着一群鸡鸭，种着几亩肥田。闲暇时，他击筑，我在旁边倾听，美妙的筑音引来百鸟……"

"那个男人是我吗？"

华阳公主郑重地点点头："可是，那只能是个梦。寻常百姓都能得到的幸福，对于我们却是可望而不可即的事。因为你毕竟是逆犯，而我是你敌国的公主。父皇不可能容忍我们，也许，今天的相聚就是永远的别离，我只想痛痛快快地爱你一次。"

高渐离含泪点头，道："是啊，我们得不到那种幸福。现在的相聚已经是上天的恩赐，我们要倍加珍惜它。"

…………

突然，高渐离惊喜地叫道，"我找到了，我找到了！"

华阳公主吓了一跳，拉着他的手吃惊地问道："你找到什么了？"

"我找到灵感了！"高渐离继续说道，"快取筑来，我要击奏《秦颂》。"

华阳公主明白过来，慌忙穿戴齐整，领着高渐离来到前厅，亲手取过筑，恭敬地放在他面前。

高渐离深吸一口气，凝神沉思片刻，才摸着筑槌击筑。

华阳公主屏息倾听。筑音初始是变徵之声，低沉而悲壮，仿佛嬴氏祖先在艰难地开拓疆土。狭小而荒凉的秦地，秦襄公争夺歧西之地，秦文公战犬戎，血流成河的争战场面……筑音逐渐变为角声，多了铿锵之气。秦穆公改革图强，广招天下贤才，"西取由余于戎，东得百里奚于宛，迎蹇叔于宋，来丕豹、公孙支于晋……并国二十，遂霸西戎"。秦孝公任用商鞅变法图强，出兵击败魏军，收复被魏侵占的土地……

筑音铿锵之音渐强，终于有了昂扬之气。秦惠王重用客卿张仪、公孙衍、司马错、陈轸等人；秦败韩、赵、楚，领土不断扩大；秦武王"窥周室，死不恨矣"，为明志，举鼎过力，伤身而死；秦始皇厉兵秣马，虎视山东，欺楚伐韩，攻赵袭魏。六国股骨战战……

筑音终于变为高昂、雄壮之声。秦王嬴政"奋六世之余烈，振长策而御宇内，吞二周而亡诸侯，履至尊而制六合，执敲扑以鞭笞天下，威震四海"。

乐曲的结束之音欢快而高扬。始皇帝志得意满，气宇昂扬。统一后的大秦王朝百废俱兴，各行各业欣欣向荣。

"高渐离，太棒了。这就是《秦颂》？"华阳公主不等乐曲结束，忘形地大叫起来。

高渐离击奏完，脸上的激昂之气都不见了，只是平静地点点头说："不错，这就是我所作的《秦颂》曲子，请问公主满意吗？"

华阳公主丝毫没有察觉高渐离的情绪变化，她拍着巴掌叫道："当然满意。父皇听了一定非常高兴，说不定还会封赏你这个大乐府令呢。"

高渐离冷冷一笑："也许始皇帝一时高兴，还会把你也嫁给我呢。"

"若真如此，那就太好了。"单纯的姑娘以为真有这种可能，竟做起了美梦。

秦始皇游齐鲁、巡楚地，转了一大圈，终于回到咸阳。留守京师的丞相冯劫、廷尉蒙毅等大臣及公子扶苏出城迎接帝驾归来。始皇进入咸阳宫，屁股还没有坐稳，就开始检查冯劫、蒙毅等人的工作。结果还不错，他们按照自己的嘱托，按章办事，诸事办得井井有条，有始有终，始皇非常高兴，当着众臣的面大加褒奖。冯劫、蒙毅等人有了留守的经验，始皇就把很多烦琐的朝政都交给他们料理，遇有重大事宜，才亲自做决断，少操了不少心。国事顺利，四境平安，嬴政为自己治理的太平天下感到得意。这时，他在书房接到大乐府令高渐离的报告，说《秦颂》的乐曲已经创作出来，只请皇帝考察通过了。

始皇得意地笑道："高渐离真的为《秦颂》作曲了？《秦颂》一定会传扬天下。我大秦的国威也一定会弘扬四海。"

在一旁陪伴始皇的齐皇后点头道："是啊，高渐离真的创作出《秦颂》的乐曲了。初始时，他还进宫击奏给我听。果真是音乐大师的手笔。凭我多年鉴赏音乐的经验，一下就听出那是人间少有的优秀之作。如今又是几个月过去了，大乐府令再经过精心修改，《秦颂》一定会成为传世之作。"

始皇相信高渐离作的曲子错不了，他自言自语地说："以高渐离的性格，他真的肯为我大秦效力？"

"怎么不会，"齐皇后明白他对高渐离还有戒备之心，不满地说，"我是女人，不懂政治，却懂音乐。高渐离是个音乐奇才，音乐才是他的生命，政治是其次。同样是击筑作曲，他为什么不能为《秦颂》谱曲？"

"妇人之见，"始皇笑着责怪说，"高渐离是荆轲的至交好友，他与朕有不共戴天之仇，朕能不戒备他吗？"

"所以，陛下弄瞎了他的眼睛，这对一个音乐奇才来说太痛苦了。"齐皇后始终不能改变对高渐离的同情之心。

"那是赵高的主意，为了预防万一嘛。"始皇推脱着自己的责任。

齐皇后嗔怪说："赵高还不是听你这个皇帝的。我是陛下的后妃，从来没有干预过国事，可是心里总为高渐离感到不公平。陛下也许会怪罪下来吧！"

始皇爱怜地抚摩着皇后的玉手，笑道："朕知道你一向心性慈爱，所以看不得高渐离受刑。可是，政治就是这样，容不得仁慈，为了不杀人，朕如果仁慈，能扫平天下，统一宇内吗？朕如果仁慈，不知还会有多少像荆轲一样的亡命之徒冒险犯难，置朕于死地；朕如果仁慈，那些失去荣华富贵的六国余孽早已兴兵叛乱，杀进咸阳宫了。朕当然不会怪罪你，因为朕做事从来不受任何人的干预，你就是想干预朝政，也干预不了。"

"我说不过你。你想怎么做就怎么做，我不会再说什么，但愿高渐离能识相点，否则，他只有咎由自取，我也不会再同情他了。"秦始皇无法消除对高渐离的戒备之心，因为荆轲刺杀他的情景至今仍历历在目，令他心有余悸。高渐离是荆轲的死党，又是在被逼无奈的情况下出任秦大乐府令之职的，他会消除心中的仇恨吗？十几个负责监视高渐离的内侍被召到书房。始皇命赵高详加询问，了解高渐离的表现。

"诸位，高渐离是关乎陛下安危的人物，疏忽不得。你们监视他好长时间了，有什么大逆之举，一定要如实奏明圣上。"赵高也是奴才出身，跟这帮内侍很熟。因此，说话比较客气。

但是，内侍们看来，赵高已是皇帝跟前炙手可热的人物，非往昔可比，身份、地位自然也不同于一般奴才了。回答他的问题，一定要小心谨慎，弄不好小命就丢了。因此，内侍们都诚惶诚恐地答道："赵大人有什么问题尽管问吧！小人们一定如实回答。"

赵高第一次听人称自己为"大人"。顿时有一种扬眉吐气的感觉，腰杆也挺得更加硬朗。他眯着眼睛笑道："知道利害就好。一个人一个人地说，高渐离有什么反逆的表现没有？"

一名内侍小心翼翼地说："高渐离每天只是击筑、教练宫中乐队，小人没发现有什么异常的举动。"

"是啊，高渐离教练乐队时很认真、很严格，但是，对待下人很宽容。"

"小人也觉得他尽职尽责，是个非常称职的大乐府令。而且待人仁厚，府里的上下都喜欢跟他接近。"

内侍们你一言，我一语，竟都是称颂高渐离的。赵高哪能轻易相信他们的话，阴鸷地一笑，说："照你们说，高渐离已经没有仇恨始皇帝之心，死心塌地地做大秦的大乐府令喽？你们敢担保他不会对陛下有什么危害吗？"

"这……"内侍们支支吾吾，谁也不敢再多说。他们当然不敢担保。可是，如果说高渐离有叛逆之心，自己又没有根据，难以让皇帝相信。因为始皇要用高渐离的音乐天赋为自己服务，他不会无凭无据地治高渐离的死罪，到时候，倒霉的只有当奴才的。

赵高一见他们那副熊样，气儿来了，尖着公鸭嗓子骂道："亏着你们在宫里做事儿，就这么点差事都办不好。当初派你们去监视高渐离的时候，我就说过，要细心，多长个心眼儿，要会察言观色。高渐离不是傻瓜，他那些做法是给你们看的，心里想什么绝不会告诉你们。可是你们应该通过他的情绪变化、细微的举动，揣摩他想干什么，这就是密探的本事。你们倒好，反被他哄得团团转。"

也许赵高的话起到提醒的作用，一名内侍说道："大人这么一说，小人真想起了一件反常的事，高渐离做了大乐府令之后，虽然恪尽职守，与属官和下人的关系也很融洽，可总是郁郁寡欢，不苟言笑的样子。直到有一天，皇后娘娘请他进宫击筑，三天后，方从宫中回来。他一改愁容，变得神采奕奕，精神愉快，《秦颂》的创作也在这时候完成的。小人以为，高渐离一定遇到过十分开心的事，精神才会有这么大的变化。"

赵高认真听着，一个字一个字地记在心里。等那名内侍把话说完，便赞赏说："好小子，算你有心计。都听见了吧，这就是监视高渐离的方法。谁还有什么疑惑之处都说出来。"

一旦有人开了头，内侍们全醒悟过来了，纷纷说出各自的疑惑之处，以显示自己的功劳。当然，其中也有胡编乱造的。

赵高也不敢轻易认定高渐离是否还有叛逆之心。只好把调查来的情况如实向始皇禀报，等待始皇的裁断。始皇听完赵高的禀奏，愕然一怔。

"怎么，高渐离竟在后宫待了三天？可是，皇后明明说他只进宫一天，为她击筑。那么高渐离另外两天到底去了哪里，为什么皇后宫中和大乐府令上的人都不知道？"

赵高恍然大悟，钦佩地说："陛下真是圣明，一下就看破了其中的漏洞。臣也觉得其余的两天一定大有名堂。请容臣查明真相，再奏明圣上。"

"赵高，你要好自为之。高渐离对朕来说太重要了，一定要弄清他有无反逆之心。"

"陛下放心，臣就是变成蛆虫，也要钻进高渐离的肚子里，看他的心到底是黑的，还是红的？"

一旦发现线索，调查就容易多了。赵高没费多少功夫就查明，高渐离在宫中的另外两天竟待在华阳公主的宫中。把厮儿抓来，一阵恫吓，厮儿一五一十地，甚至把华阳公主与高渐离的私情也如实说了出来。

赵高大喜，自觉立了大功，高兴得屁颠屁颠地跑去向始皇禀奏。

始皇正在批阅竹简奏章，闻听之后又惊又怒，一下子把竹简摔在地上，恼怒道："高渐离好大胆，竟敢勾引朕的女儿，朕一定要治他的死罪。公主也不争气，丢尽了我皇室的脸面，朕也要处治她。来呀，传朕旨意，命廷尉逮捕高渐离，审明问罪；命宗正府审查华阳公主之罪。"

赵高要抓住这次讨好皇帝的机会，早已成竹在胸，慌忙劝谏说："陛下且慢，容臣说句话，行吗？"

"你想说什么，说吧！朕听着呢。"

"陛下要臣调查高渐离的目的是查清他是否还有叛逆之心，好让陛下放心任用。陛下这么做是防患于未然，十分必要。就是臣也对高渐离不放心，总觉得他会危及陛下的安全。可是，当臣知道他与公主有儿女私情时，臣对他反而放心了。俗话说，英雄难过美人关。以公主的美貌和尊贵的地位，对高渐离一定有很大的吸引力。他们的感情越深，越容易化解高渐离对陛下和我大秦的仇恨。只要没有仇恨之心，高渐离就会安心地做他的大乐府令，死心塌地为陛下效力。"

始皇似有所悟，说："赵卿之意是要朕成全他们？"

赵高笑道："成全他们倒未必。可是，在臣看来，他们之间琴瑟相和而生私情，乃是人之常情，无所谓罪与非罪。陛下应该关心的是，高渐离是否会因为华阳公主而消除心中的敌意。"

始皇明白了赵高的意思，连声称赞赵高精明。赵高说得有道理，男女私情算什么，它不会对大秦国和皇帝有什么危害。

始皇沉思了一会儿。华阳公主是他非常宠爱的女儿，不是一时之气，他不会忍心处治她的。何况，公主和高渐离之间的私情传扬出去，也有损嬴氏皇族的尊严。高渐离是他需要的人才，只要不反对他和大秦朝廷，他不会处之以死罪。

"赵卿，你有把握认定高渐离不会再有叛逆之心？"始皇还是不放心，又追问赵高一句。

赵高却很圆滑，谄笑道："臣只能说说自己的看法，如何决断，还得陛下说了算。"

"好吧，朕就依你所言，相信高渐离一次。"始皇终于下了决心，"明日在偏殿乐室，朕亲自聆听高渐离击奏《秦颂》。"

第二天，始皇和齐皇后一身便装来到偏殿乐室，准备听高渐离击奏《奏颂》。

因为是首次公开演奏《秦颂》的乐曲，始皇把扶苏、胡亥、华阳公主等子女都召到乐室，让他们领略一番《秦颂》的无穷魅力。乐室里只有始皇和齐皇后的谈笑声。始皇是一位非常严厉的父亲，子女们大多对他有敬畏之心。有他在场，好多人不敢说笑。华阳公主虽然不怕他，可是，她在为高渐离担心。父皇已经知道他们之间的事，等待他们的不知是祸是福。胡亥原本也不怕父亲，可是，近来始皇要他跟赵高学刑名狱讼，而且凶巴巴的样子，很严厉。他也怕父亲了。

始皇和皇后闲谈了一会儿，见子女都已端坐整齐。便问道："不知大乐府令准备好没有，可以为朕击奏《秦颂》了吗？"

一名内侍忙答道："回禀陛下，大乐府令已经准备好，就等陛下宣召了。"

"好，宣大乐府令进殿。"

高渐离一身白衣，头戴白冠，背负筑囊由乐丞引领着走来，到偏殿门前，近侍们仔仔细细地搜遍他的全身，生怕他藏着武器。一名近侍检查他背囊中的筑时，惊异地问："先生的筑好像重了许多？"

高渐离坦然一笑，说："你当然不会知道，这是本官的秘诀。一般的筑都是空心，而本官的筑心中灌满了铅。这样筑身稳重，击打时发出的声音更加凝重洪亮。"

近侍一听，疑云顿消，敬佩地说："先生不愧是击筑的高手，连这筑也与众不同。待会儿小人一定洗耳恭听先生的仙乐。"

"多谢！"高渐离说，"如果陛下听着满意，本官就会长留宫中，到时候还望各位多多照应。"

近侍们忙恭敬地答道："大人真会说话，小人今天也是例行公事。大人宰相肚里能撑船，千万别放在心上。"

过了检查关，高渐离被乐丞引领进殿。到了台阶前，乐丞提醒道："大人的席位在台阶上，还是小人搀扶您上去吧！"

高渐离却推开他，说："不用，我自己来。"说完，举步迈上台阶，准确无误地走到自己席位前坐下，仿佛他的瞎眼还管用。

始皇看了，有心要试探他一下，便笑道："高先生真是神人，眼睛瞎了，感觉却非常敏锐。"

高渐离听出是始皇的声音，立即面向他起身礼拜："臣拜见陛下。愿吾皇万岁！万万岁！！"

始皇又笑道："高先生免礼。你没有眼睛，还方便击筑作曲吗？是否对朕有所怨恨？尽管说实话，朕不会怪罪一个瞎子的。"

高渐离复座，感激不尽地说道："臣身犯死罪，蒙陛下宽恩，特赦免死才活到今天，感激圣恩还来不及，岂敢怨恨陛下？臣的眼睛虽然瞎了，其他方面反而更加敏锐。臣击筑作曲，用的是手、是心，与眼睛没有多大关系。作曲时有人为臣当眼睛记下来，没有眼睛，少了外界景物的干扰，臣反而心无旁骛，作曲的境界更上一层楼。排练乐队时，是要乐队看臣，而臣只需要耳朵就可以分辨他们弹奏的音阶是否准确，需要用眼睛的是他们。"

始皇听了，心有所动，不忍再提眼睛的事，便轻松地一笑，敬佩地说："真是隔行如隔山。先生不愧为旷世音乐奇才，听君一席话，胜读十年书。朕今天算是对音律又增长了见识。朕不多说了，请先生击筑吧！"

坐在齐皇后身后的华阳公主一直在静静地倾听他们的对话，焦灼不安的眼睛一会儿看着父亲，一会儿看着高渐离。自从爱上高渐离后，她就幻想着父亲与所爱男人之间消除仇恨，这样就可以央求父亲把自己嫁给他，使自己的美梦变为现实了。所以，她一个字一个字地倾听着他们的对话，渴望看到他们消除敌意。还好，他们的对话没有什么冲突，她的心里又多了一分希望。

高渐离把他那只灌满铅的筑取出，摆放端正。然后起身，对着筑恭恭敬敬地拜了三拜，才又坐下，手持筑槌，击奏起他的新作《秦颂》。

这是他心情最佳时创作出来的乐曲，基调自然高昂明快。又经过几个月的精心修改，使得乐曲达到了十分完美的地步。

始皇平素并不像皇后那样痴迷于音律。他虽然也略通音律，但那只是与六国掳来的美女寻欢作乐时学来的皮毛，使他心动神摇的是那些美女，而不是丝竹之音。但是，今天却不一样，一开始他的全部精神就被高渐离的筑乐吸引了。随着筑音的铿锵高昂，他仿佛看到先辈们开拓疆土，艰苦创业的情景，又仿佛回到他兼并六国、统一天下的战争年代。

为迎合始皇好大喜功的性格特点，高渐离对乐曲的下半部作了较大的修改，以角声为主，用欢快高扬的调子表现始皇统一天下后志得意满，意气风发的心情。

始皇听到下半部，果然显露出得意的笑容。在他眼前出现了一系列幻觉：

咸阳大兴土木，被俘掳来的各国贵族和降卒、反叛地区的黔首、国内犯法的囚徒都被赶来服劳役，成千上万的人穿着褐色的衣服，被秦兵驱赶着来回忙碌。

咸阳城扩大了好几倍。骊山挖通后，咸阳横跨渭水。阿房宫修建好了。里面有仿照六国宫殿而建的宫殿，掳自各国的珍玩宝器和美女被各归其位。如果各国的国王到此，一定会错当为他们的宫殿。可是，这一切都归始皇帝所有了，他们只能去做往昔的美梦了。

北方的匈奴再不敢南下牧马，南方蛮夷全归顺始皇帝、受到中原的教化。

一条条平坦的驰道从咸阳出发，直通大秦的东、南、西、北边境。江海湖泊经过治理，再无水患，干旱时可以灌溉，所有的荒芜之地都变成肥沃的良田。

最令始皇帝兴奋的是，徐福率船队寻仙回来了，船上满载的都是可使人长生不老的"青春之泉"神水。始皇并不贪心，只用两桶就足够他喝上几千次，几千次变回十八岁的模样，其余的神水分给宫中后妃、子孙后代和臣民，让他们也分享始皇帝带来的幸福……

想到美妙处，始皇忍不住笑出声来。

筑声停了，齐皇后看到他痴笑的怪样子，笑问道："陛下，你在想什么？"

始皇醒悟过来，看着皇后，不好意思地说："朕在听高先生击筑。你在想什么？"

"我在想，高先生击奏的筑乐不应人间有，简直是仙乐。"

"不是仙乐，应该是魔音。"始皇由衷地赞叹道，"它使朕产生了种种幻觉。"

"是啊，我好像也看到种种景象。"齐皇后表示她的同感。

高渐离击奏完，两只瞎眼茫然前望，耳朵却在注意听始皇夫妇的对话。他恭敬地答道："臣的筑乐不是仙乐，也不是魔音。陛下和皇后天生灵根，才会有种种幻觉。"

始皇笑道："什么叫天生灵根，请先生具体道来。"

"臣这筑得自北地筑灵山，知音者听起来，能感觉到它低音宽广饱满，高音圆润清脆，再低沉也不至含混不清，再高亢也不会尖锐刺耳。臣行走江湖几十年，还没有发现能与此筑相媲美的筑。它的奇妙之处还不止这些，只要经过为臣击奏，发出的筑音，可使那些生性敏锐的、有灵根的听筑者跟随筑音进入幻境，听筑者可以看到他们最渴望看到的景象。"

始皇觉得好笑。一架筑真有那么大的魔力？高渐离也会吹牛了。可是，想想刚才自己眼前的幻觉，又不能不信。他和齐皇后对视一下，笑道："高先生的筑有那么神？"

齐皇后庄重地答道："我相信音乐是有生命的。筑也会有灵性吧！"

始皇转向高渐离，笑道："这么说高先生的筑是神筑了，可否让朕看看？"

高渐离竖起耳朵，判断着始皇的位置，应声道："陛下也是知音，看看有何不可。"

始皇以手示意，一名近侍立刻走到高渐离的座前取筑。高渐离却用双手护住，叱喝道："此乃神筑，凡俗之手不得抚摩。"说着，双手捧筑而立，说，"还是让臣亲自呈给陛下吧！"

近侍为难地看着始皇，始皇只当音乐奇人都有此怪僻，便不以为意，轻笑道："就让高先生亲自呈上吧！"

近侍遵命，半扶着高渐离，说："高先生，请吧！"

高渐离离开座席，双脚试探着，艰难地迈上台阶，走到始皇跟前跪下。

始皇见他抱着筑不动，以为他不知道自己身在何处，便说道："高先生，朕在这里，快把筑呈上来。"

高渐离听见声音，判断准始皇的方向。他双手捧筑，口里说道："请陛下接筑。"

　　始皇为表示对神筑的敬重，起身离座，正要用双手去接。高渐离突然站起身，双手改捧为抱，把那只灌满铅的筑向始皇砸去。始皇见他突然站起，已经警觉，不等筑砸过来，忙往旁边一闪身。筑贴身而过，正巧砸在始皇身后一名内侍的头上。内侍惨叫一声，扑倒在地，当场丧命。

　　事发突然，偏殿里一片惊呼之声，近侍们都惊呆了，竟不知上前救驾。始皇长子扶苏就坐在父亲旁边，慌忙上前，把高渐离扑倒在地。近侍们方一拥而上，把高渐离按倒在地板上。扶苏上前搀扶始皇，惊慌言道："父皇，您受惊了。"

　　始皇浑身哆嗦，怒极反笑："狼心狗肺的东西，朕如此厚待你，难道还不能消除你的仇恨之心？"

　　齐皇后几乎吓晕过去，半天才带着哭音说："高先生，荆轲行刺，那是各为其主，各卫其国。如今天下一统，你还要……就是逆天而行，自作孽。怨不得皇上无情。"

　　华阳公主的目光一直没离开高渐离。她以为用自己的少女柔情一定可以化解心爱的男人对父亲的仇恨。她还梦想父亲可以原谅他们，成全他们的姻缘。当她看见高渐离举筑砸向父亲时，脑海里顿时一片空白。等她明白过来，她慌忙奔到高渐离的跟前，近乎疯狂地叫道："为什么？为什么？你为什么这样？"

　　高渐离挣扎着硬把头抬起来，毫无惧色，语气出奇平静："为了荆轲，也为了天下百姓。对不起，公主，不这么做，我的心灵永远得不到安宁。"

　　始皇突然暴怒："推出去，斩！"

　　近侍们架起高渐离往外就走。高渐离大笑道："嬴政，你终于肯杀我了。为表谢意，我忠告你，不要只是以征服者的姿态做什么巡游，你看不到民间真相，看不到天下百姓过的是什么日子。你的眼睛被人蒙上了……"声音渐远，最后终于消失了。

　　华阳公主哭倒在始皇面前，哀求道："父皇饶命——女儿求您。"

　　始皇怒不可遏，抬起手来，打了女儿一个耳光，颤抖着声音，骂道："你不是朕的女儿！"

　　"高先生——"华阳公主捂着火辣辣的脸庞，慢慢站起来，突然哭叫一声，撞向殿柱。血，从她那秀发间渗出，终于流到脸上。袅袅的身子贴着殿柱，慢慢倒下去。

　　"皇儿——"始皇、齐皇后痛不欲生，抱着女儿痛哭，扶苏等人围在一旁哀哀流泪。

　　近侍用玉盘捧着高渐离的人头，跪倒在始皇面前："回奏陛下，逆贼高渐离已被斩首。"

　　始皇看也不看，叹息一声，语气却出奇的柔和："把人头缝上，与公主一起厚葬。"

　　经过高渐离事件后，始皇很是郁闷了一阵。但是他已经习惯看到死亡。所以，不久就从抑郁的情绪中解脱出来。照常处理国政，照常和六国美女饮酒作乐，照常寻仙问神。

　　徐福出海将近一年了，可是，一点儿消息也没有。没有要求增派人员，也没有回港加添粮食和淡水。听赵高说，朝中有人议论，说徐福是骗子，故意骗走那么多楼船、财宝和童男童女。始皇对此也十分恼怒。但他对徐福一点儿也不怀疑，能为徐福不返回找出一百条理由。可是，徐福一天不回来，他没有理由治那些非议者的罪。所以，唯一的办法就是等待徐福求得"青春之泉"回来。始皇寻仙的消息早已传遍朝野。人说，"楚王好细腰，宫中多饿死；吴王好剑客，百姓多痤疤"。始皇帝好神仙，一些企求富贵的人，便在装神弄鬼上打起了主意。

　　燕地辽东郡有个姓卢的儒生，在当地小有名气，时人称其为卢生。卢生不但深通诗、书、礼、乐、易、春秋等六经，同时还兼通方术，上知天文星象，下通地理、风水、医卜。还有人说，他精通把魂术。

　　卢生用他的这些本事，靠为人家祭神、看宅、卜卦、问仙为生。秦始皇尊尚法家，儒家失势。儒生们空有满腹经纶，却派不上用场，只能靠替人家主持丧生嫁娶、祭祀大典的微薄收入维持生计，有的甚至无法维持生活，不得不放下架子，从事一些他们认为最耻辱的农耕渔樵等体力劳动，以补贴家用。卢生的境况算是比较好的，衣食无忧，还在当地小有名气。

　　但是，他是个很不易满足的人，总觉得这世道埋没了自己的才能。他不甘现状，时刻在想着怎样改变自己的处境。当始皇派徐福出海求仙的消息传到辽东的时候，卢生眼热心跳了。徐福不过是一个跟自己一样的术士，凭借能言善道，就从始皇那里骗走楼船百艘，童男童女各三千，金银珠宝无数。躲在哪个海岛几世也用不完。他卢生哪点比不上徐福？

　　卢生下定决心，便变卖了所有家财，去了咸阳。他以为到了咸阳，见到皇帝，凭自己的如簧巧舌一定可以骗取始皇信任。可是，哪里知道，他到了咸阳，连皇宫的大门也不能靠近，更别说见到皇帝。因为天下像他这样的术士不知有多少，始皇虽然好神仙，也不至于找一个不明来历的术士。卢生没辙了，只好在咸阳城里游荡。

　　始皇好神仙，咸阳自然就多了有关神仙的传说。最近几天，又传出有个叫茅蒙的人在华山大白天就成了仙。而且越传越神，据说还有人亲眼看见茅蒙乘云驾龙，升天而去。越传越玄的故事一时传遍大街小巷，妇孺皆知。

卢生听到传闻，心头一动，顿时有了主意。他倾尽所有钱财，先去拜见中车府令赵高，向赵高显示一番他寻仙问道的法术，引起了赵高的兴趣。赵高倒不在乎他那点钱财，却看上他那些方士的本事和能言善道的口才。赵高有自己的打算，秦始皇好神仙，他为了讨好皇帝，不懂点神鬼的东西不行，不拉个会法术的方士在身边以备急用也不行。就这样，卢生搭上了赵高这条线。从赵高家里出来，卢生买了好多糕饼、糖块、点心之类的东西，散发给街头巷尾玩耍的孩童，教他们唱一首歌谣，歌词是："神仙得道茅初成，驾龙上升入泰清，时下玄州戏赤城，帝若学之腊嘉平。"

孩子们得了卢生的好处，也觉得挺好玩，唱得越来越起劲，虽然他们不懂歌词的意思，还是把歌谣教给了更多的孩子。伴随着茅蒙升仙的传说，这首歌谣更加神秘，很快传遍咸阳。

有关神仙的传闻最易传到始皇耳朵里。因为他好神仙，黄门、近侍们就最喜欢把这类传闻告诉他，以迎合主上之意。

一天，始皇在书房批阅奏章，赵高随侍。也许是太劳累，也许是整天面对这些冰凉的竹简有些厌倦。始皇放下奏章，舒展一下腰身，随口吟道："神仙得道茅初成，驾龙上升入泰清，时下玄州戏赤城，帝若学之腊嘉平。"

赵高听着，吃了一惊，笑问始皇说："陛下也会唱这首歌谣？此歌在咸阳传唱很久了。"

始皇笑道："赵高，你也知道此歌？歌中有些朕听不懂的地方，你能为朕解释吗？"

赵高谦卑地说："陛下圣明尚不能解，臣愚钝，就更不懂了。"

"朕也知道此歌说的是茅蒙升仙的事，只是不得甚解。如果能找人解说就好了。"

"陛下也想升仙吗？"

"升仙人人都想，朕当然也不例外。"

"陛下是天子，本身就是天子，何必非要升仙呢？何况，陛下升仙而去，大秦的江山怎么办？"赵高好像更关心大秦的江山。

始皇很欣赏他的忠君爱国精神，笑道："朕虽然是天子，可毕竟是肉体凡胎，怎比得神仙快乐？再说，朕升了仙，照样治理国家，还可以凭借神力治理得更好。"

赵高点着头说："陛下这么说，臣就放心了。陛下求仙如此心诚，臣理当效力。臣听说燕地来的卢生深谙仙道，也许他能帮助陛下解说歌中的玄机。"

始皇龙颜大悦，恨不得马上就召见卢生。但是，因为徐福寻仙一直没有消息，朝中已有种种非议。为了不再引起非议，还是隐蔽点儿好。所以，他对赵高说："今晚召卢生来书房。"

夜幕降临了，书房的灯光比往日更加明亮。宫中的人看见，无不心生崇敬之情，看，我们的始皇帝陛下是多么勤政啊！可是，今晚始皇不再批阅奏章，而是经过斋戒沐浴后，端坐在御座上，屏息打坐。求仙修道最需要心诚，他懂得心诚则灵的道理，所以非常耐心地等待卢生的到来。

门口终于传来轻微的脚步声，赵高引着卢生走进来。始皇留心观察，只见卢生四十多岁，长面隆鼻，稀疏的长眉，留着三绺长须，配上宽大的白色儒衫，显得飘逸脱俗，比徐福还多三分仙气。

卢生向始皇施礼请安："小人给陛下请安！"

始皇谦和地说："先生请坐。"

待卢生落座后，便问："先生可曾听闻茅蒙在华山得道，白日升仙的歌谣？"

卢生故作不知，说："此歌早已传遍咸阳。小人也有耳闻。难道也传到陛下的耳朵里？"

"不错。朕对其中的歌词有些好奇，所以，命中车府令请先生来赐教。"

"臣不敢，"卢生就座上俯首施礼谦谢，"歌词的前两句是说茅蒙修炼成功，大白天乘龙驾雾升天而去。玄州、赤城是指地上人间，'帝若学之腊嘉平'，则是说陛下也有仙根，只要诚心修炼，也可以像茅蒙一样得道成仙，不过，要先将腊月改称嘉平月。"

始皇还是不太明白，问："改称嘉平月与修道成仙有什么关系？"

卢生笑道："腊月在夏朝称'清祀'，商朝改为'嘉平'，周时则改为'腊'。腊月是一年中阴气最重，但也是阳光积蓄最多的月份，所谓否极泰来，阳气回升的春天就跟在后面。陛下改称腊月为嘉平月，以示要积蓄阳气，培植生机，不要杀伐太重。"

"想不到其中竟有这么多玄机。"始皇钦佩地说，"多亏先生指教。朕也有心修炼，可是，朕是天子，每天要处理很多国事，没有闲暇修炼，如何是好？"

"修炼靠心，所谓心诚则灵，心想事成，不是仅靠打坐、诵经等表面现象就能成功的。不过，陛下每天被尘事俗务所困，修炼成仙会更加困难。只有经过仙人点化，才容易成功。"

"可仙人在哪里？朕曾派徐福出海寻访仙踪，至今杳无音讯。"始皇颓丧地说。

"寻仙求道对于尘世俗人来说，原本就是虚无缥缈的事情，岂能轻而易举就能寻访到仙踪？寻仙要有仙缘，徐君有过一次仙缘，得访东海仙岛。此次出海不知何时才有第二次仙缘，陛下不能苛求寻仙人。小人十年前也有过一次仙缘，得遇仙人羡门和高誓。受仙人点化，小人才炼成如今的半仙之体。只要小人一心向神、专心修炼，用不了多久，也能得道升仙。"

始皇深信不疑。羡门和高誓是古代传说中的两位仙人。卢生竟遇到他们，一定广结仙缘了。便又问道："先生修炼是否打坐、诵经？"

卢生答："小人经过仙人点化，不必做此类功课，一样可以修炼成仙。"

"先生能再寻到仙人，点化朕，朕不是也可以修炼成仙吗？""陛下仙根本厚，遇有仙人点化，自然容易修炼成功。只是羡门、高誓两位仙人远居渤海神仙洞府，仙踪飘忽不定。小人也不能保证何时才能得遇仙人。陛下恐怕等不及。"

"朕等得及。"始皇连声答道，"修炼靠的就是耐性，朕懂得。只要先生肯为朕去渤海寻仙，朕等多久都行。"

卢生见始皇这么容易就上钩了，高兴万分，表面却平静地说："陛下如此心诚向神。小人岂能不效犬马之力？选定吉日，小人就动身去渤海。"

"多谢先生。先生要做些准备吗？"始皇想到徐福要过楼船百艘，童男童女各三千，金银珠宝无数。卢生去渤海，一定也会要很多财物。

不料，卢生笑道："有什么可准备的，小人只要楼船两艘，童男童女各五十即可。"

始皇没想到就这么简单，反而有些过意不去，因此说道："先生为朕寻访仙人，朕该敬献些礼物以示对仙人的敬意。"

"金银珠宝在仙人看来不过如粪土一样，陛下不必费心了。"始皇按照卢生的要求，为他准备了两艘楼船和童男、童女各五十人，并准备了足够的日用品。同时颁诏，从明年起，腊月改称嘉平月，每里赐米六石，羊两只。

刚刚把卢生送走，皇后宫里就传来齐皇后病重的消息。始皇吃了一惊，好些日子没看见皇后了，怎么会突然病重呢？他只好抛下所有的国事，匆忙去皇后宫中。

皇后的寝宫挤满了人。后宫嫔妃和各宫的公子、公主都听到消息赶来了。始皇长子扶苏是齐皇后所生。他守候在母亲的病榻前，愁容满面，其余的人也没有一丝笑容。

齐皇后生病还是因高渐离和华阳公主之死，受了惊吓和刺激而起。但是，她知道始皇那一段日子心里也难过，又有那么多的国事让他操心，就没有让下人告诉他。谁知，病情时好时坏，拖了好几个月也不见好，反而越来越重了。齐皇后感到自己时日不多了，才命人告诉始皇。

始皇疾步走进寝宫，里面的人除了皇后都慌忙跪拜问安。始皇顾不上他们，冲到病榻前，紧握着齐皇后的手，责怪地说："你不该现在才告诉朕！"

齐皇后苍白的脸上浮现出抱歉的笑容，轻声说："陛下每天要处理那么多的国事，够操劳的了。我已是垂暮之人，何必再让陛下牵挂呢。"

始皇佯怒道："你不过比朕长三岁，怎么就说老了呢？那些没用的太医不是说皇后只是受了惊吓，再加点风寒吗？"

齐皇后嗔怪道："你就是改不了暴躁的性情，太医是找不到病因，不敢下药。大秦律法严厉，判断了病因，连下三剂药不见效就要治罪，他们当然说我没有病。你不要怪罪了，他们是尽了力的。"

皇后一口气说了很多话，累得连声咳嗽，连呼吸都困难。始皇忙劝慰说："你不要说话了，多休息一会儿。"说着，轻轻地为她捶背，温情脉脉，与平时严厉的始皇帝相比，简直判若两人。

齐皇后脸上显出幸福的笑容，却不肯停止说话，她向扶苏说道："你们都退下吧。母后跟你父皇有话说。"

扶苏看了母亲一眼，难过地说："母后多保重。"便和寝宫里的人一起退下了。

寝宫内只剩下始皇夫妻，始皇不解地问："你想说什么，这么神秘？"

齐皇后轻声叹息说："我怕时日不多了，来不及跟你说。"

"休要胡说，你不要吓我！"

齐皇后却不管他，只顾说下去："你能告诉我，一旦我不在，你立谁为皇后？"

始皇却说道："一旦你抛下我不顾，我就抛下天下不顾，随你而去。"

齐皇后板着脸道："你还说这种讨女人欢心的话，我可不是当年那个小女孩了，我在正经和你说话呢。"

始皇是故意躲避皇后的问题。他最喜欢的女人公孙婉儿不声不响地走了，最敬重的齐皇后时日也不多了，后宫再没有让他牵挂在心的女人。面对皇后的逼问，他只好如实回答："没有你，大秦再没有皇后。"

"那怎么行！"齐皇后连连摇头，"国不可一日无主，后宫不可一日无后。不立皇后，谁来母仪天下？国家岂非残缺？你要想想，后宫女人几千，俨然一个小诸侯国，没有皇后管理后宫，出了什么事，有失陛下和大秦的尊严。"

"可是，朕找不到合适的人选！"

"你不是喜欢胡妃吗？为什么不立她为后？"齐皇后不得已说道，她这样说是冒着有后宫干政的嫌疑。

"我说过喜欢胡妃吗？"始皇摇着头。

"可是你喜爱胡亥！"

"我不是因为喜欢胡妃才喜爱胡亥，而是因为喜爱胡亥才对胡妃施以恩惠。"

齐皇后有点不耐烦了："我弄不懂这些因果关系，胡妃在后宫地位最高，除她之外，无人具备为后的条件。"

始皇却不肯轻易退让，说："立皇后不是论资排辈，要讲贤德。在朕和宫中上下的心目中，没有人能取代你的地位。与其立非其人，不如不立。至于胡妃，可以由她管理后宫。"

齐皇后见他态度坚决，只得作罢。歇息了一会儿，又说道："我还有一件事想问你，你考虑过立太子的问题吗？"

始皇没想到她会问到这个问题。他的身体很健壮，还痴迷于长生不老，从没有想过立太子的事。只好老老实实地摇摇头。

"我知道你在想着长生不老，最忌讳言死，大臣们都不敢提立太子的事。可是，哪个帝王不预先立储？就是真的求来长生不老的仙丹神水也有立储的必要。你想，皇帝外出，京师要有名正言顺的留守者。早日立储，公子们早一天心定，就少了许多钩心斗角、骨肉猜忌。"

始皇不知如何回答，只好说："以你之见，应立谁为太子最宜？"

齐皇后翻了他一眼："我在问你呢，你却来问我。这种事是女人能做主的吗！"

"那就立扶苏吧。他是长子，又是嫡出。"

齐皇后看出他不认真的态度，微怒道："你是在讨女人的欢心，还是没有考虑成熟？"

始皇反问道："怎么，立扶苏为太子，有什么不妥之处吗？"

"哼，你少来骗我。我知道你最喜欢胡亥，因为他像你……性情暴躁，喜怒无常……"

"你这是夸我，还是贬我呢？"

"我可不会讨男人的欢心，当然是贬你的。不过，对于一国之君来说，这种性格也许算不上坏事。不受大臣左右，处事果断，才能办大事，你取得的成功就证明了这一点。而扶苏生性敦厚柔顺，与你的性格截然相反。"

"你的意思，不赞成立扶苏？"

"是的！"

始皇深受感动，说："朕有二十多位公子，后妃们谁不希望自己生的儿子立为太子？唯有皇后贤德，谦逊辞让。"

齐皇后却苦笑道："算了吧，你不要给我戴高帽儿。我没有那么贤德，也不是谦让，我是心疼自己的儿子，心存私心。我一生从不渴求大富大贵，只想平平安安，问心无愧地过一辈子，也希望扶苏跟我一样。做皇帝有什么好，黄昏不得睡，五鼓不得眠，耳听边报，心神不安，见有灾荒，忧愁无奈。何况，还会有刺客、权臣、阴谋家在算计你。随时都有性命之忧。我只希望扶苏平安一生，不奢求他至尊至贵。"

始皇没想到皇后会说出这样一番话，多少感到点儿意外，但心里也多了一份敬重。平心而论，他不是非常喜欢她，却常常向她诉说心中的不快，而皇后总是静静地倾听，偶尔插上一两句最朴实、最真挚的话语。她不像别的妃子那样争宠吃醋，钩心斗角。她不求大富大贵，偏偏被立为皇后，成为天下地位最尊贵的女人。始皇很清楚，那些整天围着他转的臣子、奴仆、后妃最想要的就是荣华富贵，有人甚至想取代他。所以，他要时刻提防着，与这些人斗智斗勇。可是，齐皇后不是那种人，他可以敞开心扉说话。

"立太子的事，我还没有拿定主意。不过，扶苏是我最优先考虑的一个。他性情宽厚仁慈，为人贤孝，在朝野已有贤名。胡亥年龄尚小，性行未定，还要观察几年，才能判定优劣。"

"不，我求你。"齐皇后突然挣扎起身，跪在床上，泪流满面地哀求道，"你就当怜惜我，让扶苏做一名普通百姓吧。求求你了。"

始皇鼻头一酸，他的泪水也涌出来了，忙扶皇后躺下，宽慰道："你着什么急，现在还没有确定立太子。而且，徐福寻来长生不老的仙水，我们就可以长生不老。有朕活着治理大秦，就不必要立太子了。"

齐皇后一撇嘴，说："我正想劝谏你呢，千万不可痴迷于神仙之说。要是徐福这种术士的话都可信，那么现在还是尧舜的时代，也就轮不到你当皇帝。"

始皇知道在这方面他说不过她，赶紧做出让步，道："不说这些，你只管安心养病吧。立太子是件大事，要容我慎重考虑，你等着听信儿。"

齐皇后无可奈何地点点头。

可惜的是，她的病情已经不容她等候。半月之后，齐皇后溘然长逝，举国痛泣。

咸阳宫举行盛大的丧礼，皇后灵柩暂寄兰池，等始皇陵寝完工后，再行入葬。

始皇下诏，天下服丧三个月。齐皇后驾薨后，始皇突然感到人生无常，生离死别只在瞬息之间。他的耳边再次响起茅蒙升仙的歌谣，修道成仙的愿望比任何时候都更强烈。

可是，去东海寻仙的徐福还是杳无消息，卢生去渤海不久，也没有了音信。他只有按照卢生传授的方法在宫中自行修炼。

没坚持几天，他就没有耐心了。做了帝王的人，习惯于纷繁复杂的国事的包围，要他突然心静如水，一心向神，几乎是不可能的事。始皇只好放弃修炼，继续治理他的大秦。

这天的朝会上，前来京师述职的齐鲁郡守上奏秦始皇说，齐地不太平。

始皇有点吃惊，问："怎样不太平，难道有人叛乱？"

齐鲁郡守说："叛乱倒是没有。可是，儒生们造谣生事，批评时政，动辄以三皇五帝旧制诋毁本朝的重刑法治，致使当地黔首人心不稳，如不及时采取有效的措施，恐怕真会酿成叛乱。"

始皇听完，也意识到问题的严重性，"哼"了一声说："朕也见识过这帮儒生的手段。上次，朕封禅泰山，为表示对儒生的尊重，请他们参加望祭山川的礼仪。可是，他们故意以种种理由为难朕，所以朕一怒之下，把他们赶下山去。"

齐鲁郡守奏道："陛下说的一点不错，这帮腐儒五谷不分，四体不勤，不事稼穑，连养家糊口的本事都没有，每天只知道引经据典，批评时政。可是，他们的话黔首相信，黔首把他们当作无所不知的圣人。所以，臣明知他们诽谤朝臣，却不敢轻易治罪，担心引起黔首作乱。"

这时，李斯发表了自己的看法："儒生妄议时政的现象，不但齐鲁存在，其他郡也发生过。这是一种普遍现象，陛下不能不重视。我朝崇尚法治，法家位尊，儒家失势。这些儒生口诵孔子修齐治平之道，却是手无缚鸡之力，身无一技之长，耻于农耕渔樵，身家境况可想而知。境况好的，教几个学生图个温饱。境况差的，一天到晚无所事事，靠偶尔主持些祭典礼仪，赚几个小钱度日。他们贫困潦倒，却自视清高，自然而然就诋毁起现行制度来。"

始皇冷笑道："贫困潦倒是他们自身造成的，与国家现行制度有什么关系？他们应该聪明点儿，因时而变。我大秦崇尚法治，光是大秦律法就够他们研究一生的，为什么不能改行学习律法？替人写状纸打官司一样可以维持生计，而且利国利民，何乐而不为？自己不能养活家小，就怨恨到国家和朕的头上，这就是儒学之道吗？朕以为应该抓几个人，从严治罪，让他们清醒一下头脑。大秦的制度是儒生之流可以任意诋毁的吗？"

李斯慌忙劝阻说："陛下千万不可操之过急。儒生不同于普通黔首，杀几个人就可以立威。齐鲁人心不稳显然是儒生妄议时政造成的。但是，根本的解决办法是威服黔首之心，黔首心定，儒生则掀不起风浪。再依法治几个罪大恶极之徒，也就容易多了。"

始皇觉得有理，点头说："丞相以为如何威服黔首之心？"

"陛下威加四海，天下无不宾服，齐鲁远距咸阳千里，陛下威德时有不及，才有儒生妄议朝政之事。臣以为，陛下只要亲自去安抚，当然，必要时杀几个立威，一切问题即可迎刃而解。"

李斯的建议正中始皇心意。皇后的去世，着实令他消极、难过了一阵子。他想过再次巡游，一是散散心，二是他的确思念琅琊山仙境般的美景，也想打探一下徐福有没有消息。

于是，他批准李斯的建议，决定再次出巡东地。

在韩、魏交界处，曾经有一个小国叫东夷。秦灭六国时，东夷小国也免不了遭受亡国的命运。国王东夷君为避免生灵涂炭，便举国投降了，同时也保住了自己的性命。之后，这里成了秦的仓海郡，东夷君也成了郡里的平民百姓。但是，他毕竟曾为一国之主，当地黔首习惯尊称他为仓海君。

仓海君不敢再有非分之想，老老实实地做大秦的顺民。可是，有一天，一名俊美青年找到他的府上。老仆颤巍巍地进府禀报，仓海君连连摇头说："我不是说过多少次，陌生人来访一律不见。秦法如此严酷，稍有不慎，就会有灭族之祸，还是小心点儿好。"

老仆一声不响地退下了。可是，没多时又回来了，说："老爷，来人说他叫张良，曾与您有过一面之缘。"

"是子房这孩子？"仓海君好像突然想起什么似的，"快请客人进来。"

老仆引着客人进来。仓海君仔细打量来人，见他二十岁左右，生得身材修长，眉清目秀，唇若涂丹。也许是太阳晒的，两颊像抹上胭脂般发红。

"你是张平之子？"仓海君看着眼前的男子像个女扮男装的美女，疑惑地问道。

来人恭敬地行跪拜大礼，口称："小人张良拜见陛下！"

仓海君一听，吓得脸色都白了，连连摇手道："千万不要如此称呼，老朽要被灭族的。"

张良慌忙改口道："老人家放心，小人正是张平之子，特地从阳翟赶来看望您老人家的。张富，把礼单呈上。"

仓海君这时发现门外还有张良的随从人员。随从恭恭敬敬地呈上礼单。

"张公子，这是为何？"仓海君已有十年没有听到张家的消息了。一看礼单所列尽是金银珠宝等，心知必有缘由，立刻沉下脸来问道。

张良突然面呈悲愤之色，沉声说道："东夷君虽失封国，尚可安身立命，颐养天年，但您难道就不想知道家父的命运吗？"

仓海君心头震撼，半天无语。张良的祖先是韩国贵族，祖父曾为韩昭王、宣惠王、襄哀王的相国。父亲张平为韩釐王、悼惠王的相国。张平出使东夷时与东夷君交好，便把自己最宠爱的儿子张良送到东夷学礼。张良当时还是个不足十岁的孩子，但是，他天资聪颖，过目成诵，所以给东夷君留下深刻的印象。转瞬十年过去了。江河依旧，物是人非。昔日的东夷小国变成了秦国的仓海郡，国王变成郡守的百姓。韩国也没能逃脱灭亡的命运。张平一家的命运又是怎样的？仓海君不敢想象。

"张公子，你们家还好吗？"他终于艰难地挤出一句话来。

"覆巢之下，焉有完卵？"张良的眼睛潮红，悲愤难抑，"秦将内史腾伐韩时，家父虽然病居家中，却要誓死抗敌。为了全家的安全，他带着家兵装扮成寻常百姓，乘夜偷袭秦兵，终于以身殉国。秦兵没有发现家父的真实身份，我全家才免遭灭族之祸。"

"嬴政这个人间恶魔，制造了多少个国破家亡的悲剧啊！你父血性男儿，其言其行，令老朽汗颜。"仓海君满面羞惭之色，忙请张良等人落座，命老仆献茶。

张良拭去眼角泪水，说："秦军灭韩时，张良虽然年少，也知道国破家亡的仇恨。所以曾发誓要杀嬴政，为死去的家父和亡国报仇。可是，秦国势盛，六国尚且一个个被吞食，以张良微薄之力，如何对抗强秦？张良决计效法燕太子丹，寻求荆轲式的豪侠之士刺杀嬴政，但人海茫茫，天下之大，尽为嬴政所有。豪侠之士又在何处？张良不得不前来求助您老人家，如能行刺嬴政成功，天下必乱，东夷亦可复国，老人家也有封国之享。"

"公子的意思是要老朽帮你寻访可以刺杀嬴政的豪侠之士？"

"陛下圣明！"张良笑着说，"在下愿以重金酬您和那位豪侠之士。"说着，又一次恭敬地呈上礼单。

"这……"仓海君为难了。他早已断了复国之念，也没想报亡国之仇。他只想老老实实地做秦始皇的顺民，以安度晚年。可是，眼前的张良虽然貌若柔弱的女子，却有着强烈的复仇之念，令人钦佩。到底帮不帮他呢？

张良在等待他的回答，身后的张富却没有了耐性，瓮声瓮气地说道："东夷君是看礼物太轻吗？告诉你，这可是我们公子的全部家产。公子为了杀嬴政，为老爷和韩国报仇，把府里的东西全卖光了，连二公子病死也没舍得厚葬，就是为了花钱找人刺杀嬴政。阁下也是有亡国之痛的人，难道一点儿也不痛恨嬴政吗？"

张良呵斥道："张富，不得对老人家无礼，咱们是来求人家的。"

仓海君脸上一阵阵发烧。他毕竟曾是一国之君，虽然爵位不高，国土不大，百姓们仍把他奉若帝王。即便在亡国之后，仍尊称他为仓海君。现在却被一个下人责问得无言以对，他的自尊心再也难以承受。于是，横下心来，说道："老朽岂能忘记亡国之耻？这个忙老朽帮定了。不过，这些礼物请收回吧！否则，老朽更是无地自容了。"

"多谢老人家！"张良闻言大喜，也不客气，当即收回礼单，"在下听说东夷有位东海力士，力大无穷，能使二百斤重的大铁锤。求老人家代为引见。"

仓海君笑道："老朽就知道你们是找他的。实不相瞒，东海力士是当年我东夷国第一勇士，也是韩魏之地无人能敌的勇士。他忠心耿耿，一直是老朽的贴身护卫。只是为了避人耳目，他很少出头露面，总在暗中保护老朽。"

说着，他向身后的墙壁咳嗽三声。只见那墙壁上突然打开了一道门，从里面走出一个身材魁梧，脸上和胸脯都长满毛发的壮汉。壮汉瞪着铜铃般的眼珠子，走到仓海君跟前，屈膝施礼，声如洪钟般问道："陛下诏见，有什么吩咐？"

仓海君一指张良，说："这位是韩国来的张公子。刚才你在里面也听见了，张公子为了给韩国和天下的百姓报仇，特地来请你去刺杀嬴政。"

张良忙谦恭地给东海力士施礼："在下久闻壮士大名，今日得见，才知壮士不仅有勇力，还是位忠勇豪侠之士。张良钦佩之至。"

不料，东海力士理也不理他，径向仓海君说道："陛下，小人哪儿也不去，就留在您身边保护您。"

张良一听，忙用焦急的眼光看着仓海君。

仓海君似乎很理解他的心情，脸色一沉，说："力士，老朽已是朽骨一把。嬴政都忘记了，谁还会来谋害老朽，还用得着你保护吗？快跟张公子去吧！如刺杀嬴政成功，也可名垂千古，彪炳后人。不枉你一片忠勇之心。"

"不，小人就是不去！"东海力士犯了牛脾气。

仓海君对自己的心腹卫士性情了如指掌。略一思忖，突然威严地叫道："东海力士听旨！"

东海力士一见，慌忙跪拜，大声应道："小人在！"

"朕命你跟随张公子去诛杀无道暴君嬴政，不得有误。"

"小人遵旨！"东海力士一脸的严肃，转向张良，恭敬地施礼，"小人谨遵张公子之命！"

张良欣喜地笑了，还礼说道："在下全仰仗力士呢。"

仓海君设宴盛情款待张良主仆。酒后，张良与东海力士告辞。仓海君不顾年老体弱，亲自送到村寨外的驿道边，忧心地说道："如今刺杀嬴政的人选已经找到，张公子有何打算？"

张良凝神道："荆轲刺秦王在先，高渐离步其后尘，都没有成功，反而使嬴政有了戒备之心，不再接近原六国的人。所以，再想混到嬴政身边行刺已经不可能。唯有在他经过的地方采用突然袭击的办法，才有望成功。"

仓海君摇头说："如今嬴政是天下之主，身边护卫众多。而且所到之处，必先派虎贲军搜索、警卫，公子有什么办法可以接近他？"

"这个……张良尚未想出妥善之计。不过，听说嬴政再次出巡东地，已过函谷关。如果在他车驾经过的地方突然袭击，也许能够成功。"

仓海君低头不语，显然对张良的计划不满意，好半天才说道："刺杀嬴政不是那么容易的事，要寻找机会，因势而动。老朽也不能要求公子现在就拿出周密稳妥的行动方案。但是，老朽想告诉你，东海力士有勇无谋，一切都要仰仗公子谋划。老朽唯一的要求，就是请公子一定筹划稳妥、细致，不可贸然行动。力士随老朽多年，老朽不忍看他被……"老人说不下去，已是老泪横流。

张良拱手郑重地说道："请您老放心，张良一定谨慎行事，尽可能不让东海力士冒无谓之险。"

阳武县城东南三十里有个地方叫博浪沙。这里地势险恶，起伏连绵的丘陵上，野草丛生，古木参天，古木与野草之间夹杂着一人多高的灌木丛，通往齐鲁的驰道从陡峻的山谷中穿过。

张良带着东海力士在这里观察很久了。博浪沙的优点是到处有野草和灌木丛，山壁陡峭如刀劈。人马再多，一时也不能冲过来，而两面则是灌木丛林，便于隐蔽，也便于逃走。张良爬上爬下，细心勘查，连衣服和手都被刺破了。这里的确是埋伏袭击的最佳地形——居高临下，视野开阔，袭击成功便可从容而退，山下的人马要上山搜捕，还要绕上一圈的山路，等他们上来，两人早已逃出茫茫森林，就像两根针掉进草丛里，想找也无从找起。

张良站在突出处，用手一指下面的驰道，说："力士，从这里将铁锤掷向驰道上的车辆，你有多大的把握？"

东海力士抖抖手中重达二百斤重的大铁锤，信心十足地说："应该不成问题。"

张良还是不放心，命人专门买来几辆马车，从驰道上驶过，让东海力士掷大铁锤做模拟试验。几辆车连车带马都被击中，车碎马亡，看到这样的结果张良才算罢休。

两人坐在草地上歇息，也是等待张富的消息。张良通过韩齐两地反秦组织，详细掌握了始皇东巡的消息和路线。张富就是专门传递信息的。

天近正午，两人吃了点儿干粮。张良眼睛盯着远处的山谷口，有点着急，自言自语地说："按说嬴政的车队快到了。张富怎么还没来？"

他刚说完话没多会儿，伏在地上的东海力士突然说道："张富来了！"

张良疑惑地问："你怎么知道？"

东海力士一指山石，憨厚地一笑说："公子你听，单独的马蹄声，不是他是谁！"

张良学着他的样子，把耳朵贴近山石，果然听到轻微的嗒嗒声。他心中一喜，笑道："仓海君说你有勇无谋，我看也不尽然。"

说话间，谷口方向扬起一道黄尘，一匹快马急驰而来。

"一定是嬴政的车队快到了。"两人几乎是异口同声地说道。快马驰过正下方，忽而不见了。原来是绕到谷口小路，从山后上来了。张富从草丛中钻出来，累得满头大汗，喘着粗气说："禀……禀公子，嬴政的车队离这只有二十里，估计半个时辰即到。"

张良既激动又兴奋。历尽艰险十多年，今天终于遇到报家仇国恨的机会了。他吩咐说："力士，做好准备；张富，你先走，去下邳，记住在老地方等我。"

"不，公子。"张富央求，"小人要留在这儿，跟你们一起走。"

"你留下没用。这里的地形我观察好几遍了，不管成不成功，逃走是没有问题的。"张良厉声说。

张富不敢不听，恋恋不舍地退去。

张良看着东海力士在做投掷准备，说道："等事成之后，你就回东夷侍奉仓海君吧！"

"不，"东海力士摇头说，"陛下说得对，他老了，没有人会伤害他。我就跟着公子了。"

张良有点感动，柔声说道："谢谢你，力士。等会儿逃走时，你要紧跟着，千万不可走散。"说话间，山谷口的驰道上升起滚滚灰尘，瞬时，尘土渐渐升高扩散，弥漫了半边天。显然是大队人马过来了。

"注意隐蔽！"张良轻声命令道。

始皇此次东巡齐鲁的路线，还是出函谷关径直奔齐鲁。然而，时隔不过一年，同样的路，出巡者走在上面，心情已经大不相同。上次始皇巡游东南，带有夸耀武功之意。这次出巡，始皇一出函谷关就感到情绪低落，连那条刚修一年的驰道也懒得多看一眼，更别说黄土高原上那光秃秃的山丘、浑黄的河流。

他坐在车中闭目沉思，脑海里乱糟糟的，理不出一点儿头绪。一会儿想到徐福求仙空手而回，一会儿想到卢生垂头丧气，一会儿又想起去世不久的皇后。在辒车的微颤中，始皇胡思乱想着，慢慢靠在柔软的垫背上，沉沉入睡。

蒙蒙眬眬中，他又来到了巍峨雄峻的泰山脚下，耳际响起天帝的声音："你是我的爱子，我将万民托付于你。来吧，我将明示你御民万世的仙谒。"

他虔诚地顶礼膜拜。不用乘车，自己一步一步向山上爬去。天帝如此偏爱他，他应该用最虔诚的方式表达自己的敬意。

可是，这时，山道上突然飞来十二名穿着儒服儒冠的人，阻住他的去路，齐声喊叫道："嬴政不得上山！"

始皇一看，为首者正是鲁生。他们是他上次封禅泰山时召集的儒生。始皇怒道："朕乃天子，要登临山顶聆听天帝训谕，为何不能上山？"

鲁生讥讽地说："古之帝王贤德者方能登泰山行封禅之礼，伏羲、神农、炎帝、黄帝等皆是贤德之君，始得登山祭天。夏桀、商纣暴虐无道之君，因而不得封禅。嬴政，你自度功德，有资格上山行封禅之礼吗？"

儒生们哄笑道："如此暴虐无道之君，比之夏桀、商纣尤甚。登山行封禅之礼，岂不贻笑后世？"

他们只顾嘲弄始皇，不料，始皇身后突然飞出一群虎贲军，将一张法网从天而降，把儒生们罩在网里。儒生们愤怒极了，挣扎着喊叫道："嬴政，你除了使用强权还能有什么手段，卑鄙无耻！"

嬴政脸上青一阵、白一阵，突然冷笑道："放开他们。朕不用强权，就跟他们理论一番。"

虎贲军和法网立即消失得无影无踪。

"你们口口声声说朕的功德不及三皇五帝，请具体说说朕哪一点不及尧、舜、禹、汤？"嬴政怒极发问。

鲁生整理一下宽大的儒服，义正词严地说道："古之贤德人君宽仁惠民，明德慎罚，令百姓安居乐业。可是，嬴政你不修德政，醉心征伐，滥施淫威。秦国本为夷狄之邦，却不安本土，争霸天下，给多少人造成国破家亡的切肤之痛？天下既定，你不行仁政，却施暴政，以严刑峻法残害生民，以繁重徭役役使黔首。你口口声声功过三皇、德及五帝，可是，你却看不到天下黔首无不对你这个暴君切齿痛恨。"

始皇听着这刺耳的言论，简直无法忍受，可是，他要有点儿天子风度，他要同他们理论，只得怒道："朕不相信天下黔首都这么痛恨朕。痛恨朕的大概只有你们这帮腐儒和那些失去爵位的大国贵族。朕可以明白地告诉你们，朕最不喜欢的就是儒家之学。朕崇尚的是韩非先生的法治之学。那些儒家经书把你们变成身无一技之长，手无缚鸡之力，整天只知道穷研古制，却不肯面对现实的怪物。你们深受儒学之苦，却不自知。朕有必要给你们讲讲法家思想。所谓不在其位，不谋其政。你们可以侈谈宽政待民，仁义治世。可是，朕在天子之位，单靠仁政能扫灭诸侯，统一四海吗？说起征伐掠地，秦不是首开先河，你们所谓贤德之君的尧，不是也讨伐过'四凶'吗？魏文侯从秦国就掠去大片土地。秦灭诸侯，给他们造成国破家亡的痛苦，难道诸侯灭秦，秦人就没有亡国之痛吗？战争是残酷的，朕兴仁义之师诛灭暴乱，乃是以战争消灭战争，使天下人永不遭受战争之苦。如今，天下一统了，可是，大秦还是不够强大、不够安定。不以严刑峻法何以保证国家长治久安？不征用徭役，何以加快大秦的建设？这一代初创大业，黔首们辛苦一点，他们的下一代就可享受前人的成果，不再受苦。朕每天要批阅重达二十石的奏章，也是为了大秦创业。"

儒生们都显露出惊异之色，显然是为他们第一次听到始皇帝的辩解之词感到惊奇。鲁生冷笑道："嬴政，你现在是天下之主。如何治世安民，你有你的施政之策。但是，以严刑峻法残害百姓，以繁重徭役使黔首不堪重负。你以为嬴氏天下就会长久吗？"

儒生们也数落起嬴政的罪恶之处。

"嬴政，你不遵古礼，破坏古制，先世圣王也不会饶恕你的。"

"你痴迷于求仙问道，贻误朝政，能治理好天下吗？"

"迂腐之谈，"始皇争辩说，"古礼、古制，乃是前世圣贤用以治世、教化的礼仪制度。然而'世异则事异''事异则备变'。当今之时势与昔日之时势不同，礼与制当然要因时势而易。拘泥古人，无异于守株待兔的蠢人。至于求神问道，古之圣贤谁不笃信神明？朕乃天子，难道不相信上天吗？"

儒生们突然哈哈大笑起来，显然对他的辩解感到好笑，鲁生讥讽道："嬴政，你太狂妄了。狂妄到蒙住自己的眼睛而看不到身处险地的地步。嬴氏的天下没有多少时日了。"

"大胆狂徒，朕跟你们说得再多，也无异于对牛弹琴。来呀，给朕拿下。"始皇恼羞成怒。

虎贲军再一次从天而降，架着一张天网。

可是，这一次儒生们似乎早有准备，一点儿也不惊慌，只见鲁生突然取出一面小旗，向空中一摇。霎时，从地下钻出无数黔首，布满了整个山坡。他们手举竹木，吼声如雷，潮水般地涌来："杀呀，嬴政残暴无道，人人可诛！"鲁生振臂高呼。

虎贲军吓得丢下始皇和法网，狼狈逃窜。始皇见无人护驾，惊慌逃走。黔首们紧追不舍。始皇逃到一处悬崖边，再也无路可逃。空中响着鲁生的狂叫声："嬴政，你也有今天，哈哈哈……"

"上天救我！"

始皇呼天不应，叫地不灵，惊慌失措，突然跌落悬崖："啊——"

"陛下，醒一醒！"

耳边传来贴身内侍的呼唤声。始皇睁开眼睛，惊魂未定地打量着内侍，疑惑地问道："朕这是在哪里？"

"陛下是在出巡的道上，在辒车里，您做噩梦了。"内侍一边为始皇擦着额上的冷汗，一边答应着。始皇明白过来。真的是做梦，如果不是梦，那是多么可怕啊！看来他是放心不下齐地的儒生，否则，怎么会做这种梦呢？

"车队到哪儿了？"

"回陛下，车队已出颍川郡，正向魏地进发。"

"传李斯来见朕！"

内侍遵旨，走到车的后门口，向紧跟在后面的车辆传达始皇旨意："陛下有旨，召李丞相觐见。"

车队暂停，李斯遵旨赶到始皇车前，登上了辒车。车队继续前进。始皇乘坐的辒车共六部，全部用六匹纯黑马拖拉。车内宽敞，除了乘坐始皇，还可容纳几名内侍和一些必备之物。召见一二位大臣也不会感觉到拥挤。当然，始皇每次只能乘坐一辆，其余五辆由内侍们驾驭着备用。

李斯到了车上，施礼已毕，问道："陛下召臣来，有什么要事？"

始皇好像没听见他说话，凝神沉思。片刻后，突然说道："朕听韩非说过，儒以文乱法，侠以武犯案。这话真是一点儿不错。"

李斯见皇帝莫名其妙提起韩非，心里一阵紧张，脸上青一阵、白一阵，半天才怯声说道："臣愚钝，不明白陛下的深意，请陛下明示。"

始皇看了他一眼，没有回答。只顾按着自己的思路说下去："天下游侠，如荆轲之辈，大多已伏法就擒。因为他们都有违法犯罪的记录。各地郡守可以名正言顺地加以罪名，将他们捕获，罚作刑徒，用作筑路、治河、修堤之用。现在该是整治这帮牢骚满腹、滋事诽谤朝政的儒生的时候了。"

李斯听明白了。始皇在想着齐地儒生议论时政的事。他放心了，恭敬地说道："陛下圣明，现在该是处理他们的时候了。"

"可是，这些儒生不同于游侠。按照大秦律法，找不到他们直接的犯法证据。如果仅凭妄议时政而定重罪，恐怕会引起黔首怨愤，后果不堪设想。"始皇眼前浮现出梦中黔首追逐自己的情景，心有余悸地说道。

李斯说："陛下圣明。陛下说过，可以让他们研学大秦律法，专门为人写状纸、打官司。原以为，除此之外，他们还可以学习一些实用的技术，如农事、园艺、医学、卜筮、刑名狱政，等等。"

始皇摇摇头："儒生不同于黔首。他们自以为读过圣贤之书，便目空一切，自诩贤人，自视清高。要他们习学农事、医药、刑名狱政等技艺，恐怕多数人会引以为耻。"

"陛下圣明！"

始皇生气地说："朕不圣明。朕要是那么圣明，就不必召你来见了。李斯，你是丞相，该为朕分忧才是。"

"臣知罪！"李斯惶恐不安地说。

"朕想过，也许，将他们集中到咸阳的办法可行，可以令各地郡守借推荐贤良博学之士为名，将地方上的危险分子呈报上来；另外，再由丞相立法，限制一下言论，将那些妄议时政，无事生非者按律治罪。"

"陛下圣……"李斯这一次是发自内心地要称颂始皇，但话到半截又咽回去了，改口说道："陛下可以将七十名博士增加到七百甚至七千，将六国所有的舆论首要人物全部集中到咸阳居住。只是每年要破费点俸米，给他们甜甜嘴儿。"

始皇思索着，说："朕倒不在乎那点儿俸米。但是，养这么多文不能草檄，武不能执戈的人，总得找点儿事给他们做。否则，闲得发慌，他们还会无事生非。"

"有了，"李斯脑海中突然灵光一闪，"他们不是崇拜三皇五帝吗？陛下可以专门设立一个考古研究机构。让这些儒生专门研究古制，若干人为一组，分别研究三皇五帝及殷周的政治、文物和各种制度，让他们整天淹没在文物竹简里，再没有时间乱说话。"

"丞相高见。儒生们一定会把自己的工作看作世间最伟大、最高尚的事业，也不辱没他们所学的圣贤之书。"始皇情绪好起来，说话也风趣多了。

车队正在行进，突然停了下来，始皇正要发怒，这时，专门护卫始皇车队的通武侯王贲来到车前禀奏："启奏陛下，前面已到博浪沙，此处地势险恶，车队必须从山谷中的驰道通过。臣为着陛下的安全着想，正要派人上山搜索，搜索过后，再行通过。"

为始皇驾车的赵高笑道："天下平定多年了，用得着大费周折吗？何况，有虎贲军护卫，有几个山贼草寇也该吓跑了。"

始皇有些怪赵高多嘴，但也没加斥责，他可没有赵高这么乐观。荆轲、高渐离以及他在路上梦见的那些儒生、黔首都让他心惊。天下竟还有那么多人仇恨他和大秦国，他敢掉以轻心吗？于是，伸头到车外对赵高说："权当休息一会儿。通武侯所虑极是。"

王贲命两名都尉分别带一队虎贲军上山搜索。正面的山势陡峭如刀削，根本无法上去，两队虎贲军只好从两边绕到山后，漫山遍野，一步一步地搜索前进。将士们的金盔银甲在阳光的照耀下闪烁着。将近半个时辰，虎贲军才将整座山头搜索一遍，两名校尉分别在谷道两头及各险要处派上警戒后，才带领虎贲军下山，向王贲禀报道："回禀大人，整座山已搜索一遍，没有发现异常。"始皇的车队缓缓向谷中移动。

张良和东海力士就在峭壁顶的突出部，虎贲军如此仔细、彻底地搜索，为什么没有发现他们？原来，张良发现车队未进山谷便停下了，就料定虎贲军要上山搜索，忙与东海力士钻进灌木丛下事先挖好的坑洞里。一队队的虎贲军从他们头顶的蔓草上走过去，沙石泥土纷纷扬扬地掉落在两人的脸上和脖颈里。因为洞口设有伪装，虎贲军过完了，也没有发现眼皮子底下就藏着刺客。

等到搜索结束，张良才爬了出来，登上顶部，等候始皇乘坐的车辆通过。东海力士拎着大铁锤跟在他身旁，也在注视着山下的车队。前导车队已进入谷底，东海力士抖抖手中的大铁锤，着急地问："张公子，这么多的车，我该砸向哪一部？"

"别着急，一定要看准目标才好下手。"张良嘴里说着，心脏却因为激动而紧张得"怦怦"直跳。

前导车队通过谷底，始皇及大臣们乘坐的车辆进入投掷的范围。根据情报，张良得知始皇乘坐的车辆的前端插有黑色龙凤旗。可是，他往下面一看，六百名执戟佩剑的郎中，前后左右护卫着六辆同样的辒车，每辆车的前端都插着黑色龙凤旗帜。

张良暗暗叫苦，悔恨自己筹划不够周全，六辆车中到底哪一辆乘坐着始皇呢？他急得抓耳挠腮，一时无计可施。

"张公子，你看准没有，到底是哪辆车？"东海力士急得要喊出来。"就是车头插有黑色龙凤旗的那辆车。"张良重复着同样的话，汗水一个劲儿顺着脸颊往下淌。

"可是，插黑色龙凤旗的车有六辆，我该投掷哪一辆？"

六辆辒车转眼要通过谷底。一击不中，将前功尽弃，但是，车辆在移动，眼见快驶出东海力士的投掷范围，机不可失，失不再来。张良没有多考虑的时间了。

"皇帝应该乘第一辆辒车，投掷第一部吧！"他默默地祈求上天保佑后，终于向东海力士发出命令。

东海力士早已蓄势待发，他运起全身之力，胳膊和胸部的肌肉隔着劲装一块块隆起，突突跳动着。

他挥动三百斤重的大铁锤，舞了几个圆圈，在阳光的照射下划了几个光环，突然对准第一辆辒车松手掷去，大铁锤带着呼啸之声飞去，显示出去势之疾和力道之大。

谷底发出一声轰响。大铁锤不偏不倚正砸中第一辆辒车，车厢被击得粉碎，六匹驾车的黑色骏马受了惊吓，狂奔出车队，触陡壁而亡。

"有刺客！"

车队一片惊呼之声，王贲与众郎中、虎贲军慌忙纵马将始皇乘坐的第三辆辒车团团围住。

张良看得清清楚楚，这才明白始皇乘坐在第三辆车中，可惜东海力士只有一把大铁锤。

正在他和东海力士跺脚懊恼时，山下及谷首的虎贲军强弩手纷纷向山上放箭，箭支打在树木草叶上，啾啾作响。

张良知道行刺失败，拉起东海力士就走。虎贲军的弩箭因为是自下而上，距离又远，力道不足，很容易躲闪。大批人马要绕道才能上山搜捕，一时无法赶到。所以他们得以从容逃走。

当始皇明白有人行刺他的时候，他从辒车里伸出头，看到的只是破碎的车厢和巨大的铁锤的静态景象。

"好险！"

他的第一个感受就是暗自庆幸，因而没有任何惊恐之色。李斯早已跳下车，与随从文武官员围在始皇车前，看见皇帝镇静从容的神态，不约而同地齐声说道："陛下神威，处乱不惊，臣等不及。"

始皇听了，也为自己的异常镇静感到得意，深感自己是当之无愧的始皇帝。他索性让内侍扶下车，微笑着对脸上仍有一丝惊慌之色的文武官员们说："诸卿不必惊慌，不过是一个小小狂徒想加害于朕。谅他也逃不远，即刻便可擒拿归案。现在没有事，都各自暂且回车，等候消息吧！"

射过几轮弩箭，虎贲军大队人马才绕道上山，开始搜捕。这一次，他们不敢再有丝毫的疏忽，有的骑着马，横冲直撞，来回巡查；更多的兵卒下马，每隔五步排成一排，拨拉着草，像梳子梳头发一样推进，连只蚂蚱也休想藏得住。

一个时辰过去，王贲和几名都尉纷纷赶到始皇车前，跪地请罪："臣等无能，搜了三遍，也没见到一个人影，请陛下降罪。"

"怎么会抓不到人，难道刺客有遁地之术？"始皇没想到会是这个结果，脸上有了怒容。

王贲惭愧地说："臣不能不承认，刺客是一个训练有素的行刺高手，经过周密的预谋，连退路都是预先筹划好的。从行刺到逃走，竟没有人看见刺客的人影。"

始皇怒道："好一个训练有素、谋划周密的刺客。如果不是上天保佑，朕恐怕……"

王贲举剑说："臣失职，让陛下受惊了。愿自裁谢罪。"

王贲乃王翦之子，父子在统一战争中卓有战功，列位于侯。始皇就是再生气，也不能让王贲自裁，只得敛了怒容说："刺客既是经过周密的预谋，你们抓不到，也是情有可原，朕不怪罪就是，退下吧！"

"谢陛下开恩！"王贲和几名吓白了脸的都尉垂头丧气地集合队伍去了。

李斯见王贲走后，始皇脸上的怒气不但没有消失，反而越来越重，便上前请示道："陛下，是否要招来地方官员，详加查问？也许会找到刺客。"

始皇无力地摇摇头说："虎贲军紧随其后尚抓不到刺客，地方官更指望不上了。"

"也是，刺客胆大妄为，冒犯圣上，臣请诏令天下严加追拿，以儆效尤。"

始皇点点头说："你就在车上陪朕。让郎中令来领旨，立即向天下发布追捕凶犯的紧急通缉令。"

郎中令前来领旨后，他又说道："不能让这个狂徒扰乱朕的东巡。起驾！"

东巡的车队终于再次移动起来。赵高小心翼翼地驾着车，不时听听车内始皇的动静，再也不敢多嘴，进入博浪沙时，他还反对王贲派兵搜索呢。要是始皇认真追究，他的脑袋恐怕难保了。

其实赵高是多心，始皇根本没在意他这种小角色。只是坐在车里铁青着脸，半天不说话。刚才那种因处乱不惊而产生的自豪感荡然无存了。

李斯最怕看到始皇这种神态。遇到刺客时还异常镇静，谈笑自如，表现出对臣下的宽容，此时却又板着冷面孔，令人难以捉摸。

"陛下，您在想……"李斯赔着笑脸，小心翼翼地问。

始皇抬起头，眼中闪着愤然之色说："朕真是不明白，为什么朕日夜辛劳，不顾寒暑在外奔忙，消灭战争，为天下黔首兴办水利，还是有这么多人仇恨朕？荆轲刺朕，朕想得开，他是各为其主。高渐离这个结，朕就解不开了。今天，朕想到解决齐地儒生问题的办法了，本来很高兴。可是，这点儿高兴劲也被刺客那一锤给砸得无影无踪了。"

"人心不古！"李斯明白了，始皇想宣泄心中的苦闷。这种情绪不可以在群臣面前流露出来。皇帝愿意说给他听，可见把他当作可以信赖的人。他现在只需要洗耳恭听，不必发表自己的意见。

果然，始皇又叹息着说道："他们为什么不感激朕？古时有多少君王深居宫中享乐，不顾民生疾苦？百姓却还称颂他们是无为而治的贤君圣主。不兴办水利，赶上天时不好，百姓就得吃野菜草根；河水改道或者暴雨成灾，无数的农田家园被淹；不修建道路，粮食无法转运，河这边有粮，隔岸却饿死人；货物不能顺畅流通，日常用品就会昂贵；军队不能快速调动，就得养更多的边防军……"

"黔首们鼠目寸光啊！"

"黔首为什么不知道体会朕的苦心，只知道喊叫徭役太重了，仅仅怀念那些将国家弄得贫穷落后的庸君？"

李斯第一次看到始皇的感情真实流露，他被深深感动了，竟不知不觉改变了不发表意见的初衷，开口宽慰道："陛下何必难过。黔首当然愚钝，难以体会圣意。否则，上天不会派陛下来管理他们了。孔仲尼不是也说过'民可使由之，不可使知之！'吗？"

"是啊，朕是天之骄子，上天将万民托付给朕治理，'民可使由之，不可使知之'，为了他们永远的利益，他们必须多付出一点儿劳动。他们再苦再累，总没有朕劳累，只要朕问心无愧，不管他们怎么去想了。"

"陛下这么想就对了！"李斯看着始皇脸上没有了沮丧之色，高兴地说。

始皇恢复了自信，便在行进的路上又下令天下大搜索十日。但是，仍是连刺客的身影都没有看到。就是刺客真在秦兵面前，他们也不知道谁是刺客，各地郡县也只能虚应故事而已。始皇到齐地，再登芝罘山，刻石颂秦德。

进入齐地之后，李斯就预先警告齐郡郡守，说皇帝心情不好。地方官员深知其意，当然不敢找那些妄议时政的儒生去见始皇。始皇召见儒生，听到的话都是称颂他功过三皇、德及五帝，既然是始皇帝，一切法令制度当然从他开始。

郡守还组织人排演歌舞，请始皇欣赏。

这些歌舞都是赞颂始皇伟大的功绩的。其中之一的领舞者尤其乖觉伶俐，很得始皇喜爱。

李斯察觉到始皇神色，对始皇的心思了然于心，于是跟郡守一阵耳语，郡守听了，下去一阵安排。

晚上的时候，始皇就发现身边奉茶的人换了一个新面孔——就是他白天看过的领舞女子。

始皇龙心大悦。

在李斯等人的逢迎、开解下，始皇以为是自己的威望轻而易举地解决了令他头疼的儒生问题。始皇的心情彻底好起来。于是游兴又浓，再次登上琅琊台，可惜的是，依然没有徐福求仙的消息。

东巡就这样结束了，始皇由鲁地取道上党回咸阳。

【第十五回】

阻匈奴修建边塞，禁儒生焚尽经书

回到咸阳，各地郡守还没有把那些不满时政、乱言批评的危险分子呈报上来，也就是说齐地的儒生问题还没有完结，北方边境上的云中、九原等郡便纷纷传来匈奴那边的消息。

始皇知道千百年胡患一直未断。天下初平时，他曾考虑过解决的办法。但那时，亟待解决的事情千头万绪，新收诸侯之地尚不平稳，便把胡患的问题搁置下来。

现在胡患又起，该是解决这一问题的时候了。始皇召集大臣们商议，商议的结果是，竟有多数人反对派大军征伐匈奴，连李斯也保留意见。反对者的理由是，天下久战，需要休养。匈奴行踪不定，大军在外暴师日久，靡费太多，收效甚微。即便击退匈奴，还会去而复来，得不偿失。支持派大军征伐匈奴主张最力者是蒙武之子，蒙毅之兄蒙恬。蒙恬虽然年轻，却因战功官拜内史郡守，领咸阳政事。

蒙恬也许是年轻气盛，坚决主张派大军将匈奴驱逐出去，然后修筑防御匈奴再犯的城墙，将原秦、赵、燕边境的城墙连接成一体。除此之外，还可采用移民戍边的办法，增强边境之地保家卫国、抵御外患的能力，从而杜绝胡患。支持蒙恬的有负责保卫咸阳的中尉大将军杨翁子。

始皇非常赞赏蒙恬的主张，但是，因为多数大臣的反对，他采用了折中的方案，决定亲自去北地巡视，再酌情定夺。

始皇这么做，是因为不想与反对者争论。王翦的前例已经损害了他的声誉。他不想再留下什么话柄。

跟每次出巡一样，始皇带了大批的人马，所不同的是随行的官员少了许多。只有李斯与蒙恬、杨翁子等将领和精通匈奴习性的九原郡守任广。

巡视的车队出了咸阳，沿德水驰道北上九原郡。

旅途寂寞，始皇召李斯、蒙恬、任广同乘一车，边赶路边听任广介绍匈奴的情况。

宽敞的辒车一下子乘坐这么多人仍不显拥挤。始皇坐在距三人三步远的主位上凝神倾听。任广说："中原人称匈奴为胡。其实匈奴与中原本为同祖，与其他蛮夷不同。"

始皇从没听说过匈奴的祖先的来源，顿时来了兴趣，笑问道："匈奴到底从何而来，朕愿闻其详。"

"匈奴其实是禹的后裔。禹之子启建立夏朝，传至桀。夏桀暴虐无道，为商汤所灭，桀被流放到鸣条，其后人避祸迁居到北边荒野地带，过着逐水草而居的游牧生活。由于桀姬妾众多，生下很多子女，所以他们分散在此地，繁衍至今，形成众多的匈奴部落。"

始皇笑道："这么说，匈奴也是中原人的兄弟。只要他不再入侵我边地，掠我生民财物，朕愿意以兄弟待之。"

任广摇头说："陛下圣心固然仁慈，但是，匈奴不会体会圣心仁慈而放下刀枪，唯有以武力驱逐。"

"匈奴何以如此？"

"这是因为匈奴乃游牧部落，比中原落后。他们没有城部村落，虽有力量农田耕作，但北方苦寒之地，收获甚微。胡人没有文书，只有口头约束，说话算话，从不食言。孩子刚出生就在马上生活，七八岁就精通骑射，所以，男子都擅长骑射格斗，以勇力而自傲。他们羡慕南方气候温暖，物阜人丰，所以屡屡南下。"

"匈奴既善侵伐，我边境黔首也只有全民皆兵，平日耕种，各务本业，一旦有警，便可上阵杀敌，保家卫国。"蒙恬说道。

"胡人入侵，志在财物。发现牛马牲畜便会突然聚拢，掠夺一番，遇有危险，立即飞驰逃散。不像中原人志在一城一地的得失，以失地败退为耻，所以防不胜防，连追击都很困难，犹如麻雀觅食，有食则聚，遇险则四下飞散，连影子都找不到。这是臣与胡人交战最感头痛的地方。"任广说着，羞愧地低下头去。

始皇宽慰道："任卿不必难过、自责，朕知道你已经尽力了。继续说下去，一定可以找到有效的御敌方法的。"

"谢陛下宽恩！"任广感激地说，"臣最头痛之处在于防线极阔，匈奴骑兵飘忽不定，有时几万骑大规模地侵入，有时几千骑，几百骑，甚至数十骑，突然飘忽而至，掳掠而去。九原人口稀少，可征之兵更是少得可怜。遇有胡人入侵，只能赶快集中城寨固守，根本谈不上驱敌。偶尔集合数县的兵力，驱逐小股的胡人，便是奇功一件了。上报朝廷，朝野便认为值得庆贺了。"

始皇、李斯等人听了，心头都沉甸甸的。

车队终于到了九原，九原郡丞、郡监御史率当地大小官员出城迎接始皇车驾，城门至郡衙的路上，黔首夹道跪迎天子驾临。始皇没有像历次出巡那样召见地方父老、慰问黔首，而是把自己关在车里，直驶郡衙，他不愿向这些遭受匈奴入侵之苦的黔首做虚假的承诺，他要用实际行动表示天子的恤民之心。进入郡衙驿馆，始皇用点便餐，稍事休息后，便留李斯等文官在城内与郡丞等地方官员商讨民政兴革的问题，自己则与蒙恬、任广、杨翁子率六千虎贲军出城巡视。

任广担心皇帝的安全，劝谏说："此时正是仲秋马肥，粟谷成熟，牲畜繁殖的最盛季节，匈奴入侵掳掠频繁。德水淤塞的地方，胡骑可直接通过。臣为陛下的安全考虑，应多带些人马，以防万一。"

始皇笑道："任卿不是说，匈奴入侵，志在财物吗？他们不会把朕也掠去吧！"

蒙恬也劝说道："陛下不可大意，匈奴每攻破一处城寨，都要把年轻体壮的男女全部带走，为他们背负掳掠的财物，到了营地，就像牛羊家畜一样，成为匈奴人的财产。陛下乃天下之主，为天下大计，也该小心谨慎才是。"

始皇惊奇地说："蒙将军，你何时也成了匈奴通？"

"臣刚才询问九原郡丞有关匈奴的情况，方才知道。"

"朕恐怕人多了惊扰地方。边塞本就困苦，供应不足。既然两位爱卿担心，就多带六千人吧！"

任广见始皇答应，便带了六千九原郡的地方兵。

出九原城不过四十里便是德水。始皇的队伍顺着德水行进，没走多远就看到几处被匈奴抢掠过的村落，大者上千，小的只有几十户人家。每座村落的村口都有一排排的新坟，有的还有亲人痛哭，那种悲泣之声伴着边塞的疾风，传出很远，令闻者也心酸落泪。始皇下车，亲自察看，但见村落人家都是以土砖砌墙，构成壁垒。任广解说道，这是因为匈奴一旦入侵，便可相互报告，小村落的人便退入大寨，人们为了保命，合力抵抗入侵之敌。

边塞的黔首抵抗匈奴，人人奋勇，誓死杀敌。他们知道一旦被掳，生不如死。

始皇发现，这一带土地肥沃、水草鲜美，适宜耕种，也适合放牧。可惜的是人烟稀少，很多土地无人耕种，好容易看到几座村庄，几乎都遭到匈奴的掠劫。黔首日夜防范匈奴，根本无心耕种。任广说，河南一带，因为胡患，人烟越来越少，兵力也越来越薄弱。以往匈奴春秋两季南下牧马，逐渐有留下过冬的。后来，看到九原郡无兵力驱赶他们，索性在此定居下来，以抢掠为生。这类匈奴的人数逐年增加，地方官府只有闭门自守，不敢过问，也无力过问，百姓孤苦无助，不得不以财物供奉匈奴，求得免死保命。如此下去，河南之地不久就为匈奴之地了。

一路看、一路听，始皇的心里激起惊涛骇浪，身为天子，不能保护子民，他有不可推卸的责任。

"蒙将军，这一路你也看到了。可想出对策吗？"始皇焦急而信赖地问道。

蒙恬躬身回禀道："臣无时不在思索。粗略的对策是有的，只是不够成熟，所以臣没有上奏。"

"先说来听听，朕和任卿、杨卿再补充一点，集思广益，一个成熟的方案就出来了。"始皇鼓励自己的爱将。

蒙恬恭敬地说："第一步，根据匈奴作战的特点，地方官府可采用全民皆兵和坚壁清野的对策，将散居的黔首纳入大的村寨，无论男女老少，都要接受官府组织的军事训练，并以行伍编队，平时各务本业，战时各守其责。一旦有警，即将牛羊牲畜赶入大寨。成熟的庄稼提早收割，来不及收割的，要坚决烧掉，尽可能不让匈奴抢到财物。匈奴得不到补给之物，被逼攻坚。这样就将匈奴飘忽不定，难以追击的困难化解了。我则可以根据敌之多少强弱，或据寨死守，或联合数寨、数县的兵力加以围歼，或集中全郡的兵力消灭或驱逐。"

始皇笑道："蒙卿所用不是赵将李牧对付匈奴的战法吗？"

"正是。李牧没有给他的战法命名，臣就称为'张罗捕雀'战法吧！"

"好一个'张罗捕雀'战法！"任广先说，"这种战法对于居于河南之地的匈奴可能奏效，对付大规模入侵的匈奴人马就危险了。"

"任大人别急，要想把匈奴驱逐出河南地，不是你们地方之力所能办得到的。所以，下官还有第二步的对策。"

始皇着急地问："第二步怎么办？"

"第二步必须由朝廷调动大军扫荡河南地，之后，以河为塞，把原燕、赵、魏所筑长城连接起来，把匈奴骑兵阻挡在长城之外。其次，要沿河实边，迁移内地黔首到河南，一则开垦荒漠，二则守己边境。"蒙恬兴奋地说着，脸上放光。

始皇忽然想起在咸阳时，那些大臣们反对的话，不由沉思道："调动大军，移民实边和修筑长城不知要耗费多少人力、财力！""可是，不如此不能彻底解决胡患！"蒙恬坚决地说。

始皇好大喜功的毛病再一次发作，脑海里的一丝犹豫转瞬即逝，爽朗地说道："蒙卿之计可行。朕回咸阳后就将此事交付廷议。"

他们上了车马，继续前行。塞北起风了，疾劲而干燥，还夹带着飞沙，打在脸上，麻沙沙地疼；吹进嘴里，连牙齿都涩。虎贲军、九原兵赶了半天多的路，都有些劳乏了。尤其是虎贲军，养尊处优，这些年又没打过仗，乍到塞外之地，光这里的风沙就够他们忍受得了。可是，为了在九原兵面前不丢脸面，还得硬撑着。任广看出来了，虎贲军不习惯边塞的环境，便向始皇提议说："陛下，行军半天了，士卒多有劳乏，是否歇息再走？"

始皇点点头："找一个村寨，避避风，歇息片刻也好。"

任广一听，哭笑不得。他对这里的地形很熟悉，知道最近的一处村寨也有四五十里地。但是，皇帝的话是金口玉言，不容更改。众人只有努力向前了。

一个时辰后，前卫的虎贲军才看到远处隐约出现了一座村寨。大家高兴极了，坐骑腿脚突然加快了，连马匹都想快点进寨歇息。蒙恬走在前面，向前方村寨望去，忽然发觉村寨上空浓烟四起，寨外则尘土飞扬。

"不对，前面有情况，"他吃了一惊，"任大人快过来！"

任广闻声上前，车队再走近一点，任广突然叫道："是匈奴骑兵。穿皮衣、张旌旗肯定没错，他们在进攻村寨。"蒙恬也看清了，村寨外有很多骑兵奔来奔去。

始皇听说遇到匈奴兵，不但不害怕，反而感到好奇，不用内侍搀扶，自己从车里走出来了。

"匈奴兵在哪里？让朕也看看。"

驾车的赵高着急地说："陛下的安全要紧，快到车里吧！"

蒙恬来到始皇车前。他担着护驾的责任，有些惊慌，看见始皇下车，忙说道："请陛下回到车里。看来匈奴人数不少，臣得赶快应变。"

始皇却没有上车的意思，笑道："蒙卿不必担心，先去查明匈奴的兵力，再作应变之计。"

"回陛下，任大人已经去侦查了。"

说话间，任广带着九原郡尉回来了。向始皇禀奏说："启禀陛下，前面是一座大寨，约有两万匈奴骑兵围攻。为了陛下的安全，我们应该避开，另调大军来剿。"始皇看着蒙恬，问："蒙卿之意如何？"

蒙恬答道："匈奴骑兵骁勇善战，兵力又多。为了陛下的安全，臣以为在匈奴尚未发现我军之前赶快退回，另遣大军来剿。"

始皇突然愤极冷笑道："你们都在为朕的安全着想，朕本不应责怪你们。可是，朕是大秦天子，能亲眼看着子民遭受外敌掳掠而弃之不顾吗？朕若是年轻，早已跨马杀敌去了。你们该明白怎么做了？"

任广深受感动，慨然道："陛下神威，臣等不及。请蒙将军率虎贲军护驾先走。臣守土有责，愿率六千郡卒前去杀敌，否则，无颜面对九原父老。"

蒙恬争辩说："不，臣愿率虎贲军杀敌，请任大人率郡卒护卫陛下。"

始皇满意地笑道："两位爱卿不必争了。朕也有保护子民的责任，望胡风而逃，朕也无颜面见天下子民。朕哪儿也不去，就由郡尉率步卒在此保护。你们各带所部前去攻敌，朕在前面高地为你们擂鼓助战。祝你们旗开得胜。"

"臣遵命！"蒙恬和任广齐声应道，各带虎贲军和九原兵向大寨冲去。始皇与郡丞走到前面高地，命人架起战鼓，手举鼓槌，用力击鼓。冲向大寨的虎贲军和九原兵听得出鼓点生硬而没有节奏，但是，他们知道那是皇帝在为自己擂鼓助战，顿时，勇气倍增，争先恐后地杀进匈奴骑兵队中。

穿戴黑盔黑甲，骑着黑色骏马的虎贲军虽然几年没打仗了，但是，因为经过严格的训练，真正对敌，丝毫不慌，好多兵卒第一次真刀真枪地打仗，都有点儿兴奋。何况在地方兵面前，他们也绝不能丢皇家兵的脸面。

九原兵穿黄色劲装，骑的马各色混杂，老壮强弱都有，从装备到兵卒的素质都远不及虎贲军。但是，他们有多次与匈奴骑兵作战的战场经验，不慌不忙地与敌周旋。

他们知道始皇帝陛下正在看着他们，为他们擂鼓助战，所以也都勇气倍增，拼命杀敌。他们不能让那些养尊处优、善于摆摆排场却连匈奴的脸都没见过的虎贲军看扁了。

始皇站在高地上只看到黄色和黑色的两股旋风卷向匈奴骑兵，匈奴骑兵立即展开抵御。铁骑奔驰，尘土飞扬，呼啸的风声夹杂着虞鼓的雷鸣和兵器的撞击声。

这就是战争。始皇对战争总有一种莫名其妙的兴奋，一边擂鼓，一边激动喊叫："杀！杀！杀！"

可惜，他的兴奋没能持续多久。一声深厚的牛角声起，匈奴骑兵突然四散奔走。

始皇这一次亲眼看到匈奴骑兵撤退的方法了。他们不是分路逃走，而是向四面八方一哄而散，秦军一时不知追击哪个方向。匈奴骑兵轻装轻骑跑得快，转眼之间，两万多骑兵逃得干干净净，剩下的只有死人、死马。

蒙恬、任广派部分兵卒清理战场，救助受伤的寨民。两人并马来见始皇，下马施礼。

"托陛下神威，臣已将敌击退。"

"还是两位将军神勇，方可击退敌骑！"始皇含笑夸赞道。

任广说："匈奴骑兵看见虎贲军，以为我有大队人马赶来包围，所以匆忙退走。臣请陛下转回九原，以防再有大队匈奴兵赶来。"

"不，"始皇不容置疑地说，"寨里的黔首遭难，朕哪能不去看看？如果匈奴再来，正好把他们吸引在此。李丞相在九原不见朕返回，一定会派大军来迎，到时候便可围歼匈奴。"

蒙恬也想劝皇帝回程，但是始皇意志坚决，硬没有说出口，两人护卫着始皇进了寨子。

这是一座大寨，住着一千多户人家，两丈多高的土砖围墙，四周挖就又宽又深的护城壕，壕底全是削尖了的竹签。为了保卫寨子，真是用尽了办法。

寨门附近和寨墙上到处都有战死的寨民，有的被砍断了胳膊和腿，有的被狼牙棒打得脑浆迸出。可是，每个人的手里还拿着御敌的武器——削尖的木棒竹竿、砍柴的斧头、切菜刀和收种用的锄头、镰刀。

幸存的寨民默默地抬走亲人的尸体，没有人哭泣。他们已经习惯面对死亡了。

始皇看到如此惨状，心里一阵难过，差点掉下泪来。他见过太多的战争场面，从来没动过恻隐之心，因那是诸侯之间的争战。今天看到的却是无辜的黔首遭受外敌杀戮，尤其是黔首们手中的武器，更令他愧疚不安。他为了防止战争，收缴了民间的武器，没想到会使边寨黔首遭受如此惨祸。看来，收缴兵器应该区别对待，边境地区为了防备野兽和外族的侵袭应该例外。

因为没有事前通知，寨民们都不知道始皇帝驾临。边民没见过天子威仪，直到始皇站在面前关切地问这问那，他们还不知道面前的人就是大秦的始皇帝。直到见多识广、白发苍苍的长老看见始皇穿着黑色龙袍，全寨人才知道是皇帝亲临。这可是全寨建寨以来没有过的大事，长老带着全寨老小齐刷刷跪在被鲜血染红的地上，不停地磕头，哽咽着口呼："万岁！万岁！万岁！"

长老又惊喜又难过地说："要不是万岁的天兵赶来得快，我们梁寨的人恐怕……"话没说完，又感激得连连磕头。

始皇知道了这里叫梁寨。先扶起长老，又挨个询问每家的伤亡损失情况。寨民受够了匈奴的欺负，这时盼来救星，纷纷向皇帝哭诉自家的遭遇。村妇不知礼节，说到伤心时，竟抓住始皇的袍角不放，把龙袍撕了一道口子。长老向全寨人激动地说："陛下天降神明，赶来救了咱们全寨人的命。老朽提议各家各户都把最好吃的东西拿出来，让陛下和将士们在咱这儿吃顿饭。"

始皇连忙劝阻，惭愧地说："老人家，都是朕不好，没能解决匈奴祸患，让你们受害了。朕怎么忍心再叨扰你们。"

长老跪地央求道："匈奴为患，古来就有，不是从大秦开始的。陛下驾临梁寨，是我们全寨人的荣耀。吃顿饭就算全寨人的一点心意吧！陛下不答应，小民就永远不起来。"

寨民们全都跟着长老，跪地求道："陛下不恩准，小民们也不起来。"

始皇感慨地说："好，好。朕答应你们，都起来吧！"

长老这才站起来，忙着吩咐人安排招待虎贲军事宜。然后来到始皇面前，恭请道："草民带路，请陛下到草舍歇息。"

始皇跟着老人来到一处高宅大院前。他留意到梁寨算得上富庶一些的，虽然也和一般的边寨黔首一样依土洞筑屋，但有不少的高墙深宅，带有魏地古朴雄伟的风格。

长老一家早已打开中门跪迎，始皇一一扶起。入室坐了一会儿，又去看了几户人家，大致情形相同。

寨民们把酒宴准备好了。始皇与随行官员的桌席就设在长老的大院里，其他将士们则被安排在各家各户。任广看着桌上的全羊，笑着向始皇介绍说："这是全羊餐，每位客人用佩刀自切自用。边寨黔首与胡人经常打交道，饮食方面也沾了点胡风。这种全羊餐就是典型的胡人吃法。"

始皇看着烤得喷香的全羊，他真有点馋涎欲滴了。他在宫里吃厌了山珍海味，什么好吃的东西都很难激起他的食欲。可今天他完全被一种新奇刺激着。

长老和寨里的头脸人物亲自作陪，恭敬而殷勤地请始皇和各位大人入席。始皇正要就座，身旁的赵高却悄悄拉了一下他的衣角，又用目光示意一下桌上的酒菜。

始皇以为赵高问他喜欢不喜欢吃，便笑着说道："朕喜欢吃，这可是宫里享受不到的美味，赵卿快取刀来切。"

赵高见皇帝误会了自己的意思，只好俯身说道："臣是说，这些酒菜还没经过检查呢。"

始皇在宫里用餐，都要在餐前先让品食太监食用，确信无毒后才自己受用。但是这一次，对这些淳朴、善良的乡民根本没有防范之心，反而觉得赵高的谨慎亵渎了他们的纯真，把他那强烈的食欲也扰去大半。因此，没好气地说："赵高，你要是害怕毒死，就不要吃。"

赵高碰了一鼻子灰，灰溜溜退出去了。因为始皇的话就是圣旨，他不敢违旨。

长老还不明白是怎么回事，忙叫道："那位大人还没吃，怎么就退席了？"

始皇笑道："他差事没办好，朕要罚他饿饭呢！"

果然不出始皇所料，傍晚时分，李斯与众官员及九原郡丞带着两万骑兵和两百战车赶到。当晚，全部人马驻扎在梁寨。始皇召集李斯、蒙恬、任广等主要官员商讨对付匈奴的办法。众人根据白天的见闻，各自提出了自己的意见。李斯一一记录下来，准备将来作为始皇制定对策的依据。

对于明日的行程，众臣几乎是众口一词请皇帝转程回九原。因为匈奴活动频繁，始皇在边境地带多待一天就有多一天的危险。始皇却坚持己见说："如果朕没有亲眼看见梁寨的黔首惨遭匈奴进犯，也许可以容忍胡患的继续存在。可是，朕看见就再也不能视而不见。大秦北部边境绵延万里，有多半与匈奴为邻，该有多少像梁寨这样遭受匈奴侵扰的村落？又有多少黔首死于匈奴的屠刀之下？朕既然来了，就要把这边的情况摸清楚，以便为驱逐匈奴，消除胡患做出正确的决策。从明日起，朕继续向东巡视雁门、上谷、右北平诸郡。"

"可是，陛下要注意安全。"李斯知道无法改变始皇决心，所以只提安全问题。

"匈奴虽然凶悍，可是我大秦骑兵也不是吃素的。今天的虎贲军和九原兵就打出了我大秦的国威。朕以为再加上今天来的两万骑兵，护驾应该不成问题。"

始皇决定的事，没有人可以改变。众臣不再劝谏，一致赞颂陛下圣明。

第二天，始皇命九原郡丞拨出专银，抚恤梁寨黔首，帮助他们重建家园，自己带着随行大臣和三万多骑兵离开梁寨东去。梁寨百姓扶老携幼，倾室而出，为皇帝送行。

始皇从辌车里伸出头，向后观看遥遥挥手的百姓，心生感慨这里地处边境，越是偏远，黔首越存心忠厚、纯良知恩。他只是做了天子应做的一点点小事，梁寨人就回报这么多的热情，如果真的把匈奴驱逐出河南地，永远消除胡患，不知会有多少黔首感激他始皇帝的恩德？

九原郡往东至原燕赵交界处，这一带沿边境线因有完好的赵长城阻挡，边民受到匈奴的骚扰不大。即使偶有被袭的村寨，也是小股匈奴骑兵绕道从长城缺口侵入。赵国赵武灵王在位时，推行胡服骑射，使赵国一跃成为诸侯中的军事强国。赵武灵王为抵御西北部边境上匈奴的一支——林胡的进攻，在西北边境修建了长城，有效地抵御了林胡的进攻，解除了后背受敌的危险。这一段故赵长城至今仍在秦王朝抵御外患时发挥着巨大作用。

始皇下车，亲自查看赵长城。赵长城修建得高大坚固，丝毫不亚于秦长城。它横亘在赵国北境的群山之中，仿佛向人们显示着赵国曾经有过的辉煌。始皇是有为之君，对于敢为人先，率先推行胡服骑射的赵武灵王赵雍也有着深深的敬慕之情。

赵长城往东北的边境，与林胡、东胡、山戎交界，这三个部落势不如匈奴，很少南下侵扰。有随行官员劝谏始皇从此回銮，蒙恬却反对说："林胡、东胡、山戎今日不南下侵扰，岂能保证永远不扰我边地？为大秦边寨永远消除胡患，臣请圣驾继续东巡，彻底掌握边地的实地情况，便于陛下决策。"

始皇赞赏蒙恬之见，他还有一个不愿公开的心愿：大秦东北边境濒临渤海，他想打听为他寻仙的卢生的消息，因此笑道："蒙卿之意是要考察燕地长城的情形吧？既来之，则安之。就算是朕陪你巡视吧。"

蒙恬惶恐地说："陛下这样说，臣怎么担当得起？"

"起驾！"

北部边境多是山地，又地处偏远，疏于建设，有的地方根本无路可走，内侍们只好抬着始皇的车驾通过。进入燕赵交界之地，总算有一段平坦之地，却是积水遍地，淤泥没膝。蒙恬不解地说："此地乃山谷平地，又距德水较远，即使前两天有暴雨降临，也该雨过水走。怎么会是这种情形？"

始皇也有些疑问，便向李斯传旨说："派人向附近的黔首打听一下，为什么此处会有积水、淤泥？"

李斯遵旨执行。半个时辰后，向始皇报告说："回禀陛下，附近的黔首说，这里是原燕赵交界处，平谷的南面是两国修筑的防御城墙。前两天降下的雨水，受城墙阻塞，不能及时排出，不但阻断了道路，还淹没了大量的农田，造成不应有的水患。而且，城墙还阻断道路，附近的商贾要绕道很远才能进入燕地做买卖，很是不便。除此之外，两国沿黄河所修的堤防，也是以邻为壑，常常造成水患的发生。当地官府虽然深知其害，但是，因为朝廷没有明文法令要求拆除这些城墙，也乐得省钱省力，置之不顾。"

始皇微微动容说："这些祸患都是因为诸侯纷争而引起的。如今天下一统，再也用不着这些城墙。请丞相拟旨，明诏天下，拆除原诸侯已废弃的城墙，以利农事交通。"

"臣遵旨！"

始皇决定去看看那些阻塞水道的燕赵城墙。任广找来向导，大队人马在向导的引导下翻过一座小山便看到高耸绵长的赵国城墙，这些城墙宛如赵长城，只是它不是用来防御匈奴，而是防御一河之隔的燕国的。如今不但阻断了河道，也阻断了连接燕赵之地的交通要道。

河两岸的人家忽然见大队人马拥着皇帝来到城郭外，都有些惊慌失措。幸亏见多识广的两地长老认得始皇帝的旌旗，慌忙率黔首夹道跪迎。

始皇命李斯当众宣读拆除废弃城墙的诏书，并命令三万多秦军下马，立即拆除故赵城墙。黔首们这才明白始皇帝前来是为他们做善事的，先前的疑惧之心顿失，一时欢呼雷动。

"万岁！万岁！万万岁！"

始皇看着两岸黔首频频叩首的感人场面，内心无比舒畅。荆轲、高渐离行刺，博浪沙遇惊以及齐地儒生诽谤时政所造成的阴影彻底被眼前的情景抹去了。并不是所有人都在怨恨他，处在偏远之地百姓，心地单纯厚道，你只要稍微施以恩惠，他们都会永远感恩不尽。

巡视队伍离开赵地，进入燕地，燕地沿边境也修建了抵御林胡、山戎入侵的长城。燕长城自造阳至襄平，沿线经上谷、渔阳、右北平、辽西、辽东等郡，比赵长城还要绵长。

始皇一直巡视到大秦的东北边境辽东郡，才沿着渤海之滨折而南下至碣石山。他对大海始终有一种特殊的感情，这种感情当然是因为对寻仙的痴迷而引起的。

碣石山是渤海中的一座小山，山顶有巨石呈圆柱形，时现时没，立于大海之中。当潮水到来时，圆柱隐而不见；潮水退后，巨石复出，屹立于海中，这就是碣石，当地又称之为天桥柱。据说凡有仙缘的人只要登上碣石，就可以与天上仙人相见，甚至升仙而去。

始皇沿渤海之滨，派出很多人到处打听卢生的消息，却毫无结果，心里疑云渐起。徐福入东海求仙，多年没有音讯，这个卢生也是一去无影。渤海之滨根本没有人听说过卢生这人的名字，难道他们都是骗子？

始皇虽然有种被欺骗的预感，但却不愿承认这是事实。因为他太痴迷于求仙了，对神仙的存在深信不疑。何况，即使徐福、卢生真的是骗子，他也没有勇气揭穿。朝中那些大臣早就对徐福、卢生的行为议论纷纷，揭穿他们，等于在天下人面前毁掉始皇帝的尊严。始皇心中的不快在到达碣石山时消失得无影无踪。这里不仅风景秀丽，有如仙境，而且那些关于碣石的神仙传说，对于痴迷于求仙的他具有很大的诱惑力。

始皇当即命人修建石桥，从海岸直通碣石。在海里建石桥，可不是件容易的事。海边风浪急，又值深秋，海水冰凉，只有利用潮退的空隙动工修建。有的官员劝谏始皇乘舟直达碣台，始皇不同意，他要把这个与仙人有着直接联系的巨石与大秦的土地连接起来，让大秦的百姓都沾点仙缘。

尽管修桥的难度较大，但是，始皇帝下令，辽东郡守不敢怠慢，征集几千民工不分昼夜地干，终于在十天之后，一座直通碣石的石桥修建完工。

始皇命博士选定吉时，独自从石桥上走过，登临碣石。远望大海，水天一色、沙鸥翱翔，景色果然壮伟宜人。

他在碣石上屏气静心，打坐了四十多时辰却没有一点感应。仙人并没有像传说的那样出现在他面前，更没有带他升仙而去。从碣石上下来，始皇命李斯在碣石上刻石颂德。

始皇巡视北部边境回来，在咸阳宫议事殿召集三公九卿和宗室大臣，开了一次御前会议。会议的主题是如何驱逐匈奴，确保北境边地永无匈奴祸患。始皇说道："这一次，朕出巡北境，亲眼看到了边境黔首遭受匈奴抢掠、烧杀、奸淫的苦难，也实地考察了边境的防御情况。如果说在此之前，朕还曾对经略北境，防止匈奴入侵的决心有所动摇，那么现在朕可以明白地告诉你们：朕是铁了心要给那些无视我大秦国威的胡人一点颜色看看。现在请蒙卿说说他的具体设想，众卿听后可以提供些补充意见，集思广益，方可以出奇制胜，事半功倍嘛！"

蒙恬奉命站起，用一根竹节指着地图说："臣的初步构想是这样的：第一步，先将匈奴驱逐出河南地。臣预计用三十万大军扫荡河南地的匈奴。作战的目标，以消灭匈奴的有生力量为主，不必计较一城一地的得失，再配合当地的反匈奴力量和坚壁清野的策略。匈奴遭受重创后，给养补充困难，无处流窜，一定返回河北山区恢复休养，以图再犯。这样就达到第一步将胡人驱逐出河南的目的。

"第二步则是正本清源，彻底解决胡患的问题。具体的方法，就是在匈奴被驱逐出河南之地后，以德水为天堑，在河北边将原燕赵之地的长城连接起来。从临洮到辽东渤海间修建一道长城，以阻挡胡人骑兵。并将守边军队前移阳山，设立烽火台及巡骑，侦察匈奴骑兵的行动。一旦有警，小股之敌可阻挡歼灭，大股之敌可暂时抵御，向后传达敌情，使河南守军有充足的时间做好迎敌的准备。

"此外，为增强边境地区抵御外患的能力，臣还设想有计划地移民实边。匈奴所以在河南地如此猖獗，一个最主要的原因是那里人烟稀少，数百里看不到人烟。匈奴骑兵往来驰骋，如入无人之境。"

蒙恬清清嗓子，又用竹节在地图画出一道弯曲的线说："这里就是要修建的长城。臣还设想在沿河地区设立县级城镇，估计需要四十四个。这些城镇的设立既可增强边境的防御力量，也是河南农业和畜牧业的中心之地。"

"说得好！"始皇露出满意的笑容，蒙恬的计划比先前更成熟了。他相信自己没有用错人，便向在场的人说："朕觉得蒙卿不尚空谈，所构想的计划切实可行。诸卿有何高见，畅所欲言，说错了也没有关系。"

始皇的话是有针对性的。原先持反对意见的大臣听了，都有些愤愤难平，却没人敢出来说话。唯有丞相冯劫出班说道："陛下决意经略北境，臣自然无话可说。不过，臣想问蒙将军，自临洮至襄平，横贯大秦北地边境，长达万里的长城，要何年何月才能修好？又要多少人力、财力方能完成？"

始皇听他又是老调重弹，脸上顿现怨容，正要斥责，忽见蒙恬躬身谦恭地说："丞相所说的万里长城是长城的总长。其实，北地边境原有秦长城、赵长城、燕长城，绵延近万里，我们所要修建的长城只是把原先的长城连接起来，有的修复，有的改道，有的加强，实际修建的长城不过两千余里。当然，即便是这样，也是一项浩大的工程，所需的人力、物力也是惊人的。但是，不如此，胡患便永不得绝，边境黔首永受其害，大秦的天下也一日不得安宁。"

始皇本来想发怒，但听了蒙恬之言，反而消除了许多怒气。毕竟老丞相也是为了国事才提出的意见，为什么不可以以理服人呢？于是，对冯劫说道："老丞相不要以为，凡有征伐就要用到关中的人力、物力，其实，天下一统，有时可以就近动用各郡的力量，天下人办天下事，负担也不是太沉重。日前，有些地方的奏章说，原六国俘虏和反秦分子人数众多，秦法初在天下施行，触法者众多，监狱人满为患。朕的看法，不如将他们免罪，移民实边，也算朕对他们的宽恩。"

廷尉蒙毅表示赞同，说："陛下圣明。那些判死罪者因免死，甘愿被罚往边疆垦荒。国家因此增加移民实边的来源，监狱人满为患的状况也得以缓解。一举三得，何乐而不为？"

冯劫知道自己改变不了始皇的主意，便说道："陛下圣明。只是老臣年老体衰，再也不能为大秦效力。所以恳请陛下准臣退休。"

始皇一听，正中心意，不过表面上还要挽留一番，才批准冯劫的要求。又命冯去疾为右丞相兼行太尉事。

蒙恬奉旨统兵三十万，出征河南地，不过几个月的时间，就将匈奴驱赶出河南。接着又渡过黄河，攻取离阙与北假，一口气将匈奴赶到阳山以北。秦军的前哨阵地也推到这一带，时刻监视匈奴行踪，屏障后方。并将榆中沿德水至阴山的地区，划为四十四个县，县城都建在河边，作为抵御匈奴的据点和带动沿河开发的中心之地。

国事告一段落，天下安定。始皇很是清闲了一阵子，又想到求仙的事。虽然徐福杳无音讯，卢生一去无回，还有张生、李生、王生、马生，只要皇帝喜欢此道，大秦有的是方士。

七十多岁的侯公，风尘仆仆地从华山来到咸阳，向始皇进献他亲自登高爬山，在云深不知处求取的奇花异草，说用这些奇花异草炼成的仙丹，人服下，不但可以强身健体，还能延年益寿。始皇深信不疑，服下侯公炼成的丹药，果然见效，身手矫健，精神饱满。

咸阳名士石生则教始皇修炼他世代秘藏的经书。石生吹嘘说，黄帝得道，就是按照经书上所载秘诀修炼而成。始皇照着石生所说练了一个月，结果形骨消瘦，眼圈发黑。

石生不敢再让他修炼了，推说黄帝的修炼之法不适合皇帝，可另寻别的法门。

始皇大为不满，觉得这些江湖术士不可信，但是，出于对求仙的虔诚，他并没有对这些方士施以惩罚。

恰在此时，卢生回来了，亲自到咸阳宫拜见始皇。这时的始皇心里还装着对方士的不满，但是，当他看到卢生满面风霜、一脸黝黑时，内心又有些不忍了。问道："先生这些日子在何处？朕曾经到过渤海，怎么没打听到你的消息？"

卢生说："臣为陛下求仙，自然仍在渤海。只是陛下去渤海时，臣已被神仙邀去做客，所以不得相见。"

始皇一听，惊喜地说："先生见到羡门、高誓两位神仙了？可否请来助朕？"

"羡门、高誓两位仙人臣不曾寻到，却见到另一位仙人——皇后娘娘。"

"哪里的皇后娘娘？"

"就是陛下的正宫齐皇后。"

"真的？"始皇差点从御座上跳起来。卢生去时，皇后还健在。没有想到皇后刚刚仙去，竟被卢生遇到。

卢生正色说："臣不敢欺骗陛下。"

始皇说："朕不是不相信先生，只是一时激动。来呀，为卢先生赐座。"

"谢陛下恩典。"卢生说，"请容臣奏明得遇皇后娘娘仙颜的经过。"

"先生请讲。"

"臣奉旨去渤海寻访羡门、高誓两位仙人，可是，臣在海上漂泊了三个多月也没寻到仙人的踪迹。就在臣焦急万分的时候，有一天夜里海上突然狂风大作，电闪雷鸣。一场狂风暴雨来临，两艘楼船在海浪中挣扎起伏，终于被巨浪掀翻，沉入海底，船上的人全部落入水中。臣当时也被卷进海浪中，受惊吓而昏迷过去。恍惚中，只听耳边有女人的声音说道：'卢生先不必害怕，我是大秦始皇帝的皇后，专门召见你的，其余的人要应这个劫数，死在海里。'

"当臣醒来时，已经身在金碧辉煌的娘娘仙府里了。皇后娘娘穿着闪烁着金光的彩色衣饰，年轻而美丽，就连她的侍女穿戴的也是人间难寻的亮丽衣饰。仙洞里分不出昼夜，用一颗鹅蛋大的夜明珠照明。"

始皇看他说得口沫四溅，煞有介事，想起当年徐福也是这副神态，如今却一点儿消息也没有，不禁疑惑道："皇后健在时，没有见过先生，怎么会召见你呢？"

卢生略一犹豫，又无限神往地说："皇后已及仙境，自然无所不能。知道臣是受陛下所托来渤海求仙，所以召见臣。陛下如有疑问，臣这里有皇后手书为证。"说完，从贴身处取出一块折叠得方方正正的东西来，恭敬地双手呈上。

始皇从内侍手上接过，打开一看，却是一块似布非布，似丝非丝的锦帕。不觉惊奇，这种布料是中原所没有的。

"先生说是皇后手书，可是上面没有一个字啊？"始皇不满地问道。

"仙机岂可轻易泄漏？"卢生说，"请陛下到殿外观看。"

始皇更觉惊奇，立即起身，来到殿外。殿外阳光直射，的确明亮些，但是，他仍然没看出锦帕上的仙机。

"陛下请对着阳光仔细观看。"

　　始皇将锦帕对着阳光，举过头顶，仔细观看，果然看见上面画着弯弯曲曲的线条。

　　"先生，上面所画的是什么意思？"

　　"请陛下再看背面。"

　　始皇忙看背面，那锦帕上竟清晰地现出一行字：亡秦者胡也。

　　这是一句浅显易懂的话。始皇吃了一惊，明知故问道："先生可知皇后所书是何意思？"

　　卢生答道："皇后娘娘只说此帕关乎大秦社稷安危，让臣一定亲手交给陛下。文字之意，臣不知。"

　　"先生万里奔波，受尽风尘之苦，为朕求来皇后手书，朕非常感谢。请先生暂且下去歇息，朕以后还要请教。"

　　卢生谢恩退去了。始皇却忙命人传旨，召见李斯、冯去疾、蒙毅等主要大臣。

　　"亡秦者胡也。"这是说匈奴要攻灭大秦吗？皇后到底是关心他赢政和大秦江山，仙化了还不忘透露仙机。好在蒙恬已率三十万大军将匈奴驱逐出河南地区，余下的事就是巩固取得的成绩，彻底消除胡患问题。

　　李斯等人不知道始皇急召为着何事，匆匆忙忙赶到书房。始皇让他们逐个看了那块锦帕，然后叙述卢生寻仙遇见齐皇后的经过，最后说："皇后仙逝，位列仙境，却念念不忘大秦社稷的安危。'亡秦者胡也'。这是告诉朕，北边的匈奴时刻威胁着大秦的安全，必须彻底解决胡患问题。所以，朕决定：一、命蒙恬率军继续北击匈奴，直至将他们赶到漠北；二、令当地官府和驻军立刻征集黔首修筑屏障，以防匈奴再举进攻；三、除依前诏令有罪之人迁到边地谪戍，另诏令内地迁三万户黔首至北河、榆中屯垦，以充实新设置的诸县。"

　　李斯等人对那只锦帕虽然半信半疑，但是相信始皇经略北境，驱逐匈奴之意铁定。不管怎样，这是有利于大秦的事，管它是天意还是人意，自己只管照旨执行就是。因此，齐声说道："陛下圣明，臣等遵旨执行。"

　　卢生从宫中出来，当晚便携带重礼去看望赵高。知恩不报非君子。没有赵高的举荐，他卢生能有今天吗？

　　赵高在密室里接见了他，连侍候茶水的丫头也被赶了出去。卢生诚惶诚恐地坐在赵高的下首，一副谄媚的样子，没有一点儿矜持之气。

　　"卢先生生意做得不错，南货北运，北产南销，赚了不少钱吧？"赵高边剔着牙缝里的碎肉边说。

　　卢生显露出得意之色，说道："那是自然，船和船上的开支全由朝廷支付，小人做的是无本生意，当然赚钱。不过，这些都是大人您赐给小人的，小人当然不能忘恩负义，所以回来看看大人。"边说，边看着身旁礼箱里的金银珠宝等贵重之物。

赵高看也不看礼箱，冷笑道："本公一向视金钱如粪土。你也不是专程来看本公的，你是怕皇上怀疑，跑来糊弄皇上的。快说，糊弄过去了吗？"

卢生露出感激之色，说："多亏大人的那块锦帕，要不然，陛下真的起疑心了。"

"你可比徐福聪明多了，敢在老虎嘴巴里面掏食。"

"小人在郡墨港口听人说，徐福已回到会稽，是来接家眷的。"

赵高一听，脸色微变，骂道："这个不知死活的东西，皇上正派人在齐地找他。"

卢生大为不解："徐福与大人何干？"

赵高用手指着他，恨恨地说："你也是个糊涂虫。徐福跟你一样，一旦他被揭穿了，皇上连你也不相信了。快想办法通知他躲起来。"

卢生如梦方醒，感激地说："多谢大人指点。小人一定尽快通知徐福。"

"谢我！怎么谢我？"赵高突然诡秘地笑道。

"小人特意来孝敬大人。"卢生再一次指指礼箱。

"本公说过，金钱财物如粪土。"

"大人想要什么？"

"你要是有孝心，就帮本公做点事。"赵高轻描淡写地说。

"大人要小人做什么，尽管开口，小人就是赴汤蹈火，也在所不辞。"卢生一副慷慨赴难的样子。

"用不着赴汤蹈火，你只要做你的老本行就行。"赵高说着，在他耳边低语几句。

卢生一字不漏地听着，他也是有点儿见识的人，见赵高帮了自己这么大的忙，却连酬谢都不要，早已起了疑心，听完赵高的话，奸笑两声说："大人之意是要小人帮忙控制皇上？"

赵高脸色陡变，低声斥骂道："大胆的东西，竟说出这种大逆不道的话，你是想害死本公吗？"

卢生却笑道："小人哪敢有害大人之心。分明是大人想害死小人。"

"本公弄死你跟捻死个臭虫差不多，用得着费这个心思吗？"

"可是，皇上如此圣明，他一定会看穿小人的阴谋，到时候，小人有十个脑袋也不够砍的。"

"圣明？！"赵高说道，"他曾经是个了不起的皇帝。可是，只要沾上神仙的边，他就不圣明了，任由你我摆布。"

卢生却连连摇头说："大人何苦如此？咱们多赚点钱，置点家产，到老了过得舒舒服服就足够了，何必冒那个风险？"

"鼠目寸光！"赵高骂声不绝，目露凶光，"你到底干不干？"

"小人不敢。"

"不干也行，本公就把你欺蒙主上的事上奏，办你一个欺君之罪。该腰斩，还是车裂，你自己选吧！"

卢生吓得两股战战，连连磕头说："大人饶命，小人听您的就是。"

赵高这才转怒为笑，说："不用害怕，事在人为。有本公为你周密谋划，谅那个神仙痴也看不出什么。"

冬去春来，又是一年过去，大秦度过了第八个春秋。正月初一，始皇在咸阳宫设置酒宴，招待各郡刚刚推荐上来的方正贤良之士。参加宴会的还有丞相李斯、冯去疾、廷尉蒙毅等主要大臣，以示朝廷对儒生们的重视。

始皇巡视齐地后，命丞相李斯通令各郡以举荐贤良方正为名，将那些不满朝廷、敌议时政的儒生全部集中到咸阳。但是，各郡守接到命令，却没按照始皇的真正意图去做，因为他们都害怕推荐上去的人言语不慎触怒始皇，牵连到自己。尤其始皇的性格喜怒无常，谁也摸不透他这次诏令的真正用意。

结果，三十六郡都不约而同地推荐了歌功颂德型的儒生，其中还有始皇喜欢的方家和术士。卢生、侯公、石生等始皇身边的方士自然也在举荐之列。

始皇为表示恩宠，从六百多名儒生中选出七十人，赐为博士官，并加恩在咸阳宫给七十名博士官赐宴。

正月初一也是始皇的生日，所以这次宴会也有为始皇四十七岁寿诞庆祝之意。始皇看着满座满腹经纶之士，大有天下之士为我所有之感。他意气风发，言语谦和地说："今天是大年初一，朕赐宴诸卿，是因为你们都是我大秦的精英。朕治理天下，今后还要多多仰仗你们，你们可要不遗余力地帮朕。"

博士们都为皇帝的优遇和谦辞所感动，纷纷向始皇祝寿。仆射周寿臣进前称颂始皇的丰功伟绩说："当年，秦列诸侯，地不过千里，有幸仰赖陛下神武圣明，扫平天下诸侯，驱逐四方蛮族。凡属日月之光照射到的地方，无不入朝贡奉。现在把诸侯国划为大秦的郡县，人人各务本业，安居乐业，再也没有战争的祸患，并且要将这样的太平盛世传之万世不替。自上古以来的圣王各主，没有能比得上陛下的神威和恩德的。"

始皇听了周寿臣的溢美之词，心里好舒服。自统一天下，称皇帝号后，他对那些称颂自己丰功伟绩的话似乎有一种嗜好，一天听不到，就感觉不舒服。

正在他高兴的时候，博士席上又站起来一个人。此人为齐人，复姓淳于名越，才高八斗，满腹经纶，位在博士之首。所以，始皇认识他。淳于越说："方才陛下说过，加恩赐宴臣等，是希望臣等能为国出力，为圣上分忧。臣感念圣恩，所以要竭尽心力效忠陛下。"

始皇看着他情绪激动的样子，颇觉好笑，刚才自己说的不过是场面上的话，没想到这些话，他竟当真了。如果真用儒生之计，朕何以扫平六国？何以治理天下？但是，他表面上却说："爱卿一片忠君报国之心，令朕感动。"

"谢陛下褒奖。"淳于越丝毫没有落座的意思，"臣听说，殷商和姬周的君王使他们的天下伟业持续了上千年，他们的一条成功的经验就是把子弟和功臣封侯、封王，使他们成为君王的得力助手。如今，陛下拥有的天下，广袤非历代君王可比，而陛下的子弟、功臣却是平民百姓，没有封号和封地，虽然有很多的得力大臣，而陛下个人却缺少辅佐的力量。一旦朝廷上发生意外，靠谁援救陛下呢？如果不按照前代贤臣传下来的制度办事情，肯定要失败的。今天，周寿臣在圣上面前阿谀奉承，是故意加重陛下的过失，此人不是忠臣。"

淳于越的一番话，使满座皆惊。融洽热烈的宴会顿时变得空气紧张，众人都静静地看看始皇，等待雷霆万钧之怒的暴发。

始皇没想到有人竟敢在这种场合重弹分封取代郡县天下的老调。这些儒生真是不知死活，竟把咸阳宫当作他们的学官，妄加评议国家的制度。他的脸上青筋跳了两跳，又恢复了平静。自己刚才的开场白说得太满，何况淳于越是给皇帝戴了高帽后方说出这番话的，始皇要在博士们面前保持皇帝的风度。因此，语调平静地说："分封天下还是郡县天下，这是朕称帝之初就有争议的问题，事关大秦的国家制度，非同小可。当年老丞相王绾就反对郡县天下，主张分封，被朕否定。朕的态度当然是主张郡县天下。今天，几位爱卿对此又有争议，说明天下还有很多人不赞成郡县天下。朕不武断，希望你们都参加讨论，所谓理越辩越明，朕倒希望你们辩论出高低来。"

始皇的态度出乎儒生们的意料，连李斯等大臣都感到意外。宴会上的气氛又恢复得异常热烈。思想单纯而幼稚的儒生们都为皇帝的贤明礼让的假象所迷惑，纷纷站起来发表自己的意见和看法。七十名博士围着周寿臣和淳于越分成两派，展开了激烈的辩论。始皇发现，支持淳于越的人竟占了一多半。

儒生们饱读经书，最善于也最喜欢与人争辩。一个个引经据典、旁征博引，争得口沫横飞、面红耳赤，辩论到后来，已经不单纯是郡县与分封的问题，涉及大秦的国家制度、法律制度、刑罚与赋税、徭役等诸多方面。儒生们把平日对朝政的意见和不满情绪如竹筒倒豆子般全发泄出来，而忘记了始皇就在他们身边。始皇一直静静地倾听他们的争论，不作任何评价。以往只在各地郡守的奏折里看到有儒生妄议朝政的事，今天总算亲眼看见、亲耳听闻他们的所为了。听着他们刺耳的话语，他的脸上不但没有怒意，反而还带着笑容，喜怒无常的始皇帝表现出难得的容忍。熟知始皇性情的李斯，却从他那含带笑容的脸上读到山雨欲来风满楼的信息。怒极反笑，这是始皇典型的阴鸷性格。仕秦多年的李斯最了解皇帝的这一禀性。

辩论无休止地进行着，丰盛的酒席上竟没有人动筷子。

始皇明白，自己不出面干预，这场辩论永远没有结束的时候。于是，他富含深意地看了李斯一眼，才挥手制止说："你们争论半天，也没论出个结果，反而搅得朕头昏脑涨。朕提议，请李丞相作一个结论。诸卿以为如何？"

儒生们听到始皇说话，如梦方醒，方明白皇帝在场。想想刚才一时冲动说出来的话，才感到后怕。宴会上一时平静下来。李斯明白始皇的意思，这是要他表明朝廷的态度，当然也是始皇帝态度的时候。因此，他不慌不忙地站起来说："郡县天下是皇上经过深思熟虑，与朝臣反复论证后才采纳推行的。这是适应天下一统的形势的需要，是稳定社稷的一项英明决策。五帝的治国方略没有一个是重复前任的。夏、商、周也没有承袭前代人的做法，他们各自用自己的方法管理自己的国家。这不是他们故意要标新立异，而是因为面对的形势发生了变化。

"陛下创造了如此伟大的事业，建立了千秋万代未曾建立过的功绩，这不是那些迂腐之辈所能了解的。我想问淳于先生，夏、商、周三代，他们有什么值得我大秦效法的？那时候诸侯纷争不已，他们用利禄诱惑，使那些游学者为己所用。可是，今天的天下统一、法令统一，百姓各安其业，人们都在努力做自己的事情，各级官员都在认真地习学律法，力求公正执法。

"可是，总有一些人自恃读过所谓圣贤经典，不去面对现实的情况，却要求朝政照搬古制的那一套。他们不满推行的新制，就从古书上搬来古制，以非议时政，迷惑百姓。"

李斯的话，口气严厉，论证严密，无懈可击。但淳于越等儒生却不是轻易肯认输的人。可是，大多数人从李斯严厉的口气里，听出了潜在的危险，所以虽有愤愤不平之色，但都不敢言。唯有淳于越胆量过人，看着李斯，轻蔑地说："陛下今天说过，不专断，可由众人自由辩论。可是，丞相的话违反辩论的规则，有攻击他人之嫌。以丞相的地位和声望，不太合适吧？"

其他儒生受到鼓舞，胆气益壮，七嘴八舌地嘲笑道："李丞相也是读书人，该有点君子之风吧。陛下说过不专断，丞相这么说话，有违圣意，应该论罪。"

李斯一人难敌众口，孤立无助，被儒生们奚落得面红耳赤，不由求助似的看着始皇。

始皇却哈哈大笑，说："各位先生狂言乱语，朕都不曾加罪，怎可治李丞相之罪？朕说过，今日言者无罪。天色不早，朕要回宫歇息了。诸卿请退下吧！"七十名博士遵命，起身向始皇道过晚安，鱼贯退出宫殿。众臣也向皇帝施礼告退。

李斯走在最后，却被一名内侍拦住，说："李丞相慢走，陛下有请！"

李斯心里明白，今晚的事，始皇肯定不会善罢甘休，便跟随内侍走进一间偏殿。

始皇正坐在软榻上，见他进来施礼，青白的脸上露出一丝冷笑，说："今天的宴会上丞相也听见了，这些儒生自恃读过圣贤之书，是何等的狂妄！他们眼里根本就没有朕和大秦律法。朕现在完全可以想象到他们在各地是如何以古制诽谤当今、蛊惑黔首。有他们在，大秦的天下，一天也不能安稳。"

李斯正被儒生们奚落得一肚子怨气无处发泄，见始皇动了怒气，便恨声道："臣也觉得这帮儒生着实可恨。陛下可命廷尉治他们一个诽谤朝廷、以下犯上之罪，问一个斩刑，将他们斩草除根。"

不料，始皇冷哼一声说："亏你还是我大秦的丞相。这件事如果能这么简单处理，朕用得着召你来吗？"

李斯忙说："臣一时糊涂，不明主意，请陛下明示。"

"六百名儒生可杀，却杀不尽天下儒生。在黔首的眼里，他们是无所不知的圣人，至少是圣人的传人——贤人。他们说的话，黔首相信。为什么？因为他们读过所谓圣贤之书。正本清源，该治罪的是那些所谓的圣贤之书。它们才是威胁我大秦安定的罪魁祸首。李斯，你是丞相，该知道怎么做了。"

李斯面露惊异之色，说："陛下之见正与臣不谋而合。对付这些儒生，臣早有思想准备，明日就写奏章上奏。"

始皇信任地说："以丞相之才，朕相信明日的奏章一定又是惊世之作。"

李斯回府后，当晚挑灯夜战，秉笔直书，一篇洋洋洒洒近万言的上书在第二天的早朝前送到始皇的御案上。

始皇深知，当年李斯以一篇《谏逐客书》使自己收回驱逐秦国客卿的成命，从而扬名天下。今天的这份奏章一定也是惊世之作。他打开细看，果不其然，但见奏曰：

古时天下分散混乱，未能统一，所以诸侯并起，在舆论上都是称道往古而非难当今，粉饰空言而扰乱实际，而人们又往往以为他们所学的这些理论为圣贤之论，并以此来非难圣上所建立的宏图大业。今陛下已兼有天下，判别是非而尊立一帝，而那些禀录私学的人，却相互勾结来非难以法为教的制度，闻知有法令颁行，便用他们那套学说来妄加评论。入室则内心不满、出家则街谈巷议，以非难主上立名望，以标新立异显高明，还煽动门徒群起造谣诽谤。这种状况如不加以制止，上则降低主上的权势，下则使这些人吸纳党羽。必须严加禁止，以利于国。臣李斯请求：

一、历代史书，除秦国的史书《秦记》外，其他一律焚烧。

二、除博士官因职务上的关系外，天下其他人有收藏《诗》《书》以及诸子百家著作的，一律要送交所在郡的郡守、郡尉处焚烧。

三、有敢于相互谈论《诗》《书》者，处以弃市（闹市处死）的刑罚。

四、有敢于以古非今者，诛杀全族。

五、各级官员有"见知而不举者"，与违犯此项法令者同罪论处。

六、此项法令下达后，期满三十天而不焚烧所藏禁书者，则处以面部刺字并罚作四年劳役的刑罚。

七、凡属医药、卜筮、稼穑方面的书籍可以收藏如故，不必焚烧。

八、如果有想学法律的人，可以到官府向负责普及法律知识的人请教，以吏为师。

李斯的这份上书在驳斥了淳于越的同时，一并提出了他起草的具有八条律文的《焚书令》。始皇一直为儒生非议国政的事耿耿于怀，李斯揣摩圣意，这份上书可谓雪中送炭，令他万分满意。

"明主之国，无书简之文，以法为教；无先王之语，以吏为师。"始皇看完李斯的上书，想起了韩非当年在《五蠹》篇中的这几句话。不过，焚烧天下《诗》《书》等典籍，毕竟不是一件小事，他完全能够想象到朝臣们对这份奏章的非议。所以，早朝时，始皇没有把它交付廷议，而是在散朝后，把蒙毅、冯去疾等主要大臣召到书房，才公开了李斯的上书。

冯去疾、蒙毅一听，吓了一大跳，直觉告诉他们，李斯肯定哪根筋出了毛病，否则怎么写出这样的上书呢？冯去疾不假思索地说："陛下，焚烧古籍的事千万做不得！真要做了，陛下会让天下人遗憾的！"他的言外之意很明白，始皇真要做，一定会留下千古骂名。

蒙毅也表示坚决反对。

"矫枉无须过正。昨天的宴会上，儒生们的确冒犯了陛下和大秦的尊严，臣也是看不下去。但是，陛下不能因为几个狂妄的儒生而焚烧天下古籍。"

始皇见这两位平时最听话的宠臣都表示坚决反对，皱眉说："朕也是委决不下，才召你们来商量。李斯之言也对，让儒生们这样煽动下去，黔首跟着盲从下去，最后会损伤朕的威严，动摇国基！"

冯去疾见皇帝还是偏信李斯，劝谏说："凡事都有源头，没有古哪来今？学术思想没有源头，很快就会干涸而死。"

始皇反驳说："可是，杨朱说过，歧路亡羊。学说多了，会让黔首无所适应，不利于国家稳定。如今，天下统一了，法令出于一统，学术思想也应该统一，这样才能使天下长治久安。"

蒙毅摇头说："天下可以统一，学术思想却不能统一，人各有志，各有各的想法，说出来方能集思广益，相互补充，为治国者提供最佳的治理方案。单纯使用武力只能适得其反。"

始皇对两人的态度大为不满："朕以为大秦的法令和制度是最完美的，不然怎么会很快统一天下，富国强兵？朕的作为也非三皇五帝可比，不然不会有这样一个真正统一的秦王朝。可是那些愚儒者和无知的黔首却怀念古制，以古非今，非难朕。"

冯去疾、蒙毅不敢再劝。始皇越说越气。

"昨天的宴会上你们都听到了。有人攻击大秦的国家制度，有人在批评朕刚愎自用、不守祖制、不肯效法古人。可是他们不知道这是朕最公正之处。朕不分封子弟，乃是亲眼看见诸侯一多，战乱不息。中原争战，几百年的战祸难道不是血的教训吗？天下一统，天下人心往一处想，劲往一处使，没有做不好的事。可是那些愚儒只知道穷研古制，就是不肯睁开眼睛看看现实。"

冯去疾、蒙毅正不知所措，忽然，始皇的一名近侍奔跑进来，禀报说："启禀陛下，朝门外聚集很多儒生和百姓，说是要陛下亲自去接见，郎中大人怎么劝他们都不肯离开。"

始皇闻听，脸上怒色全消，含笑道："这些人是何等的狂妄！冯卿、蒙卿，你们陪朕去看看，这可是大秦从没发生过的新鲜事。"

李斯的上书的确太讨人恨了，连他的学生也不能容忍下去了。李斯书写奏章时因为情绪激动，竟将所书的内容说给前来添加灯油的学生鲁成听了。鲁成吃了一惊，李老师要皇帝焚烧天下古籍，莫不是发疯了吗？同样是读书人，谁不对那些竹简文字有着很深的感情？鲁成当晚便逃离丞相府，并把李斯上书始皇，将要焚烧古籍的事公布于咸阳街头。咸阳顿时轰动起来。这可是天下第一号大新闻，人们争相传播，议论纷纷。读书人更是大骂李斯和始皇混蛋。

参加昨天咸阳宫宴会的淳于越等儒生得知这一消息后，吓了一跳。显然，李斯的上书与宴会上大家评议朝政有关。李斯卑鄙无耻，挟私报复，竟制造出这种疯狂的上书。儒生们群情愤恨，在对李斯进行一番口诛笔伐之后，意识到必须阻止始皇批准这份上书。否则，焚烧古籍将是一场大浩劫。

淳于越作为这次事件的发起人，理所当然成了儒生们的首领。于是，由淳于越等七十名博士领头，当然也包括咸阳宫宴会上反对淳于越的人，几百名儒生，出了博士官驿馆，直奔皇城午朝门而来。沿途又有数千名黔首加入，队伍壮大了好几倍，浩浩荡荡，颇有气势。

始皇由近侍保护，与冯去疾、蒙毅一同登上午朝门城楼。往下一看，嗬，黑压压地跪了一地，全是人。他再细看，前头跪着的正是淳于越等七十名博士，后面则是几百名儒生和数千名百姓。始皇面含微笑，大声问道："淳于先生，这是摆的什么阵势？"

淳于越与众博士一齐磕头说："臣等是来向陛下谢罪的。昨天陛下加恩赐宴，臣等不知深浅，对朝政妄加评议，有损大秦陛下的威严。特来谢罪，请陛下宽恕。"

始皇惊奇地说："诸卿何苦如此。朕当时就说了，言者无罪。朕没追究谁的罪过，何来谢罪之说？何况，谢罪为什么带这么多人？"

"他们不是臣等带来的，是一路自愿跟来的。"

"现在罪也谢了，朕也宽恕了，该让他们散去了吧？"

淳于越却跪地说："陛下，臣还有话要说。"

始皇说："有事可进宫来说，你先让众人散去。"

淳于越犹豫着还没有说话，他身后几百名儒生和几千名黔首突然一起喊道："我等要听见陛下亲口答复才肯离去。"

始皇还不知道李斯的奏书已经泄漏，不解地问道："淳于先生，他们要朕答复什么？"

淳于越答道："传言李丞相上书陛下，要焚毁天下经典古籍，不知是真是假？"

始皇又是一惊："你们消息倒是灵通，从何而知？"

"从何而知对陛下来说并不重要，臣请陛下说明有无此事。"

始皇额上青筋直跳，说："此事属国家机密，朕不能回答你们。"

淳于越连连叩首，哭谏说："此事因臣而起，臣罪该万死。但焚毁古籍，阻绝几千年的思想渊源，不但关乎天下治乱，而且涉及子孙后代，臣劝谏陛下千万不可焚毁古籍。"

始皇强忍怒气，尽量用温和的口吻说："朕是天下之主，自会决断。你先带人散去。"

"不，陛下一定要亲口答复不批准李斯的奏书，臣等方能安心散去。"

"对，陛下不答应，我等就跪死在宫门口。"众儒生及百姓用轰雷般的声音喊道。

始皇怒斥道："朕说过自有决断，难道你们一定要当面逼朕屈从吗？淳于越，你非议朝政，朕可以不加罪。但是，你现在挟众威胁朕，就是朕不愿意治你的罪，大秦律法也容不得你。"

淳于越苦谏说："臣劝陛下行分封之制，也是为了巩固国本，愿大秦永世安定，传之万世。臣怒责周寿臣阿谀谄媚，也是为了陛下能听忠义之言，但没想到……"

"朕没有责怪你们，也不曾加罪。你们为什么要得寸进尺？"

"请陛下亲口答复。否则，一旦焚书令下，陛下悔之晚矣！"淳于越磕头至流血，染红了面前的地面。

"淳于越，你真是不可理喻。朕要回宫处理国政，你们爱跪到什么时候，就跪到什么时候吧！"始皇一甩袖子，"咱们走，看他们跪到何时。"

冯、蒙二人正想劝解，忽见淳于越从地上站起来，大声哭喊道："此事因臣而起，臣万死难赎其罪。陛下不答应，臣只有一死谢天下了。"话刚说完，他口里竟流出大量鲜血，接着身子摇晃几下，转了半圈跌倒在地，两腿伸直，再不动弹。

"淳于先生咬舌而亡了！"淳于越身旁的博士大声喊叫道。儒生们和百姓闻言一齐拥上去观看。始皇正要下楼，见此情景止住脚步。显然他也感到出乎意料。

蒙毅、冯去疾慌忙拥着他说："陛下快回宫中，下面要发生骚乱了。"

始皇还没移动脚步，就看到人群轰动，淳于越的尸体被抬了起来。情绪激愤的人们高声叫骂：

"嬴政，淳先生以死劝谏，你还不该清醒吗？"

"嬴政，你要是焚书，你就会留下千古骂名！"

"嬴政，你是昏君、暴君，连桀纣都不如！"

"不错，桀纣残暴，却没蠢到烧书的地步！"

蒙毅吓得变了脸色，不安地看着始皇，只见始皇静听下面的怒骂，脸上几条青筋在不停地抖动。蒙毅忙劝解说："人多就是这个样子，过一会儿就没事了。请陛下移驾宫中。"

冯去疾也来相劝，不料，始皇突然哈哈大笑，指着城楼下乱哄哄叫骂的人群说："你们听听，这就是他们阅读古籍的结果，他们也知道有夏桀、商纣，还拿来跟朕比较。"

冯去疾、蒙毅更加心惊，始皇的反常表现说明他下面一定有出人意料的行动。

果然，始皇的笑声刚结束，便怒吼一声："虎贲军为何还不行动？"

话音未落，响雷般的马蹄声从午朝门两侧响起，黑盔、黑甲、黑骠马的虎贲军蜂拥而出。他们早已在外围形成包围圈，只等始皇一声令下。

正在跪求或叫骂的人们一看不妙，纷纷爬起来，四散逃跑。但是，被虎贲军阻住去路，几名反抗的黔首被当场刺死，其余人乖乖地束手就擒，骚乱被平定下来。

虎贲军都尉向城楼上施礼，请旨如何处置被抓捕的骚乱者。蒙毅担心地看着始皇，生怕他一怒之下，下令将这几千名骚乱者杀掉，忙进言说："百姓是因为相互传言，一时慌乱才酿成骚乱，很多人并非真心反对大秦和陛下，还望陛下法外施恩，赦免他们的死罪。"

始皇看了他一眼，怒容稍解，对都尉说道："一般黔首不明真相，可以放他们回家。淳于越已死，不再审其罪，将尸首送其乡里安葬。其余博士、儒生暂且关押，等候处置。"

虎贲军都尉遵命，当即释放了几千黔首，然后押着六百多名博士、儒生，抬着淳于越的尸体撤离午朝门。

蒙毅见始皇并没有采取行动，正要再说几句主上圣明宽仁之类的话，却听始皇说道："冯卿、蒙卿，你们可以回府了。朝政的事，朕自有决断。"

冯去疾、蒙毅陪始皇下了城楼，只好施礼告退。

回到宫中，始皇毫不犹豫地在李斯的竹简奏折上用朱笔写了个大大的"可"字。

李斯的奏章终于以大秦法律《焚书令》的形式颁行天下，一场席卷中华大地的文化浩劫开始了。

身为丞相的李斯更是不遗余力地执行这项法令，他立即召集百官筹划具体执行事宜。

首先，他向始皇请旨，要以诏命的形式诏告天下，限期焚书，令下三十日后不烧者，按律处面部刺字并罚四年的劳役，送往北地筑长城。然后以朝廷的名义派出监御史到各郡监督执行，郡则派员到各县监督，县再派人去乡里。

《焚书令》初下，很多人对这项自古从没有过的荒谬法令还有些将信将疑，许多的人为防患于未然，迅速挖地窖、修夹壁墙，把书藏起来。为防止走漏风声，他们不敢请人干，也不敢白天干，只能等到深更半夜时，邻居和家人都睡熟了，一个人偷偷摸摸地干。白发苍苍的老学究，温文尔雅的读书郎，第一次拿起了他们不屑一顾的铁镐、锹，弄得满手水泡。可是，为了保住这些被他们视为生命的经典古籍，他们不敢出声，不敢怨恨。

齐鲁是儒学祖师孔子的故乡，文风最盛，收藏经典古籍的人家最多，为躲过这场劫难，人们想尽了办法。有的人怕埋藏的书迟早会被找到，干脆把自己的脑袋当作藏书最保险的地方：在限期的三十天内，不分白天黑夜地强记，能记多少就记多少。也有数人协作，大家分头背诵，你背《诗》，我背《春秋》，他背《周礼》《易经》，等等。待风声过后，再凭各人的记忆自己写出来。为了防止背叛，他们都在孔子的圣位前发誓，歃血为盟。

但是，更多的人慑于大秦的严刑峻法，不得不在限定的时间内，含泪将书简上交官府。各郡、县的官府门前，竹简的、木简的、羊皮的、丝绢的手抄本古籍堆积如山。

一声令下，西自临洮，东至齐地，北自辽东，南至南海，凡大秦的版图之内，到处燃起了焚书的熊熊之火。

白发的老学究，嗜书如命的少年郎，眼睁睁地看着几千年来先圣、先贤的智慧结晶转眼之间化为灰烬，痛不欲生。

目不识丁的黔首也在含泪围观，他们虽然看不懂那书简上的符号，却深知上面有圣贤的教诲。没有圣贤之言，这个世道会变得更加黑暗。

大秦土地上，焚烧的不是竹简、木牍，而是祖先的心血、百姓的眼泪！

三十天的期限很快就过去了。各郡分别把收缴、焚烧的书简数量上报的，李斯发现，各郡上报的焚烧数量还不及实际数量的十分之一。何况，各郡都存在虚报、夸大成绩的问题。

原来，《焚书令》初下，不但寻常百姓，就连很多官员，包括由朝廷派往各郡监督《焚书令》执行情况的监御史，都认为此令不过是始皇和李斯一时冲动的结果，也许雷声过后就没事了。因为烧尽天下古书籍跟禁止人们吃饭、穿衣、睡觉一样荒唐可笑，无法执行。从朝廷到地方，从三公九卿到县乡小吏，哪个当官的没读过这些经典古籍？烧掉了它们，等于否定自己的过去，他们还有什么值得向百姓自傲的？

李斯看出来所有的官员都在敷衍了事。不动点真格的，由他一手炮制的《焚书令》有可能成为一纸空文。他向始皇上奏，说明了真实的情况后，向各郡派出了大量的密探，很快查处了一批执行不力的官员，将他们斩首的斩首，下狱的下狱。这一下，各地官员才认真执行起来。

李斯进一步加强检举和连坐的执法力度，明令举报者重赏、免罪，知情不报者与违法者同罪，一人私藏，邻里、亲属、朋友都株连获罪。在严刑峻法的威慑下，邻居举报邻居、朋友出卖朋友、父亲告发儿子、儿子检举父亲的事情屡见不鲜。

《焚书令》本是李斯和始皇在儒生问题上矫枉过正的产物，必然也引发起执行者过度的做法。于是，冤假错案层出不穷，严刑峻法使有的人胡乱招供，结果株连的范围越来越大，连坐的犯人越来越多，各郡不但监狱人满为患，而且被解往外地修筑长城的犯人也络绎不绝。

严刑峻法并不能使酷爱诗书的人们向荒谬的法令屈服。薛郡曲阜是孔子的故里，孔子第八代孙孔鲋正乘着夜色指挥着族人把一捆捆的诗书典籍藏进孔府大成殿的夹墙里。

"小心点儿，别摔坏了，这可是咱孔家的传世之宝啊！"满头白发的孔鲋一遍遍地嘱咐，生怕毛手毛脚的小伙子损坏了书简。

"太公，您这么做可是犯法的事儿，真要是被官府发现，咱们孔家够灭族的。"年轻的小伙不无担忧地说。

孔鲋气得胡须一撅一撅地说："就是灭族也要保住咱先人孔圣人传下来的经典。咱们孔家为什么受世人尊崇？还不是因为孔圣人传下来的圣贤之书？作为后人，虽然不能发扬光大，但总该保存下来吧！否则，何以面对列祖列宗的神位？"

一位中年儒者忙劝解道："太公息怒，晚辈不是正按照您说的去做吗？头可断、血可流，孔圣的经书不可丢。晚辈们不是贪生怕死之徒。"说着，又转向忙碌的人们说："大家只管把书简藏好，不必担心，大成殿历来被天下人视为圣地。嬴政和李斯再狂妄也不敢搜大成殿。"

孔鲋仍不放心，目光严厉地扫视着族人，说道："你们都是孔圣的后人，一定要做好最坏的打算。如果官府听到风声来大成殿搜查，孔氏不分男女老幼，全部赶来保护祖宗经典。听见没有？"

"听见了。"

经典古籍终于藏好。孔鲋亲自封好夹墙的入口、盖上掩饰物以后，又仔细地检查了几遍，才率族人悄然离去。

第二天，县尉果然带着搜查队来挨家挨户地搜查古籍，不但翻箱倒柜，而且拆墙毁室，遇到可疑的地方，更是挖地三尺。好在孔氏族人早有准备，家里收存的古籍该缴的缴了，该藏的藏了。搜查队折腾了半天，一无所获，悻悻而去。

孔鲋放下心来、正要回内室歇息时，忽听大门外响起脚步声，负责暗中保护大成殿古籍的一名孔氏子弟气喘吁吁地跑进来，说："太公，不……不好了，县尉要搜查大成殿。"

孔鲋大吃一惊，来不及细问，忙吩咐道："快，通知各家各户，全部去保护大成殿。"

孔庙大成殿前，县尉带领二百多名县卒正与几十名守护的孔氏子弟争吵。忽见黑压压的人群从四面八方向大成殿涌来，县卒全都害怕了。

孔氏子弟一见，高兴极了，一改刚才的软弱态度，硬邦邦地说道："县尉大人，你看清楚了，这里可是孔庙大成殿，天下圣地。你敢怎样？"

县尉被激得心头火起，怒声说："本官只知道这里是大秦国土，要例行搜查。你们妨碍本官执行公务，想造反吗？"

"造反不敢，保护先人圣地是真。"一个苍老而洪亮的声音传进县尉的耳朵里。他抬头一看，须发尽白的孔氏族长孔鲋正走过来，在他身后，成千上万的孔家族人把大成殿围了起来。

县尉知道，孔鲋作为孔子八代孙在薛郡德高望重，受人敬重。所以他不敢怠慢，远远地抱拳施礼道："孔老先生，下官有礼了。"

孔鲋还礼，儒雅地笑问："大人公务繁忙，哪有时间来大成殿祭拜圣人？"

县尉尴尬地笑道："下官也是人在公门，身不由己。不瞒老先生，本官的部属在大成殿后面的草地里捡到几片竹简，上面刻的是《周礼》的片段文字，所以怀疑大成殿非法藏匿经典古籍。请孔老先生见谅。"

孔鲋一听，暗暗心惊，埋怨这帮小子做事不利落。但事已至此，唯有设法保护书籍，因此，不慌不忙地说道："大人捡到的竹简，也许不知是何年何月哪个逃学的学童丢失的。老夫是孔氏族长，可以担保大成殿不曾藏匿什么古籍。"

县尉冷笑说："下官当然相信你。可是，监御史大人不相信您，还望海涵。"

孔鲋面露难色，犹豫半天，才横下心来说："念大人也是身不由己，老夫不怕惊扰先圣之灵，破例让大人进殿搜查。不过，请大人只带十名兵卒，而且不得喧哗。"

"谢孔老先生成全。"县尉闻言大喜。他一挥手，向身边的十名亲兵命令道："走！"

亲兵们跟在他身后，一齐走进大成殿的大门。孔鲋也跟着进去，陪着县尉把大殿里里外外搜查一遍，连一根竹简的影子也没看见。

"大人，这会儿该死心了吧？"孔鲋冷冷地说道。

县尉还是不放心。因为那几片竹简明明是刚刚跌落的，肯定有人往大成殿藏过书籍。可是，会藏在哪儿呢？他一双贼眼不甘心地东瞧瞧西看看，搜索着一切可疑的地方。

"对，夹墙！"他忽然想起来。有几起藏匿的典籍就是他从夹墙里发现的，并因此受到监御史的奖赏和提升。颇富经验的他早该想到这一点。

得意忘形的县尉举起手，用手指轻轻敲击大殿的墙壁，以判断是否中空。孔鲋一见大怒道："这里是孔圣祠庙，大人不得无礼。"

县尉冷笑道："这里是空的。孔老先生，里面藏着什么？"

孔鲋怒道："大人言而无信，休怪老夫无礼了。来人，把这些惊扰先圣的狂妄之徒赶出去。"

一直等候在门外探听动静的孔氏子弟闻声一齐涌进殿内，推推搡搡地把县尉和他的十名亲兵赶出殿外。县尉恼羞成怒，威胁着吼叫道："孔老头，你等着，监御史大人马上就到。"

孔鲋轻蔑地笑道："孔氏子孙没有软骨头，就是始皇亲来，也不能拆大成殿。"

话音未落，忽听孔氏族人中有人惊叫道："不好了，官兵来了！"

众人往驿路方向看，果然有一队骑兵队伍正往这边开来。孔鲋看那队首的旌旗，不是郡守的旗号，却是朝廷旗号，便知是监御史来了。看那些骑兵，都是薛郡的精骑，约有一千多骑。原来，县尉看孔氏人多，悄悄派人通知了监御史。

县尉大喜，不等队伍靠近，忙躬身迎了上去，跪叩施礼说："大人，您总算来了。这帮姓孔的狗胆包天，竟敢阻拦下官执行公务。大人一定要把他们抓起来论罪。"

监御史是武将出身，人高马大，一脸的横肉，听到县尉的报告，怒道："他们真敢违抗圣命？本官亲自问问。"说完，下马向人群走去。

孔鲋早已做好应对的准备，上前施礼道："孔圣八代孙孔鲋拜见大人。"

监御史打量着他，嘲弄道："什么孔圣人，圣上查剿古籍，就是不要他们妄称圣人。圣人只有一个，那就是始皇帝。"

孔鲋轻笑说："圣人是天下读书人敬重的先祖孔丘的尊称。大人不许老朽这么称呼，老朽不说就是。"

"孔老头，你老实说，大成殿里到底藏没藏书籍，本官可不追究你们的罪过。如果被搜查出来，一定严惩不贷。"

孔鲋明白，现在是秀才遇着兵，有理说不清。便把银须一扬说："县尉大人不是搜查过吗？没有！"

县尉一听，忙在监御史耳边低语几句。监御史立即冷笑说："有人看见你们往里面搬运书简，而且就藏在大成殿夹墙里。"

孔鲋才不相信孔氏子孙会有这种不争气的人，因此，平静地问："谁看见的？大人请把他叫出来，老夫要当面问问他。"

"还用得着问，本官命人拆开夹墙便见分晓。"

孔鲋断然拒绝道："对不起，大人绝不能拆大成殿。先圣孔丘去世的第二年，鲁哀公于旧居建成大成殿祭祀先圣，历代鲁君及各国诸侯无不视为圣地，只有人来修建，从没有人动过这里的一砖一瓦。连南方的楚王也是年年派人来祭祀。大人要拆，天下人答应吗？大人担得起这个责任吗？"

监御史一听，这文绉绉的老头还挺硬的，顿时恼怒道："本官奉旨专门监察《焚书令》的执行，还有什么可怕？县尉，命令你的部属往里冲。"

县尉有了靠山，顿时有恃无恐，向属下的二百名县卒命令道："都愣着干什么，还不给我往里面冲！"

县卒们闻命，你推我挤，犹豫不前。忽听孔鲋哈哈大笑，说道："要拆大成殿，哼！那就先杀了老头，再踩着这一万多孔氏子孙的尸体过去。"

"对，放马过来吧，我们等着呢！"

围在前面的一层层孔氏族人呼啦啦全站起来怒吼道，万千人的声音如雷轰响，震得县尉耳朵嗡嗡响。他这才注意到，大成殿已被人群层层围住。每个人都紧咬嘴唇，脸上流露出与大成殿共存亡的表情。这么多人，恐怕不下两万，里面肯定也有闻讯赶来的外姓人。男的、女的、老的、少的都有，还有怀里抱着孩子喂奶的村妇。

县尉害怕了，他也是本地人。为着查禁古籍邀功请赏得罪了不少人。现在又要得罪这么多的人，说不准哪天自己会被突然飞来的石块打死，那时上面有再多的封赏也不属于自己了。

"大人，众怒难犯，依下官之见，还是……"县尉说道。

监御史一听，威严地"哼"了一声，喝道："怎么，你想退缩吗？本官就是专门监督你们这些执行不力之辈的。临阵退缩，可要按律处置。"他话说完，突然抽出佩剑，点着县尉胸口，命令道："命令他们往里冲！"

县尉断了退路，只得抽出佩刀，往大成殿一指，命令道："违令者立斩不赦！冲进去！"

县卒都是本地人，而且有多半是孔氏子弟。一看当官的下了死命令，不得不闭上眼睛，咬紧牙关，驱马冲进人群。

静坐的人们见他们真的冲进来，顿时骚动起来，妇女哭、孩子叫，乱成一团。

二百名县卒只管往里面冲，根本不忍心动用兵器。刚冲到第二层，里面的人就有了准备，有人脱下衣袍，撕成长条，结成绊马索，有人准备好了木棍等武器。大家齐心协力拉起绊马索，将最先冲进来的马匹绊倒，用木棍把马上的人击昏，捆绑起来，后面县卒中的孔氏子弟一看，不等他们动手，便故意跌落马下，扑到大伯大叔的身上，低声央求他们多在身上留点伤痕，以便交差。就这样半真半假地纠缠了一会儿，二百名县卒全被活捉了。孔氏子弟抢过县卒的战马和兵器，迅速武装起来。因为监御史手上还有一千多官兵，他们可不会像县卒那么客气。

果然，监御史暴跳如雷，他喝道："反了，真的反了。来呀，把这些逆贼给我就地正法。杀！"

只身一人逃回的县尉，慌忙上前劝阻："大人，形势不妙。要闹出大事了，大人您也担当不起啊！"

监御史一马鞭抽在他脸上，怒骂道："无能之辈。有什么不能担当的。孔氏族人抗拒官军造反的，就是陛下亲临，也不能饶恕他们。众将士，给我杀！"

孔氏族人也不示弱。男子大多是儒生，儒家有习剑的习俗，所以，孔氏子弟不但饱读诗书，不少人还会些功夫，他们利用抢夺的马匹、兵器，迅速做好迎战的准备。

孔鲋一看形势，真有些害怕了。他倒不是贪生怕死，而是为一万多名族人的性命担忧，先圣的经书典籍再重要，也比不得一万多人性命当紧。先祖要骂，就骂他一人好了。

孔鲋正要出面制止官兵的行动，表明自己的屈服之意，忽然，村口驿道上传来一阵急促的马蹄声，有人高喊："快快住手，不得妄动！"

众人一看，几匹战马急驰而来。

"郡守大人来了。"正犹豫着是否发起冲锋的官兵顿时松了一口气，惊喜地喊道。监御史一看是薛郡郡守，忙收回冲锋的命令。急奔而来的正是薛郡郡守和几名随从人员。他刚从属县回到郡衙，就听说监御史率一千多官兵去了孔庙大成殿，顿时吃了一惊。郡守素来敬重儒学鼻祖孔子，经常去孔庙大成殿祭拜。《焚书令》颁行后，监御史几次要求搜查孔氏族人和大成殿，都被他劝阻了。没想到今天监御史竟独自去了。

郡守立刻带着随从乘快马赶往大成殿。他来得正是时候，官兵与孔氏子弟剑拔弩张，一场流血事件一触即发。监御史跟郡守见过礼后，说："郡守大人，你来得正是时候。这帮刁民阻拦官府执法不算，还敢抗拒官兵，简直是造反。本官正要督兵镇压，请大人协助。"

孔鲋认识郡守，知道他向来敬重孔子，肯定不会像监御史一样粗暴蛮横，忙屈身施礼，大声说："郡守大人，大成殿乃天下圣地，任何人都拆不得，孔氏子孙誓与圣地共存亡。"

成千上万的人跟着怒吼道："誓与圣地共存亡！"

郡守一看，向监御史施礼道："大人，大成殿非一般宗庙祠堂，乃天下圣地，不可鲁莽从事。"

监御史不满地说："难道任由乱民逍遥法外？"

"先平息民愤，防止事态扩大。下官冒昧请求，能否将此事移交下官处理？"

"郡守大人不拆开大成殿夹墙搜查古籍，便是违抗圣令，本官可要上奏的。"监御史警告说。随即愤愤离去。

郡守命令官兵撤走之后，便与孔鲋等族人代表谈判。孔氏愿放回二百名县卒，还回马匹、兵器，但郡守必须保证不拆大成殿，郡守答应了。监御史得知郡守果真没拆大成殿夹墙搜查，气急败坏，当即上奏章举报郡守执行不力，庇护逆犯。同一天晚上，郡守也上了一份奏章，控告监御史处置不当，酿成民乱。

两份观点不同的奏章送进咸阳宫，在朝廷上也引起了争论。

始皇同时也接到来自齐、燕、赵，甚至楚、吴之地类似的告急奏章，他把奏章交付廷议。

李斯作为《焚书令》的炮制者，坚决要求此项法令贯彻到底，不可心慈手软。他说："《焚书令》为什么要出台，陛下和各位大臣都清楚其中的原因。所以臣以为此项法令乃是为了我大秦千秋万世打算，原则上是正确的，是不容置疑的。各地出现的这些问题，只是在具体执行中出现的，应该是地方官员的执行方法问题。无论如何，此令一定要执行到底，让天下黔首养成遵法守法的习惯。一旦半途而废，以后朝廷再有法令颁行，天下人先是议论，然后抵制，乃至反抗，势必造成整个行政体系的瘫痪，朝臣和官府还有什么权威可言？国家法令是需要百姓遵守的，不是让他们议论的。当年商鞅变法，秦人都因其苛酷而反对。秦国大治后，反对的人又都赞扬商鞅。任何一项法令都必须在贯彻执行后，才能显现它的作用。"

李斯刚说完，廷尉蒙毅就起身表示不同的意见："李丞相大谈原则问题，可是，陛下和诸位却在为奏章所反映的问题忧心。不仅是孔庙大成殿发生了骚乱，各郡都发生规模不等的百姓罢市抗议、示威等事件。如果按照法令的规定，偶语诗书者弃市，不知要有多少人下狱、处死。这对大秦来说，不是令人高兴的事。原先已经销声匿迹的市井游侠和反抗分子，也借着这股风潮频频活动，他们袭击执行《焚书令》的官差和官员，一天数起，弄得到处风声鹤唳、草木皆兵。有抵触情绪的百姓不但不支持、同情官府，反而庇护犯法者，为官府的缉捕造成困难。这些问题难道不是关乎大秦千秋万世的问题？难道不是原则问题？难道不是迫在眉睫、不得不尽快解决的问题？"

蒙毅对李斯一手炮制的《焚书令》颇为反感，所以言语犀利，不留情面。

始皇点点头说："蒙卿言之有理，眼下还是以解决问题为要。首先是孔府大殿的问题，诸卿有何高见？"

李斯被蒙毅的话说得不舒服，起身态度坚决地说："臣以为大成殿必须拆开夹墙，接受官府的搜查，不可妥协。否则，就无法拆查其他的房屋建筑，不拆开搜查，人人都将违禁书籍藏在夹墙里，《焚书令》还不是一纸空文？臣还查明，各地的骚乱事件都是一些别有用心的儒生鼓动、挑唆引起的。臣主张对这些首恶分子要严加惩处！"

始皇愠怒，说："朕对这些儒生够优遇、容忍的，没想到他们还是不领情，还在暗中与朕作对。蒙卿，你是廷尉，传诏各郡，追捕这些首恶分子，一定要严加审讯，找出同党，一网打尽。"

"臣遵旨！"蒙毅回答，"但是，臣以为大成殿不能拆。"

"为什么？"

"李丞相说得太绝对了。原则归原则，但事实归事实。秦法虽严厉，但遇有特别的案件，陛下还要特赦呢。高渐离就是一例。臣以为大成殿乃孔族家庙，被天下视为圣地，不同于一般的民房建筑，应由陛下特赦免拆。即使一般的民房建筑，如在没有确凿证据的情况下也不能拆。如果仅凭怀疑猜测就拆人家的房子，当不要把天下所有的房子都拆掉？其实，《焚书令》再严厉，总有人敢收藏古籍，仅凭一纸法令是不可能把所有的经典古籍都烧完的。大成殿夹墙就算藏有典籍，也于大局无碍，何必因小失大，引起众怒呢？”

“好！”突然有人冷不丁地喊了一声，把大家吓了一跳。始皇循声看去，却是公子扶苏发出的赞叹声。

扶苏是始皇长子，为人贤孝宽仁，在朝野上很有些贤名。始皇虽然还没有立太子的打算，但却希望扶苏及早历练政事，所以，从今天起让他参与朝政。始皇于是笑问道：“扶苏，你说廷尉之言好在何处？”

扶苏上前，先给父亲施礼，又向李斯、蒙毅等大臣谦恭地一笑，说：“廷尉之言，既有原则性，又不乏灵活性。儿臣以为法律是死的，立法宜严，但执行是灵活的。执法宜宽不等于不讲法律原则。真理过头一分便是谬误，时势人事千变万化，并不是区区几条律文所能囊括的。比如，秦地黔首习惯于严刑峻法且不尚读书，焚书令很顺利地执行。而齐鲁之地文风盛行，几乎家家都有藏书，执行起来当然会困难。大成殿乃孔氏祠庙，拆人家庙跟挖人家祖坟一样，最易致民怨。何况孔仲尼在那里被称为圣人，要拆他的祀庙，一定会招来更大的民怨。儿臣以为，廷尉言之有理，大成殿不可拆。”

始皇听了，点点头，显然很满意，又温和地问：“你以为该如何处置？”

“儿臣以为父皇应派一名有声望，而且能代表您的大臣前去安抚，恩威并用，不难平息骚乱。”

始皇看了李斯和蒙毅一眼，征询他们的意见。

李斯心眼灵活，早已看出始皇赞同蒙毅和扶苏的意见，于是说道：“臣刚才说的话有些偏激，还是公子和廷尉的话有道理。臣赞同公子之言。”

蒙毅自然不会反对。

“那么，派谁去呢？”始皇又问。

李斯赶紧低下头去，生怕派自己去，他心里比谁都清楚。《焚书令》由他一手造出，到了齐地，那些刺客游侠非取走他的脑袋当球踢不可。始皇何等聪明，早看出他的心意，也不为难他。又看了看蒙毅，太年轻，恐怕不够分量。何况，他以廷尉的身份去，不知情的以为要兴狱，反而弄得更紧张。最后，他把目光落在扶苏身上。

李斯看出始皇心意，立即奏道：“臣以为，公子前去最为适宜，一则公子贤名，天下尽知；二则公子的身份足以代表陛下，可抚慰人心，宣扬陛下威德。”

蒙毅说：“公子是最理想的人选了。”

扶苏慨然请命道：“儿臣愿为父皇分忧，亲赴齐地，处理孔庙大成殿的问题。”

始皇就等他的这句话，立即说道：“钦命公子扶苏代朕巡视赵、鲁、齐三地。”

扶苏代始皇出巡的消息一经传出，朝廷上下立刻议论纷纷，议论的内容几乎都是说始皇有意历练长子扶苏，有立他为太子之意，就连始皇的其他公子也这么认为，并且心里都有一种失落，有的公子眼皮子活，干脆上门巴结这位未来的皇太子。

但是，扶苏心里非常平静，他完全不像其父那样有强烈的权力欲望，对能否立为太子的问题从来没有认真地想过。既然父皇命他出巡，他当然乐意。替父分忧、为国出力，是自己应尽的责任。与始皇庞大的出巡队伍相比，扶苏轻车简从，别说排场阔气，简直有些寒酸。同室兄弟看不下去，说是有损皇家尊严，也不利于保护自己和进行工作，好说歹说，他才又多带了几名护卫人员。扶苏有自己的一套巡视方法。他感到父皇那种高高在上、一副征服者姿态的巡视令地方官员望而生畏，根本听不到下层民众真实的呼声，很多事情经过层层歪曲，早已失去了本来的面目。他要一反其父所为，真正接近地方官吏和下层民众，看看大秦的基石是否真的那么牢固。

按计划，他取道魏地，经过赵齐，最后到达鲁地曲阜。

对于沿途的地方官吏来说，公子扶苏的出巡似乎没有多大的动静，既不像微服出巡，也不像公开巡视，地方官府被明令免掉接送的繁文缛节，由乡间小吏陪着公子和几名侍从在市井茶楼出没。公子扶苏通过与沿途地方小吏及乡老的叙谈，得知《焚书令》对于绝大多数的民众没有多大的影响。在魏地，一个县城也找不到几家藏有古籍的，黔首们对烧不烧古籍完全无所谓，他们大多不识字，每天忙于生计，谁也不会关心烧不烧书的问题。齐鲁虽说文风盛行，有些黔首认得几个字，但大多也不去读那些艰涩难懂的古籍。商贾虽然识字较多，但忙着赚钱，根本不关心《焚书令》，剩下的唯有靠古籍为生的儒生和其他的学者。这一阶层的人只占全部人口的极少部分。但是，由《焚书令》引发的问题是可怕的：地方不少官员乘机勒索，借名敲诈，仇家借此诬告构陷；反秦分子借机从中挑拨、煽动人们的反秦情绪。本来并无反秦之心的儒生、学者也说这些古籍是上天借由圣人之口传下来的真理，嬴政烧这些书就是悖逆天意、亵渎神灵。他们自觉不自觉地充当了反秦宣传员。

扶苏自幼喜爱读书，那些经典古籍他大多都读过，有些甚至熟到能背诵。但是，他始终没有感到这些古籍对于大秦有什么危害。《焚书令》没有给大秦带来稳定，恰恰相反，疯狂的法令使儒生和学者把他的父皇看成逆天而行的千古罪人。这是多么可怕的现实，扶苏甚至能够感觉到大秦的基石在颤动。

他要尽自己的力量挽救这座将倾的大厦，便在一路上严办了几名借《焚书令》贪污和公报私仇的郡县官员，把他们谪放到边境修筑长城。由此人心大快，众人无不称颂公子贤明公正。扶苏的贤名迅速传遍赵、齐、鲁三地。凡他经过之处，抗议朝廷的风潮便迅速平息，地方吏民无不称颂，都在心里庆幸将来有这样贤明仁慈的好皇帝。

扶苏一路忙碌，不知不觉便到了鲁地。薛郡郡守与孔鲋等地方父老早已听说扶苏一路所为，不约而同出城二十里迎接。扶苏接见过他们之后，不入郡衙，而是先由郡守与孔鲋陪同，前往孔子陵墓祭拜，又去大成殿观瞻孔子生前的事迹。扶苏对于这位二百多年前的学者的品行不由肃然起敬。他从父亲身上继承了法家思想的衣钵，也从那些经典古籍中汲取了儒家思想的营养。其实，儒家与法家思想并非完全对立，扶苏就是这两种思想的具体结合体。

薛郡郡守在扶苏欲出大成殿时，突然双手捧印信跪下，说道："公子，臣自知有罪。当时臣曾向孔氏族人许诺，只要臣在郡守任上一天，就保证不拆大成殿。现在公子来了，臣理当被革职问罪，拆不拆大成殿，臣也不用过问了。"

扶苏不悦道："你这是在要挟本公子吗？"

郡守谦恭地说："臣不敢，臣是向孔氏族人兑现诺言。"

"嗯，你以为本公子一定要拆大成殿吗？"

郡守愕然，不知如何作答。

孔鲋在旁，听出扶苏话语中有商量的余地，立即跪倒在地，连连磕头说："如蒙公子大恩，大成殿得以保全，先祖孔圣在天之灵及孔氏子孙万世永念公子的大恩。"

扶苏没有直接回答，却微微叹息说："父皇崇尚法家思想，法家主张以法治天下，通过严刑峻法约束人的不良行为，从而达到大治的目的。令先祖孔圣述而不作，整理五经，对中原文化影响之大，前无古人，如椽之笔使得乱臣贼子人人恐惧，世上少了好多坏事。如果天下人都能崇文尚儒、修身养性，同样也能达到天下大治的目的。你们说，法家、儒家是水火不相容的关系吗？"

孔鲋自然听出扶苏的弦外之音，心中窃喜。但是，扶苏不亲口承诺，大成殿拆不拆还是不成定案。因此，他依然忧心忡忡地说："先祖孔圣著述再多又怎样？声名再好又怎样？还不是一把火烧个精光。"

扶苏意味深长地说："孔先生，你以为一把火真能烧尽天下的书吗？"

孔鲋故意装傻，说："怎么烧不尽。譬如这大成殿，竹木结构点火就着，不消半个时辰，灰飞烟灭。谁还敢冒灭族之罪重建不成？"

扶苏没说话，却把侍从等人全支出去。殿内只剩下郡守、孔鲋和他三人，他才说道："父皇颁行《焚书令》完全是一些腐儒惹恼的。这些人一天到晚引经据典、以古非今，其实，新制度比旧制度更符合现实，他们就是不肯睁开眼睛看一看，真正流传的东西是烧不掉的。大成殿是否藏有古籍，本公子不知。但是，天下肯定不止一处藏有古籍。朝廷内部就保存着完整的两套五经和《春秋》。在这次以古非今的风潮过后，再找工匠复刻和手抄。孔先生还有什么不放心的？"

孔鲋跪着不说话，他担心的还是大成殿的存与亡。

"本公子明白先生所想，"扶苏笑道，"在离京之前，本公子已请求父皇，不必拆大成殿。"

孔鲋闻言，又惊又喜，老泪横流，连磕了几个响头："老朽感谢公子！先祖在天之灵和孔氏子孙万代感激公子的大恩！"

郡守也感激地磕头谢恩。扶苏说道："郡守大人，该革职的不是你，而是处置不当、挑起民怨的官员。本官要法办薛郡监御史和县尉。"

郡守惊得又磕头谢恩："公子圣明，薛郡父老感谢公子大恩。"

扶苏将两人扶起，又问孔鲋说："本公子把心里话都说了，现在要问先生一句话。"

"公子尽管说，老朽一定据实回答。"孔鲋爽快地答应说。

"告诉本公子，大成殿有没有夹墙？藏没藏古籍？"扶苏正色道，"在您先祖孔圣面前是不能说假话的！"

"有夹墙，藏着好多书呢！"孔鲋毫不犹豫地说，"就是到了咸阳，老朽也敢跟公子说。"

"先生答得如此痛快，不怕本公子反悔吗？"扶苏笑道。

"公子乃未来的天子，金口玉言，岂有反悔之理！"

"不许胡说！"扶苏立即制止说，"本公子不敢妄想。只是告诉先生，有价值的东西，会有很多人保护它。"

孔鲋叹息道："《焚书令》初下，老朽担心、害怕，好多天都睡不着觉。听了公子之言，老朽心安了。"

【第十六回】

修皇陵千军护驾，跨碧海一命归天

扶苏出巡赵、鲁、齐三地，顺利平息各地骚乱风潮，而且赢得一片称颂之声。

始皇真该对这个长子刮目相看了。这个外表俊美，看似柔弱的儿子，内里却继承了他性格的全部优点，处事果敢利索，不受传统习惯的束缚。但是，始皇也有几分不满，那就是扶苏对那些抗议者的退让似乎有损他始皇帝和朝廷的威严。那些称颂的声音在他看来是以朝廷的妥协为代价换来的。

但是，不管怎么说，风潮已经平息，大秦的天下恢复了安定，扶苏功不可没。始皇心也清闲了。国事安定的时候，他很容易又想到求仙上头去。徐福依然是没有消息，卢生也没有见到羡门、高誓，但却意外地遇到皇后。对了，皇后既然成了仙，一定有办法帮助他修炼成仙。始皇信心十足，因为羡门、高誓等神仙可以不帮他，皇后却非帮他不可。多少年的夫妻，皇后就是做了神仙也会想着他。要不然，也不会让卢生捎回那块写着"亡秦者胡也"的锦帕。他一阵兴奋，立即招来卢生询问。

卢生这些天也参加了抵制《焚书令》的活动，只不过不是其中的积极分子。毕竟他也是儒生，所以对始皇突然下令焚烧所有经典古籍感到难以理解和不满。好在朝廷上下都知道他是始皇宠信的方士，所以没有人敢认真地办他的案子。

卢生闻听始皇召见，立即赶来。他知道，为赵高办事的机会来了。

"卢先生，朕召见你，是想问你遇见皇后仙踪时，皇后除了让捎回那块锦帕，还说些什么没有？"始皇在卢生施礼后问道。

卢生一听，有门儿，便按照赵高所授机宜答道："皇后娘娘跟臣说了很多话。臣上次还没来得及说，陛下就命臣退下了。所以，臣没有告诉陛下。"

始皇歉意地说："对不起，卢先生。上次朕有紧急国事要办，所以命先生先退下歇息。皇后还说些什么？"

卢生说："臣刚见到娘娘时，就说明了受陛下所托来渤海求仙之意，恳求娘娘赐修仙秘籍，让臣带给陛下。可是，娘娘说，秘籍没有她的指导，修炼不好会走火入魔，不如由她炼成长生不老之药，直接交由陛下服用。"

"到底是皇后对朕情深义重。"始皇叹息道，眼圈竟然潮红。

卢生又说："娘娘临行前交代，欲修炼成仙，一定清心寡欲、居处静室，不能与一般俗人接触。陛下灵根深厚，与俗人接触多了，俗人的浊气污了陛下的灵根，仙人就不敢和陛下接近，陛下修道成仙也就不容易了。"

始皇为难地说道："朕每天处理国事，总不能不与朝臣接触。"

卢生笑道："娘娘知道陛下为难，已经想到一个办法。"

"什么办法？"

"娘娘说，陛下挑选一批侍从，女子最好，因为男浊女清。然后再严格挑选必要的男子随从，以有仙根者为最佳条件。"

"可是，朕看不出谁有仙根。"

"娘娘神机妙算，已经为陛下挑选好了。"卢生故作轻松地说。

"谁？"始皇好奇地问。

"中车府令赵高！"

"哦！知朕者皇后也。赵高聪明乖巧，对朕一片忠心。皇后果然神机妙算。"

卢生正色说："娘娘说，别看赵高其貌不扬，可是他有贵骨，有仙根。"

始皇点头道："朕也喜欢赵高，他善解朕意，马上封他为郎中令，帮助先生挑选清纯的宫女和有仙根的男性近侍。"

卢生又说道："娘娘还嘱咐，陛下要多移动住处，夜宿何处不能泄露消息，以防恶鬼侵袭。"

"朕经常移动宿处就是。"

"不是经常，而是天天，有时甚至要一天数换。咸阳宫太小，陛下要再建宫殿。"

始皇对神仙皇后的话言听计从，点头说："朕也正嫌咸阳人多，宫室太小。当年周文王定都于丰，武王定都于镐，丰镐之间可作帝都。朕就在那里再建一群宫殿，足够轮换居宿几十年。"

卢生笑道："陛下有如此决心，又有娘娘相助，一定可以修炼成仙。娘娘还说明年此日她的仙药就可以炼好。"

"那朕就再为先生造楼船二十艘，多带金银珠宝前去代朕感谢皇后。这段时间先生就陪朕修炼吧！"卢生欢喜地谢恩退下。

于是，始皇在第二天朝会上当众宣布，他以后不再称朕，而称真人。真人当然与一般俗人、凡人不同，乃是介于凡人与仙人之间；任命赵高为郎中令；命少府在丰、镐之间建阿房宫。

　　群臣都为始皇的决定吃惊，为大秦的未来担忧。但是，他们都清楚，只要跟求仙沾边的事，任何人的劝谏都不能改变始皇的主意，弄不好，还会有性命之忧。所以包括李斯在内，没有一人再出言劝谏。

　　赵高一计成功，身居郎中令要职。不仅如此，他还和卢生一手挑选始皇身边的近侍、宫女，也就是说皇帝身边全是他的亲信、心腹。始皇自称真人后，一般大臣想见皇帝一面都困难，必须走赵高的门路。于是赵高一夜之间权势冲天，成为朝中炙手可热的人物，连丞相李斯也不得不对他刮目相看了。

　　赵高矮小的府第一下子门庭若市，热闹非凡。朝中上下，争相巴结起这个阉官来。有自称为门生，学习刑名的；有自愿为门客舍人，陪着帮闲清谈的；也有将子女寄在其名下当干儿、干女儿的。朝中大臣和宗室，也以与他交结为荣。

　　没多久，赵府私宅变了样。他是赵人，怀念赵国，所以也仿照始皇在咸阳重建的赵宫，造了一座规模较小的"赵宫"。

　　但是，赵高并不满足于此。他与嬴秦有不共戴天之仇，为了报国仇家恨，他必须检验一下自己的权势管不管用。

　　始皇为了不与俗人接触，以免俗人的浊气污了"真人"的灵根，命令把咸阳附近的二百七十座宫殿都用复道和甬道连接起来，复道和甬道的两边都用帷帐遮挡。所有宫殿都有钟鼓乐队，有美女居住。这样，俗人就看不出来他住在哪座宫殿。

　　始皇每天都更换住处，不让外人摸准自己的住处。也很少接见大臣，批阅的奏简都由专门的近侍送到面前，批复后再送出去。他还下令给身边的人：如果谁向外人泄露真人的住处，就被处死。召见不召见大臣都是赵高说了算，因为他跟始皇回禀说重要就重要，说不重要就不重要。始皇听他吹嘘事情紧急，只好召见。李斯总觉得自己是大秦的丞相，备受始皇的宠信，不甘心向一个得势的阉官示欢。有一次他有要事要见始皇，便要赵高转奏见驾之意，可是，连着三天赵高都推说皇帝太忙，不予召见。李斯不相信，始皇再痴迷于修炼、求仙，也不会不见他这个大秦的丞相。一定是赵高在捣鬼。

　　他决定不靠赵高，自己直接去见始皇。可是，摸不准始皇的行踪怎么办？别急，李斯有办法。始皇的身边也有他的耳目，一问便知。这名耳目深受始皇的信任，赵高与卢生在挑选有仙骨的人选时，也没敢轻易把他换掉。

　　果然，那名耳目向李斯报告说，始皇这几天根本不在咸阳，而是去了梁山宫。梁山宫坐落在距咸阳近百里的梁山上。李斯闻信后，立即乘车赶到梁山。此时始皇正和宫女内侍们在山上玩得高兴，偶然看到山下规模浩大的车队，禁不住问道："山下是哪个大臣的车队？"

　　内侍们从旗号上看出是李斯的车队，于是如实回禀。

始皇面色不悦，自言自语地说道："丞相的排场不小啊，快赶上真人的仪仗了。"

李斯上山，说有要事请求谒见始皇。内侍却传出话来，说皇帝正忙，不予召见，有什么事可以上奏简。

李斯垂头丧气地回去了。后来才从那名耳目的嘴里知道是自己庞大的车队引起皇帝的不快，于是赶紧缩减车马随从的规模。

又过了一段时期，始皇再看到李斯的车队时，发现长长的车队短了大半截，顿时，龙颜震怒，说道："真人身边有人泄露天子之语！这还了得，来呀，传赵高见真人。"

赵高今天不当值，正在教胡亥刑名狱法，闻召立即赶到始皇面前，施礼道："陛下急召臣有何吩咐？"

始皇怒气不解地说："真人有旨，近侍不得向外透露真人的任何言语行动，违旨处死。可是，真人在梁山宫随便说句话，就立刻传到李斯的耳中。郎中令，真人命你彻底查清此事。"

"臣遵旨！"

赵高心中得意，领命退下。立刻把上次梁山宫始皇身边所有的人都抓了起来，宦官、卫士、宫女、妃嫔足有近百人。赵高从来没有像今天这么威风过，当年受尽别人的欺凌辱骂甚至毒打，现在终于可以扬眉吐气，反过来打骂别人了。

他是刑名专家，对各种刑具的结构、功能了如指掌，于是，鞭打、火烙、二龙凳、断龙爪、洗仙脚——刑罚越来越残酷，惨叫声越来越凄厉，直至声息全无。

十多天过去了，始皇问起调查结果。赵高上奏说："臣讯问之下，感到非常震惊。这名隐藏在陛下身边的泄密者乃是郎中李琳。臣本想进一步讯问其背后所使，可是他断舌畏罪而死，臣怀疑……"

"人死就算了。"始皇出乎意料地平静，他很清楚这个李琳是李斯所使，可是，大秦需要李斯这样的丞相，他也需要这样的助手，他还不希望因为这件事治李斯的罪。李琳之死足以使李斯有所收敛，所以，始皇打断了赵高的话。

赵高见始皇没有表现出自己期望的愤怒，大失所望。其实，李琳是因刑讯逼供而死。他将泄密的罪名加在李琳的身上，本想借此煞煞李斯的傲气，没想到始皇反应冷淡。赵高小心翼翼地问道："陛下，其他人怎么处置？"

始皇没考虑这么多，反问道："以你之见呢？"

"臣本想，泄密者已经查明，其余人理应释放。可是，臣细一思量，以为不妥。"

"有何不妥？"

"李琳隐藏之深，伪装之妙，实在非同一般。如果不是这次偶然的机会，陛下至今还一无所知。臣猜测其余人员中恐怕也有被居心叵测者所收买的。何况，经此次刑罚，这些人一定对陛下心存怨恨，进而生异心，所以留之有百害而无一利。"

始皇赞同地点点头，说："郎中令所虑极是，这些人就交给你处置了。"

"臣一定不负圣望。"赵高施礼退下，又一次得意地笑了。

回到刑讯室，赵高一改往日阴森森的脸，换上温和的笑容，向这些受尽刑罚的昔日伙伴郑重宣布：泄密者已经查明，其余人免罪，陛下特赐御酒为大家压惊。

饱受痛苦的人们欢呼起来，无不称颂始皇的圣明和恩德。是啊，他们护卫、侍奉皇帝多年，始皇不会不怜惜他们的。

一坛坛的御酒端上来了，还有鸡、鱼等丰盛的菜。酒菜都散发着诱人的香气。

这些养尊处优的人，已有好些日子没见到荤腥了。何况，今天又是沉冤得雪的日子，于是，一个个再也不顾仪态，大碗地喝酒，大块地吃肉。

可是，两碗酒下肚，就有人喊肚子疼，而且疼得越来越剧烈。其余的人明白了怎么回事，可是为时已晚，只能最后骂一声："赵高，你好狠毒！"便一个个口鼻流血而亡。

赵高望着一个个倒下的尸体，得意地哈哈大笑。笑声在阴森森的刑讯室里回荡，更加恐怖。他终于抓到了掌握自己命运的机会了，他可以从从容容报复往昔的仇人了。

赵高高兴得太早了。他不过是小人得势，看不到危险时刻存在着，不知道他自己说不定何时就会失宠于始皇。

始皇昼思夜想的徐福出海求仙的事情终于有了消息，只是这消息不但没让始皇欣喜，反而让他恼羞成怒。

在琅琊台专门等候徐福求仙归来的始皇使者上奏简说，有人发现徐福在琅琊出现。可是据说不是来给皇帝送"青春之泉"仙水的，而是来接家眷的。使者与琅琊郡守带人赶到徐福的老家，却晚了一步，徐福已接走家眷，重入东海。琅琊郡守只抓到徐福的两个本家叔父。他们供认，徐福根本没有找到神仙，为逃避始皇的惩罚，特意接走家眷遁逃。

始皇没有看完，就把奏简扔在地上。虽然在奏简上，使者出于谨慎，没有用"欺骗"两个字，但是，始皇完全感觉到自己被愚弄、被欺骗了。他是秦始皇帝，从来都是他把别人玩弄于股掌之间，而没有人敢欺骗、愚弄他。徐福，这个十恶不赦的大骗子，应该处以车裂之刑。可是，徐福早有了防备，连家眷也接走了，遁入东海，不知在哪个岛上称王称霸呢。要想抓捕他，无异于大海捞针。始皇愤恨难消，自然由徐福而想到卢生、韩冬、侯公、石生等方士是否也在欺骗他。于是，当即召见廷尉蒙毅，责令蒙毅对这些方士严加审查。蒙毅一直为始皇痴迷于求仙问道而忧心如焚，只是慑于皇帝的威严而不敢劝谏。现在见始皇吃一堑、长一智，有所醒悟，当然高兴。立刻不遗余力地展开调查。

赵高得到消息，吓了一跳。他很清楚，一旦卢生被蒙毅传讯，就会把他牵扯进去，所以当即通知卢生赶快逃走。卢生对他感激不尽，又去通知了侯公、石生、韩冬等人。一夜之间，几名方士全部从咸阳消失。

蒙毅抓不到卢生等人，调查的结果却牵扯到郎中令赵高。他知道赵高现在的分量，所以不敢贸然动手抓人，而是直接面奏始皇。始皇一听赵高也牵扯进去了，更加恼怒，当即叫来赵高与蒙毅当面对质。

"赵高，廷尉调查的结果，说你与卢生串通一气，欺蒙朕躬，是否属实？"始皇气急败坏地连自称"真人"也忘了。

赵高一副奴才相，跪在始皇面前，哭丧着脸。他自知罪责难逃，唯一自救的办法就是避重就轻，装出一副可怜相来打动始皇，只要皇帝动了仁慈之心，他就可以保住性命。

因此，赵高一见始皇，就跪在地上痛哭流涕，悔恨交加地说："奴才该死，奴才无用，竟受奸邪所惑，罪该万死！"

蒙毅却不吃这一套，威严地说："赵高，你是如何与卢生串通一气，欺蒙主上的，必须从实招来。"

赵高止住哭声，满面羞愧之色，说："臣自知罪孽深重，就是死十次也难赎其罪。所以，臣甘愿接受任何刑罚，毫无怨言。臣死无所求，只想请陛下明白，臣不是有意串通卢生欺蒙主上，臣也是受他的欺骗。陛下如此圣明，尚且被他所骗，臣自然更难逃此劫，也许是天注定臣死。臣只求速死，以报陛下知遇之恩。"

始皇还真被他的一番言语和可怜相给打动了。尤其是自己受了卢生的欺骗，赵高也是受骗者，同病相怜吧，他真的同情起赵高了，刚才的怒气也消了大半。但是，此事应归蒙毅主管，所以，他问道："蒙卿，以赵高之罪，应如何处置？"

蒙毅毫不迟疑地答道："串通方士，蒙蔽主上乃欺君之罪，按大秦律法，至少要处弃市之刑。"

赵高一听，吓得差点瘫软在地，本能地张口要喊"陛下饶命"，话到嘴边又咽下去。因为他刚刚慷慨地说过死而无怨的话，这时再喊饶命等于自己打自己的嘴巴。始皇一听，心里一动，为赵高惋惜。但是，按律法，蒙毅处置算是量刑最轻的，何况始皇心里那种被欺蒙的羞辱感一直没有消失，所以，他没有说话。

赵高一看情形要糟，顿时怨恨蒙毅做事太绝，不给始皇台阶下。可是，现在不是仇恨蒙毅的时候，先保住性命要紧。在这种生死攸关的时候，他不是哀求饶命，而是从从容容地说："陛下，臣侍奉您一场，没想到就要再也见不到您了。臣临死前，想劝谏陛下一句，神仙是信则有，不信则无的东西，经过这次教训，罪臣以为，陛下已近知命之年，该做两手准备，能修炼成仙或求得长生不老之药最好，万一不能如愿，请陛下及早修建陵墓，以备千秋。退一步说，即使修炼成功，所修的陵寝也可作为宣扬陛下和大秦威德的纪念性建筑而流传千古，罪臣的话说完，请廷尉大人处置吧！"

始皇听了，差点感动得掉下眼泪。还是赵高善解始皇的心意，知道他天天想的就是长生不老或修炼升仙。朝廷中这么多大臣有谁真正为皇帝解忧？有的大臣还对他求神问仙说三道四，朝廷外则有人借此诽谤天子。天下之大，唯有赵高最知他的心。

"蒙卿，赵高侍奉朕多年，劳苦功高，以朕之见，还是免去死罪，革去官职，交廷尉大牢关押吧！"

"这……"蒙毅早就看不惯赵高的嘴脸，今天终于抓住他的把柄，本来以为必治他的死罪，没想到始皇亲自为他求情。蒙毅迟疑了一下，只得叹息道："陛下开恩，臣岂敢不从！"

赵高欣喜若狂，痛哭流涕，拜谢道："罪臣感谢陛下再造之恩！"

"不是朕开恩，而是蒙卿法外施恩，饶你一死。"始皇知道蒙毅心里不痛快，便把这个人情送了过去。

赵高绝顶聪明，立即给蒙毅磕头说："罪臣多谢廷尉大人活命之恩。"

蒙毅端坐不动，冷冷地说："郎中令如此大礼，蒙某担当不起，请起来吧！"

卢生、侯公、石生、韩冬等人逃出咸阳之后，过着漂泊不定的逃难生活，对始皇无不恨之入骨。他们本身就是儒生，对始皇的《焚书令》深为不满，卢生还参加过抗议活动。只是当时他们深受始皇的信任，不愿意放弃眼前的荣华富贵。如今既成逃犯，一切都成了泡影，才下定决心与嬴政见个高低。

由于卢生等人的煽动，各地渐息的风潮又有所抬头，告急的奏简不断送到始皇的御案上。当他看到卢生的檄文时，顿时大怒。当即急召朝中大臣和宗室，召开御前会议。

秦始皇说道："朕急召众卿，是要与众卿商议一个重要而紧急的问题。前些日子，朕颁行《焚书令》，收缴了一批有害于天下安定的古籍，并付之一炬。朕还让各郡推荐一批贤良方正之士到咸阳，想让他们为大秦做点有益的事。还有些方士，要求为朕寻求仙药或炼制长生不老之药，朕对他们也不错。

"可是，推荐的那些儒生不但非议朝政，还挟众威胁朕，简直目无王法，目中无朕。而那些方士被朕识破骗术后，逃入江湖，更是肆意恶毒诽谤、诋毁朕躬。

"朕对于这些儒生可谓一忍再忍，仁至义尽，可是他们不但不知道感念君恩，反而变本加厉地攻击朕和朝廷。也许，他们以为朕的忍让是软弱可欺的表现。朕今天就是让他们看看朕强硬的一面，让他们见识见识天子之怒。"

始皇是第一次在众臣面前公开谈论方士和求神炼丹的事，言语之间透出阵阵杀气。众臣一听，始皇紧急召见就是为这件事，都感到要有一场暴风雨来临。果然，始皇突然喊道："蒙毅！"

蒙毅正在猜测皇帝所为，闻言慌忙屈身上前，施礼应道："臣在！"

"上次抵制《焚书令》风潮抓捕的案犯审结没有？"

"回禀陛下，已经审结，正要把重刑犯送往北地修筑长城。"

"有多少儒生？"

"犯以古非今、煽动黔首罪的案犯有四百六十名。"蒙毅回答道。

始皇冷笑道："这四百六十名案犯不必送去修长城了。"

蒙毅不解，问："陛下有新的旨意？"

"不错，朕的旨意就是全数'坑杀'。"

"啊……"众臣全呆住了，都为始皇这个意外的决定大吃一惊。蒙毅忙进言道："陛下，万万不可，这些人……"

"别说了，任何人敢劝阻朕，与案犯同罪。"始皇面色铁青，不容置疑，显然是早已下了决心。

蒙毅话到嘴边只得咽回去。其他大臣一见这种情形，谁也不敢多嘴了。

始皇正要宣布散会，忽然公子扶苏站起来屈身施礼，劝谏说："父皇，千万不可。如今天下初定，这些儒生都是各郡的舆论之首，坑杀他们会引起天下不安。"

始皇怒斥道："朕已说过，任何人不得劝谏。你没有听见？"

"儿臣不劝谏，可是儿臣可以请父王听听脚下大地震动的声音吗？"

"你这是危言耸听！"

"儿臣不敢，儿臣出巡齐鲁，亲眼所见民不聊生，赋税、徭役、酷刑逼得黔首没有生路，如果父皇坑杀儒生，势必引发更大的风暴。"

始皇怒不可遏，道："扶苏，你以为是朕的长子，朕就可以不加罪吗？来呀，把他拉出去，枭首示众。"

两边侍卫一听，吓了一跳，竟待在原地不动。始皇又重复一遍，他们才明白过来，不敢不上前，拉起扶苏就往外拖。扶苏一边挣扎，一边苦谏道："儿臣死不足惜，可是父皇这么做会毁了大秦的江山。万万不可……"

众臣一看，始皇真的下决心了，连亲生儿子也不心疼。扶苏如此贤德，大秦的将来还指望他呢。一定要救公子一命。大家呼啦啦跪倒一片，齐声劝谏道："陛下息怒，臣等请求饶公子一命。"

始皇怒气不息："朕有言在先，扶苏目无天子，罪有应得。"

李斯劝谏说："陛下，公子年幼，一心为国，血气方刚，才会冒犯龙威，臣愿减半年的俸禄为公子赎罪。"

众臣齐声道："臣等也愿减半年俸禄以赎公子之罪。"

始皇板着脸说："他的罪责岂是区区俸禄能赎免的，朕不准。"

李斯长叹道："大秦没有如此贤孝的公子，还有什么指望，臣也不想做丞相了。请陛下允许臣辞职。"

众臣也齐声道："臣等也愿辞职。"

始皇慌了："众卿，这是何苦？"

"请陛下免去公子死罪，否则，臣等不就任。"

始皇只好让步，说："朕准你们所请，免去扶苏死罪，发往北地——不是修长城，监蒙恬军于上郡。"

扶苏的性命被大臣们"冒死苦谏"救回来，可是，那四百六十名儒生却无人再敢犯颜直谏，任由虎贲军押解到城外，活活坑杀。焚书坑儒，始皇在自己的历史上抹上了浓黑的一笔。

赵高虽然被削去官爵、贬为庶人，但仍在宫中行走，始皇身边的人换了一茬又一茬，只有他一个人没换。新挑选上来的人知道始皇仍宠信赵高，无不对他曲意逢迎，上门探望、问安，寻求请示的，络绎不绝，就连临时代理的郎中令凡事都要请示他，他仍然是实际的郎中令。

始皇发觉，赵高一段时间不在身边，总是事事不顺心。新更换的内侍一个个如同木偶，只会围着他团团转。难怪他不满意，天下像赵高这样聪明乖巧、善于揣摩主子之意的奴才能有几人？始皇终于耐不住性子，传旨召见赵高，赵高因为是戴罪之身，没有自由进出书房的权利。而他总是在书房周围转来转去，关切地询问始皇的衣食冷暖。他在等待始皇的召见。

终于等到了这一天，赵高郑重其事地整理一下衣衫，进了书房，刚到门口，就"扑通"跪下，膝行到始皇的御案前说："罪臣叩见陛下！"

始皇乍见赵高，鼻子一酸，竟有一种离别重逢的悲喜之情，他抑制住自己的感情，以一种轻松的口气说："事情都过去了，快起来吧，朕有话要问你。"

"谢陛下宽恩。"赵高起身，躬身顿首说，"陛下有何吩咐，罪臣愿为陛下效力。"

始皇微笑道："朕记得你上次曾劝谏朕重修骊山陵墓。骊山陵寝在朕即位为秦王时就开始动工了，后来停建，是因朕看它与古代帝王的陵墓无异，惟高大而已。朕的心也就淡了。"

赵高毕竟聪明，听出始皇的言外之意。于是小心地问道："陛下是想陵墓应该有别于一般君王？"

始皇点点头。

"罪臣也这么想过，而且经过反复思考，有了一些构思。"

"赵卿构思一定新奇，快说来听听。"

赵高侃侃而谈："罪臣构想的出发点在于陵墓不应该只是主人身后安息之地，而应该是一种纪念性的建筑，让后世子孙能够看到陵墓主人生前的权威和国势的强大。"

始皇顿时被吸引住了，迫不及待地问："请说说具体的构想。"

"陵墓除满足一般性的防潮、排水条件之外，臣设想在陵墓里建造地下宫殿，一如地上宫殿，应有尽有，除了宫中执事，还设有虎贲军和近身侍卫，设计时应该和真人真物一样大小。后人在几千年之后看到这一切，一定可以体会陛下的权威和大秦的强盛。"

"真是巧思，妙想！"始皇连连赞叹。

"臣还设想，在地下宫殿设置具有前六国特色的陈列室，分别放置各国的奇珍异宝。另在起居殿的周围以水银作百川、江河和大海，使之流转不息。另设置人造苍穹，上置各个星辰、日月，使其与真实的宇内无异，下则制作天下名城及各名山模型，排列比例一如实地，象征为天下之主所居。当然，各入口处都要设置机关强弩，只要触动机关，弩箭就会自动射出，设计好射击角度，让任何居心叵测者或野兽都有来无回。"

"太好了，甚合朕意。"始皇由衷地赞叹道，"赵卿简直是天下奇才，居然会有如此奇妙的构想。"

"陛下过奖了！"赵高谦恭地说。他说的是实话，这些构想并不是他这一时想出来。自从被革去郎中令之职，他就在反思自己的失误，同时，也在思考如何再赢得始皇的宠爱。鉴于始皇几次求仙修道的失败，他决定反其道而行之，不再从求神修道方面向始皇示宠，而是从早已停工的骊山陵墓入手。凭他的聪明，很快就构思好一个设计奇妙的建陵方案，并以奇妙的构思打动了始皇之心。

果然，始皇客气地请他坐下，温和地说道："朕决定重建骊山陵墓，就由你主管阿房宫和骊山陵墓两处的工程，有什么难处尽管跟朕说。"

赵高一听，心中大喜，知道自己又一次取得成功。但是，表面上他却惶恐地说："罪臣还是戴罪之身，不便担此重任。"

始皇哈哈一笑，说道："朕现在就免去你所有的罪名，由你主管两地的工程。只是郎中令的职位要稍待些时日朕才能还给你。"

赵高转忧为喜，忙又跪下叩谢圣恩。

始皇把修建阿房宫和骊山陵墓的事宜交付廷议。其实，那不过是走走过场，给群臣一个面子而已。始皇决定的事，没人能改变。赵高身兼两大工程的主管，不遗余力地奔忙起来，阿房宫和骊山工程紧锣密鼓地开工了。

根据计算，两处工程日需劳役七十万人，精疲力竭的黔首又增加一份沉重的负担。秦统一后，始皇发三十万大军北逐匈奴，又发五十万大军南平百越，而各地还要有大量的兵卒驻守。此外，修长城、修驰道还用到几十万的劳力。始皇把天下百姓都视为他的奴仆，无止境地征用，任意驱使。天下不堪重负。

阿房宫和骊山工程再征用七十万人，各郡都感到困难了。先送来的是重刑犯，重刑犯不够，改用轻刑犯，轻刑犯还是不足，只得征集没犯法的黔首。地方官吏乘机勒索，有钱人可以出钱买脱，没钱的只好去服徭役。被征的男子都是家里的顶梁柱，一旦离去，举家的生计顿时成了问题。

赵高为了加快工程进度，派出大量的监工手持皮鞭督促劳作，服役者稍有懈怠，皮鞭便毫不留情地落在身上。

因为役卒太多，朝廷拨给的粮饷有限，再加上各级工头的克扣，役卒每顿吃到的只是两个黑硬的像石头一样的黑面菜团，喝一碗清得照见人影的咸菜汤。很多人营养严重不良，患上疾病。患病者又会传染给更多的人。可是他们还要拖着虚弱的病体，每天从事繁重的体力劳动，每天都有人病死、累死。施工处的山沟里扔满了役卒的尸体。

工程所需的木料、山石，多从蜀地、楚地运来。这些地区多山林大泽，役卒们不堪重负，一有机会就逃走。官兵尽管严加防范，每天仍有大批逃亡的人。当然，也有没逃脱被抓回来的，结果更惨，他们全被当着其他役卒的面被割去耳、鼻、舌和四肢，直至痛苦而死。

始皇不知道这些。在他想来，那些做苦工的都是犯了法的罪人，皇帝仁慈地给了他们改过赎罪的机会。他也去过工地巡视。赵高得到消息，早做好了准备。他看到的是刑徒们不辞劳苦地工作的场面，所过之处全是刑徒高呼"万岁"的感激之声。

始皇非常满意，对赵高的工作大加赞赏。但是，没多久，工地却传来刑徒暴动的消息。赵高还想遮掩事实，可是，事关重大，不得不禀明始皇。

骊山工地刑徒暴动是由三个人发起的。

第一个名黥布，六县人，二十四五岁，五短身材，瘦削的脸上充满精悍之气。他在少年时，有个看相的说他当"先刑而后为王"，就是在他受过面部刺字的刑罚后，就会称王。这次他因犯杀人罪，被判黥面（即脸上刺字）发送骊山服劳役。他原名京布，受黥刑后改名黥布。

第二个名魏豹，原魏国的宗室。秦灭魏后魏家抄籍为奴，魏豹也成了秦将的家奴，因逃跑被抓，受罚发往骊山服苦役。

第三个名彭越，昌邑人，本为渔人，因秦赋税太重，难以为生，干脆就在江上当起了土匪。这次被捕原判死刑，因为骊山工地要人要得急，郡守便把他改判发骊山服役。

他们三人被分到一伍，黥布还是伍长。三人意气相投，由素不相识，结为莫逆之交。黥布跟魏豹和彭越说："这里不是人待的地方，最后不是被累死，就是饿死、病死。反正是一死，不如豁过去，找个机会逃走，也许还有活的希望。"魏豹、彭越早有此意，只是没敢明说。因为秦法严厉，实行连坐法。如果有一人逃走，一旅（役卒的编制单位。十人为一伍；十伍为一卒；十卒为一旅）的人都要被处死。有些怕死的人就举报图谋逃跑者。

三人利用放风的机会，悄悄商定具体的行动方案。机会终于被他们等来了。

骊山陵墓需要上好的木料，咸阳附近山上出产的木料都不能用，一定要用产自巴蜀和楚地的木料。产地有专人专管伐木，等到春暖花开、山上积雪融化，让木料顺着溪水流入大河，再扎成木排顺长江而下，再从汉水溯水而上，到汉水的尽头改由陆路搬运到骊山工地。这段陆路的运输就要由骊山工地派出大量的刑徒、役卒承担。

这项工作是整个工程中最苦、最重的一种。因为自汉水至骊山要翻山越岭，通过重重山沟，一多半的路程马车无法通行，只有靠人力搬运。

黥布、魏豹、彭越三人身强体壮，体质较好，便被选中运送木料。三人听说，好多人就是在搬运木料的路上，钻入山林中逃跑的。当然也有更多的人被抓回来，受尽折磨，痛苦而死。但是，不管怎样，运送木料总比在骊山工地有更多的逃跑机会。三人都把这次运送木料看作难得的机会。

但是，事实并非他们想象的那么简单。上路以后，他们就感到押解的兵卒防范甚紧，夜晚宿营，为了防备有人逃跑，卒长总会借用县城的大牢，把几千人硬往小小的空间里面塞。别说睡觉翻身，连腿也伸不直。如果赶不上县邑，宿在野外，就不用那么拥挤了。但是，必须每五十个人把手捆在一起，翻身小便都要让其他人知道。卒长为防止犯人逃跑，可谓费尽苦心。

黥布他们都失望了。但是，求生的本能促使他们想尽一切办法也要逃走。

每当夜宿野外时，卒长也无处玩乐，闷极了，就找犯人取乐。这些犯人来自社会最底层，各种谋生的手段都会，卒长便让有些犯人玩些杂耍、戏法之类的，借以排遣路途中的寂寞。此时，这些犯人便被临时松开手脚，算是得到一时的自由。

黥布犯案前为了谋生，也跟江湖人学了一点儿杂耍、武术、戏法等活计，他看准了这一机会，便在白天行路的时候，悄悄把具体的行动方案告诉魏貌和彭越，两个人觉得可行。

又赶上野外宿营了，黥布毛遂自荐，向卒长讨好说他也会表演很多杂耍、魔术，一定是卒长没有看过的。卒长很高兴，当即放开他，让他当众表演。黥布却又说，必须有两名行内的人做助手才行，点名要魏貌、彭越两人。卒长也把两人放开了。

黥布装模作样地做着准备，正要开始表演，他的助手彭越突然弯腰捂腹，连喊肚子疼，向卒长要求方便方便。卒长正等着看表演，便向两名兵卒说："你们跟着他，快去快回！"

彭越捂着肚子向后坡的山林走去，两名兵卒一步不落地紧跟着。到了树林里，彭越装模作样地蹲了很长的时间，两兵卒连催几遍，见他还是不起，气得上前去拉。彭越突然站起，一手一个，扼住了两兵卒的脖子。他是土匪出身，一身的功夫，两兵卒连哼也没哼，就软绵绵地倒下了。

彭越按照预定的计划，借着夜色的掩护，迅速靠近旅长的营帐。因为兵卒都在看守犯人，营帐反而戒备不严，彭越没费劲就把营帐点着了。顿时，火光映红了山头丛林。兵卒们一片惊呼，忙着赶去救火。被捆绑的刑徒们人心摇动，很快有人趁乱逃跑，兵卒又忙着追捕。

再说黥布这一边，卒长正等得着急，忽见总部营帐起火，便慌忙带人救火去了，只留下十五名兵卒看守犯人。这些兵卒一看山上大乱，害怕了，便一齐动手，要把黥布、魏貌再捆上。黥布、魏貌突然奋起反抗。两人都会武功，只是平时不敢显露。这时，施展开拳脚，十几名兵卒竟近身不得。彭越赶回，迅速为其他犯人解开绳索，刑徒们得了自由，一拥而上，将兵卒治服。

黥布大叫道："大家快些分头逃，逃走一个是一个。"

刑徒们一听，一哄而散。黥布、魏貌、彭越会在一处，也向树林里逃去。

其他各卒的刑徒，也不断有人挣脱绑绳逃跑，旅长、卒长指挥着兵卒一边救火，一边追捕。整个宿营地人喊马嘶，一片混乱。黥布三人在山林里乱闯，好几次与搜捕的兵卒擦肩而过，险些被发觉。

老天保佑，天将黎明时，三人终于走出山林，身后也听不到追捕的声音。经过一夜的奔逃，三人又饿又累，精疲力竭。

又勉强走了几里地，三人实在走不动了，只好坐在山石上歇息。魏貌抬头看见前面不远处的平地上有一户人家，便说："咱们还是先找点东西吃，要不根本走不出这片山地。"

其余两人表示赞同。因为没有力气，逃出来也会被官兵抓回去。三人搀扶着终于走到那座茅屋前。屋里只有一位农妇，突见三个衣衫褴褛、蓬头垢面的陌生人闯入，便用惊惧的目光打量着他们，不敢出声。

魏貌慌忙解释说："我们是过路的客商，因遭强盗劫掠，侥幸逃命，才落到如此地步，请大嫂施舍点吃的东西，我们马上就走。"

农妇胆怯地点点头，指了指屋里的一只铁锅，便快步离去了。彭越鼻子好使，闻到一股饭香。忙上前揭开铁锅，果然是大半锅的青菜糊糊。也许那农妇刚刚做好，正要外出唤她丈夫回来吃饭。饥肠辘辘的三人顾不得许多，端起铁锅，狼吞虎咽，不消片刻便把大半锅青菜糊糊吃了个精光。彭越还嫌不够，细心地用舌头把锅底舔得干干净净。

三人肚里有了点东西，恢复了体力。刚走出茅屋，忽见四周站满了官兵，他们被包围了。肯定是农妇告的密，官兵才来得这么快。

"抓活的！"官兵一看有人出来，立刻大叫，扑了过来。

三人吃了一惊。黥布粗略一看，有两百多人。他们不是押解的兵卒，而是当地的官兵。看来，他们已被发了通缉令。

"两位兄弟，眼下唯有拼命了。"黥布握紧拳头说。

彭越、魏貌齐声说："大哥放心，小弟不怕，大不了来世再会。"

"好，"黥布低声说，"注意不要散开，聚在一起才有生存的希望。准备迎敌吧！"

话音刚落，十几名官兵举着刀矛冲了上来，黥布三人背靠背，以使各个方向都能迎敌。三人使出浑身功夫，很快就夺到了兵器，顿时如虎添翼。顷刻间有十几名官兵被砍倒在地。

官兵中为首的卒长一看三人都有功夫，想活捉他们不容易，立即命道："立即给我就地正法。"

这一下，三个应付这么多人就困难了。这些官兵都接受过正规训练，粗通武术，刀刀都往致命处砍。

又杀了小半个时辰，地下已躺倒七八十具官兵的尸体，血流成溪。但是，黥布三人也是浑身鲜血，显然都受了伤。而且气力渐渐不支。

其余的官兵在卒长的逼迫下，还是拼命地围上来。三人疲于应付，险象环生。

正在此生死关头，忽然，外围的官兵一乱，齐声惊呼。只见两条人影在人群中窜动，不消片刻，便把近百名官兵打得七零八落、东倒西歪。黥布三人见有人增援，精神大振，各持刀剑，杀向官兵。官兵卒长见势不妙，抱头逃窜，其余官兵一见当官的跑了，也跟着全跑光了。

黥布这才仔细看救命的恩人：一个是中年人，白净面皮，穿一身粗布短装，虽是百姓装扮，眉宇间却透着儒雅之气；另一个长得高大威猛，满脸虬髯、虎背熊腰、豹头环眼。黥布三人见多识广，但也被他那天生的异相惊呆了。

"三位还愣着干什么，等官兵吗？"中年人笑道。

黥布三人醒过神来，慌忙上前施礼，谢过救命之恩。魏貌看到人家刚才只是空手迎敌，显然比自己艺高一筹，仰慕地问道："请问两位高人尊姓大名，日后我三人也好报答救命之恩。"

"这点儿小事，报什么恩！"虬髯者不屑地说道，声如轰雷，把三人都吓了一跳。

中年人也说道："这里不是说话之处，大队官兵马上就到，你们快随我们逃命。"说着，拉起黥布就走。

黥布等人来不及细问，只好跟着中年人和虬髯者逃走。但是，没走多远，他们就发觉中年人是把他们往来时的山林里带。

彭越起了疑心，问道："我们就是从山里逃出来的，阁下为什么带我们往回走？"

中年人脚步不停，边走边解释说："如果在下没猜错，你们是逃出的骊山工地的刑徒吧？附近各郡正在发通缉令追捕你们，只要一出山林，你们就会被官兵和百姓认出，断无逃生之理。不如退回山林，山高林密、人少目标小，便于周旋。官兵就是千军万马，也难以找到，待风声渐消，再设法逃走。"

彭越一听，顿时醒悟。这一夜的奔逃算是自讨苦吃。昨晚，随便躲在哪个山洞、树顶，也可以躲过追捕，何苦受这一夜之苦？五人一直跑到山林深处，找到一个非常隐蔽的山洞躲了起来。中年人方把他们的来历说了出来。

原来，中年人乃是楚国名将项燕之子——项梁。项梁年轻时就跟随父亲项燕为将，参加过抗秦战争，并立有战功。项燕战死后，楚国败亡，项梁才脱下战甲，护送亡父的灵柩回到乡下老家，将父亲埋葬后隐居起来，一心一意地教导他二哥项仲所留下的遗腹子项羽，也就是虬髯者。

到了始皇三十五年，项梁已倾尽所学，项羽也被培养成为具备文韬武略的大将之才。该为复国大业出力了，项梁便带项羽周游各地，一方面联络各地反秦力量，一方面实地对项羽进行带兵识地形的认知训练。

项羽如今身高八尺有余，天生神力，可举鼎过头，可是不喜读书，对刀剑也没多大兴趣，只喜阅读兵法，一心要学一人敌万敌的本领。就这样，叔侄两人辗转来到蜀地，恰巧遇见官兵围捕黥布三人。项梁昨天听闻有运送木料的刑徒逃走，再看被围三人的狼狈样，便猜到他们必是逃亡的刑徒无疑，所以这才挺身相救。

项梁介绍完自己的来历，黥布三人一听，肃然起敬，再次施礼道："想不到阁下是名将项燕之后，我等失敬了。"

三人向项梁叔侄通了姓名之后，五人便围坐在一起，争相诉说秦法的苛酷、百姓的苦难。项羽性情刚烈，说到愤激处，一掌将洞内石柱击断，怒吼道："嬴政老儿，有朝一日，俺要把你从皇帝宝座上拉下来。"他吼声如雷，震得洞顶的土石纷纷落下。

黥布三人吃一惊，细看项羽，虽然脸上稚气犹在，可是满脸虬髯、虎背熊腰，尤其那对环眼，天生异相，竟是双瞳仁。他中气十足，说话如打雷，刚才这一声吼，胆小的人都会吓得半死。

五个人在洞里说说笑笑，越谈越投机，大有相见恨晚之感。黥布提议结拜为金兰之好，可是，怎么结拜呢？项梁与项羽是叔侄，黥布三人对项梁是叔侄相称，还是兄弟相称呢？

项梁存了个心眼。他想，眼前的三个人不是等闲之辈，将来天下大乱，侄儿项羽要成就一番霸业少不得这些人的帮助，于是笑道："我已是步入老年的人了。嬴政的天下长不了，以后的天下就是你们年轻人的了。在下不恭，倚老卖老了，你们四人结拜吧！"

黥布与项羽都表示赞同。于是四人撮土为炉，插草为香，对天地盟誓：有福同享、有难同当。论年庚，黥布为长，魏貌次之，彭越第三，项羽虽然人高马大，说话如打雷，却年龄最小，只好排行第四。

结拜之后，四人又一齐给项梁磕头，口称叔父。

洞里热闹，洞外也没清静，搜山的官兵已经从洞口顶的草地上搜捕过三次，只是因为有灌木蔓草掩盖，五个人才没被官兵发现。天色渐渐暗了下来，夜幕开始降临，搜捕一天的官兵也收队回营了。原本昏暗的山洞已是伸手不见五指。彭越要生火，却被项梁阻止了。万一官兵半夜搜山，火光就会暴露目标。

项梁叫项羽从行李包中取出干粮，分给众人充饥。黥布三人自打出逃以来，就吃过那半锅青菜糊糊，早饿得前心贴后背。于是，也不客气，狼吞虎咽般把干粮吃了，肚子不再叫了，三个人往地上一躺，很快便鼾声如雷。

项梁叔侄也赶了一天的路，见他们睡了，也靠在行李包上，打起盹来。不多时，项羽也是鼾声如雷。

项梁毕竟是四五十岁的人了，睡觉也不像年轻人睡得那么死。朦朦胧胧也不知道睡了多久，忽然听到洞顶传来一阵呼啸之声。

"起风了吧！"他正在猜测着，紧接一声巨响，震得山摇地动。洞顶的土石被震掉一大堆，把五个人全埋在了下面。项梁惊叫起来，他长这么大，经历过平常人不曾经历的事情，却被这一声巨响吓得魂飞魄散。因为这是他从没有听过的巨响，声响之大，足以令百十里外的人听见。但这绝不是雷声，因为雷鸣是从天而降，而这声巨响却是来自地面，仿佛重物击地的声音。

项梁靠在洞边，落在他身上的土石不多，所以他还能叫出声。其余四人却连叫喊也没来得及，就被埋在下面了。

"羽儿！"项梁惊恐地呼叫着，好半天才从泥土里挣扎出来，立刻忙着去救项羽。其他三人，他一时也顾不上了。

可是，还没等他动手扒土，就感觉身边泥土动了几下，从下面钻出个黑影来。项梁忙用双手去摸，一边问道："是羽儿吗？"

"叔父，是我！"黑影正是项羽，"到底怎么回事？"

"叔父也不知道，"项梁来不及回答，"快救他们三个。"

项羽这才想起土堆里还有三个人，慌忙与叔父一起拼命地用双手刨土。好在埋得不深，两人很快就把黥布三人救了出来。

"到底发生了什么事？"三个人刚能喘口气，就问同样的一个问题。

项梁是唯一听见那一阵奇怪的呼啸声和巨响的人，便如实说了出来。

项羽一听，大着嗓门说："既是外面传来的声音，咱们出去看看便知方晓。"

"羽儿，千万不可！"项梁一把拉住他说，"不是叔父胆小，实在是那种声音太让人惊骇了，难道是鬼怪作祟？"

项羽不服气地说："是鬼怪咱们也不怕，还是出去看看。"

黥布、魏貌、彭越也觉得项梁太胆小了，齐声要求出洞看看，项梁劝阻不住，只得说道："好吧，要出去咱们一起出去。打着火链点亮火把，就是遇着鬼怪，它们也不敢靠近咱们。"

五个人忙着又去扒开土堆。因为彭越准备生火的柴草和项梁叔侄装着火链的行李全埋在土里。

好容易找到干柴和火链，五个人忙用木柴捆成火把，用火链打火点燃。然后，才依次走出山洞。

项羽胆大，走在最前头。黥布和项梁紧跟左右，以防不测，魏貌、彭越防备身后。

五个人走出洞口，登上洞顶的山坡，借着火光东张西望，可是，看了半天，什么也没发现。大家更是不安，那一声巨响是因何而起的？

项羽有些不甘心，向项梁道："叔父，您听见的声音是从哪边传来的？"

项梁说："这种声音大得吓人，好像重物从天而降，撞击山头的声音。对了，在此之前还有一阵呼啸之声，好像飓风的声音。为叔从来没听见过这种声音，所以后怕。"

黥布安慰他说："项叔不必紧张，咱们再往远处看一看，一定会找到声响产生的原因。"五人便顺着山坡继续往山洞的后面查看，刚走出半里地远，走在前面的项羽突然喊道："你们看这是什么？"

其余人忙奔上前去，高举火把一看，全都大吃一惊：眼前五六步远的山坡上，赫然出现一个大圆坑，直径约有二十多步长。往坑里看，却是一个巨大的圆石，恰好塞满圆坑。

这片山地，他们在白天寻找藏身之处时走过好几次，根本就没有见过这个大坑和圆石，显然，巨石的出现与那一声巨响有关系。项羽跳到巨石上惊奇地说道："这块巨石恐怕是天上掉下来的，要不，怎么会击成这么深的坑？"

"对，是流星石！"项梁恍然大悟，精神一振说，"据说每当天下将有大变时，上天就有异兆警告世人。天降流星石就是一种异兆。嬴秦天下的寿数到了。"

黥布等人听了项梁的话，全都信以为真。（那时的人都非常迷信，都把天降陨石等自然现象看作上天警告世人的异兆）几个人都兴奋地叫道："上天有眼，嬴政也有这一天。"

项梁看着坑里那块巨大的陨石，突发奇想道："明天官兵上山搜捕，天降神石的事很快就会传遍天下。为了让天下人都知道始皇将灭的消息，我想，不如在巨石上刻下'始皇帝死而地分'的字样，以扰乱人心，加速嬴秦的灭亡。"

"项叔好计策！"魏貌第一个意识到项梁之计的妙处，拊掌赞成，其余人也随声附和。

于是，项梁取出随身的利刃，以山石作锤，就着火光，一个字一个字刻起来。因为陨石太大，刻的字也大，所以刻得很慢，项羽等人换了好几次火把，项梁才把"始皇帝死而地分"七字刻完。

彭越等人将刻下的碎石清理干净，又把几个留下的足迹处理掉。这样，明天发现陨石的人就不会发现有人来过，天降异兆灭始皇的传言就会迅速传开。

项梁看着众人，神色庄重地说："既然天降异兆要灭嬴秦，咱们就不必冒险行动。明天这里会有很多人赶来围观，官兵忙于维持秩序，正是逃走的好机会。诸位请各自回家，耐心等待机会。天下不久将大乱。"

说话间，天已微明，大家按既定计划，分路出山。黥布等人与项梁、项羽洒泪而别。

果如项梁所料，天降陨石和"始皇帝死而地分"的传言迅速传遍天下。百姓私下议论纷纷，受尽秦政苛酷之苦的人们都在等待谣言变为现实。

始皇接到陨石降落地东郡郡守的紧急奏报后，又惊又怒。一贯迷信鬼神的他，却丝毫不相信这是上天降下的异兆，断定是有人故意在巨石上刻下"始皇帝死而地分"的字样，借天意以惑乱人心。这些人一定是那些仇恨秦王朝的六国残余势力，他们在诅咒他立刻死去。

始皇于是派御史赴陨石降落地点追查在巨石上刻字的人，一经查出即处以极刑，也就是灭族之刑。御史去后，不过月余便回咸阳禀报说当地黔首反映，他们看到陨石时，就看见上面刻画着字，只是没有人认得，一直到官兵上山才认出所刻的字。御史与郡守一起审问了最早发现陨石的黔首和部分官兵，甚至动用了大刑也没人承认是自己往上面刻字，也没人举报他人刻字。调查毫无结果。始皇更加愤怒，当即下令东郡郡守将陨石降落地周围二十里地的百姓全部诛杀，并将陨石销毁。

当年睿智英明的嬴政竟变得如此愚蠢疯狂！他的这些做法不但不能消除别有用心的政治谣言，反而使"始皇帝死而地分"的刻辞在更广大的范围内迅速传播开来。

谣言的制造者项梁与项羽逃出山林后，便踏上了通往关中的驿道。楚国败亡后项梁及家眷、族人作为亡国之民，被秦强迫迁移关中居住。项梁叔侄一路上听到人们关于陨石刻字的传言，高兴万分。回到关中，便秘密串联族人及楚国旧部，静待天下大乱，准备相机起事。

黥布、魏貌、彭越三人分手后，黥布悄悄潜往鄱阳湖，与同来入伙的湖上盗匪一起藏身在水天相连的江湖草泽之中，逍遥自在地等待"始皇帝死而地分"的时刻的到来。

魏貌、彭越则是北上。魏貌潜往大梁，秘密联络魏地反秦组织，伺机而动。彭越回到原先的栖身之地巨野泽，与湖区的逃亡刑徒结为一伙，日夜出没于巨野泽上，静待天下大变。

"始皇帝死而地分"的传言还使砀郡沛县的一名泗水亭长释放了他押解的刑徒，他就是后来的汉王朝开国皇帝刘邦。刘邦当时虽然只是一名县中小吏，却也不愁生计。

刘邦多次为县里押解刑徒去骊山工地服苦役。他最后一次押送刑徒时，看到百姓在严法重刑之下失去了生路，民怨沸腾。押解的队伍刚出沛县，刑徒已逃去小半。骊山路远迢迢，照此下去，到不了关中，刑徒就逃光了。作为押解的小吏，也得依法问斩。刘邦愁肠百结，无计可施。

当他们赶到丰西大泽旁的一个村镇时，当地的百姓正在议论"始皇帝死而地分"的陨石刻辞。刑徒们听到后，人心更加不安，私下串联，准备暴动。刘邦也动开了心思——嬴秦将亡，自己不过一名小吏，何必非得为暴秦陪葬？识时务者为俊杰，该自谋出路了。于是，当夜幕降临后，刘邦倾尽身上之财，买来酒肉，与他所押送的刑徒喝得酩酊大醉。乘着酒醉，刘邦亲自为刑徒一个个打开桎链枷锁，说道："诸位请各奔东西吧，我也该逃走了，祝你们好运！"

原打算暴动的刑徒喜出望外，立即四散离去。但是，没多久，又有十余名强壮的刑徒回转身来，感动地说："大人为什么这么做？难道不怕被问罪处斩吗？"

刘邦笑道："你们没听说'始皇帝死而地分'的传言吗？天下将有大乱。我释放你们，犯法当死；不放你们，会被你们暴动打死。身处乱世，大丈夫当看明时势，顺时而动。"

十多名刑徒见刘邦言行不凡，便一齐跪地说道："小人逃走，也难免一死。愿跟随大人左右，共图大事。"

刘邦满心欢喜，便带领刑徒乘着夜色向芒砀山进发。在芒砀山，一条横路而卧的大蛇挡住了他们的去路，刑徒吓得四散奔逃。刘邦却毫无惧色，立即举剑将大蛇斩为数段。刑徒聚拢来，看见僵死的大蛇，都把刘邦视为神人。

骊山陵墓在嬴政初为秦王时就已开工修建，虽然当中时停时建，但在赵高接手前，总体结构已经完成，赵高接手后，按照自己的构想与工程技术人员的建议，只是将墓室的内部布置做了更改。但是，这一更动却多花费了近五年的时间才完成内部布置。此后，大量的覆土和扫尾工作还需三年才能完成。骊山陵墓从开工到完全竣工，竟用了三十年的时间。

始皇虽然没有看到各地的百姓正在酝酿着反秦的暴动，但是，散布各地的各种政治谣言已使他意识到大秦天下的不安定。他要用自己的权威再次安抚动荡的人心。

自四年前巡行北方边境回到咸阳，始皇的车驾再也没有出巡外地。这一次，他决定巡视最不安定的东南各郡。

他把赵高从骊山和阿房宫两处工程总管的任上调回，重任郎中令之职。骊山工地的覆土和扫尾工作用不着他的亲信臣子去做，交给少封完全可以放心了。

赵高风风光光地回到咸阳宫。见过始皇之后，才知道始皇巡视东南之意。便建议说："眼下正值深秋，寒冬将至，陛下选择江南作为巡视之地，一路南行，正好避过北方寒冷的冬天。"

始皇高兴地说："到底是赵卿最知朕意，咸阳到底不如南方温暖，这里若不是秦之根本，朕恐怕早已迁都江南了。你下去准备准备，朕近日就择日动身。"

赵高遵命，立即吩咐卫尉、太仆等有关官员做好始皇出巡的准备，随后便去后宫找胡亥。

胡亥如今已长成十七八岁的翩翩少年了，但依旧吃喝玩乐、逗逐猎奇、不学无术，典型的花花公子的德性。那么多的师傅都被他气走了，唯独赵高变着法儿逗他玩，很对他的心思，才没被赶走。赵高巴结他固然因为他是始皇最喜爱的少子，但是以胡亥的智力，根本看不出赵高更深的用意——凭借与胡亥的亲密关系，伺机控制始皇和大秦的天下。

公子扶苏离开咸阳去北部蒙恬军监军后，赵高喜出望外，便唆使胡亥时常进宫讨好始皇。始皇见这个不肖之徒变得知礼懂事了，高兴得不得了，以为是赵高教导之功，更对赵高加倍宠信。赵高见到胡亥，说明始皇出巡之意，胡亥高兴地说："父皇要出巡，那太好了，我正可以玩个痛快。"

赵高一听，哭笑不得。这种不成器的东西除了玩乐，什么也不知道。不过，这样更好，赵高正巴不得嬴政的儿子都这副样子呢。于是，他谄媚地说道："小公子在宫里还没玩腻吗？何不跟随陛下一起出去巡游天下，那是何等的风光？"

"不，我不去。"胡亥连连摇头说，"在父皇身边，时刻要挨骂，我乐不起来。"

"公子之言差矣。陛下出巡，不单单是游山玩水，还要处理很多国事，哪儿有工夫顾着公子？公子放心，有老臣在，一定让您玩得开心，还不会挨骂。"

胡亥最相信赵高，他有的是办法糊弄皇帝，于是，高兴地说道："好吧，我去向父皇请求。"

赵高在他身边又交代了几句，才放心离去。

始皇见胡亥请求随父出行，颇为奇怪。因为他每次出巡都没带公子们同行，即使年龄最长、卓有政绩的扶苏也没跟随。其他的公子也不愿意跟随他这样严厉的父亲出巡。始皇亲切地问道："胡亥，你不留在宫中读书，为什么要随父皇出巡呢？"

胡亥按照赵高所授回答说："儿臣已长大，是该为父皇分忧的时候了。可是，儿臣不知天下之事，何以替父分忧？儿臣便想出去，一则陪伴父皇，二则熟悉一下天下之事。"

始皇一听，又惊又喜，说道："皇儿真的长大了，懂事了。快去跟你母亲告个别，准备一下，随父皇动身。"

十月癸丑日，咸阳城内一片深秋的景色，始皇巡行的车队再次驶离咸阳。陪同巡行的有丞相李斯、郎中令赵高、公子胡亥和一批文武官员。右丞相冯去疾留守咸阳。

浩浩荡荡的队伍出咸阳，经蓝田、商县、商南，过武关，沿丹水、汉水一路前进，十一月抵达云梦湖边的九嶷山。

一路上，始皇不忘国事，每到驻驿地，便召见当地官员乡老，询问地方的乡情民意。可是，有李斯和赵高两个弄虚作假、欺上瞒下的高手在旁，他听到的只是一片歌功颂德之声。

始皇已经习惯于这种歌功颂德的声音，丝毫没产生怀疑，心情也显得非常愉快。抵达九嶷山时，他游兴大发，吩咐停车。

"陛下，您想看看九嶷山？"以往出巡，总是李斯跟随始皇左右，但是这一次却变成了赵高，他已不再驾车，而是专门陪伴皇帝。李斯则是跟在他们左右转悠。

始皇点点头说："朕听说虞舜死后就葬在此山，成为九嶷山的山神。有些腐儒诽谤、诋毁朕躬，动辄以虞舜为贤，好像只有他们敬重虞舜。朕今天不只是要游山，还要在山上祭祀，以示对虞舜的敬重。吩咐下面做好准备。"

赵高遵命，传下旨意，便与内侍一起搀扶始皇登山。九嶷山并不太高，但是，因为这里的气候比西北暖，所以虽近秋冬，山上仍有苍翠之意。尤其是成片成片的苍松，山谷野花更让人感觉不到已经秋尽冬来。始皇到了山顶，却只看到两座土丘，不见祠庙。他笑道："都说楚对虞舜尊崇之至，怎么连座祠庙也舍不得修建？"

赵高赔笑说："是啊，这些人只是嘴巴说得好听，却是一毛不拔的铁公鸡。回头臣让少府拨款，让地方上修座祠庙，不知圣意如何？"

始皇正要点头同意，李斯忙近前说道："郎中令何必画蛇添足，楚人不修祠庙，那是因为虞舜不尚奢华，所谓，茅顶竹椽，泥土三阶。虞舜的茅屋以竹作椽，屋前的三阶台阶用土筑成。楚人因此只留虞舜坟葬而不修祠庙。"

始皇一听，毕竟还是李斯有学问，说得在理，便命内侍们在土丘前摆正贡品，开始祭祀，赵高却暗恨李斯卖弄。

始皇对着土丘躬身稽首，算是行了祭祀之礼，李斯、赵高等人则是跪拜叩首，以示敬重之意。祭祀完毕，始皇下山。

巡行队伍由云梦湖乘船顺江而下，途中始皇又弃船登陆，游览庐山。庐山有大禹治水时留下的石刻记功，始皇亦命李斯刻石颂功，以与大禹媲美。

从庐山上下来，继续顺江而下，至会稽郡，始皇登陆，巡视会稽郡郡治吴中。会稽郡守与属下官员、百姓出城十里跪迎，争相称颂始皇帝功德。始皇下车，接见地方乡老，细心询问郡情，得到的答复自然又是百姓归心、安定太平之类的颂德之声。

吴中百姓一半被官府所迫，一半出于好奇才在沿街跪迎、观看始皇的车队。项梁和项羽叔侄也夹在人群中。当车队仪仗经过时，他们都看傻眼了。始皇的出行，车马如梭、戟甲如林、宫监如云，这种气势、规模是任何诸侯无法相比的。项羽情不自禁，脱口说道："原来嬴政做皇帝这么有派。日后，我一定取而代之，过过做皇帝的瘾。"

项梁吓得赶紧捂上他的嘴巴，把他拉出人群，说道："侄儿有此大志，固然可喜，可是，当着那么多人说这种大逆不道的话，你不要命了。"

项羽却挣开他说道："怕什么，侄儿也是条真龙，这就去联络吴中子弟，准备起事。"

项梁慌忙劝阻道："时机未到，不可莽撞。你要做出头鸟，只会身首异处，成不了大业。"项羽这才罢休。叔侄俩随后结伴而去，做着起事前的准备。

始皇驻驿吴中城内会稽郡衙。现任南海尉尉佗奉诏，已来多日，准备向皇帝述职。

始皇当晚召见尉佗，尉佗禀奏多年经略南海的情况。经过多年的努力，尉佗的计划一步步得以实现，秦军没费一兵一卒，终于把势力渗透诸越之地。尤其是始皇发刑徒五十万戍边，同越人杂居而处，尉佗推行同化通婚政策，短短几年，就使中原文化遍及关中、南海、桂林等三郡。照此下去，用不了几十年，诸越与中原便会融合为一体，再也没有中原人、南越人和东瓯人之分。始皇对尉佗的政绩非常满意，正欲褒奖，尉佗却跪地请罪说："臣在南海执行陛下的《焚书令》不力，请皇上降罪！"

始皇一怔，旋即恍然大悟，笑道："你不说，朕差点忘了。的确有人上奏朕说南海地区没有如实执行《焚书令》。当时，朕被《焚书令》引发的各种风潮搅得头昏脑涨，唯独南海是一片平静之地，甚至在执行《焚书令》之前，也没有发生以文乱法的事，尉卿不说，朕也知道其中的原因。"

尉佗倾然道："陛下圣明。的确，南海与中原之地不同。在中原，诗书礼仪诸经和百家之说被尊奉至圣，或为无可置疑的圣人之学，所以才有儒生以文乱法、诽谤朝廷新政的事件发生。但在南荒，中原之学本就缺乏，要是将这点中原文化精髓也尽皆除去，臣的同化政策如何推行？恐怕连中原人也会被当地人同化，成为化外蛮夷。"

始皇笑道："尉卿所言，朕早已想到，所以不曾降罪，不了了之。其实，任何事情过与不及都不是好事，譬如儒学，朕也不是反对。朕敬重儒学之士。可是有些腐儒，顽固不化，硬是拿书中的古礼古制诽谤当今，这就是过头的表现。"

尉佗磕头谢恩。

始皇在吴中歇息数日，便由尉佗陪同南行，准备渡钱塘江登会稽山。可是，到了江边，因为风浪太大，无法渡船，只得西行一百多里地，从富春江渡江。

会稽山南北走向，纵穿会稽郡的中部。相传大禹当年在会稽山主峰大会诸侯，始名"会稽"，即"会计"的意思。

始皇登会稽山，有望祭大禹之意。他在山顶以望南海，表示不再南行巡视，就此北上。

从会稽山下来，始皇又在今江浙一带巡游，憩乍湖、互邻县、游会稽、渡红乘。转瞬已到阳春二月，风和日丽、百花盛开。这是他有生以来第一次在南方度过了冬天。他对江南之游非常满意，此刻游兴正浓，决定改变由此取道回咸阳的既定计划，而由江乘渡江，沿海滨北上。

李斯劝谏说："陛下保重龙体要紧。此时北方正值乍冷乍寒的早春季节，沿海更是潮湿阴冷，极易染病。臣以为还是就此回京为上。"赵高也难得地附和李斯，劝阻始皇北上，理由也是为主上的身体担心。

始皇却说道："朕既到海边，总要望祭一番东海仙岛，朕的身体一直很好，料无大碍。"

李斯、赵高一听，皇帝还是念念不忘寻访神仙和长生不死之药，知道劝也无用，便退下吩咐人准备楼船北上。

虎贲军和随行大臣、内侍、护卫各部改乘楼船，组成一支蔚为壮观的楼船编队，浩浩荡荡地沿海滨北上。

还好，东海上一路风平浪静，始皇及从臣所乘的那艘楼船既宽敞又舒适，行驶在海面上比陆上还要平稳。

时值仲冬，海上还是寒气逼人，但是，这艘船的船舱内生起好几个火盆，焚着兰花香料，犹如置身春天的温暖芳香的花丛中。始皇的船队顺利抵达阔别多年的琅琊台。重登琅琊台，眺望大海，他又想起徐福所描绘的神奇的仙岛和长生不老仙泉。徐福、卢生虽然欺骗了他，却丝毫不能改变他对修仙和长生不死仙药的痴迷。尤其在琅琊郡，人们因为经常看到神奇的海市蜃楼而到处流传着一个个动人的神话故事。始皇更相信东海有仙岛和仙人居住。于是问询陪同在侧的琅琊郡守，琅琊郡守恭谨地回答说："琅琊一带关于仙岛的传说很多，臣没有亲眼所见，不敢妄言。不过，东海之中，不但有岛，而且有大片的陆地，这是遇风暴的渔民们回来说的。可是，那里居住的不是什么仙人，而是盘踞已久的海盗，他们活动猖獗，经常打劫商船和渔船。臣正想禀求陛下，可否组建一支水师，专门缉捕海盗，保护商人和渔民的安全。"

"当然可以。"始皇不假思索地答道，"以往大秦防御仅限于内陆一地，根本没有顾及海洋。当年，齐、楚、燕虽然临海，但御敌的目标在秦。所以放任海盗在海上坐大。现在天下统一，不论是对付海盗保护客商，还是将来向海外扩展，都必须建立一支强大的水师。你身为琅琊郡守，最了解沿海的情况，先拟定一个完整的计划交给朕审阅。"

始皇论起政事，侃侃而谈，似乎忘记了采访神仙的事。他在心里还有一个报复的想法。徐福骗走了那么多的楼船、珍宝和其他财物及六千童男女，一定也躲在哪个岛上称王称霸。朝廷组建水师，就可以把徐福抓捕回来，处以严刑，以消他心头之恨。

琅琊郡守当然不知道皇帝的心思，见始皇批准自己的请求，忙跪拜谢恩道："陛下圣明，臣一定尽力，尽快将具体的组建水师的计划呈上。"

始皇正要回琅琊行宫歇息，忽然，赵高领着虎贲军都尉上来，禀奏道："启禀陛下，刚才有虎贲军兵在琅琊台下的海边捡到十几封帛书。"

始皇顿觉好奇，问道："古有鸿雁传书，朕还没有听说用海水传书的，上面写着什么？"

赵高恭敬地说："上面都写着'始皇帝陛下御览'，所以臣叫他们交给陛下。"说着，从虎贲军都尉手上接过一摞湿淋淋的帛书呈上。

始皇拿过最上面的一份，仔细一看，水漆封就的封口上果然写着"始皇帝陛下御览"的字样，他亲手拆开封口，里面是一张折叠整齐的丝帛，一点儿水也没浸。打开一看，上写道：

罪臣徐福跪泣奏始皇帝陛下：

臣奉旨出东海寻求长生不老仙泉水，数年没有结果。臣本该向陛下负荆请罪，以谢天下。可是，臣不愿从容就死，并不是畏罪，而是怕臣死之后，寻求仙泉之事更为渺茫。臣愿求得仙泉归来，洗刷清白声誉，再伏法谢陛下。

圣上不知，臣率船队已几次接近蓬莱仙岛，仙岛本是可以寻求到的，只是海上有大鲛鱼时常出没。此鱼掀翻船只，伤人性命，因而，难以靠近并登上仙岛。请陛下再相信微臣一次，速派善射的射手携强弩驾船出海，发现大鲛鱼后便用连弩射杀，如此则臣可至仙岛，寻求仙水以归陛下。罪臣徐福甚望，切切。

始皇看完，又惊又怒。这个徐福真够大胆的，竟敢又来欺骗自己！取过其他的帛书一看，里面的内容一样，大概是徐福怕虎贲军不能捡到，故意制成好多份。没被捡到的肯定还有。

赵高看见始皇的情绪变化，猜测不着到底是怎么回事，他不好多问，只是说道："陛下有何吩咐？"

始皇对他比李斯还信任，把帛书往他手上一甩说："又是徐福。他肯定在哪个岛上躲起来了，消息挺灵通的，知道朕来了琅琊，又来故伎重演。"

赵高看完，知道是怎么回事了，小心翼翼地说："徐福写帛书来，有什么用意呢？他不敢再来骗楼船财宝。"

始皇冷笑道："他是怕朕组建了海上水师，把他抓来治罪，所以又来骗朕为他免罪。"

赵高看着始皇并不十分愤怒的脸色，揣摩到痴迷求仙的他对徐福还是半信半疑，便试探着说道："陛下，也许徐福说的是真话。寻访神仙本来就是很渺茫的事，寻访不成功，不等于说没有神仙。臣以为，姑且再相信他一次，请陛下派人驾船出海射杀鲛鱼。就算不是为了徐福也算为商船和渔船除去一大祸害。"

赵高不愧为世间少有的阴谋家，真的猜中了始皇的心思。但是始皇并没做什么表示，只是说："这件事等等再说。"

也许是思虑寻仙求药的缘故，回到琅琊行宫的当晚，始皇梦见自己与一个人头龙尾的怪物交战。那怪物使一柄金色宝剑，比他的龙泉宝剑还要锋利。一个不慎，他竟被怪物刺中了胸部，鲜血汨汨流出。

始皇吓得一下醒来，感到胸部真的隐隐作痛，又惊又怕。忙命内侍把赵高找来。

赵高听他讲完梦中的经过，安慰道："陛下放心。那怪物也许就是徐福所说的大鲛鱼，在阻止陛下求仙呢。明天让博士们圆圆梦便知。至于陛下胸部疼痛，一定是吹了海风的缘故，让御医开一剂药服下就会好的。"

始皇这才安心睡去。

第二天始皇召见随行博士，博士得了赵高的提醒，装模作样地占起梦来，说道："陛下，此梦是预示天子所以未能得见神仙，是因为有大鲛鱼阻挠之故。大鲛鱼乃是'恶神'，当除去恶神，善神才会来见陛下。"

"除去大鲛鱼，东海神仙真的会见朕？"始皇惊喜地说。

"臣不敢妄言！"博士一本正经地说。

始皇顿时精神一振，胸部的疼痛也轻了。随后，便没喝御医开的药，立即命虎贲军都尉挑选善射的射手、准备楼船强弩和捕捉大鲛鱼的渔具，他要亲自带领船队捕捉大鲛鱼。

李斯劝阻说："海上风寒，陛下保重龙体要紧，可命虎贲军都尉率船队捕捉鲛鱼，陛下只要在行宫等候消息就是。"

胡亥也说道："李丞相所言极是，有虎贲军都尉带队，父皇何必亲临？请父皇以天下为重，保重龙体。"

始皇却坚持亲临，一定要亲自率队捕杀这些可恶的鲛鱼，以示对神仙的尊重，好让神仙早日与自己相见。

于是，这支由始皇亲自率领的捕捉鲛鱼的船队，由琅琊台出发，沿黄海之滨北上，开始了捕杀鲛鱼的行动。可是，这支浩浩荡荡的船队一直驶到山东半岛最东端的荣成县，却连一条鲛鱼的影子也没有见到。其实，时值初春，海水寒冷，鲛鱼都躲到水深处过冬，很少靠近岸边，所以始皇的船队没有发现鲛鱼。始皇见找不到鲛鱼，大失所望，又不甘心船队无功而回，便绕过成山角，沿海滨西行。直到芝罘海面上，才有人报告说，发现鲛鱼。始皇欣喜万分，不顾李斯、胡亥及随行大臣的劝阻，走出船舱，冒着凛冽的海风，站在船头命令虎贲军都尉捕杀鲛鱼。

"传朕旨意，一定要把鲛鱼先包围起来再捕杀，以防逃走。"

"臣遵旨！"虎贲军都尉立即指挥捕鱼渔队迅速对鲛鱼形成包围圈，将一条条巨网撒下水去。

包围圈逐渐缩小，每艘船上的劲弩手都做好了射击准备，一双双眼睛紧盯着水面，一旦鲛鱼浮出水面，即行捕杀。

突然，始皇乘坐的楼船前掀起一阵巨浪，打得船身剧烈摇晃起来。

"鲛鱼在那儿呢！"有人大声叫道。

巨浪溅起的水珠打湿了始皇的脸，他突然变得如孩童般兴奋，大叫道："都住手，朕要亲自射杀！"

正欲发射的强弩手一听，吓得赶紧松开弩弦，心里却在打鼓：皇帝真不好伺候，发现鲛鱼射杀也就罢了，偏偏要亲自射杀，要是跑了，倒霉的又是他们。

鲛鱼逐渐被逼到始皇的座船前，露出又宽又长的青黑色背脊，果然个头不小，约有一艘江船大，头上还在喷水。始皇船上也备有连发劲弩，射手恭谨地将弩送到跟前。始皇手执劲弩，昂然而立，俨如他扫平诸侯时的豪迈样子。他瞄准鲛鱼发射，正中脊背。可是，小小弩箭对于这种鲛鱼来说太小了，根本没知觉。始皇又连发六箭，虽然箭箭皆中，但鲛鱼似乎仍是毫无知觉。始皇只好作罢，向琅琊郡守笑道："这恶神可不比那些小鱼小虾。朕还是把它交给捕鱼队收拾吧！"

琅琊郡守禀奏道："此种鲛鱼当地叫鲸鱼，捕捉极为不易，要用带长索的倒钩铁矛射鱼，鱼一旦被射中，便会负痛而逃。铁矛倒钩陷于其肉内，使其血流不止，鱼就拖着渔船上下翻腾。这种鱼跟人呼吸一样，必须浮出水面呼吸，所以时而水下、时而水面，拖得渔船满海跑，最后流血过多而死。"

琅琊郡守说完，向旁边十几艘小船一招手，那些小船立刻顶着巨浪靠近那鲸鱼，船上的兵卒不断有人用带倒钩的长矛射中鱼身、鱼背，鲸鱼疼痛得大尾巴一扫，一道巨浪便迎着始皇扑来。尽管赵高与内侍们上前护卫，始皇全身还是被海水溅得透湿。

赵高忙请始皇到船内更衣。始皇正看得高兴，立命他和内侍让开。江面上，鲸鱼拖着十多艘小船冲出了包围圈。大船上众士卒吆喝声如雷，战鼓擂得更响。

始皇急命大船跟上。眼看鲸鱼时而水下，时而水面，翻腾奔驰，血染红了海水。始皇仿佛又感到孩童时看人家斗鸡时的那种兴奋。鲸鱼一直挣扎到天黑才死去，其鱼身由大船拖到岸边。始皇的湿衣服也穿了半天。

船队就近靠岸宿营。岸上，另有一名虎贲军都尉率队跟随护驾。始皇在临时行宫更衣沐浴后，把赵高召来说："鲛鱼已经射杀，徐福就是求不来仙水，海神也该来见朕了。从现在起，只准你留在朕身边，其他任何人不得靠近朕，以防仙人不敢来见朕。"

赵高先是一怔，随后想起自己是有仙根的人。看来始皇对卢生的话还是深信不疑，他满心欢喜，恭谨地答道："臣遵旨，请陛下放心。"

也许是太累了，始皇和衣而卧，静待仙人的降临。可是没多久，他就感到头昏脑涨，浑身烧得厉害，忍不住发出呻吟声。赵高听见动静，忙入帐问道："陛下，您怎么了？"

始皇强撑着说："朕可能是白天受了风寒，所以难受……"

赵高摸了一下皇上的额头，烫得吓人，忙道："臣请御医来！"

"不，"始皇断然拒绝道，"也许仙人就要来见朕，会为朕治病的。千万不可把仙人惊走，记住，任何人不得接近朕，违旨立斩不赦。"

"臣——遵旨！"

赵高只好退出。在帐外，几名也有"仙根"的内侍听到了始皇的话，把赵高拉到外边，不安地问："赵大人，陛下病成这样，不请太医医治，万一……小人们怎么办？"

赵高一副为难的样子说："你们着急，难道我不着急？可是，陛下说了，不准任何人接近。你们说怎么办？"

"小人想，不如禀明左丞相和少公子，这样，小人们和大人也少担了责任。"

赵高也有点害怕了，万一始皇有个三长两短，他一个人在身边，责任不小。始皇一旦不在，难以担保李斯不会借机除掉自己，于是道："快请丞相和少公子前来。"

李斯和胡亥听说始皇病重，都吓了一跳，急匆匆赶来。胡亥要进帐探视父皇，赵高慌忙劝阻，说明始皇的旨意。胡亥着急地说道："难道就这么看着父皇病着吗？"

相比之下，李斯比较沉着，但也是忧心如焚。想了半天，才说道："陛下痴迷于求仙，任何劝谏都听不进去。我们如果派御医进去，只会惹怒他，于龙体更为不利。还是等等看，陛下不过受点风寒，又有仙人保佑，一定会逃过此劫的。"

胡亥、赵高只得赞同。几个人提心吊胆地守候在帐外，一宿没敢睡。可是，始皇的病情越来越严重，到天明时，竟烧得昏迷过去。李斯断然说道："顾不了旨意了。陛下的龙体要紧，快请御医进去诊治。"

御医们早在行宫门外等候，闻言立即进帐诊治。不消片刻，几位御医会诊的结论出来了：始皇因受风寒，旧病复发。李斯命道："趁陛下昏迷，赶快服药。"

始皇悠悠醒来，看见赵高一人侍立身旁，茫然问道："赵卿，朕这是在哪里？"

"陛下，您在芝罘的海岸边，等候神仙的来到。"

"神仙？"始皇眼里闪出兴奋的光，"神仙来过了，跟朕说了半天的话，临走还给朕吃了长生不老仙药，朕的嘴里还有药味呢。"

赵高觉得好笑，却恭维道："恭喜陛下青春永驻，我大秦也有万世英主了。"

"是啊！有朕在，大秦可以永远强大、黔首永享太平、天下永无战祸。"始皇无限神往地喃喃着，可是，不多时，高烧又使他昏迷过去了。

帐外，李斯、胡亥和随行官员低声议论着，惶恐不安。当赵高把始皇再次昏迷的消息传出后，李斯说："陛下病成这样，我们应该做最坏的打算，不可久留芝罘，立刻回咸阳。"

"可是，陛下没有旨意返京。"官员中有人担忧地说。

"顾不得这么多了。先动身吧，路上由郎中令禀明陛下。"

始皇病重的消息传出，随行的人员，上自丞相，下自兵卒，人人都感到惶恐不安，大家慌乱地收拾车马行李，准备动身返京。为了怕始皇知道，趁他昏迷时，赵高和几名内侍把他抬到辒车上，关紧四周的门窗，不消说，车内有火盆驱寒。

浩浩荡荡的巡行队伍踏上了回咸阳的道路，与来时相比，队伍一片沉寂，连马匹也放慢了马蹄，仿佛有一种不祥之兆伴随左右。始皇再次醒来，因为头痛得厉害，完全没有意识到自己正在回程的车内。他忍着剧烈的头痛说道："朕头痛得厉害，海神的药不顶用。"

赵高安慰道："陛下受了风寒，海神的仙药是升仙的，对这种小毛病可能不管用。"

"升仙？朕要升仙了吗？可是，这么痛苦，不是说升仙无痛苦，死才痛苦吗？朕会死吗？"

"以陛下的功绩，又吃了仙药，一定是升仙，怎么会死呢？"赵高明白始皇意识模糊，说话也胆大了。

李斯与随行官员心如火焚，他们已不仅仅担忧始皇的生死，更关心的是立谁为太子。但是，大家都知道始皇最忌讳"死"字，谁在他面前提起，就要受重罚。所以，尽管大家都知道该是立嗣的时候了，却没有人敢提起。

始皇的病情越来越严重，御医们束手无策，车过平原郡时，始皇似乎清醒了些，感觉到身下的颤动，问赵高说："朕这是去哪里？"

赵高只得如实禀奏："丞相见陛下龙体欠安，就斗胆命銮驾返京，好让陛下休养。"

始皇轻轻点头，也许是病重的原因，没有表现出赵高想象中的愤怒之意，只是悠悠叹息说："李斯做得对，朕要回咸阳，应该保重身体，为着大秦，也为着天下黔首。赵卿，传朕旨意，不得对外透露朕的病情，违者灭族！"

"臣遵旨！"

李斯向御医随时了解始皇的病情变化。御医每逢始皇昏迷时上车诊治，在他醒来之前退下，向李斯禀报。

始皇的病情进一步恶化，整个人都瘦得走了样，腹部肿胀，明显是积了水，而且昏迷的时间越来越长，渐渐进入弥留状态。

李斯知道，始皇回不到咸阳了。当车队行至沙立平台时，即命停车，把始皇移至沙立平台行宫休养。

夜半时分，经过长时间昏迷的始皇再一次清醒过来。

赵高近前问候："陛下，您终于醒了。"

始皇精神似乎很好，轻声说："朕做了一个长长的梦，梦见皇后穿着的是仙女装，宽大的绿袍，大袖细腰，头戴仙珠冠，长长的珍珠串成排地贴在额头，比凤冠霞帔更多一份飘逸……"

赵高暗暗惊喜：始皇梦见死人了，肯定不是好兆头。他一边暗暗盘算应对之策，一边恭顺地说："皇后娘娘已位列仙班，一定是来助陛下升仙的！"

"升仙？"始皇灰白的脸上浮现出一丝笑意，"皇后升仙时，朕在跟前亲眼看着她咽下最后一口气，就再也没有醒来过，还不是跟普通百姓死的一样。朕算是明白了，不论死也罢，升仙也罢，反正在世间再没有这个躯壳，至于灵魂，是上天堂为仙，还是下地狱为鬼，那是另一回事。"

赵高心头一动——这位痴迷着寻仙和长生不死仙药的天下之主，终于明白了这样一个非常简单的事实。如果他醒悟得早一些，如果他听从李斯、胡亥的劝谏不去冒湿冷的海风出海捕杀鲛鱼，他就不会得这场风寒之症，也不会引起旧病复发。也许情况不会糟到这种程度，大秦的天下还牢牢地抓在他手里。可是不久后，天下归谁呢？

赵高想到始皇之死，内心一阵快意。尽管始皇将因病而亡，但他也有那种家仇国恨得报的快感。他只承认自己是赵嘉的臣子。入秦三十年，他为了报家仇国恨，也为了个人的荣华富贵和权势，含羞忍辱二十多年，终于在这个一代英主的晚年，钻了空子发达起来。他已经设计好一整套毁灭赢秦天下的具体计划。眼下，他就等着这位天下第一皇帝死去。

"陛下龙体只是偶感风寒，要不了多久就会好起来。"赵高安慰说。

始皇摇摇头说："朕知道御医进来诊治过。他们束手无策，朕该升仙了。赵高，拿笔墨来！"

赵高惊奇始皇此刻竟如此清醒。他要留遗嘱了。赵高忙取过笔墨来，铺上丝帛。

始皇未及提笔，赵高突然泪如涌泉，悲泣道："陛下，您这是……"

"朕要升仙而去，要立下后世之主。"始皇艰难地说。

赵高似乎难过得说不出话，半天才说道："李斯、胡亥公子与诸位大人都在，何不请来共议立尊大事？"

"朕自有主见。"始皇说着，提笔在丝帛上艰难地写下十二字的遗诏。

赵高为避嫌，故意背过脸去。

始皇写完，躺下歇息一会儿，才又说道："赵高，朕当然信得过你。一旦朕升仙而去，你要把这份密诏秘密送到扶苏手上，不能让任何人知道。"

赵高受宠若惊，故作不解地说："事关社稷，臣怎敢一人担此重任？还是交给丞相或少公子去办吧！"

"不可，"始皇声音虽低，却非常坚决，"一定不可让李斯知道，胡亥也最好不让他知道。赵高，取玉玺过来。"

赵高现在还兼着符玺令之职，专门保管始皇的玉玺，慌忙从金匣内取出玉玺。双手恭送到始皇跟前。

玉玺很沉，始皇挣扎着虚弱的身体，用双手想抓却没抓起来，反而因为用力，呼吸更加困难，忙收回双手，拼命揉着咽喉。

"让臣帮您盖上玉玺。"

赵高不顾始皇，单手抓起玉玺往遗诏上盖去，借此机会，他看清了遗诏的内容。始皇要立扶苏！

尽管他早已从始皇的言语中猜测到遗诏的内容，但经亲眼看到，还是吃了一惊。扶苏一向鄙视他，甚至很少搭理他。立这样的人做大秦的皇帝，能有他的好吗？他希望立胡亥。

但是，密诏除了始皇，只有他赵高知道，也许还有补救的可能，赵高转忧为喜，慌忙把密诏折叠起来。

"赵高！"始皇终于从喉咙里终于发出声音，却是异常的严厉。

"啊……臣在！"赵高一惊，仿佛被始皇看破了心事，慌乱起来。这一细微的变化没能逃过始皇犀利的眼睛。

"你……想干什么？"

"臣没干什么。"

始皇虽然连说话的气力都没有，却仍有天子之威。赵高的卑鄙的灵魂顿时难以掩饰，形神失措起来。始皇好像明白过来，用尽全力说道："你……你是条毒蛇，来……来人……"

赵高魂飞魄散，没想到三十年之功，竟要毁于一旦。他顾不得许多，慌忙扑到始皇床前，双手哆哆嗦嗦地捂住始皇的嘴，伏在始皇耳边连连低声求饶："陛下，饶……饶命……"

寝宫门外，就有值班的内侍。赵高唯恐被外面的人听到，一直捂着始皇的嘴巴，不停地哀求。直到他感到始皇的脖子一歪，脑袋耷拉下来。

始皇在临死前的瞬间，才知道赵高是一条比李斯危险十倍的大毒蛇。可是，为时已晚，赵高已经开始一步步实施他的亡秦计划。他把李斯、胡亥叫到一起，宣布始皇帝驾崩的消息。胡亥再糊涂，也知道死的是他爹，不由大放悲声，却被赵高劝止。

"陛下刚刚驾崩，没来得及安排后事，为防止发生意外，暂时不宜对外公布消息。请公子节哀，以防泄露消息。"

李斯只是象征性地悲泣几声，便狐疑地打量着赵高说："郎中令大人，陛下真的没有留下任何遗诏之类的东西？"

赵高阴鸷地一笑："丞相是不相信下官？"

"李斯不敢！"

"你们也知道，始皇帝一心想升仙以求长生不老，根本不相信会有这一天，当然没有这方面的思想准备。下官看着他升仙而去，连多问一句都没敢。"

李斯觉得赵高的话可信。沉思半晌，说道："陛下在外，突然驾崩，对后事又没做什么安排，也没有正式立过太子。这样，诸公子难免会因继承问题发生意外。郎中令对陛下驾崩的消息秘而不宣，是完全必要的。本官以为，车驾应立即全速赶回咸阳，以稳定大局。可把陛下仍安置在车中，一路上百官照常奏事，内侍们照常送水送饭，以免引起外面的怀疑。不知公子和郎中令意下如何？"

胡亥是个糊涂虫，怎么说怎么好。赵高也爽快地答应道："一切听从丞相的安排。"

巡行队伍从沙丘平台再次西行。队伍中只有李斯、赵高、胡亥和几个亲自伺候过始皇的内侍知道车里躺的只是一具僵尸。百官们照常奏事，车是封闭的，他们也不敢抬头，车内的内侍代为传达始皇的意见或决定。那些送饭、送水的近侍，也照样按时送到车前，再由车内的内侍转交给皇帝。一切跟始皇活着没有什么两样。但是，细心的官员还是感到有种不祥，那就是行进的速度明显地加快了。百官询问始皇的病情，内侍只说皇帝病重，再不肯多说一句话。

赵高知道自己的机会来了。李斯同意自己秘而不宣的做法，对实施自己的计划极为有利。他决定，先从胡亥身上入手。赵高登上胡亥的车，开门见山地说："陛下崩逝，没有留下诏书立太子，却给公子扶苏留下一份密诏。"说完，将那份盖有玉玺的密诏送到胡亥手中。

胡亥并没表现出太大的惊奇，只是平静地说："有了这份密诏，一切都好办了。不用再担心发生意外。"

赵高认真地说道："这份密诏虽然不是立太子的诏书。可是扶苏是长子，他如果回来了，一定得立他为皇帝。可是，公子您连一寸的封地都没有，以后怎么办？"

胡亥根本没觉察到他这位师傅的阴谋，仍旧平静地说："这有什么奇怪的？英明的君主了解臣子，英明的父亲了解儿子。既然父皇已废除分封之制，不给诸公子封地，我自然也无话可说。"

赵高见他不明白自己的用意，真有点恨铁不成钢的恼怒。但是，还得引诱他，便说道："事实并非公子说的那样。当今天下的大权落在谁的手里，就决定在你、我和李斯丞相的手中。公子该好好想一想，统治别人与被别人统治，控制别人与被别人控制，那可是大不一样啊！"

话说到这份上，胡亥总算明白了赵高之意，连连摇头说："我可不敢有非分之想，废长而立幼为皇帝，是不义；违背父皇的遗诏，怕人家当皇帝自己会遭到迫害，是不孝；能力不够、声望不及，强行靠人为的力量夺取不属于自己的东西，是不智。如果我真的那样做了，就是不义、不孝、不智，天下人也不会心服。那么做恐怕不仅要招致祸害、丢了性命，恐怕连江山也难保。"

赵高讥讽道："你的那些道理都是聪明人用来哄骗愚蠢人的。臣听说，夏桀是商汤的君主，商汤却杀了夏桀，天下人都说商汤以义讨伐夏桀，没有人说他不忠；卫君杀了他不义的父亲，卫国人都感其恩德，没有人说他不孝。大行不顾细谨，明摆着有道理的事何必推辞呢？如果因谨小慎微而做不成大事，一定会祸及将来。现在犹豫不决，将来一定后悔莫及。如果你善于决断、敢作敢为，连鬼神都得躲着你。公子若想成功，就请依从老臣之计。"

胡亥动心了，当皇帝对他有着巨大的诱惑，他可以像父皇那样拥有无数的美女、无数的宫殿，任意寻欢作乐。这对他这样一个享乐至上的纨绔公子来说，是梦寐以求的事。可是他还有所顾忌，便叹息说："如今，父皇的丧车还没抵达咸阳，丧礼尚未举行。李斯丞相那里能通过吗？"

赵高胸有成竹地说："只要公子有意，李斯那里包在臣身上。他这种人，臣最清楚不过了。"

于是，赵高直接来到李斯的车中，也是开门见山地说道："皇帝崩逝，给长公子扶苏留下一份密诏，让他赶回咸阳奔丧，实际上就是要立他为太子、把大位传给他。可是，不等密诏送出去，陛下就仙去了。现在这件事还没有人知道。这份密诏和皇帝玉玺都在胡亥的手里。如今，确立谁为太子，就在你我一句话。丞相打算怎么办？"

李斯吓了一跳，悚然动容道："赵高，你敢私藏皇帝遗诏，该当何罪？"

赵高冷笑道："不是下官有意私藏，是始皇帝临去时嘱托下官瞒着你。可是，下官知道丞相是识时务的人，所以来告诉你，丞相该感谢下官才是。"

　　李斯暗暗心惊，想不到始皇对他也信不过。但是，赵高是条毒蛇，没有了始皇他开始横行无忌了。该警告他一下。于是，厉声说道："赵高，你身受皇恩，权倾朝野，怎么能说出这种大逆不道的话来？这可不是为人臣者应该说的话。"

　　赵高笑道："丞相是何等精明，用得着本公开导吗？丞相与蒙恬相比，能力比他强？功劳比他的大？深谋远虑胜过他？天下人对丞相和蒙恬的怨恨，谁更大？与扶苏的关系，谁最亲密？"

　　李斯汗颜，赵高又道："这五个方面丞相都比不上蒙恬，有幸的是，我凭着自己的本领进了皇帝的内宫，掌握了一点权力。二十多年了，我从来没有看到过秦朝的丞相、功臣等能有人把权势和富贵传给下一代的。相反，他们大多被诛杀。始皇帝仙去，为什么留下密诏还要瞒你？那是对你的不信任。一旦扶苏即位，一定会重用蒙氏兄弟，你这个丞相只有靠边站。如果你识相，老老实实地为他们卖命，也许可保全性命，稍有不满，便会招来杀身之祸。这一切都是在始皇帝的算计之中。丞相已是瓮中之鳖，还不自知吗？"

　　李斯惊得出了一身透汗，赵高的话不无道理，始皇对自己心存戒备已非一日。几年前的梁山宫事件便是证明。如今，死到临头时，还把这么重要的密诏瞒着自己。前景不妙，何去何从？他心里打起了响鼓。

　　赵高见李斯留心自己的话了，便把话题转移到胡亥身上："本公受皇帝之命，教授胡亥公子刑名狱讼。数年来从没见少公子有什么举止不当的地方，他贤孝、慈仁、忠诚、宽厚，仗义疏财而礼贤下士，心智聪慧但不善言辞，也非常体恤臣下。始皇帝的这么多公子，哪一个也比不上他，他完全应该继承大位。丞相是否考虑确立他为皇位继承人？"

　　李斯懒得听赵高吹捧胡亥。胡亥是怎样一个人，他最清楚。但这不是他想考虑的事。他在想自己在赵高的这场阴谋中处于怎样的地位，怎样才能保住既得的权势和荣华富贵。

　　赵高的阴谋来得太突然，李斯的疑忌太多，但尽管有些动心，还是不肯答应，说道："赵高，你找错人了。李斯唯始皇帝旨意是从。你说的这种事，没有考虑的必要。"

　　赵高劝说道："丞相应该明白，平安可以化为危难，危难也可以化为平安。如果连安危都无法保证，还奢谈什么忠义道德？"

　　李斯仍坚持说道："李斯本是上蔡的一名布衣，蒙主上知遇之恩，如今做了丞相，还被封为通侯，子孙都官至高位，享受优厚的俸禄。始皇帝如此厚待，乃是把大秦天下和陛下的安危都寄托在李斯的身上。李斯怎么能辜负他？忠臣不怕死才会保证国家平安，孝子不孝敬父母就会引起家庭的不睦，为人为臣都要备尽其职。请郎中令不要再说这种让李斯不忠的话了。"

赵高根本不相信他这些冠冕堂皇的话，进一步采取攻心战术："凡事都在变化，哪里有一成不变的法则。现在，天下的命运就掌握在胡亥手中，本公的这套计划完全能够实现，任何人都不能改变。丞相宦海沉浮几十年，应该知道从外面控制朝廷内部，极易引起人们的怀疑；自下而上地颠覆朝廷，就被认为是反贼。而我们是从上面、从内部解决问题。你知、我知、天知、地知，不会引起天下人的怀疑。丞相还有什么顾虑呢？"

李斯还是坚持己见："李斯也听说，晋献公的时候，杀了太子申生，结果晋国三代不得安宁；齐襄公时，他的兄弟公子纠与他争位，公子纠被杀；纣王杀害亲属，不听忠臣的劝谏，结果殷都变成了废墟，国家因而灭亡。这三个例子都是违背了天意造成的，朝廷因而断绝。李斯为人为臣，都不能参与这种阴谋。"

赵高见李斯还是不肯撕下虚伪的面纱，只好甩出最后的"杀手锏"，威逼利诱道："上下同心，就可以长久；内外一致，才能够成功。丞相如果能够听从本公之计，就可以长远地封侯，世世代代高官厚禄，你就会享有松柏一样的长寿，拥有孔丘和墨翟一样的智慧；如果放弃这次绝好的机会，就会祸及子孙。可是，如果您依本公之言，就会因祸得福。何去何从，丞相自己掂量吧！"

在赵高的威逼利诱和劝说开导下，李斯觉得自己没有选择的余地。为了既得的权势和富贵，顾不得许多，只有跟赵高上贼船了。他仰天而叹，流着眼泪说道："生逢乱世，又不愿死节，我李斯有什么办法呢！"

攻下了李斯这座堡垒，赵高如释重负，他的计划已实现了大半，便兴高采烈地跑去向胡亥报告。胡亥满心欢喜，更坚定了实施赵高阴谋的信心。

于是，赵高把李斯叫到胡亥的车里，三人经过周密的策划，一场由赵高发动的，由胡亥和李斯密切配合的政变开始了。

首先，由丞相李斯当着众臣宣布，正在病中的始皇帝已经下诏立胡亥为太子。

接着，李斯和赵高又以始皇的名义伪造了一封处置公子扶苏的玺书，玺书说："朕巡游天下，祈祷和祭祀名山的各位神灵，以增长朕的寿命。如今公子扶苏和将军蒙恬率数十万大军戍守北疆已有十年。可是，他们不但没有向前推进，反而损兵折将，寸功未立。公子扶苏还数次上书，抵制《焚书令》，诽谤、诋毁朕躬。他还因不能回京当上太子，对朕多有怨言。如此不孝之子，朕赐以利剑，令其自裁谢罪。"

李斯把信封好，由赵高在封泥上盖上始皇帝的玉玺。同时，又伪造一封给蒙恬的信，也是令其自裁。然后胡亥找了几个亲信做使者，日夜兼程，把信送到北疆上郡蒙恬营帐中。

扶苏接到始皇玺书，大吃一惊，怎么能相信父皇会令他自裁呢？可是，细看封泥上，明明加盖始皇玉玺，玺书是父亲亲自批准发出。他立刻泪如雨下，拿起使者送来的那把剑，向内室走去。

蒙恬也接到始皇令他自裁的玺书，同样大吃一惊。转身看见扶苏进了内室，他忙跟了进去。看见扶苏正欲举剑自裁，蒙恬一步上前拉住他的手说："公子不觉得奇怪吗？陛下不在咸阳，也没有立过太子。是陛下让臣率三十万大军驻守北疆，并以公子为监军。我们身担天下重任，怎么能凭使者的一封信就自杀呢？也许其中有诈，以臣之见，应上书请示陛下，如果属实，再自裁不迟。"

他话没说完，闻声而进的使者突然怒喝道："大胆扶苏，今有圣命在此，还不自裁谢罪！难道要抗旨不遵吗？"

扶苏推开蒙恬的手，泪如泉涌地说道："将军的心意，扶苏心领了。可是，君命臣死，臣不得不死；父让子亡，子不得不亡，还有请示的必要吗？"说完，横剑自刎而死。

"公子！"蒙恬抱起扶苏，连声惊呼。使者说道："蒙将军，扶苏已经自裁谢罪。现在该你遵旨了。"

蒙恬怒道："臣不相信陛下会做出这样的决定，这里面一定有阴谋，臣要请示才能服罪。"

"对，将军不能这么不明不白地死，一定要问个明白。"蒙恬属下的将士也大声吼道。

使者害怕了。蒙恬率三十万大军，真被逼急了造起反来，首先倒霉的就是他们，于是，缓和一下口气说道："请将军见谅，下官也是奉旨行事，玺书是否有诈，下官也不得而知。将军既有怀疑，下官可退让一步。将军暂时可不必自裁，但是必须交出兵权。我们先把将军关押起来，等到将军的请示得到答复之后，再遵旨执行。"

蒙恬尽管愤怒万分，但不愿背上抗旨的罪名。他依着使者的要求交出兵权后，就被关押起来。

由胡亥率领的巡行车队还在高速行进着，派往上郡送伪造玺书的使者乘马赶回，向胡亥禀报执行的情况。

胡亥最关心的是扶苏的存在。听说扶苏已死，便觉得大患已除。赵高却不高兴，他势必欲除去蒙氏兄弟而后快。于是赵高挑唆胡亥说："先帝想从诸公子中挑一名贤德之人立为太子，因为偏爱少公子，先帝早有立少公子为太子之意，可是，蒙毅上书反对立少公子为太子，先帝因此没有做出立太子的决定，这样的人，留之无益。"

胡亥果然对蒙氏兄弟仇恨起来，下令把蒙恬、蒙毅关押起来。经过十多天的日夜兼程，胡亥终于回到咸阳。厚葬了始皇之后，他便以太子的身份继承皇位，成为大秦的第二个皇帝——秦二世。一心只知道贪图享乐的秦二世皇帝，被赵高轻而易举地玩弄于股掌之间。在赵高的唆使下，二世毒杀蒙恬、蒙毅，又将诸公子和公主一一杀死。

赵高一心要利用二世之手实现他的毁秦计划，在他的怂恿下，二世将始皇的暴政推到了极致。

酝酿已久的反秦怒火首先从蕲县大泽暴发。陈胜、吴广率九百名戍卒揭竿而起，天下云集响应。沛县的刘邦、巨野泽的彭越、鄱阳湖的黥布、吴中的项羽纷纷起兵。起义的熊熊烈火迅速逼近咸阳。

李斯与赵高同流合污，却没逃脱赵高的魔掌。当陈胜、吴广的义军逼近三川郡时，时为三川郡郡守的李斯长子李由因抗敌不力，被审查，赵高乘机诬陷李斯父子串通匪逆、企图谋反。李斯慑于赵高淫威，多次讨好，摇尾乞怜。可是二世唯赵高之命是从，竟将他腰斩于咸阳市井中。

李斯死后，赵高做了丞相，更是权倾朝野、气势熏天。他的计划已一步步实现，可是，随着权势的加重，他已不仅仅为了报当年的"国恨家仇"。他的私欲在膨胀，他想除去昏庸无能的秦二世，自己做皇帝。

为此，他导演了一出"指鹿为马"的荒唐闹剧，把那些不服自己的大臣加以陷害打击。二世成为事实上的孤家寡人。

赵高指令咸阳令阎乐以追捕盗贼为名，闯入宫中，逼死二世。赵高欲称帝，但因无人支持，便立二世侄子婴。

但是，此时山东六国又复立为王，义军也所向披靡，秦的领土越来越小，子婴再也无法称帝，只好又称秦王。

子婴亲见赵高为祸天下，逼死二世，便决心除去这个人间恶魔。他与几名心腹宦官设计，称病不出。赵高还要用这个"秦王"支撑门面，便亲自到子婴宫中去请。埋伏在宫中的子婴心腹突然冲出，把他乱剑刺死。

赵高终于死了，秦宫总算恢复了平静。可是关外的楚军已经虎视关中。时为楚军将领的沛公刘邦第一个攻入武关，占领关中。只当了四十六天秦王的子婴只好率宗室出城投降。

嬴政穷其一生打下的万里江山，就这样轻易地拱手相让了。

历史的车轮就是这样不停地向前滚动，不会为谁有丝毫的停留。但是它所碾压出的车辙却是那样的清晰可见，痕迹皆历历在目，仿佛就发生在不久之前。秦始皇，这座中华文明史上颇受争议的丰碑，就矗立在这道车辙之中，让后世子孙瞻仰、凭吊……

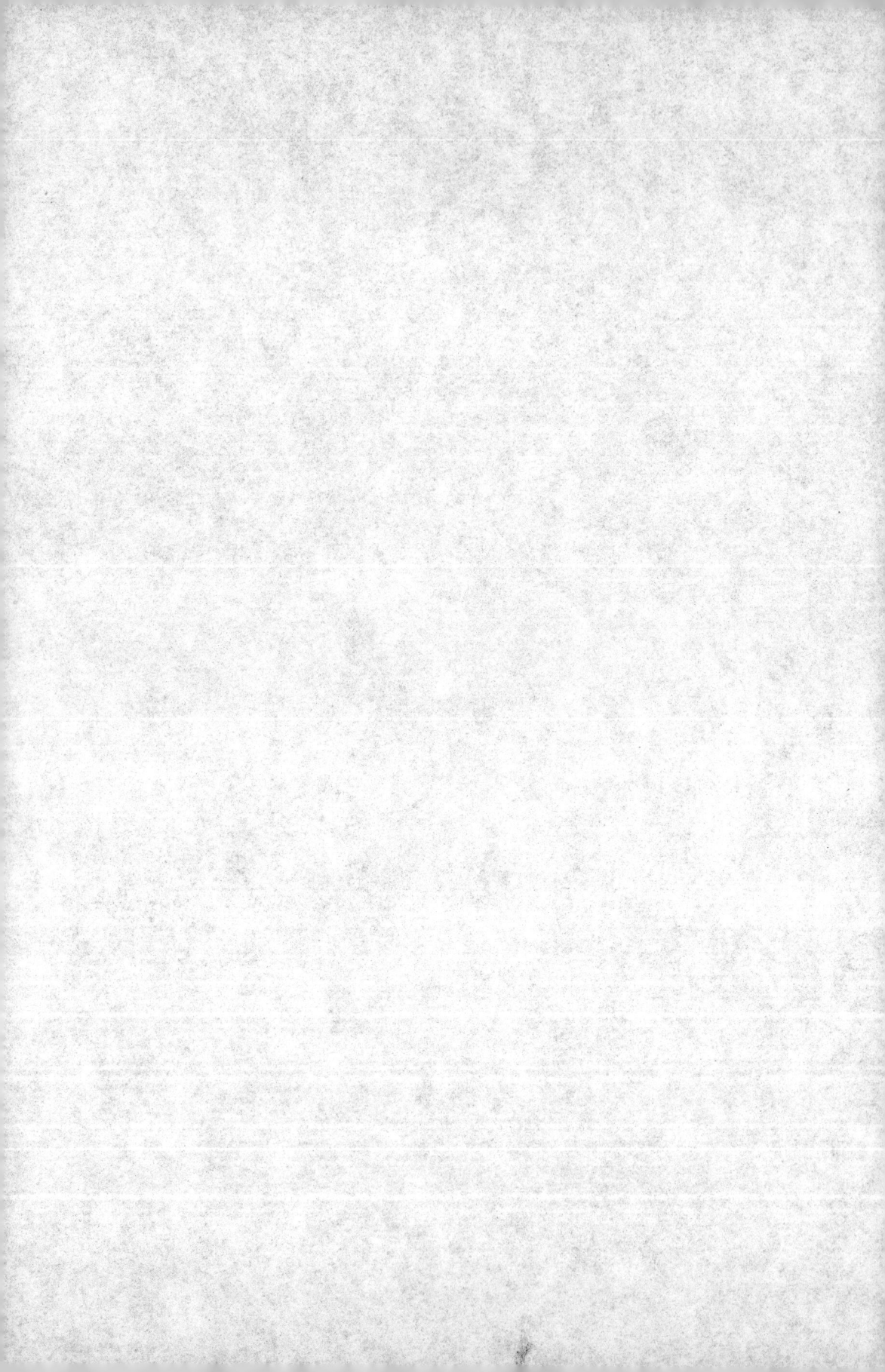